文学概论

（第 3 版）

◎ 主　编　赵慧平
◎ 副主编　钟名诚
◎ 编写者　赵慧平　张　冰　吴登云
　　　　　江正云　李金花　钟名诚
　　　　　张汝逍　姜桂华　马　婷
　　　　　张冬梅　朱周斌　张保华
　　　　　郑晓明　方祥勇　张冬梅
　　　　　王　姣

高职高专小学教师培养系列教材

"十四五"职业教育国家规划教材

中国教育出版传媒集团
高等教育出版社·北京

内容提要

本教材系高职高专小学教师培养教材，入选教育部首批"十四五"职业教育国家规划教材。全书共十二章，依据马克思主义的世界观和方法论分析文艺现象，从文学是语言艺术、文学的功能、文学的历史演变、文学创作的主体、文学创作的原则与过程、文学风格、文学流派与文学思潮，以及文学作品的文本层次与结构、文学语言、文学作品的体裁、文学作品的类型、文学欣赏与批评等方面阐述文学理论问题。每章章前都设置了学习目标、内容导图、学习导入，章后设置了思考与练习、拓展阅读导航等栏目，以引导学生更好地掌握基本概念和重点问题。教材编写贯彻落实党的二十大精神，注重落实立德树人根本任务，适应高职高专"三教"改革要求，着力培养高素质小学教师，特别针对小学教育专业的特征和需求，注重培养学生的文学理论兴趣与鉴赏能力、开阔学生的视野，在进行理论学习的同时，增加对优秀作家作品尤其小学语文教材选文的解读，使教材更加贴近小学教育专业学生的实际需要。

在编写队伍上，本教材既有从事文学研究与教学的专家学者，又有常年在小学教育专业领域从事一线教学工作的骨干教师，实现了学术与教育的有机结合。本教材适合作高职高专小学教育专业教材，也适合作语文教育专业教材及小学教师自学教材。

图书在版编目（CIP）数据

文学概论 / 赵慧平主编． -- 3 版． -- 北京 ：高等教育出版社，2024.12． -- ISBN 978-7-04-062910-1

I. I0

中国国家版本馆CIP数据核字第2024UD7762号

Wenxue Gailun

策划编辑	肖冬民	责任编辑	肖冬民	封面设计	姜 磊	版式设计	杜微言
责任绘图	杨伟露	责任校对	吕红颖	责任印制	赵义民		

出版发行	高等教育出版社	网　址	http://www.hep.edu.cn
社　　址	北京市西城区德外大街 4 号		http://www.hep.com.cn
邮政编码	100120	网上订购	http://www.hepmall.com.cn
印　　刷	北京市白帆印务有限公司		http://www.hepmall.com
开　　本	787mm×1092mm 1/16		http://www.hepmall.cn
印　　张	20	版　次	2010 年 3 月第 1 版
字　　数	460 千字		2024 年12月第 3 版
购书热线	010-58581118	印　次	2024 年12月第 1 次印刷
咨询电话	400-810-0598	定　价	42.00 元

本书如有缺页、倒页、脱页等质量问题，请到所购图书销售部门联系调换
版权所有　侵权必究
物　料　号　62910-00

高职高专小学教师培养系列教材总序

教师是教育发展的第一资源，也是国家富强、民族振兴、人民幸福的重要基石。2018年9月10日，习近平总书记在全国教育大会上系统总结了推进我国教育改革发展的"九个坚持"，其中特别强调了"坚持把教师队伍建设作为基础工作"。党的二十大报告强调，加快建设教育强国，培养高素质教师队伍。教材建设作为教师培养的基础和保障，承载着培根铸魂、启智增慧的使命。习近平总书记指出，要抓好教材体系建设。从根本上讲，建设什么样的教材体系，核心教材传授什么内容、倡导什么价值，体现国家意志，是国家事权。为贯彻落实习近平总书记关于职业教育工作和教材工作的重要指示批示精神，落实《职业院校教材管理办法》等政策措施，适应我国小学教育现代化发展的迫切需要，满足教育事业高质量发展对高素质小学教师的需求，高等教育出版社结合师范类专业认证实施办法及小学教师专业标准等，针对新时代小学教师岗位的新要求，全面推进高职高专小学教师培养系列教材的建设工作。

本系列教材建设充分吸收以下方面的精华：（1）教育部师范教育司自2003年组织专家审定、高等教育出版社陆续出版并不断修订完善，现被广泛使用的高等院校小学教育专业教材；（2）"十三五"以来特别是"十四五"期间高职高专教育学类专业建设成果，如国家级精品资源共享课、国家级职业教育专业教学资源库等；（3）我国小学教师培养的理论研究成果与实践探索经验。本系列教材依据高职高专小学教育专业群的设置及相应专业教学标准，聚焦专业基础课和专业课，突出专业主干课程，服务师范生的教育教学能力与专业素养培养。编写队伍包含专业领域专家、教科研人员、一线教师，涉及跨本、专科院校两个层次的众多专家学者，包括义务教育课程标准修订组及国家级精品资源共享课、国家级职业教育专业教学资源库等团队的核心成员。

教材编写体现出以下原则及特色：

1. 体现党和国家意志

教材建设注重"一坚持五体现"，即坚持马克思主义指导地位，体现马克思主义中国化要求，体现中国和中华民族风格，体现党和国家对教育的基本要求，体现国家和民族基本价值观，体现人类文化知识积累和创新成果。教材编写以习近平新时代中国特色社会主义思想为指导，融入党的二十大精神，全面贯彻党的教育方针，落实立德树人根本任务，力图充分发挥教材培根铸魂、启智增慧的育人功能。

2. 体现新时代教师培养理念与要求

本系列教材建设贯彻党和国家对新时代高素质专业化教师培养要求，贯彻教师"一践行三学会"（践行师德、学会教学、学会育人、学会发展）的要求，体现师德为先、学生为本、能力为重、终身学习理念，遵从产出导向，结合小学教师职业的基础性、综合性、实践性特点，促进高职高专师范生系统掌握教师专业知识和专业技能；有机融入教育家精神和优秀教师事迹，助力师范生养成高尚师德；引入儿童教育案例和生活场景，建构"儿童取向"的教材内容体系，培养师范生促进儿童生命健康成长的能力。

3. 突出职业教育特色

本系列教材建设依据职业教育规划教材建设实施方案及相关专业教学标准开展，编写科学先进、积极向上、针对性强的内容，遵照高职高专教育类专业学生学习年限特点和学习规律，强调理论和实践统一，并着重突出实践性。教材编写尤其注重落实职业教育教师、教材、教法改革要求，创新教材内容与形式。在教材中除了阐述基本理论、基本知识、基本方法外，穿插设置问题导入、案例学习、实践活动、拓展阅读等栏目，促进学生开展项目学习、案例学习，设置教学一线、教师技能训练、教师资格考试链接等内容，满足"岗课赛证"育人模式及教师教学技能培养要求。

4. 打造新形态教材

本系列教材适应"互联网＋职业教育"的发展需求和新时代高职高专师范生的学习特点，打破学科逻辑，以教育问题解决能力训练为导向，设计教材内容体系，并落实"以学生为本"的教育理念，系统设计融导学、知识学习、技能训练、资源支撑、教学评价为一体的教材体系，体现学—思—行的教师培养规律；以二维码技术为支撑，一体化设计、同步推进教材、数字资源建设，最终形成编排科学、资源丰富、呈现形式灵活、信息技术应用适当的新形态教材。

我们期待本系列教材能为新时代高质量小学教师培养助力，为高职高专师范专业建设贡献力量。

前言

根据教育部"组织编写小学教育专业教材，加强小学教育专业建设"的意见，2009年，由高等教育出版社委托，全国十余所大学长期从事文艺理论教学、研究的教师、学者共同参与，针对我国小学教育专业的特点和实际，以及其他非中文专业开设文学理论课程的需要，编写了《文学概论》这本文学基础理论教材，2010年出版第1版，2023年出版第2版。2024年，我们根据高职高专小学教育专业培养小学教师及教学改革的需要，在第2版基础上，专门修订了第3版，专门用作高职高专小学教师培养教材。该教材入选教育部首批"十四五"职业教育国家规划教材。

编写小学教育专业教材，要注重时代性与前瞻性、基础性与专业性，强调综合性与学有专长、理论与实践相结合。本教材的编写一方面要考虑到文学理论自身的发展状况，另一方面要考虑到小学教育专业以及其他非中文专业的实际特点和需要，正确处理专业教育与职业教育、科学性与师范性的关系，使教材既能反映我国文学理论研究的最新成果，又适合小学教育专业及语文教育专业学生的学习特点。为此，本教材的编写着重体现以下几个基本理念：

1. 先进性。本教材以经典的文学思想、文学理论为思想与理论资源，积极借鉴我国新时期以来在文学理论研究领域取得的最新成果，将其中较成熟和稳定的学科知识、文学观点吸收到本教材的理论体系中来，在融会贯通的基础上体现思想、理论的先进性。本教材在文学理论的哲学基础、文学活动的基本性质、文学活动的运行机制、文学的功能、文学创作主体、文学语言、文学作品的类型等方面都反映了文学理论研究的新进展。

2. 针对性。针对小学教育专业的师范性特点，同时针对非中文专业接受文学理论启蒙教育的特点，本教材在内容方面突出了与小学语文教育联系紧密的基础理论和核心思想。如注重选取优秀作家作品尤其小学《语文》教材选文进行解读；在文学作品的体裁理论中增加了课本剧的内容，在文学作品的类型理论中增加了成人文学与儿童文学的内容；在表述方面力求逻辑结构清楚，概念清晰，观点明确，论述简约，深入浅出，明白晓畅，便于学生自学，使学生容易清晰地掌握理论线索，将其转化为自己的知识和经验，为将来的教学工作奠定理论基础。

3. 实践性。本教材注意把基本理论、基本知识教学与培养学生的专业能力和职业能力结合起来，尽可能地引导学生将文学理论同文学创作、欣赏、批评和传播实践相结合，培养他们运用文学理论的能力。如在每一章章前均设置学习目标、内容导图、学习导入；在每一章章后均设置思考与练习，以"名词解释"和"简述"题引导学生回顾所学的基本概念和重点问题，以"实践拓展"题引导学生研究某种文学现象；还设置了拓展阅读导航，指导学生去阅读相关文献资料。

本教材力求反映文学发展的动态与趋势，适应基础教育课程改革要求。当前我国正在大力推进教师教育课程改革。党的二十大报告提出要培养高素质教师队伍，并对办好人民满意的教育、加强教材建设和管理提出了明确要求。"文学理论"作为小学教育专业课程，对培养我国小学教师的人文素养具有极为重要的作用。同时，《义务教育语文课程标准（2022年版）》强调，要让学生增强阅读能力，这对教师的文学理论修养与文学欣赏能力也提出了更高要求。在这样的背景下，高等教育出版社启动了本教材的编写工作。编写者在党的二十大精神指导下，深入研究近年来文学发展的新现象、新趋势，积极吸收文学理论的最新研究成果，在编写中认真参考了开设本门课程学校教师的反馈意见，对书稿进行了完善，力争让这本教材成为落实立德树人根本任务的重要载体、育人育才的重要依托。

教材编写坚持以马克思主义的世界观和方法论分析文学现象，阐述文学理论问题，同时，重点关注以下几个方面：

第一，积极吸收最近十几年中有关文学活动的新知识、新经验和新理论，通过总结、评判，将它们融入文学基本理论体系，反映21世纪第二个十年里文学思想、理论和方法的新发展，使本教材保持对文学新现象、新观念、新理论的密切追踪与关注，使学生在学习先进的文学理论过程中，能够保持对文学发展现状的关注。编写者将近十多年来文学创作与批评的新成果，特别是马克思主义文学理论研究的创新成果有机融入教材的各个部分，坚持以马克思主义的世界观和方法论分析文学现象，阐述文学理论问题，引导学生树立正确的文学观，掌握科学的文学研究方法。在内容方面，教材中增加了对数字技术影响文学创作、传播、鉴赏所产生的新文学现象的讨论，涉及网络文学等新的文学样式，从不同角度概括各种文学作品类型，较为全面地与文学发展现状、发展趋势相联系。

第二，坚持师范教育属性，进一步强化小学教师培养的职业性与实践性特色，更加紧密地与小学教育相联系，将知识传播与能力培养相统一，注重对学生的专业能力与职业能力培养。编写者根据《义务教育语文课程标准（2022年版）》，结合当前基础教育课程深入改革的实际，努力对接小学《语文》教材，在进行理论阐释、作品分析时，尽可能以小学《语文》教材中的文学作品为例，培养学生理论联系实际的意识和应用能力，使其能够在未来的工作中更好地将文学理论运用于小学语文教学。教材突出章前导学和章后引导对本章基本问题的回顾，按照"学—思—行"模式，在知识学习之外，增加实践拓展题，提供拓展阅读导航，指导学生进一步开展文学实践活动，拓展阅读相关文献资料。同时，各章提供了大量二维码资源，为学生提供大量的拓展阅读资料，帮助学生开阔学术视野，增强理论研究与应用能力。

第三，优化教材的体例设计和语言表述，增强教材的使用效能。为了使学生能够在整体上清晰把握文学基本理论内容的结构关系，全书按"编"设计，使教材的逻辑结构更加清晰。为了方便学生用好本教材，编写者坚持"逻辑结构清楚，概念清晰，观点明确，论述简约，深入浅出，简明扼要，明白晓畅"的编写要求，对所有章节的核心概念、主要观点做了全面审阅，尽可能做到核心概念内涵明确、外延清晰，主要观点表述科学、准确，使学生易学、易懂、易记，以利于学生自主学习，系统掌握文学理论的基本概念、基本观点，自觉建构起中国当代文学理论的知识框架。

编写分工如下：绪论、第一章，赵慧平（沈阳师范大学）；第二章，张冰（中国艺术研究院）；第三章，吴登云（曲靖师范学院）；第四章，江正云（湖南第一师范学院）、李金花（辽宁大学）；第五章，钟名诚（南京晓庄学院）、张汝逍（邢台学院）；第六章，姜桂华（沈阳师范大学）；第七章，马婷（重庆三峡学院）；第八章，钟名诚；第九章，张冬梅（沈阳师范大学）；第十章，朱周斌（四川外国语大学）、张保华（黄淮学院）；第十一章，郑晓明（沈阳大学）；第十二章，方祥勇（南宁师范大学）、张冬梅、王姣（沈阳城市学院）。辽东学院的孙淑奇、铁岭师范高等专科学校的魏秀萍参与了教材修订研究并提出建议。最后由赵慧平统稿。

感谢为本教材付出智慧与心血的编写者、编辑，以及参与本教材编写工作的更多的师生。另外，要感谢辽宁省委宣传部杨利景参与了本教材部分章节的修订。本教材在编写和修订过程中，参考了业内前辈、同行们的很多研究成果，在此一并致谢。

由于作者水平有限，教材中可能还存在一些疏漏，恳请各位专家学者和广大师生提出宝贵意见，以便我们继续完善本教材。

赵慧平
2023 年 12 月

目录

绪论 / 001

第一编　文学的性质、功能及其历史演变

第一章　文学是语言艺术 / 013

第一节　文学与人类活动 / 014

第二节　文学的基本性质 / 021

第三节　文学活动的运行机制 / 029

第二章　文学的功能 / 038

第一节　文学的价值与文学功能的整体性 / 039

第二节　审美与娱乐功能 / 041

第三节　认识与教育功能 / 044

第四节　表达与交流功能 / 048

第五节　文化积累与创造功能 / 052

第三章　文学的历史演变 / 058

第一节　文艺活动的发生 / 059

第二节　文学的发展 / 065

第二编　文 学 创 作

第四章　文学创作的主体 / 085

第一节　创作主体与社会生活 / 086

第二节　个人创作与文学传统 / 095

第三节　创作主体的文学素质 / 100

第五章　文学创作的原则与过程 / 109

第一节　文学创作的原则 / 110

第二节　文学创作的审美发现 / 115

第三节　文学创作的艺术构思 / 119

第四节　文学创作的审美表达 / 125

第六章　文学风格、文学流派与文学思潮 / 132

第一节　文学风格 / 133

第二节　文学流派 / 147

第三节　文学思潮 / 151

第三编　文　学　作　品

第七章　文学作品的文本层次与结构 / 159

第一节　文学作品的文本层次 / 160

第二节　文学作品的结构 / 168

第八章　文学语言 / 177

第一节　语言与文学语言 / 178

第二节　文学语言运用的影响因素 / 181

第三节　文学语言运用的原则 / 186

第四节　文学语言的基本类型 / 193

第九章　文学作品的体裁 / 204

第一节　诗歌 / 207

第二节　散文 / 213

第三节　小说 / 217

第四节　戏剧文学 / 223

第五节　影视文学 / 230

第十章　文学作品的类型 / 238

第一节　经典的文学类型 / 239

第二节　常见的文学类型 / 245

第四编　文学欣赏与批评

第十一章　文学欣赏 / 263

第一节　文学欣赏的机制 / 264

第二节　文学欣赏的特点 / 271

第十二章　文学批评 / 282

第一节　文学批评的性质 / 283

第二节　文学批评的主要类型 / 288

第三节　文学批评的标准 / 291

第四节　文学批评的原则与方法 / 295

绪论

学习目标

- 了解"文学概论"研究的对象与范围以及文学研究的有机组成部分；
- 理解"文学概论"课程对于学习和研究文学理论具有基础性、工具性的作用；
- 掌握"文学概论"的学习方法；
- 能够科学制订本门课程的学习目标和规划。

内容导图

绪论
- "文学概论"课程的性质
- "文学概论"研究的对象与范围
- "文学概论"的学习方法

学习导入

人们几乎每天都会接触到文学作品，却很少有人这样问：什么是文学？很显然，这是一个理论问题，与欣赏文学作品大不相同，不容易回答，而且越深入研究，遇到的问题会越多。人们总是希望能够以理论的方式掌握事物发展的规律，对各种现象做出思考和回答。既然世界上有了文学现象，人们就必然要用理论的方式去探索它的规律，形成对文学规律的系统认识，以达到指导实践的目的。做到这一点对我们非常重要，因为小学语文教材里的课文大部分是文学作品，试想一下，如果有一天我们走上讲台讲授这些文学作品，该多么需要用科学的理论和方法去教学，通过文学之美引导学生发现和感受自然之美、生活之美、心灵之美、传递真善美、传递向上向善的价值观，使我们的教学更有质量。可是，如果检索一下历史上无数的文学家、理论家对文学的阐述，就不难了解，从古至今，人们的文学观念一直都在变化。那么，我们今天应该如何认识文学呢？学习"文学概论"课程，将使我们了解文学理论研究的基本问题，思考文学活动的规律，形成对文学规律的基本认识。

老舍：要研究文学，便要有清楚的概念

"文学概论"是一门什么样的课程？在这门课程中我们主要学习什么内容？这是每一个学习这门课程的人必然要面对的问题。

在"绪论"这一部分，我们首先要讨论"文学概论"课程的性质、它所研究的对象和范围，明确丰富多彩的文学现象与文学理论之间的关系，以及各种文学理论与文学的基本原理之间的关系；在此基础上，进一步明确学习"文学概论"的基本方法。

一、"文学概论"课程的性质

回答"文学概论"是一门什么样课程的问题，要从人类的文学活动与文学理论的关系谈起。

文学活动是人类所特有的以语言为媒介的审美活动，是以文学作品的创作、欣赏、批评、传播为核心的语言艺术活动。文学理论是指人们总结、阐述文学活动的经验、知识、观念、方法而形成的研究文学活动的特性和基本规律的知识体系，它是掌握文学活动规律的理论方式，本身也属于文学活动的组成部分。在文学活动中，人们不断总结经验，通过概念、判断、推理等思维方式加以阐述，形成概括化、系统化的文学理论，用以指导新的文学活动。由于与文学活动有如此密切的联系，文学理论有鲜明的实践性。大家知道，理论来源于社会实践活动，是实践经验的总结和升华，并能更好地指导社会实践活动，否则，理论将失去存在的价值，因而也失去生命力。文学理论也是这样，学习文学理论的目的在于认识和掌握文学活动的基本规律，从而更好地参与文学活动。

文学理论不是一些永恒不变的僵死的教条，它具有开放性与历史发展性。早在魏晋南北朝时期，刘勰在《文心雕龙·时序》中即指出："时运交移，质文代变。""歌谣文理，与世推移。"在不同的社会历史条件下有不同的文学活动，产生了具有不同时代特色的文学。正如王国维所说："凡一代有一代之文学：楚之骚，汉之赋，六代之骈语，唐之诗，宋之词，元之曲，皆所谓一代之文学，而后世莫能继焉者也。"[①] 每一个时代的文学活动都为文学理论的发展提供新的文学经验和审美观念，使人们对文学的认识不断加深，理论成果不断丰富，在继承传统的基础上实现文学理论的革新与发展。

我们知道，社会科学依据不同的研究对象和领域分类，由此建立了相应的学科门类，如哲学、伦理学、宗教学、法学、经济学、教育学等。发展到今天，文学研究也建立了独立的文学学科，并且形成了系统化的文学理论，其中既有研究文学活动普遍规律的宏观理论，如文学的性质、功能、价值、创作与接受等理论，也有研究文学活动专题的微观理论，如文学文献、文学语言、文学思潮、文学传播等理论，它们都是文学理论的重要组成部分，共同构成了文学理论知识体系。

要掌握文学理论知识体系，首先要掌握文学理论的基本知识。"文学概论"所研究的就是其中的基础理论部分，要思考文学是什么，文学的起源和发展，文学创作有什么规律，文学作品是怎样构成的，文学欣赏和批评有什么规律等问题。诸如此类的关于文学最基本看法的原理性、规律性的问题，为人们建立文学观，开展文学实践提供基本的观点和方法。有人把这些问题比作文学理论中的 ABC，即文学的常识性问题。不过，认识这些问题并不像认识 ABC 那么简单，因为对文学活动规律的认识，需要的是丰富的文学经验和较高的文学修养及思想水平。纵观文学思想发展史，对文学理论中这些基本问题的回答，反映的是一个社会、一个时代对文学活动规律的新认识，以及新的文学观和文学理论发展水平。所以，只有学通、学懂文学理论的基本知识，掌握学习文学理论的基本方法，以正确的文学观和科学的文学研究方法思考文学问题，分析文学现象，才可能真正学好用好文学理论。在了解和研究各种文学现象和文学历史的过程中，人们需要用自己的基本思想与理论去认识和评价，这样，掌握文学理论就必不可少了。在文学课程体系中，"文学概论"是一门研究文学活动基本规律的原理性课程，是为研究具体文学现象提供文学思想理论与方法，具有工具性质的基础理论课程。学习文学理论，要从学习文学的基本原理开始。

二、"文学概论"研究的对象与范围

前面已经讨论过，"文学概论"研究文学的原理性问题，这样的性质决定了其研究的对象与范围。

文学作为一门学科，研究的范围极其广阔，包括以文学创作、文学接受为中心的所有文学现象。文学理论研究也开拓了许多针对特定对象的研究领域，如文学文献学、文学语言学、文学社会学、文学教育学、文学心理学、文学传播学、接受美学等。这些专题性研究所形成的研究成果，从不同层面和角度不断发展着文学理论。那么，面对如此广阔而复

[①] 王国维. 宋元戏曲史[M]. 上海：上海古籍出版社，1998：1.

韦勒克、沃伦：必须首先区别文学和文学研究

杂的文学研究现状，我们该怎样分类呢？我国的一些"文学概论"教科书常援引美国学者韦勒克和沃伦合著的新批评派代表著作《文学理论》中的观点，将文学研究分为三个分支：文学理论、文学批评和文学史。两位学者认为："在文学'本体'的研究范围内，对文学理论、文学批评和文学史三者加以区别，显然是最重要的。首先，文学是一个与时代同时出现的秩序，这个观点与那种认为文学基本上是一系列依年代次序而排列的作品和是历史进程上不可分割的一部分的观点，是有所区别的。其次，关于文学的原理与判断标准的研究，与关于具体的文学作品的研究——不论是做个别的研究，还是做编年的系列研究——二者之间也要进一步加以区分。要把上述的两种区别弄清楚，似乎最好还是将'文学理论'看成对文学的原理、文学的范畴和判断标准等类问题的研究，并且将研究具体的文学艺术作品看成'文学批评'（其批评方法基本上是静态的）或看成'文学史'。"① 两位学者是根据自己对文学研究"本体"基本构成的理解来划分文学研究活动的三个分支的。这里所提到的"文学理论"概念，其内涵是"对文学的原理、文学的范畴和判断标准等类问题的研究"，是文学研究的一部分，而不是指能够涵盖所有研究领域的一般意义上的文学理论。因此，直接将其理解为"文学原理"较为准确。这样，我们可以将两位学者划分的文学研究三个分支列为：文学批评、文学史研究和文学原理。

在文学研究的三个分支里，文学批评侧重的是以文学作品的创作、接受为中心而发生的文学现象研究与评论。在现实生活中发生的各种文学现象，包括文学创作活动所涉及的作家思想观念、文学作品、艺术形象塑造、文学风格流派；包括文学接受活动所涉及的读者欣赏的条件、思维规律，文学欣赏的价值，文学批评自身的性质和功能、价值和标准；还包括社会文学思潮、文学运动；等等。文学批评对这些文学现象中蕴含的文学思想和艺术创造成果开展研究、总结和评价，引导文学创作、欣赏和实践活动的开展。

文学史研究侧重以宏观的历史发展视角，观照文学发展的历史进程中曾经出现的作家、作品、思潮、流派、理论等文学现象，在作品与作家的关系中，在作家与社会生活的关系中，在文学活动与人类实践活动的关系中，形成对文学活动发生和发展规律的认识，为当代文学实践活动提供历史的借鉴。

文学原理是关于文学活动基本规律的理论。与那些研究特定文学现象的专题性研究不同，它所研究的是文学的根本问题，要在对大量的文学现象进行研究的基础上，形成对文学规律的高度概括和阐述，建立对文学的性质、功能、创作、作品、接受，以及发生、发展等核心问题的基本观念和理论体系。文学原理所凝聚的是一个社会全部的文学经验和对文学的认识与理解，所反映的是一个社会对文学规律认识的最高水平。可以说，一个人的文学理论修养的高低，直接影响着其参与文学活动的能力与水平的高低。

三个分支是文学研究的三个有机组成部分，虽然它们研究的对象、层次不同，但它们之间是相互联系、相互作用、相辅相成的，共同构成文学理论体系。文学批评和文学史研究，通过对历史上曾经出现过和正在不断发生的纷繁复杂的文学现象进行研究，及时发现和总结新的文学经验，把握文学发展的趋势，为丰富和发展文学原理，更深刻地揭示文学

---

① 韦勒克，沃伦. 文学理论［M］. 刘象愚，邢培明，陈圣生，等译. 北京：文化艺术出版社，2010：32.

发展规律提供新鲜的经验和观念，为形成系统的文学思想和理论奠定基础；而文学原理研究，能够不断地接受新鲜的文学经验和观念并加以概括、总结和提升，达到系统化、理论化，从而实现更高水平的思想理论创造，为文学批评和文学史研究的发展和提高提供新的理论指导和研究方法。

要明确"文学概论"所研究的文学基本原理在文学理论体系中的位置，明确其研究对象与范围，就需要进一步研究文学的基本原理究竟包括哪些具体内容。

第一，关于文学，首先要回答"什么是文学"这个基本问题，以此将文学活动与其他活动区别开来。这个问题领域提出的任务包括：探寻文学活动区别于其他活动的特殊性质，也就是人们常说的基本属性；探寻文学活动的基本特点；探寻文学活动特殊的功能与价值；等等。人们的文学观就是建立在对于"什么是文学"这个基本问题的回答基础之上的，它为人们形成认识和评价各种文学现象的基本方法和标准，开展具体的文学实践活动奠定理论基础。因此，这个涉及建立人们的文学观，掌握文学活动特殊属性的最基本的问题，就成为"文学概论"要研究的第一个问题。在文学理论研究领域，人们通常将对这个问题的研究称为"性质论"。

郭绍虞：中国文学观念演进的原因

第二，如果放眼世界，看各民族的历史，我们就会发现一个极有意味的现象：在各民族还没有彼此建立联系，形成相互影响的时期，文学已经成为所有民族生活中的重要内容。怎样理解这种现象？文学是怎样起源的？人类社会为什么必然会产生文学活动？在漫长的人类社会发展历史进程中，文学活动又是怎样伴随着社会发展而发展的？其中有哪些规律？诸如此类的问题使文学研究的目光集中在文学活动发生与发展的规律问题上，这也构成了文学研究的又一个基本问题。有关这方面的研究通常被称为"发生发展论"。

第三，除了什么是文学、文学是怎样发生和发展的等关于文学的基本问题外，研究者还要对文学活动本身开展研究。完整的文学活动包括三个基本环节——文学创作、文学作品、文学接受；相关的研究要依据这三个基本环节展开，分别研究它们有什么样的运动规律，从而形成理论观点，指导人们的相关活动。这三个基本环节的研究，通常分别被称为"创作论"、"作品论"（或"文本论"）和"接受论"（或"鉴赏批评论"）。

乔纳森·卡勒：对文学性的思考就是把文学引发的解读实践摆在我们面前

根据上面的讨论，概括地说，文学原理的研究范围包括五个基本领域：文学活动的基本性质与功能、文学的发生与发展、文学创作、文学作品、文学鉴赏与批评。本教材即对应这五个基本领域的内容划分为四编十二章，体现出中国当代文学理论体系的基本构成。

【学习活动】

结合自己已经学过的文学知识和接触过的文学活动，思考文学研究应该包括哪些领域，文学理论应由哪些部分构成。

三、"文学概论"的学习方法

学好这门课程，需要积极参与文学活动，不断积累文学经验，丰富文学知识，提升文学鉴赏与批评能力;学会拓展性学习,系统学习古今中外文学理论知识,自觉提高逻辑思维水平,提升文学研究的能力;密切关注文学发展现状,注意理论联系实际,提升文学理论应用能力。

(一)积极参与文学活动,注意积累文学经验和文学知识

古往今来的文学理论,是过去一切文学活动的经验与知识的理论结晶,概括地反映了人们对文学活动发展规律的认识。对于个体来说,要想掌握文学理论,并且达到较高的水平,首先要在实践中不断地积累、丰富文学经验和文学知识,为深入研究文学活动的规律奠定坚实的基础。刘勰在《文心雕龙·知音》中曾经说过:"操千曲而后晓声,观千剑而后识器。"意思是说,一个人只有演奏过上千首曲子之后才能够懂得声律,观赏过上千把宝剑之后才能够辨识利器。他所讲的就是通过参与实践活动获得经验与知识的道理。

怎样积累文学经验和文学知识呢?最好的方法是积极参与文学活动,通过实践来获得。对于个体来说,参加文学活动的方式无外乎两种:一种是文学接受,另一种是文学创作。

文学接受是每个人在生活中必然参与的活动。无论人们是否意识到,每个人自婴儿时期起就一直在参与文学活动:孩子在出生不久的意识蒙眬时期就听到妈妈哼唱着的摇篮曲;在牙牙学语时就学会了童谣、儿歌;童年时期常常会被童话、故事带到美丽、神奇的世界中,产生无尽的遐想和永久的记忆。在成长的过程中,人们会不断地接触诗歌、小说、散文等文学作品,还会在歌曲、电影、电视和戏剧等变幻无穷的语言表达方式和丰富的意蕴中体会文学艺术的魅力……可以说,每个人,无论是否上过学、读过书,是否思考过"什么是文学"这一类问题,都会以自己的方式参与文学活动,至少是一个文学的欣赏者。人们以这种天然的方式直接参与着文学活动,积累着文学经验与知识。

但是,要想学好文学理论,仅仅靠这种天然的方式积累文学经验和文学知识还远远不够,还需要自觉地、有计划地大量阅读古今中外的文学作品,特别是那些在文学史上产生过重大影响的文学名著。文学名著不仅集中地表现了作品产生时代的先进的思想水平,更集中地表现了那个时代主要的文学经验和文学观念。我们知道,文学作品所营造的艺术世界,其实也是作家精神世界的一种审美表现,其中包含作家对社会生活的体验、感受和理解,对世界、社会、人生的认识与评价,对美学理想的追求,对过去的文学经验创造性的运用……总之,文学创作是一项极具创造性的审美活动,文学作品凝聚了作家全部精神世界的元素。系统地阅读这些文学名著,就如同与不同时代和不同民族的文学大师对话,我们能够从中全面地体会到大师们的思想和情感世界,触摸到他们的精神和个性,学习他们的文学经验。久而久之,我们就可以在无数的阅读中广泛地领会文学大师们的思想,在潜移默化中获得丰富的文学经验和文学知识,形成敏锐的文学感受力,养成纯正的文学兴趣,甚至培养出文学创作能力。杜甫在《奉赠韦左丞丈二十二韵》一诗中说"读书破万卷,下笔如有神",强调了文学阅读对创作能力培养的重要作用,这对文学理论的学习同样具有启示意义。有了在阅读中积累的丰富的文学经验和文学知识,才会对文学的规律有感性的理解,为形成更高层次的理论认识奠定经验与知识的基础。

积累文学经验和文学知识,最好还要直接参与文学创作活动。如果一个人想参与文学

创作，就必然会遇到很多过去没有思考过和处理过的问题，如在纷繁复杂的现实生活中选择什么样的生活现象去描写，选择什么样的文学样式去表现自己丰富的内心情感，怎样安排文学作品的结构，怎样塑造文学形象，怎样设置文学作品的情节，怎样运用语言，等等。这些问题常常是没有经历过创作的人所无法提出来的，或者不可能有深刻体验的。如果经历过文学创作的过程，这些问题就成为曾经思考和解决过的问题；有了一定的经验和体会，也就有了相应的观点。创作得多了，就会使自己的经验和体会上升为系统的观念，进而形成自己的理论观点。有了文学创作的基础，再学习文学理论，就会提高对理论的敏感性，对文学的理解则会更接近文学的规律。因此，学习文学理论的人，应该积极地参与文学创作，无论是创作诗歌、散文，还是创作小说，或者是创作其他文学体裁作品，都会极大地加深对文学的理解，学习和掌握好文学理论。

【学习活动】

阅读小学《语文》教材五年级上册第二单元的课文《搭石》，写一篇短评，分析作者的写作意图，以及采用了哪些方法来实现写作意图。

（二）学会拓展性学习，系统掌握文学理论知识

学习"文学概论"的直接目的，是掌握文学理论的基本知识与文学研究的基本方法，培养文学接受与研究的能力，其中最核心的是培养理论思维能力，学会独立开展文学欣赏与批评，研究文学理论问题。学习文学理论会大大提升逻辑思维能力，在概念、判断、推理中评价文学现象，辨析文学问题，提出观点，展开论证，取得自己的研究成果。在这个过程中，我们使自己的逻辑思维不断得到检验，能力不断增强，思想水平不断提高。因此，结合"文学概论"的学习，自觉地培养理论思维习惯与能力非常重要。

学习"文学概论"的人一般多为初次接触文学理论者，还处于文学理论的启蒙阶段，由于进入了一个全新的思想和理论领域，对于"文学概论"要研究的问题，所提出的概念、范畴、理论命题等都缺乏自觉的判断力。这就需要在学习时注意把握学习的方向，抓住主要线索，循序渐进地展开文学理论的学习。在这种情况下，教材所展开的文学理论线索，就是学生在学习时应该遵循的学习线索。因为教材是依据文学理论构成的内在逻辑，以最基本的理论问题为逻辑起点，逐步展开各个层面问题的阐述的，学生只要循着教材展开问题的逻辑过程，逐步研究相关的问题，就会由点到面、由浅入深地学习"文学概论"所要研究的各个问题。学生在学习的过程中，要注意掌握教材中所提出的基本概念、基本命题和基本观点，以此为基础形成对文学的基本认识。同时，学生应尽可能多地阅读中外文学理论的经典论述，系统学习文学理论的基本知识，了解文学理论发展的历史，充分吸收优秀的文学思想理论资源，开阔自己的文学理论视野。

在以教材为线索展开学习的同时，还要提倡一种拓展性的学习方法。所谓拓展性的学习方法，是指以教材为线索，同时搜集其他相关理论著作对同一问题的论述，在对比中归纳、总结，从而形成自己综合性认识的学习方法。这是一种研究性的学习方法，也是学生应该掌握的学习方法。在拓展性学习的过程中，常常会出现这样一种现象：对于同一个问

题，不同的人会有不同的看法，出现不同的论述，形成多元的思想。这样，学生就不得不深入思考，在比较和研究中形成自己的认识。通过这样的拓展性学习，学生不仅能够准确地掌握"文学概论"的基本知识，而且能够培养研究意识，增强比较、分析、判断和综合的研究能力。

（三）关注文学发展现状，注意理论联系实际

学习的最高境界就是能够学以致用，理论联系实际，在现实生活中发现问题、提出问题、解决问题。认识到文学理论的实践性品质，就要自觉地理论联系实际，把文学理论的学习与现实的文学现象结合起来，联系现实生活中出现的各种文学现象研究文学理论问题。那么，什么是文学现象呢？文学现象是指社会生活中以文学作品的创作、欣赏、评论为核心的人类文学活动的各种现象，包括文学思潮、文学流派、文学理论研究、文学教育、文学传播、文学产业等现象。文学现象以各种与文学相关的实践活动形式呈现出来，具有生活的原生态性质。

由于社会不断发展，人们的现实生存环境不断地变化，人们的社会生活方式也随之不断地发生改变，与之相应，人们的思想、感情也在嬗变，反映到文学领域，自然就会不断地生发出新的美学倾向和思想、艺术追求，显现出与已有文学不同的新质。以当代的文学活动发展为例。科学技术的快速发展，特别是信息技术的发展，催生了新的工业革命，极大地改变了人类的生产与生活方式，拓展了人们生存的空间与时间，也使人们的交往方式发生了巨大改变，文学也由此获得了全新的生产与传播方式。文学活动的主体、文学创作方式、文学语言、文学表现形式、文学作品的体裁，以及读者的接受方式、文学趣味、文学观等都发生了明显的变化，在很短的时间内出现了许多新的文学现象。这些新的文学现象已经远远超出了在纸质传媒时代人们所取得的文学经验、形成的文学秩序，极大地冲击着既有的文学观念。受到新媒体文学的影响，传统的纸质文学也在发生改变，开始与图像、音视频相融合。不仅如此，新的文学现象也在改变着读者的阅读习惯，培养读者新的文学经验，培育新的文学读者群，产生新的文学需求，发展新的文学趣味和文学观。面对当代出现的各种文学活动新现象，文学理论必须做出科学回应，给予科学的总结与阐释。这就需要文学理论能够及时发现、总结和评价这些新质给文学领域带来的意义和价值，把精华的东西纳入文学理论研究，丰富文学理论，同时引领文学实践向健康的方向发展。因此，我们在学习文学理论的过程中，要深刻理解文学理论的这种实践性品质，自觉地将其与现实生活中的各种文学现象相结合，在对实际问题的思考和解答中掌握文学理论，提高自己的思想理论水平。

思考与练习

一、名词解释

1. 文学活动　2. 文学理论　3. 文学原理　4. 文学现象

二、简述

1. 文学理论与文学活动的关系。

2. "文学概论"研究的对象。

3. 文学研究的主要分支及相互关系。

4. 中国当代文学理论体系的基本构成。

5. 学习"文学概论"的基本方法。

三、实践拓展

1. 阅读马克思主义理论研究和建设工程重点教材《文学理论》(第二版),重点阅读与本教材对应的绪论部分,就"文学研究的实践"提出自己的观点。

2. 进入中国作家网,观察当下的文学热点问题,试结合自己的文学经验提出自己思考的文学问题。

拓展阅读导航

1. 童庆炳. 文学理论教程 [M]. 5版. 北京: 高等教育出版社, 2015.

该书自1991年出版以来始终追踪文学理论的发展动态,不断吸收最新研究成果进行修订完善,至今已经出版到第5版,是一本影响广泛的文学理论教材,便于学生更深入地学习中国当代文学理论,也便于升本考研。请重点阅读书中第一章关于文学理论性质和形态的内容。

2. 郭绍虞. 中国文学批评史 [M]. 2版. 天津: 百花文艺出版社, 1999.

该书是中国古代文学批评研究的奠基性著作,系统论述了自周秦至清代中国文学批评理论及文学观念的演变。请重点阅读书中关于中国文学观念演变的内容。

3. 韦勒克, 沃伦. 文学理论 [M]. 刘象愚, 邢培明, 陈圣生, 等译. 北京: 文化艺术出版社, 2010.

该书探讨了文学的性质、功能、结构和文学研究的对象与方法,区分了文学研究的主要分支,对文学原理、文学史、文学批评做了深入辨析。请重点阅读书中第一部"定义和区分"。

第一编
文学的性质、功能及其历史演变

第一章　文学是语言艺术

学习目标

- 领会文学活动是人类的一种生存活动、一种精神活动、一种审美活动、一种艺术活动；
- 理解文学的基本性质，以及文学在社会结构中所处的位置；
- 掌握文学活动的运行机制，尤其掌握文学活动四要素及其相互作用。

内容导图

文学是语言艺术
- 文学与人类活动
  - 文学是人类的一种生存活动
  - 文学是人类的一种精神活动
  - 文学是人类的一种审美活动
  - 文学是人类的一种艺术活动
- 文学的基本性质
  - 文学是一种社会意识形态
  - 文学是一种社会交流方式
  - 文学是一种语言艺术
- 文学活动的运行机制
  - 文学活动基本要素之间的相互作用
  - 文学活动的运行方式

学习导入

针对什么是文学的问题,人们提出了许多不同观点:有的说文学是娱乐的形式,有的说文学是人学;有的说文学是社会生活的反映,有的说文学是人的本能表现;有的说文学是历史的档案,有的说文学是生活的教科书;有的说文学是"言情"的,有的说文学是"言志"的;有的说文学用形象传达作者对生活的感受,有的说文学只是言语的事实;有的说文学是社会生活的一面镜子,有的说文学是一种特殊的社会意识形态……

那么,究竟什么是文学呢?文学有哪些独特的性质?文学在社会生活中处于什么位置?人类的文学活动与其他活动相比有什么特殊机制?我们应该建立什么样的文学观念?探讨这些问题,会让我们发现文学世界中的一个新领域,对文学有全新的感受。

如果我们考察所有的文学现象,就不难发现,它们无一例外地都属于人类活动。这就使我们能够从文学活动的主体出发,即从人,从人的社会存在与社会生活实际出发来认识文学,把握文学活动在社会生活中的位置、文学活动的基本性质、文学活动的运行机制。

第一节 文学与人类活动

恩格斯在概括马克思的伟大贡献时说:"正像达尔文发现有机界的发展规律一样,马克思发现了人类历史的发展规律,即历来为繁芜丛杂的意识形态所掩盖着的一个简单事实:人们首先必须吃、喝、住、穿,然后才能从事政治、科学、艺术、宗教等等;所以,直接的物质的生活资料的生产,从而一个民族或一个时代的一定的经济发展阶段,便构成基础,人们的国家设施、法的观点、艺术以至宗教观念,就是从这个基础上发展起来的,因而,也必须由这个基础来解释,而不是像过去那样做得相反。"① 在这里,我们看到,马克思主义与历史上的其他哲学不同,认识世界和社会历史的逻辑起点不再是某种思想观念,而是社会生活的主体——人。马克思主义所说的"人",并不是被抽象的观念所定义的人,而是实际地生活在具体的自然、社会环境,生活在特定的历史发展阶段,生活在一定经济基础

---

① 恩格斯. 在马克思墓前的讲话[M]//马克思,恩格斯. 马克思恩格斯选集:第3卷. 北京:人民出版社,2012:1002.

上的人。这样的人也称为"具体的""感性的"人，因为每一个人都具体地、感性地生活在各自所处的经济、政治、文化环境中，他的思想、情感方式、行为方式都要受到这个环境的影响。基于这种对人的现实存在的认识，也就获得了研究人的思想意识、社会历史的基本方法，那就是在人与现实的经济基础的关系中看人，人的精神存在是与物质存在相统一的。

文学是人类活动的一个部分，对于文学的研究，自然也要从文学与人类活动的关系开始。

一、文学是人类的一种生存活动

人类活动的第一个前提是自身生命的存在。作为生命体，人类的所有活动都是由保持生命的生存活动开始的，无论是原始社会时期的采集、狩猎，还是当代的集成化生产线，都在为人类生命的存在提供物质生活保障。因此，可以说，"直接的物质的生活资料的生产"是人类最基本的活动。与物质生产活动同时存在的还有人类的日常生活活动。日常生活活动虽然并不直接创造物质财富，却与物质生产活动一样，属于人类生命活动的基本活动。人类的这种物质生产活动和日常生活活动，创造了人类的世界，也创造了人类的历史。"这种活动、这种连续不断的感性劳动和创造、这种生产，正是整个现存的感性世界的基础……"① 可以说，生产、生活活动就是人类生命的一种存在方式。

马克思、恩格斯：**人类的第一个历史活动就是生产物质生活本身**

由直接的物质的生活资料的生产这种人类存在的基本活动，必然衍生出与之相关的活动领域：首先，物质生产的基本要素是从大自然中获取资源，这就需要认识和把握自然规律，由此发展出人类的科学活动；其次，在物质生产过程中，人们要结成生产组织，以便相互协作，更有效地组织生产和进行产品的分配，在此基础上形成各种社会关系，建立政治、经济、法律等社会制度和组织，由此发展出人类的社会活动；再次，作为思想者的人类，还会在实践过程中总结经验、教训，形成自己的思想成果，并且以知识和理论的方式不断积累和传承，形成思想和文化传统，以指导新的实践活动，由此发展出人类的思想文化活动；最后，人类不仅在生活实践中科学地认识和把握自身与自然、与社会的各种关系，同时，还在对这些关系的把握过程中认识和评价自己，从而产生积极的或消极的情感态度，并且通过想象、幻想、虚构，以符号的方式传达出来，由此发展出人类的审美活动……这里所提及的生产活动、科学活动、社会活动、思想文化活动、审美活动等，仅是对人类各种活动领域的基本概括。

因此，当我们研究其中任何一种活动的时候，都应该在与人们的社会存在的关系中去把握。对人类的文学活动的研究也是这样。文学活动只能是属于人类生存的活动之一，因而我们也只能把它看作人类生存的一种特殊的方式，而不是其他的什么神秘的活动。对文学活动的性质、特点、观念的判断，只能依据人的现实存在。

---

① 马克思，恩格斯. 德意志意识形态［M］//马克思，恩格斯. 马克思恩格斯选集：第1卷. 北京：人民出版社，2012：157.

二、文学是人类的一种精神活动

人类的精神生活与物质生活共同构成了人类生命存在的基本形式。

"认识你自己"是古希腊哲学家苏格拉底最为推崇的格言。在讨论人的智慧时,他认为人对自身的认识要高于对自然的认识,人的智慧应该体现在认识自己解决自身的问题上。"认识你自己"这一格言,不仅表达了人类对自身认识的要求,更显示出人类最宝贵的主体意识的自觉,是人类精神生活的重要标志。

马克思、恩格斯:从现实的、有生命的个人本身出发考察意识

在西方古典哲学中,较为著名的一种观点是强调人有"自我意识",把是否具有自我意识看作人与动物的根本区别。黑格尔在《美学》中说:"自然界事物只是直接的,一次的,而人作为心灵却复现他自己,因为他首先作为自然物而存在,其次他还为自己而存在,观照自己,认识自己,思考自己,只有通过这种自为的存在,人才是心灵。"① 马克思认为,人"使自己的生命活动本身变成自己意志的和自己意识的对象。他具有有意识的生命活动。……有意识的生命活动把人同动物的生命活动直接区别开来"②。这是对人的一种非常深刻而重要的认识。自我意识是指人能够将自己作为对象来认识、评价的自觉意识。有了自我意识,人才能将自己与外在世界相区别,将自己的肉体与精神相区别,将思想和情感相区别,将个人与社会相区别,并且在这种种区别中建立人与自然、人与社会、人与人、精神与肉体、思想与情感等之间的对象性关系,在这些复杂的关系中确认自己、评价自己。古希腊著名的格言"认识你自己",就鲜明而精确地反映了人类思想者的品质。

认识自己,其实也包括对自己所生存的外在世界的认识,在自己与外在世界的关系中确认自己。一个思维正常的人,无论是否受过学校教育,是否自觉地思考过哲学问题,都会依据自己的有限经验建立起对世界、对人生、对社会的理念,从而形成自己的世界观、人生观和价值观,据此建立起生命存在的精神支柱,为自己的思想、行为提供观念依据和生活的动力。在现实生活中,每个人都有自我认识、自我评价和自我发展的精神要求,总要为自己行为的合理性和恰当性提出理由,以使自己身心达到和谐。人的这种精神生活是人生命存在的极为重要的生活内容,有时会超出对物质生活的要求。如果人产生精神危机,就会失去思想和行动的内在动力,进而直接影响生命的质量。鲁迅小说《祝福》中的祥林嫂最终走向悲剧性的结局,最重要的原因是她在封建思想的影响下产生了精神危机。

习近平:《在文艺工作座谈会上的讲话》(第一个问题)

由此看来,人类的精神活动其实也是人类生命存在的方式之一,与"直接的物质的生活资料的生产"一样,精神活动伴随着人生命的全部过程。也就是说,人的生命形式的存在包含着物质与精神两个层面,是以物质生产活动与精神活动的方式共同展现的。马克思将人的精神活动看作人的现实存在方式的组成部分,将人的意识看作人的现实存在的理论形式,指出:"我的普遍意识不过是以现实共同体、社会存在物为生动形式的那个东西的理论形式,而在今天,普遍意识是现实生活的抽象,并且作为这样的抽象是与现实生活相敌对的。因此,我的普遍意识的活动——作为一种活动——也是我作为社会存在物的理论存

---

① 黑格尔. 美学:第1卷[M]. 朱光潜,译. 北京:商务印书馆,1979:38-39.
② 马克思. 1844年经济学哲学手稿[M]//马克思,恩格斯. 马克思恩格斯全集:第3卷. 北京:人民出版社,2002:273.

在。"① 如果我们仅仅看到人为了满足生命存在的需要而具有的"直接的物质的生活资料的生产"活动，看不到人类同时具有的精神活动，看不到人类物质活动与精神活动之间的内在联系，就将无法正确地看待人和人类历史，就是把人局限在一般的动物的水平，或是把人的思想意识与人的现实存在相阻隔。

对人类自身精神活动的研究，人类已经取得了丰富的成果，形成了许多有价值的理论。美国心理学家马斯洛从人的需要角度揭示了人的精神活动的内在动因，他的观点得到了普遍的认同。他把人的需要分为五个层次：第一是生理的需要，即生命存在和人类繁衍的需要，包括食物、水分、空气、睡眠、性等方面的需要。第二是安全的需要，即在肉体与精神方面免遭危险和威胁，获得安全感的需要。第三是社交的需要，指人的"归属与爱"，即给予或接受他人的关怀和爱护，表达和接受爱情、爱与被爱；同时，受到一定的群体的接纳和重视。第四是尊重的需要，即受到尊重和尊敬，获得荣誉，得到一定的社会地位的需要。第五是自我实现的需要，即实现自己的理想和抱负的需要。马斯洛晚年又提出了人的第六层需要，即自我超越的需要。马斯洛认为，人的这些需要是支配人行为的动因，而在人的这些需要中，只有当低层次的需要得到适当的满足后，较高层次的需要才可能充分出现，成为支配人的行为的主要动因。马斯洛的需要层次理论很好地揭示了人多层次的生命活动的动因，他所列出的那些高层次的需要，也正是人精神活动的内在动因，决定了人超越一般动物生理需要的更高级的精神生活。人类社会的这些精神生活，正是人类生存的最高表现，它使人的生活变得丰富多彩、趣味无穷。

人类的精神活动在内容与形式方面都是极其复杂和多样的，我们可以按照研究各种精神活动的学科分类来概括掌握，通常概括地将它们分为认识自然规律的自然科学，认识人类社会活动规律的社会科学，以及认识人类的信仰、伦理、情感和审美意识等人文活动规律的人文科学；也可以根据人类的精神活动本身来概括，如根据意识活动的目的分为理性认知性的和情感体验性的，根据意识活动的基本内容划分为哲学的、宗教的、政治的、审美的等具体领域。很显然，文学活动是人类丰富的精神活动中的一种特殊的活动方式。

三、文学是人类的一种审美活动

人与外在世界存在着两种基本关系：物质性的实用关系和特殊的精神性的审美关系。人要从外在世界中获得生产生活资料，满足自身生命存在与繁衍的需要，这就与外在世界形成了物质性的实用关系。在这种实用关系中，人以获得、利用、占有、消费对象为目的处理与外在世界的关系，在欲望的支配下对对象采取功利的态度和方式。人类在改造外在世界的同时，还会与外在世界建立起一种超越直接功利目的精神性的关系——人并不只是对对象采取实用的态度和方式，还会通过外在世界与自身形成的关系观照自己、评价自己、确认自己，从而在欣赏自己的"外在现实"的同时体验情感的愉悦。这种对对象非实用目

---

① 马克思. 1844年经济学哲学手稿 [M] // 马克思，恩格斯. 马克思恩格斯全集：第3卷. 北京：人民出版社，2002：302.

的、非直接功利诉求的关系，是人与现实世界之间形成的一种特殊的审美关系。

审美活动是人类所具有的一种特殊的精神活动，它源于人对自身与对象关系的判断，所产生的是由对自身在生存实践中所展现的本质力量的肯定和确认而获得的积极的情感体验。这种审美的情感超越人的一般物质要求和现实的局限而达到自由、自觉的精神境界。

黑格尔在讨论美学问题时，举了一个例子：

> 一个小男孩把石头抛在河水里，以惊奇的神色去看水中所现的圆圈，觉得这是一个作品，在这作品中他看出他自己活动的结果。①

黑格尔用这个例子是要说明一个原理性的观点：人要通过实践的活动来达到为自己（认识自己）的目的，由此产生了人类的审美活动。他认为："人有一种冲动，要在直接呈现于他面前的外在事物之中实现他自己，而且就在这实践过程中认识他自己。人通过改变外在事物来达到这个目的，在这些外在事物上面刻下他自己内心生活的烙印，而且发现他自己的性格在这些外在事物中复现了。人这样做，目的在于要以自由人的身份，去消除外在世界的那种顽强的疏远性，在事物的形状中他欣赏的只是他自己的外在现实。"② 在这里，黑格尔以小男孩与河水的关系为例，阐述了人与外在事物的审美关系。人正是出于认识自己的需要，通过活动，以外在事物来确认自己的"内心生活""自己的性格""自由人的身份"，欣赏"自己的外在现实"。黑格尔是从人的主体角度，在人与外在事物的关系中把握人的审美活动的。他把人的活动看作建立人与外在事物关系的桥梁，把人对自身的观照、对自身实践能力的肯定，对自由的追求看作审美活动的基本内容，把审美对象看作"自己的外在现实"。

马克思积极借鉴了黑格尔的美学思想，把人类的实践活动看作人与外在事物建立关系的桥梁，在主体与客体的关系中把握人的审美活动，把人类的审美活动同样看作人在外在世界中对自身的确认与欣赏。但是，马克思与黑格尔根本不同的地方在于，黑格尔用本能性的"冲动"来解释实践的动机和方式，使人的审美活动显得偶然、随机，而且他所说的"实践"还带有相当的意念活动的内涵；而马克思用人现实性的生存活动来解释实践的动机，这种实践是受到生命存在要求支配的，是必然发生的，而且根本性质是改造世界和改变人与世界关系的活动，审美对象也是由创造性劳动而"人化"的外在现实。马克思通过对人的劳动进行分析，揭示了人与现实建立审美关系的现实基础。马克思指出："劳动这种生命活动、这种生产生活本身对人来说不过是满足一种需要即维持肉体生存的需要的一种手段。而生产生活就是类生活。这是产生生命的生活。一个种的整体特性、种的类特性就在于生命活动的性质，而自由的有意识的活动恰恰就是人的类特性。"③"通过这种生产，自然界才表现为他的作品和他的现实。因此，劳动的对象是人的类生活的对象化：人不仅像在意识中那样在精神上使自己二重化，而且能动地、现实地使自己二重化，从而在他所创

---

① 黑格尔. 美学：第1卷［M］. 朱光潜，译. 北京：商务印书馆，1979：39.
② 黑格尔. 美学：第1卷［M］. 朱光潜，译. 北京：商务印书馆，1979：39.
③ 马克思. 1844年经济学哲学手稿［M］// 马克思，恩格斯. 马克思恩格斯全集：第3卷. 北京：人民出版社，2002：273.

造的世界中直观自身。"① 在马克思这里，人以现实的物质劳动创造了人与外在世界的对象性关系，使外在世界成为自己的作品，使其成为能够"直观自身"的"自由的自觉的"本质特征的审美对象。当人不再以功利性的实用方式，而是以精神性的判断方式观照自己的作品时，他直观到的是能够确证他的创造能力的"外在现实"，从而产生审美愉悦。这样，人类的审美活动就成为人类生命活动的一种重要的不可或缺的基本形式，或者说，其本身就是人类生命存在的一种特殊的方式，并不是外在于人的生命活动中的可有可无的活动。概括地说，审美活动是人类的这样一种精神活动：它建立在生产生活实践过程中所形成的人与现实之间审美关系的基础上，审美主体通过对能够显现自身自由、自觉的创造性力量的审美对象的观照和评价，确认和欣赏自身的"外在现实"，从而达到超越现实的局限、实现心灵自由的目的，体验由此产生的情感愉悦的精神活动。

人类的审美活动有多种方式，根据审美对象的存在领域，可以概括地分为对自然美的欣赏，如对日月星辰、山川河流、花鸟虫鱼等自然物所显现出来的美的欣赏；对社会美的欣赏，如对社会生活中各种美的事物和现象、体现爱国主义和社会主义精神的新人新事新风尚的欣赏；对人的精神品质美的欣赏，如对人类的勤劳、勇敢、智慧、同情、怜悯、包容等的欣赏；对艺术美的欣赏，如对音乐、绘画、舞蹈、雕塑、文学、戏剧、影视等的欣赏。而文学活动作为一种审美活动，一方面，人们将自己对自然、对社会、对艺术的审美感受通过语言创造艺术世界的方式表现出来，实现人与人之间的审美体验的交流；另一方面，更重要的是，在文学活动中，无论是作者还是读者，实际上都是以文学的方式实现自我观照，并且在文学中表现与寄托由对自身的认识与评价所形成的情感态度、美学理想，在文学作品中实现和确认自己的。

四、文学是人类的一种艺术活动

什么是艺术？这是一个被言说了几千年而常议常新的问题。迄今为止，给艺术下的定义可以说不计其数，却没有一个被人们普遍接受的结论。其实，"艺术"是一个历史性的概念，随着社会的发展，艺术活动的不断丰富，人们对艺术的理解也不断地发生变化。

黑格尔对艺术的观点很有代表性，他把艺术美看作最高的美。他指出："我们可以肯定地说，艺术美高于自然。因为艺术美是由心灵产生和再生的美，心灵和它的产品比自然和它的现象高多少，艺术美也就比自然美高多少。从形式看，任何一个无聊的幻想，它既然是经过了人的头脑，也就比任何一个自然的产品要高些，因为这种幻想见出心灵活动和自由。"② 黑格尔指出了艺术的最基本的品质——它是人的心灵的产物、精神创造的成果。艺术与其他物质成果所不同的是，艺术直接反映人的心灵，人的精神世界。因此，心灵所创造的艺术之美要高于自然的产品美。他解释说："只有心灵才是真实的，只有心灵才涵盖一切，所以一切美只有在涉及这较高境界而且由这较高境界产生出来时，才真正是美的。就

---

① 马克思. 1844年经济学哲学手稿［M］// 马克思，恩格斯. 马克思恩格斯全集：第3卷. 北京：人民出版社，2002：274.
② 黑格尔. 美学：第1卷［M］. 朱光潜，译. 北京：商务印书馆，1979：4.

这个意义来说，自然美只是属于心灵的那种美的反映，它所反映的只是一种不完全不完善的形态，而按照它的实体，这种形态原已包含在心灵里。"① 黑格尔把人的心灵当作艺术美的根源，反映出他的人本主义美学思想。我们知道，人的意识并不是天生自有的固定物，而是人在生产生活中对现实存在的反映，艺术反映的其实不过是人对生活的体验与感受。如果只强调艺术是心灵的产物，就会忽视艺术与人的现实生活的关系，造成就艺术论艺术的局限。

马克思主义美学从实践主体的人出发，在人与世界对象性关系的基础上，揭示了艺术活动的基本性质。马克思提出了人有不同的"掌握世界"的"专有的方式"的观点。他指出："整体，当它在头脑中作为思想整体而出现时，是思维着的头脑的产物，这个头脑用它所专有的方式掌握世界，而这种方式是不同于对于世界的艺术精神的、宗教精神的、实践精神的掌握的。"② 在马克思看来，艺术是另外一种掌握世界的专有的方式。接着他专门讨论了艺术与社会发展形式之间的关系，以大量具体的文艺发展史实阐述了特定艺术繁荣阶段与产生其的社会发展形式之间的内在联系，启示我们发现人类以艺术精神掌握世界的规律：艺术活动以特有的审美的方式掌握世界，人通过艺术创造这种特殊的方式，表现和传达通过对自身与现实关系的认识和评价所获得的审美情感，在创造的艺术世界中进入理想境界，实现对现实世界的超越而达到心灵的自由，以艺术领域的审美创造活动完成以艺术精神对世界的掌握。

苏珊·朗格：一切种类的艺术都是被创造出来的"生命的形式"

艺术活动是人类活动中最为特殊的一种审美活动，它是人们借助一定的物质媒介作为艺术符号，通过想象、虚构、幻想等方式，创造出心灵化的艺术世界，使自己的精神达到理想境界，完成对自身局限性的超越，实现与人交流目的的一种活动。艺术活动的基本特点，主要有以下几个方面：

第一，情感性。这是由艺术活动的精神品质——审美所决定的。我们知道，审美是人在对象世界中对自身的发现与肯定，产生的是情感的愉悦，情感就成为审美的主要内容和表现形式。而艺术活动是人类审美活动的重要形式，人们在情感的推动下，将审美经验集中地运用于艺术创作中，从而达到以鲜明、生动的艺术作品传达自己的审美理想、交流情感的目的。古今中外的艺术理论普遍地将情感视为艺术活动的核心内容，认为情感是艺术创作的出发点和原动力，是结构艺术作品的逻辑依据，是赋予艺术形象丰富意蕴的本源，是实现交流的内在媒介。

第二，形象性。艺术以感性形象的方式掌握世界，与科学活动以抽象的、理论的方式掌握世界不同，艺术不以认识和概括事物的规律为目的，而是在精神领域里整体地掌握人与现实的审美关系。艺术活动借助想象，以艺术符号的方式创造出由感性形象构成的艺术世界，表现人们对现实生活的审美感受和情感。因此，艺术活动从不脱离形象，人们的全部精神都寄托在由艺术形象和审美意境构成的艺术世界中。这样，艺术形象和审美意境就成为艺术活动的重要标志。

---

① 黑格尔. 美学：第 1 卷 [M]. 朱光潜, 译. 北京：商务印书馆, 1979：5.
② 马克思.《政治经济学批判》导言 [M] // 马克思, 恩格斯. 马克思恩格斯选集：第 2 卷. 北京：人民出版社, 2012：701.

第三,虚拟性。各种艺术都是以特定的物质媒介作为塑造艺术形象、创造艺术世界的符号,传达思想感情和审美理想的。毫无疑问,艺术世界,无论它多么酷似现实生活,由于是人精神创造的产物,所展现的都是创作者所感受到的生活,是创作者以艺术符号方式虚拟出的艺术世界,其中蕴含着创作者鲜明的精神品质,已经不再具有现实生活的客观性。艺术虚拟性的形成,除了由它的精神活动性质所决定之外,还受到艺术创造规律的制约。任何艺术不可能也没有必要完全再现现实生活,必然要根据创作目的,通过想象虚构出最能够表现创作者审美理想的艺术世界。

第四,个性。艺术活动是人类的重要活动,但具体的艺术活动无论是创作还是欣赏、批评,都是以个人方式参与的,具有鲜明的个性。因为每个人所处的生活环境不同、生活经历不同、文化与艺术修养不同,他所感受到的世界必然带有鲜明的个性色彩。尽管由于受到客观环境和人类共性的制约,任何人都会表现出共性,但依然会保留着自己的个性特征,以个性的方式表现出共性。人在现实中的个性必然会被带到艺术创作中,使每一件艺术作品都表现出他的个性特征,这是艺术活动的规律。因此,艺术活动尊重和鼓励创作者表现出鲜明的个性,创造性地丰富自己的审美经验和精神世界。对于艺术形象的塑造,同样要求具有鲜明的个性,而且要求得更高。艺术活动期待有个性的艺术形象能够最大限度地展现出具有人类普遍意义的性格特征,给人更深刻的社会、人生启示。

人类的艺术活动有很多种类,依据艺术活动凭借的不同媒介,可以分为不同的艺术,文学、音乐、舞蹈、绘画、雕塑、戏剧、电影、电视是其中的主要类型。文学作为一种艺术,与其他艺术一样,也不是直接创造物质成果的人类活动,也都以符号的方式,通过想象、虚构,营造出艺术的世界,传达艺术家对现实生活的感受和评价,寄托他们的审美理想。在各种艺术中,文学是人类最早诞生的艺术形式之一。艺术史家认为,在人类社会产生艺术的初期,诗歌、音乐、舞蹈是三位一体的。文学与音乐舞蹈等艺术形式的区别在于它是以文字的运用与表现来实现它的艺术感染力和审美价值的。

赵慧平:文学是一种生命精神的记载

【学习活动】

以"社会生活中为什么会有文学活动"为题召开小组学习研讨会,请每位同学拟一篇发言稿。

第二节 文学的基本性质

文学作为一种艺术,在人的生存活动中占有重要地位。那么,文学有哪些基本性质呢?这里,将从文学是一种社会意识形态、一种社会交流方式和一种语言艺术三个方面来考察。

一、文学是一种社会意识形态

文学作为一种精神活动，是一种审美意识形式，集中显现的是人的审美意识。所谓审美意识，概括地说，是人关于美的观念系统，包括关于美的性质、审美标准、审美价值、审美功能、审美理想等的认识，它是人的意识结构的重要组成部分。在长期的历史发展过程中，人类与现实结成了超越物质关系的审美关系，使人能够在对象世界中观照自身，确认自身，从而产生审美情感。在这个历史进程中，人在外在世界中不断创造着美，发展着美，并且使文学艺术活动逐渐发展成为相对物质生产领域而独立的社会生活领域，同时，也不断丰富和发展着自身的审美意识。审美意识成为整个意识结构中具有相对独立特性的重要组成部分，与其他社会意识，如哲学意识、道德意识、宗教意识、法律意识等共同反映和表现人的生存现实。

第一，作为审美意识形式的文学，是上层建筑中的社会意识形式之一，具有社会意识形式的一般属性。马克思指出了人们的意识与现实存在之间的必然联系："人们在自己生活的社会生产中发生一定的、必然的、不以他们的意志为转移的关系，即同他们的物质生产力的一定发展阶段相适合的生产关系。这些生产关系的总和构成社会的经济结构，即有法律的和政治的上层建筑竖立其上并有一定的社会意识形式与之相适应的现实基础。物质生活的生产方式制约着整个社会生活、政治生活和精神生活的过程。不是人们的意识决定人们的存在，相反，是人们的社会存在决定人们的意识。"[①] 这里，马克思以"社会意识形式"的概念指称上层建筑中的意识形态领域。他指出，人们的社会存在决定人们的意识，社会经济基础决定社会意识形式。这是社会发展规律，并不是哪个人随心所欲的安排，是不以人们的意志为转移的。就具体的社会意识形式来说，无一例外地反映着与之相适应的物质生产力的实际发展水平，不可能也无法成为抽象的概念，都表现出特定阶级、阶层、团体、个人的利益要求，具有人对其现实存在状态反映的实际内容。据此，可以得出结论：文学既然是上层建筑中的社会意识形式之一，就必然具有社会意识形式的一般属性，遵循社会意识的发展规律。

第二，作为社会意识形式之一的文学艺术，与法律、政治、宗教、哲学等其他社会意识形式共同构成社会意识形态整体，各自以其专有的方式存在于不同的社会意识形态领域。马克思指出："随着经济基础的变更，全部庞大的上层建筑也或慢或快地发生变革。在考察这些变革时，必须时刻把下面两者区别开来：一种是生产的经济条件方面所发生的物质的、可以用自然科学的精确性指明的变革，一种是人们借以意识到这个冲突并力求把它克服的那些法律的、政治的、宗教的、艺术的或哲学的，简言之，意识形态的形式。"[②] 在这里，马克思进一步直接将其所列举的包括艺术在内的社会意识称为"意识形态的形式"。虽然这里马克思重在指出这些意识形态的形式与经济基础之间相互作用的关系，但列举出不同

---

① 马克思.《政治经济学批判》序言[M]//马克思，恩格斯. 马克思恩格斯选集：第2卷. 北京：人民出版社，2012：2.
② 马克思.《政治经济学批判》序言[M]//马克思，恩格斯. 马克思恩格斯选集：第2卷. 北京：人民出版社，2012：3.

的意识形态形式，意味着马克思将上层建筑划分出不同的意识形态领域，将意识形态领域看作由不同的意识形态形式组成的一个系统，共同反映着社会经济基础发展状态，并与之相互作用。这使我们进一步明确：意识形态是蕴含着一定社会阶级、阶层、团体、个人思想意识的观念体系和具体立场、观点、思想倾向的社会意识形式整体。在不同的意识形态领域，同样包含着不同的具体内容。文学与其他意识形态的形式一样，并不是孤立存在的抽象观念，而是在自己专有的审美领域反映着人们的现实存在状态，表现着他们的精神世界，带有不同的阶级、阶层、团体与个人在审美领域的不同要求，无法超出其历史的和现实关系的制约。阿尔都塞认为："每一件艺术作品，都是由一种既是美学的又是意识形态的意图产生出来的……因此，艺术作品与意识形态保持的关系比任何其他物体都远为密切，不考虑到它和意识形态之间的特殊关系，即它的直接的和不可避免的意识形态效果，就不可能按它的特殊美学存在来思考艺术作品。"① 文学作为一种社会意识形态的形式，其所表现的审美意识即使具有千变万化的表现形式，其中也必然包含着人们特定的意识形态品质。

第三，文学是一种审美意识形态。文学与其他社会意识形态形式的区别在于它的审美特性。这里特别要指出的是，文学作为"意识形态的形式"之一，一方面与法律、政治、宗教、哲学等意识形态的形式有共同的意识形态属性；另一方面，又具有其特殊的"审美"属性。关于"审美"，前面已经讨论过，其基本性质是审美主体基于人与现实的审美关系，对自身"外在现实"的肯定与欣赏，是人掌握世界的特殊的精神活动。文学艺术则以其情感性、形象性、虚拟性和艺术个性的审美方式创造符号化的艺术世界，用以传达人通过对自身与现实关系的体验、认识、评价而形成的审美意识和情感倾向，表现人在审美领域对世界的掌握。文学的这一审美品质也构成了文学与其他意识形态形式的根本区别，使文学具有审美意识形态的基本性质。因此说，文学是一种审美意识形态。文学的这个特殊的审美精神与艺术活动方式，构成了文学活动的专有领域和独特的功能与价值。

很显然，文学作为审美意识形态，其特殊的审美精神品质和艺术活动方式，决定了它在整个社会结构中的位置。恩格斯曾几次提到哲学与宗教属于"更高地悬浮于空中的意识形态的领域"②。跟哲学与宗教相比，文学则处于距经济基础更远的意识形态领域。根据这个观点，文学与经济基础的关系是：文学最终要由经济基础来说明，但它与经济基础的关系是间接的，往往要通过上层建筑中的政治、法律等中介环节发生作用。

童庆炳：《实践是"审美"与"意识形态"结合的中介》（节选）

二、文学是一种社会交流方式

从人们从事文学活动的动机和文学在社会关系中的特殊作用的视角看，文学的发生出于人们交流的需要。

当人们在现实生活中有了生活的体验和感受，并且由此产生了强烈的感情时，就会有

《毛诗序》

---

① 陆梅林. 西方马克思主义美学文选 [M]. 桂林：漓江出版社，1988：537.
② 恩格斯. 恩格斯致康拉德·施米特 [M] // 马克思，恩格斯. 马克思恩格斯选集：第4卷. 北京：人民出版社，2012：611.

一种情不自禁的表达冲动，希望将自己的体验和感受传达出去，引起他人的共鸣。汉代的《毛诗序》中就有这样一段著名的表述："诗者，志之所之也，在心为志，发言为诗。情动于中而形于言，言之不足故嗟叹之，嗟叹之不足故咏歌之，咏歌之不足，不知手之舞之，足之蹈之也。"俄国作家托尔斯泰也曾经说过："要想精确地为艺术下个定义，首先就不要再把艺术看作享乐的工具，而把它看作人类生活的条件之一。如果这样看待艺术，我们就不能不认为艺术是人们相互之间交际的手段之一。……语言传达人们的思想和经验，是使人们结为一体的手段，艺术的作用也正是这样。不过艺术的这种交际手段和语言有所不同：语言被人们用来传达自己的思想，而艺术被人们用来传达自己的感情。……艺术开始于一个人为了要把自己体验过的感情传达给别人，于是在自己心里重新唤起这种感情，并用某种外在的标志表达出来。"[1]

其实，读者接受和欣赏文学作品，也是一种交流行为，是出于获得精神共享的需要。读者在阅读文学作品时，能够被打动，并产生强烈的共鸣，是由于作品中所表现的人生境遇、思想感情与自己的生活经验、思想感情发生了契合。在作品中，在作品展开的艺术世界中，在作品所表现的思想感情中，读者确认了自己，从而获得极大的精神愉悦。文学作品如果所表现的思想感情与读者不相契合，就很难成为读者的欣赏对象，反而会被读者反感和排斥。

无论是作者还是读者，都是文学活动的主体，都要在文学中获得交流的满足。从交流这个意义上说，我们也可以把文学活动看成一种主体之间的对话，把人与人之间的关系看成一种主体与主体之间的对话关系，把文学创作看成作者实现与社会交流的重要方式。由此，也可以说，人们阅读不同历史时期的文学作品，实际是借助作品审视作者与现实社会的交流，实现与作者、与社会多重的对话交流。文学活动本身就是对话过程，参与文学活动的所有成员都是对话者。

关于文学活动的对话主体、对话内容和对话方式，巴赫金进行了较为深入的研究，他指出："首先，对话者就不只是文本中人物与人物的对话，还包括作者与人物、作者与读者、人物与读者的对话关系；其次，对话的内容就不只是引号内的内容，文字上的内容，还包括文字以外的画外音以及空白；另外对话的方式，由于摆脱了引号的束缚，更是自由自在，尤其是作者与读者的对话性形式变化最多。对话性使叙述更有深度，使形式更有韵味。"[2] 在整个文学活动中，有多重对话关系，正是这种多重对话关系，以文学的特殊方式实现着社会交流。

在历史发展的过程中，作品的接受就像一条河流，离源头越远，就拓展得越大，实现了一代又一代之间的交流。当代西方接受美学理论家姚斯指出："第一个读者的理解将在一代又一代的接受之链上被充实和丰富，一部作品的历史意义就是在这过程中得以确定，它的审美价值也是在这过程中得以证实。"[3] 只要文学作品还在流传，就必然存在不同时代读

---

[1] 托尔斯泰. 什么是艺术 [M]. 何永祥，译. 南京：江苏美术出版社，1990：56-58.
[2] 董小英. 再登巴比伦塔：巴赫金与对话理论 [M]. 北京：生活·读书·新知三联书店，1994：7.
[3] 姚斯，霍拉勃. 接受美学与接受理论 [M]. 周宁，金元浦，译. 沈阳：辽宁人民出版社，1987：25.

者间的相互交流与对话。"正是通过这种相互作用实现了作者、作品和公众之间,艺术的现时经验和过去经验之间的不断交流",因而"一部艺术作品的解释历史是经验的交流,或者可以说是一场对话,一个问答游戏"①。超越时代的文学欣赏和接受,是一个永远不会完结的历史性的对话交流过程。这也是文学活动作为一种交流活动的鲜明特点。

正是由于这些对话关系,文学活动必然地构成一种特殊的审美领域里的社会关系,实现着特殊的社会交流。

【学习活动】

《论语·季氏篇》记载:"鲤趋而过庭,曰:'学《诗》乎?'对曰:'未也。''不学诗,无以言。'鲤退而学诗。"小组讨论:孔子为什么如此重视学习《诗经》?

习近平:《在文艺工作座谈会上的讲话》(第四个问题)

三、文学是一种语言艺术

进行科学研究的基础是对研究对象进行分类。艺术的分类通常是依据各种艺术形式塑造艺术形象的物质媒介来进行的。由于各类艺术使用不同的物质媒介,会形成不同的艺术符号,因此创造出来的艺术世界在艺术形象、艺术品质、艺术效果等方面都呈现出不同的特色。概括地说,人们把艺术分为造型艺术、表演艺术、语言艺术与综合艺术。造型艺术用线条、色彩、体积等媒介来塑造形象,如绘画、雕塑、建筑等;表演艺术用声音、节奏、旋律或肢体动作等媒介来塑造形象,如音乐、舞蹈;语言艺术运用语言文字塑造形象;综合地运用各种艺术媒介和手段塑造形象的艺术形式,称为综合艺术,包括戏剧、影视艺术。

文学是一种语言艺术,作者通过语言塑造艺术形象,创造艺术世界,表达思想感情。语言这一特殊的媒介,给文学带来与其他艺术形式不同的艺术特点和美学品质。高尔基把语言看作"文学的第一要素",指出:"语言把我们的一切印象、感情和思想固定下来,它是文学的基本材料。文学就是用语言来表达的造型艺术。"②在文学创作过程中,作者形成对生活的理解和概括需要借助语言;进行艺术思维和塑造艺术形象,离不开语言;把自己所创造的艺术世界、艺术形象、艺术体验表现出来并物化为文学文本,更要依赖语言。

现代语言学认为,语言不仅仅是一种符号系统,更是一种文化、一种传统,积淀着民族文化和历史。作为语言艺术的文学,天然地带有历史、文化、价值理念的信息,使文学这种艺术形式较之其他艺术更能够集中地、全面地表现社会文化理念和文化传统。从语言学的角度看,以语言为载体的文学,经过长期的对语言特点的探寻、创造性的运用、不断的积累和传承,使语言的声音、节奏、韵律、意蕴、效果,以及文字的组合展现出独有的形式美,构成了相对独立的美学规范,形成了独特的审美特性。这种形式层面的文学传统,先于个体而存在,一方面为后来者的创作提供经验和制约,一方面也以独特的语言艺术的形式为文学提供语言形式之美。优秀的文学作品能够充分地表现作为语言艺术的形式之美,把思想、感情与语言完美地结合在一起,以语言形式的独特之美激发读者复现表象,展开

---

① 姚斯. 接受美学与文学交流[M]//张廷琛. 接受理论. 成都:四川文艺出版社,1989:196.
② 高尔基. 论文学续集[M]. 冰夷,满涛,孟昌,等译. 北京:人民文学出版社,1979:387.

联想，体验情感，品评人生，同时也使语言的特性发挥到极致，使作家在继承和发扬本民族的语言、文化和文学传统的基础上，更以极富创造性的言语活动，推动本民族语言的发展。在历史上，作家的文学创作推动本民族语言发展的典型事例并不鲜见。乔叟是英国的伟大诗人，他坚持以英语为表现工具并把它提高为英国文学语言，他的作品是中世纪用英语写作的代表，对把英语确立为文学语言做出了卓越的贡献；莎士比亚大量的经典作品影响着读者，使英语获得了繁荣发展。而被称为"俄国文学史上的彼得大帝"[①]的罗蒙诺索夫，同样以优秀的作品发展了俄语，为克服当时俄语的混杂现象，创造统一的语言规范打下了基础。继他之后，俄国伟大的诗人普希金用他广为流传的作品丰富和发展了俄罗斯的文学语言，进一步发展了俄罗斯的语言规范。

语言本身是脱离了具体感性物质的指代性的符号，具有概括性、抽象性的特点。这就使以语言作为艺术表现工具的文学，与其他以可见、可闻、可触的物质媒介为艺术表现工具的艺术类型相比有了自己的审美特点。语言给文学带来的特点不能用优点、缺点来评价，因为不同艺术的审美价值都是独特而不可替代和不可或缺的。各种艺术形式共存，构成了人类社会丰富的艺术世界。

汪曾祺：语言本身是艺术

作为语言艺术的文学具有鲜明的艺术特点。

（一）文学形象的间接性

文学文本是言语构成的语言符号体系，文学形象完全由语言描述，以文字的形式呈现，这就使文学形象具有非直观的间接性。读者只能看到文字符号，并不能直观地见到艺术形象，只能根据自己的语言修养和生活经验，按照语言的描述加以想象，复现出艺术形象，营造出艺术世界。文学形象的这种间接性特点，会使文学的接受形成明显的差异性。这表现为两种情况：

一是文学形象的差异性。虽然在语言描述的引导下，文学形象有其基本的特征，不同的读者会有大致相同的总体印象，但对文学形象具体的想象，则会由于读者生活经验、语言修养、想象力等方面的差异，呈现出明显的不同。西方有一句著名的表述，"有一千个读者，就有一千个哈姆雷特"，极其形象地描述了读者对文学形象想象的差异性。脂砚斋对贾宝玉的评价是："说不得贤，说不得愚，说不得不肖，说不得善，说不得恶，说不得正大光明，说不得混账恶赖，说不得聪明才俊，说不得庸俗平凡，说不得好色好淫，说不得情痴情种……"（《红楼梦》第十九回脂砚斋批语）他的这些"说不得"，说的是以他的判断标准认识到的贾宝玉，他心目中的贾宝玉。很显然，他心目中的贾宝玉并不是每个读者心目中的贾宝玉。

二是作品意蕴的差异性。就是说，不同的读者对文学作品所具有的实际意蕴的领悟存在着差异，一个读者所领悟到的意蕴往往与作者本人，或者其他读者不同。中国古人很早就意识到语言传情达义的局限性，《易·系辞上》中有"言不尽意"之说。语言毕竟具有概括化、抽象化的特质，再丰富和生动的语言都无法尽述现实生活中所有的感性形态，真

---

① 顾宏哲，刘艳春. 门捷列夫 罗蒙诺索夫［M］. 北京：新时代出版社，2002：245.

实地再现生活的本来面貌，更无法彻底地表现出人复杂而丰富的内心世界，对此古代文人就已经有所体会：陶渊明诗中云"此中有真意，欲辨已忘言"（《饮酒（其五）》）；刘禹锡诗中有"常恨言语浅，不如人意深"（《视刀环歌》）；诗论家沈德潜说"情到极深，每说不出"（《说诗晬语》）。对于"真意"和"深情"，"言"的局限性就显得明显了。那么，如何克服语言的这种局限性呢？还是要从语言本身来解决，那就是"立象以尽言"，即通过语言描述的艺术形象所具有的丰富的意蕴，补充语言直接描述所留下的空白，有意识地给读者想象的空间。这种通过巧妙地运用语言而达到的艺术效果，充分地体现出文学家的艺术创造力，给文学增添了无穷的艺术魅力。对此，中国古代的文学理论家们多有论述。仅举几例：刘勰提出"夫隐之为体，义生文外，秘响旁通，伏采潜发"（刘勰《文心雕龙·隐秀》）；司空图提出"不著一字，尽得风流"（司空图《诗品二十四则》）；欧阳修提出"含不尽之意，见于言外"（欧阳修《六一诗话》）；李渔也说"和盘托出，不若使人想象于无穷"（李渔《笠翁文集·答同席诸子》）。

由于语言的符号化特点，更由于文学作品作者自觉地利用语言的特点给读者留下了想象的空间，当不同读者以自己的生活经验和艺术修养去想象、补充和领悟时，不仅对作品中艺术世界的感性特征及其内在意蕴的再现和领悟会出现差异，更会创造性地参与艺术世界的构建，主动加入自己的审美倾向和情感，在同情共感中完成阅读。这成为文学活动的一个特色。不同读者对作品意蕴的理解，常常会超出作者的意图和预期，也会超出任何一个个体对作品的理解，使文学作品的意蕴呈现"增溢"现象。

（二）表现生活的广博性与丰富性

与绘画、舞蹈、雕塑、音乐等其他艺术形式相比，在展现社会生活的广博上，在表达心理世界的隐秘和丰富上，文学显示出其他艺术形式难以企及的优越性。

首先，文学作为语言艺术，能够发挥语言可指代任何事物的功能，自由地超越时空的限制，极其广泛而全面地表现现实生活。转瞬之间，天上人间、过去现在、历史未来、国内国外可以自由地随着作者的艺术想象出现在其作品里，时间和空间完全无法构成对文学创作艺术表现的限制，这在其他艺术形式中是无法想象也无法做到的。如被誉为"古今七言律第一"的杜甫诗《登高》："风急天高猿啸哀，渚清沙白鸟飞回。无边落木萧萧下，不尽长江滚滚来。万里悲秋常作客，百年多病独登台。艰难苦恨繁霜鬓，潦倒新停浊酒杯。"杜甫在"登高"之际，把万里羁旅漂泊和生活的苦痛艰辛凝于笔端，将不同时空中的风、天、渚、落木、长江、高台、猿、鸟、多病、霜鬓、潦倒，以及诗人的悲、艰难苦恨情绪等自然、动物、人的形、声、色、意多种意象组合在一起，使作品展现出穿越时空、神游天地的无限艺术空间，以此传达了诗人对自己在国家多难时期空有抱负而不得志，长年漂泊、衰老多病而惆怅悲苦的无限感慨，充分体现了语言艺术"把同一时间而不同空间里的景物联系配对，互相映衬"，表现空间"分合错综的关系"的魅力。[①] 文学借助语言可以超越时空的限制，实现心灵的自由，达到理想的境界。阅读古今中外的文学作品可以充分

---

① 钱锺书. 七缀集 [M]. 北京：生活·读书·新知三联书店，2002：39.

体会到，文学表现的社会生活极其广博而丰富，其他任何艺术形式都无法比拟，语言作为文学的媒介，能够使有限的生活现象与人无限的精神境界相契合，充分体现出语言艺术的特点。

其次，文学借助语言，能够深切细腻地表达思想感情，描写人物丰富的心理活动。语言是思维的重要工具，是思想的直接显现，人们的思想能够达至内心深处的最隐秘之处，人也能够反思、体验到极为丰富、复杂的思想、情感活动。列夫·托尔斯泰在《艺术论》中说，人们用语言互相传达自己的思想，而用艺术互相传达自己的感情。符号论美学代表之一苏珊·朗格也指出："推理性符号系统被用于科学，而艺术符号系统却被用来概括和表现'生命经验'或'情感生活'。"[1] 而作为语言艺术的文学，则能够用语言符号将思想、感情与物象很好地融合在一起，让人们丰富、复杂的心理世界极其细腻、生动、形象地表现出来，使人读来感觉意味无穷。在文学作品中，细腻、生动地表现人物的内心世界的例子不胜枚举。以写梅为例。看似在写梅，其实都是借梅的某些特点表达人的情志，即所谓的托物言志：王安石笔下有"遥知不是雪，为有暗香来"（《梅花》）的芳香之梅；卢钺笔下有"梅须逊雪三分白，雪却输梅一段香"（《雪梅》）的争春之梅；陆游笔下有"驿外断桥边，寂寞开无主"（《卜算子·咏梅》）的凄苦之梅；毛泽东笔下则是"待到山花烂漫时，她在丛中笑"（《卜算子·咏梅》）的傲然之梅——这些作品中的梅有不同的形态和品格，都被创作主体用来表现各自的人生体验和审美情怀，无形的思想感情融入有形的梅的形象，使有限的自然物承载无限丰富的情意，读来意味无穷。文学就是这样，借助语言，能够超越物质空间与心理空间的局限，自由地进入人的内心世界。在这一方面，其他艺术形式是无法比拟的。

（三）语言运用的创造性

在文学创作过程中，作者为了准确、生动、优美地描述形象、情节、场景，表达内心丰富的思想感情，常常会打破语言运用的常规，创造性地使用语言，使文学作品中的语言形成极大的艺术张力，使文学作品意义的生成具有多种可能性，以高度的语言智慧增加文学作品的艺术魅力，也使话语本身具有更为自由、广阔、深邃的表现力。

我们知道，语言是语言共同体成员在长期的历史发展中约定俗成的，是具有定性和规范性的系统，为具体的话语行为提供准则。这就给文学表现生活带来极大的挑战。文学家们在实际运用语言时，并不拘泥于语言规范和语法规律，以能够准确、充分地表达自己的思想感情为标准，常常大胆地冲破语言的规范，创造性地运用语言，丰富语言的表现力，推动语言的发展。宋代江西诗派诗人吕本中提出："学诗当识活法。所谓活法者，规矩具备，而能出于规矩之外；变化不测，而亦不背于规矩也。"（吕本中《夏均父集序》）钱锺书评说："……两语非互释重言，乃更端相辅。前语谓越规矩而有冲天破壁之奇，后句谓守规矩而无束手缚脚之窘；要之非抹杀规矩而能神明乎规矩，能适合规矩而非拘挛

---

[1] 朗格. 艺术问题 [M]. 滕守尧，译. 南京：南京出版社，2006：179.

乎规矩。"① 文学家应该进出于规矩，守规矩而不拘泥于规矩，创造性地运用语言。如杜甫的诗句"香稻啄余鹦鹉粒，碧梧栖老凤凰枝"(《秋兴八首》)，诗人巧用心思将宾语前置，突出了香稻粒的宝贵，碧梧枝的优美，鹦鹉与凤凰的生动。其诗句法新奇，构思巧妙，富有情致，开拓了诗句优美的意境，能激发读者的情趣。再读柳宗元《江雪》中的诗句："孤舟蓑笠翁，独钓寒江雪。"诗人仅仅用十个字组合，并不用介词、连词、动词等去构成句子，就极传神地写出了舟、翁、江、雪的状态和空旷寂静的场景，老翁寒江独钓的生动图画，渲染出苦寒凄冷的氛围，传达出诗人面对艰难清高孤傲的心情，言极简而意蕴丰富，读来余味无穷。在现实生活的语境中人们并不这样组织语言，而诗人打破常规却能够取得美妙的艺术效果。

第三节 文学活动的运行机制

文学活动是社会生活中的重要领域，任何实际的文学活动都必然发生在特定的社会生活环境中，在与其他社会生活领域的联系中形成自己的运行方式。那么，在社会生活中，文学以怎样的方式运行？有什么样的运行机制？

"机制"是指协调事物的构成要素之间关系，实现其功能的运行方式。文学活动的运行机制主要指协调文学活动的各个要素，实现文学活动功能的运作方式。

了解文学活动的运行机制，首先要掌握文学活动的基本要素，进而了解各种要素之间是如何联系、相互作用、相互影响，形成整体的运行方式的。

一、文学活动基本要素之间的相互作用

关于文学活动的构成，美国当代文学理论家艾布拉姆斯在著作《镜与灯——浪漫主义文论及批评传统》中提出了著名的"四要素"说，即文学活动由世界、艺术家(作者)、作品、欣赏者(读者)四个基本要素构成(图1-1)。

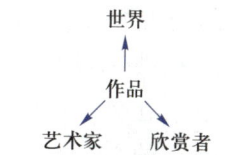

图1-1 文学活动"四要素"

这个观点已经被文学理论研究者广泛接受。它强调应把文学活动看作一个各要素相互联系、相互作用、相互依存的整体，而不是孤立存在的，或者只有线性的联系、单向的作用。从文学活动的运行机制视角来考察，我们会发现，文学活动的四个要素均以各自的方式参与社会的文学生产，给予文学生产不可替代的影响。

---

① 钱锺书. 谈艺录 [M]. 补订本. 北京：中华书局，1984：439.

(一)世界

"世界"在这里可以被宽泛地理解为从事文学活动的人——作者和接受者所处的现实生活环境,其中包括自然环境和社会环境。这个世界相对于人来说,是不以个人的意志为转移的,是不可选择的。人只能在特定的条件下与世界对话,人的生产方式、生活方式,以及与此相应的思想方式、情感方式都要受到客观世界的制约。

根据这个观点,可以说,文学活动中的"世界"这一要素,在文学活动的运行机制中占据着本原的地位。首先,它为文学活动提供了作者的生活资源,使作者拥有了感受、体验、评价、观照的对象,暗示给作者知识、思想、美学理想。归根到底,作者的思想、情感、想象等心理活动都是客观世界触发的,只有客观世界与作者主观世界相契合,才能构成文学反映的世界。其次,它为作者提供了文学创作的材料。大自然中无限丰富的奥秘与奇观,社会生活中千奇百态的人生世相,人类精神世界中极其复杂的意识,构成了文学创作取之不尽的丰富资源。再次,特定历史时期的"世界"会给文学活动做出特定历史条件下的"规定",使文学创作在题材、主题、形式、美学品质等诸方面呈现出特定时期的特征。最后,"世界"构成了使文学活动的主体之间能够实现相互交流,形成沟通,达成共识的平台,使人类得以在"世界"提供的不同层次的现实语境中开展文学交流。

毛泽东:社会生活是文学艺术的唯一源泉

必须指出,"世界"并不是一个只能被反映的客观对象,一个任人描绘的现实环境,一个可以随意选取的材料库。无论是自然界还是人类社会,都有其自身存在与发展的规律,这些规律都会给予文学活动深刻的影响。因此说,"世界"也有自己的意志和作为。如果不能遵循规律去创作,现实世界也会做出反应。试想,一个不会观察、认识和把握世界的人,一个不能深入生活实际体验和理解人生的人,一个无法懂得所表现对象实际的人,会创作出什么样的文学作品来?毛泽东在号召作家要深入现实生活时指出,社会生活是文学创作唯一的源泉,就是这个道理。

(二)作者

作者是文学活动的第一主体,是文学作品的创作者、生产者,是文学活动中最为活跃的要素之一,具体的文学活动要从作者的创作开始。作为文学作品的创作主体,作者给予文学活动的影响极为明显:作者在对现实"世界"的体验、感悟与评价中产生创作动机,在文学作品中表达他对社会和人生的思想感情,呈现他的文学经验、审美趣味和审美理想,为读者提供精神产品。

作者在文学活动中的重要作用早在中国古代就引起了人们的注意,《尚书·舜典》中就有著名的"诗言志"说,从创作主体的视角论诗、论文学,把作者放在文学活动的主导地位。自古以来,研究文学的理论大多集中在对作者的研究上。如,关于作者的个性问题在魏晋时期就引起了人们的关注,曹丕的《典论·论文》说"文以气为主,气之清浊有体,不能力强而致……虽在父兄,不能以移子弟",这里的"气"可以理解为人的内在精神构成要素,包括天赋、性格、才情、知识、思想等综合形成的融贯于全身的精神品质。作者的"气"是无法重复的,作品之"气"自然也是不可重复的。刘勰在《文心雕龙·明诗》篇中说:"人禀七情,应物斯感,感物吟志,莫非自然。"钟嵘在《诗品序》中说:"气之动物,物之感人，故摇荡性情，形诸舞咏。"他们都将作者置于文学活动的主导地位。

把作者看作文学活动的主体，把文学作品看作作者审美意识的外化形式，使人看到了文学活动本质上是人所从事的一种特殊活动，是以人为中心，写人、表现人的活动。这种认识导致了以作者为中心的人学研究。作者的秉性天赋，作者的生活经历，作者的思想感情，作者与现实社会生活、与历史的关系，作者如何创作出作品，作品如何表现了作者的个性，等等，都是文学理论研究中的重要课题。概括起来，把作者作为社会生活中的一分子，作为"人"来研究，把文学作品作为表现"人"生存状态的文献资料，从中认识人、理解人，进而认识社会、认识人生，成为把握文学活动的基本方式。高尔基有一句对文学高度概括的话，即"文学即人学"，集中代表了这种理念。

列宁：《列·尼·托尔斯泰和现代工人运动》（节选）

（三）作品

文学作品在文学活动中占有重要的位置，作品一经发表，就成为社会化的文学产品，以审美的方式参与社会思想文化建设和传播，具有独特的价值。

第一，文学作品是沟通文学活动各个要素的媒介。文学作品是文学活动的固化形式，也是文学活动的标志：作者只有创作出文学作品，才能获得作者的身份；读者只有阅读文学作品，才能获得读者的身份；作者和读者只有通过文学作品进行沟通才能建立文学意义上的对话关系；现实世界只有以文学作品为参照才能在文学活动的意义上成为作者、读者实现沟通的平台。在文学活动的"四要素"中，文学作品就是这样处于标志性的核心地位，其他要素都因与它的沟通而获得意义，因与它的不同关系而发挥着不同作用。

第二，文学作品是文学活动的结晶。人类的文学活动本质上是精神活动，是思想感情的交流，而精神、思想感情存在于人的大脑之中，无法永久存留。文学作品借助语言文字使人的文学活动转化为符号化的存在，保存着一代又一代人的文学活动成果。翻开文学发展历史中的文学作品不难看到，那一个个有着个性风格的语言文字符号系统，其实都是有生命的，都显示着特定时代人们的心灵，也显示着各个时代文学活动发展的水平。文学作品的内容与形式都是经过作者提炼、加工、创造所形成的成果，作者都会努力把在现实生活中形成的思想感情、积累的审美经验、运用语言文字的能力集中地体现在其中，使人们的文学活动在作品中得到体现和升华。因此，可以说，无论是把文学作品看作对人现实生存状态的审美反映，还是把文学作品看作互文性的语言系统，它都应该是特定时代社会、人生的艺术表现，凝聚着人们的思想感情、审美经验、艺术创造能力，是文学活动的结晶。

第三，文学作品是传承文学历史与传统的载体。人类的文化发展规律告诉我们，思想、意识的发展是一个不断积累的过程。文学活动作为人类精神性的审美活动，其发展的过程同样是这样一个积累的过程。任何一个作者的创作活动，都不可能是凭空想象的，它必然从接受前人的审美思想、艺术表现方法开始，然后才可能为既有的文学规范注入一些新的因素，使文学在新语境中逐渐发生改变，而文学作品正是这个历史传承和积累的文学发展历史中的载体。形象地说，在历代无数文学作品内容与形式的联系中，结构成了文学发展的历史长河，使文学传统传承下来，为新文学的发展奠定基础。

综上所述，在整个文学活动的运行过程中，文学作品并不只是活动的结果、被动的产品,还在其中发挥着极其重要的作用。它不仅凝聚了人们的思想感情、审美经验等,而且沟通着文学活动的其他要素,传承着文学传统和规范,影响着文学活动的发展,同时,以其独特的艺术感染力推动着社会思想文化的发展。

(四)读者

"读者"在这里是一个广义的概念,不单指阅读由文字符号构成的文学作品的读者,还包括通过各种媒介欣赏文学作品的更多接受者。

过去,人们对读者在文学活动运行机制中的作用并没有给予应有的关注,只把读者当作被动的受众。在文化掌握在少数人手里的历史时期,广大劳动人民被看作无知、蒙昧,需要教化的对象。传统文人作为文学活动的主导,被赋予高于读者的地位,以社会精英的身份用文学来教化读者,塑造他们的思想感情,维护社会的思想、道德、审美秩序。中国传统文学思想中就有著名的"诗教"理论,把文学当作教化的工具。

随着历史的发展,社会文化水平的全面提高,读者在文学活动中的能动作用越来越突出,文学理论家们开始对读者进行深入、系统研究,发现和揭示了读者在文学活动中的重要作用。西方20世纪60年代兴起的接受美学和读者反应批评,提升了读者的文学接受活动在文学活动中的地位,揭示了读者给予文学活动的巨大影响,把读者提升到文学活动中新的主体地位,打开了文学研究的新视阈。接受美学理论家姚斯指出:"一部文学作品,并不是一个自身独立、向每一时代的每一读者均提供同样的观点的客体。它不是一尊纪念碑,形而上学地展示其超时代的本质。它更多地像一部管弦乐谱,在其演奏中不断获得读者新的反响,使本文从词的物质形态中解放出来,成为一种当代的存在。"① 也就是说,文学作品仅是一个提供了有较大的意义阐释空间的符号系统,并不直接显示某种固定的观点,它是向读者的阅读敞开的存在,提供着因与不同读者对话而产生多种意义的可能性,只有经过读者的阅读鉴赏,文学作品的意义才能由可能性变为现实性,文学作品才能产生具体的意义,实现其价值,文学活动也才能成为一个完整的过程。这样,读者在文学活动中成为参与文学作品意义创造与最终实现的重要一极的作用就突出出来了。文学活动就不仅仅只有作者这个单一主体,而是同时存在着读者这一主体;也不是简单的作者创作、读者接受的单向活动,而是作者与读者之间对话与交流的双向活动。

读者对文学活动的重要影响主要体现在以下几个方面:

首先,读者的阅读是文学活动的最终环节,它使文学作品的意义得到最终实现。就完整的文学活动来说,作者创作出作品,只是完成了其中的一半。如果作品被束之高阁,无人阅读,那作品所蕴含的意义就永远只是可能性的存在,并没有变成现实,作品也相当于不存在。因此,读者的阅读在文学活动中不是可有可无的,而是不可或缺的重要一环,作品的意义必须通过无数读者的阅读才能够具体地实现。

其次,读者的阅读会对文学作品的实际意义产生明显的影响。读者的阅读鉴赏既是顺应语言符号的引导展开想象和复现的过程,在其中把握作品中描写的世间百态,更是结合

---

① 姚斯,霍拉勃. 接受美学与接受理论[M]. 周宁,金元浦,译. 沈阳:辽宁人民出版社,1987:26.

自己的生活体验、思想感情、审美趣味等因素的再创造过程，因此每一个读者对作品意义的理解都会有其个性。

再次，读者对作品的接受影响着作者的创作。一般说来，作者都希望自己的作品拥有更多的读者，受到读者的欢迎，为了获得更多的读者，作者会自觉不自觉地顺从读者的思想倾向、审美趣味、艺术经验去创作。在文学实践中我们可以看到，作者常常有自己特定的读者群，并与他们形成相互交流和相互影响的对话关系。

最后，读者是沟通文学活动与社会现实生活的重要中介。文学活动不是社会生活中的孤立现象，它与社会生活保持着密切联系。这种联系不仅体现在作者方面，也体现在读者方面。读者在现实生活中会形成自己的思想感情、审美经验，并在艺术世界中寄托自己的心灵，在理想的境界中安置自己的精神家园。阅读作品，在某种程度上也是一种寻找自己精神家园的过程，希望自己的思想感情在作品中得到确认。在这样的阅读过程中，读者发挥了作品与社会生活联系的媒介作用。深入研究各个时期的文学思潮也会发现，一定时期所流行的文学思潮其实并不只是作者们的追求造成的，更是渗透着读者们的要求，体现着社会思潮的内在精神。

季札观周乐

二、文学活动的运行方式

一个社会文学活动的运行方式可以从文学活动的要素之间相互作用、相互影响的自身运行层面考察，也可以从社会生活中的文学生产方式层面考察。

（一）文学活动自身的运行方式

通过前面对文学活动要素的考察，我们不难得出结论：文学活动是一个有机系统，是由世界、作者、作品、读者构成的一个对话性交往结构。在这个系统中，"世界"是作者和读者生存的基本环境，是文学活动产生、形成与发展的客观基础，也是作品反映的对象，它为文学活动提供思想、生活材料来源，并因此制约文学活动的内容与形式。作者是文学活动的第一主体，通过文学作品把自己对世界的生活体验、审美经验传达给读者，是文学对话形成的主导性因素。作品是文学活动诸要素之间得以实现文学对话的重要媒介，它是作者体验、感悟、评价，并以语言为媒介呈现"世界"的成果，是艺术创造力的结晶、文学传统传承的载体，是读者的欣赏对象。读者作为文学接受活动的主体，是文学活动的最终环节，在阅读过程中用自主的想象再现和创造性的理解进入艺术世界，最终实现作品的具体意义，完成与作者的精神交流，沟通文学活动与社会现实生活的联系。这四个要素在整个文学活动中相互依存、相互作用，以各自的方式影响文学活动，缺失其中的任何一个要素，文学活动都将不完整。

（二）社会生活中的文学生产方式

社会范围内的文学活动的运行方式，实际上也是社会生活中的文学生产方式。一个社会中文学活动如何运行，不仅是由文学活动构成要素之间的相互作用与影响决定的，更是由社会生活的各种复杂因素决定的，主要有以下几个方面：

1. 社会发展水平

生产力水平决定了现实社会为文学活动提供什么样的物质条件和创作资源，也决定了文学活动自身的内容、形式和美学品质。人类社会初期，生产力水平低下，人们还无法科学地认识世界和掌握世界，只能依据有限的经验和知识生活，在此基础上，形成了人类童年时期特有的集体口头创作和接受的文学活动形式，促进了神话、传说、史诗等艺术的繁荣。随着生产力水平的提高，文字、印刷术的发明和社会的不断进步，文学活动获得了以文字符号形成文学作品的物质文本的方式，作品逐渐转化为作者个人创作成果，成为能够超时空存在的进行审美交流的载体，文本也分化为长篇、中篇、短篇等形式，产生了各种新的文学体裁，其表现的内容与形式日益接近现实生活实际，接近人的现实思想感情。在科技高度发展的今天，电子信息技术促进网络的发展，网络文学正以新的形式、新的理念和新的内容改变着文学的现状，呈现出新的文学活动方式。

2. 文学制度

文学制度是指在一定历史条件下制定的文学活动的管理制度，包括文学创作、传播、接受、评价等环节的制度，具体包括文学政策、作者管理、文学出版、文学传播、文学接受、文学评价、文学教育等具体的制度。文学制度的建立首先受到政治、经济、文化制度的影响，体现着社会统治阶级的意识形态，影响着文学活动的内容与形式及其美学品质。

一个社会的文学制度对文学活动的运行方式有着直接的影响。马克思主义的历史唯物主义告诉我们，制度的建立不过是为社会生产和资源分配提供保障，体现的是不同社会成员的利益分配原则。一个社会采取什么样的制度，并不是人们随心所欲自由选择的结果，它要受到经济发展水平、生产力发展要求的制约。而上层建筑中的观念体系所反映的是经济基础实际，也要受到现实的政治、经济、文化、文学制度的制约。在封建社会，封建专制的政治、经济、文化制度，使文学活动限制在只能体现统治阶级的文化思想与审美理想的范围内，作家、作品都要受到统治阶级的严格审查和控制，文学活动常常沦为统治阶级实行文化专制的工具，内容与形式都体现着封建秩序的要求。在资本主义社会，对物质的追求、消费和享受成为主题，商品交换、自由竞争、优胜劣汰的市场经济规律进入文学活动领域，文学活动不再只是精神活动，而是逐渐演变为一种文化产业，开始参与市场的竞争。受到经济利益这只"无形的手"的控制，文学的创作、传播与经济利益相关，就必须关注如何吸引"眼球"以获得经济利益的问题。此时，文学活动的内容与形式均以市场的要求为标准，常常失去应有的思想、道德坚守。社会主义社会提倡关注最广大人民群众的利益，文学活动能够反映出社会主义思想、道德理念，弘扬社会主义核心价值观，反映人民群众的愿望和要求，传播社会主义、爱国主义、集体主义思想，社会主义社会在文学活动的内容与形式方面倡导百花齐放，使人民群众获得健康、进步的审美享受。

3. 文学传播媒体

文学传播是指文学传播者以不同的传播媒介和传播方式，将作家、作品、读者接受等文学活动信息向社会传播的活动，包括出版、发行，也包括创作研讨会、文学教学等活动。文学传播的方式、范围会直接影响一个社会文学生产的质量和水平。文学传播媒体指的是使文学活动信息得以传播至广大受众的文学设施和载体,包括图书、报刊、戏剧、影视、网络等大众传媒设施。

文学传播媒体对文学生产的影响不仅表现在外在形式的传播时间和传播空间上,更深层次的影响在于文学传播媒体所体现的社会权力对文学生产与传播的控制。我们知道,任何一个社会的大众传媒设施都会以不同的方式受控于在社会生活中占主导地位的主流意识形态,体现统治阶级的意志。在封建时期的文化专制制度下,大众传播机构和设施都会受到严格的控制和审查。在资本主义的制度下,大众传播机构和设施要受到资本和资本家利益的控制。这使得文学生产机制中渗透着意识形态的要求。文学活动作为社会思想意识领域里的重要活动,受到传播机构和设施的影响,成为主流意识形态的控制场域。布迪厄在《艺术的法则——文学场的生成和结构》中就指出,"艺术家和作家的许多行为和表现(比如他们对'老百姓'和'资产者'的矛盾态度)只有参照权力场才能得到解释,在权力场内部文学场(等等)自身占据了被统治地位"[①]。

文学传播媒体对文学的传播,其实也是文学活动运行方式的重要组成部分,虽然它不是直接的文学创作活动,也不是直接的文学欣赏活动,不直接生产文学作品,但它所具有的社会主流意识形态的权力,对文学传播的控制功能,在传播过程中体现的对文学作品的选择和评价,都直接影响着文学创作与接受活动的内容与形式。在我国,从新中国成立直到20世纪80年代,文学传播媒体作为国家的事业单位,在计划经济体制下组织文学创作,开展文学传播不以经济利益为目的,而是把关注点集中在文学活动如何体现主流意识形态上。文学活动的观念、方式、成果因此呈现出精英化、风格统一的状态。随着我国从计划经济体制向社会主义市场经济体制转型,文学传播媒体开始向经济体过渡,自身的运行也要遵循市场经济的规律,讲究成本,追求经济效益,参与文化市场的竞争。这使市场这只"无形的手"也开始参与文学活动,文学传播与对经济效益的追求联系起来。文学活动便由过去较为纯粹的精神活动,转化为在文化市场中的"文学生产—文学消费"活动,一些文学传播媒体从过去教育读者、引导读者的精英立场,转到面向读者、服务读者,向市场靠拢,追求吸引读者,扩大销量,有的甚至偏离正确的文学方向。

在市场语境中,不同的文学传播媒体都会以各自的方式调整自己的文学传播行为,努力实现社会效益与经济效益的统一。一些媒体平台能够将文学规律与市场规律相结合,针对文学活动的现实提出话题,达到既推动文学发展,又吸引读者参与的目的。例如,1994年《北京文学》推出"新体验小说";《上海文学》推出"新市民小说联展";《钟山》与《文艺争鸣》合作,打出"新状态文学"旗帜;1999年《时代文学》《作家》《青年文学》联合举办"后先锋小说联展";春风文艺出版社推出"布老虎丛书"系列;作家出版社推出"青春文学"系列;等等。随着数字技术的发展,互联网这一传播媒介迅速改变了社会文学生产与消费的方式,不仅使网络空间成为大众参与文学活动的重要场所,而且产生了网络文学新样式。进入21世纪20年代,互联网对文学的传播力日益增大,文学出版、发行机构纷纷建立网络公众号,宣传新作品,同时利用网络开展文学问题研究、作品讨论、作家

---

① 布迪厄. 艺术的法则:文学场的生成和结构[M]. 刘晖,译. 北京:中央编译出版社,2001:263.

访谈等活动，有些出版机构意识到文学生产已经进入与传播相融合的阶段，积极与媒体平台合作共同开展文学传播活动，取得了良好的社会效益与经济效益。如人民文学出版社与网络平台合作，传播获得茅盾文学奖的作品《额尔古纳河右岸》，中国作家出版社集团与网络平台合作，举办的2023"新芒文学计划"征文大赛，以不同的方式传播优秀作品、培育创作队伍，推动新时代文学高质量发展。

文学传播媒体对文学的艺术品质会产生重要的影响。大众媒体具有及时、快捷、受众面广的特点，拥有最广泛的受众，这些媒体对文学的传播会给文学带来重要的影响。媒体要求的简短、通俗、平易的表现方式，较为适合大众的文化水平和接受习惯，必然要求它所传播的文学作品要适合它的特点，因而会促进文学的大众化和通俗化。那些言情、警匪、武侠、市井风情题材的作品和体现娱乐、消费精神的表现形式成为流行，与大众传媒有着不可分割的联系。

赵慧平：《文学活动在与文学语境和历史语境的交互作用中开展》

【学习活动】

网络文学成为新的文学样式，每个人都或多或少地阅读过网络文学作品。请结合自己接触过的网络文学，谈谈网络技术给文学带来了哪些变化，你对文学有哪些新思考。

4. 文学批评

文学批评在文学活动运行机制中表现出的是文学接受所做出的反应，是接受者与作者的直接对话，对文学创作乃至整个文学活动有着重要的影响。文学批评包括两个层面：社会层面和专业层面。

社会层面的文学批评包括主流批评和大众批评。主流批评体现的是占统治地位的主流社会对文学的要求，通过树立典型引导社会的文学创作和欣赏活动，文学评奖是其中的主要方式。以我国当前设立的国家级文学奖项为例："茅盾文学奖"奖励优秀的长篇小说，"鲁迅文学奖"奖励长篇小说以外其他体裁的优秀作品，"冰心文学奖"特别奖励儿童文学创作与研究的优秀成果，"冯牧文学奖"重点奖励文学批评优秀成果，等等。这类文学评奖必然会体现社会主流的美学理想、文学的评价标准，有公共权力的推动和鼓励，也必然会吸引作者按照这个标准去创作。大众批评是广大的文学接受者对作品做出的评价。大众与主流社会并不是对立的，他们的文学标准常常受到主流社会的影响。所不同的是，大众批评更多依据自己的生活经验，更忠于自己的实际感受，更突出现实性、娱乐性，对于通俗的大众化的文学作品更喜闻乐见。这与主流批评的理想性、经典性和精英化有一定的距离。

专业层面的文学批评是文学领域中专门从事文学创作、文学研究、文学批评等工作的人所开展的批评。这一层面的文学批评更注重文学活动的规律性问题，如文学创作的文化立场问题、文学与生活的关系问题、文学形象的塑造问题、文学的民族化与世界化问题、文学的美学品质、文学史的写作问题等，这些问题需要有较高的文学修养的人才提出和参与研究。专业层面的文学批评在整个文学活动中极为重要，它是文学领域里的总结、评价活动和文学思想生产的活动，文学批评的成果为整个社会的文学活动提供思想和理论资源，成为社会确立文学理想、选择文学发展方向的依据，影响文学创作与接受。

社会生活中的文学生产是由多种要素构成的一种相互作用的有机运动，从来不是由某一种要素所决定的。因此，发展文学事业需要全社会共同努力，全面优化文学活动的各个要素，以达到协调发展。

思考与练习

一、名词解释

1. 审美活动　2. 艺术活动　3. 语言艺术　4. 文学传播

二、简述

1. 文学与人类生存活动的关系。
2. 人类审美活动的基本性质。
3. 文学艺术在社会结构中的位置。
4. 艺术活动的基本特点。
5. 文学作为语言艺术的主要特点。
6. 文学活动四要素之间的关系。
7. 文学传播对文学活动的影响。

三、实践拓展

1. 结合小学《语文》教材中的中国神话作品《盘古开天地》《精卫填海》《女娲补天》，分析归纳文学的特性，做成演示文稿，在全班或小组内汇报。

2. 巴金在《给家乡孩子们的信》中说："我写作不是因为我有才华，而是我有感情，对我们祖国和同胞我有无限的爱，我用作品表达我的感情。"以此为例，再搜集几位作家谈创作目的时说的话，从这一角度分析文学在社会交流中的特点和作用。

拓展阅读导航

1. 马克思，恩格斯. 德意志意识形态［M］// 马克思，恩格斯. 马克思恩格斯选集：第1卷. 北京：人民出版社，2012.

这是马克思主义经典著作之一，为科学认识文学问题提供了马克思主义的理论基础和方法论。请重点阅读文中关于物质生产与精神生产关系的论述。

2. 童庆炳. 文学审美特征论［M］. 北京：华中师范大学出版社，2000.

该书围绕"文学审美特征"的主题结集，反映了作者对新时期以来文学理论建设的思考，以及对文学基本性质、特征的理论建树。请重点阅读书中论述文学审美特征、文学语言部分。

3. 卡勒. 当代学术入门：文学理论［M］. 李平，译. 沈阳：辽宁教育出版社，1998.

该书基于作者讲授的文学理论入门课程撰写，针对学生提出的问题和开展的争论，选择初学者关注的基本问题，集中介绍了西方当代文学理论研究的主要学派对这些问题的共同主张以及主张之间存在的差异，方便学生系统掌握文学理论的基本问题。请重点阅读书中文学是什么、文学与文化研究部分。

第二章　文学的功能

学习目标

- 理解文学功能的独特价值；
- 掌握文学的主要功能；
- 能够运用文学功能的基本理论，分析、评价具体文学作品和文学现象。

内容导图

文学的功能
- 文学的价值与文学功能的整体性
- 审美与娱乐功能
  - 文学的审美功能
  - 文学的娱乐功能
- 认识与教育功能
  - 文学的认识功能
  - 文学的教育功能
- 表达与交流功能
  - 文学的表达功能
  - 文学的交流功能
- 文化积累与创造功能
  - 文学的文化积累功能
  - 文学的文化创造功能

学习导入

美国作家斯托夫人的《汤姆叔叔的小屋》讲述了一个悲惨的故事：善良虔诚的汤姆叔叔是一个奴隶，他对待主人忠诚，对待主人家里的小孩子友善，但由于他的黑奴身份，几次被主人转手卖掉，在帮助其他奴隶逃跑后，被穷凶极恶的奴隶主活活打死。这部小说创作于19世纪中期，引起了极大的反响，点燃了美国社会对南部地区野蛮的蓄奴制的熊熊怒火，推动了废奴运动的发展。后来时任美国总统林肯会见了斯托夫人，称她是"写了一部书，酿成一场大战的小妇人"。一本小说引起一场战争，这是文坛的一段故事，也是文学强大的社会影响力的生动体现。不仅斯托夫人的作品是这样，我国文学史中也不乏这样的作品，对当时的社会产生了十分重大的推动作用，如五四时期鲁迅的《狂人日记》、新时期伊始刘心武的《班主任》等，这些作品都以形象生动的形式，促使人们深刻地反思社会现实，并在这种反思的引领下，开始变革社会。由此我们知道，文学在社会中扮演着十分重要的角色，有着独特的价值。本章将重点论述文学的功能。

所谓文学的功能，是指文学对个体的人或社会所产生的影响和作用，它属于价值论范畴。文学的功能是文学理论的重要内容。就其实质而言，对它的探讨是以对文学活动的认识为前提的。在一定程度上，有什么样的文学观，就会有什么样的文学功能观。

对文学功能问题的思考，无论是在中国还是在西方，出现的时间都很早。古希腊时期的柏拉图和亚里士多德，都曾对文学的作用提出过自己的看法。柏拉图认为，文学会培养人的"感伤癖"和"哀怜癖"，所以不利于他的理想国建设。亚里士多德则肯定了文学的积极作用，认为它能够陶冶人的情操，宣泄人累积在心里的消极情绪。在中国，《左传》中就有"观风""观志"的说法，即通过文学可以观察到一个时代和社会的盛衰以及一个人的志向。另外，《论语·阳货》记载，孔子提出了诗的"兴观群怨"说，对诗的社会作用做了比较全面的总结。到了20世纪，随着理论界研究文学的视角不断转换，对文学功能的认识也越来越趋于多样和深入。

第一节　文学的价值与文学功能的整体性

对文学功能问题的讨论属于价值论范畴。价值论兴起于19世纪，是一个非常复杂的哲学话题，至今尚存很多争议。通俗地讲，价值是指对象对人的有用性。它体现了人与对象之间的一种特殊关系，即价值关系。从精神层面来看，真、善、美是最基本的三种价值。"真"是人的理性和思维追求的目标，"善"是人的社会实践活动追求的目标，"美"是人的情感活动追求的目标。由于人类活动本身的丰富性、复杂性和整体性，虽然从理论层面能够将真、善、美截然分开，但在实践中，这三种价值往往兼而有之，只是不同的人类活动，其主导价值不同而已。文学活动是人类的情感活动，它的主导价值是"美"，表现和追求"美"是它的基本目的。从我们的阅读经验来看，文学作品是否体现和弘扬了美，亦是我们对其评价的基础。除此之外，对真和善的追求，也是文学的价值所在，只不过文学中的真与善，是以美为指针的，用李泽厚的话来说，就是"以美启真""以美储善"，是在以美为核心价值的前提下实现真善美的统一。

从价值论立场来看，文学的功能主要体现在三个方面，即求美的审美功能、求真的认识功能和求善的教育功能。目前，国内通行的文学理论教材基本上都是依据这一标准来划分文学功能的。将文学功能分为审美、认识和教育三个方面的提法与将文学视为表达情感的语言艺术的观念直接相关，这是18世纪以来的现代哲学、美学和文学观念体系的产物，也是我们对文学及其功能最基本的定性。20世纪是思想界发生深刻变化的时代，文学理论研究也出现了各种新变，其中，语言学转向和文化转向是非常引人注目的发展趋势。从语言学和文化角度理解和思考文学成了新的研究课题，产生了很多新的研究成果。文学是一门语言艺术，语言最基本的功能就是表达、传递信息和交流。随着文学理论研究的语言学转向以及西方学者相关研究在国内的引进，从表达和交流的视角考察文学的本质和功能的理论观点十分流行。文学语言虽然与日常生活语言不同，但这种基本功能并没有因文学语言的内指性而消失。同时，文学也是文化的重要组成部分，它不仅是文化积累的重要方式，也是文化创造的重要形式，一个民族文化精神的体现、流传和赓续，文学都是其中最重要的载体。因此，在我们看来，对文学功能的理解，除了坚持传统的基本功能外，也需要考虑这些最新研究成果。基于此，本章除了分析文学的审美与娱乐功能、认识与教育功能外，还将分析文学的表达与交流功能、文化积累与创造功能。

林如斯：《关于〈京华烟云〉》

需要强调的是，文学是一种复杂的人类活动，文学的功能也是多方面的。例如，目前网络上有很多职业作家靠写作为生，他们的作品版权出让价格动辄千万元以上，这是文学经济效益功能的体现。在历史的某些特殊阶段，文学被视为政治的工具，这是文学政治功能的体现。除此之外，文学还有塑造功能、益智功能、意识形态功能、心理治疗和补偿功能等，这些功能在发挥作用时具有整体性。当然，这些功能发挥的整体性，并不会影响和削弱文学的审美功能，应该说，审美功能的主导性，决定了文学功能的精神性，也规定了文学的其他功能在文学活动中发挥作用时的基本风貌和特质。

第二节　审美与娱乐功能

文学活动首先是一种审美活动，因此审美功能是文学价值论中的突出内容。文学的其他功能都以审美功能为前提，都是在审美功能的基础上发挥其社会效能的。此外，审美功能本身也分成多个层次，其中较低层次的悦耳悦目阶段是娱乐的具体表现，从这个角度来说，审美与娱乐之间的关系相当密切。因此，本节将这两方面内容并举，探讨文学的审美与娱乐功能。

一、文学的审美功能

文学的审美功能主要是指在文学活动中，文学作品具有带给欣赏者感觉上的快适、情绪上的感动、思想上的感悟、精神上的振奋等审美愉悦功能。

从文学与生活的关系来看，文学作品是创作者对生活进行审美观照的产物，是创作者对生活进行提升、加工、变形以及集中的固态凝结物。毛泽东在《在延安文艺座谈会上的讲话》中曾经说过，"文艺作品中反映出来的生活却可以而且应该比普通的实际生活更高，更强烈，更有集中性，更典型，更理想，因此就更带普遍性"[①]。这六个"更"说的其实就是文学与生活相区别的审美特性，它是文学家创造活动的成果。创作者在具体的创作过程中，并不是把生活的原生态直接移植到文学作品中来，而是通过自己的主观加工和变形，使作品中所描绘出来的生活比实际生活更美，也更富于哲学意味。例如，陶渊明笔下的那个"芳草鲜美，落英缤纷""黄发垂髫，并怡然自乐"的"桃花源"世界，雨果笔下的爱斯梅拉尔德，都是经过创作者对生活的提升和提纯以后所塑造的至美之境和人物。通过对这些美的欣赏，读者可以获得审美愉悦。

读者对文学作品的欣赏，其本质是一种审美活动。审美对象是丰富而复杂的，正如现实生活。现实生活中既有美的现象，也有丑的现象，作为对现实生活进行审美反映的文学作品，也是美丑共存的。《白毛女》里有天真烂漫、纯洁懂事的喜儿，也有霸道残忍、丧尽天良的黄世仁。对美好人物的欣赏会很自然地在读者那里产生精神愉悦，而对作品中丑的对象的欣赏则需要一种转换。这种转换和创作者对现实的审美观照有关，是创作者将生活中的丑艺术地表现在作品中，从而使丑本身不再是单纯的丑恶事实，而是具有充分审美意蕴的艺术形象。黄世仁在现实生活中一定是个十恶不赦的坏蛋，但是创作者贺敬之等人把他生动地描绘在作品中，让这个人物形象栩栩如生，就像生活中实际存在的人物似的，具

[①] 毛泽东. 在延安文艺座谈会上的讲话[M]//毛泽东. 毛泽东选集：第3卷. 北京：人民出版社，1991：861.

有以丑衬美、显现作家艺术创造力的特殊的审美价值。当我们去欣赏这个人物时，不能不被创作者高超的表现手段、精妙的表现技巧和巧妙的艺术构思所折服，为这个形象的生动叹为观止。

文学的审美功能的特点之一是它所带来的愉悦主要是精神上的，与单纯的肉体快感有着质的不同。单纯的肉体快感是和一定的生理需求相联系的，譬如，人在极为饥饿的时候饱餐一顿，在烈日暴晒下喝上一瓶清凉的矿泉水等，这种生理满足会给人带来身体上极大的快适，但文学的审美欣赏所带来的快适则不属于这种。尽管对作品的欣赏有时也会伴随着身体的快感，可是文学欣赏所带来的愉悦主要是精神上的。李泽厚在《美学四讲》中曾将审美愉悦做了层次上的划分。他认为，审美愉悦包含三个层次，一是悦耳悦目，二是悦心悦意，三是悦智悦神。这三个层次之间存在着高低之分，同时也是递进的关系。它标示了欣赏文学作品过程的三个阶段。例如，当我们去欣赏肖洛霍夫的《静静的顿河》时，我们首先被作者娴熟的文字表达功夫折服，欣赏着作品中营造的各种生动的生活画面和审美意象，这就是悦耳悦目阶段；其次，我们被作品中跌宕的故事情节和人物命运感染，为葛利高里每次的徘徊和抉择悬心，被阿克西妮娅直率质朴的爱情感动，与作品中的艺术世界发生同频共振，这就是悦心悦意阶段；最后，我们被作品中所渗透的厚重的历史感和强烈的人道主义精神震撼，更加深化自己对人生、社会和历史的理解，这便是悦智悦神阶段。从这三个阶段的划分可以看出，文学的审美愉悦不是由身体的快适所获得的，而是来自对自然、社会和人生的观照与体验，是一种精神上的享受。

文学的审美功能的特点之二在于这种审美愉悦并不总是欢快的，很多时候伴随着痛感。但这种痛感并不会使欣赏者痛苦和迷茫，反而会使他们在这种痛感中获得极大的精神享受。如欣赏古希腊悲剧《俄狄浦斯王》，主人公俄狄浦斯不断挣扎，试图躲避命运的安排，但是每一次努力都让他感到越来越走近命运，难以摆脱神谕的设定。欣赏者看到这些情节时，必然会产生恐惧感，在巨大的对立力量面前感到惶恐，这就是一种痛感。但是，与现实中的痛感不同，文学中的审美会让人们在感受到痛感的同时还能感受到特殊的情感体验，产生精神上的昂扬力量。当看到俄狄浦斯即使知道神谕，却不是等待命运的安排而是努力去对抗和挣扎时，欣赏者感受到的是人类与神和命运搏斗的顽强精神，"是由于它在我们心中唤起了我们的（非自然的）力量"①。

文学的审美功能的特点之三在于作品以强大的情感力量来感动欣赏者，给欣赏者精神愉悦。以情感人是文学审美功能的主要特点。优秀作家常常忘我地投入艺术情境，同作品中的人物一同哭笑。林语堂的女儿曾回忆说，她父亲在写作《京华烟云》的过程中几度流泪，而林语堂在《京华烟云》篇头题诗中第一句就是"全书写罢泪涔涔"。福楼拜在创作《包法利夫人》时也曾感受到自己嘴里有砒霜的味道。作者的这种情感倾注在作品中，并被读者强烈地感受到。例如，阅读《红楼梦》中黛玉焚烧诗稿一段。黛玉在焚烧诗稿的时候，饱含着对宝玉背叛爱情的痛恨和埋怨，同时也饱含着对这段感情的决绝态度，这些都会强烈地感染读者。从读者的角度来看，读者本人也不完全被动地接受作者和作品所提供的信

狄德罗：艺术最可贵的是打动人心深处

---

① 康德. 判断力批判［M］. 邓晓芒，译. 2版. 北京：人民出版社，2002：101.

息，他们会根据自己的人生经历来体会和解读作品中所蕴含的情感以及创作者的情感，这是自己内心深处的体验和记忆与作品中的和作者的情感的相遇。下过乡、当过知青的读者会对梁晓声的《这是一片神奇的土地》《今夜有暴风雪》《雪城》等作品印象深刻，因为那里面写了很多与他们的经历相近的事，让他们觉得亲切，会唤起他们对那段生活的记忆。

二、文学的娱乐功能

文学的娱乐功能是指文学带给人们身体和心灵的放松、休闲效果。

文学的娱乐功能很早就被古代先哲们注意到，无论是在中国古代，还是在古希腊，都曾因为文学的娱乐功能而出现过反对和否定文学的声浪。中国的老子曾经说过："五色令人目盲，五音令人耳聋，五味令人口爽；驰骋畋猎，令人心发狂；难得之货，令人行妨。"（《老子·第十二章》）在他看来，"五色"和"五音"，即广义的"文"，都是过分放纵人的情欲的东西，只会培养和助长人的欲望，进而成为社会动乱的根源，因此是需要禁止的东西。庄子和老子一样，也把"文"看作祸乱社会的一分子。无独有偶，在古希腊，柏拉图认为诗人有罪，因为"他逢迎人性中低劣的部分"[①]。他认为文学作品只是放纵人的情欲，拿别人的痛苦来给自己取乐，并且还培养了人们的"感伤癖"和"哀怜癖"，使理想国的卫士变得软弱，不利于国家的安全和建设。尽管这些观点是从否定的角度来看文学的娱乐功能的，但也印证了娱乐功能确实是文学的重要功能。尤其是在我国，由于"文以载道"传统的延续，中国文论中历来强调文学的教化功能。但即使这样，对文学娱乐性的认识和追求也常常冲破道统的樊篱，成为诗人、文学家以及读者们进行创作和欣赏的目的与驱动力。例如，随着宋代市民社会的发展，宋代词人一方面把词作为艳科，另一方面却在创作实践中塑造了词学史上的一座丰碑。而中国俗文学的繁荣与人们对文学娱乐性的需求更有着直接关系。唐宋以后，中国的城市逐渐兴盛，唐代的长安（今西安）、洛阳，宋代的汴京（今开封）、临安（今杭州），都是当时闻名于世的大都市，市民阶层迅速崛起，市民并不像传统士大夫那样非常强调文学的教化作用，而是更为重视文学的娱乐性。孟元老的《东京梦华录》对汴京城市井的繁华、百业的兴盛，以及朝歌暮舞、弦管填溢的繁华情景都有生动的记录。"繁华的都市生活，滋生了各类以娱乐为目的的文艺形式，说话、杂剧、影剧、傀儡戏、诸宫调等艺术迅速兴起和发展。"[②]诚如鲁迅所言："俗文之兴，当由二端，一为娱心，一为劝善……"[③]

不可否认，文学的娱乐功能是文学活动的题中应有之义。但是，在强调文学娱乐功能的同时，也要尊重文学娱乐功能的特点。首先，文学娱乐与一般的娱乐不同。在日常生活中，人们的娱乐方式有很多种，如打牌、下棋、聊天等，这些活动也会带给人身体和精神上的放松。而文学的娱乐性除了让人身心放松之外，同时还会给人带来精神上的启迪和提升。因此创作者在创作的过程中，不能把文学的娱乐功能看作文学的唯一目的和价值，仅

---

① 柏拉图. 文艺对话集［M］// 朱光潜. 朱光潜全集：第12卷. 合肥：安徽教育出版社，1991：75.
② 袁行霈. 中国文学史：第3卷［M］. 2版. 北京：高等教育出版社，2005：10.
③ 鲁迅. 中国小说史略［M］// 鲁迅. 鲁迅全集：第9卷. 北京：人民文学出版社，2005：115.

仅为了娱乐而创作。其次，不能将文学的娱乐功能与教育功能人为地对立起来。文学由于自身的特点，具有寓教于乐的性质，能使读者在获得娱乐消遣的同时，得到一定的教益。如果人为地将这两种文学功能对立起来，用其中的一种功能来取消另一种功能，则会对文学造成极大的伤害。最后，在承认文学的娱乐功能的同时，需要警惕文学媚俗的倾向。文学可以成为人们紧张工作和学习之余的消遣，但不能因此沦为放纵情欲、追求刺激、满足生理需要的一种手段。

审美和娱乐之间关系密切，却不可以混为一谈。从某个角度来看，审美也是娱乐的一种，然而它又不是单纯的娱乐。在审美活动中，娱乐一般还处于审美的初级阶段，因此把这两种功能分离开来考察会使双方的特点都更为明确。由于处于审美的初级阶段，娱乐多表现为主体的轻松愉悦，主体通过做一些与现实生活有距离的活动，暂时从日常生活的烦琐、平庸、疲惫和沉重中摆脱出来，感受到一种解脱和抽离后的放松与惬意。例如，现在网络上有很多流行小说，内容以现代情感故事、都市白领生活，以及武侠、鬼故事等为主，这些小说在思想深度和艺术性方面，都还存在一些问题，但是却有很大的点击量。这与现代社会人们日常生活节奏快、工作紧张、压力大，非常希望在生活和工作之余，消遣时光、放松精神有很大关系。因此，这样的网络文学的娱乐功能相对比较突出。但审美功能更强调的是文学活动给人带来的精神愉悦和提升。如果说文学的娱乐功能主要是使人的身心从紧张中松弛下来，那么审美功能则要使人们充分调动自己的感知、理解、联想、想象、情感等，去领悟作品对艺术世界的创造，对社会、人生的揭示，对审美理想的追求，从而达到悦智悦神的境界。康德曾经提出审美活动是想象力和知性的自由游戏的观点，这表明文学作为一种审美活动，是审美中含有娱乐，又不是单纯的娱乐，而是一种充分调动人类各种心理因素的高级精神活动的实质。

【学习活动】
阅读小学《语文》教材五年级上册第一单元的课文《白鹭》《桂花雨》，写一篇短文，赏析其描写之美，借此体会文学的审美功能与娱乐功能的区别。

第三节　认识与教育功能

早在上古时期，中国的有识之士就发现了文学的认识和教育作用。《尚书·舜典》中记载，帝舜要求夔掌管音乐，用它来教育当时的贵族子弟。由于那个时期的诗、乐、舞三位一体，还没有形成现代的门类划分，因此，在这种艺术教育活动当中，诗歌的参与是其重要内容之一。教育至少包括两个方面：一是心智的提升，正确的人生观和世界观的培养；

二是社会、自然等方面基本知识的传授。文学的认识功能在一定程度上与后者密切相关。基于此，本节把文学的认识功能和教育功能放在一起来讨论，既着眼于二者之间的紧密联系，同时也不忽视二者之间的区别。

一、文学的认识功能

文学的认识功能是指在鉴赏活动中，文学以其生动、感人的艺术形象和深广的社会内容，给人们传达自然、社会和人生的知识，帮助人们发现生活的本质规律，丰富和深化人们对自然、社会和人生的理解。孔子在《论语·阳货》中曾经谈到文学的社会作用："小子何莫学夫诗？诗可以兴，可以观，可以群，可以怨。迩之事父，远之事君；多识于鸟兽草木之名。"其中，"观"和"多识于鸟兽草木之名"就是指文学的认识功能。"观"是先秦文艺理论中的一个重要概念，指的是观一个国家政治方面的得失以及风俗方面的盛衰，也就是说，在文学中可以观察到社会状况和时代兴衰。"多识于鸟兽草木之名"则是指在文学中同样可以实现对自然界的认识。

马克思主义文艺理论也非常重视文学的认识作用，马克思和恩格斯常常会从文学的认识功能角度来评价一部作品。例如，马克思在评价狄更斯和萨克雷等人的作品时说，他们"在自己的卓越的、描写生动的书籍中向世界揭示的政治和社会真理，比一切职业政客、政论家和道德家加在一起所揭示的还要多"[1]。恩格斯在称赞巴尔扎克的《人间喜剧》时说道："他在《人间喜剧》里给我们提供了一部法国'社会'，特别是巴黎上流社会的无比精彩的现实主义历史，我从这里，甚至在经济细节方面（诸如革命以后动产和不动产的重新分配）所学到的东西，也要比从当时所有职业的史学家、经济学家和统计学家那里学到的全部东西还要多。"[2] 列宁在评价托尔斯泰的意义时也认为他是俄国革命的一面镜子，他"在自己的作品里异常突出地体现了整个第一次俄国革命的历史特点，这场革命的力量和弱点"[3]。

文学认识与科学认识不同。别林斯基曾经说过："人们看到，艺术同科学并不是同一件事，但是他们没有看到，它们的区别完全不在内容，而只是在于表现这一特定内容的方法。哲学家用三段论法讲话，诗人则是用形象和图画，但它们两者讲的都是同一件事。……一个是证明，一个是显示，但两者都是在于说服，只不过一个用的是逻辑的论据，一个是用图画。"[4] 别林斯基认为文学与科学的不同并不在对象，而只在表现的手段，这种说法显然不准确，但是他指出文学与科学在表现方法上存在差异却是有道理的。文学认识和科学认识的不同首先就表现在它们不同的表现手法上。文学对生活和社会的再现是用形象，而不是判断和推理等逻辑手段。它并不试图证明某些定理或命题的正确性，而是显示——

---

[1] 马克思. 英国资产阶级［M］//马克思，恩格斯. 马克思恩格斯全集：第10卷. 北京：人民出版社，1962：686.
[2] 恩格斯. 恩格斯致玛格丽特·哈克奈斯［M］//马克思，恩格斯. 马克思恩格斯选集：第4卷. 北京：人民出版社，2012：590-591.
[3] 列宁. 列·尼·托尔斯泰［M］//列宁. 列宁选集：第20卷. 北京：人民出版社，2017：20.
[4] 别林斯基. 一八四七年俄国文学一瞥［M］//别林斯基. 别林斯基文学论文选. 满涛，辛未艾，译. 上海：上海译文出版社，2000：704.

通过形象描绘把人生和社会问题展示在读者面前，引起读者的思考和追问。在《红楼梦》中，作者为我们描绘了很多当时社会的生活场面。正是因为有了《红楼梦》，今天的人们才能够形象地了解康乾盛世时期贵族的生活状况。如刘姥姥二进荣国府时，计算大观园姐妹们的一顿螃蟹宴的花销。她说："这样螃蟹，今年就值五分一斤。十斤五钱，五五二两五，三五一十五，再搭上酒菜，一共倒有二十多两银子。阿弥陀佛！这一顿的钱够我们庄家人过一年了。"①贵族人家的太太小姐们的一顿饭钱够庄稼人过一年，这种奢侈的生活确实不是普通百姓可以想象的。但是，通过这段描述，读者却可以深刻了解曹雪芹所处时代的贵族和百姓的生活以及他们之间巨大的贫富差距。

文学的认识功能与科学认识的不同之处还在于它主要是对人生、社会和历史的理解和体验，并且这种认识具有鲜明的个性化。而科学认识即使是对人的认识，也主要是从科学角度，例如从生理学、考古学等角度来研究人的。在科学认识中，人和自然界中的其他事物一样，只是科学研究的对象，是作为一种物种被研究的。但文学认识不是这样，不要求完全的科学态度，它渗透了作者的主观意识，因此并不追求科学客观性，而是充满了主观性。这与科学认识存在质的区别。

文学认识往往与情感相伴随。在科学研究中，科学家们也会对自己从事的事业倾注极大的热情，但是这种情感是以不影响研究成果的客观性为前提和限度的。文学认识不同，文学认识允许情感的浸入，而且作者倾注的情感越浓烈，其认识也往往越深刻。例如，巴金在《寒夜》里塑造了一个性格懦弱，但不乏正直与善良的知识分子形象汪文宣，作者通过对他妻离子散、家破人亡个人遭遇的描写，来揭示当时社会条件下知识分子的悲剧命运。在这个人物身上，巴金寄予了深深的同情和怜悯。正是因为有这种情感作为底色，读者才会更深刻地感受到当时社会中下层知识分子的悲惨境遇。

文学的认识功能具有不同的层次。我们可以把它分为浅层认识和深层认识。孔子所说的"多识于鸟兽草木之名"就属于文学认识功能的浅层，而"观"则属于深层。一般的作品都具有浅层的认识功能，读者可以从作品的描绘中认识到某一民族、某一国家的习俗和生活习惯等，从而获得一定的历史知识和生活常识。例如阅读紫式部的《源氏物语》，读者可以了解日本平安时代的社会习俗、审美风尚以及日本独有的"物哀"美学。但真正优秀的作品，除了会提供浅层认识以外，还会揭示出生活的本质规律，描绘出社会历史的发展变化，暗示未来社会的可能方向等，这些其实就是恩格斯所说的"较大的思想深度和自觉的历史内容"②。例如巴尔扎克的作品《高老头》《纽沁根银行》等，深刻地揭示了资产阶级上升，将贵族打压下去的历史必然趋势。尽管他本人在政治上是一个保守派，他所有的同情都在贵族一边，但在他的作品中，他却把他所同情的对象写成不配有好命运的人，而唯利是图、金钱至上的资产阶级成为历史的胜利者。在《高老头》中，巴尔扎克所钟爱的贵族妇女的代表鲍赛昂夫人黯然地离开了巴黎社会，而曾经纯洁的大学生拉斯蒂涅的蜕变，表明唯利是图、为追逐金钱不择手段的资产阶级不可阻挡地登上了历史的前台。

---

① 曹雪芹. 红楼梦：上［M］. 2 版. 北京：人民文学出版社，1996：523. "庄家"为原文.
② 恩格斯. 恩格斯致斐迪南·拉萨尔［M］//马克思，恩格斯. 马克思恩格斯选集：第 4 卷. 北京：人民出版社，2012：440.

二、文学的教育功能

文学的教育功能是与认识功能紧密相连的。所谓的文学教育功能，是指文学具有的提升思想境界，净化心灵，正确认识社会和人生，并树立正确的人生观、世界观的效能。从某种程度上来说，这种功能是通过认识功能来实现的。

狄德罗曾对文学的教育功能做过非常好的描述，他说："只有在戏院的池座里，好人和坏人的眼泪交融在一起。在这里坏人会对自己犯过的恶行表示愤慨，会对自己给人造成的痛苦感到同情，会对一个正在具有他那样性格的人表示厌恶。当我们有所感的时候，不管我们愿意不愿意，这个感触总是会铭刻在我们心头的；那个坏人走出了包厢，已比较不那么倾向于作恶了，这比被一个严厉而生硬的说教者痛斥一顿要来得有效。"① 也许文学的教育功能没有他说的这么神奇，但是文学能够提升和净化人的心灵，确实是文学历来受到重视的原因之一。

文学之所以有教育功能，是因为每一部文学作品都建立在作者本人对生活的理解基础之上，有的甚至包含了深刻的人生启迪和社会教益。很多作者同时又是先进的思想家，如鲁迅、托尔斯泰等，他们本人的思想非常深邃，这些深邃的思想进入作品之中，会帮助读者懂得很多的人生哲理。

中国非常重视文学的教育功能，尤其是儒家文学观，非常强调文学对人的教化作用。孔子的"兴观群怨"说的前提就是对人的教育。刘勰在《文心雕龙·明诗》中为诗下的定义即"诗者，持也，持人情性；三百之蔽，义归'无邪'，持之为训，有符焉尔"。他认为，诗是引导、劝诫人，教育人保持良好品格的东西。包世臣也曾经说过："夫诗之为教，上以称成功盛德致形容，为后世法守；次乃明迹怀旧陈盛衰所由，以致讽喻；下亦歌咏疾苦，有以验风尚醇醨，而轻重其政刑。繄古流传之什，风裁不一，其要必归于此。"（包世臣《韦君绣诗序》）自古希腊时代开始，西方就非常重视文学的教育功能。亚里士多德在《诗学》里提到了诗的"净化"作用，其内涵就包括了教育作用，即文学作品把人的恐惧等消极情感消除掉，从而促进人的身心健康，对人的道德产生积极影响，提升人的精神境界。

文学的教育功能和一般的教育不同，它是把教育寓于审美和娱乐中的，用贺拉斯的话来说，就是"寓教于乐"。"诗人的愿望应该是给人益处和乐趣，他写的东西应该给人快感，同时对生活有帮助。……寓教于乐，既劝谕读者，又使他喜爱，才符合众望。"② 从这段话中，我们可以看出贺拉斯对文学的教育功能的强调，同时，他还指出了文学的教育功能的特殊性，即它是与审美和娱乐直接相连的。如果戏剧无趣，人们将不会观赏；如果毫无教益，人们也必然觉得索然无味，不值得欣赏。《红岩》是一部反映革命志士与反动势力作顽强斗争的作品，其中塑造了许多坚强不屈、视死如归、有勇有智的英雄人物，如江姐、许云峰、华子良等人。读者阅读这部作品时，一定会深受教育，感到我们今天幸福和平的生活来之不易，是革命者用自己的鲜血换来的。他们宁死不屈的顽强斗志和为理想而献身的崇高精

---

① 狄德罗. 论戏剧艺术：上 [M] // 文艺理论译丛编辑委员会. 文艺理论译丛：第 1 期. 北京：人民文学出版社，1958：150.
② 贺拉斯. 诗艺 [M]. 罗念生，杨周翰，译. 北京：人民文学出版社，1962：155.

神，也会感染读者，教育读者树立为理想而奋斗的人生观和价值观。但是这种教育作用不是训诫式的，不是某个人站在读者面前告诉他们来实现的，也不是作者从作品中跳出来解释给读者听来实现的，而是通过作者在作品中生动的描绘和细致的呈现，让读者从作品内容以及人物形象的身上所感受到的。

文学对读者的教育是一种寓教于乐的教育，读者在潜移默化中受到作品中人物的影响，在不知不觉中模仿正面人物，学习他们的精神，大有"随风潜入夜，润物细无声"的味道。在新中国成立之初，《牛虻》和《钢铁是怎样炼成的》是两部非常有影响力的小说。牛虻和保尔·柯察金两个人物形象成为20世纪五六十年代的年轻人对生活充满信心和力量的精神偶像。牛虻在经历了众多人生苦难之后，面对自己爱恨交织的父亲蒙太尼里大主教时喊出的"我是亚瑟"的话语；保尔在遭受病体折磨、双目失明时还在坚持写作的行为成为那时很多人直面人生挫折的勇气来源。

尽管文学的教育功能得到广泛的重视，但是我们不可以过分夸大它。毕竟文学就是文学，它有着自主性和独立性，如果过分地强调它的教育功能，会使其沦为一种工具，丧失自己的特性和品格，由此文学也就不存在了。在这方面，国内的文艺界和文艺理论界曾经走过一些弯路。我们在探讨文学的教育作用时必须保持警惕。

【学习活动】
阅读奥斯特洛夫斯基的长篇小说《钢铁是怎样炼成的》，感受主人公的成长历程与坚毅品格，理解文学教育功能的力量与特殊性。

第四节　表达与交流功能

文学是一种主体性非常强的活动，渗透着强烈的个人情感和态度。从功能角度来看，这对创作者有着非常重要的价值和意义。同时，文学的表达并不仅仅为了表达本身，与之相继的过程是交流，是创作者和欣赏者在一个物化形态基础上的精神交流。无论是文学的表达，还是交流，从功能角度来考察，我们都会发现它对创作主体、接受主体以及整个社会的积极意义。

一、文学的表达功能

人类表达自身的情感和体验的需要是文学活动发生的一个重要契机。从古到今，一直不乏有人从这个角度来讨论文学的起源和本质问题。作者要通过文学来表达自己的思想感情、生活体验，实现与其他人的交流和沟通，表达即成为文学的一个重要功能。文学的表达功能，是指文学所具有的以文学的方式表现作者对现实生活的体验、认识和理解，并由此形成的思想、情感倾向，以及对审美理想的追求的功能。

中西方历来都不乏学者发现文学的表达功能。《毛诗序》中说："诗者，志之所之也，在心为志，发言为诗。情动于中而形于言，言之不足故嗟叹之，嗟叹之不足故咏歌之，咏歌之不足，不知手之舞之，足之蹈之也。"文学是人的情感的凝结物，是人的情感变化的外在表征，作者心有所动，就会不知不觉地通过外在表征表现出来，或是诗歌，或是舞蹈，等等。通过这些外在表征，作者把自己的人生体验和认识表达出来，让其他人也能够了解和分享。

西方在19世纪初浪漫主义兴起时对文学的理解也主要是从表达功能的角度来看的。雪莱就曾经说过："一般说来，诗可以解作'想象的表现'，自有人类便有诗。……野蛮人（野蛮人之于历史年代，犹如儿童之于人生岁月）表达周围事物所引发的他的感情，也是如此；语言，姿势乃至塑像的或绘画的模拟，不外乎是事物以及野蛮人对事物的理解两者结合而成的表象罢了。"① 雪莱认为，即便是在野蛮人的时代，人们也会有把自己的情感表达出来的要求，诗就是外在事物与人类的情感和思想结合的产物而已。

从上面的引文中，我们发现中西方学者主要把对文学表达功能的关注点放在对情感的表达上。实际上，文学表达的内容大体上应该包括两个方面：思想和情感。有的作者侧重表达自己对社会和人生的认识，尤其是那些现实主义的大师。例如鲁迅在他的作品中往往思考和解释当时的社会问题：《孔乙己》控诉封建科举制度对传统知识分子的毒害，《伤逝》是对五四时期提倡女性走出家庭号召的回应，《肥皂》讽刺道学先生们的虚伪和假正经，等等。有些作者习惯在作品中表达自己的情感。例如柳宗元的《江雪》："千山鸟飞绝，万径人踪灭。孤舟蓑笠翁，独钓寒江雪。"表面看来，这首诗描写了寂静的景色，但是一切景语都与情感有关，也都是情语，诗中描述的是没有鸟儿飞翔，人迹罕至，只有孤舟一叶，外加一个披着蓑笠的老人，他独自在雪地寒风中垂钓。选择这样的场景，诗人柳宗元想表达的是他孤寂的心境。就总体而言，一般的文学作品往往既表达思想，也表达情感，只是有些时候二者并不是并重的，在具体的作品中各有所偏重而已。

钟嵘：非诗歌无以表情达意

文学的表达与日常生活中的表达有很大的区别，有其鲜明的特色：

首先，文学的表达具有共享性。文学活动究其实质是一种审美活动，而文学的表达主要是审美创造的活动。文学的表达原本是一个非常个人化的过程，主要是作者本人的人生体验和情感，以及思考的表现，然而即使是再个人化的东西，也需要具有它的共性，需要得到人们的欣赏和认同。作者通过这种表达，实现与读者的心灵相通，与读者共同体会和分享思想和情感。在现实生活中，个人的体验未必要得到别人的认同。但文学活动不一样，作者把自己的感受表达出来，凝结在作品中，期待读者能够认同他的想法和体验。文学表达需要读者用自己的心灵去参与和分享。

托尔斯泰：艺术起源于一个人要把自己体验过的感情传达给别人

其次，文学的表达不仅要借助语言符号，还要借助形象来完成。文学是以形象的方式

---

① 高建平，丁国旗. 西方文论经典：第3卷[M]. 合肥：安徽文艺出版社，2014：209-210.

来感染人和启示人的，形象是文学的重要属性之一，因此文学表达不仅仅通过语言符号，同时用这些语言符号在读者的脑海中形成一个形象，以形象的方式来实现表达。文学表达的是作者本人对人生经验和社会问题的思考和体悟，但这种表达不是抽象的推理，而是通过形象的塑造，寓褒于其中，读者也只能通过在自己的脑海中所形成的形象来体会和感悟。例如，在《红楼梦》中，林黛玉和薛宝钗是作者曹雪芹饱含深情塑造的两个理想的女性形象，但是，作者还是把他对人物的评价寓于人物的行为和活动中，让读者去感悟他对这两个人物的评价和思考。第三十四回是作品的重头戏，生动地描绘了钗、黛对宝玉的爱的方式。其实无论是薛宝钗，还是林黛玉，她们都深爱着宝玉。宝玉挨打，她们都非常心痛。先是薛宝钗由怡红院的大门进来，"手里托着一丸药"，一个"托"字把她的性格表现了出来，虽然她喜欢宝玉，但平时就喜欢在人前表现出周到体贴的性格使她的这份爱本身包含了很多的功利因素，一个"托"字把她送药的行为公开化，会让很多人知道她对宝玉的关心和照顾，她的关心和照顾必然也会慢慢地传到贾母和王夫人那里，这是一个取悦她们的非常好的方法。而林黛玉则不然，她是趁丫鬟们都不在，而宝玉也在睡觉的时候来的，她并没有带来什么，只是"两只眼睛肿得桃儿一般"，走的时候她也不敢从大门出去，而是从后门偷偷溜了出去。她对宝玉的爱正如他们的木石前盟，是纯粹的还泪，没有功利色彩。尽管薛宝钗和林黛玉的性格各有优劣，但在对宝玉的爱上，薛宝钗明显没有林黛玉来得纯粹，所以在这一点上，曹雪芹站到了林黛玉一边，而后世的读者同样也对宝、黛的爱情充满同情。

最后，文学表达在一定程度上对作者具有心理治疗的效果。这种效果是通过表达活动所带来的主体内心情感的宣泄和补偿实现的。20世纪，随着弗洛伊德、荣格等心理学家的精神分析学派的出现，对主体深层心理的挖掘就成了主要课题。弗洛伊德整个理论的展开是基于性欲学说和创伤理论的。在他看来，人类行为的基本动力是人的性欲。由于这是一种本能行为，与人类的文明和道德等相冲突，故而被压抑在个体的内心深处，即无意识层面。但被压抑的性欲总是要表达自己的，于是它就通过各种变形手段重新出现在人类的意识中。文学就是性本能变形的一种，因为这种变形是一种人类高级活动，所以弗洛伊德把它命名为"升华"。在他的理论中，作家都是白日梦患者，他们通过把自己的欲望表达在作品中，实现替代性满足，将内心压抑的能量释放，不致因过于压抑自己的欲望而得精神病，从而达到心理健康。在他们那里，文学的表达功能就变得非常重要，重要到甚至是社会安定的一个重要方面了。不仅如此，他也从读者的角度审视了文学的价值。他发现文学作品同样是读者达成愿望的一种方式。他的学生荣格发展了他的无意识理论，提出了"集体无意识"和"原型"的概念，并把其治疗效果推广到整个社会。原型是集体无意识的组成单元，是一种先天倾向。在荣格看来，集体无意识和原型是具有自主性的事物，虽然深藏于人类内心深处，但它们总是希望能够把自己表达出来，为此，在创作过程中，它们抓住某个人，通过他实现自身的表达。这就是荣格提出来的"不是歌德创造了《浮士德》，而是《浮士德》创造了歌德"[①]的意思。同他的老师一样，荣格也认为，作者通过这种表达能够

---

① 荣格. 心理学与文学[M]. 冯川, 苏克, 译. 北京: 生活·读书·新知三联书店, 2014: 105.

实现自身的心理健康，但是，比起他的老师，荣格走得更远，他认为文学不仅可以使作者本人受益，并且也会使整个社会受益。荣格指出，每一个时代的人们的价值取向与人文精神都有着程度不同的不足和缺陷，都有着人们未意识到的失误与偏差，这是时代的精神病症，这一病症深深地影响着生活于其中的人们的精神状态，而文学通过对集体无意识与原型的表达，就可以超越具体时代的意识与缺陷，从而对偏差进行弥补，并调整失衡的时代心理。由此，荣格提出，诗人与先知、领袖一样，都在引导着这个时代，调节着这个时代。弗洛伊德和荣格的理论存在的问题很多，但他们理论中所指出的文学的表达和交流对作者、读者和社会具有补偿和治疗的功能却是有着非常积极的意义的。

二、文学的交流功能

文学的表达并不是为了表达而表达，当作品作为作者思想和情感的一种物化形态，成为读者所鉴赏和阅读的对象的时候，也就成为作者和读者之间交流的纽带。通过作品，作者和读者实现了彼此之间甚至是穿越时空的交流和沟通，达成心灵的共振。文学的交流功能非常重要，这种交流既可以促进人和人之间的相互了解，又可以促进社会的安定与和谐。孔子说诗"可以群"，其实说的就是文学的交流功能。"群"即"群居相切磋"，通过对诗歌、文学的阅读和欣赏，作者与读者以及读者彼此之间相互感染和相互砥砺，并在共同的思想、情感和审美理想的基础上实现社会的凝聚。因此，所谓文学的交流功能，是指作者通过文学作品把自己的人生体验、情感和思想与读者共享，以达到与读者的人生经验和情感的交流和沟通，增强理解，相互感染，共同进步。

文学的交流与其他交流活动相比，具有如下特点：

其一，从交流的方式来看，文学的交流是通过艺术世界实现的交流。在日常生活中，人们的交流活动往往通过语言、肢体语言等来实现，文学交流虽然也需要借助语言，但却是通过语言所塑造的艺术世界来实现的。这是因为，作者将自己对生活的体验和评价具象化为他所塑造的艺术形象，而读者如果想实现和作者的交流，也只有通过理解作者思想和情感的物化可感的艺术世界才有可能。例如，蒲松龄是一位多年参加科举不第的秀才，他对现实的黑暗、读书人落魄的社会情态深有体会。在《聊斋志异》中，他把自己对此的感受用艺术的方式表达出来。读者如果想了解和体会他的感受、评价态度等，只能通过他所塑造的艺术形象和艺术世界来实现。此外，由于作者和读者是不同的个体，可能属于不同的民族、不同的地域，具有不同的文化背景，因此，在文学作品中，就有可能实现不同的生活经验、生活方式、人生态度、人格特点的交流。

其二，从交流的性质和内容来看，文学的交流也是审美理想与审美趣味的交流。一部文学作品，不仅是作者对现实人生的思考、理解和评价，也是他的审美理想和审美趣味的体现，因此，文学的交流不仅是作者对社会和人生的感悟和体验，也是作者对美的境界和美的世界的理解和诠释。并且，个人会由于现实环境的局限，在审美理想和审美境界方面有自己的局限，而文学世界能够提供更丰富的美学经验和理想境界，会使个体获得更多的美学经验，达到相互交流与丰富、提升。

其三，在特殊的情况下，文学的交流还能起到思想先导作用，起到政治方式所不能起到的作用。例如，新时期伊始，中国迎来了20世纪的第二次思想解放，而开风气之先的就是文学。1978年党的十一届三中全会的召开，是从政治上对以往尤其是"文化大革命"十年的"左"倾路线的拨乱反正，但文学对"左"倾思潮的观照则从1977年就开始了。刘心武的《班主任》、卢新华的《伤痕》等是当时非常有影响力的作品。在这种交流活动中，读者与作者一起感受和反思极左思潮带给人们的心灵创伤，使整个社会迅速意识到思想解放的必要性和紧迫性，从而在一定程度上推动了从政治和政策上对这一社会弊端的反思和解决。

其四，文学交流活动具有不受时空限制的优越性。在现实生活中的交流活动，往往是面对面的交流，交流的双方存在于相同的时间和空间之中，随着现代化通信工具的发展，有时可以超越空间的限制，如通过电话、电子邮件、QQ、微信等。但是在文学的交流中，读者却往往会同一些时空完全不同的人对话和交流，感受他们的所思所想。借助作品，读者可以感受到几千年前《关雎》中所描写的人们对爱情的憧憬，以及《蒹葭》中人们对无法把握世界的彷徨，也可以同托尔斯泰对话，感受他对贵族世界的愤怒和批判，对原罪意识的理解。读者不仅可以与存在于不同时空的作者对话，还可以通过阅读，与不同时代、不同空间的读者实现交流。毛宗岗评点过《三国演义》，金圣叹评点过《西厢记》，脂砚斋、张新之、王希廉等评点过《红楼梦》，当代的读者可以通过自己阅读作品，感受这些评点者观点的得失，这也是一种对话。无论怎样，这种超越了时间和空间的交流和沟通是文学艺术的一种优越性所在。

【学习活动】

阅读托尔斯泰的长篇小说《复活》，谈谈他是怎样在作品中传达自己对人性和理想社会的理解的。

第五节 文化积累与创造功能

文学活动是人类社会走向文明的标志性活动，是文化的重要内容。每一个民族、地域和时代都有着自己的文化，也都会在一定程度上通过文学表现出来，因此，从历史的长河来看，文学是文化积累的一种方式。同时，在每一种文化的创造过程中，文学也会发挥相应的积极作用来参与这种创造。从文化的积累和创造的角度来审视文学的价值和功能，历来少有人从正面探讨，因此，本节有意识地把它提出来，一方面是为了全面考察文学的功能，另一方面希望借此引起对文学这一功能的重视。

文化是一个含义非常广泛的概念，对它的定义至今尚存争议。文化人类学学者泰勒在其名著《原始文化》中给文化下的定义是："文化，或文明，就其广泛的民族学意义来说，是包括全部的知识、信仰、艺术、道德、法律、风俗以及作为社会成员的人所掌握和接受的任何其他的才能和习惯的复合体。"[1] 梁漱溟认为狭义的文化包括"文字、文学、思想、学术、教育、出版"等，而广义的文化则是"吾人生活所依靠之一切"，"应在经济、政治，乃至一切无所不包"。[2] 20世纪下半期以来，受法兰克福学派和英国文化唯物主义的影响，文学和美学领域兴起了一股从文化维度研究社会和艺术问题的热潮，被称为文化研究。90年代之后，这股思潮在中国产生了显著影响，形成了中国美学和文艺理论领域的审美文化研究和文化转向。在这一过程中，对文化的定义又出现了一些新的思考。当代著名的文化研究学者雷蒙·威廉斯曾经概括出定义文化的三种方式：第一种是"理想的"文化定义。这种定义把文化界定为人类完善的一种状态或过程，在这一定义下文化是指我们称之为伟大传统的那些最优秀的思想和艺术经典。第二种是文化的"文献式"定义，根据这个定义，文化是知性和想象作品的整体。第三种是文化的"社会"定义，文化是一种整体的生活方式，正是这最后一种定义，奠定了文化研究的理论基础。[3] 其实，可以把威廉斯所说的这三种方式合在一起，这样也许对文化的理解更为全面和合理一些。文化是一种"人化"，是在对象身上深深打上人的烙印，是人类的文明化。它包含的内容很多，有符号、价值观念、思维模式、社会规范等，可以具体地体现在一个民族的哲学、文学、艺术、历史等领域。文学是文化的重要组成部分。近些年非常流行的从文化角度来研究文学的研究方式在一定程度上也是基于这种逻辑来立论的。文学是文化的一部分，所以完全有理由寻找和探寻文学作品中的文化内涵。这是一种把文学作为文化例证的研究方式。作为人类创造物的文学，既是人类文化的体现，也是人类文化的创造、传承和积累，不断巩固和丰富着人类的文化成果。

一、文学的文化积累功能

文化总是具体的，或是某一民族的，或是某一时代的，或是某一地域的，等等。只有从具体的立场出发，对文化的探讨才有价值和有意义。在这种立场之上，一部文学作品往往具有丰富的文化内涵，是一个民族、地域或国家文化的重要组成部分。文学活动是人类活动的重要内容，文学作品是人类的创造物，而人是文化的产物。因此，文学作品中处处都渗透着文化因素。现代作家沈从文是湖南省凤凰县人，他笔下展现的往往都是湘西的风土人情。那里多山多水，与外界相对隔绝，主要是苗族聚集区，在他的作品世界里，摆渡、山歌、民间故事和传说等内容频繁出现。除了反映地域文化和民族文化外，文学作品中也会反映时代文化。例如，唐代传奇中的主人公往往都出身名门望族，《莺莺传》中的莺莺姓

---

[1] 泰勒. 原始文化 [M]. 连树声，译. 桂林：广西师范大学出版社，2005：1.
[2] 梁漱溟. 中国文化要义 [M]. 上海：上海人民出版社，2005：6.
[3] 威廉斯. 文化分析 [M] // 罗钢，刘象愚. 文化研究读本. 北京：中国社会科学出版社，2000：125.

崔,《李娃传》中的书生姓郑,崔姓与郑姓在中国历史上都是兴旺了几百年的大族,是唐代大姓。这种描写体现了唐代人重视人的出身门第。但是宋代以后,由于科举制度的盛行,这时文学作品中的男主人公往往不是出身于名门望族,而是家境贫寒但最终考中了状元的人。《西厢记》里的张君瑞、《琵琶记》中的蔡伯喈等都是如此。这种时代风尚也会部分或完全地体现在文学作品中。

文化不是一朝一夕之物,也不是个体可以完成的任务,而是由生活在某一国家、民族、社会中的一代又一代人共同完成的。因此,文化本身就是一个传递、积淀、继承和发展的过程,有着相对固定的形态,但不是静止的僵化物。在这一过程中,文学扮演了重要的角色。在中华民族五千年璀璨文化中,文学是其中最耀眼的明珠。从上古神话传说到《诗经》《楚辞》,从汉赋乐府诗到六朝的诗歌,一直到唐诗、宋词、元曲、明清小说,中国文化源远流长,中国文学亦世代相传,留存着我们民族文化的永恒记忆和美学精神。如果没有屈原《离骚》《涉江》等作品的传世,我们将无法了解这位伟大的诗人的困惑与挣扎,无法深切体会到他的痛苦、愤怒以及对家国深沉的爱,更没有办法了解以他为代表的中国文化中文人命运悲剧性之由来。正是他的作品,为我们保留了中国文化中君子人格的最初形象和发愤抒情的浪漫诗风。同样,也正是李白、杜甫、王维、王昌龄、岑参、高适等一大批诗人,以他们的青春激情与沉郁顿挫,书写了他们的抱负和志向,才为中国文化留下了让后人自豪的"盛唐之音"。

文学作品对民族、国家和社会的文化传承有非常重要的价值。一方面它在以自己的方式记录着一个民族、国家和社会的文化,另一方面它也在思考、辨析着这种文化,使这种文化得以在动态中传承。中国传统文化的核心构成是儒道互补。儒家精神和道家精神共同塑造了中华民族的民族性和价值取向。《白鹿原》在某种程度上可以看作对儒、道两家文化的形象诠释。作品中的主人公白嘉轩和鹿子霖是儒家文化的代表,朱先生是道家文化的体现。作品展现了广阔的时代变迁,即从清朝末年一直到中华人民共和国成立,并延伸到了"文化大革命"结束,描写了半个多世纪的风云诡谲中秉承了儒、道两家思想的主人公不同的人生选择。而白嘉轩和鹿子霖,在一定程度上,恰好体现了儒家文化的正、反两面,他们彼此之间的纠缠争斗,同时也是儒家文化里正、反两个方向之间的搏击。鹿子霖临终时的忏悔和道歉,在某种意义上宣告了儒家文化中正的一面的胜利,成为一种不可压倒的社会方向的隐喻。

需要指出的是,文学的文化积累功能是通过塑造一个理想的艺术世界而实现的。历史也对文化有积累的功能,但它主要是通过翔实地记载历史上发生的真人真事来实现的。政治对文化的积累功能则主要是通过现实的政治制度来体现的。哲学对文化的积累功能一般是通过严密的哲学运思的方式、基本概念和体系等表现出来的。文学由于自身的特殊属性,对文化的积累和创造都具有一定的间接性,它并不是对某种文化直接进行描述,而是通过塑造一个自足的艺术世界来完成的。如果读者试图在文学中感受一个民族或地域的文化,只能通过阅读文学作品,通过作者塑造的人物形象、表达的情感和所营造的艺术世界来实现。例如,比兴传统是中华美学精神的集中体现。从《诗经》《楚辞》到唐诗宋词,比兴手法俯拾即是。《诗经·魏风》中的《伐檀》,抒发的是劳动人民对统治阶级不劳而获的愤懑之情。这种情感的表达，用的就是比兴手法。除此，屈原在《离骚》《湘君》等作品中，以男女关系比喻君臣关系，以香草美人比喻抒情主人公人品高洁，都是比兴传统的生动呈现。

二、文学的文化创造功能

文学活动还有一个非常重要的作用，那就是创造新的文化。文化并不是一成不变的，而是在漫漫的历史长河中大浪淘沙。每个民族和社会一方面在保持和延续传统文化中的一部分，另一方面也在不断地创造新的文化。文学也参与了这一进程。对新的文化的塑造，文学的作用主要体现在如下两个方面：

首先，文学可以改造旧的文化，塑造新的文化。例如，当代的中国文化一般分为三个谱系：民间文化谱系、传统士大夫文化谱系和五四新文化谱系。五四新文化谱系是五四时期中国知识分子在接受西方文化影响下所创立的新的文化传统。一些现代著名的文学家如鲁迅、胡适、郭沫若、郁达夫、丁玲等人都做出了重要贡献。这些人有的侧重对封建文化对民众尤其是士人、农民和妇女的戕害的控诉，如鲁迅；有的侧重对个性解放思想的弘扬，如郁达夫、郭沫若、丁玲；有的侧重对资产阶级人道主义的宣扬，如胡适；等等。他们用自己的作品，既开了中国新文化运动风气之先，同时也启发了民智，使中国民众逐渐从封建的愚忠愚孝观念中走出来，树立新的价值观。从此以后，重个性、重解放、求新求变的价值取向逐渐成为国人新的道德和理念。当然，文学不是单纯的文化宣传品，而是有着自己独立的品格。因此，与一般探讨文化的学术著作不同，文学是通过形象来创造新的文化的。现代文学中的人物长廊：祥林嫂、中年闰土、陈士成、孔乙己、莎菲女士、觉新、觉慧……他们或悲剧或喜剧的命运共同塑造了一种新的文化，完全不同于传统的士大夫文化。文学以自己独有的方式促进新的文化观念的形成。这种新的文化观念不断地累积、增厚、增强，最终确立新的文化，并逐渐进入具体的民族和社会之中。因此，文学能够通过表现人的新的生活经验和进步的文化思想、理念，影响社会文化的发展，创造出新的社会文化。例如，新时期以来的文学对于社会生活中出现的新思想和新文化理念的表现，本身也是一种文化生产，丰富着社会哲学、政治、道德、美学思想，推动着社会精神文化的发展。

其次，文学还会从艺术形式的角度来创造和体现文化。不同的民族，会创造不同的艺术形式。例如，古希腊最发达的是史诗，而中国最发达的是抒情诗。西方在文艺复兴时期盛行一种抒情诗体"十四行诗"，但从字面就可以知道，它的形式与中国古代的抒情诗不同，它由两节四行诗和两节三行诗组成，一共有十四行，讲究韵律。中国的抒情诗也创造了许多形式，如以《诗经》为代表的"四言"体，魏晋时期的"五言"诗，唐代的"七律""七绝"，等等。这种诗歌形式的创造本身既是文化的表现，又是对文化的创造。随着这些诗歌形式的定型，逐渐形成了一种民族文化特色。

对于文学功能问题的讨论，无论是在西方，还是在中国，都有着悠久的历史。其中产生过很多子问题：文学是有用的，还是无用的？如果文学有用，那么文学之功用与其他事物之功用相比，是相同的，还是不同的？其功能是单一的，还是多样化的？对文学功能的理解，从古到今是一直没有变过，还是一直处于变动之中的？对这些问题的思考，一直伴随着对文学功能问题的回答。本章重点论述了在文学理论发展史上，对文学功能理解的一些基本观点，也吸收了最新的理论研究成果，尝试开掘了新的文学功能。我们试图表明的是，文学对社会有着积极的介入作用，但这种功能具有无用之用的特点，即它以无功利的审美为其核心内容。与日常生活中的器物之用相比，文学的功能是精神性的，也是间接性的，它是通过读者的接受改变他们的观念、思想等，从而实现对社会的介入的。对文学功能的认识也一直处于变与不变的合力之中，不变的是其基本功能，变量则来自人们对文学越来越全面而多样的认识。可以期待，在文学理论的未来发展中，人们还会发现文学新的功能。

思考与练习

一、名词解释

1. 文学的审美功能 2. 文学的娱乐功能 3. 文学的认识功能
4. 文学的教育功能 5. 文学的表达功能 6. 文学的交流功能

二、简述

1. 文学审美功能的特点。
2. 在提倡文学的娱乐功能的时候，需要注意的问题。
3. 文学认识与科学认识之间的区别。
4. 文学教育功能的特点。
5. 文学交流在社会生活中的作用。
6. 文学在文化积累与创造方面的具体体现。

三、实践拓展

1. 组织一次课堂小组交流，谈谈对自己影响最大的一篇（部）文学作品。
2. 阅读小学《语文》教材四年级下册第八单元的课本《海的女儿》（节选），分析该作品所具有的认识功能或审美功能。

拓展阅读导航

1. 斯托洛维奇. 审美价值的本质[M]. 凌继尧，译. 北京：中国社会科学出版社，2007.

该书从哲学角度研究与审美价值本质有关的诸多问题，深入探究了审美的价值本质以及审美价值的标准、范围、特征等，并专章讨论了艺术价值与审美价值的关系等。请重点阅读该书中审美的价值本质和艺术的价值实质等内容。

2. 敏泽，党圣元. 文学价值论[M]. 2版. 北京：社会科学文献出版社，1999.

该书对文学价值进行全息透视式考察，既关注文学价值论在中西方的形成与发展，又考察文学价值论的内部构架，如基础、依据和范围等。该书还对马克思主义价值观和文学价值观做出详细介绍和深入分析。请重点阅读该书中马克思主义文学价值观和社会主义文学价值论等内容。

3. 李春青. 文学价值学引论［M］. 昆明：云南人民出版社，1994.

该书从哲学、心理学和历史演变三个方面对文学价值学做了审视，既考察了文学价值的生成过程，又观照了文学价值内部不同价值取向的冲突与消解，也对中国古代文学价值观做了总体梳理。请重点阅读该书下篇"中国古代文学价值观的历史演变"，了解中国传统文学价值观的变迁。

第三章　文学的历史演变

学习目标

- 了解关于文艺发生的主要观点，认识文艺发生与人类生存活动的关系。
- 理解文学发展的动因以及文学发展中继承与革新的关系，掌握文学发展的交流与融合、共生与共荣理论。
- 了解文学观念的历史演变及其演变的原因。
- 能综合应用有关文学发展的理论，分析当前文学现象。

内容导图

文学的历史演变
- 文艺活动的发生
  - 关于文艺发生的主要观点
  - 人类生存活动与文艺发生
- 文学的发展
  - 文学发展的基本规律
  - 文学观念的历史演变

学习导入

众所周知,从远古到近代,以古希腊文学为起点的西方文学,形成了以叙事和写实见长,以"文学典型"为最高审美追求的主体性文学创作观念;而以先秦文化为起点的中国文学,则形成了以抒情和想象见长,以意象和意境为最高审美追求的主体性文学创作观念。以中国文学发展脉络为例,中国古代以诗经、楚辞、散文为起点,先后出现了汉赋与乐府诗、魏晋南北朝古体诗、唐诗、宋词、元曲、明清小说等,中国现当代文学的样式丰富多彩,各种新型文学也迅速发展。这说明,一个时代有一个时代的文学。从文学发展历史的角度看,为什么会形成这种趋势?文学的发生与发展受到什么因素影响?文学有什么样的发展规律?

文学作为一种审美艺术活动,是在一定社会历史条件下产生的,并随着社会的发展而发展,要受到特定时代的社会历史条件的制约。研究文学的发展,要用历史唯物主义和辩证唯物主义来考察文学现象,以科学的态度和科学的理论来探讨文学发展的原因及规律。

第一节 文艺活动的发生

【学习活动】

请阅读李绅的《悯农》:

锄禾日当午,汗滴禾下土。
谁知盘中餐,粒粒皆辛苦。

请讨论:从文学活动发生的角度看,你认为这首诗创作活动发生的源头是什么?

文学理论的研究对象是一切文学现象和整个文学活动。文学现象是在文学活动中发生的。因此,只有从文艺活动的发生开始,通过具体、生动的文学活动,并从文艺活动的整体来考察,才能理解文学和文学现象、认识文学发展规律。下面让我们了解关于文艺活动发生的一些基本观点。

一、关于文艺发生的主要观点

关于文艺的发生问题,即文艺(艺术)起源问题,文艺理论界人士曾经提出过多种多样的观点和学说,其中比较有代表性、影响较大的主要有下列几种。

(一)模仿说

亚里士多德:
诗的起源

模仿说认为艺术的本质是模仿,源于古希腊哲学家德谟克利特和亚里士多德。德谟克利特首先认为"艺术模仿自然",他说:"从蜘蛛我们学会了织布和缝补;从燕子学会了造房子;从天鹅和黄莺等歌唱的鸟学会了唱歌。"① 亚里士多德认为,人从孩提时代起就有模仿的本能,人从模仿的作品中可以获得快感和知识。他还认为,人对于音调和节奏感的模仿是出于天性,后来一步步发展,人由临时口占而作出了诗歌。亚里士多德进一步突出了"模仿"主体的创造性活动。总体来说,模仿说在揭示艺术创造与人的"天性"有关的同时,还肯定文艺起源与自然、社会、人生等客观世界的关系。古希腊模仿说成为统治西方文艺理论和文艺创作思维两千多年的核心范畴,在西方形成了以写实和描写为主流的叙事性文学史。但模仿说过分强调模仿对象的"客观形式"以及模仿主体的"本能"和"天资",忽视了社会实践和文化条件对人的审美思维和艺术创造的制约与影响,以至于自19世纪以来逐渐被否定。

(二)游戏说

康德:艺术与
手工的区别

游戏说源于康德提出的艺术如同游戏,是一种不带任何功利目的和强制的自由想象活动的观点。席勒对游戏说进一步加以阐述发挥,他在《美育书简》中提出"剩余精力发泄说",认为游戏是剩余精力的无目的使用,这种发泄活动能给人带来松弛和愉快感,所以游戏是文艺创作的动机。斯宾塞进一步认为艺术和游戏一样,都起源于这种过剩精力的发泄。② 格罗斯认为,游戏并不是人们以为的一种无目的活动,儿童的,包括幼小动物的游戏其实是为将来的生活所做的一种准备活动。所以游戏先于劳动,劳动是游戏的产物。游戏说着重探讨的是文艺的起源同人的生理和心理的关系,强调人对于轻松、愉快、闲适和精神愉悦的追求,揭示了艺术生成的生理基础、心理动机以及非功利性,在一定程度上补救了模仿说的不足。但它同样脱离了社会生活实际,忽视了艺术创造的主观能动性及艺术特有的审美属性,因而混淆了艺术与游戏的本质区别。

(三)巫术说

泰勒、芒罗:
巫术说

巫术说认为,文艺活动发生于原始巫术活动,认为文艺是原始宗教(魔法)的直接表现。代表人物有英国人类学家弗雷泽、法国考古学家雷纳克等。巫术说认为,原始造型艺术的本质是巫术模仿,来源于控制狩猎活动的手段,目的是祈求狩猎成功。泰勒提出:"野

---

① 德谟克利特. 著作残篇[M]//伍蠡甫,蒋孔阳,程介未. 西方文论选:上卷. 上海:上海译文出版社,1988:5.
② 朱狄. 艺术的起源[M]. 北京:中国社会科学出版社,1982:120.

蛮人的世界观就是给一切现象凭空加上无所不在的人格化的神灵的任性作用。……古代的野蛮人让这些幻象来塞满自己的住宅，周围的环境，广大的地面和天空。"① 他认为这就是巫术，巫术思维法则促成了文艺的诞生。雷纳克等人也认为，巫术是保证狩猎成功的祈求手段，艺术起源于狩猎巫术。英国学者哈丽逊同样认为，古希腊悲剧艺术起源于原始巫术仪式。巫术说看到了造型艺术发生同早期人类活动的关系以及主体与客体的关系，强调人的现实生活与人的精神需要，指出想象在艺术生成中的意义。然而，虽然原始艺术活动与巫术活动相互交织在一起，但艺术与巫术毕竟是两种本质不同而又互相渗透的精神和意识活动。巫术说没有科学地解释造型艺术的根本性质问题，因而也就难以从根本上解决艺术起源的客观动因问题。

（四）表现说

表现说也叫心灵表现说。表现说认为，表现主观情感既是人的本能，也是人的精神需要。这种需要往往以声音、语言、形态、色彩等不同方式表现出来，于是产生了音乐、文学、舞蹈和绘画，因此认为艺术是人类心灵的表现形式。同时，持表现说的人还认为情感是艺术最主要的推动力，艺术的产生恰恰是为了满足情感宣泄的需要。表现说曾产生过广泛的影响。如雪莱在《为诗辩护》中说，诗一般可以解作想象的表现，自有人类便有诗。美学家希尔恩在《艺术的起源》中进一步把艺术概括为交流思想的重要手段。美学家克罗齐反对艺术表现任何理性思想，提出"直觉即表现""直觉即艺术"，这被西方理论界视为表现说正式成为美学理论的开端，克罗齐也被称为"表现主义大师"。表现说经科林伍德和卡里特等人的进一步发展，成为西方20世纪风靡一时的理论，致使占主流地位两千多年的模仿说日渐衰落。与模仿说相比，表现说看到了艺术表现与人的心理的关系，更注重艺术的精神性质、人类的心理活动以及个体的情感特征，因此受到艺术家的普遍欢迎。但表现说由于缺乏明确的概念和健全的体系，不同人的理解五花八门；而且，它仍然不能对艺术的本质做出明确而全面的解释和说明，往往容易陷入以偏概全的误区，特别是把"心灵"抽象成与现实生活相脱离的先验性东西，难以科学地揭示艺术的起源。

（五）劳动说

劳动说产生于19世纪晚期，代表人物有毕歇尔、梅森、德索、普列汉诺夫等。劳动说认为，艺术、游戏等精神性的审美活动都是劳动的产物，劳动、音乐和诗歌最初是三位一体的，它们的基础是劳动。普列汉诺夫认为，文艺起源于先民对劳动生产过程的模仿和再现，游戏也是在劳动中产生的。19世纪末叶以来，劳动说在欧洲广为流传，在我国现代文艺理论中也一直占据主导地位。劳动说揭示了社会劳动对文艺发生的决定性作用，从客观上找到了艺术起源的根本问题。但劳动是人类社会生活的基础和最重要的组成部分，却不是社会生活的全部。如果把劳动这种客观的物质活动作为文艺的唯一源泉，那就忽略了艺术起源的社会学意义和心理学意义上的推动力，忽略了文艺产生的主观动机和文化性质。

鲁迅：劳动说

---

① 转引自：朱狄. 艺术的起源 [M]. 北京：中国社会科学出版社，1982：131.

除了上述主要学说外,还有原欲说、宗教说等。原欲说(也叫"无意识欲望"说)由奥地利精神分析学家弗洛伊德提出。他把人的心理结构分为"本我""自我""超我"三个层次。他认为无意识中的性本能,是心理活动的基本动力。创作是作者释放性本能,达到欲望满足、"升华和补偿"的方式。瑞士心理学家荣格的观点与弗洛伊德近似。两者都拥有大批信徒,他们的观点在西方比较盛行。原欲说揭示了无意识在艺术创作中的重要作用,但将人类具有的社会行为和高级精神活动降至本能的无意识的层面,忽视了人与动物的本质区别,忽视了人的社会性本质。此外,德国美学家格罗塞则把艺术当成一种宗教,宗教说同巫术说比较接近,认为文学活动是从人类的超自然的宗教活动中产生的。19世纪以来,西方关于文艺发生的学说是多种多样的,如法国的泰纳(也译作"丹纳")认为,种族、环境和时代三个要素是文艺起源和发展的决定性条件;当代美国考古学家马沙克则认为,最早的艺术源于原始人记录季节更替的符号体系;等等。

在中国古籍中,也有不少同西方相似的文艺起源学说。与表现说相似的,如《尚书》中的"诗言志"说,司马迁的"不平则鸣"说,陆机的"缘情说",《乐记》中的"物感说",《毛诗序》中的"情动于中而形于言"等。与模仿说相似的,如《易·系辞》中的"观物取象"说,五代画家荆浩在此基础上提出"度物象而取其真",清代文论家叶燮主张"表天地万物之情状",《吕氏春秋·古乐》认为原始乐歌是"效八风之音""听凤凰之鸣",晋代阮籍在《乐论》中指出原始乐歌具有"体万物之生"的特征等。与巫术说相似的,如《周易》说:"雷出地奋,豫,先王以作乐崇德,殷荐上帝。"《周礼》说:"大合乐,以致鬼神示。"《汉书》说:"乐者歌九德,诵六诗,是以荐之郊庙,则鬼神享之。"王国维在《宋元戏曲史》中认为:"巫之事神,必用歌舞。"此外,还有与劳动说相近的观点,如《公羊传·宣公十五年》的注释中提出了"饥者歌其食,劳者歌其事"的观点。从中国古籍中可以看出,我国关于艺术起源的理论源远流长,并且有较多方面的探讨。值得一提的是,中国秦汉时期的"物感说"贯穿中国古代文学理论和文学创作,形成了以意象和意境创造为主流的抒情性文学史。

上述关于文艺起源的各种观点,大多数自成体系,它们都有自己的哲学观和方法论,都属于一元论或单因论的解释。其实,原始文艺的起源,原因是多方面的,具有多元的因素,其根源还在于人们的现实社会存在,人与世界构成的现实关系。因此,研究文艺的起源,必须以人们的现实生存活动为起点。马克思主义文艺起源观正是在劳动说的基础上,从原始人类的客观生活方式出发,以辩证唯物史论科学地阐释了文艺与劳动、文艺与社会生活实践的关系,揭示了劳动是文艺发生的根本动因,以及劳动中产生了思维和审美意识这一本质和规律。

二、人类生存活动与文艺发生

人类生存活动的多元性,决定了文艺发生原因的多面性。文艺活动本身就是人的一种综合性活动,其综合性是由人类生存活动的多元性所决定的。因此,要想深入地了解文艺活动发生的情况,必须从原始人类生存活动及文艺活动的整体来考察。

（一）人类生存活动的多元性

马克思主义文艺发生论认为，劳动是根本的决定性因素，但文艺发生于整个社会生存实践活动中。马克思主义首先肯定了劳动在文艺发生过程中的最终决定性作用。马克思说："劳动生产了美。"[①] 但马克思主义并不是把"劳动"看成文艺的唯一来源，而是从人类学、哲学、经济学、美学、社会学、文化学等多学科视点来理解文学，揭示文学的起源，认为审美意识是以生产劳动为中心的多种社会实践活动的产物。也就是说，人类生存活动除了物质生产劳动以外，还包括在一定宗教、哲学、道德、政治等文化实践活动背景下所形成的人类心理和情感等精神生存活动。而文学是一种审美意识形态，"审美活动所追求的不是一般的价值，而是能满足人的心灵需要的精神价值"。它是"人类一种基本的活动方式，它就存在于人类丰富的现实生活中"[②]。可见，文艺活动的本质是审美实践活动，它伴随物质劳动产生，但又是一种独立的精神活动。在整个社会生存实践活动中，精神活动除了物质基础以外，还具有它自身的精神"基因"。

中外许多文艺发生现象说明，原始文艺的起源和发展途径是多方面的。各民族的巫术、图腾、求爱、欢聚、战争、模仿性操练等，都可能成为原始诗歌和原始歌舞的来源。不论是歌、乐、舞艺术，还是神话、传说、史诗、谚语、童话等文学样式，一方面，它们都同劳动生活密切相连，另一方面，它们又是在不同的社会条件、文化背景和审美情感条件下发生的文艺。对此，鲁迅曾经作过精辟的论述，他在《门外文谈》里认为，文艺起源于劳动中相互协调和交流的要求，人们用有节奏的声音和动作传达思想感情，开始了文艺创作。他还认为，艺术方式存在于有史以来的人们日常生活中，劳动也唱歌，求爱也唱歌。他在《中国小说的历史的变迁》中还说：诗歌与劳动和宗教都存在着密切的联系，小说与人们的休闲相关。可见，鲁迅在肯定文艺起源于劳动的同时，也肯定了日常生活活动中其他方面的来源。

关于人类生存活动多元化与文艺发生多因素的关系，现代科学不断从新的角度做出许多新的解释。诸如对人的生理机能、心理情感需要、社会实践功能、文化动机进行的自然科学和社会科学研究，分别从不同侧面阐释了文艺发生的精神起源。美国斯坦福大学生物学家高德斯丁研究发现，人们在听音乐时产生的快感与人体内的某种内分泌物——内啡肽有密切关系。[③] 这说明人的艺术感觉不仅具有文化心理的因素，还有其生理机能。英国科学家珍妮·古多尔指出：黑猩猩已经有了相当丰富的情感活动，它们在久别重逢时会高兴地互相拥抱和亲吻。因此，任何功利目的都无法解释这一心理情感反应表现。

可见，作为精神实践活动的文艺，来源于人类生存发展的整体需要和人类生存的整体活动。人类生存需要和生存活动又是十分复杂的，这就决定了文艺发生的复杂性，文艺的发生既有自身内在的目的，又有外来力量的推动；既是人的生理机能宣泄、情感心理表现的需要，又有社会实践和文化活动的动机。人的生理、心理机制构成了文艺发生的内在需

[①] 马克思. 1844年经济学哲学手稿[M]//马克思, 恩格斯. 马克思恩格斯全集：第3卷. 北京：人民文学出版社, 2002：269-270.
[②] 朱立元. 美学[M]. 3版. 北京：高等教育出版社, 2016：89, 90.
[③] 童庆炳. 论审美知觉的基本特征[J]. 北京师范大学学报（社会科学版）, 1991（1）：60-70.

求，社会、文化动机则构成了文艺发生发展的外在动力。文艺的起源，正是人类生存活动中内在和外在双重活动的结果。

以劳动为基础的人的生存活动与文艺活动的关系在于：生存活动建立了人与对象之间的诗意情感关系，引起了人的自觉能动的文学创作，文艺活动也就成为人的本质力量的确证。因此，对于文艺发生问题，我们应从主观与客观两个方面来分析，不能强调单因论或把各种观点对立起来。

（二）早期人类劳动与文艺发生

人类生活包括以劳动为基础所形成的两种基本活动，即物质活动和精神活动。生产劳动是最基本的物质活动，而精神活动同样是人类生活的重要组成部分。文艺作为一种精神实践活动，就是在生产劳动基础上通过精神活动培育出来的，即文艺起源于以劳动为前提的人类早期精神活动。因此，要科学地阐明文艺发生问题，就必须首先肯定劳动实践的决定性作用。

第一，劳动是原始文艺活动的前提条件。劳动创造了人本身，创造了人类社会，创造了人类早期一切精神活动赖以产生的物质基础——人手、思维、语言、感觉与认识等。恩格斯说："首先是劳动，然后是语言和劳动一起，成了两个最主要的推动力，在它们的影响下，猿脑就逐渐地过渡到人脑……"[1] 只有当劳动使人类的肌体功能、智力和文化心理、文化感官逐渐进化时，人类早期的精神活动才可能产生。所以说，劳动为文艺的发生提供了人的身体方面的物质前提。劳动作为艺术起源的基础，其功能在于人的物质性活动的客观动因。

第二，劳动使文艺活动成为人的精神需要。劳动过程往往伴随着包含文艺活动在内的精神活动。如在早期劳动过程中，文艺活动可能成为协调动作、减轻疲劳、调整情绪、振作精神、提高劳动效率的一种手段，也可能成为模仿和再现劳动生活情景、抒发特有的感情、用以娱乐和教育本部落成员的基本方式等。正如普列汉诺夫所说，原始民族常常"按照一定的拍子，并且在生产动作上伴以均匀的唱的声音和挂在身上的各种东西发出的有节奏的响声"，而"每种劳动有自己的歌，歌的拍子总是十分精确地适应于这种劳动所特有的生产动作的节奏"[2]。这表明，最早的音乐、诗歌、舞蹈伴随着劳动的节奏和音响而产生，并依附劳动成为组织生产或交流劳动情感的手段。所以说，文艺根源于劳动生活的需要。

第三，劳动提供了文艺创作的内容。劳动者本身，劳动过程和成果，都可能成为原始文艺的内容，因此，原始生产实践活动为文艺提供了反映对象。考古学证实，原始绘画的题材与人的生产生活方式有着密切的联系，原始人在狩猎时期，创作的大多是动物画；当生产发展到从狩猎到种植之后，绘画的题材转向植物，出现了大量的植物画。再如，原始歌舞多是早期人们劳动的动作表现，或是对狩猎动物的动作模仿；原始诗歌内容往往是早期人们在劳动过程中的感受、情绪和向往；原始音乐来自早期人类对劳动中所发出的声音

---

[1] 恩格斯. 自然辩证法［M］//马克思，恩格斯. 马克思恩格斯选集：第3卷. 北京：人民出版社，2012：992.

[2] 普列汉诺夫. 没有地址的信　艺术与社会生活［M］. 韦陈宝，杨民望，译. 北京：人民文学出版社，1962：39.

节奏的体验。总之,劳动过程为原始人提供了文艺创作的内容。

(三)审美意识萌芽与文艺发生

劳动与原始文艺的密切关系,只是表明劳动是原始文艺产生的客观原因与必要前提。而原始文艺的真正诞生,还有其主观原因,其中审美意识的萌芽是关键。审美意识的萌芽主要表现在三个方面:首先,在思维特征上,人类为满足认知的需求而萌发了联想、想象、幻化等思维,体现出抽象思维的创造性;其次,作为审美意义上的精神活动,从物质活动和精神活动的混合中分离出来,并摆脱物质功利,直接成为表达情感和情绪的精神需求;最后,某种具有原创性质的精神活动,得到原始共同体的认同,也就成为交流思想和情感的一种共同"约定"和默认的"符号",这种"符号"化了的精神活动才成为艺术。如在出土的考古资料中,远古陶器上的许多几何图形和纹线,山顶洞人用壳类做的装饰品,有关氏族和部落的传说,关于人种起源和自然现象的幻想神话,表现蒙昧的自我意识的图腾歌舞,等等,都是在劳动中伴随着人的审美意识的产生而产生的,并且往往通过原始宗教、原始巫术等形式表现出来,成为原始艺术的雏形。它们具有思维的创造性特点,反映着审美思维的萌芽;它们与物质劳动相分离,成为纯粹的精神需求;它们已经成为群体认同的、能够达到交流目的的"符号"。也就是说,原始审美思维活动与精神创造是原始文艺起源的主观原因。譬如我国远古以人民口头创作形式呈现的《大禹治水》《后羿射日》等系列神话传说,既反映了古代人们认识自然、敬畏自然、征服自然并向自然求索的过程,同时又展现出富有审美特征的奇思幻想,故事中的主人公也成为古代人们所一致崇敬和崇拜的"符号"化的不朽的精神形象。

综上所述,文艺发生具有多元化的起因。生产劳动是文艺产生的物质前提,审美意识的萌芽是原始文艺产生的关键环节,认知需求的满足是原始文艺产生的主要精神动力,宗教、巫术仪式是原始文艺的基本形式。所以,以劳动为前提的早期人类生存实践活动,是文艺发生的客观因素;以劳动为核心的早期人类精神活动,是文艺发生的主观因素。人类早期在这种主观与客观相互作用的条件下创造了文艺。所以说,文艺起源于以劳动为前提的人类早期精神活动。

第二节　文学的发展

【学习活动】

中国传统蒙学《三字经》《百家姓》《千字文》合称"三百千",并称为三大国学启蒙读物，成为中华民族珍贵的文化遗产。作品短小精悍、朗朗上口，千百年来，家喻户晓。其内容围绕尊道贵德、修身养性、为人处世等，分别涵盖了哲学、历史、天文、地理、道德、人性、人生等以及一些民间传说。

小组讨论：结合我国封建社会发展史和儒家思想发展与演变，如果把《三字经》《百家姓》《千字文》之类，以及《神童诗》《弟子规》传统蒙学读物看作一种文学现象，那么，这种文学现象的产生和发展主要动因是什么？还受哪些因素的影响？

文学的发展是一个复杂的过程。社会生活的发展是文学发展的客观基础，文学的发展归根结底要受到人类社会生活发展的制约。社会生活的发展变化，必然引起文学的变化。那么，文学的发展究竟有哪些主要动因？又怎样发展和演变呢？

一、文学发展的基本规律

社会生活内容丰富多彩，其结构关系十分复杂，并且无时无刻不处于动态的发展、变化过程之中。

早在 18 世纪，关于文学发展的要素及其关系问题的研究就产生了很多见解。德国美学家赫尔德认为，民族习性、风俗、政治等都对文学具有深刻的影响。法国艺术史家泰纳认为，种族、环境、时代决定了一个社会的时代精神和风俗概貌。芬兰美学家希尔恩在《艺术起源》中认为，艺术原本是一种社会活动，原始艺术除了同经济方面的动机有关外，还具有各种实用的和集体的动机，他特别强调了艺术创造与延续种族激情或爱欲的关系。

可见，在马克思主义诞生以前，关于文学发展复杂性的问题早已得到文艺理论界的关注和探讨。理论家们不再满足于孤立、纯形式、纯心理的分析，而是分别强调文学与时代精神、民族性格、宗教信仰、民族共同理想和经济背景等不同因素的复杂关系。马克思主义诞生以来，关于文学发展问题的阐述逐步系统和完善起来。

（一）文学发展的动因

影响文学发展的因素是多种多样的，它包括自然、风俗、经济、政治、文化等种种因素。在众多因素中，任何一个因素的改变都会影响整体的变化，而整体也存在于各种因素的相互作用中。所以，文学的内容和形式随社会生活的发展而发展。我们可以从以下几个方面来考察。

1. 文学发展与自然

首先，现实生活中人与自然的关系，影响着作者的生活方式和文化心理、审美趣味，进而影响着文学的内容和形式，以及文学创作的观念和方法。如古希腊神话中的神话故事和英雄传说反映了古希腊人对宇宙和人类的起源，以及神的产生的思考和想象，体现了他们对祖先的崇拜，对自身发展史的回顾。传说中的主人公大都是半神半人的英雄，体现了人类征服自然的英勇顽强的精神和意志，表现出对古人的力量和智慧的敬仰。在古希腊悲剧中，不论是《被缚的普罗米修斯》中塑造的为人类造福的"智慧之神"普罗米修斯，还是《俄狄浦斯王》中展现的神与人的斗争，都是当时古希腊社会现实中人与自然斗争关系的反映。中国古代关于人文始祖的许多神话传说，所反映的也是人类征服自然的过程。所不同的是，古希腊特定环境中的生活现实及古希腊人所形成的"天人对立"的宇宙观，构成了"悲剧"和"崇高"的审美文化心理，成为"悲剧"创作的主要动因；而中国古代人"天人合一"的宇宙观，则形成了中国文艺创作特有的"物感说""情景说"等"天人感应"的创作观念。可见，在现实生活中，人与自然的关系状况直接影响着民族文化心理，从而影响着文学创作与文学发展。

其次，自然与艺术创作之间有内在关联。艺术家产生创作冲动与艺术灵感的机缘是多方面的，其中由自然引起的创作冲动是艺术创作的重要途径之一。中国古代文艺理论中关于自然与创作关系的阐述比较深刻，并形成了"物感说"的思想理论体系。如《乐记》有云："人心之动，物使之然也，感于物而动，故形于声。"这是说音乐创作和表演的冲动是由"物"引发的，这里的"物"包括自然现象和社会现象。"物"引起主体的情感与创作冲动，主体进而寻求艺术表达。刘勰极力倡导"感物吟志"，他在《文心雕龙·物色》中就自然的四季变化引起的情感体验及表达冲动进行了具体的阐述，如"春秋代序，阴阳惨舒，物色之动，心亦摇焉""岁有其物，物有其容；情以物迁，辞以情发"等，把自然景物与创作冲动之间的关系表述得淋漓尽致。钟嵘进一步把"物感"的作用描述为"摇荡性情""感荡心灵"。在中国古代，自然现象能引发作者的创作冲动与艺术灵感，这成为诗歌创作和诗歌理论的基本精神。

最后，自然不仅成为文学创作的描写对象，而且还能转化为文学创作思维。文学创作以人为中心，描写人的内心世界与外部生活。与人的生活和心理息息相关的自然现象，通常是文学描写的对象。中国是诗歌的国度，历代诗歌创作或借景抒情，或托物言志，以自然为描写对象是一个普遍的现象，"赋比兴"成为我国诗歌创作的基本手法，原因就在于此。同时，中国古代哲学所确立的"观物取象"和"立象尽意"的认识论，成为文学创作的思维方法，被称为"象思维"，即借助某一具体事物作为某种审美特质的"意象"符号，通过这个符号展开联想和想象。这种艺术思维方式形成了我国独特的"意象""意境"理论，并体现在绘画、雕塑、建筑等各种艺术创作之中。自然还能使作者的创作思维超越现实、超越时空。如在西方古代神权背景下的文学创作中，以"再现"为主的创作手法，既可以描写"天国"的神圣美好，又可以展现"地狱"的阴森恐怖。中国古代以"表现"为主的虚实相生、动静相宜等创作手法，能够把心与物、情与景等熔铸成为水乳交融的审美空间。

任何一个民族的文学，都与本民族所处的自然环境有着密切的联系，甚至同一民族处在不同的地理环境中，也会因环境影响而形成地域性的生活方式和精神风貌，表现在文学中自然会形成不同的地域和民族风格。

2. 文学发展与经济

首先，经济对文学具有影响和制约关系。经济是社会生活的基础，社会生活又是文学发展的前提和文学表现的基本内容。在影响文学发展的各种社会因素中，经济是最终的决定性因素，因此，文学发展与经济发展具有相互适应性。马克思说："物质生活的生产方式制约着整个社会生活、政治生活和精神生活的过程。"① 在原始社会生产力和社会经济水平低下的时期，人们的主要时间和精力在于获取生活资料，文艺活动伴随人们的劳动过程，不可能有专业的文学艺术创作。随着物质生产和精神生产的逐步分工，一部分人有可能专门从事文化活动，包括从事文学艺术创作，从而不断推进文学艺术的迅速发展。同时，物质生产的发展，又进一步促进了文学表现手段和传播媒介的发展。如我国古代的文字记录经历了甲骨雕刻、石头雕刻、青铜器雕刻、竹简刻画和书写、活版印刷等发展过程。随着传播媒介的发展，文学传播范围和影响也逐步扩大。关于经济对文学的影响，马克思有过一段精辟的论述：

> 成为希腊人的幻想的基础、从而成为希腊［艺术］的基础的那种对自然的观点和对社会关系的观点，能够同走锭精纺机、铁道、机车和电报并存吗？在罗伯茨公司面前，武尔坎又在哪里？在避雷针面前，丘必特又在哪里？在动产信用公司面前，海尔梅斯又在哪里？任何神话都是用想象和借助想象以征服自然力，支配自然力，把自然力加以形象化；因而，随着这些自然力实际上被支配，神话也就消失了。在印刷所广场旁边，法玛还成什么？……
>
> 从另一方面看：阿基里斯能够同火药和铅弹并存吗？或者，《伊利亚特》能够同活字盘甚至印刷机并存吗？随着印刷机的出现，歌谣、传说和诗神缪斯岂不是必然要绝迹，因而史诗的必要条件岂不是要消失吗？②

现代科技和信息技术的发展，使世界各民族文学的相互交流和影响形成了势不可挡的趋势。同时，随着电子技术的发展，电影、电视、互联网等媒体日趋繁荣和数字化、智能化，加之"消费社会"趋势生成，文艺领域新的文学观念不断产生。例如 21 世纪初，美国解构主义文学批评家希利斯·米勒曾提出"文学终结"论，认为文学时代在电信时代将终结。③ 该观点在我国文艺界引发了讨论与争鸣，关于"文学边缘化""文学泛化""文学图像化"等的论题被相继提出。同时，在我国当代"消费社会"趋势下所产生的"日常生活审美化""大众文化""文学市场"等问题，正在不断催生出新的文学观念。这说明，文学观念的产生与发展，总是与时代科技和经济发展密切联系的。

文学发展与经济发展相适应的关系主要表现为，一定时期的文学繁荣，往往是作为经济发展的结果出现的。例如，宋代词和话本文学样式得以繁荣，是城市经济的发展促进了勃兴的市民阶层对享乐式消费文化需求而形成的，文学发展与经济发展的这种适应关系，最终取决于物质生产、生活水平对文学的决定性作用。一般来说，经济发展是一切文化发展的前提条件，为文学发展提供了最基本的物质条件；在经济繁荣时期，社会比较稳定，政治比较开明，文化思想比较活跃，这就为作家表现艺术个性、发挥创造才能等创造了优越的社会环境；同时，经济繁荣时期往往是民族文化交流最活跃的时期，各民族文学之间

---

① 马克思.《政治经济学批判》序言［M］//马克思，恩格斯. 马克思恩格斯选集：第 2 卷. 北京：人民出版社，2012：2.
② 马克思.《政治经济学批判》导言［M］//马克思，恩格斯. 马克思恩格斯选集：第 2 卷. 北京：人民出版社，2012：711.
③ 米勒. 全球化时代文学研究还会继续存在吗？［J］. 国荣，译. 文学评论，2001（1）：131-139.

的学习和借鉴更能促进各民族文学的发展。

其次,文学发展与经济发展具有非同步性和不平衡性。马克思对此有精辟的论述:"关于艺术,大家知道,它的一定的繁盛时期决不是同社会的一般发展成比例的,因而也决不是同仿佛是社会组织的骨骼的物质基础的一般发展成比例的。"① 这种不平衡关系主要表现在两个方面:一是某种文学样式会在某个特定社会发展时期表现出繁荣的形态,随着社会的发展,这种繁荣的形态逐步衰落。比如,神话这种艺术形式繁荣于人类社会发展的低级阶段。二是有些国家和民族的文学繁荣,恰恰会出现在经济发展的落后期或迟滞期。如18世纪的德国,"这个时代在政治和社会方面是可耻的,但是在德国文学方面却是伟大的。1750年左右,德国所有的伟大思想家——诗人歌德和席勒、哲学家康德和费希特都诞生了"②。19世纪俄国的经济状况日趋惨淡,而文学却呈现了空前繁荣的景象,涌现出普希金、果戈理、屠格涅夫、托尔斯泰、陀思妥耶夫斯基、契诃夫等文学巨匠。在我国古代,先秦诸侯纷争时期产生了诸子百家,动乱的魏晋时期出现了建安文学。对文学发展与经济发展的这种不平衡性,清朝著名诗人、学者赵翼曾经在《论诗绝句》中概括为:"国家不幸诗家幸,赋到沧桑句便工。"

导致上述不平衡的原因主要是:首先,随着物质生产与精神生产的分工,经济与文艺之间逐步失去了直接的、同步的联系,社会经济的发展变化首先影响时代风貌和社会心理,引起文学观念的转变,进而引起文学的发展;其次,随着政治、经济、法律等制度的完善,哲学、宗教、伦理等上层建筑的不断加强,作为社会意识形态的文学,其社会功利价值不断得到突出,并且直接推动自身相对独立地发展。

从总体来讲,经济发展是最终的决定性因素。马克思说:"随着经济基础的变更,全部庞大的上层建筑也或慢或快地发生变革。"③ 作为上层建筑之一的文学,它必然随着经济基础的发展而变革。

3. 文学发展与政治

列宁说"政治是经济的集中表现"④,政治在整个社会结构中是最直接、最强大的力量,它作为一种制度、权力、社会力量的冲突状态和统治阶级的意识形态,在上层建筑中处于主导地位,是经济基础和其他意识形态之间的中介,因此对于文学发展的影响是重大而又深刻的。其主要表现在:

其一,统治阶级的政治思想代表着一种国家意识形态,从而会形成一种文化主旋律,要求文学为国家政治服务。因此,政治往往影响到文学的兴盛或萧条。在一定政治历史条件下,一部分文学家可能对政治的召唤做出应答,如汉赋、唐诗的繁荣;一部分文学家可

---

① 马克思.《政治经济学批判》导言[M]//马克思,恩格斯. 马克思恩格斯选集:第2卷. 北京:人民出版社,2012:710.
② 恩格斯. 德国状况[M]//马克思,恩格斯. 马克思恩格斯全集:第2卷. 北京:人民出版社,1957:634.
③ 马克思.《政治经济学批判》序言[M]//马克思,恩格斯. 马克思恩格斯选集:第2卷. 北京:人民出版社,2012:3.
④ 列宁. 再论工会、目前局势及托洛茨基和布哈林的错误[M]//列宁. 列宁选集:第4卷. 北京:人民出版社,2012:407.

能对政治的压迫采取逃避态度，如古代诗人隐逸多是对政治压迫的逃避反应。

其二，政治观念、政治环境会影响文学的时代风貌，同时，文学也会在潜移默化中影响人们的政治观念。中国古代早有论述，如"治世之音安以乐""乱世之音怨以怒""亡国之音哀以思"(《礼记·乐记》)。政治斗争对文学发展具有推动或抑制作用，处于社会变革时期的政治以及激烈的阶级斗争会影响文学的性质和发展方向，如俄国批判现实主义文学、我国的抗日文学都反映了当时的时代风貌。此外，社会大动荡、大变革往往也会反映到文学作品中。如春秋战国时期诸子散文、《左传》和《战国策》等作品，无不影响着百家争鸣时期诸侯国的政治观念。《三国演义》和《水浒传》都分别与当时的社会动乱相互影响。文学虽然不从属于政治，但会通过审美途径对政治产生影响，对一定阶级的政治起舆论宣传作用，以艺术形象特有的审美感染性，影响人们的政治观念与态度。所以孔子认为"诗可以兴，可以观，可以群，可以怨"(《论语·阳货》)。我国新时期文学的发展与繁荣，进一步说明文学与政治的相互影响关系。

其三，在文学发展过程中，社会制度的变革往往引起文学的高涨或衰落。如古希腊时期，随着社会制度的变革，文学发展形成三个阶段：从氏族向奴隶社会过渡阶段出现了神话和史诗，奴隶制全盛时期产生了悲剧与喜剧，希腊化时期则形成了崇尚修辞技巧的新喜剧。我国唐代先后呈现了"初唐""盛唐""晚唐"等不同时期的诗歌景象，五四运动以来新文学的发展在三个十年中形成了不同的文学高峰。这种阶段性的文学高涨现象，往往是由社会制度的变革引起的。

社会变革作为文学发展的重要动因之一，古今中外文艺理论家都曾经论述过。如刘勰在《文心雕龙·时序》中所说的"文变染乎世情，兴废系乎时序"，王国维在《宋元戏曲史》中所说的"凡一代有一代之文学：楚之骚，汉之赋，六代之骈语，唐之诗，宋之词，元之曲，皆所谓一代之文学，而后世莫能继焉者也"①，《英国文学史序》所归纳的种族、环境、时代三要素等，都阐述了时代社会变革与文学发展的关系。

4. 文学发展与各种精神文化

吴登云：文学发展与各种精神文化

文学艺术与道德、哲学、宗教等都属于社会意识形态，它们之间必然会相互渗透、相互影响。作为文学活动主体的人，首先是生活于现实社会中的人，要由自己的世界观、人生观、道德观来指导自己的思想和实践。也就是说，哲学思想、伦理思想、政治思想等，会以作者主观意识的形式存在于作者的思想意识中，影响作者审美理想、审美趣味、文学观的形成，也影响其创作方法和艺术手段的运用。

首先，文学发展与道德。道德往往在文学与经济之间起着中介作用。道德作为社会生活的重要组成部分，也就成为文学描写的对象。因此，文学不仅需要反映人们的道德生活、道德风尚，而且需要对美好的道德行为和道德追求进行歌颂与张扬，才能使文学作品具有感人的魅力。在文学创作中，社会道德不再是抽象的原则和僵硬乏味的说教，它首先必须转化为作者的审美情感和审美观念，转化为创作主体的道德观念和道德情趣，表现为道德情感和道德理想。只有经过作者主观意识的"过滤"并经过艺术化处理的道德，才能产生

---

① 王国维．宋元戏曲史［M］．上海：上海古籍出版社，1998：1.

强大的审美感染力。在文学作品中，道德因素通常反映在文学表现形式和风格等方面，例如中国文学的"温柔敦厚""中和"之美和"含蓄"手法等。同时，文学作品也表现道德观念的冲突，以丰富文学的表现内容，强化道德审美效果。

其次，文学发展与哲学。哲学作为世界观的学说，是其他各种思想形态的理论基础。哲学的本义是"爱智"，是对未知真理的探寻。因而哲学能够通过影响作者的世界观来影响作者的认知视野；哲学也可能通过转化为一种社会思潮来影响一个时代的文学风貌；哲学还可能通过融入作品的形象体系来丰富作品的审美价值。亚里士多德说过，"诗是一种比历史更富哲理性、更严肃的艺术"，因为诗倾向于表现"带普遍性的事"[①]。文学必须具有心理哲学、历史哲学、文化哲学、语言哲学的审美品格。文学艺术作为人类"掌握世界"的方式之一，是用审美的方式把握世界、人生，思考生命的存在价值和意义，创造精神的可能性的。因此，文学在审美领域以艺术的方式对世界、社会、人生，以至人的精神世界的掌握和对人的精神家园的追寻，同样达到哲学的高度。所以，文学本质上也是一种审美哲学。可以这样说，有伟大的学说才会有伟大的文学，伟大的文学家首先应当是一个哲学家。

最后，文学发展与宗教。从形而上的层次看，宗教与哲学是同根同源的。从创作动机看，文学、哲学、宗教的出发点都趋于创造一个与现实世界相区别的形而上的世界。文学与宗教存在许多联系：宗教有仪式、信仰、情感和理性解释等诸多因素，文学也有艺术仪式、信仰、情感，但它不是用理论而是用形象去解释神秘的终极问题的。文学与宗教共同的生命力在于注重灵魂和情感的共同作用。文学与宗教具有共同的心理机制，都是以精神、灵魂、理想、正义、情感、智力、直觉等为创造性的根本，肯定人性和人生。文学与宗教还具有共同的审美感情和思维方式，都以超越现实生活的思维方式，把人带入一种超凡脱俗的境界，使人进入想象的心理状态，在情感体验中获得安慰、满足和激励。文学与宗教又相互区别：它们都要通过主观想象来把握世界，建立某种理想境界，但宗教的想象是虚幻的，并寄希望于来世，文学的想象则立足现实和现实生活。它们都以形象的方式表现生活，但宗教是将人的本质异化，将人带入虚妄的世界里；而文学是将人的本质充分显现，将人带入理想的美的境界中。它们都要通过诉诸人的心灵和情感实现其社会作用，宗教虽能给人心灵抚慰，但它将人的希望引向虚幻，因而具有麻醉作用；文学则能激发人们在现实生活中的热情创造和积极追求。宗教和文学作为两种精神文化，又相互影响。宗教在一定程度上发展了人们的想象力，宗教思想可能形成作者独特的艺术世界和精神风貌，宗教故事丰富了文学题材和文学的表现内容，宗教影响了有些艺术形式与体裁的产生等。同时宗教对文学又具有消极影响：由于它严重禁锢人们的思想，因而容易束缚作者的艺术个性和创造才能；宗教在社会生活中居于支配地位时，往往会干预文学的发展；宗教有可能使作者脱离现实生活和实际斗争，从而影响作品的现实意义和社会价值。

总之，文学发展不仅受到物质生产水平的制约，往往还与上层建筑中的其他部分具有直接关系，与各种精神文化和时代精神密切相关。进一步说，物质生产水平是文学发展的终极原因，但绝不是唯一的原因；由各种精神文化活动构成的社会文化大系统提供的文化

---

① 亚里士多德. 诗学［M］. 陈中梅，译注. 北京：商务印书馆，2017：81.

氛围或文化条件,也制约着作者精神文化品质的形成,从而间接地对作者的创作产生影响。此外,文学发展也有自身因素的作用。所以说,文学发展是在诸多因素的"合力"中进行的。

(二)文学发展中的继承与革新

文学发展不仅受到外在力量的影响,而且还在自身的发展过程中通过继承与革新而不断演变,指向未来。文学继承是指对历史流传的文学思想、文学传统、文学惯例的承传。文学革新是指在文学继承的基础上产生异于前人和超越前人的作品,革新就是继承中的创造。

1. 文学发展中的继承性

任何时代的文学都是在继承前人优秀文学遗产的基础上发展起来的。任何作者从事创作,都从模仿开始,自觉不自觉地接受文学传统的规范,继承本民族的文学精神、文学经验和语言形式。正如《歌德谈话录》所说:"各门艺术都有一种源流关系。每逢看到一位大师,你总可以看出他吸取了前人的精华,就是这种精华培育出他的伟大。"[1] 杜甫有诗云:"别裁伪体亲风雅,转益多师是汝师。"(《戏为六绝句(其六)》)

首先,文学的历史继承性表现在内容上。历史上反映人民生活、表达人民愿望和思想感情的作品,从题材、主题、人物形象塑造等方面,都有一定的继承性。我国许多古典名著都是在民间故事的基础上,经由无数民间艺人和作者的再创造,最后写定传世的。以《西游记》为例,围绕着唐僧西天取经这一题材的文学创作可谓代代相传,从故事的产生、流传、演变,到吴承恩最后加工写定,经历了长达900多年的漫长岁月。而在如此漫长的传承过程中,隐伏于其中的文学精神和文化理念在不间断地发展。由此可以看到,文学内容的发展有它的继承性。

其次,文学的继承性表现在艺术形式上。某种文学体裁一旦形成,就具有相对稳定性和自身发展的系统性。任何一种文学体裁新样式,都是在继承体裁原有样式的基础上进行革新和创造的结果。中国是诗的国度,诗、词、曲、赋的发展始终保持着诗歌的基因。就语言形式来说,从"四六"骈文到五言、七言和长短句,从古代格律诗到现代自由诗,从乐府、律诗绝句到词、散曲等,都与诗歌体裁一脉相承,而对诗歌形式的创造则不断增强了诗歌的艺术表现力。中国的小说源自远古的神话、传说,受到史传、寓言的影响,历经六朝志人志怪小说、唐传奇、宋元话本、明清章回体小说、现代小说,在文化精神、形象塑造、情节安排、叙事方式、语言技巧、表现手法等方面都体现了民族文学传统的继承性。

文学的继承性表现在一切文学现象之中,如对文学风格、文学思潮、文学流派、文学观念、文学研究、文学接受与欣赏、文学理论与批评等的继承。正如丹纳所说:文学价值的等级取决于它表现的特征的重要程度,伟大的文学作品,它们表现一个深刻而永久的特征,特征越经久、越深刻,作品的地位就越高。基本上可以分四层:第一层表现一些流行的风气,指短暂流行于社会三四年的一些生活习惯与思想感情;第二层表现可以持续几十

---

[1] 爱克曼. 歌德谈话录[M]. 朱光潜,译. 武汉:长江文艺出版社,2020:96.

年甚至相当长时间的思想感情；第三层表现存在一个完全的历史时期，例如中世纪、文艺复兴、古典时代的精神状态；第四层表现的是文化的根，表现那种世代连绵不断，并且构成民族的特性，是漫长的历史磨灭不了的民族精神底色。

总之，继承的核心是古为今用，继承的基本原则在于取其精华、去其糟粕，继承的根本目的在于革故鼎新、延传发展。同时，文学也在历史继承的基础上保持着自身的个性和独立性。

2. 文学发展中的革新性

文学对传统的继承显然不是一味地模仿、照搬古人或简单地复制文学遗产，而是需要在继承的同时，根据社会生活的发展，勇于革新和创造。刘勰在《文心雕龙·时序》中所说的"时运交移，质文代变""歌谣文理，与世推移"，就从文学史的发展历程中总结出了文学的革新性。

文学革新的基本点是"推陈出新"，但是，文学革新不是随心所欲的，它具有文学自身的规律。马克思指出："人们自己创造自己的历史，但是他们并不是随心所欲地创造，并不是在他们自己选定的条件下创造，而是在直接碰到的、既定的、从过去承继下来的条件下创造。"① 从这些论述中可以看到：一方面，文学发展的革新与创造是由自身发展的客观规律所决定的，它顺应社会生活和审美需求的变化而变化。换句话说，文学既是时代的产物，同时又能反映时代的风貌。另一方面，文学的革新与创造不是被动的，它需要文学活动的主体在文学实践中大胆探索，不断冲破旧的思想和观念，突破旧的框架和体系，在不断革新与创造中求得文学的繁荣和发展。以文学形态和文学传播为例：随着文字的产生、造纸术和印刷术的出现，人类早期的口头文学转化为纸媒文学；随着广播和影视的发展，产生了视听文学；而现代信息技术和各种新媒体、自媒体的迅猛发展，又催生了广告文学、网络文学、博客文学和手机文学等，创作主体也由精英作者转化为"人人都是作者"，文学日益呈现"多元"和"泛化"的发展趋势。

文学发展中的继承与革新是辩证统一的。继承是革新的基础和前提，革新、创造是继承的目的和要求。没有继承，就没有革新与创造的起点；没有革新，文学就很难得到健康发展。继承的是传统稳定性，革新革的是陈旧的落后性。革新就是从新的角度去挖掘，用新的内容去充实，以新的方式去表现。文学正是在人类经验的历史性积淀中不断拓展、丰富、深化和提高的。这便是文学自身发展的基本规律。

（三）文学发展的交流与融合、共生与共荣

各民族文学之间交流与融合、共生与共荣，是中外文学发展史上的客观事实，也是文学发展的客观规律。交流与融合体现了文学发展中的国际性，共生与共荣突出了文学发展中的民族性。

吴登云：文学的融合与共生

---

① 马克思. 路易·波拿巴的雾月十八日[M]//马克思，恩格斯. 马克思恩格斯选集：第1卷. 北京：人民出版社，2012：669.

1. 民族文学的交流与融合

任何一个民族的文学，都是该民族特定的社会生活和心理结构相互交融的产物。文学一经形成之后，不仅具有自己相对独立的审美领域和历史传统，而且成为人类共有的精神财富，具有同其他民族文学进行相互交流、融合的可能。这种交流与融合，既表现在多民族国家内部各民族之间，还表现在世界范围内不同国家和民族之间。任何一个民族的文学，都不是孤立发展的，而是在不断同其他民族文学之间对话交流、吸收与借鉴的基础上，相互影响、相互促进而发展的。对话交流、吸收与借鉴的过程就是一个融合、渗透的过程。随着社会经济与信息交流的不断发展，文学的交流与融合显得更加突出。

中国古代历史，是北方游牧文化与中原农业文化不断碰撞、融合和渗透的历史。这种文化的交互碰撞，不断产生新质文化，不断为中华文化输入新生力量与新鲜血液。中国古代文学正是在南北之间、多民族文学和文化之间不断交流、融合，而形成我国独特而富有生机的文学文化景观的。如屈原的《离骚》，既渗透着北方儒家道德文化，又兼纳楚地巫术、神话、灵幻等审美思维，并融入了南北文化中共有的刚毅、执着精神。司马迁的《史记》，既吸收了楚汉浪漫主义精神，又熔铸了中原文化的朴拙浑厚气势。陶渊明的诗歌，既包含了儒家"猛志固常在"的精神，又交织了道家"平淡自然"的意蕴。可以说，整个中国古代文学史，就是一部民族文学与文化不断交流与融合的历史。

在中国与世界的关系上，中国文学、文化接受并融合外来文学、文化，具有悠久的历史。如佛教自公元前后传入中国后，与中国本土的老庄和玄学结合而生成"禅宗"，对整个中国文化产生了多方面的影响。在文学方面，同梵语的对照使中国人发现了汉语的四声，于是沈约创"四声八病"学说，创造了律诗的前身"永明体"，律诗便在此基础上形成；在禅宗思维的影响下，中国诗歌不仅形成了重形象的韵味、意境、神韵、冲淡等主导风格，还形成了以"禅""悟"来作诗和解诗的中国诗学。自20世纪初开始，文学先驱对西方哲学、美学、文学和文论的不断译介，引起了新文化运动，产生了文学革命，使中国文学观念、创作方法、审美追求等发生了空前的变革，带来了中国古代文学向现代文学的最终转变。这就是中国文学、文化融合西方文化、文学的结果。在我国新文学体系中，从现实主义、浪漫主义、唯美主义到表现主义、象征主义、意识流、精神心理分析、新感觉主义、存在主义、荒诞主义、黑色幽默、魔幻现实主义等西方文学潮流，极其全面地影响着中国的文学观念、文学创作和文学理论研究，大批文学家立足中国文学传统，广泛吸收、融合西方创作手法，形成自己的创作特色，进而融入世界文学的潮流。如鲁迅小说把欧洲尤其俄国现实主义和象征主义、表现主义和精神心理分析各种创作观念手法同中国传统创作结合起来，形成了白描传神的表现方法和简约精练的风格特征；郭沫若、郁达夫、茅盾、老舍、曹禺等著名作家的作品，都吸收了西方的文学观念、创作手法。

中国多民族文学的融合以及接受并融合外来文化、文学的历史，体现了整个世界民族文学交流与融合的共同特点。当然，各民族文学相互影响的情形是多种多样的，概括起来主要具有以下表现形式：首先，在思想内容方面，某一民族文学中具有进步的政治倾向、丰富的思想意识和内涵的作品，可能启发和影响其他民族文学，并促进其发展；其次，在艺术形式方面，正如中国诗歌意象曾经直接影响西方并产生意象派一样，某些民族文学中特有的文学样式和表现手法等，可能被其他民族吸收和借鉴，使其文学形式更为丰富多样，艺术上更加繁荣和发展；最后，在文学思潮方面，某些在一个国家或地区兴起的文学思潮、创作方法，会随着文化交流逐渐向其他国家或地区传播，发展为世界性的文学潮流。可见，随着不同国家、民族之间交往与交流的日益发展，各民族优秀的文学将不断走向世界，走向全人类，成为世界的文学。

2. 民族文学的共生与共荣

各民族文学在发展中不断交流与融合、走向世界的同时，又体现出共生与共荣。共生指各民族文学之间互利与共同发展，以世界多元化的民族文学的合理格局来表现文学的"生态"性质和特征。共荣指各民族文学之间在交流与融合的过程中共同繁荣，交相辉映，既形成趋于一致的普遍性审美原则，又彰显各民族文学富有传统继承性的民族风格与审美特色。

文学的民族性是指一个民族文学所具有的独特的审美特征，它是该民族在文学的内容与形式、思想与艺术相统一的整体中所表现出来的民族特色和民族风格。文学的民族性具体表现在：它通过独特的民族气质、观察视角和表现手法，形成鲜明的民族特色；它以独特的民族生活、民族文化和民族精神，使所描写的对象体现出鲜明的民族特征；它以独特的民族语言、民族思维和民族历史文化特征，表现出该民族特有的民族文化积淀；它以独特的审美意识和审美经验，反映该民族在特定文化环境中的审美需求，在影响作者创作的同时，也决定文学的民族特色。

文学的民族特色是一个民族的文学走向世界的必要前提。也就是说，一个民族的文学只有具有鲜明的民族性才可能获得世界性。另外，民族文学的发展要有世界文学的视野，只有以世界文学的眼光发展民族文学，才能使民族文学在世界文学宝库中具有独创性，民族文学才能真正走向世界。正所谓"愈是世界的，愈是民族的"。文学的民族性与世界性应当辩证地统一起来，既要反对绝对的世界文学模式论或以某种文化为中心的国际文学风格论，又要反对极端的相对主义、狭隘民族主义的文学发展观。因为前者取消了文学文化的差异性和丰富性，后者则否认了全人类文化共同的优秀成果。

因此，在世界文学的背景下，各民族文学在继承与革新的前提下，既要坚持交流与融合的发展道路，又要坚持共生与共荣的"生态"原则，在相互交流、影响中不断汲取其他民族文学的养料，丰富、补充自己，从而不断强化本民族文学的民族性、民族特色和民族风格，进而发展成为世界性的文学。

二、文学观念的历史演变

所谓文学观念，主要涉及"文学是什么"和"文学为什么"两个方面的问题。不论是对于一个作家、一种文学思潮和流派，还是对于一个时代、一个民族的文学创作和发展来说，文学观念都是创作主体开展文学活动的根本的内在驱动力，创作主体的文学观念必然体现在其创作实践中，从而形成其作品的审美价值和社会意义。

(一)历史上的文学观念

如果以文学活动四要素为坐标,我们可以推衍出历史上五种主要的文学观念,即再现说、表现说、实用说、客观说、体验说。

1. 再现说

再现说主张文学艺术是对生活的模仿和再现。模仿说是西方最早的一种典型的再现说文艺观。古希腊赫拉克利特提出"艺术模仿自然"的论点。苏格拉底认为描绘与再现,不仅是对事物外表的逼真模拟,而且应通过形式表现心理活动,认为诗人、艺术家"在塑造优美形象的时候,由于不易找到一个各方面都完美无瑕的人,你们就从许多人身上选取,把每个人最美的部分集中起来,从而创造出一个整个显得优美的形体"[①]。苏格拉底把模仿的对象转向社会人生,显示了人文主义倾向。亚里士多德对模仿说做了进一步论述。模仿说在西方传统文学观念中长期占主导地位,直到欧洲出现了浪漫主义的文学思潮时才被打破。19世纪西方现实主义文艺思潮既是对古希腊模仿说的延续,又是从理论和实践两个方面对模仿说的完善,俄国文艺理论家车尔尼雪夫斯基关于"美是生活"的观念,代表了这一时期的文艺观。中国早期的"观物取象"等观念虽然与模仿说相似,但在发展和深化过程中更倾向于表现说。再现说在文学四要素中强调世界与作品的对应关系,认为作品是对世界的模仿或再现。再现说本质上是以世界为中心的本体论。

2. 表现说

表现说与"文艺发生"中的表现说一致,主张文学艺术是作者内心世界的表现,是作者情感的自然流露,在中国和西方都源远流长。中国以"言志""缘情"为代表的表现说,始终围绕"心物"关系,并且包含比较浓厚的道德意味和理性成分。西方则不同,以古希腊柏拉图"灵感"等观念为代表的心灵表现说,具有神秘主义色彩。康德把文艺创作看作人类的情感活动。华兹华斯在1800年发表的《抒情歌谣集》的序言中第一次明确提出"诗是强烈感情的自然流露"。雪莱在《为诗辩护》一文中也指出:"诗是最快乐最良善的心灵中最快乐最良善的瞬间之记录。"[②]弗洛伊德依据其精神分析学认为,文学是人的性本能的宣泄方式之一,作者不过是以"白日梦"的形式实现升华。可见,西方表现说的特点是,抛开人与外界的关系,孤立地从人的深层意识来寻找文学艺术的本源。表现说在文学活动四要素中强调作品与作者的关系,认为艺术形象是作者心灵的表征。表现说本质上是以人的主观意识为中心的认识论。

3. 实用说

实用说认为文学是一种工具和手段,强调文学的功利价值。古罗马批评家贺拉斯在《诗艺》中认为,诗的任务是传播神的旨意,指导人生,并提出"寓教于乐,既劝谕读者,又使他喜爱,才能符合众望"[③],认为"教"是目的和根本,"乐"是手段和工具。英

[①] 中国社会科学院外国文学研究所外国文学研究资料丛刊编辑委员会. 欧美古典作家论现实主义和浪漫主义:一[M]. 北京:中国社会科学出版社,1980:10.
[②] 刘若端. 十九世纪英国诗人论诗[M]. 北京:人民文学出版社,1984:22,154.
[③] 贺拉斯. 诗艺[M]. 罗念生,杨周翰,译. 北京:人民文学出版社,1962:155.

国哲学家培根认为文学"可以使人提高，可以使人向上"①。启蒙主义时期法国美学家狄德罗主张戏剧是"有效的移风易俗的手段"②。中国古代从"诗言志"开始，儒家一直把文学视为伦理、道德教化的工具，孔子提出"兴观群怨"说，荀子主张文章应"合先王，顺礼仪""美善相乐"，《诗大序》提出"经夫妇，成孝敬，厚人伦，美教化，移风俗"，王充提出"劝善惩恶"，班固提出"抒下情而通讽谕""宣上德而尽忠孝"，刘勰论述"文以明道"，唐代杜甫主张"致君尧舜上，再使风俗淳"，白居易认为"文章合为时而著，歌诗合为事而作""上可裨教化""下可理性情"，韩愈、柳宗元主张文以明道，宋代周敦颐提出"文以载道"，等等。可以说，整个儒家思想体系都和"实用"联系在一起。以"言志"为核心的"实用"观，成为中国古代文学观念的重要组成部分。实用说强调作品与社会利用的功利关系，其核心是"教化"论。

4. 客观说

客观说肯定文学与社会生活和读者的关系，但认为这种关系不在"文学性"之内，认为只有作品语言的结构关系才是文学之内的关系，才具有"文学性"。它由俄国形式主义学派首先提出，其后由于与英美新批评、捷克斯洛伐克和法国的文学结构主义、德国文本主义批评等在观念上一致，成为现代西方文论中影响最大的一个流派。俄国形式主义学派对再现说和表现说的质疑和批判主要表现在：否认文学是社会生活的再现，认为文学不是社会学；否认文学是作者情感的流露，认为文学不是心理学；否认文学在读者中发生的作用，认为文学也不是伦理学。该学派认为，文学就是文学，它仅仅是一种由特殊语言建构起来的"艺术手法"，是"对于普通语言的系统歪曲"（罗曼·雅各布森语）。这从根本上否认了文学与社会生活的关系。捷克斯洛伐克文学结构主义代表人物穆卡洛夫斯基与前者不同，他把传统的再现说、表现说同当时新兴的"作品本体"说结合起来，认为内容的要素在于表现形式的性质，新的句型和新的用词往往能表达人们对现实的新态度，诗歌中的节奏能够更新人们的世界观和方法论。这本质上就是形式决定内容的文学观。艾略特也提出："论诗，就必须从根本上把它看作诗，而不是别的东西。"③英美新批评发挥了艾略特的论点，提出"艺术品似乎是一种独特的可以认识的对象，它有特别的本体论的地位。它既不是实在的（物理的，像一尊雕像那样），也不是精神的（心理上的，像愉快或痛苦的经验那样），也不是理想的（像一个三角形那样）。它是一套存在于各种主观之间的理想观念的标准的体系"④。所以，在文学活动四要素中，客观说把作品孤立出来，并抬高到高于一切、重于一切的地步，切割了作品与作者、读者的联系，从作品内部的形式构造去寻找文学的本体，本质上是以文本为中心的形式主义论。

---

① 培根. 学术的进展 [M] // 伍蠡甫，蒋孔阳，程介未. 西方文论选：上卷. 上海：上海译文出版社，1988：249.
② 狄德罗. 论戏剧艺术：下 [M] // 文艺理论译丛编辑委员会. 文艺理论译丛：第2期. 北京：人民文学出版社，1958：135.
③ 艾布拉姆斯. 镜与灯：浪漫主义文论及批评传统 [M]. 郦稚牛，张照进，童庆生，译. 北京：北京大学出版社，2004：25.
④ 韦勒克，沃伦. 文学理论 [M]. 刘象愚，邢培明，陈圣生，等译. 北京：文化艺术出版社，2010：166.

5. 体验说

体验说强调读者阅读作品时的感受和再创造，认为在读者的阅读活动和意向性体验之外不存在文学，认为作品只是死的"文本"，只有经过读者的阅读和体验，当读者与作者构成对话关系时，作品才能成为审美对象，这才是真正的作品，即文学只存在于读者与作品的交流活动中。法国著名诗人瓦莱里说他诗歌中的意义是读者赋予的。体验说成为一种正式文论是从西方现象学派的阅读理论开始的，现象学派把作品理解为一种"意向性客体"，认为这种客体不是实在的审美对象，它等待读者的"投射"。波兰现象派美学家英伽登认为，作品中有许多"不定点"，这些"不定点"使作品成为"待机存在状态"，作品必须经过"具体化"的阅读体验行为，才能真正成为作品。20世纪60年代中期，联邦德国一些年轻学者共同提出了"接受美学"的理论和构想，他们认为文学活动不是创作主体与自然客体之间的关系，而是作者与读者之间的一种"对话"关系。他们认为"文本"建立了某种"召唤结构"，而这种"召唤"有待于读者的响应才能构成"对话"关系。这种"对话"关系建立之时，才是文学作品真正诞生之时。如接受美学理论家姚斯就认为：在作者、作品和读者的三角关系中，读者并不是被动的因素，不是单纯地做出反应的环节，而是一种创造历史的力量。文学作品的历史生命没有接受者能动的参与是不可想象的。① 因而他提出，文学的本质是它的人际交流性质，这种关系不能脱离其观察者而独立存在。总体来说，在文学活动四要素中，体验说强调读者对作品的意向性体验关系，强调读者在阅读作品中的感受和再创造，认为只有读者参与，文本才成为作品，文学的创造才得以完成。体验说本质上是以审美主体为中心的体验论。

上述以文学活动四要素作为参照坐标所推衍出的五种主要文学观念，不是文学观念的全部。实际上历史上还有其他各种各样的文学观念。随着时代的变化，社会需要的不同，观察文学的观点也就不同，文学观念就会发生变化。所以，世界上没有一种文学观念是固定的，是永远不变的。

（二）文学观念演变的原因

文学随着时代的变化而变化，文学观念也随着文学的变化而变化。而文学观念的发展与变化情况是十分复杂的，可以说是犬牙交错的，粗略地看，大致有一个从再现说到表现说，从表现说到实用说，从实用说到客观说，由客观说又演变到体验说的过程。其演变原因主要有时代和文学内在因素两个方面。

1. 文学观念演变的时代原因

时代的变化推动文学的变化，文学的变化必然引起文学观念的变化。前面关于"文学的发展动因"的论述中包含了文学观念变化的内容，这里以西方文学观念的演变为例来说明。

以模仿说为代表的再现说，是西方最为古老的一种文学观念。模仿说认为人类的艺术

---

① 姚斯，霍拉勃. 接受美学与接受理论 [M]. 周宁，金元浦，译. 沈阳：辽宁人民出版社，1987：24.

通过模仿动物、自然而产生，人在其中体验模仿的快乐。模仿，特别是逼真的模仿，给人创造的快感。于是人们认定，文学是对客观外物的模仿、再现、复制、描绘、逼近，"逼真"是艺术性高的标准。所以，再现说强调文学因素中的自然因素，体现了朴素唯物主义精神和现实主义美学原则，但最初的再现说显然还没有看到作者的主观能动性和艺术媒介的作用。

随着人类逐步摆脱童年时代，主体的能力充分地发展并显现出来，表现说的文学观念相应出现，标志着人类心理趋于成熟。表现说开始看重主体，确信主体有能力超越客体，并认为主体会从这种超越中获得真正的美感。文学家和文学理论家把视野从外部世界转向人类自己的内心世界，终于发现"比大海更宽阔的是天空，比天空更开阔的是人的心灵"（雨果语），发现人的内在心灵"宇宙"辽阔深远、神秘莫测，是一个无穷无尽的精神空间。于是，幻觉、错觉等就可能成为一种经常出现的心理想象，反映在艺术上就会形成象征、变形、荒诞的艺术追求。这样，"表现"就得以产生和发展。所以，表现说作为一种文学观，在本质上是对人类主体的自我发现，也是作者主观感受和体验由外物向内心转移的产物。表现说的提出表明文学开始探究人本身。

随着人与人之间、民族之间、国家之间的冲突频频发生和不断加剧，利益的纷争往往涉及整个世界。如20世纪初爆发的第一次世界大战所带来的无穷灾难和精神创伤，使文学家和文学理论家们开始厌倦政治，厌倦社会生活。他们对文学的看法也随之发生改变。他们企图剥离文学同政治和社会生活的关系，认为文学就是文学本身，就是语言本身，是独立离开社会生活的客观存在，客观说也就应运而生。俄国形式主义学派就宣称："艺术从来都是独立于生活之外的，在它的颜色中，从未反映过城堡上空旗帜的颜色。"①在文学研究中专注于语言技巧的批评，成为他们的基本主张。

第二次世界大战之后，西方资本主义国家经济迅速发展，物质不断丰富，但社会的弊病丛生，诸如枪杀、抢劫、吸毒、卖淫、贫富悬殊、种族歧视、民族矛盾、局部战争等，其中酝酿着新的社会危机，人的存在意义和价值等各种问题相继凸显出来，客观说、表现说等都无法回答社会发展所提出的新问题，不能满足读者的期望。尤其是随着20世纪中叶西方信息技术高度发展，人际交流更为频繁，信息传播成为时尚，强调文学"独立性"的客观说遭到质疑，接受理论向客观说提出了挑战。文学接受论者把文学理解为作者与读者的对话，认为离开读者的阅读和参与，真正鲜活的文学是不存在的。于是，体验说产生。

总之，社会历史的变迁，时代的发展，社会心理的变化，是文学观念更替的外在动力。恩格斯说："任何一个人在文学上的价值都不是由他自己决定的，而只是取决于他对整体的态度。"②

2. 文学观念演变的内在因素

文学的产生引起了文学观念的产生，而文学的发展也必然引起文学观念的演变。文学观念是对文学的认识，是关于文学本质和文学活动的理性反思。最早的文学活动是一种非

---

① 什克洛夫斯基. 马步［J］. 张冰，译. 苏联文学，1989（2）：57-58.
② 恩格斯. 评亚历山大·荣克的《德国现代文学讲义》［M］// 马克思，恩格斯. 马克思恩格斯全集：第2卷. 北京：人民出版社，2005：449.

自觉的、感性的精神实践活动。随着文学的产生，人们企图对文学现象做出解释，并影响或指导创作。因此，文学观念也是文学自我反思的产物。文学观念的出现，标志着文学从不自觉走向自觉，从无意创作过渡到有意创作。文学观念的演变，是文学不断走向新的自觉的具体表现。

最初的文学观念与原始思维相联系，文学以想象和幻想的方式创造了神话和传说，表现原始人对世界的审美掌握。如《山海经》记载："西南海之外，赤水之南，流沙之西，有人珥两青蛇，乘两龙，名曰夏后开。开上三嫔于天，得《九辩》与《九歌》之下。此天穆之野，高二千仞，开焉得始歌《九招》。"这一神话传说反映了我国最早的文学观念，认为文学来源于上天神灵的赐予和创造。再如，古希腊神话中有分管音乐、舞蹈等不同艺术门类的"缪斯女神"，这告示人们，人间伟大的作品是在这些女神的启示下创作的。可见，早期神话中的文学观念是一种幻想式的文学观念。

随着人类意识的进步，文化的文学观念逐渐代替了神的文学观念，文学的文化功能逐步被强调，同时文学在很大程度上又被混同于文化。以中国古代文学观为例，先秦时期开始出现了"文""文学"等概念。"文学"一词最早出现在孔子《论语》中，"文学"成为孔门四科（德行、言语、政事、文学）之一，但其泛指"文献"和"学问"，即广义的文学。汉代以后，由于汉赋兴起，在《史记》《汉书》等著作中已经有了"文学"与"文章"之分，"文学"是指学术性著作和应用性文体，"文章"则专指带有文采的辞章。可以说，我国秦汉时期的文学观念，在理论上是以"言志""兴观群怨""六义"等强调诗歌的社会功能与表现方法等为主导的文化文学观念，同时，追求文采的"文章"观念，蕴含了审美文学观的萌芽。魏晋时代是文学观念演变的一个重要分水岭。鲁迅曾指出，"汉末魏初这个时代是很重要的时代，在文学方面起一个重大的变化"①，这个变化即文化文学观念转变为审美文学观念，文学被赋予特殊的艺术审美性。我国文艺界称魏晋时代为"文学的自觉时代"，最重要的是指文学观念的自觉。如曹丕把文学提到前所未有的高度来认识，不仅把文学的作用提到"经国大业"的高度，还把文学的本质提到"文以气为主"的哲学高度，以此强调作家创作个性的重要性。曹丕还提出"诗赋欲丽"（《典论·论文》），突出了诗赋的语言形式美，使文学获得了独立的地位，这是文学观念的一大进步。范晔提出"情志既动，篇辞为贵"，进一步强调了文学的审美特质。陆机的《文赋》、刘勰的《文心雕龙》、钟嵘的《诗品》等进一步阐述了文学的情感性审美特性与想象性审美创造，推动了文学理论的自觉发展。隋唐以后，文学体裁不断丰富，诗论、词论、散文理论、戏曲理论、小说理论等相应的文学观念和理论也互补互动地发展起来。我国新文学初期，出现了"为艺术"和"为人生"等基本文学观念。在当代，随着中西对话和文学观念的交流与融合，随着"文学理论研究"学科的发展，"文学理论研究的研究"逐步形成了新的文学活动趋势，文学观念呈现出"百花齐放"的局面。

古希腊、古罗马是欧洲文明的发祥地。随着古希腊绘画、雕塑、建筑、音乐、舞蹈等

---

① 鲁迅. 魏晋风度及文章与药及酒的关系[M]//鲁迅. 鲁迅全集：第3卷. 北京：人民文学出版社，2005：523.

艺术的出现，模仿说产生了，模仿说可以说是西方文学观念的"开山纲领"。伴随雅典悲剧的创作，"悲剧"观念和悲剧理论相应产生；随着古罗马时期古典主义诗学的建立，朗吉弩斯提出了"崇高"的文学观；在中世纪基督教神学的统治下，产生了奥古斯丁的宗教神秘主义美学思想和文学观；文艺复兴时期，产生了主张重生或复活的人本主义的文学观；17世纪以后的新古典主义、启蒙主义、德国古典美学、浪漫主义、现实主义、实证主义与自然主义、唯美主义，以及从启蒙主义到自然主义的近代文论，从象征主义到结构主义的现代文论，从解构主义到后殖民主义的后现代文论，其中文学观念都是随着文学的发展而演变的。这些文学观念的演变，本质上都是以社会政治、经济、文化为背景，以文学自身的发展为依据和前提的。

19世纪中叶，随着欧洲资本主义社会政治、经济和文化的发展，马克思和恩格斯以德国古典哲学、英国古典政治经济学、法国空想社会主义为思想来源，在批判和继承历代哲学、美学和文学思想的基础上，在建立了辩证唯物主义和历史唯物主义的科学世界观和方法论的同时，也形成了马克思主义文学观及其科学的文学理论，为世界文学指出了前进和发展的基本方向，预言并描述了全人类文学未来跨民族、跨文化、跨地域和跨语言的整体观、文学语境及文学形态的必然走向。20世纪初，我国以陈独秀、李大钊为代表的革命先驱最早接受并传播马克思主义，于是马克思主义文艺理论与中国革命和新文化实践相结合，催生了我国的"文学革命"。随着五四运动的发生、发展和中国共产党的诞生，马克思主义文艺理论中国化成为中国现代文艺思想的基本特征。

中、西历代文学观念的演变过程说明，文学观念的演变具有内因和外因两个方面。文学观念以文学自身的发展为基础，由不自觉走向自觉，并不断走向新的自觉，这是由文学自身的规律所支配的。而时代的变迁、政治的变革、社会风气的转换和学术发展的趋向等，是文学观念演变的外在动力。文学观念作为对文学的反思，具有双重功能：一方面探索文学自身的规律，另一方面又推动文学的发展。

思考与练习

一、名词解释

1. 模仿说　2. 游戏说　3. 巫术说　4. 表现说　5. 劳动说

二、简述

1. 文学的起源与生产劳动的关系。

2. 结合古今文学发展中的交流与融合现象以及文学的未来发展趋势，谈谈你对文学民族性的认识。

三、实践拓展

1. 以小学《语文》教材五年级下册第七单元"语文园地"中的宋代翁卷诗《乡村四月》为例，说明劳动与文学发生的关系。

2. 中国从先秦开始，就逐步产生了可供儿童传诵的歌谣、史诗、神话、传说、谜语等文学作品，但始终未形成一个相对独立的文学门类。20世纪初，梁启超等首倡中国儿童文学，引进和编译了许多儿童作品。孙毓修于1909年编译出版的《无猫国》成为我国第一部以童话命名的儿童读物。五四运动以后，涌现了冰心、叶圣陶等许多儿童文学家和不少儿童刊物，叶圣陶的《稻草人》是我国第一部由作家创作的童话集。儿童文学也开始进入小学语文教学。新中国成立以后，党和国家高度重视少年儿童的健康成长，大力发展儿童文学，儿童文学样式逐步多样化。进入新时期以来，儿童文学发展和儿童文学教育呈现出繁荣之势，并且产生了大量有关儿童文学史、儿童文学理论、儿童文学批评等方面的理论成果。以小组为单位，试结合这一文学现象，讨论文学发展与哪些因素有密切关系。

3. 应用有关文学理论，查阅有关资料，针对近些年关于"文学边缘化"的文学观念论题，就当前各种网络文学现象，组织有关调查分析，开展不同形式的讨论和交流，各写一篇学习心得。

拓展阅读导航

1. 格罗塞. 艺术的起源[M]. 蔡慕晖，译. 北京：商务印书馆，2017.

该书提出，社会的经济组织和精神生活，尤其与艺术方面密切相关，并探讨了原始艺术变迁的心理和经济基础。请重点阅读第四章"艺术"。

2. 吴登云. 中西古代审美思维比较研究[M]. 北京：科学出版社，2017.

该书立足古代话语语境，从"思维方式"的视角，对中国古代"象思维"与西方"形思维"进行系统比较，阐述了中西审美思维、哲学文化的源流，引导读者以新的视角去探讨中西古代不同哲学文化背景下艺术起源、发展的思想根源。

第二编
文学创作

第四章　文学创作的主体

学习目标

- 知道文学创作主体与社会生活的关系；
- 了解文学传统对个人创作的影响。
- 理解文学创作主体的文学素质对于文学创作的重要意义；
- 掌握从文学创作主体的视角分析文学现象的方法。

内容导图

文学创作的主体
- 创作主体与社会生活
  - 社会生活为创作主体提供了文学创作的现实条件
  - 创作主体对现实生活语境的复现与超越
- 个人创作与文学传统
  - 文学的现实原则对创作主体的要求
  - 文学经典对创作主体的影响
  - 个人的艺术创造
- 创作主体的文学素质
  - 创作主体的思想水平
  - 创作主体的文化立场
  - 创作主体的文学修养

学习导入

文学创作作为人的一种高级的精神心理活动,既不纯粹是创作主体对社会生活的摹写,也不纯粹是创作主体个人天才和灵感的体现,它是创作主体在社会生活的现实基础之上,充分发挥自己主观能动性的产物。社会生活语境一方面为创作主体提供从事文学创作的条件,另一方面也制约创作主体的文学创作。创作主体正是在对社会生活语境的同化与顺应、突破与超越中来实现自己的创作意图、达成自己的创作目标的。在文学创作过程中,创作主体的基本素质、文学创作能力是影响其文学创作成败最关键的因素。要想成为一个优秀的作者,创作出优秀的文学作品来,需要处理哪些关系,具备什么样的素质呢?

文学是人类创造的产物,创作主体在文学创作活动中起着至关重要的作用。文学创作主体是指文学文本的创作者——作者。首先,作者在进行文学创作活动时要面对的是社会生活,即创作客体,作者只有置身于其所处的社会生活语境,与创作客体构成一定的创作关系,才有可能发生创作活动。其次,任何作者在创作中总要受到过去文学传统的影响,表现为一方面对文学传统中有价值的因素予以继承,另一方面通过个人的艺术创造实现对文学传统的超越。最后,作者的文学创作和其文学素质密不可分。

第一节 创作主体与社会生活

社会生活指的是人在社会实践过程中所从事的物质与精神的生产和消费活动,是人类一切物质与精神活动的总和。文学活动作为人类的精神生产与消费活动,自然与社会生活密不可分。因此,毛泽东指出,社会生活是一切文学艺术创作的源泉。俄国著名作家契诃夫就曾深刻地感受到社会生活对创作主体的重要性,他说:"如果我是医生,那我就需要病人和医院;如果我是文学家,我就需要生活在人民中间,而不是在小德米特罗甫卡跟一个猫鼬鼠生活在一块儿。我需要哪怕一点点的社会生活和政治生活——哪怕一点点也是好的。"[①]

[①] 契诃夫. 契诃夫论文学[M]. 汝龙,译. 合肥:安徽文艺出版社,1997:173.

一、社会生活为创作主体提供了文学创作的现实条件

文学来源于创造,而创造不是凭空捏造,它是以社会生活为蓝本的。文学是随着社会生活的发展而发展的。文学与不同时代社会生活的联系,古人早有认识。刘勰在《文心雕龙·时序》中就说:"时运交移,质文代变,古今情理,如可言乎!"意即不同时代有不同的社会生活,不同的社会生活蕴含着不同的社会风气与时代精神,从而也决定了文学在内容与形式等方面的不同。社会生活与文学的联系是以创作主体为纽带建立起来的,它通过为创作主体的文学创作提供充足的物质前提、丰富的生活经验、开阔的文学视野、无限的创造空间等,为创作主体的文学创作活动提供足够充分的主客观条件,没有社会生活为创作主体确立的种种条件,文学也就失去了诞生的可能。我国先民们创造的"扶桑十日""后羿射日""嫦娥奔月""精卫填海""女娲补天"等神话传说,看似与社会生活无关,实际上是古代劳动人民在社会生活中对日月星辰、风云雷电等当时无法理解的自然现象做出的种种颇具文学色彩的认识和想象,表达他们对自然的解释和试图征服自然的愿望。

社会生活作为创作主体进行文学创作的现实土壤,为创作主体提供了从事文学创作的条件。

(一)社会生活为创作主体的文学创作提供了充足的物质前提

文学创作当然离不开创作主体的辛勤劳动,但是创作主体在从事文学创作之前,首先必须具备高度发达的大脑、敏锐的感觉器官等相关的物质条件,而这些物质条件是长期的生产劳动等社会生活实践所赋予的。恩格斯曾经指出:"首先是劳动,然后是语言和劳动一起,成了两个最主要的推动力,在它们的影响下,猿脑就逐渐地过渡到人脑;后者和前者虽然十分相似,但是要大得多和完善得多。随着脑的进一步的发育,脑的最密切的工具,即感觉器官,也进一步发育起来。"① 这说明创作主体自身具备的从事文学创作的物质基础不是上天赋予的或与生俱来的,而是来自社会生活,是长期的社会劳动实践造就了人灵巧的双手、高度发达的大脑以及各种感觉器官。

文学是语言的艺术。文学创作所利用的物质材料——语言,也来自社会生活。根据考古学和人类学的材料,文学语言产生于原始人的劳动过程。鲁迅先生曾说过:"我们的祖先的原始人,原是连话也不会说的,为了共同劳作,必需发表意见,才渐渐的练出复杂的声音来,假如那时大家抬木头,都觉得吃力了,却想不到发表,其中有一个叫道'杭育杭育',那么,这就是创作;大家也要佩服,应用的,这就等于出版;倘若用什么记号留存了下来,这就是文学;他当然就是作家,也是文学家,是'杭育杭育派'。"② 原始人在生产劳动时,为了协同动作、表达情感和相互交流,创作了最早的诗歌。

纵览中外文学发展史,不难发现文学语言随着时代的向前推进更加丰富,且总是与其所处时代的社会生活紧密联系在一起的。究其原因,就是因为创作主体作为现实的人、作

---

① 恩格斯. 自然辩证法[M]//马克思,恩格斯. 马克思恩格斯选集:第3卷. 北京:人民出版社, 2012:992.
② 鲁迅. 门外文谈[M]//鲁迅. 鲁迅全集:第6卷. 北京:人民文学出版社,2005:96.

为社会中的个体，不能脱离活生生的社会生活，他从生活中汲取鲜活的语言材料，同时，不能跳出过去优秀的文学语言传统，而应积极采撷各个时代人们共同创造的语言成果。马雅可夫斯基曾写过一首诗《和财务检查员谈诗》，其中表达了自己创作时运用语言的感受。以下为节选：

> 诗歌的写作——
> 　　　　如同镭的开采一样。
> 开采一克镭
> 　　　需要终年劳动。
> 你想把
> 　　一个字安排得停当，
> 　　　那末，就需要几千吨
> 　　　　语言的矿藏。
> 当这些字句
> 　　快要烧尽的时候，
> 另一些半生不熟的字句
> 　　　　在一边
> 　　　　　还燃得不旺。
> 而这些恰当的字句
> 　　　　在几千年间
> 都能使
> 　　亿万人的心灵激荡。①

这里，诗人所说的"几千吨语言的矿藏"是讲创作主体应积极主动地从社会生活中汲取语言的养料。高尔基说："文学的第一要素是语言。语言是文学的主要工具，它和各种事实、生活现象一起，构成了文学的材料。"②

由此可见，创作主体从事文学创作所依赖的物质基础是社会生活提供的。

（二）社会生活为创作主体的文学创作提供了丰富的生活体验

文学创作必须有丰富的生活基础，创作主体没有一定的生活积累，不掌握从事文学创作的第一手材料，他的创作便成了凭空想象，任意捏造，缺乏社会生活的"灵魂"。一般而言，创作主体童年的经验、成人后的生活阅历等社会生活积淀，对其以后的文学创作有着深刻的影响和巨大的作用。

鲁迅:《呐喊·自序》(节选)

1. 童年经验对创作主体的影响

对于一个作者来说，童年的生活经验具有弥足珍贵的价值，那些最初的、自发的情感体验是作者日后建造其文学大厦的基石。作者童年时期的生活经历是其最具价值的"不动

---

① 陈月琴，刘长林. 文学概论参考资料[M]. 北京：中央广播电视大学出版社，1985：383.
② 陈月琴，刘长林. 文学概论参考资料[M]. 北京：中央广播电视大学出版社，1985：382.

产"，它们会在其记忆中保持一生，并在其文学创作中自然地流淌和浮现出来。巴乌斯托夫斯基在《金蔷薇》一书中说："写作，像一种精神状态，早在他还没写满几令纸以前，就在他身上产生了。可以产生在少年时代，也可能产生在童年时代。……对生活，对我们周围一切诗意的理解，是童年时代给我们的最伟大的馈赠。如果一个人在悠长而严肃的岁月中，没失去这个馈赠，那他就是诗人或者是作家。"[①]

创作主体童年的社会生活为什么会对他们的文学创作造成如此重要的影响呢？一方面，童年时期是人的个性心理形成的最初阶段。在这一时期，人通过和周围环境的接触，对身边的社会生活不断进行同化和顺应，不知不觉地形成其个性的"最初的枢纽"，亦即人在童年时期就已经起草了他之作为人的"初稿"。每个人相对稳定的个性心理结构的形成，都是在以后的社会生活中通过不断地对这部"初稿"进行修改而实现的。文学作品在反映社会生活的同时，肯定也要表现创作主体的心灵及其情感世界，当他作这样的表现时，就会很自然地追溯自己个性心理形成的最初源头，自觉或不自觉地将自己童年的生活体验在作品中展现出来。另一方面，创作主体童年的生活体验和文学艺术表现的内涵也密切相关。我国心理学家张耀翔曾做过一项"人生第一记忆"的心理测验，结果表明，人的早期记忆有以下几个显著特点：第一，对"人"的兴趣最浓。100例中有98例提到的记忆对象是人，其中主要是自己的亲属邻里，尤其是母亲。第二，所述早期记忆多为社会生活中的具体事件，或是事件的细枝末节，或是事件的片段，极少抽象观念。第三，所述记忆中的事件大多伴随较为强烈的情绪体验，而且痛苦、焦虑、悲伤的情绪多于愉悦、欢乐的情绪。[②]人的早期记忆中关于"人物""细节""情绪"的记忆，恰好是构成文学艺术胚胎的基本因素，由于创作主体童年的生活体验在本性上更贴近文学艺术，这些具有文学特性的记忆自然也就成了文学创作的天然"原料"。

2. 生活阅历对创作主体的影响

生活阅历是指人们在参与社会生活的过程中，通过不断接触、感知、识别外在世界并与其相互作用所获得的对人生的感悟和体验。随着人类社会实践范围的扩大，关于历史、现实和未来知识的增多，人在接受外在事物影响的同时，也在一定程度上影响外在事物。正是在与外在事物相互影响、相互作用的过程中，人们的认识水平逐渐提高，心理世界也变得越来越丰富。

创作主体生活阅历的曲折复杂、对外在事物认识水平的提高和内心世界的丰富，意味着他们能对某一时代社会生活的本质有着比常人更加深入的洞察，面对同样的社会现象，他们能够结合自己的生存体验更加深入地思索人类生存的价值和意义。创作主体在体验生活的过程中获得的这种人生意识，往往成为决定其文学创作取向的重要因素。例如，鲁迅出身于浙江绍兴一个没落的士大夫家庭，家道中落，父亲长年患病，少年鲁迅经常出入当铺和药店，亲身体验到受侮辱和受歧视的感觉，这使他认识到了社会的冷酷和势利。他生长在农村，因而得以了解农民所受的压迫和痛苦。鲁迅的求学过程也十分复杂。年少时受

---

① 陈进波，惠尚学，等. 文艺心理学通论［M］. 兰州：兰州大学出版社，1999：248.
② 陈进波，惠尚学，等. 文艺心理学通论［M］. 兰州：兰州大学出版社，1999：251.

过诗书经传的良好教育，但由于家境变故，他进了洋务派创办的江南水师学堂学习，随后又转入江南陆师学堂附设的矿务铁路学堂学习，在此他受到了维新变法思想和进化论思想的影响，根据"物竞天择"的自然规律，寄望祖国自尊自强。1902年鲁迅考取官费留学日本，先进了东京弘文学院学习，后又萌生卒业回国能救治病人、战争时期能去当军医的想法，前往仙台医学专门学校学医。在学校期间，课间从幻灯片上看到久违的同胞被日本人砍头，而旁边体格强壮的中国人却面露麻木的神情，鲁迅深受刺激，于是决定"医治"国民的精神，毅然中止学医，改治文艺。

正是鲁迅丰富的人生阅历以及在体验社会生活过程中形成的对人生意义及其价值独特、深入的思考，使得他的文学作品入木三分地集中揭露了封建主义的罪恶，揭示了在封建统治下中国人受到的经济剥削和精神奴役，他们的精神病态，以及农民、知识分子的悲剧命运。他善于高度概括社会生活现实，从平凡的生活里提炼出不平凡的主题，从常见的社会现象中挖掘出深邃的意义，使作品具有厚重的思想内容和催人警醒奋进的强大力量。

（三）社会生活为创作主体的文学创作提供了无限的创造空间

社会生活异彩纷呈，为创作主体的文学创作提供了无限的可能性，主要表现在以下方面：

1. 社会生活培育了创作主体特定的文学观念

众所周知，文学在社会结构中属于上层建筑中的意识形态领域，文学观念作为一种意识形态，它的产生和发展最终为经济基础所决定。社会生活的变革反映到创作主体敏锐的大脑，就会促使其对以往的文学观念进行反思，从而孕育催生新的文学观念。

一般而言，当社会处于大转折、大变革的新旧交替时期时，经济、政治、道德等社会生活内容常常会发生巨大的变化，统一的居主导地位的话语往往受到怀疑和挑战，各种新思想、新观念便会层出不穷，人们的文学观念自然也会随着社会生活的变革而改变。比如，在18世纪末，欧洲各国发生了民族民主革命，社会各阶层均起来反对封建贵族的专制统治，在文学上也就出现了以雪莱、雨果等为代表的倡导自由、张扬个性、崇尚自我的浪漫主义的文学观念，以对抗、取代代表封建贵族阶级审美观的古典主义的文学观念。尽管新的文学观念诞生之初，会遭遇旧的保守势力的打压、抵制和批判，但是只要它和特定时代的社会生活相适应，就一定会得到大多数人的支持并彰显出顽强的生命力。例如，雨果的浪漫主义作品《欧那尼》在上演时就引发了反对派和拥护者在剧场内的直接斗争，浪漫主义的拥护者戈蒂耶甚至穿上红背心以示要和古典主义的支持者斗争，由此可见体现浪漫主义文学观念的作品出现之初遇到的抵抗是何等强烈，但由于其顺应了时代的潮流，最后还是以大胆的夸张、奇特的想象、鲜明的对比等对古典主义的文学观念形成了强烈的冲击，并确立了自己的地位。

又比如，五四运动开始之前，漫长的中国封建时代的文学，曾经取得过极其伟大的成就。但随着旧中国沦为半殖民地半封建国家，中国人民生活在一个黑暗悲惨的社会里。一批思想先进的知识分子为了缩小中国与西方国家在生产力发展水平上存在的巨大差距，彻底改变中国人民的社会生活现状，高举民主、科学的旗帜，奔走呼号，致力于新思想的启蒙宣传，随后在文学领域发动了一场人心所向、势必所至的改革运动。这一时期，以胡适、陈独秀、李大钊、鲁迅为代表的一批新文化运动的旗手，高举"文学革命军"的大旗，积极倡导"文学改良""文学革命"，提出以"三大主义"为核心的文学观念作为文学革命的目标："曰推倒雕琢的阿谀的贵族文学，建设平易的抒情的国民文学；曰推倒陈腐的铺张的古典文学，建设新鲜的立诚的写实文学；曰推倒迂晦的艰涩的山林文学，建设明了的通俗的社会文学。"① 新的文学观念迅速得到了全国各地的响应。

总之，社会生活培育了创作主体特定的文学观念。社会生活催生或激发了新的文学观念，影响着创作主体文学活动的立场、观点，观察、思考社会生活的视角，进行文学创作的手段、方式方法等。新文学观念的出现，促使创作主体突破原有的创作范式，创造出紧扣时代社会生活的文学作品。正是在此种意义上，新的文学观念的出现，为创作主体的文学创作提供了无限的创造空间。

2. 社会生活为创作主体孕育了取之不竭的创作元素

文学创作的基础是社会生活，社会生活的各个领域为创作主体的文学创作提供了众多可资借鉴的蓝本。面对纷繁复杂的社会生活，创作主体只有充分发挥自己的主体意识，根据自己的创作趣味和创作意图对其进行甄别、筛选，择取合适的社会生活现象，通过高度的艺术概括塑造出感人至深的文学形象，方能揭示隐藏在社会生活现象背后的深层含义。

首先，创作主体要深入社会生活。社会生活的各个领域隐藏着丰富的创作元素，有待创作主体去挖掘。创作主体需要从社会生活中选择适合的文学创作素材。文学创作有源于生活基础的加工虚构，但绝不是毫无根由的杜撰，"把艺术设想成生活在自己的小天地里、和生活的别的方面毫无共通之点的纯粹的、孤立的东西，这种想法是抽象而空幻的。这样的艺术，在任何时候，任何地方，都是不存在的"②。即便是描写神仙鬼怪、地狱天堂等的作品，同样离不开人们生活的现实世界，离不开现实生活中人与人之间的关系。正如鲁迅所说："天才们无论怎样说大话，归根结蒂，还是不能凭空创造。描神画鬼，毫无对证，本可以专靠了神思，所谓'天马行空'似的挥写了，然而他们写出来的，也不过是三只眼，长颈子，就是在常见的人体上，增加了眼睛一只，增长了颈子二三尺而已。"③

其次，创作主体需要针对社会生活中的现象来立意。立意是文学创作中十分重要的一环。文学作品的社会功能要得到充分发挥，关键看作品的立意，立意的优劣决定创作的成败。立意必须有针对性，要密切联系现实生活中存在的种种问题，或催人奋发，或让人警醒，或给人教益。鲁迅先生的作品《阿Q正传》就是针对当时中国农村的社会矛盾和阶级关系，以及农民群众要求解放的问题，试图通过艺术描绘让人反思辛亥革命的历史教训的。他对阿Q的"精神胜利法"等病态心理的刻画，触及了中国农民觉悟的问题，因而具有重大的现实意义。

最后，创作主体需要从社会生活中获得文学形象。文学必须塑造形象。文学形象是创作主体在深入社会生活的过程中将鲜活的物象经过大脑的构思转化为意象创造出来的。无

---

① 唐弢. 中国现代文学史简编[M]. 北京：人民文学出版社，1984：3.
② 伍蠡甫. 西方古今文论选[M]. 上海：复旦大学出版社，1984：291.
③ 鲁迅. 叶紫作《丰收》序[M]//鲁迅. 鲁迅全集：第6卷. 北京：人民文学出版社，2005：227.

论是叙事性文学中的人物形象，还是抒情性文学中的艺术形象——意境，都与社会生活关系密切。在小说这种典型的叙事文学中，故事的主人公几乎都可以在社会生活中找到他们的原型或影子，因为文学作品中的人物形象总是以现实生活中的人为根据的，只不过经过了创作主体的加工罢了。抒情文学中意境的塑造与社会生活的联系尤为密切。从中国古代的山水诗、田园诗等抒情文学作品中，我们很容易发现创作主体对真实景物的描绘，所不同的是通过借景抒情、融情于景，创作主体将真实的景物人格化、写意化、移情化了。

（四）社会生活对创作主体的制约

当然，社会生活在为创作主体提供众多创造条件的同时，也从写什么、怎样写以及为什么写等方面制约着创作主体的文学创作。社会生活包罗万象的巨大外延已把文学的全部材料和观念纳入其中，因而它常常用丰富芜杂的生活现象模糊创作主体的认识，不停地提供世俗姿态影响创作主体对生活现象作恰当的反映，它甚至用功利的"魔法"诱导文学走入歧途，主要体现在以下方面：

1. 社会生活制约着创作主体的认识水平

创作主体在社会实践过程中总要受到一定时代社会政治、经济、文化等因素的影响，对社会生活现象形成特有的认识。但是由于社会生活现象的复杂性与人们认识的阶段性之间的矛盾，创作主体对事物的认识不可能一蹴而就，一下子就深入事物的内在层面，势必受社会历史条件的制约而存在一定的局限，表现在对客观事物、社会生活发展规律的认识上，不同的人难免会有所不同，有的人会理解得深刻些，有的人会理解得肤浅些，这些都是由个人的社会生活所决定的。由社会生活决定的创作主体认识水平的高低，直接影响着文学创作的成败与文学作品的优劣。例如施耐庵的《水浒传》与俞万春的《荡寇志》写的是同一类事，前者歌颂农民起义，后者则因作者俞万春青壮年时期长期追随其父亲在广东进行镇压人民的武装反抗活动，站在维护封建统治阶级的立场上，对农民起义进行恶毒的诬蔑和诽谤。可见，社会生活对创作主体的认识水平有着多么重要的影响。

2. 社会生活制约着创作主体的创作方法

所谓创作方法，是指创作主体在创作中所运用的基本方法。创作主体的社会生活以及在社会生活实践中形成的世界观是影响、制约其创作方法选择和运用的重要因素。世界观是人们在社会生活实践中逐步形成的对周围世界、对自然和人类社会的基本观点，它受一定社会历史条件和社会生活现状的制约，同时也会随着创作主体社会生活实践的变化而变化。社会生活对创作主体的创作方法的制约，一方面通过影响其世界观来实现，即创作主体世界观的不同，必然导致创作方法的不同；另一方面也表现为在特定时期的主流思潮的影响下，创作主体对创作方法的选择会主动地与社会生活相适应。例如，产生于17世纪的法国古典主义创作方法，就与当时君主立宪制的实施、封建贵族与新兴资产阶级妥协的社会政治生活相关；而18世纪兴起的浪漫主义，则与当时资产阶级宣扬个性解放、自由平等的政治潮流密切相连。社会生活潮流反映在文学创作中会形成创作方法上的主导倾向，并造就特定的创作方法模式。

3. 社会生活制约着创作主体的价值判断

价值判断是人在一定的社会经济基础之上，对事物的有用性和重要性所作的判断。在社会生活实践中，人首先要解决的问题，就是如何在复杂的自然、社会环境中，通过趋利避害的价值选择为自己求得更好的生存，创作主体也不例外。面对激烈的生存竞争，他们也需要对社会现象进行自己的判断，以期通过自身的努力积极地为自己的生存创造更好的有利的生活条件。这样，作为审美意识形态的文学活动在创作主体那里就不可避免地打上了功利的烙印。源于社会生活的这种功利目的，会诱使创作主体的文学创作活动用五花八门的实用价值遮蔽文学的审美价值，从而使文学脱离正常的运行轨道，或者单纯成为落后的甚至是反动的政治话语的传声筒，或者纯粹成为捞取经济利益的工具。尤其在市场经济条件下，如果创作主体只是受经济利益的驱动，就很有可能出现价值判断错位以及社会责任感、使命感缺失，从而使文学沦落为平庸嘈杂的话语游戏。

二、创作主体对现实生活语境的复现与超越

文学创作是创作主体对现实生活语境的复现。所谓复现，不是指创作主体在创作文学文本时对现实生活语境依样画葫芦似的进行临摹，而是指创作主体在尊重生活真实面貌的基础上，通过自己的创造来彰显生活的真谛。

创作主体对现实生活语境的复现主要是指复现现实生活语境中的物象，即客观存在的人、事、物。客观存在的人、事、物作为文学创作的原始材料，要成为文学文本的构成因素，需要有三个基本条件。

首先，有赖于创作主体的感知。感知是人与现实生活语境联系的基本途径。创作主体与普通人对现实生活语境感知的根本不同在于，他们的感知是审美感知，合于审美目的，而不是出于实用或者其他功利目的。创作主体的审美感知具有整体性，因为文学必须反映现实生活语境整体，只有在对整体的审美感知中方能见出现实生活美的意蕴。另外，创作主体的审美感知还具有选择性，即创作主体在感知现实生活语境中的物象时，必须注意审美对象个别、鲜明、独特的感性特征。概而言之，创作主体想复现现实生活语境，既要宏观地把握现实生活，又要细致入微地观察现实生活。

其次，有赖于表象。表象是现实生活语境中的物象被反复感知强化之后，在创作主体思维中形成记忆并随时可以复现的印象。这种印象在创作主体的头脑中具有相对的完整性和持久性，只要创作需要，创作主体可以随时提取。著名作家沙汀《在其香居茶馆里》的创作就是源于一个抓壮丁的故事。一次，沙汀朋友的侄子被抓了壮丁，后来经朋友的"活动"被释放了。所谓"活动"，说来好笑，就是让侄子假装蠢笨，排队报数时故意把数报错，最后人家嫌他笨不配打"国仗"，把他赶走了。"当一想起这个故事，一些我所熟悉的小城、小镇上的'头面人物'，都浮上脑际，似乎都准备为我的创作冲动服务。"[①] 可见，沙汀记忆中的这些印象对《在其香居茶馆里》的创作起了多么重要的作用。

---

① 十省十七院校《作家谈写作》编写组. 中国当代作家谈写作 [M]. 广州：广东人民出版社，1980：3.

最后，有赖于意象的生成。创作主体对现实生活语境的复现最终是通过意象完成的。意象既具有"象"的痕迹，也具有"意"的色彩，它是创作主体将自己的主观情志融入现实生活语境表象的产物。如果说创作主体头脑中存在的关于现实生活语境的表象，更多地带有客观生活的影子，那么意象则更多地拥有创作主体的主观创造的色彩，因为意象具有强烈的主观情感性、审美性，因而具有创造性特征。意象的创造性是创作主体在情感和创作意图的推动下，根据创作需要对头脑中现实生活语境的各种表象进行分解、重组、变形，赋予主观之意形成的。鲁迅的人物意象就是通过"杂取种种人，合成一个"创造出来的，"人物的模特儿也一样，没有专用过一个人，往往嘴在浙江，脸在北京，衣服在山西，是一个拼凑起来的脚色"①。

综上所述，感知、表象是创作主体复现现实生活语境的重要前提，意象是创作主体复现现实生活语境不可或缺的重要环节，而意象的营构也使文学创作具备了超越现实生活语境的可能性。

创作主体对现实生活语境的超越，是通过将头脑中的意象转化为文学形象来实现的，正是意象的中介作用，才使得现实世界中的具体物象升华为文学形象。创作主体之所以能对现实生活语境进行超越，就是因为其所塑造的文学形象，在意象形成阶段过滤了现实生活语境中的具体物象，同时使具体物象成为创作主体意图和审美理想的荷载，主要体现在以下方面：

首先，创作主体带有明确指向性的选择，赋予生活材料特定的表现功能。创作主体在创作时，最初面对的是庞杂的生活材料，而要将这些琐碎的生活材料完全照搬到文学作品中既不现实，也不可能。他必须根据自己的创作兴趣、爱好对这些材料进行筛选，择取那些他熟悉的、感兴趣的且适合用文学形式加以反映的生活材料。创作主体对生活材料的这种有指向性的选择，使生活材料去除了自身的芜杂性，而具有文学创作所需的表现性。这是创作主体对现实生活语境的第一次超越，即通过撷取能体现生活本质的现象，为文学夯实超越现实生活语境的根基。

其次，创作主体带有明确意向性的改造，使生活材料成为其创作意图的代言物。现实生活语境中的生活材料一旦进入文学创作，由于创作主体主观性的作用，其客观性会发生根本改变。它跳出原先的自在状态，不再是单纯的客观实在。创作主体巧妙地利用它表达自己对现实生活的体验认识，表现自己的真实情感。于是现实生活语境中的原始材料就被改造成为创作主体主观情志的代言物。文学创作中的生活材料纯客观性的退隐，使其成为表达创作主体主观意图且具有明确意向性的客体，粗糙、平庸的原始材料由于被注入了创作主体的思想和智慧，也就具有表情达意的功能，文学也因此具备了超越现实生活语境的可能。

最后，创作主体审美理想的表达，使生活材料的平常性得到提升。文学无论言说什么、怎样言说，总是隐含着创作主体对人类的整体目标，即对精神彼岸的自由王国所展开的向往、叩问与追寻，表达着创作主体的审美理想。这是文学的内在灵魂。创作主体以自己的

---

① 鲁迅. 我怎么做起小说来 [M] // 鲁迅. 鲁迅全集：第4卷. 北京：人民文学出版社，2005：527.

审美理想作为尺度和准绳,对现实生活语境提供的材料进行审美观照,借其肯定现实生活语境中合规律、合目的的事物,澄清人性的美好和丑陋、真诚和虚伪、善良与卑劣,从而去除现实生活中个人欲望和尘世功利对人的生命活动本质的遮蔽,促进人对自我生存状态的自觉,使人从生活的平常性、世俗性中解放出来,精神得到净化。这样,生活中原本平庸的现象和材料得以脱去其陋俗的外衣,从而被染上创作主体审美理想的色彩。创作主体的审美理想对生活材料的介入,也为文学超越现实生活语境提供了可能。

【学习活动】

阅读小学《语文》教材中的选文季羡林的《月是故乡明》(五年级下册)、刘绍棠的《老师领进门》(六年级下册)和黄蓓佳的《作文上的红双圈》(六年级下册)等,写一篇短评,谈谈童年经历对文学创作的影响。

第二节 个人创作与文学传统

人类的社会生活是不断向前发展的。每个时代也势必会出现新的文学与新的现实生活相适应。文学亘古不变的基础是社会生活,不同时代的创作主体通过与现实生活语境的对话,形成自己对社会生活的理解和认识,而这种理解和认识又与理解者进入理解之前所具有的特殊视域或眼界是分不开的。但是,新文学的出现并不意味着其与文学传统的彻底决裂,相反在每个时代的文学中,我们都可以看出其受文学传统影响的痕迹。创作主体作为现实生活语境中的个体,在社会生活的熏陶下会形成其所特有的世界观,而在进行文学创作之前,他们作为文学接受者,也会接受传统文学的某些观念,这些因素会形成其进行文学创作所必需的特殊视域。因而,文学创作不是空穴来风般的虚构和幻想,而是基于现实和传统之上的创造。

一、文学的现实原则对创作主体的要求

所谓文学的现实原则,是指创作主体必须立足现实生活基础,通过对客观世界进行审美观照和艺术表现,塑造鲜明、独特的文学形象,深刻地反映现实生活的本质。文学的现实原则是任何创作主体都无法回避的,遵循现实原则也是历来的文学传统,不管创作主体愿不愿意承认,它总是或隐或显地贯穿文学创作的始终,并发挥作用。

首先,文学的现实原则要求创作主体必须尊重客观现实,因为正是客观存在的事物为文学直接提供着有形的材料和无形的观念。从文学创作的立场看丰富神奇的自然现象,它

邢小利:《现实主义:从柳青到陈忠实》(节选)

往往作为人物的生活环境或情感的承载物、象征物进入作品，除此之外，它还会将创作主体从自然世界中领悟到的某种启示带入作品，因此它总是在文学世界中占据一席之地。从文学创作的立场看纷繁复杂的社会现象，文学作品中的人物、事件、情节、场景等无一不是现实生活的产物。除了为文学创作提供这些有形的材料外，和自然现象一样，它也提供人类在现实世界中形成的社会历史态度、理想、信仰，以及更为细致的种族、群体、阶级、国家等意识。客观现实为创作主体的文学创作注入的这些元素，常常成为左右文学创作甚至决定文学创作成败优劣的重要力量，所以创作主体必须尊重客观现实。

其次，文学的现实原则要求作家必须尊重现实世界的主体——人，因为文学的人学特性决定了文学必须观察人、思考人、表现人。人作为现实世界中具有自我意识的活生生的客体存在，是现实世界的重要组成部分。文学是人学，它为人所创造、为人而创造，因此展现丰富多彩的人性世界便是文学必然的追求。人性是人在长期的社会实践中所形成的自然属性和社会属性。它是变动不居、多种多样的。一方面人类还远未获得完整纯粹的人性，在现实世界中，人们总会看到人身上各种残存的"兽性"；另一方面，在漫长的劳动实践和社会生活实践中，人类又形成了有别于动物的共同的属性。这样，创作主体对人性的考量就必须立足人类自身动态的发展过程，通过文学作品歌颂、肯定人性世界的积极因素，批判、否定消极因素，对人性的发展进行积极的引导，使其不断地趋于完善。只有如此，方能体现文学的现实原则，也方能体现对现实世界的主体——人的尊重。

最后，文学的现实原则要求创作主体必须尊重历史传统，因为历史传统作为过去的现实具有历时的连续性与必然性。任何现实都是历史的现实，而任何历史也都是现实的历史。现实与历史不可分割的联系，使得创作主体的文学创作既不可能是纯现实的，也不可能是纯历史的，而是现实的共时性与历史的历时性的辩证统一。所谓现实的共时性，是指创作主体的文学创作总是源于现实的动机，即使选择的是历史题材，也是基于对现实生活的认识，试图借助历史折射现实世界的某种状态。而历史的历时性是说创作主体的文学创作总要受到历史传统的影响，使过去的历史传统服务于表达现实的需求。因为历史传统经过了时间的过滤，能以意义持存的方式被保留下来为创作主体所借用，就是在这种意义上，历史传统在现实世界中获得了生机，具有其存在的现实意义。

二、文学经典对创作主体的影响

任何时代的文学均与过去的历史传统有着难以割舍的内在联系，文学的历史传统是以文学经典的方式留存下来的。"经典"一词有规范、典范、法则、范例、准则的意思，在文学的范畴中，它指经过时间考验流传下来的，以语言文字符号形式存在的具有权威性的文本，也指这类文本展现和确立的关于文学观念、审美理想和思想、情感的文化规范。具体说来，文学经典具有以下几个特征：

第一，文学经典具有历时性。文学经典是一个国家、一个民族历史上出现过的文学作品，但并不是历史上出现过的文学作品都能成为经典，文学经典是经过了历史的淘洗，经过了时间的考验，方才获得自己的经典地位的。历史对文学经典的确认，会受到读者接受、文化环境、话语权力等很多因素的影响,但其中最重要的却是这些作品本身所蕴藏的独特价值。正是自身的价值,使得这些作品尽管是对过去的社会生活的反映,但还是获得了以后历代读者的高度认同。人们从这些文学作品中不仅能看到当时的社会生活场景,了解本民族发展的历史,获得人生的启迪与教益,而且还能从中得到思想观念、创作方法等的借鉴。由于这些文学作品的上述价值,隐含着不断重构人的精神文化世界的可能,因而它们能经久不衰且历久弥新。所以,有学者认为,文学史是经典化了的文学的历史①,而经典是文学史的龙骨和支架。

第二,文学经典具有典范性。首先,文学经典一旦确立,标志着为以后的文学创作厘定了标准和规范。正如洪子诚先生所言,"某个时期确立哪一种文学'经典',实际上是提出思想秩序和艺术秩序确立的范本,从'范例'的角度来参与左右一个时期的文学走向"②。文学经典为后来的创作所树立的标准首先体现在思想秩序方面。例如《诗经》的开篇之作《关雎》,被"乐而不淫,哀而不伤"(《论语·八佾》)、"发乎情,止乎礼义"(《毛诗序》)的儒家思想所推崇,成为后世评价此类作品的一种典范、一种标准,并为后世的文学创作在表现儒家思想文化秩序方面提供了一个范例。

其次,体现在艺术秩序方面。文学经典绝不只是思想观念方面的经典,而且还是艺术表现方面的经典。比如,19世纪初在欧洲继浪漫主义之后出现的现实主义的文学作品,在艺术上达到了空前的繁荣。其作为经典的意义就在于用现实主义的创作方法批判了资本主义社会的种种罪恶。其中的巴尔扎克、列夫·托尔斯泰等一批伟大的作家用他们的作品树立了现实主义创作的典范,在思想和艺术方面对后世文学都产生了深远的影响。

第三,文学经典具有原创性。文学经典的原创性主要表现为其所蕴含的思想观念具有原创性。一定社会特定领域的思想观念一旦形成,就会生成特定的思维范式并给人们施加极大的影响。文学领域亦不例外。有意识地改变思考问题的视角,突破原有的思维范式,破除惯性思维的束缚,既是创作主体积极追求的目标,也是使文学文本成为经典的重要手段。这种突破意味着创作主体要高举反传统的大旗,对过去的思想观念进行革新。因此,反传统几乎成了文学经典化的必由之路。在西方文学史上,浪漫主义文学是对古典主义文学的反拨,现实主义是对浪漫主义的反拨。中国五四新文学也鲜明地表达了反传统的态度。但是,反传统的文学文本并不必然地能成为文学经典,因为作为首倡性的东西,它完全有可能因自身的不完善等因素的影响而转瞬即逝。只有那些确实对后来的文学活动发挥了巨大的作用,且具备文学史价值的原创性作品,才有可能成为文学史上的经典。

文学经典的原创性还表现在创作主体所运用的艺术表达手段方面。俄国形式主义文论家提出了"陌生化"的概念,认为文学性的产生在于作者有意识地打破人们对日常生活语言产生的习惯的自动反应,以语言的多种手段运用造成"陌生化"的效果,引起读者的好奇和关注。文学发展的历史,常常以新的表现方法改变既有的文学秩序,引起人们的关注,使人们体验到新的审美经验。

---

① 张荣翼. 文学史,文学经典化的历史[J]. 河北学刊,1997(4):75—80.
② 洪子诚. 问题与方法:中国当代文学史研究讲稿[M]. 2版. 北京:生活·读书·新知三联书店,2018:233.

虽然文学经典具有上述特征，但不表示具备这些特征的文学作品就必然能成为文学经典，如果那样，创作主体要使自己的作品成为文学经典，只需按图索骥就可以了。其实文学经典的出现有赖于文学史的建构。文学活动产生、发展、变化的历史，同时也是建构文学经典的历史。文学作品要进入文学史的视野并最终成为经典，至少需要具备以下条件：

首先，文学作品应具备独特的艺术价值。以屈原的代表作《离骚》为例。《离骚》是我国古典文学中最长的抒情诗，也是一篇光耀千古的浪漫主义杰作。诗歌表现的是诗人因爱国理想无法实现的沉痛与苦闷，以及为实现强国之梦自己所做的热烈追求和不懈斗争。其独特的艺术价值体现在，诗人大量地采用浪漫主义表现手法，纵横驰骋自己的想象，将神、人和自然现象相融，编织扑朔迷离、奇特壮丽的幻想境界，用以表现自己追求理想的精神，从而使《离骚》成为我国文学浪漫主义的直接源头。此外，《离骚》还进一步发展了《诗经》的比兴传统，突破了《诗经》用以起兴和比喻的还只是独立存在的客体的局限，使比兴手法与作品所表现的内容融合在一起，赋予了其象征的性质。因之，《离骚》成为我国文学史上永远光芒四射的经典。

其次，文学作品应具备可阐释的空间。文学文本是由特定的话语系统构成的，创作主体的表达意图必须蕴含在话语系统之中，且通过话语系统去表现。文学经典与普通文学作品的区别在于，尽管创作主体都通过文学话语预设了说话人与受话人相互沟通的语境，但由于文学经典包含着意义生成的众多可能性，这就给不同时代的受话人提供了更大的阐释空间。例如《红楼梦》，不同的读者阅读时就有不同的感受，借用鲁迅先生的话说："经学家看见《易》，道学家看见淫，才子看见缠绵，革命家看见排满，流言家看见宫闱秘事……"[①] 从某种意义上来说，文学经典历久不衰的生命力，就是其巨大的阐释空间所赋予的。

最后，文学作品应满足特定时期的读者的期待视野。特定时期的读者作为文学作品接受的主体，受在长期的社会生活实践中形成的审美趣味、情感倾向、人生追求、政治态度等因素的影响，对文学作品中的文体、形象、意蕴等会有自己的接受心理，会形成相应的心理期待。当他们的心理期待获得满足时，他们就会对文学作品做出肯定的评价，而当这种期待没有得到满足时，他们就会做出不满意或者否定的评价。在文学的接受过程中，除了个体性的期待视野，还有社会性的期待视野，后者主要是通过那些专门从事文学研究和批评的特殊读者体现出来的。由于拥有从事文学鉴赏、研究、批评的专业知识结构和丰富的文学阅读经验，他们往往担当着文学经典发现者、阐释者的角色。

总之，文学史上文学经典的建构，是一项浩繁复杂的工程，毕竟文学史不是简单的作家作品的编年史，它涉及创作主体的社会生活实践和文学创作活动的很多方面，包括特定时代社会意识形态和文化权力的变动以及文学理论和批评观念的变化，这些均有可能使文学经典的评价标准以及身份发生移位或变异。但是，无论文学经典在文学发展的过程中受到何种因素的影响，它对创作主体文学创作活动的价值和作用是始终存在且不容低估的，创作主体只有不断地学习经典，自觉地去追求文学作品独特的艺术价值，为读者提供无限的阐释空间，并尽量满足读者的期待视野，才有可能创造出高质量的文学作品。

---

① 鲁迅.《绛洞花主》小引 // 鲁迅. 鲁迅全集：第 8 卷. 北京：人民文学出版社，2005：179.

三、个人的艺术创造

创作主体的文学创作活动会受到社会经济基础和意识形态等因素的影响和制约，现实生活语境在给文学创作提供积极价值的同时，也会通过各种途径对文学创作产生消极的作用。然而，文学创作活动毕竟是人的活动，面对客观现实，人们并非完全处于被动地位，而是在复杂的现实生活面前体现出自己的主动性、创造性。

创作主体个人的艺术创造是在把握理解现实生活的基础上，通过自己独特的艺术构思和想象，利用恰当的语言表达方式来实现的。也就是说，创作主体的艺术创造首先有赖于其在平凡琐碎的社会现象中去发现生活中的闪光点。这种发现与创作主体在长期的创作实践中养成的职业敏感有着莫大的关系。创作主体在创作实践中，由于其自身的艺术兴趣，会特别关注某些特定的社会生活领域，对这些领域内发生的种种事件会形成自己独特的理解，并做出相应的价值评判。当创作主体觉得某些事件适合作文学创作的材料时，就会根据自己的审美理想，确定恰当的视角在文学作品中予以表现；而当这些事件不适合作为文学创作的材料时，就会选择放弃。所以，创作主体在文学创作中的职业敏感非常重要，其创作冲动、创作动机往往都是源自职业敏感的激发。著名作家冯骥才有一次乘火车旅行时，在车上看见一对夫妻，丈夫个子很矮，妻子却很高。这一奇特的组合特别引人注目，且又使人不大习惯。但这对夫妻一路上相亲相爱，使全车的人都改变了对他们的印象，觉得他们是非常般配的一对。这件事使冯骥才产生了写一篇小说的冲动，于是《高女人和她的矮丈夫》得以产生。可见，文学创作的原动力与创作主体的职业敏感有着紧密的联系。①

汪曾祺:《〈大淖记事〉是怎样写出来的》

创作主体个人的艺术创造也有赖于其独特的艺术构思和想象。艺术构思是创作主体用想象的方式对适合文学表现的材料进行加工改造，在头脑中赋予其意义的过程。想象是这一过程中最重要的环节，因为创作主体的创作意图是在想象的作用下完成的。想象是人们在观念形态上再造现实现象或创造新形象的心理功能。它包括两种类型，即再造想象和创造想象。所谓再造想象，是指人们根据头脑中储存的生活语境中的印象展开的想象。生活语境中的印象是再造想象的基础，创作主体在进行文学创作时，在很多情况下都是受某种因素的激发对这种印象的再造。比如，列夫·托尔斯泰青年时期曾在高加索的炮兵部队供职，他从高加索地区山民那里听到了哈泽·穆拉特的事迹，留下了很深的印象。但是后来随着时间的推移，哈泽·穆拉特的事迹越来越模糊，直到半个世纪之后的某一天，列夫·托尔斯泰走在一片翻耕过的土地上，放眼望去，看不见一根绿草，只见在灰蒙蒙的大道旁有一丛鞑靼木（牛蒡），上面绽出三根枝杈：一根已经折断，一根受到损伤，还有一根挺立着，侧向一边，虽然也让尘土染成了黑色，但看起来是那样鲜活，泛着红光。这时，托尔斯泰从这枝顽强的鞑靼木马上想起了哈泽·穆拉特的事迹，于是创作了优秀小说《哈泽·穆拉特》（即《牛蒡》）。

创造想象是指创作主体突破现实规范的束缚，依据表达的需要充分发挥想象力，营造出前所未有的艺术形象和艺术境界，表现创作主体独有的精神世界。创造想象具有虚构

---

① 陈进波，惠尚学，等. 文艺心理学通论[M]. 兰州：兰州大学出版社，1999：418.

的性质，只有这样，它才能无中生有，有中见奇。具体来说，创造想象具有以下两个主要特点：

第一，创造想象是创作主体根据创作需要，通过对生活语境中的印象进行改造而展开的想象。

第二，创造想象常用高度的夸张、显著的变形以及大大扩展事物活动的时空领域等方法，创造出在现实生活语境中不可能有的艺术形象。例如，古希腊神话中人面狮身的怪物斯芬克斯，是人面与狮身的综合；《西游记》中的孙悟空是人与猴的综合；而蒲松龄在《聊斋志异》中塑造的许多狐狸鬼怪的形象，就是用创造想象虚构出来的。

当然，在创作主体的文学创作实践中，上述两类想象并不是截然分开、孤立运用的，创作主体的再造想象必然结合着程度不同的创造想象的成分，而创造想象也一定有再造想象的参与，因为文学创作毕竟是以现实生活语境为基础的。

【学习活动】

请阅读茅盾文学奖获奖作品《人世间》，试分析红色经典对作家梁晓声文学创作的影响。

第三节 创作主体的文学素质

如前所述，社会生活实践为创作主体提供了现实生活语境，文学传统为创作主体提供了可资借鉴的文学言说方式和表达手段，但文学创作并不必然就能成为现实，创作主体个人的文学素质在文学创作过程中也起着至关重要的作用。

一、创作主体的思想水平

沈从文论作家修养

创作主体的思想水平是指创作主体对社会现象的认识能力，是创作主体的理智之光对事物本质的觉察。文学借形象说话，说什么、怎样说时时处处体现着创作主体的思想和智慧。创作主体的思想水平既来自社会生活的陶冶和自己丰富的人生阅历，也来自文化传统的熏陶。社会生活中的际遇会帮助创作主体形成特定的立场和思想观念，只有那些能深入人民群众当中，了解大众生活现状的创作主体，才有可能深刻地体会到现实生活现象中的光明与黑暗、真诚与虚伪、善良与丑恶，形成自己对于事物的独到的见解与认识，对眼前的社会现象做出正确的价值判断。比如鲁迅和胡适当年都曾坐过洋车，都写过关于车夫的作品，但鲁迅的《一件小事》写的是对车夫美好心灵及内在精神由衷的赞许，而胡适的

《人力车夫》表达的则是对车夫无奈酸楚的接纳与认同，二者思想水平的高低也就决定了其作品意义的高低。

创作主体个人的人生阅历会帮助其形成独特的情感体验。情感是人们根据客观对象是否满足自己的需要而产生的肯定或否定的态度。体验是指人们在经历事物的同时，用心灵设身处地地参与事物。具体的情感体验与抽象的思想观念具有紧密的联系，它是创作主体的思想观念得以形成、升华的一个重要的生长点。因为情感体验决定着创作主体对生活的态度和对社会生活现象所持的立场，也决定着创作主体的胸怀。诗人杜甫大半辈子体验的是居无定所、困窘不堪的生活，他自然站在劳苦大众的立场上，由自身的悲哀推及他人的痛苦，写作《茅屋为秋风所破歌》，抒发自己"安得广厦千万间，大庇天下寒士俱欢颜"的胸怀。可见，情感体验不但能使创作主体的思想得以生长，也能使创作主体的思想得到升华。创作主体个人的爱恨情仇、苦乐辛酸，一旦与全人类的审美理想相结合，现实生活语境中的个人情感，便被赋予了表现人的存在本质的审美内涵，这样，创作主体也就超越了表现一己之情思的狭隘，成为人类普遍理想和愿望的代言人。

创作主体的思想水平也取决于文化传统的熏陶。一个国家、一个民族有着自己独特的文化传统，这些传统不仅包含着文学创作的方式和方法，也包含着特定的意识形态和思想观念，无论其产生在奴隶社会、封建社会还是遥远的原始社会末期，它的丰富内涵都能超越时空，为不同时代的创作主体提供方方面面的滋养。一方面，文化传统对创作主体思想水平的影响，是通过使人们对过去的传统所包含的历史事实进行甄别，从而做出接近事实的或新的理解来实现的。因为时间距离会导致错误理解的消除和新的理解的出现，这无疑是新思想产生的一个源泉。正如伽达默尔所说的，时间距离引发的理解的过滤，"不仅是指新的错误源泉不断被消除，以至真正的意义从一切混杂的东西被过滤出来，而且也指新的理解源泉不断产生，使得意想不到的意义关系展现出来"[①]。另一方面，文化传统对创作主体思想水平的影响，也会通过历代文学作品中所反映的集体无意识来实现。集体无意识是由遗传保留下来的一种原始经验和普遍精神，是人类共有的一种经验模式。原型是集体无意识的主要内容，所有原型的集合即构成集体无意识。原型也叫原始意象，是从远古时代、史前时代甚至在从动物演化到人类以前就存在的一种形式，它通过种族记忆的方式遗传下来。原型经常出现在梦境、幻觉、神话、童话以及原始宗教之中。由于原型在文学作品中的表现极其纷繁多样，它可以是意象、象征、主题、人物，也可以是文体、结构单位、叙述程式、故事模式，所以原型对创作主体思想的影响势必也是多方面的。伟大的文学作品总是善于利用原型来说话，借以反映一个时代普遍的社会心理。正如瑞士心理学家荣格所说："用原始意象讲话的人等于用一千个舌头在说话；他令人迷醉，他无比强大，同时，他把他要表达的意思提高到偶然和暂时之上，放在永存的领域中。他把个人命运变成人类的命运，在我们身上唤起所有促使人类避开每一个危险和度过漫长的黑夜的慈善力量。"[②]

[①] 伽达默尔. 诠释学Ⅰ：真理方法：哲学诠释学的基本特征[M]. 修订译本. 洪汉鼎，译. 北京：商务印书馆，2021：422.
[②] 荣格. 分析心理学和诗歌的关系[M]//蒋孔阳，朱立元. 二十世纪西方美学名著选：上. 上海：复旦大学出版社，1987：459.

二、创作主体的文化立场

从文化的角度思考文学创作，我们发现文学创作本质上是一种文化创造行为，作家作为文学这一特殊文化的创作主体，本身既要接受现存文化的塑造，也会通过自我选择和认同完成社会文化人格的自觉转化，形成自己特定的文化立场。创作主体的文化立场对文学创作的影响主要体现在：

第一，创作主体要站在其所处的文化立场上，对社会文化现象进行内在的评价，并给予主动的反映。表现在文学创作中，创作主体总要把社会文化意识转化为自我意识，从而以主体化的选择与创造彰显特定的社会文化意义。这一使命是由创作主体在社会文化系统中所持的立场、所扮演的文化角色决定的。一方面创作主体自幼在一定的文化环境中成长，他本身就是社会文化的产物；另一方面社会文化所包含的积极与消极、美好与丑恶、先进与落后等互相否定的价值，迫使创作主体不得不对其进行评价，然后做出理性的抉择。创作主体评价与选择的过程，实质上就是对社会文化现象进行分析思考的过程。当创作主体站在人类生存这种普遍的社会文化现象的高度上，集中表现人的生存境遇、人在其所属的文化系统中应当如何健全地发展诸问题时，他的创作也就超越了本民族文化的局限，而具有全人类普遍的文化意识与文化品格。文学的发展历程表明，凡是有生命力、有价值的文学创作，总是站在正确的立场上，通过对人的生存状况、民族命运的揭示，来反映人类共同的文化主题的。比如歌德笔下的浮士德精神、塞万提斯笔下的堂吉诃德精神、鲁迅笔下的阿Q精神等之所以在全世界产生巨大反响，原因即在于此。

第二，创作主体的文化立场能赋予其文学作品以特定的文化内涵。文学具有双重身份，它既是人类文化的承载者，又是人类文化的构建者。由于创作主体文化立场的差异，文学对人类文化的构建是从不同的视角展开的。中国古代文学长期占主导地位的话语是对伦理型圣贤人格的推崇，它构建的是通过"内省""慎独""躬行"成为圣人、君子的审美理想。"修身、齐家、治国、平天下"是实现这种圣贤人格的阶梯，孔子提出的"君子喻于义，小人喻于利"，董仲舒提出的"正其道，不谋其利；修其理，不急其功"则是人们达成审美理想所必需的处世方式。所以，中国古代文学主要是从道德上的自我完善这一视角来建构儒家文化精神内核的。西方文学则明显不同，从荷马史诗《伊利亚特》中的男主角以一己之怒撼动天下人，及至后来尼采的个性解放、萨特的存在主义以及歌德作品中的浮士德精神，张扬的都是一种能力型的英雄人格。西方文学对这种人格的推崇，建构了西方注重自我、事功求利的个人英雄主义文化价值观念。

第三，创作主体的文化立场赋予其文学创作以特定的文化拯救精神。拯救精神是文学创作中最富有人性魅力和文化价值意向的要素。它根源于创作主体的责任感和使命感。文学创作中所包含的文化拯救精神，主要表现为创作主体依据自己的文化立场，对他所处的现实生活语境进行人道主义关注和积极承诺，他或者深切关注和思考人生中普遍存在的重大问题，或者对人类生存的苦难、悲哀给予担忧和同情，或者勇敢介入时代的文化精神生活，积极致力于改变和培植新的国民文化精神秩序。比如在《复活》《红与黑》《蝇王》《变形记》等重要作品中，读者都能真切地感受到创作主体理性的力量对生活假象的穿透。文学创作中的文化拯救精神，不仅体现了创作主体的文化品质，而且显示出其对人类普遍的文化境况和文化主题的关注，表现了创作主体为改变和拯救人类的不幸，为消除残缺、腐败和病态的精神状况所体现出的道德意志和力量。

第四，创作主体的文化立场还赋予了其文学作品固有的文化批评意蕴。文学作品的文化批评意蕴指的是文学作品中体现出来的创作主体对既存文化的怀疑意识与否定精神。创作主体通过对现实文化状况的深邃洞察和透视，在文学创作中大胆地冲击和超越现存文化的规范性和压抑性，刻意颠覆其消极、否定、不健康的精神内核，从而促使新的文化精神滋生，这就是文化批评意蕴的具体体现。文学作品的文化批评意蕴具有十分重要的意义。它能揭穿现实生活中的文化假象，召唤读者重新审视生活和人生，塑造新的思想文化价值。对于人类文明的发展来说，文化批评意味着通过对旧文化的解构和新文化的重组，以恢复生活的真实性和真理性，恢复个体生存的自觉性与主动性，促进人类否定和摈弃非人性的与腐朽的东西，纠正现存文化中寄生的堕落、腐败、畸形与异化。

总之，创作主体的文化立场在文学创作中具有非常重要的作用，它使创作主体的文学创作活动成为地地道道的文化创造活动，赋予了文学作品特定的文化属性，从而提高了文学活动的品位和价值。

三、创作主体的文学修养

文学创作是创作主体充分发挥自己的积极性和创造性，对生活进行选择、加工、改造，从而将生活美转化为艺术美的活动。创作主体的文学修养和生活实践在文学创作活动中，具有同样重要的地位。创作主体的文学修养体现在文学积累、艺术创作能力等方面。

（一）创作主体的文学积累

创作主体的文学积累是指创作主体对文学创作规律、文学创作方法的把握。

1. 文学创作规律

文学创作规律对创作主体创作活动的作用主要表现在它能指导其进行文学创作。因为文学创作规律是对文学创作活动带有普遍性东西的总结，也是文学之所以成为文学的内在规定性之所在，创作主体如果不了解这些规律，就无法真正步入文学创作的殿堂。

文学创作规律彰显了创作主体的超越意识。生活是创作的源泉，但创作主体可以通过杂取、合成、变形、虚构创造出不同于生活的艺术形象与艺术世界，追求对生活的超越。同时，创作主体的超越意识也表现在对自身的超越上。要追求创作上的突破，创作主体就必须不断超越自身的现有条件，改变自身固有的观念、方法等，发掘自身的创作潜能和个性，突破自身的生理、心理结构定式和思维定式，从而使自己的创作不仅有异于他人的创作，而且也超越自己以往的作品。

文学创作规律彰显了创作主体的个性意识。创作主体的个性特征，包括性格、气质、性情、兴趣、爱好等是构成其创作个性的先决条件。创作主体的个性特征决定着其对主题的发现与选择，也决定着创作中文学形象的塑造以及作品的风格、特点等。文学创作不容许雷同，创作主体要创作出不同于他人的作品，对生活就必须有个人独特的发现，同时还必须运用自己独特的表达手段和技巧。这样，创作主体创作的独特性就不仅表现在创作主体的个性、作品的个性、文学形象的个性上，而且还表现在创作主体独特的、个性化的创造和创造能力的独特发挥上。

文学创作规律彰显了创作主体的自由意识。创作主体的自由意识首先体现的是人类自觉意识的自由性。文学创作是创作主体自觉的、有目的的、有意识的精神活动，它或者出自审美愉悦的目的，或者出自认识社会、改造社会等功利的目的，或者出自创作主体实现自身的价值，使自己的本质力量对象化的目的。创作主体的自由意识还表现在创作主体的精神自由上。在创作中，创作主体不受任何束缚地驰骋自己的想象，通过自己的思维活动，使主客体融为一体，"寂然凝虑，思接千载，悄焉动容，视通万里"（刘勰《文心雕龙·神思》），按自己的创作需要将不同的时间、空间巧妙安排，借助移情、拟人、象征等方法，让"一切境界，无不为诗人设"，所有这些，都是文学创作规律中的自由意识所赋予的。

文学创作规律彰显了创作主体的责任意识。任何时代，创作主体都应该是社会的先锋和良知，要具有崇高的人格，对人类的命运寄予深切的关注。自古以来，创作主体的责任意识和使命感，使他们对人类的境遇具有深沉的忧患意识。从屈原到司马迁，从杜甫到曹雪芹，从荷马到但丁，从托尔斯泰到卡夫卡，没有不对人类的命运表示深切关注的。他们讴歌美好事物，鞭笞丑恶现象，尽力担当民众的代言人和社会的清道夫，体现了崇高的责任感和使命感。崇高的社会责任意识使创作主体摆脱了狭隘的自我意识，将自己融入群体意识、社会意识乃至整个人类意识之中，不时自我反省、自我超越，其作品深邃的思想性、精湛的艺术性也因此透射出来。

文学创作规律彰显了创作主体的家国情怀。家国情怀作为古今中外文学作品中较为常见的言说对象，一方面源自创作主体与生俱来的对自己身份归属的认同以及对生于斯长于斯的土地的热爱。爱国诗人闻一多曾说："我爱中国固因他是我的祖国，而尤因他是有那种可敬爱的文化的国家。"艾青在自己的诗作《我爱这土地》中写道："为什么我的眼里常含着泪水？因为我对这土地爱得深沉……"正因为创作主体对自己身份的体认，对自己家国的热爱，家国情怀在文学作品中常常得以抒发。另一方面也源自家国情怀能激发起读者对民族共同命运最深沉的情感共鸣。回顾五千多年文明历程，中华民族历来崇尚家国大义。家是国的基础，国是家的延伸，二者命运与共，不可分割，所以，古往今来，多少有识之士对国与家无不思之系之，心之念之。《孟子》有云："天下之本在国，国之本在家，家之本在身。"唐代诗人孟郊《游子吟》云："慈母手中线，游子身上衣。临行密密缝，意恐迟迟归。"宋儒张载提倡"为天地立心，为生民立命，为往圣继绝学，为万世开太平"（《横渠语录》）。中国人怀揣的对家与国的关怀、惦念和温情想象，自然也就在文学作品中得到了较多的回应，而且打动了千千万万的读者。

2. 文学创作方法

创作主体的文学积累还包括其创作的方式、方法、技巧、手段的积累和借鉴。历代文学作品为创作主体的文学创作提供了大量的方式、方法、技巧与手段，创作主体在自己的文学接受活动中，会自觉不自觉地接受这些东西的熏陶，形成自己占主导地位的表现方法和手段。具体来说，这些方式、方法、技巧与手段有以下几种类型：

（1）比兴

中国古代文学创作中早已有比兴方法，先秦时期的《诗经》中就大量使用了比兴方法。对于比兴的解释，虽各有不同，但基本意思大体一致。汉代郑众注《周礼》时说："比者，比方于物；兴者，托事于物。"（孙诒让《周礼正义》）朱熹在《诗集传》中说："比者，以彼物比此物也。""兴者，先言他物以引起所咏之词也。"等等。显然，比就是比喻；兴，就是托物于事，以物引起所咏之事。比、兴之间虽有区别，但也有一定的相似性，因而常被连用。在比兴方法中，"比"相对易于理解，"兴"的理解稍难。如《关雎》首先以"关关雎鸠，在河之洲"来引出"窈窕淑女，君子好逑"，就是运用了兴的方法，诗人借眼前景物引出自己想说的话题，水鸟和鸣与男女求偶本无直接关联，但通过兴的方法的使用，两者在意义上就建立了联系。

（2）象征

象征在古希腊是指"拼凑""类比"之意。如把瓦片、木板等一分为二，相见之人各执一端作为部落结缘和立约的信物。这就是最初的象征之意。后来，象征被引入文学活动中，文学是语言的艺术，语言就是一种象征符号。当象征作为一种具体的创作方法使用时，渐渐地被人们赋予三种含义：一是指甲事物与乙事物有紧密联系，借甲事物代表暗示乙事物；二是指用较小的事物代表暗示较大的事物；三是指将文学和文学作品作为整体象征，构成象征型文学艺术和象征世界，暗示一种文化原型和特征。比如艾略特的作品《荒原》，以隐秘的神奇的形象和图像，暗示第一次世界大战后西方现实生活和人的精神危机，荒原就是当时整个西方现实世界的象征。因此，文学从本质上说是一种象征艺术，它是以艺术世界、审美世界来象征现实世界的。

（3）隐喻

隐喻作为文学创作手法，是以语言修辞手法为基础的，是比喻的一种类型。语言修辞手法中的隐喻，往往在某句话或某段话中使用，因而，它是孤立的，局部的，只具有有限的效果和意义。而作为艺术表现手法所使用的隐喻，一方面将文学语言整体视为修辞性语言，另一方面将文学形象和文学世界整体视为现实世界的表征。这样，隐喻作为艺术表现手法，就使文学具有想象、暗示的效果和意义。如梅特林克的《青鸟》、霍普特曼的《沉钟》就具有很强烈的隐喻意义和效果。

（4）反讽

反讽是一种以正面表现的方式表达实际上质疑与否定观念的文学表现方法。其特征有二：一是带有讽刺性和嘲笑色彩；二是带有正话反说的反语性或反语效果。

反讽的形式多种多样，大致可以划分为两大类：一类是情景性反讽，即作品的故事和人物以及环境带有反讽性；另一类是话语性反讽，即通过作品的语言风格、语言特点、语言修辞和地域性方言，尤其是反语的运用表现出来的反讽性。反讽的方法在文学创作中也早就有所运用。古希腊神话中对"众神之神"宙斯形象的塑造就采用了反讽的方法；西方现代主义文学和后现代主义文学对反讽方法的大量采用，使有些作品具有强烈的反讽意味。如波德莱尔的《恶之花》、乔伊斯的《尤利西斯》、伍尔夫的《墙上的斑点》等。

总之，文学创作方法是创作主体从事文学创作不可或缺的必要条件，创作主体只有有意识地从既存的文学作品中学习借鉴，并付诸创作实践，才有可能形成自己占主导地位的创作方法。当然，不同类型创作方法的出现与现实主义、浪漫主义、现代主义等文艺思潮有着密切的联系，创作主体谙熟或了解各种文学思潮，也是其文学积累的重要方面。

（二）创作主体的艺术创作能力

文学素养除了表现为深厚的文学积累外，还表现为超强的艺术创作能力。创作主体的艺术创作能力主要包括观察力、感受力、想象力、表现力等方面。

1. 观察力

观察力是创作主体对客观事物的外部形态和表面特征的把握能力。独特的观察能力是创作主体的基本能力。契诃夫说："作家的本分就在于观察一切，注意一切。"[1]鲁迅也强调："如要创作，第一须观察……"[2]创作主体观察力强，善于记忆、保存、再现生活留给他的独特印象，其创造形象的能力就比一般人强。文学创作成功的深层奥秘，往往在观察阶段就被早早埋下。黑格尔说："属于这种创作活动的首先是掌握现实及其形象的资禀和敏感，这种资禀和敏感通过常在注意的听觉和视觉，把现实世界的丰富多彩的图形印入心灵里。"[3]这里所说的"资禀和敏感"就是指创作主体对生活的观察能力。创作主体的观察力不仅可以丰富他的知识和思想积累，而且可以推动他去捕捉具体的生活形象；不仅可以帮助创作主体获得具体形象的特征，而且可以帮助客观形象引起其复杂微妙的内心体验。

2. 感受力

感受力指的是创作主体对内外刺激的体验领悟能力。它是由创作主体的感受器官接受内外刺激，在心理上产生的体验和感悟。感受分内感受和外感受。内感受包括人的内部感受器官对生理刺激的感受，也有人因中枢神经受各种刺激而产生的心理上的情绪反应和情感体验。外感受是主体的感官对外部事物刺激的感觉以及由此产生的心理体验与领悟。由于创作主体的感受能力与自身的生理、心理条件密切相关，因此其感受的独特性也就由此体现出来。创作主体需要用心去感受，用心去看，用心去听，方能悟出生活的真谛。春秋时期，伯乐推荐九方皋给秦穆公，秦穆公派九方皋去各地寻找千里马，九方皋找了三个月才发现一匹，穆公问他是什么样的马，他回答说："牡而黄。"派人去取，却是"牝而骊"。穆公很不高兴，怀疑这样一个不辨颜色和雄雌的人岂能相出千里马。而伯乐却称赞九方皋说："之所观者天机也，得其精而忘其粗，在其内而忘其外，见其所见，而不见其所不见，视其所视，而遗其所不视。"（刘安《淮南子·道应训》），这表明九方皋是在用心去感受千里马。创作主体的感受能力具有同样的功能，只有这样，方能避免目迷五色，从而领悟生活的本质。

3. 想象力

想象力是人类特有的基本能力，它在我们的创造活动中起着重要的作用。由于文学创

---

[1] 契诃夫. 契诃夫论文学[M]. 汝龙，译. 合肥：安徽文艺出版社，1959：151.
[2] 鲁迅. 致董永舒[M]//鲁迅. 鲁迅全集：第12卷. 北京：人民文学出版社，2005：434.
[3] 黑格尔. 美学：第1卷[M]. 朱光潜，译. 北京：商务印书馆，1979：357.

作是进行合情合理的虚构的精神创造活动，因而想象力也是创作主体必须具备的基本能力。

想象力人人都有，然而创作主体的想象力却与众不同。因为他是围绕文学形象的塑造进行创造性想象的，因而他的想象与现实生活语境难免会产生裂缝，即创作主体通过自己的想象创造出来的艺术形象，同现实生活比较，会以异形的方式表现出来。文学形象与实际生活的"误差"，意味着文学创作是创作主体借助想象，对现实生活语境的改造和变形，即创作主体按自己的创作意图和审美理想，依据自己的想象对现实生活中的对象进行重构。这种重构在文学创作中主要有两个作用：一是有利于创作主体根据需要沟通、重组创作材料，补充事实链条中尚未发现的环节；二是有利于催生创作主体的移情活动，从而使其能够按自己的审美理想创造生动丰满的文学意象。

4. 表现力

创作主体的文学创作活动并不是某一方面能力的体现，而是各种能力的综合展示，表现力在创作主体应当具备的诸多能力中担当着"临门一脚"的角色。表现力是创作主体将自己的艺术构思转化为文学作品的能力。它主要是通过语言的组织、表达和各种表现手法的运用体现出来的。

从语言运用的角度来看，文学作为语言的艺术，其言语活动的基本目的不是证明而是呈现，不是推理而是表情，不是实用而是审美。这样，文学语言需要营造的就是一个有着特殊的审美意味与文化内涵的世界，它或者描写某种想象中的情景，给人新奇之感，或者呈现出别样的韵味，给人审美愉悦。文学创作正是因为语言运用的巧妙性，人物性格的丰满性、作品风格的多样性等才凸显出来。这就要求创作主体必须注重语言能力的培养，具备高超的语言表达技巧。

从表现手法的角度来看，文学创作是各种各样表现技巧、语言修辞手法以及表现手法的综合运用。在通常情况下，文学创作的基本表现手法无外乎叙述、描写、抒情、议论四类。创作主体会根据文类、表达需要的不同，在表现手法的运用上有所侧重，但表现手法本身并没有优劣之分。这就要求创作主体在自己的创作实践中灵活掌握各种表现手法，以增强自己的表现力。

【学习活动】

运用所学有关创作主体艺术创作能力的知识，评析小学《语文》教材六年级上册第二单元的选文《菩萨蛮·大柏地》。

菩萨蛮·大柏地

毛泽东

赤橙黄绿青蓝紫，
谁持彩练当空舞？
雨后复斜阳，
关山阵阵苍。

当年鏖战急，

> 弹洞前村壁。
> 装点此关山，
> 今朝更好看。

思考与练习

一、名词解释

1. 创作主体 2. 文学的现实原则 3. 文学经典 4. 文学修养

二、简述

1. 创作主体与现实生活之间的互动关系。
2. 文学传统对个人创作的影响。
3. 创作主体应具备的文学素质。
4. 创作主体的文化立场对文学创作的影响。

三、实践拓展

1. 以小学《语文》教材五年级上册第六单元的课文《父爱之舟》为例，分析现实生活对作者创作的影响。
2. 俄国作家果戈理曾把自己的八等文官改为五等文官，有人说这有点像他的作品《死魂灵》中的主人公乞乞科夫；元稹写的《莺莺传》中的张生对崔莺莺始乱终弃，有人认为这是元稹本人的写照。你怎么看待这种现象？

拓展阅读导航

1. 吕玉铭. 隐秘的存在：作为文学创作主体的作家形象[M]. 哈尔滨：东北林业大学出版社，2017.

该书探讨了作家的形象、作家的灵感、作家创作时的情感状态、作家面对的内外主体修辞关系、作家的艺术修养与写作能力等内容，同时列举了当代一些作家的修辞观，以及一些作家的写作生活情形和写作习惯等，并结合作家的创作经验和现身说法，对作家形象进行了论述。

2. 孙自筠. 戏说与正说：作家论[M]. 北京：中国言实出版社，2022.

该书包括"戏说文坛十二怪杰""论内江十作家"两部分。"戏说文坛十二怪杰"对苏曼殊、李宗吾、钱锺书、三毛、贾平凹等12名作家进行了系统讲述。"论内江十作家"对来自四川内江的10名具有全国影响的作家，如康白情、范长江、周克芹、刘心武、傅天琳等人进行了系统论述，展现了内江作家方阵。

3. 高洪波. 儿童文学作家论稿[M]. 南昌：21世纪出版社，2010.

该书系作家、儿童文学评论家高洪波关于儿童文学作家的评论集。作者用独特的视角对在新中国儿童文学史上产生过重要影响的儿童文学作家进行了系统评述，对他们的创作理念、创作追求及创作成就作了深入探讨。

第五章　文学创作的原则与过程

学习目标

- 掌握文学创作的原则；
- 了解文学创作中的审美发现及其特点；
- 掌握文学创作的艺术构思特点、心理机制；
- 学习文学创作的审美表达。

内容导图

文学创作的原则与过程
- 文学创作的原则
  - 艺术真实原则
  - 审美评价原则
  - 形式创造原则
- 文学创作的审美发现
  - 艺术家的眼睛
  - 审美发现的特点
- 文学创作的艺术构思
  - 艺术构思的含义
  - 艺术构思的特点
  - 艺术构思的心理机制
- 文学创作的审美表达
  - 叙事性文学典型的塑造
  - 抒情性文学意境的创造

学习导入

当代著名乡土作家高晓声创作的短篇小说《陈奂生上城》曾经获得全国优秀短篇小说奖。高晓声在谈到这篇小说的创作过程时说，这个故事的产生，源于自己生活中经历的一件事。他当时出差在外地，住进了一个招待所。招待所一晚上的住宿费五六元钱，当时一个农民一天的劳动工分只值几毛钱，他躺在招待所的床上翻来覆去睡不着，突然触发了一个念头：农民绝对住不起！如果让一个农民住进招待所会有什么样的情景呢？创作的灵感就这样产生了。

接下来，高晓声认为要考虑的是：塑造一个怎样的农民形象去住招待所呢？他又是什么原因住进政府招待所的呢？于是就塑造了陈奂生这个勤劳、憨实、善于精打细算却又生活常年贫困的农民形象。为了使故事合乎情理，在构思过程中，他设计了陈奂生进城做生意、想买顶帽子、车站发病、巧遇县委书记等情节，从而巧妙地把陈奂生"送进"了政府招待所。

从这段创作谈中，我们深深体会到文学创作的许多理论问题：文学创作来源于生活，来源于作者对生活的思考和审美发现，同时作者又要通过想象等手段进行精密的艺术构思，使故事合情合理，符合生活的逻辑。

美是人类基本的价值追求，发现美和创造美是人的主要活动之一。文学是语言的艺术，作者以语言为艺术媒介，发现美的生活，创造美的世界，表现审美理想。在文学创作过程中，作者是如何把审美创造力运用于构造艺术世界的？又有哪些带有普遍性的原则要遵循？本章将对文学创作的基本原则和过程等问题进行讨论。

第一节 文学创作的原则

文学创作的主要倾向

文学创作的基本原则是指作者在哲学观、审美观的指导下处理现实生活与文学创作之间关系的原则。作者一旦进入文学创作过程，首先面临两个基本问题：写什么和如何写。"写什么"体现的是作者对生活的审美评判，在审美评判的基础上做出选择，把最有审美价值的生活纳入创作视野。泰纳在谈到巴尔扎克的创作时说："他只能在事物的广阔的画布上裁剪下一件事实，从而割裂了这件事实和前后其他事实的联系；因为他要选择，就不得不割裂，因为他要缩小，就不得不失真。"① "写什么"反映的是作者认为哪些生活值得去写，并能够体现出作者认识生活、理解人生的创作原则。"如何写"体现的是作者结构文学作品、塑造文学形象、艺术地表现生活所遵循的基本原则。它体现了作者对文学的本质特征、文学创作的独特规律的认识和把握，也体现了作者的创作个性特点。这两个方面基本上涵盖了文学创作的主要内容。

马克思在谈到人的活动本质时说："动物只是按照它所属的那个种的尺度和需要来构造，而人懂得按照任何一个种的尺度来进行生产，并且懂得处处都把内在的尺度运用于对象；因此，人也按照美的规律来构造。"② 文学创作作为人的审美活动体现了人的活动本质，也就是说，作者的创作正是把人的文学的"固有的尺度"运用到文学创作中的特殊活动。反过来说，文学的本质特征决定了文学创作具有独特的规律性，作者要进行文学创作就必须遵循这些规律。文学创作的基本原则也正是对这些规律的总结。

一、艺术真实原则

真实，是指人的认识如实地揭示了存在的原貌。文学作品首先应具有认识意义、反映意义、阐释意义，使读者对对象世界有更深刻的理解，因此，真实对文学创作而言就显得至关重要。只有真实才能使读者对文学作品产生认同感、信任感，进而吸引、感动读者，在思想上、精神上影响读者，从而实现文学活动的意义。我们说，真实是文学的生命，也是文学的认识与审美两大价值功能产生、实现的基础和前提。我国清代文论家刘熙载说："诗有借色而无真色，虽藻缋实死灰耳。"（刘熙载《艺概·诗概》）

生活真实与艺术真实

但是，艺术真实并非一般意义上的真实，它有其特定的内涵。所谓艺术真实，是指作者在生活真实的基础上，按照自己的审美理想和文学观念对生活进行艺术加工、改造和虚构，创造出能准确反映生活风貌和本质特征的形象与情景，达到美与善的统一，从而揭示人与现实审美关系的真实。艺术真实和科学认知意义上的真实相比，具有主观性、假定性、内蕴性和诗艺性特征。

主观性主要体现在作者对人和现实审美关系的认识、把握和评价上。它要求文学作品主观表现上的合情（即情感合乎自然和生活逻辑）合理（即事物合乎内在发展规律）。正如黑格尔所说："艺术的真实不应该只是所谓'摹仿自然'所不敢越过的那种空洞的正确性，而是外在因素必须与一种内在因素协调一致，而这内在因素也和它本身协调一致，因而可以把自己如实地显现于外在事物。"③

假定性主要体现在作者对艺术情境的外在创设上。它要求作者对生活进行选择、发掘、提炼、补充、概括，并通过想象与虚构对生活现象予以重现、变形和再造。假定性情

---

① 泰纳. 巴尔扎克论［M］//易漱泉，曹让庭，王远泽，等. 外国文学评论选：上册. 长沙：湖南人民出版社，1982：411.
② 马克思. 1844年经济学哲学手稿［M］//马克思，恩格斯. 马克思恩格斯全集：第3卷. 北京：人民出版社，2002：274.
③ 黑格尔. 美学：第1卷［M］. 朱光潜，译. 上海：商务印书馆，1979：200.

境是文学最基本的、最普遍的表现形态，正如鲁迅所说，艺术是"以假为真""假中见真"的。① 当然，"假的"要让读者"误"以为真，作者创设的艺术情境必须保证具有完整性、统一性和内部演进的必然性。

内蕴性主要体现在作者对现实生活本质的揭示上。它要求文学创作不仅塑造生动的文学形象和创造意蕴丰富的审美意境，而且蕴含和彰显生活规律的真理性。正像黑格尔说的："普遍的东西应该作为个体所特有的最本质的东西而在个体中实现，所谓作为个体所特有的东西，并不是指具有思想的主体所特有的东西，而是指主体的性格和心情所特有的东西。"② 因此，亚里士多德说："诗是一种比历史更富哲学性、更严肃的艺术，因为诗倾向于表现带普遍性的事，而历史却倾向于记载具体事件。"③

诗艺性主要体现在作者对审美表现方式的运用上。文学作为语言艺术，必然讲究艺术技巧的运用。席勒说："它有权利，甚至于可以说它有责任使历史的真实性屈从于诗艺的规则，按照自己的需要，加工得到的素材。"④ 这就是说，文学的诗艺性是作者通过运用审美艺术手段，如想象、虚构、概括、象征、变形等创造表现出来的。

总之，艺术真实原则要求作者以主观性感知与诗艺性创造，在其营构的假定性生活情境中，表现社会生活的内蕴和本质。清代袁于令（幔亭过客）题《西游记》说："文不幻不文，幻不极不幻。是知天下极幻之事，乃极真之事；极幻之理，乃极真之理。"作者的创造就体现在把想象虚构的"幻"和事理本质的"真"统一于艺术形象中。

二、审美评价原则

艺术真实是文学创作作为认识活动的原则。然而，文学创作并不只是单纯的认识活动，更是一种审美活动。审美活动从本质上讲，是一种情感评价活动。文学创作作为审美活动是对现实生活进行审美把握，以及在审美把握基础上做出情感评价的活动。

文学创作活动的核心是创造艺术形象，这就意味着作者必须把对现实生活内蕴的认识与感悟融注于艺术形象之中。但是，艺术形象不同于生活形象和科学形象，它是一种情感形象。文学之所以打动人，全在一个"情"字，以情引人，以情感人，从而实现文学的价值功能。那么，我们可以对文学审美活动的一面做出这样的描述：作者从对社会生活的心理体验中生发出基于自身主观价值评价的情感，然后，以带有价值评价倾向的情感反观社会生活，对生活进行艺术概括、提炼、加工，创造出主观、客观相统一的艺术形象。列夫·托尔斯泰说："在自己心中唤起曾经一度体验过的感情，在唤起这种感情之后，用动作、线条、色彩、声音，以及言辞所表达的形象来传达这种感情，使别人也能体验到这同样的感情——这就是艺术活动。"⑤ 因此，审美评价是文学创作的必然要求，它作为带有价

---

① 鲁迅. 怎么写[M]//鲁迅全集：第4卷. 北京：人民文学出版社，2005：23-24.
② 黑格尔. 美学：第1卷[M]. 朱光潜，译. 上海：商务印书馆，1979：232.
③ 亚里士多德. 诗学[M]. 陈中梅，译注. 北京：商务印书馆，2017：81.
④ 席勒. 论悲剧艺术[M]//中国社会科学院文学研究所. 古典文艺理论译丛：第2卷. 北京：知识产权出版社，2010：1101.
⑤ 托尔斯泰. 艺术论[M]. 丰陈宝，译. 北京：人民文学出版社，1958：47.

值取向的主体心理过程，蕴含着作者的政治、经济、文化、伦理、宗教和审美等社会性需要与态度，以及由这些因素形成的对社会生活的情感性体验和评价。

文学情感所带有的价值取向评价，实际上就是对社会生活的主体性评判。恩格斯把它概括为"诗意的裁判"①，其中所包含的其实是人对生活的基本价值追求，即真、善、美。

"真"在这一原则下，体现的是情感的诚挚性，就是"情真"。所谓情感的诚挚性，是指在文学创作中作者的审美评价要真情而非假意，不是矫揉造作、无病呻吟。是真情还是假意，直接影响审美评价的价值追求能否实现。情感诚挚，创作才会动人，才会被读者认同和接受，才可能引起共鸣。反之，如果作者虚情假意，读者就会无动于衷，甚至产生反感。我国古典美学传统"诗言志"就是对"真"的强调。文学创作中的真情源自作者真诚的生活态度，来自作者切身的生活感受和设身处地的生活体验。金圣叹在评点《水浒传》时说，施耐庵之所以把梁山英雄刻画得栩栩如生，是因为他坐在书案前就"化"身为绿林好汉。文学创作是在现实的基础上展开超越现实而追求理想的翅膀，创作"应有之真"。

"善"有两个基本含义，一是有用，二是有道德。"有用"体现的是文学创作情感的功利取向。作者进行文学创作的情感态度如何，归根到底是以其是否有利于社会进步与人生幸福为评判标准的。就是说，以"善"为价值取向的审美评价带有显著的有益于社会人生的功利性。"有道德"要求的是作者进行文学创作时情感品格高尚。"善"包含着对人的生命、尊严、道德、命运的尊重与崇尚，它与体现"真"的历史理性共同构成文学创作的价值功能体系。

"美"是对文学创作的本体性要求。文学创作诚然应是"真"的、"善"的，但是，"真""善"的情感必须统一于"美"中，不能是赤裸裸的说教，只能进行艺术方式的呈示，即把审美评价寓于艺术情境的创造之中。恩格斯说："倾向应当从场面和情节中自然而然地流露出来，而无须特别把它指点出来。"②严羽的《沧浪诗话》也讲："夫诗有别材，非关书也；诗有别趣，非关理也。然非多读书、多穷理，则不能极其至。所谓不涉理路、不落言筌者，上也。诗者，吟咏情性也。盛唐诸人惟在兴趣，羚羊挂角，无迹可求。故其妙处透彻玲珑，不可凑泊，如空中之音，相中之色，水中之月，镜中之象，言有尽而意无穷。"就是说，文学创作并不排斥"真""善"，而是"读书穷理"的主观情感价值评价要通过场面和情节等自然而然地流露出来，文学创作就是对这种情感流露的了无痕迹、"羚羊挂角，无迹可求"的追求。

三、形式创造原则

文学的理、情、美等都是以形式为依托，通过文学的形式创造来体现的，因此，文学创作的过程也是形式创造的过程。所谓文学的形式，就是作者在文学创作中主观把握生活

---

① 恩格斯. 致劳拉·拉法格［M］//马克思，恩格斯. 马克思恩格斯全集：第36卷. 北京：人民出版社，1975：77.
② 恩格斯. 恩格斯致明娜·考茨基［M］//马克思，恩格斯. 马克思恩格斯选集：第4卷. 北京：人民出版社，2012：579.

的具象化和感性表现及其具体存在形态。诚然，其他的精神作品也具有外在形式，但它们的内容和形式是剥离的，重在内容、思想，形式只是载体、媒介、工具，完全可以"得意忘形"，而文学创作的内容和形式二者是一体的，密不可分，交融在一起。文学的审美是从活动的整体中呈现出来的。如李白的《静夜思》，如果从中只领会了"对故乡的思念"的基本思想，那显然是不够的。文学创作的内容与形式属于同一层次的概念，二者如呼如吸，密切相关，如一个硬币的两面，不可分割。内容展开是形式，形式构成是内容；内容是通过形式建构起来的，形式则只有通过内容才能得到体现。因而，形式问题对文学创作来说无疑具有"生死攸关"的意义。英国文艺批评家克莱夫·贝尔提出"有意味的形式"理论，他说："在各个不同的作品中，线条、色彩以及以某种特殊方式组成某种形式或形式间的关系，激起我们的审美感情。这种线、色的关系和组合，这些审美的感人的形式，我称之为有意味的形式。'有意味的形式'，就是一切视觉艺术的共同性质。"[1]

所谓形式创造，就是作者在文学创作中把独特的生活感悟形式化，把艺术表现能力和语言运用能力内容化的互动活动。它作为文学审美价值追求的最后物化完成阶段，既体现为对艺术内容内在结构的现实组织和构成，又体现为运用语言艺术技巧生成内容并使之呈现为外在形态的创造。

形式创造是文学创作中最现实的一环，从某种意义上讲，它构成了文学创作的主体成分。"创造"是和生产、劳动同一范畴的概念，其内涵是通过活动生产出能够满足人们需要的价值产品。我们之所以不用"写作""制作"对其冠名，正是为了强调它满足人们不同精神需要的独特创造性。形式创造所要求的独创性源于两个方面，一是艺术想象，二是艺术技巧。想象产生文学创作的意象形态，技巧产生文学创作的物化形态。文学创作就是作者凭借艺术想象力生产出文学意象，然后，运用艺术技巧再度改变、修正文学意象并将之物化的过程。

文学形式创造原则的要求有：一是内容和形式完美统一。艺术形式自身虽然有独立的审美价值，但文学抛开内容则仅仅是文字游戏。只有达到内容和形式完美的统一，才能创造出好的文学作品。二是充分调动想象力和艺术技巧。即充分发挥想象，创造"极幻之事"，创造出"透彻玲珑，不可凑泊"的"镜中之象"，以表现"极真之理"；充分运用艺术技巧，以实现"言有尽而意无穷"。三是重视形式美。文学作品的文学性在很大程度上体现为对形式美的创造，美的语言、美的形象、美的意境能生发出无穷的艺术魅力，从而吸引、感动读者。

---

[1] 贝尔. 艺术[M]. 周金环，马钟元，译. 北京：中国文联出版公司，1984：4.

第二节　文学创作的审美发现

文学创作的审美发现，是作者在一定的现实境遇中，由于与生活对象某一点的精神契合所产生的迥异于日常生活经验的独特感知。审美发现并非发现生活中新、奇、特的东西，而是在生活的某一点上发现了值得表现的、引起情感激动的艺术价值。正如布洛所说："它像是某种片刻之间涌现出来的新的急流；或者有如强烈的亮光一闪而过，照得那些本来也许是最平常、最熟悉的物体在人们眼前变得光耀夺目……""摒弃了事物实际的一面，也摒弃了我们对待这些事物的实际态度……"①审美发现使人们司空见惯的最平常、最熟悉的事物瞬间摆脱了现实世界的一面，上升为情感把握的对象，从而闪耀着审美理想的光辉，具有审美价值。如余秋雨在他的散文《都江堰》中，表现了他从都江堰发现的质朴无华、无私奉献、默默无闻的"乡间母亲"；史铁生在他的散文《我与地坛》中，表现了他从地坛发现的自我人生和母爱的伟大。

审美发现的产生既依赖主体一定的自身条件，也依赖对象本身一定的客观条件，更依赖主体与对象的精神沟通和精神对话。

一、艺术家的眼睛

艺术家的眼睛是对审美发现主体自身条件的概括。从主体方面来说，必须具备相当的生活积累、艺术敏感和审美发现能力，否则，最美的音乐对于不辨音律的耳朵来说也是毫无意义的。对象在何种程度上成为你的对象，取决于你是什么样的人。人们常说，生活从不缺少美，缺少的是发现美的人。

生活积累是审美发现的前提条件。泰纳说到巴尔扎克，"他不但描写，而且还思想，观看人生，他还感觉不够，他还要了解人生。独身、结婚、行政、理财、淫欲、野心，人生中一切主要的情境和一切深厚的情欲形成了他作品的底子。他对人作了哲学研究"②。可以说，人的一切认识和思想都源于生活，生活构成了艺术发现的"底子"。有了一定的生活积累，我们才能发现对象的表现价值，进而产生审美表现的冲动。马克思说："只有当对象对人来说成为社会的对象，人本身对自己来说成为社会的存在物，而社会在这个对象中对人来说成为本质的时候，这种情况才是可能的。"③就文学创作来说，只有生活成为文学创

---

① 布洛. 作为艺术因素与审美原则的"心理距离说"[M]//中国社会科学院哲学研究所美学研究室. 美学译文：2. 北京：中国社会科学出版社，1982：95-96.
② 泰纳. 巴尔扎克论[M]//易漱泉，曹让庭，王远译，等. 外国文学评论选：上册. 长沙：湖南人民出版社，1982：410.
③ 马克思. 1844年经济学哲学手稿[M]//马克思，恩格斯. 马克思恩格斯全集：第3卷. 北京：人民出版社，2002：304.

作的对象，人成为文学创作的主体，主体和对象之间才可能发生文学创作的关系，审美发现才可能出现。因此，审美发现不可能是无源之水，无本之木，人的现实生存需要和对理想境界的追求，人对世界的艺术掌握是审美发现的基础。

中国古典文论中的"物感说"就准确地把握住了这一特性。《礼记·乐记》云："人心之动，物使之然也。感于物而动，故形于声。"钟嵘在《诗品序》中也说："气之动物，物之感人。故摇荡性情，形诸舞咏。"他们都强调了"物"——也就是生活对文学创作的触发作用。"感"是感于"物"，并非囿于日常逻辑的知性，否则，就不会有"摇荡性情，形诸舞咏"，它应是一种超越性的艺术发现。如杜甫的《登高》，诗人平生坎坷、羁旅怀乡、垂暮衰病的身世之悲，以及因战乱不息、时局动荡而滋生的家国之恨，扭结积聚为诗人的表现欲望和创作冲动。这种激烈的情感，一旦受到重阳节登高望远的现实情境的触发，就会迸发出火花，使诗人进入文学创作的过程。所以，审美发现的超越性体现在作者对对象超越现实的意义把握上，使之成为作者表达生活感悟和抒发审美情感的现实凭借物。

"艺术家的眼睛"还要求作者对现实生活有艺术敏感，善于发现和选取有价值的生活现象。艺术敏感是指作者对生活超乎寻常的艺术感受能力。感受是创作主体在充分体验生活对象的基础上所产生的思维活动。作者除了运用感觉器官外，还要运用思维进行分析、比较、综合，从而产生某种感触、体悟、情感、认识。文学创作的艺术敏感从根本上说是作者内心精神失衡状态的表现，也就是说，作者执着的理想生活追求和不满意的生活现实形成巨大的落差，导致心理时刻处于一种不平衡的状态之中。这种失衡的状态保证了作者澎湃的生活激情、近于苛责的生活态度和敏锐的艺术神经。

"艺术家的眼睛"还要求作者具有审美发现能力。审美发现能力就是在对生活现实的感知和艺术敏感的双重作用下，作者内心生发出独特艺术价值的能力。作者只有具备了这种能力，才可能把参悟到的生活意蕴、历史意义、存在价值、生命意识等与具象的生活现实有机地联结在一起。也就是，审美发现能力使得作者从习见的事物中独具慧眼地看出某种新成分或新特征，从别人熟视无睹的现象中察觉出非凡意蕴，从极平淡、极平凡的形式中发现不同的排列组合方式。审美发现能力的特征是启动的突发性。作者以独特的"眼"力，霎时间从常见的事物中"发现"不同。这种发现虽然还依附原来的事物，但它们是以一种异乎寻常的方式呈现的。可以说，作者"眼睛"发现的"新事物"瞬间置换取代了日常"旧事物"。法国作家加缪曾说："荒诞感可以在随便哪条街的拐弯处打在随便哪个人的脸上。"[1]"荒诞感"正是加缪体悟出的深层生命意识。艺术发现的这种特点常常被认为是一种无意识的灵感、直觉，被视为作者的"神思"。刘勰在《文心雕龙·神思》中说："文之思也，其神远矣。故寂然凝虑，思接千载；悄焉动容，视通万里；吟咏之间，吐纳珠玉之声；眉睫之前，卷舒风云之色；其思理之致乎？故思理为妙，神与物游。"作者的审美发现能力，一方面启动了作者的艺术创造，给予作者创造的欲求；另一方面，也因独特的审美触发使生活积累材料围绕"发现"的意象顿时鲜明、清晰起来。

审美发现从表面上看是被动的，但实质上是主动的，它是作者对日常生活现象深层意

---

[1] 加缪. 局外人 [M]. 郭宏安，译. 南京：译林出版社，1998：200.

蕴自觉、积极地开掘。正是因为这一点，诗人陶渊明才从"采菊东篱下，悠然见南山。山气日夕佳，飞鸟相与还"（《饮酒（其五）》）的平淡生活情景中，发现"此中有真意"（陶渊明《饮酒（其二）》）。因此，人们把作者的这种非凡的审美发现形象地称为"艺术家的眼睛"。

二、审美发现的特点

审美发现是文学创作发生的契机。没有审美发现，文学创作就无从发生。审美发现所发现的是文学创作的审美价值，不是外在的细节和形象，而是形象背后的"意"，它将被加工成"主题思想"，成为整个文学创作的核心和灵魂。因此，审美发现对整个文学创作都具有重要的作用。

审美发现作为主体与对象的精神沟通和精神对话活动，是作者心理劳动的成果，也是作者观察感悟能力的体现。作为一种独特的心理活动方式，审美发现大体有如下特点。

（一）客观触发性

这里所说的客观指具体的、历史的生活境遇，它构成了审美发现的"突破口"。马克思说："人作为对象性的、感性的存在物，是一个受动的存在物；因为它感到自己是受动的，所以是一个有激情的存在物。激情、热情是人强烈追求自己的对象的本质力量。"① 马克思的这段话论述人的受动性以及由此产生的对自身生命内容、生命价值的追求激情、热情。它的一个意思是人的意志、思想、情感等只能来源于"外物"，是受动的结果。所以，审美发现也只能从自然、社会和生活中触发。另一个意思是人的这种激情、热情追求以多种形式表现出来，构成人的对象性的、感性的存在物。文学创作就是其中之一。但是，文学本质决定着它并不能像非艺术形式那样对这种激情、热情追求进行赤裸裸的表现，必须穿上一件形象的外衣，而形象也只能源于客观生活。所以，审美发现是客观生活触发的产物。

另外，审美发现作为作者对生活的独特把握，外在的生活情景只是在某一点上契合了作者的生存感悟，使作者的生存感悟在受到生活某一点的触发时顿时鲜活、清晰起来。生活情景成为诱发作者追求激情、热情的现实凭借，追求的激情、热情也因之获得了表现对象和渠道。诗人张若虚正是受"春江花月夜"自然美景的触动和诱发而抒发出对宇宙永恒、人生苦短的感叹和离情别绪的惆怅的。

（二）心理把握性

审美发现作为作者心灵上的蓦然领悟，有着鲜明的主观性，是作者主动追求的结果。王阳明"天下无心外之物"的观点（参见王阳明《传习录》），正是说如果外物和人"同归于寂"，那么外物就毫无价值和意义可言，意义世界正是人心理把握的结果。这也就是马克思

---

① 马克思. 1844年经济学哲学手稿[M]//马克思, 恩格斯. 马克思恩格斯全集：第3卷. 北京：人民出版社, 2002: 326.

所说的人通过实践向人生成和自然向人生成的历史过程。文学也只有经过作者艰苦、复杂的创造性劳动，才能呈现出比现实存在更鲜明的人的生命存在意义和价值。优秀的文学作品的审美魅力，就是作者在更高层面上对现实生活心理把握的表征。《红楼梦》离不开曹雪芹对"满纸荒唐言，一把辛酸泪""字字都是血，十年辛苦不寻常"主观心理的把握。

审美发现的心理把握性还表现为作者审美发现的个体差异和变异。这种情况是由多种因素造成的，其中有必然因素，也有偶然因素，如作者的性格、爱好、趣味、理想、修养、阅历、心境等。如同是项羽的"乌江自刎"，李清照发现"生当作人杰，死亦为鬼雄。至今思项羽，不肯过江东"（《乌江》）；杜牧则是"胜败兵家事不期，包羞忍耻是男儿。江东子弟多才俊，卷土重来未可知"（《题乌江亭》）。

（三）独创性、超越性

人不仅是物质生命的存在，也是精神生命的存在。人既有物质生存的需要，也有以精神的方式来满足自身生命的需要。文学就是与人的心灵世界、精神生命紧密联系在一起，使人的情感得到寄托、精神需要获得满足、生命价值得以呈现的重要途径。文学创作的审美发现也表现在对这一重要途径的发现、确定上，也就是说找到、发现了满足人们情感寄托、精神需要、生命价值呈现的现实支点。这一支点体现为作者的创造性劳动。它之所以有艺术价值，也正在于它有独特的、不可取代的特征，其中表征了自我生命的存在，是人的本质力量的确证。于是，陶渊明在《饮酒》诗中找到了"菊花"，周敦颐在《爱莲说》中找到了"荷花"，艾略特在他的长诗《荒原》中找到了"荒原"。

审美发现的超越性，一方面体现为对空间现实的超越。人的本性是自由的，但在特定现实中，人的生命自由又总是相对的和有限的。只有在艺术中，人才体验到现实世界里无从实现的生命自由。正所谓"精骛八极，心游万仞"（陆机《文赋》）。在艺术中，人没有了直接的物质功利欲求，却洋溢着精神的自由、愉悦，情感得到充分的释放和满足。审美发现正是这种超越了现实层面的对生活本质和自我本质的发现。另一方面还体现为对时间现实的超越。审美发现总是指向未来的，即启示了人生发展的积极方向。它和生活理想紧密关联，是理想烛照之下对外物的把握。理想就是人通过想象在头脑中构造出来的完美的实体预设。它引领人们不断地觉悟并开拓新的生命境界，是人们一切活动向前、向上的动力因素。文学的审美发现作为作者的自由、自觉的活动同作者的审美理想密切相关。

（四）直接感受性

审美发现不可能脱离具体对象的感性特征，而从苦思冥想中产生，它是作者在直接感受对象的面貌、外形、动作、色彩、线条等过程中完成的，是对象的某一外在特征触发了作者的艺术敏感，使之心灵蓦然领悟的结果。杜勃罗留波夫说过："一个有'艺术家气质'的人，当他在周围的现实世界中，看到了某一事物底最初事实时，他就会发生强烈的感动。他虽然还没有能够在理论上解释这种事实的思考能力；可是他却看见了，这里有一种值得注意的特别的东西，他就热心而好奇地注视着这个事实，把它摄取到自己的心灵中来……"① 就是说审美发现并不依赖复杂的逻辑或智力操作。"物所以呈现于心者是它的形象本身，而不是与它有关系的事项，如实质、成因、效用、价值等等意义。"②

审美发现的直接感受性特征还表现为突发性和穿透性，即审美发现的到来是不可预知的。同时，审美发现又不依赖论证及完整的逻辑推理、判断，就能直接认识、了解对象的特征，并"莫须有"地赋予它某种意义。英国女作家伍尔夫的小说《墙上的斑点》就是从"第一次"看见客厅墙上的斑点，突然萌生出的思绪开始的。③

第三节 文学创作的艺术构思

文学创作的艺术构思过程是文学创作中最重要、最紧张、最艰苦的心理活动阶段。这一阶段是作者调动各种心理机能苦思冥想、反复琢磨、仔细推敲的过程。其中既有作者的认知、分析、比较、综合、概括、判断、推理等理性思维，也有作者感知、把握、体验、移情、想象、变形、提炼、定格等的感性酝酿。难怪陆机感叹："余每观才士之所作，窃有以得其用心。夫其放言遣词，良多变矣。妍蚩好恶，可得而言。每自属文，尤见其情。恒患意不称物，文不逮意。盖非知之难，能之难也。"（陆机《文赋》）既然艺术构思"能之难也"，做起来太难了，我们不妨先"知之"，大致了解一下。

一、艺术构思的含义

所谓艺术构思，就是作者运用各种心智机能，在头脑中创设未来作品整体形态的心理过程，是作者在孕育艺术形象时所进行的创造性思维活动。艺术构思是文学创作的核心环节，它主要包括确定创作意图、创设意象序列、酝酿情节等。

文学创作的艺术审美往往是局部意义的审美，这种意义要构成一个完整的作品，还需要作者深入开掘和推敲，因为文学作品必须保证是一个意义的整体。诚如格式塔心理学派所强调的，整体意义大于各部分意义之和。人们评价诗人李贺的创作缺点是"有名句没名篇"。作者要想创作出优秀的文学作品，就要超越艺术审美，摆脱艺术审美带来的感情冲动，对对象进行深入的二度感悟和深沉思索，以确定值不值得写，有多大的艺术价值，在预测未来作品艺术表现效果的基础上，最后确立创作意图。创作意图一经确立，就成为整

---

① 杜勃罗留波夫. 黑暗的王国[M]//杜勃罗留波夫. 杜勃罗留波夫选集：第1卷. 辛未艾，译. 上海：上海译文出版社，1954：164.
② 朱光潜. 朱光潜美学文集：第1卷[M]. 上海：上海文艺出版社，1982：13.
③ 伍厚恺. 弗吉尼亚·伍尔夫：存在的瞬间[M]. 成都：四川人民出版社，1999：140.

个文学艺术构思的总纲,一切的构思活动都要围绕它来展开。当然,创作意图也并不是僵死不变的,它也在活动中不断地得到修正或中途出现转换,但它毕竟是创作活动的一条准绳,统领着整个文学创作的开展。王夫之在《夕堂永日绪论·内编》中说:"无论诗歌与长行文字,俱以意为主。意犹帅也,无帅之兵,谓之乌合。……烟云泉石,花鸟苔林,金铺锦帐,寓意则灵。"这段话明确地告诉我们,文学形象之所以高于生活形象,不是"乌合之众",意义的"碎片",正是因为"意"的统帅,是"意"给了形象"灵魂"。美国作家奥尼尔也表达过相似的看法,他说:"今天的剧作家一定要深挖他所感到的今天社会的病根——旧的上帝的灭亡以及科学和物质主义的失败……以便从中发现生命的意义,并用以安慰处于恐惧和灭亡之中的人类。在我看来,今天凡是想干大事的人,一定要把这个大题目摆在他的剧本或小说中许许多多小题目的背后,不然的话,他只不过是在事物的表面上乱画一通,他们的地位不会比客厅里说笑话的人好多少。"[①]

创设意象序列是艺术构思的重心,因为创作意图的"意"是通过感性特征的"象"来表现的。创设意象序列是一个"工程",作者要处理好作品中情、人、物之间的关系,也就是在"意"的基础上创设成序列的情、人、物。首先,创设"情的序列"。文学创作意图主要落实在情上,情在构思中有主、次之分。如《西厢记》要表现的是人对自由、幸福的追求与社会现实秩序之间的矛盾和冲突。于是,作者把张生和崔莺莺的爱情追求设置为主线,表现这种"情"在特定社会道德、伦理等秩序中的追求、反叛、挣扎、冲突。而其他的友情、亲情等只不过作为点缀、陪衬存在其中。其次,创设"人的序列"。情是以人为依托的,能够体现"主情"的,作者就会把他作为核心人物突出出来。在构思中,作者要再三斟酌的是人物的性格、身份、家境、社会关系等一系列问题(即使是抒情性作品也有一个抒情主人公存在)。金圣叹认为《西厢记》只写了三个人,而其余人物"俱不曾着一笔半笔写,俱是写三人时所忽然应用之家伙耳"(参见金圣叹评《西厢记》)。就是说人物在构思中并非具有同等地位,作者的创作意图是通过核心人物来表现的,其他人物只是描写、塑造核心人物的手段和工具。最后,创设"物的序列"。"物"是以时间、空间来体现的,时空是人物活动并展示其情感的舞台和背景,人物在什么时空中才能充分、淋漓地表现情感,也是作者艺术构思中需要考虑的问题。法国作家萨特在创作中强调"境遇",正是出于这一点。《西厢记》把时空设置在普救寺,张生赶考的路上,这正是契合人物活动、情感表现的理想时空舞台。

情节是联结情、人、物的枢纽。作者所创设的不仅是一个意义的整体,也是一个虚拟的生活整体。后者是通过情节来实现的,情节所体现的是构思的合情合理性。构思中的各种性格的人物为什么走到一起,为什么生发出特定的情感,作者都要做出合情合理的解释,这种解释就是构思的情节。作者有时为了追求某种艺术效果,达到某种艺术目的,常常需要创设某种几乎不可能的偶然和巧合来实现自己的意图,因此也就有了无巧不成书的说法。如《西厢记》中张生和崔莺莺地位悬殊、毫无瓜葛,在生活中几乎是不可能见面的,作者

[①] 奥尼尔.《毛猿》序[M]//袁可嘉,董衡巽,郑克鲁.外国现代派作品选:第1册:下.荒芜,译.上海:上海文艺出版社,1980:691.

通过一系列充满巧合的情节创设，顺理成章地让他们一见钟情，并通过他们传奇式的恋爱，充分展现了他们的反叛精神。

艺术构思还需要思考未来作品的组织结构、叙述方式、艺术形式等问题。

二、艺术构思的特点

文学创作的艺术构思是一种极为复杂的精神现象，其中包含着多种心理机制。刘勰在《文心雕龙·神思》中首先列举了许多作者的创作事例，然后归纳说："人之禀才，迟速异分，文之制体，大小殊功。"他认为作者运思行文，或迟或速，一方面是基于作者的才能、禀赋和构思方式，另一方面也取决于作品的大小规模和题材特点，对这些复杂的情况不可妄分高下。就是说，作者的艺术构思要受到多种因素的影响和制约，有来自自身的禀赋、修养、才识、能力的制约，也有来自创造对象的规模、题材、体裁、语言等的要求，还有来自生活对象的形态、性质、成因、价值等的影响，以及来自文学活动本身的审美、情感、形象的内在规定性制约。因此，文学创作的思维是一种极其复杂的心理活动，难怪古人把它称为"神思"。概括起来，艺术构思有如下特点：

（一）拟容取心

刘勰在《文心雕龙·比兴》中提出"拟容取心"的构思方式。"容"是指事物的表象，即个别的、具体的、完整的感性形态；"心"是指事物的本质，是一般的、普遍的理性内容。所谓"拟容取心"，就是作者通过对生活形象的概括、综合、变形等艺术构思方法，创造出既具有个别性又具有一般性，既具体可感又具有普遍性的艺术形象。就是说，艺术构思的思维特征是使其所拟之"容"能显示其"心"，使其创造的具体可感的形象包含着生活的本质意义，从而达到理性和感性的高度统一。作家刘白羽说："对一个创作者来说，是生活中种种具体的动人形象，打动你，给你带来思想、认识。你通过复杂的生活形象，才提炼出你的一点理解、一种思想、一分诗意，这是作品的灵魂；但同时理解、思想、诗意也只有得到最能恰如其分地表达它们的典型的形象、细节，才能取得反映生活的艺术形象的鲜明光彩。值得注意的是两者常常是结合着同时出现在一个作者的心灵中的。"[①]

"拟容取心"的构思方式要求文学创作通过对具体的、个别的文学形象塑造，能够反映具有普遍意义的道理，即通过个别揭示一般的价值。例如，沙俄时代流传着这么一个逸闻，一个小官吏喜欢打鸟，攒钱买了一支猎枪，后来猎枪不慎丢失，他从此竟大病不起，后来他的同僚们凑钱又给他买了一支猎枪，他的病才慢慢好了。这是一个具体的、个别的生活中的逸闻，当时很多人听了这个故事都一笑了之。但果戈理听了这个小官吏的故事后，却从中发现了不同寻常的社会意义。后来，果戈理以这个故事为基础创作了著名的短篇小说《外套》。《外套》塑造了一个地位卑下的小公务员是怎样在反动官僚制度的沉重压力下生活着、挣扎着，以至死亡的过程。果戈理通过普通小人物的命运遭遇，揭示了在沙俄时代小

---

① 刘白羽. 再论报告文学［M］// 刘白羽. 刘白羽文集：第5册. 北京：华艺出版社，1995：121.

人物悲剧的社会根源，揭示了当时的社会本质内涵。

要做到艺术构思中的"拟容取心"，作者就必须加强自我修养，丰富自己的历史文化知识，提高自己的思想水平，培养自己的敏锐的观察力和思考力，提高自身对生活的洞察力，才能发现和提升文学形象的社会本质意义。

（二）神与物游

刘勰在《文学雕龙·神思》中提出"神与物游"。在这里，"神"是指作者的想象；"物"是指事物的形象。"神与物游"是指作者的想象力依托艺术形象的创造得到自由的发挥。艺术构思需要想象是因为文学创作本质上是一种虚构，是作者按照思想意图和美学理想创设的生活图景。没有想象，文学作品中的人物、情节、意境等就不可能被创造出来。黑格尔讲：文学的内容是"由丰富想象所造成的全部观念（思想）领域"，因此，"精神性的媒介代替了感性的媒介，成了诗的表现所用的材料，其作用就像大理石、青铜、颜色和音调在其它艺术里一样"①。就是说，正因为有作者丰富的想象，有感性的媒介——形象被心灵化，文学作品才成为一个意义的整体。艺术构思离不开想象，还因为作者需要设身处地地体验表现对象。高尔基说：文学家"他虽慷慨，却必须想象自己是个吝啬鬼；他虽毫无私心，却必须觉得自己是个贪婪的守财奴；他虽意志薄弱，但却必须令人信服地描写出一个意志坚强的人"②。这种对描写对象感同身受的感觉，也是靠想象去寻找、去捕捉的。

"神与物游"告诉我们，在文学创作的艺术构思过程中，想象具有重要意义。一个人在生活中应该积累了大量的表象记忆和情绪记忆，在构思过程中会凭借这些记忆中的材料进行加工，从而产生一种新的形象。也就是说人们将过去经验中已形成的一些表象记忆进行新的组合。它是人类特有的对客观世界的一种反映形式，能突破时间和空间的束缚，达到"神与物游""思接千载""神通万里"的构思效果。

老舍：文学的想象

想象通常分为无意想象和有意想象。无意想象是一种没有预定目标的想象，有意想象是一种有预定目标的想象。文学创作中的想象是一种有意想象，是为了某一创作目的进行艺术构思的想象，通常包括再造想象、创造想象和幻想。再造想象是指依据记忆中的某一表象，为了某一创作目的再造新形象的构思过程，也叫作原生表象的再造，这种再造可以使形象更加具体、生动。创造想象是指为了某一创作目的，将记忆中的表象通过整合组成新形象的过程。幻想是创造想象的一种特殊形式，是指在艺术构思过程中虚构或想象出一种全新的表象。

祥林嫂人物形象的组合

鲁迅在《我怎么做起小说来》一文中说："人物的模特儿也一样，没有专用过一个人，往往嘴在浙江，脸在北京，衣服在山西，是一个拼凑起来的脚色。"③鲁迅笔下的孔乙己就是作家根据自己记忆中的各种知识分子形象，通过整合后想象出的一种新形象。在鲁迅的记忆中，绍兴城里有一个叫"亦然先生"的知识分子，因为家贫，靠在街上卖烧饼为生，但又不愿意脱下作为知识分子标志的"长衫"，又因怕丢脸不敢大声叫卖，只能跟在其他卖

---

① 黑格尔. 美学：第3卷：下［M］. 朱光潜，译. 上海：商务印书馆，1979：9.
② 高尔基. 论文学［M］. 孟昌，曹葆华，戈宝权，译. 北京：人民文学出版社，1978：317.
③ 鲁迅. 我怎么做起小说来［M］//鲁迅. 鲁迅全集：第4卷. 北京：人民文学出版社，2005：527.

烧饼者后面，人家叫卖一声，他也跟着喊一声"亦然"，"亦然先生"由此而来。卖完烧饼后，"亦然先生"喜欢踱到咸亨酒店要一碗酒、一碟茴香豆，有滋有味地慢慢品尝，孩子们看见了，纷纷来讨要茴香豆吃，直到茴香豆剩下不多的时候，"亦然先生"才会说"多乎哉，不多也……"此外，绍兴城里的孟夫子、四七先生等许多知识分子被鲁迅整合进了孔乙己这个新形象中。可见，想象在艺术构思中具有很重要的意义。

（三）为情造文

文学的艺术构思就是一个情感化的活动。刘勰在《文心雕龙·情采》中提出"为情造文"。"为情造文"就是说情感在整个活动中具有不可替代的作用。李贽在《焚书》中说："且夫世之真能文者，比其初皆非有意于文也。其胸中有如许无状可怪之事，其喉间有如许欲吐而不敢吐之物，其口头又时时有许多欲语而莫可所以告语之处，蓄极积久，势不能遏。一旦见景生情，触目兴叹；夺他人之酒杯，浇自己之垒块；诉心中之不平，感数奇于千载。"由此可以看出，文学艺术构思的内在驱动力是情感，是由具体事物、具体境遇、具体对象触发而引起的情感冲动。另外，情感活动贯穿艺术构思的整个过程，艺术构思被打上作者鲜明的主观心理印记，蕴含着作者的深厚感情。陆机在《文赋》中说："遵四时以叹逝，瞻万物而思纷；悲落叶于劲秋，喜柔条于芳春。……慨投篇而援笔，聊宣之乎斯文。"就是说，诗人的叹、思、悲、喜既是"投篇""援笔"的动力，也是"宣之""斯文"的过程和内容。另外，艺术构思的结果是作者情感把握和评价的产物。艺术构思所创造的艺术形象，无不浸染着作者的强烈情感。抒情性作品"一切景语皆情语也"（王国维《人间词话》）是这样，叙事性作品也是这样，曹禺在《雷雨》序中谈《雷雨》创作时说："隐隐仿佛有一种情感的汹涌的流来推动我，我在发泄着被压抑的愤懑，抨击着中国的家庭和社会。"①

"为情造文"是要告诉我们在文学创作的艺术构思过程中情感的重要作用。刘勰说"昔诗人什篇，为情而造文；辞人赋颂，为文而造情"，认为情与文是互相依存的，如果无文则情不能表现，无情则文无所附丽。以情为主，作者须有真实饱满的思想感情，作品才能文辞精炼，真实动人，达到真与美的统一。

情感在艺术构思过程中主要有三个作用：一是作者在艺术构思前期的审美发现就是一种以情观物的活动；二是情感是文学表现的主要对象；三是情感与形象融为一体，情感附着于形象上，形象寄托着情感。

"为情造文"主要指通过抒情话语的修辞方式来传达情感。抒情话语的修辞方式有很多，能很好地传达情感，在"为情造文"的构思中取得含蓄、曲折、委婉等"不着一字，尽得风流"的情感表达效果。

汉语常用修辞方式

三、艺术构思的心理机制

文学创作的艺术构思是一个极其复杂的心理活动过程。其间，作者调动各种心理机能，

---

① 曹禺.《雷雨》序［M］//曹禺.雷雨.北京：中国戏剧出版社，1959：1.

通过各种艺术构思方式，孕育、创设中心意念和形象序列。其中既有理性认识，也有感性把握。艺术构思从本质上说是一种思维过程，但它又不同于一般的思维过程，而是交织着各种复杂的心理机能的思维过程。从艺术生产的角度讲，作者是这一活动中的唯一生产者，因此，艺术构思就带有明显的个性化特征，不同的作者在艺术构思中所表现出来的思维方式、特点也会有所不同。艺术构思作为一般性的文学创作过程，其心理机制可以概括为以下两点。

（一）理智和情感的统一

理智是指作者有意识的、理性的思维。情感是指作者对外在事物或现象的态度、评价及其体验。两者从心理功能上看是对立的，但在文学构思中，两者缺一不可，相互影响，相互作用。优秀的作品就是两者达到平衡、统一的结果。从作用上说，情感作为艺术构思的动力因素，驱动着作者主动、自觉地感知、体验对象，并在头脑中运用想象、联想等心理机能对对象进行加工、改造、变形、修饰，使之成为作者情感化的创造物。在情感的主导之下，作者竭其心力，"寂然凝虑，思接千载；悄然动容，视通万里"（刘勰《文心雕龙·神思》）。在想象和联想的心理作用下，作者的思绪天马行空，所联结的事物越来越多，相隔越来越远，事物也会变幻多端，无所不能，无所不有。这种心理机制就为作者提供了广阔的创造空间和自由。所谓的艺术思维，其核心就是指依赖这种创造性想象所进行的思维，正所谓"神用象通，情变所孕"（刘勰《文心雕龙·神思》）。如果说情感为文学创作提供了"怎么做"，那么，理智则时时提醒作者"做什么"，是约束、规范作者文学情感的嚼勒。对于文学创作而言，它们都不可缺少。理智在艺术构思中以特殊形式发挥着宏观掌控整个过程的作用，分析素材、确立主题、组织情节、结构人物关系、预测读者反应等都离不开理智思考。理智主导之下的心理机能，如回忆、沉思、综合、概括、判断等在艺术构思中也具有不可取代的作用。作家老舍在谈《骆驼祥子》的创作时说："虽然每天落在纸上的不过是一二千字，可是我放下笔的时候，心中并没有休息，依然是在思索；思索的时候长，笔尖上便能够滴出血与泪来。"① 总之，文学创作的艺术构思是理智和情感共同作用的思维过程。

（二）意识与无意识的统一

意识是指作者以自觉的意识选择、加工和运用材料，调动各种艺术手段表达思想感情，创作出理想的文学作品的心理活动。无意识是指作者以直觉的方式从事艺术创作而并不以自觉的方式进行。文学创作的艺术构思是人的有意识的行为，或者说，是在人的意识主导之下的行为，这应该是毫无疑问的。列夫·托尔斯泰说："艺术就是这样的一项人类活动：一个人用某种外在的标志有意识地把自己体验过的感情传达给别人，而别人为这些感情所感染，也体验到这些感情。"② 意识的积极活动同时也带动、引导人的无意识的活动。"无

张晶、刘璇：《中西诗学中的"感兴"与"灵感"》（节选）

---

① 老舍. 我怎样写《骆驼祥子》[M] // 山东师范学院中文系文艺理论教研室. 中国现代作家谈创作经验：上. 济南：山东人民出版社，1980：172.
② 托尔斯泰. 艺术论 [M]. 丰陈宝，译. 北京：人民文学出版社，1958：47-48.

意识"是精神分析学中的重要概念，指的是心理结构中主体不能意识到的最底层的心理活动。艺术创作也要受其支配，无意识对创作的各个环节发挥着作用。无意识的形成并不是先验的，其中积淀了人在现实生活中的经验、意识内容。无意识在艺术构思中的典型形态是艺术灵感和艺术直觉。所谓艺术灵感，就是在创造性思维活动中认识发生飞跃的心理现象。歌德描述灵感道："事先毫无印象或预感，诗意突如其来，我感到一种压力，仿佛非马上把它写出来不可，这种压力就像一种本能的梦境的冲动。在这种梦行症的状态中，我往往面前斜放着一张稿纸而没有注意到，等我注意到时，上面已经写满了字，没有空白可以再写什么了。"① 所谓艺术直觉，就是一种超越理性逻辑思维而直接揭示事物本质的心理现象。屠格涅夫创造的"多余的人"的形象就源于一次在火车上偶然遇见一位青年医生的直觉，他说："这个性格给我的印象很强烈，同时却不太清楚；起初连我自己也不能透彻地了解它，于是我就聚精会神地倾听和观察我周围的一切，仿佛要检查自己的感觉是否真实似的。"② 由于艺术灵感和艺术直觉都来自人的无意识，所以，它们除具有神奇的独创性作用外，也都具有突发性、不稳固性和不可预期性，正如苏轼在他的《腊日游孤山访惠勒惠思二僧》诗中所说："作诗火急追亡逋，清景一失后难摹。"

【学习活动】

细读小学《语文》教材中的课文屠格涅夫的《麻雀》（四年级上册），仔细体会作者是怎么去观察的，按照什么顺序去写的，在构思过程中又是怎么提炼主题的。

第四节 文学创作的审美表达

文学创作的审美表达就是作者用语言文字把艺术构思的结果充分表达出来，使其成为物态化的作品形式。它是文学创作过程的最后完成阶段。

这一阶段，从主体方面讲，就是作者对自己构思中的意象进一步修正、深化、加工，使之更加明朗化、确定化、完善化并赋予它物质显现的现实创作实践活动。它并非对艺术构思的消极、被动的记录，而是对艺术构思的能动的发展，其能动性主要表现在艺术技巧的运用上。所谓艺术技巧，是指作者将艺术构思的内容恰当、充分、明确、自如地表现出来的能力和方法。其中，"恰当"是指审美表达的真实、准确和适度，"充分"是指审美表达的丰富、深刻和淋漓尽致，"明确"是指审美表达的清晰、明朗和具体，"自如"是指审

钟名诚、徐琼：《黄蓓佳儿童小说的叙事策略》

---

① 爱克曼. 歌德谈话录 [M]. 朱光潜, 译. 武汉：长江文艺出版社, 2020：192.
② 屠格涅夫. 关于《父与子》[M] // 山东师范学院中文系文艺理论教研室. 外国作家谈创作经验：上. 济南：山东人民出版社, 1980：345.

美表达的自然、自由和娴熟。艺术技巧的具体运用非常复杂，单就叙述方式而言，刘熙载在《艺概·文概》里说："叙事有特叙，有类叙，有正叙，有带叙，有借叙，有详叙，有约叙，有顺叙，有倒叙，有连叙，有截叙，有豫叙，有补叙，有跨叙，有插叙，有原叙，有推叙，种种不同……"由此可见，审美表达从某种意义上讲是比艺术构思还艰难的操作过程，这是因为艺术构思所形成的是虚幻的心象，而艺术表达则要落实为可感的物象。巴尔扎克说："谁不能叼着一支雪茄，在公园散步的同时，弄出七八个悲剧出来呢？……在自己那个供想象的后院里，谁没有一些最最精彩的题材呢？不过在这种初步的工作和作品的完成之间，却存在着无止境的劳动和重重障碍，只有少数有真才实学的人，方能克服它们……构思一部作品是很容易的，但是把它写出来却很难。"①

审美表达从活动对象上说，是文学创作成果——文学形象现实的呈现过程。文学形象是指作者在文学作品中塑造的蕴含着作者思想感情、审美倾向的艺术形象，它可以是人物、动物、景物，也可以是象征性的符号，具有生动的外在形象和鲜明的个性特征。在创作中，文学形象的塑造是核心任务，作者所追求的是自己的创作意图和文学形象能够达到完美的统一。但是，由于不同作者的创作精神和倾向有差别，表现方法不同，形成的文学形象形态也会不同。另外，文学是语言艺术，是人类的特殊语言活动。语言作为人们交流、沟通的主要工具，主要有三个功能：一是描述外在事物（叙事），二是表达感情（抒情），三是阐明观点（议论）。作者艺术地运用语言，也体现在对语言的不同功能的强调上。下面就审美表达所形成的理想形象形态简单进行概括。

一、叙事性文学典型的塑造

叙事性作品是文学的一种类型，用叙事人的口吻写人、叙事、写景、状物等。叙事文学的审美表达突出的特点就是叙述性，叙事人通过叙述把场景、故事、人物、景物等贯穿起来，按照一定的线索叙述清楚，让读者对故事有一个全面的了解，对人物有一个完整的认识。所以，讲故事是一切叙事文学审美表达的共同特征。

文学叙事和生活叙事是不同的两种叙事表达。文学叙事是用话语虚构社会生活事件的过程，生活叙事主要是讲述一个生活中的真实故事的过程。

叙事文学的基本成分是故事，所以叙事文学审美表达的主要内容也就是故事的叙述，包括故事的事件、情节、人物、场景等，其中人物形象是叙事文学审美表达的核心内容。在叙事文学中，人物形象有很多种，按照典型与否划分，就有一般的人物形象塑造和典型的人物形象塑造。下面我们就针对典型人物形象的塑造来谈谈其审美表达的特征。

所谓文学典型，就是叙事文学中以鲜明突出的个性特征揭示、概括社会生活本质或表现人生理想的富于魅力的人物形象。文学典型是叙事性文学形象的高级形态，它的内涵是个别性和一般性的统一、独特性和丰富性的统一、具体性和深刻性的统一。

---

① 巴尔扎克.《古物陈列室》、《钢巴拉》初版序言［M］// 王秋荣. 巴尔扎克论文学. 北京：中国社会科学出版社，1986：144.

在叙事性文学创作中，作者塑造的人物形象是多种多样的，但并非所有人物形象都可以被称为文学典型，只有充分具备了"三个统一"的人物形象，才称得上文学典型。文学典型是作者艺术创造性劳动的结晶。别林斯基说："在典型里，是两个极端——普遍与特殊——的有机融合的成功。"① 文学典型的个别性、独特性、具体性是指形象的独一无二特征的感性存在。就人物形象来说，是"人有其性情，人有其气质，人有其形状，人有其声口"（金圣叹《第五才子书序》），这是由于作者赋予每一个人物形象具体的生活条件、经历、教养乃至于生理、心理素质等的不同，形成了其与众不同的思想感情、兴趣爱好、生活习惯、心理特征、语言行动、思考方式，再加上外貌、体态、风度等，这一切内在的和外在的特点综合起来，构成人物形象活生生的完整的独特个性特征。王朝闻在《论凤姐》中比较同是"一般黑"的王熙凤和薛宝钗说："一个偏重于给自己在'树倒猢狲散'的未来留一地步；一个偏重于改良那进的少出的多的现状。对待个人的社会地位，一个是力图避免跌落下来；一个是力图升了上去。论作风，一个近似'人来疯'，处处争风头；一个避免到处引人注目，让人家摸不透自己的底儿。论文化程度，宝钗能诗，懂画，有一套艺术知识；而凤姐，却只识得斗大的几个字，说起笑话来也'不过一概是世俗取笑'。"② 她们的差异，就是她们各自的独特个性特征的鲜明表现。文学典型的独特个性特征，使其成为独特的"这一个"，但与此同时，这个"独特个性"又与"一般性"相联系，是作者对一般生活进行艺术概括的结果，体现了生活的本质和规律。卢卡契说："每一种伟大艺术，它的目标都是要提供一幅现实的画像，在那里现象与本质、个别与规律、直接性与概念等的对立消除了，以致两者在艺术作品的直接印象中融合成一个自发的统一体，对接受者来说是一个不可分割的整体。"③ 阿Q的"精神胜利法"既是他的不可取代的独特个性特征，同时又具有极强的概括性，成为旧中国病态社会的特征。黑格尔说："真正的自由的个性，如理想所要求的，却不仅要显现为普遍性，而且还要显现为具体的特殊性，显现为原来各自独立的这两方面的完整的调解和互相渗透，这就形成完整的性格。"④ 所以，文学典型除能够揭示生活本质外，还应是一个"圆形人物"，即生动、完满的人物。这种"完满"既指向丰富多彩的性格呈现，又指向丰富多彩的情感、意愿、理想等"灵魂的深度"。如《骆驼祥子》中的祥子形象，他健壮、木讷、勤快、朴实，还有狭隘、保守、执拗、谨小慎微，以及后来油滑、无赖等，无论从外形面貌、生活习惯、言行举止方面，还是从心理状态、精神气质等方面，都体现了他独特的个性特征，这些特征都是通过一系列丰富的、具体的情节展现出来的。祥子的"有自己的车"的生活追求，正体现了他的自由、独立、温饱的生活意愿，他也为此付出了自己一生的努力。但祥子的悲剧并不是单纯的个人悲剧，而是具有普遍意义的社会悲剧。"坏嘎嘎是好人削成的"（《骆驼祥子》第十四节），"人把自己从野兽中提拔出，可是到现在人还把自己的同类驱逐到野兽里去"（《骆驼祥子》第二十三节），小说中

---

① 别林斯基. 别林斯基论文学［M］. 梁真，译. 上海：新文艺出版社，1958：128.
② 王朝闻. 论凤姐：上卷［M］. 成都：百花文艺出版社，1984：96.
③ 卢卡契. 艺术与客观真实［M］//中国艺术研究院外国文艺研究所《马克思主义文艺理论研究》编辑部. 马克思主义文艺理论研究：第2卷. 北京：文化艺术出版社，1984：429.
④ 黑格尔. 美学：第1卷［M］. 朱光潜，译. 北京：商务印书馆，1979：301.

的这些语句就是从深广的社会原因上强调悲剧的不可避免性和必然性，从而给人穿透心灵的震惊和通向现实的反思。另外，从祥子心灵深处所透露出来的孤独感、无助感和软弱感，也正契合了人对自我生存的感悟。

典型人物的塑造离不开典型环境的创设，两者互为表里，相互依存。典型人物是在典型环境中产生的，并影响、作用于环境。所谓典型环境，就是"环绕着这些人物并促使他们行动的环境"①。典型环境充分地体现了现实关系中人物真实的生活环境，它既包括以具体独特的个别性反映出特定历史时期社会现实关系总情势的大环境，又包括由这种历史环境形成的个人生活的具体环境。

二、抒情性文学意境的创造

文学意境是从我国抒情文学创作传统中锤炼出来的审美范畴，是我国古典文论独创的一个概念，也是我国抒情文学理论高度发达的产物。

所谓文学意境，是指作者在文学创作中，通过艺术想象，将其主观情思、审美理想等蕴于审美意象的营构中，呈现出的一种情景交融、虚实相生的艺术境界。它同文学典型一样，也是文学形象的高级形态之一。王国维说："词以境界为最上。有境界则自成高格，自有名句。"（王国维《人间词话》）

一般认为，文学有两个基本元素：一为情，一为景。文学的意境创造就是把情、景结合起来，以客观景物作为主观情思的寄托，造成一种情景交融、和谐统一的艺术境界。意境创造的最终目的是表达主体的审美情感，意境创造中的景物，是诗人所选择的情感的理想载体。王夫之在《姜斋诗话》中说："含情而能达，会景而生心，体物而得神，则自有灵通之句，参化工之妙。若但于句求巧，则性情先为外荡，生意索然矣。"又说："情景名为二，而实不可离。神于诗者，妙合无垠。"诗人正是以情感为主导创造情景交融的文学意境的。

梅尧臣说："必能状难写之景，如在目前，含不尽之意，见于言外，然后为至矣。"（转引自欧阳修《六一诗话》）这里正说明了文学意境的虚与实，"如在目前"的是实景，"见于言外"的是虚境，虚与实的结合升华为一种含蓄蕴藉的艺术佳境。文学意境的创造，必须是在对具体实景进行生动描写的同时，超越具体物象，开拓出一个诱发想象和联想，具有深广意味的审美"言外"空间。虚境是实景的升华，它体现着实景创造的意向和目的，体现着整个意境创造的审美内涵。"境生象外"是一个相当高的审美要求，并非一般抒情作品所能达到的。

叶燮说："诗之至处，妙在含蓄无垠，思致微渺，其寄托在可言不可言之间，其指归在可解不可解之会，言在此而意在彼，泯端倪而离形象，绝议论而穷思维，引人于冥漠恍惚之境，所以为至也。"（叶燮《原诗》）这段话说明文学意境的深层意蕴并不直接表现在表层

---

① 恩格斯. 恩格斯致玛格丽特·哈克奈斯[M]//马克思,恩格斯. 马克思恩格斯选集：第4卷. 北京：人民出版社，2012：590.

实景本身上，而是存在于象与象之间构成的艺术空间之中，借助比喻、象征、暗示等，委婉道出，使人产生联想、想象、体悟，通过咀嚼、玩味、沉思，领悟到其中的情、理、意、韵、趣、味等审美因素。文学意境不仅具有韵味，而且还具有令人咀嚼不尽的"味外之味""韵外之韵"。这几乎成为诗词创作刻意的美学追求。

所以，文学意境的审美特征就是：情景交融，虚实相生，韵味无穷。

文学意境是景和情融合的结晶，那么，景和情融合的创造方法，就成为文学意境创造的关键，也就是创造意境的方法。创造意境归纳起来有以下几种方法：

（一）景中藏情

景中藏情即感情含而不露地蕴于景中，能收到情由景出、情景交融的审美效果。如李白的《黄鹤楼送孟浩然之广陵》：

> 故人西辞黄鹤楼，烟花三月下扬州。
> 孤帆远影碧空尽，唯见长江天际流。

友人登船而去，诗人依依不舍，目送孤舟远去，消失在天水之间，但见长江浩荡，水天一色。该诗不言情感，但离别之情，怅然之意，尽在其中。

（二）化情为景

化情为景即情感无形，诗人化无形为有形，赋予情感以具体的图景，创造出可以感官接受的审美形象。如柳宗元的《江雪》：

> 千山鸟飞绝，万径人踪灭。
> 孤舟蓑笠翁，独钓寒江雪。

诗人将满怀孤独寂寞之感、坚毅不屈之情化作一幅寒江独钓图，真切含蓄地表现了出来。

（三）借景寄托

借景寄托就是借景物原有的人文象征意义来婉转地表达情怀。如李商隐的《夜雨寄北》：

> 君问归期未有期，巴山夜雨涨秋池。
> 何当共剪西窗烛，却话巴山夜雨时。

诗人抓住"巴山夜雨"的特征借景抒情：秋雨之绵绵不断，犹如诗人因归期未卜而起的愁思绵绵不尽；秋雨淅淅沥沥，水涨满了池塘，又如同诗人心中的仕途辛酸、羁旅劳苦、思乡怀内等诸般愁绪纷纷扬扬、渐滋渐长，以至充溢胸腔。

（四）缘情写景

缘情写景就是诗人把内心的情感移注于特定的景物之中。如陆游的《沈园（其一）》：

> 城上斜阳画角哀,沈园非复旧池台。
> 伤心桥下春波绿,曾是惊鸿照影来。

诗人回忆起当年与唐琬被迫离异后在沈园偶然相逢之事,现在物是人非,感伤之情不能自已,就连看到的景物也染上了浓浓的情感,斜阳黯淡,画角哀鸣,池台非旧,小桥伤心,春波空绿。婉转缠绵的悲伤之情溢满笔端。

【学习活动】

对比学习小学《语文》教材中的《落花生》《珍珠鸟》两篇散文(五年级上册),从审美表达角度分小组讨论它们的创作特色。

思考与练习

一、名词解释

1. 艺术真实 2. 审美发现 3. 艺术构思
4. 审美表达 5. 文学典型 6. 文学意境

二、简述

1. 文学创作的基本原则。

2. 审美发现的特点。

3. 艺术构思的特点。

4. 叙事文学创作的艺术形象。

5. 抒情文学创作的艺术世界。

三、实践拓展

1. 写一篇文学作品,体味创作过程中审美发现、艺术构思和审美表达的奥妙,对照本章讲的理论,形成相应的心得文章,与同学分享。

2. 著名作家、茅盾文学奖获得者毕飞宇在《〈玉米〉后记》中说:"一九九九年,我写完了《青衣》,在随后的十多个月里头,我几乎没有动笔。我一直在等待一个人。这个人是谁呢?我不知道。这句话听上去似乎有些可疑,但是,我的等待是真实而漫长的。一个有风有雨的下午,我一个人枯坐在客厅里的沙发上,百般无聊中,我打开了电视,电视机里正在唱:如果你想身体好,就要多吃老玉米。奇迹就在歌声中发生了,我苦苦等待的那个人突然出现了,她是一个年轻的女子,她的名字叫玉米。"请谈谈毕飞宇的这则创作故事说明了什么文学现象,并分析文学创作艺术构思的特点。

拓展阅读导航

1. 艾利斯. 开始写吧!:非虚构文学创作 [M]. 刁克利,译校. 北京:中国人民大学出版社,2011.

该书收录了86位非虚构作家的个人练习,这些广受赞誉的作家中有普利策奖等的获得者。书中的练习为非虚构文学创作的方方面面展现了新的理念,比如如何突破创作瓶颈、如何为已完成的作品注入新的活力等，既可为初学者开启写作之门，又可为有经验的创作者提供参考与借鉴。

2. 王祥．网络文学创作原理［M］．北京：中国人民大学出版社，2015.

该书旨在探索网络文学创作理论，在学理与创作实践两个层面为相关研究者、创作者提供帮助。书中阐述的创作原理与创作方法以及网络小说创作模式，可为创作者提供启示。

3. 孙绍振．文学创作论［M］．4版．福州：海峡文艺出版社，2009.

该书是一部创作论，着重对形象与生活、作家情感的矛盾作系统分析，从对审美形象的感觉、语言、逻辑和一般理性思维的矛盾与错位等方面揭示形象构成的深层奥秘，对上百位作家和古今中外一百多部经典文本进行了分析。

第六章 文学风格、文学流派与文学思潮

学习目标

- 了解文学风格、文学流派和文学思潮的内涵；
- 理解文学风格、文学流派和文学思潮的主要成因及特征；
- 学会分析作家、作品、流派的文学风格；
- 能够辨识文学思潮的发展动态。

内容导图

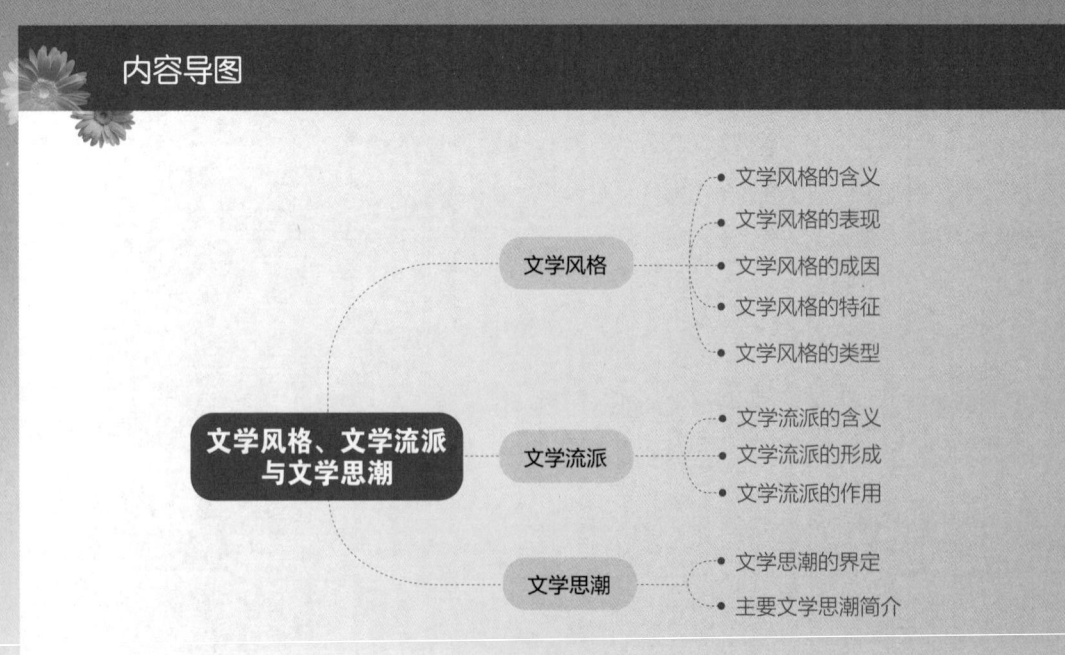

先看一首杜甫的诗作《曲江对雨》：

> 城上春云覆苑墙，江亭晚色静年芳。
> 林花著雨胭脂湿，水荇牵风翠带长。
> 龙武新军深驻辇，芙蓉别殿谩焚香。
> 何时诏此金钱会，暂醉佳人锦瑟旁。

关于这首诗，清人仇兆鳌曾写过一段趣话："此诗题于院壁，'湿'字为蜗蜒所蚀。苏长公、黄山谷、秦少游偕僧佛印，因见缺字，各拈一字补之。苏云'润'，黄云'老'，秦云'嫩'，佛印云'落'。觅集验之，乃'湿'字也，出于自然。"[①]

这则有趣的故事说明，文学语言因创作主体不同而极富个性。"润""老""嫩""落"，将苏轼的豁达豪放、黄庭坚的老成持重、秦观的文雅清丽、佛印的尘心寂寞等不同个性，形象、生动地展现出来；而"湿"则更符合杜甫深沉敦厚的个性。那么，文学作品的风貌、格调与作家的个性到底有怎样的关系？一个作家创作的不同作品为什么既面貌各异，又有某种相似之处？不同作家创作的作品除了相异，有没有相像之处？要弄清这些问题，有必要学习文学风格、文学流派、文学思潮方面的理论。

说到文学，我们应该知道，无论是作家的个体创作，还是一个民族、一个时代的总体文学面貌，都有一个发生发展的过程，也都会表现出这样那样值得注意的特点和规律。文学风格、文学流派与文学思潮就是文学发展过程中必然出现的、文学研究应该关注的重要文学现象。

第一节 文学风格

人类的文学宝库是由面貌不同、风采各异的文学作品构成的。在阅读优秀文学作品的

[①] 仇兆鳌. 杜甫诗注：2 [M]. 长春：时代文艺出版社，2001：479.

过程中，我们往往会有这样的体会：对某个作家、某个时代、某个民族的作品读得越多，越能感受到一种较稳定的，不同于其他作家、时代、民族的创作特色，以至于把这个作家、时代、民族的作品，与很多作家、时代、民族的作品不署名地放在一起，我们仍能从中较准确地加以辨识。这是为什么呢？对这种现象进行解释，触及的就是文学风格的问题。

探讨文学风格问题涉及的因素非常多，本节主要讨论文学风格的含义、表现、成因、特征、类型等问题。

一、文学风格的含义

如何界定、理解文学风格，从哪些角度考察、分析文学风格，是文艺理论史上自古至今从未停止过的话题。如"气以实志，志以定言，吐纳英华，莫非情性"（刘勰《文心雕龙·体性》），是从创作主体思想感情特点的角度理解文学风格；"言，心声也；书，心画也；声画形，君子小人见矣"（扬雄《法言·问神》），是从道德人格的角度理解文学风格；而"心画心声总失真，文章宁复见为人。高情千古《闲居赋》，争信安仁拜路尘"（元好问《论诗三十首（其六）》），则是将文学风格与道德人格进行了区分。这里，我们将在前人对文学风格所做的各种探讨的基础上，辨析文学风格的含义。

文学风格，是文学作品的内容和形式中表现出来的，体现作家创作个性的艺术风貌和格调，是作家创作成熟、有独创性的标志。如豪放飘逸是李白诗歌的风格，沉郁顿挫是杜甫诗歌的风格，平白浅切是白居易诗歌的风格，真淳自然是陶渊明诗歌的风格。

从根本上说，文学风格是作者创作个性的体现。创作个性是作者在生活实践和创作实践中形成的性格气质、精神境界、思想水平、审美情趣、艺术理想、禀赋才能等方面的特点。这种特点相对稳定，属于创作主体的精神个性。文学作品描绘的一切社会生活现象，都是经过作者感受、体验、选择、评价、生发和改造过的，作品采用的艺术形式——结构、体裁、语言、表现手法，都是经过作者精心选择和设计的，可以说，作者的创作个性制约着他的整个创作活动，作品的内容和形式处处渗透着作者的创作个性，创作个性是文学风格的内在根据。鲁迅杂文显现出的深沉、犀利、严峻、辛辣的风格，与其"横眉冷对千夫指，俯首甘为孺子牛"的精神相关。冰心作品体现的细腻、柔和、清丽的风格，与她热爱自然、感情丰富细腻、对"爱"有独到的理解和信念相关。中外很多文论家对文学风格与作者创作个性的关系都有认识。曹丕认为："文以气为主，气之清浊有体，不可力强而致……至于引气不齐，巧拙有素，虽在父兄，不能以移子弟。"（曹丕《典论·论文》）刘勰在《文心雕龙·体性》中对风格问题做了全面阐述，以贾谊等十二位作家为例，说明了"各师成心，其异如面"的道理。别林斯基认为，优秀的作家、作品应该有某种特殊的标志，那就是"把思想和形式密切地融汇起来，而在这一切上面按下自己的个性和精神的独创性的印记"①。

刘勰论文学风格与作者精神个性的关系

从创作个性理解文学风格，的确抓住了问题的关键。没有作者的创作个性，就不会有

---

① 别林斯基. 别林斯基论文学［M］. 梁真，译. 上海：新文艺出版社，1958：227.

文学风格的诞生。但是，值得注意的是，创作个性虽然从根本上制约着文学风格，却并不等于文学风格。创作个性属于作者主体方面的因素，在具体的创作过程中，只有创作个性与写作对象等客观因素结合起来，文学风格才可能形成。黑格尔在《美学》中曾精辟地论述过文学风格是创作主体与审美对象相适应、契合的产物，他说："从一方面看，这种独创性揭示出艺术家的最亲切的内心生活；从另一方面看，它所给的却又是对象的性质，因而独创性的特征显得只是对象本身的特征，我们可以说独创性是从对象的特征来的，而对象的特征又是从创造者的主体性来的。"① 也就是说，真正的文学风格既不只源于主体，也不只源于对象，因为真正的独创性是创作过程中主客体之间经历一番相生相克的"搏斗"达成一种有张力的契合关系的产物。

在文学风格研究领域，法国启蒙运动时期著名作家布封的观点经常以"风格即人"的简化方式被广泛引用，其中有些引用者误以为布封是将文学风格与创作个性画等号了。其实，布封是在强调文学风格对作家的重要性，他认为："只有写得好的作品才是能够传世的：作品里面所包含的知识之多，事实之奇，乃至发现之新颖，都不能成为不朽的确实保证；如果包含这些知识、事实与发现的作品只谈论些琐屑对象，如果它们写得无风致，无天才，毫不高雅，那么，它们就会是湮没无闻的，因为，知识、事实与发现都很容易脱离作品而转入别人手里……这些东西都是身外物，文笔却是人的本身。"② 显然，布封认为，彰显作家、作品存在并且不朽的标志，就是写得好，就是显出风致、远离低俗，即形成文学风格。他从主体、写作对象、内容、形式等多方面评论文学风格，而不是将文学风格等于创作个性，更不是将文学风格等于人格或性格。马克思即在以上含义的基础上赞同并引用布封的文学风格观："真理占有我，而不是我占有真理。我只有构成我的精神个性的形式。'风格如其人'。"③ 当作家的精神个体性与适合它的客观内容，以及相应的表现形式有机结合于作品中时，文学风格才能形成，文学也才有意义。

文学发展史表明，并不是每部文学作品都有鲜明的文学风格，也并不是每个从事写作的人都能一蹴而就地形成自己的文学风格。一般说来，初学写作者往往谈不上有自己的文学风格，就像蹒跚学步的孩子尚没有属于自己的走路姿势一样。著名作家汪曾祺曾深有体会地谈及文学风格是作家成熟的标志："一个作家形成自己的风格大体要经过三个阶段：一、摹仿；二、摆脱；三、自成一家。初学写作者，几乎无一例外，要经过摹仿的阶段。我年轻时写作学沈先生，连他的文白杂糅的语言也学。……后来岁数大了一点，到了'而立之年'了吧，我就竭力想摆脱我所受的各种影响，尽量使自己的作品不同于别人。……我现在岁数大了，已经无意于使自己的作品像谁，也无意使自己的作品不像谁了。别人是怎样写的，我已经模糊了，我只知道自己这样的写法，只会这样写了。我觉得怎样写合适，就怎样写。一方面，文备众体，另一方面又自成一家。"④ 既不能忽视学习，又不能止于摹仿；

---

① 黑格尔. 美学：第1卷［M］. 朱光潜，译. 北京：商务印书馆，1979：373-374.
② 布封. 动物素描［M］. 范希衡，译. 天津：百花文艺出版社，2002：12.
③ 马克思. 评普鲁士最近的书报检查令［M］//马克思，恩格斯. 马克思恩格斯全集：第1卷. 北京：人民出版社，1995：110-111.
④ 汪曾祺. 汪曾祺全集：谈艺卷［M］. 北京：人民文学出版社，2021：316-317.

既不能一蹴而就，又不能墨守成规；既要篇篇有特色，又要整体有徽记。汪曾祺先生确实领悟了文学风格的精髓。

二、文学风格的表现

文学风格是作家创作个性与表现对象相契合形成的整体艺术风貌和格调，它是通过题材的选择和处理、体裁的选用和驾驭、人物形象的塑造和文学意境的营造、文学语言的运用诸方面显现出来的。

（一）题材的选择和处理

题材是客观的，它本身具有的特质一定程度上规范着作品的风貌和格调。但是，题材并不是从生活中自行跑到作品中来的，而是经过作家选择、处理过的。作家对题材的选择和处理与他的创作个性密切相关，他对生活的认识和感悟，他的人生追求，他的审美理想，他的艺术经验、情趣、才能等，总会体现在他写什么、不写什么上。"开荒南野际，守拙归园田。方宅十余亩，草屋八九间。""种豆南山下，草盛豆苗稀。晨兴理荒秽，带月荷锄归。""结庐在人境，而无车马喧。""采菊东篱下，悠然见南山。""相见无杂言，但道桑麻长。"……正是因为将这样的人生追求和生活内容写到《归园田居》《饮酒》等诗中，陶渊明真淳、自然、淡雅、恬静、蕴藉的诗歌风格才得以表现。当代作家魏巍，既写报告文学，也写长篇小说，无论是哪种文体的创作，都表现出一种豪迈雄壮的英雄史诗般的基调，这样的文学风格主要是通过他恰当地选择并处理了自己熟悉的部队生活，尤其是深受感染的抗美援朝英雄事迹而得以展现的。

（二）体裁的选用和驾驭

不同的文学体裁具有不同的审美规约，必然在客观上对作品风格形成一定的影响。陆机在《文赋》中所说的"诗缘情而绮靡，赋体物而浏亮"，刘勰所说的"章表奏议，则准乎典雅；赋颂歌诗，则羽仪乎清丽；符檄书移，则楷式于明断；史论序注，则师范于核要；箴铭碑诔，则体制于弘深；连珠七辞，则从事于巧艳"（刘勰《文心雕龙·定势》），都是对古代社会通行体裁本身所具有的审美特性的揭示。现代社会通行的主要文学体裁也各有特性，比如，小说是长于波澜壮阔地叙事的体裁，诗歌是长于凝练跳跃地抒情的体裁，剧本是以对话为主要叙事方式的体裁，散文则是灵活地运用叙事、抒情、议论等手法表情达意的较自由的体裁。作家总是根据自己的审美情趣、艺术才能及表现对象的特点等选择适当的体裁进行文学创作的，即使有人对每种文体都能驾驭自如，在实际创作中他也不能平均分配精力，而是选择自己更擅长的、与写作对象更契合的体裁进行创作，因而作家所惯用的体裁便在很大程度上体现出他的文学风格。比如，白居易也写过词，但他的文学风格更主要地体现在他用得最多的体裁——诗歌中。刘白羽也写过小说，但他的文学风格更主要地表现在他用得最多的体裁——散文中。

但是，并不是说选用同一种体裁的作家文学风格都相同。我国当代文学史上三位著名

刘白羽、杨朔、秦牧对散文体裁的驾驭

作家杨朔、秦牧和刘白羽，都以创作散文著称，但散文这种体裁的选用并没有导致他们作品风格的雷同。杨朔善于抓住生活中富有诗意的事物加以生发，其散文诗意浓郁、情思温厚、寓意深刻，总能启发读者对生活的审美思考。秦牧对生活观察细致，生活知识、历史知识丰富，其散文具有说古道今、纵横捭阖、亲切朴素、妙趣横生等风采。刘白羽热烈地歌颂新的生活和生活中的英雄人物，其散文雄浑壮丽、挥洒自如，跳动着时代的脉搏，抒发着战斗的豪情。可见，结合写作对象选择某种体裁，并很好地驾驭体裁，才能更充分地表现作家、作品的文学风格。

（三）人物形象的塑造和文学意境的营造

在叙事性文学作品中，塑造既有鲜明的性格特征又有广泛的社会概括意义的人物形象，是非常重要的写作目标。一般说来，成熟作家的笔下往往有属于自己的人物画廊，而这些人物往往在某些方面表现出一定的相似的特点。如契诃夫笔下的人物，不论是车夫、小学徒，还是家庭教师、小官吏，其相似的特点就在于"小"。这些小人物的塑造，在很大程度上表现了契诃夫的文学风格：既亲切、温和，又感伤、哀怨。再如鲁迅深沉、严峻、犀利、悲慨的文学风格，在很大程度上也是通过塑造阿Q、祥林嫂、闰土、杨二嫂、孔乙己、狂人等人物形象表现出来的。

在抒情性文学作品中，文学意境的营造是文学风格表现的重要途径。明代谢榛在《四溟诗话》中将韦应物、白居易、司空曙三位诗人的三联诗加以对比，触及了文学意境营造与文学风格之间的微妙关系："韦苏州曰：'窗里人将老，门前树已秋。'白乐天曰：'树初黄叶日，人欲白头时。'司空曙曰：'雨中黄叶树，灯下白头人。'三诗同一机杼，司空为优，善状目前之景，无限凄感，见乎言表。"（《四溟诗话》卷一）其实，司空曙的诗之所以优于其他两人的诗，不只是因为他善于摹状眼前景物这么简单，还因为他善于拈来较多意象，在人与物之间、物与物之间恰当、准确地建构了多重异质同构的审美关系，即营造了令人感慨万千、咀嚼不尽、意蕴丰富的文学意境，大大加强了诗句的悲凉气氛。王国维在《人间词话》中表示，不同意张惠言以"深美闳约"概括温庭筠的词风，认为用词人自己的词句"画屏金鹧鸪"标识其词风更准确。确实，温庭筠词的意境多数由玉楼、画屏、锦衾、罗襦、香腮、云鬓等构成，这样狭小、香艳的意境，表现的只能是他的浓艳香软的词风。相反，李煜凄美、悲凉的词风之所以被王国维赏识，正是因为其词意境开阔深邃："词至李后主而眼界始大，感慨遂深，遂变伶工之词而为士大夫之词。"（王国维《人间词话》）

（四）文学语言的运用

语言是人类的，社会的，约定俗成的，不是哪一个人创造的。但是优秀作家都是语言艺术大师，他们在作品中对语言进行创造性的组织，使得文学语言体现出鲜明的个人风格。一般来说，读者通过语言组织的方式和技巧，以及语言的感情色彩和节奏韵味，就能判断出一篇作品的作者是谁。如果我们把"狂风吹我心，西挂咸阳树""黄河之水天上来，奔流到海不复回""仰天大笑出门去，我辈岂是蓬蒿人""车辚辚，马萧萧，行人弓箭各在腰""生女犹得嫁比邻，生男埋没随百草""朱门酒肉臭，路有冻死骨"等诗句放在一起，恐怕很多人都能毫不费力地指出哪句属于李白，哪句属于杜甫，因为诗句的语言特色鲜明地体现了或"豪迈飘逸"或"沉郁顿挫"的文学风格。

现代文学史上有一段同题写作的佳话，朱自清和俞平伯都写了《桨声灯影里的秦淮河》，两篇作品所表现出的文学风格却迥然不同。这种不同突出地表现在作品的语言上："我们初上船的时候，天色还未断黑，那漾漾的柔波是这样的恬静，委婉，使我们一面有水阔天空之想，一面又憧憬着纸醉金迷之境了。等到灯火明时，阴阴的变为沉沉了：黯淡的水光，像梦一般；那偶然闪烁着的光芒，就是梦的眼睛了。"①作者在对秦淮河如画美景的描写中抒发难以消受或不堪消受的心境，既平易简练，又柔美亲切。"漾漾""阴阴""沉沉"等叠音词的运用尤其能体现作家淋漓的感性，这样的语言必定属于朱自清。俞平伯则喜欢在抒情写景中阐发哲思，文中有些段落不仅有一种淡淡的苦涩之感，而且使读者感到有些玄妙。这种"独特的风致"，表现在这样的语言中："我们，醉不以涩味的酒，以微漾着，轻晕着的夜的风华。不是什么欣悦，不是什么慰藉，只感到一种怪陌生，怪异样的朦胧。朦胧之中似乎胎孕着一个如花的笑——这么淡，那么淡的倩笑。淡到已不可说，已不可拟，且已不可想；但我们终久是眩晕在它离合的神光之下的。我们没法使人信它是有，我们不信它是没有。勉强哲学地说，这或近于佛家的所谓'空'，既不当鲁莽说它是'无'，也不能径直说它是'有'。"②

实际上，文学风格不只表现在以上几个方面，作品主题的开掘、结构的设计、情节的安排、写作手法的运用等也都能呈现作家创作的风格。

三、文学风格的成因

文学风格的形成是极其复杂的现象，当代文学理论界，主要从客观、主观两个方面来讨论影响文学风格形成的因素，体现了联系的、发展的、辩证的思想方法。

（一）文学风格形成的客观因素

一般说来，一定历史时期的政治经济状况、民族的文化传统和风俗习惯、阶级的倾向性、地域的风土人情等是文学风格形成的客观原因，文学风格因而受时代特点、民族特点、阶级倾向、地域特点影响而不同。

1. 时代特点

作家总是生活在一定的历史时期中，这个时期的社会政治和经济发展情况，社会意识形态的主要特点，以及社会风尚、审美趣味、文艺思潮等，都会不同程度地影响作家，使同一时代的作家、作品带有某种共同的时代特征，形成一定的时代风格。早在梁代，刘勰就在《文心雕龙·时序》中揭示了文风与时代的关系："时运交移，质文代变，古今情理，如可言乎！"比如，汉末建安时期，战乱频仍、民不聊生、饿殍遍野、白骨累累，这样的

---

① 朱自清. 桨声灯影里的秦淮河［M］//朱自清. 朱自清选集：上. 北京：人民文学出版社，2004：38-46.

② 俞平伯. 桨声灯影里的秦淮河［M］. 北京：中国青年出版社，2017：26.

社会状况影响了"三曹"以及"建安七子"的文学创作。尽管在性格气质、审美趣味、艺术才能等方面，无论是曹氏父子三人，还是王粲、徐干、刘桢等七人，都存在不小的差异，但是他们的作品还是不同程度地体现了时代影响，文学风格都有悲凉或苍凉的基调。晋代，谈玄尚虚的黄老思想逐渐成为时尚，孙绰、许询、庚亮等人受这种文化思想的影响，纷纷创作玄言诗，文学风格体现出很强的时代性。尽管孙绰等人的玄言诗也不完全雷同，但是，与"梗概多气"的建安文学相比，他们的作品毕竟染上了邈远虚玄、平静宽缓的时代特色。钟嵘在《诗品》中曾批评过这个时代的文学："永嘉时，贵黄老，稍尚虚谈。于时篇什，理过其辞，淡乎寡味。爰及江表，微波尚传。孙绰、许询、桓、庚诸公，诗皆平典似道德论，建安风力尽矣。"

2. 民族特点

一个民族特殊的生存环境、语言特点、风俗习惯、文化传统、审美心理等，必然会影响这个民族作家的创作，形成一定的民族风格。一般说来，不同民族的作家、作品的文学风格会有较明显的差异，而同一民族的作家、作品的文学风格总是有些相似。

从"意象诗"看文学风格的民族性

比如，同为写山水的作品，中国古代山水诗与英国湖畔派诗人的山水诗，风格差异是很明显的。它们的差异主要表现为诗中渗透着的审美取向、文化心理不同。中国古代山水诗之所以散发着超逸、旷达的风采和格调，是因为中国文人墨客心中积淀着佛家、道家等思想，他们心中有与华兹华斯、柯勒律治等诗人不同的人生观、自然观。美国现代诗人庞德非常推崇、迷恋中国古典诗歌，认为中国古典诗歌最大的特点在于意象，他不仅翻译意象诗，还学写意象诗，创立了意象派。然而，庞德意象诗中的意象与中国古典诗歌中的意象，差别是明显的。他的意象是一瞬间呈现的感性和理性的复合体，是主观性极强的象征、隐喻，甚至潜意识。而中国古典诗歌中的意象是情与景、心与物交融的产物，是"岁有其物，物有其容；情以物迁，辞以情发"（刘勰《文心雕龙·物色》）。庞德的意象诗呈现主观、晦涩等特色，中国古典诗歌呈现的则是融合、蕴藉的风格。还有，中国传统悲剧常以大团圆结局制造亦悲亦喜的审美效果，这与西方悲剧一悲到底，制造恐惧、怜悯审美效果的特点，也形成了鲜明的对比。这些都体现了民族文化传统和心理特点对文学风格的影响。

3. 阶级倾向

在阶级社会里，不存在超阶级的人。每一个作家都属于一定的阶级，他的生活内容、文化教养、兴趣爱好、思想观点、审美理想、艺术趣味等都会被打上阶级的烙印，进而体现在文学风格上。恩格斯在《诗歌和散文中的德国社会主义》中将小资产阶级诗人卡尔·倍克与主张革命的资产阶级民主派诗人海涅进行对比，揭示了阶级属性对作家文学风格的影响。他说："情节大致相同的同样的题材，在海涅的笔下会变成对德国人的极辛辣的讽刺；而在倍克那里仅仅成了对于把自己和无力地沉溺于幻想的青年人看做同一个人的诗人本身的讽刺。在海涅那里，市民的幻想被故意捧到高空，是为了再故意把它们抛到现实的地面。而在倍克那里，诗人自己同这种幻想一起翱翔，自然，当他跌落到现实世界上的时候，同样是要受伤的。前者以自己的大胆激起了市民的愤怒，后者则因自己和市民意气相投而使市民感到慰借。"① 德国小资产阶级目光短浅、软弱妥协、害怕革命威胁自己的利益等狭隘性使倍克的《战鼓之歌》表现出虚幻、浮夸、鄙俗的特点；而清醒地认识到德国封建统治腐朽、落后，积极欢迎革命的资产阶级民主派立场，使得海涅的作品形成了真挚、激愤、刚健的风格。

一般来说，同一个阶级的作家在文学风格上有一定的相似性，而不同阶级的作家在文学风格上则存在较明显的差异。但是，阶级因素作用于文学风格时，也有很多复杂情况。有时，统治阶级出身的作家或因忧国忧民思想，或因主动向民间艺术学习等，而使自己的文学风格增添了民间风采；有时，被统治阶级的民间创作或有意或无意地受统治阶级文风的影响，而出现或俗雅结合或不伦不类的现象。

4. 地域特点

不同地域的自然条件、人际环境、生活内容和方式、地方习俗等因素会综合作用于作家，进而作用于作家的文学创作，使文学形成地域风格。梁启超在《中国地理大势论》中说："燕赵多慷慨悲歌之士，吴楚多放诞纤丽之文，自古然矣。自唐以前，于诗于文于赋，皆南北各为家数。长城饮马，河梁携手，北人之气概也；江南草长，洞庭始波，南人之情怀也。散文之长江大河，一泻千里者，北人为优；骈文之镂云刻月，善移我情者，南人为优。"② 这揭示的就是我国文学在风格上自古以来即存在的南北地域差异。

我国文学风格的南北差异，在诗、文、曲、词等多种文体中都有体现，比如，《诗经》重现实生活描绘，风格偏质朴平实，《楚辞》沉醉于幻想世界的驰骋，风格偏绚烂瑰丽，两者体现了一北一南诗歌风格的差异。《庄子》的汪洋恣肆、海阔天空与《孟子》的逻辑清晰、说理精辟不同，体现了先秦散文风格的南北差异。明代王世贞论述了曲风的南北差异："凡曲，北字多而调促，促处见筋；南字少而调缓，缓处见眼。北则辞情多而声情少，南则辞情少而声情多。"（王世贞《艺苑卮言》）清人况周颐则论述了词风的南北差异："宋词精微能入骨，如清真、梦窗是，金词清劲能树骨，如萧闲、遁庵是。南人得江山之秀，北人以冰霜为清。南或失之绮靡，近于雕文刻镂之技，北或失之荒率，无解深裘大马之讥。"（况周颐《蕙风词话》）

应该注意，分别从时代、民族、阶级、地域等角度理解文学风格的成因虽然是成立的，但切不可机械、僵化地将某一种因素孤立起来视作文学风格形成的唯一原因，任何一种文学风格都不可能是某个单一原因导致的结果。

（二）文学风格形成的主观因素

文学创作是复杂的精神活动，是客观诉诸主观，主观见诸客观的过程。所以文学风格形成的客观因素无论多么重要，都需要通过创作主体这个能动的中介才能体现出来。一般说来，作家的性情气质、禀赋才华、人生态度、人格境界、生活经验、人生感悟、艺术理

---

① 恩格斯. 诗歌和散文中的德国社会主义［M］// 马克思，恩格斯. 马克思恩格斯全集：第 4 卷. 北京：人民出版社，1958：236.
② 梁启超. 中国地理大势论［M］// 梁启超. 饮冰室文集点校：第 3 集. 昆明：云南教育出版社，2001：1807.

想、审美趣味等，作为主观因素对其文学风格的形成产生影响。这些主观因素是相互联系着综合地对作家起作用的，但是，在不同作家那里，在不同具体情况下，不同主观因素对文学风格形成所起的作用是有轻重、主次、隐显之分的。

1. 性情气质、禀赋才华

有些文学风格确实凸显着创作主体性情气质、艺术才华等方面的特点。刘勰在《文心雕龙·体性》中对这种关系的分析极为明晰："气以实志，志以定言，吐纳英华，莫非情性。是以贾生俊发，故文洁而体清；长卿傲诞，故理侈而辞溢；子云沉寂，故志隐而味深；子政简易，故趣昭而事博；孟坚雅懿，故裁密而思靡；平子淹通，故虑周而藻密；仲宣躁锐，故颖出而才果；公幹气褊，故言壮而情骇；嗣宗俶傥，故响逸而调远；叔夜俊侠，故兴高而采烈；安仁轻敏，故锋发而韵流；士衡矜重，故情繁而辞隐。触类以推，表里必符。岂非自然之恒资，才气之大略哉！"虽然刘勰非常辩证地将影响文学风格的因素概括为"才""气""学""习"四个方面，但是这一段酣畅淋漓的话语，还是着重彰显了性情气质、禀赋才华对贾谊等十二位作家文学风格的决定意义。这种全面、辩证基础上的侧重分析值得借鉴。

2. 人生态度、人格境界

有些文学风格凸显着创作主体人生态度、人格境界方面的特点，中国文学史上不乏这方面的例子。屈原之所以形成恢宏瑰丽、热烈赤诚的文学风格，与其"哀民生之多艰""虽九死其犹未悔""上下求索"的人生态度、人格境界密切相关；陶渊明之所以形成淳朴、超然、恬静的文学风格，与其"不为五斗米折腰"、不与贪官污吏为伍、毅然回归田园的坚决态度和高洁人格密切相关；杜甫之所以形成沉郁顿挫、宽厚朴质的文学风格，赢得"诗圣""诗史"的美名，与其"窃比稷与契"的使命意识、"白首甘契阔"的士君子之风、"穷年忧黎元"的仁者情怀密切相关；鲁迅之所以形成深沉、冷峻、犀利、辛辣的文学风格，与其"横眉冷对千夫指，俯首甘为孺子牛""寄意寒星荃不察，我以我血荐轩辕"的人生追求密切相关。汉代扬雄所说的"言，心声也；书，心画也；声画形，君子小人见矣"（扬雄《法言·问神》）在相对意义上有一定道理。

对待文学风格与作家人格的关系，要采取全面、辩证、实事求是的态度。一方面要承认有些作家的文学风格与其人格有密切关系，另一方面还应注意，切不可把文学风格等同于人格。在任何作家那里，人格都不可能单独直接作用于创作。文学史上也确实存在作家人格与作品风格不一致的现象。所以，当我们听到"文如其人""人品即文品""风格即人"等说法时，要结合具体语境加以辨析，避免出现将文学风格与作家人格简单画等号的问题。

钱锺书对"文如其人"的辩证阐释

【学习活动】

以小组为单位，查阅文学史资料，选择具体作家、作品作为案例，讨论作家文学风格与其人格的关系。

3. 生活经验、人生感悟

文学不是无源之水、无本之木，文学的根源就是生活。当然，对文学风格形成起作用的生活，不是纯粹客观的外在于作家的一般性的生活，而是他切身经历过、感受过、体验过，在他的身心刻下难以磨灭的印记的生活。可以说，任何一个作家的文学风格都与其生活经历关系密切。陶渊明，如果只是厌倦官场却不曾真正过上时而躬耕、时而采菊、时而饮酒的田园生活，肯定不会收获真挚自然、冲淡悠然的文学风格；王维，如果只是当官而没有皈依佛门、常隐居蓝田辋川别墅的居士生活经历，其山水诗也定不会形成诗画融合、清淡宁静的主打风格；岑参，如果没有边塞任职的经历，定不会写出气势雄伟、语言豪迈的边塞诗；杜甫沉郁顿挫的诗风，与其经历"安史之乱"、在难民群中颠沛流离、深切体察百姓的艰难困苦等遭遇密切相关。

当然，生活经历并不能自然地成为文学风格，它与作家的其他主客观条件相融合，影响着作家文学风格的形成。有大致相同生活经历的人并没有都写出经典的文学作品，即便写出类似的作品，风格也不同，就证明了这一点。

4. 艺术理想、审美趣味

每个作家都有自己对文学的理解与向往，作品中不可避免地渗透着他们的艺术理想、审美趣味。法国文学史上一段文学论争的佳话很能说明这个规律：乔治·桑与福楼拜（也译作弗洛贝尔）是朋友，但两个人的艺术观念、作品面貌很不相同。1875年至1876年，两个人之间的书信往来记录了这场论争。乔治·桑说："我们写什么呢？你呀，不必说，一定要写伤人心的东西，我呀，要写安慰人心的东西。"[①] 福楼拜回："我不是有意写些'伤人心的东西'……我郁结了满腔的忿怒，就欠爆炸。然而说到我对于艺术的理想，我以为就不该暴露自己，艺术家不该在他的作品里面露面，就像上帝不该在自然里面露面一样。"[②] 乔治·桑又说："把本人对自己创造的人物的意见隐藏起来，因而让读者对人物应有的意见陷入迷离惝恍，等于甘愿不要人了解。""依我看来，这种描写本色事物和生活上实际遭遇的意图，并不十分通情达理。"[③] 福楼拜又回："你，事无巨细，一下子就升到天空，再从上空降到地面。你由先见、原理、理想出发。……我呀，可怜的东西，胶着在地面上，好像穿的鞋是铅底；一切刺激我、撕裂我、蹂躏我……我不能另来一个我的气质以外的气质，或者另来一套不是根据我的气质发展起来的美学。""至于泄露我本人对我所创造的人物的意见：不，不，一千个不！我不承认我有这种权利。"[④] 这番唇枪舌剑的据理力争，恰好说明乔治·桑的浪漫主义文学风格与福楼拜的现实主义文学风格同他们的艺术观念、艺术理想等密切相关。著名作家孙犁，是在漫天烽火的艰难岁月中走上文学道路的，他对侵略、残忍、杀戮、血腥等丑恶事物有着刻骨铭心的感受和憎恶，但他的作品却总是清新、柔美、明快、简约，充满着诗情画意。这与他始终秉持"文学是追求真善美，宣传真善美的"这一文学

[①] 乔治·桑. 致弗洛贝尔[M]//伍蠡甫, 蒋孔阳, 翁义钦, 等. 西方文论选：下卷. 上海：上海译文出版社, 1988: 204.
[②] 弗洛贝尔. 致乔治·桑[M]//伍蠡甫, 蒋孔阳, 翁义钦, 等. 西方文论选：下卷. 上海：上海译文出版社, 1988: 205.
[③] 乔治·桑. 致弗洛贝尔[M]//伍蠡甫, 蒋孔阳, 翁义钦, 等. 西方文论选：下卷. 上海：上海译文出版社, 1988: 208-209.
[④] 弗洛贝尔. 致乔治·桑[M]//伍蠡甫, 蒋孔阳, 翁义钦, 等. 西方文论选：下卷. 上海：上海译文出版社, 1988: 210-211.

观念和理想有关。

当然，理解艺术理想、审美趣味对文学风格的影响也像理解其他主客观因素对文学风格的影响一样，需在全面、辩证考察问题的基础上有所侧重，不能走极端、绝对之路。

总之，文艺这个偌大的百花园之所以有千姿百态的文学风格争奇斗艳，正因为文学风格是在各种主客观条件交互作用下形成的。世上不存在主客观条件完全一样的人，因此绝不会出现文学风格完全相同的作家、作品。就如刘勰所说："才有庸俊，气有刚柔，学有浅深，习有雅郑，并情性所铄，陶染所凝，是以笔区云谲，文苑波诡者矣。"（刘勰《文心雕龙·体性》）偏于主观的"才""气"与偏于客观的"学""习"必须有机统一为作家的创作个性，才能进一步在具体创作过程中与写作对象、艺术技巧等结合表现为多种多样的艺术风格。在鉴赏或研究具体作家、作品的文学风格时，我们一定要遵循全面、综合理解其成因的原则。

四、文学风格的特征

因为影响文学风格形成的主客观因素很多，所以文学风格会表现出多样性与一致性的辩证统一、稳定性与变化性的辩证统一、确定性与意会性的辩证统一等特征。

（一）多样性与一致性

风格是独创性的标志，从这个意义上说，就像自然界没有两片相同的树叶一样，文艺园地也不存在两篇风格相同的作品。创作主体主客观条件的不同、接受主体审美需要的不同、写作对象的不同、表现形式的不同等原因，必然导致文学风格的多样性。杜甫沉郁顿挫，李白豪迈飘逸，普希金崇高恢宏，乔伊斯幽深细密，种种风格，不一而足。

从共时性角度看，不仅不同作家、不同时代、不同民族、不同阶级、不同地域的文学风格不同，即便同一作家、同一时代、同一民族、同一阶级、同一地域的文学风格也不相同。同一作家的不同作品在风格上存在差异，是文学风格多样性的突出表现。陶渊明既有淡泊明志、静穆悠远的一面，也有猛志常在、金刚怒目的一面。苏轼既有"惊涛拍岸"之豪放一面，也有"相顾无言"之婉约一面。杜甫的诗作，总体看是沉郁顿挫的风格，具体看也有清丽之作、质朴之作、壮美之作的区别。文学风格的多样性，在质上强调的是独创性和新颖性，在量上强调的是丰富性和无限性。风格的多样性是文学繁荣的重要标志。

但是，我们必须辩证地看到，文学风格的多样性不是绝对的，文学风格的多样性与文学风格的一致性是相互关联的。多种多样的风格中也必然会体现出某种相似的东西，这就是文学风格相对的一致性。文学风格的一致性既包括某一个作家个体风格的一致性，也包括不同作家形成的群体风格的一致性。首先，同一个作家的文学风格有某种一致性。同一个作家所创作的多部作品，风格肯定各异，但它们之间的某种一致性也是存在的。正如泰纳所说，"只要拿一个相当优秀的艺术家的一件没有签名的作品给内行去看，他差不多一定能说出作家来"，因为"人人知道一个艺术家的许多不同的作品都是亲属，好像一父所生的几个女儿,彼此有显著的相像之处"①。其次,不同作家的文学风格因特定条件会表现出某种一致性。前面我们论述文学风格的成因时,涉及的时代风格、民族风格、阶级风格、地域风格等都是文学风格一致性特征的表现。

总之,共时地看,文学风格既具有多样性,又具有某种一致性。在鉴赏、研究文学风格的过程中,不能片面地夸大其某一方面的特征而忽视另一方面的特征。

(二)稳定性与变化性

风格是作家在创作上成熟、优秀的标志,从历时性角度看,一般来说,一个作家一旦形成自己较鲜明的风格,会在一段较长的时间内保持不变或者不会大幅度改变,这就是我们理解的文学风格的稳定性。鲁迅说过的一段话为文学风格的稳定性做了很典型的注脚:"夜里又做一篇,原想嬉皮笑脸,而仍剑拔弩张,倘不洗心,殊难革面,真是呜呼噫嘻,如何是好。换一笔名,图掩人目,恐亦无补。"②混乱的时世、腐朽的统治者、哀其不幸怒其不争的国民性等客观条件,以及自身经历、性情、思想、情感、艺术观等主观条件,让鲁迅形成了深沉、犀利、严峻、辛辣的风格,这些主客观条件不改,他怎能换一副轻松、嬉戏、闲适的笔墨呢?其实,当我们毫不迟疑地说陶渊明真淳、李白飘逸、杜甫沉郁的时候,当我们简单地说"郊寒岛瘦"的时候,当我们形象地说"韩如潮,柳如泉,欧如澜,苏如海"的时候,就是在肯定文学风格的稳定性了。

但是,生活不是静止的,文学风格也会随着作家主客观条件的变化而发生一定的变化。我们常以"沉郁顿挫"概括杜甫的风格,其实这种概括只是就其主导的总体风格而言才成立,历时地看,杜甫的文学风格也是有变化的。宋人吴可对此有论:"杜诗叙年谱,得以考其词力,少而锐,壮而肆,老而严,非妙于文章不足以致此。"(吴可《藏海诗话》)从少年、壮年、老年三个人生阶段看杜甫诗风的变化,比较客观准确。当然,这种划分也不是固定的,我们完全可以根据自己阅读杜诗的感受,再结合一些文献资料,对其诗风的阶段性变化提出自己的看法。说到古代文学史上文学风格前后变化较大的作家,人们往往会想到曹植。这位被钟嵘誉为"骨气奇高,词采华茂,情兼雅怨,体被文质,粲溢今古,卓尔不群"(钟嵘《诗品》)的诗人,前期诗风明快热烈,所写多似"愿得展功勤,输力于明君;怀此王佐才,慷慨独不群"(曹植《薤露》)这样的诗篇;后期诗风则一变为哀伤悲愤,"秋风发微凉,寒蝉鸣我侧。原野何萧条,白日忽西匿"(曹植《赠白马王彪(其四)》)之类成为主旋律。

虽然在不同作家那里文学风格的变化有幅度大小之别,但是变化是普遍的、毋庸置疑的。因为变化是永恒的规律,创新是作家追求的最可贵的艺术品质。总的来说,历时地看,文学风格既有稳定的一面,也有变化的一面,在阅读文学作品,鉴赏、研究文学风格的时候,秉持辩证的观点才是可取的。

---

① 丹纳(泰纳). 艺术哲学[M]. 傅雷,译. 北京:人民文学出版社,1963:4.
② 鲁迅. 致黎烈文[M]//鲁迅. 鲁迅全集:第12卷. 北京:人民文学出版社,2005:393.

(三)确定性与意会性

无论是作品还是作家,无论是时代还是民族,无论是阶级还是地域,只要在文学创作方面形成了特有的风格,欣赏者就能确切地感知到它,研究者就可以用一定的词语概括或形容这种风格的旨趣,这就是文学风格的确定性。比如,"沉郁顿挫"是什么样的风格,虽然很难下定义,但是我们知道,它不同于潇洒飘逸、明快流畅、缠绵悱恻、慷慨激昂、清幽冲淡等风格,它是深沉的、厚重的、博大的、有力的,也是郁结的、严肃的、起伏的、回环的,它是与杜甫忧国忧民的情怀、辗转流离的经历、执着不懈的艺术探索等密切相关的。确定性是将不同文学风格区别开来的基础,也是将相似文学风格联系起来的前提。

但是,换一个角度看,文学风格往往又呈现出灵动、复杂,甚至有些神秘的特征,这导致用来概括或形容某种风格的词语大都具有蕴藉性,当"雄浑""冲淡""纤秾""精神"等词用来说明诗歌风格时,当韩愈的文风被喻为潮水而苏轼的文风被比为海水的时候,文学风格的意会性特征就凸显了。也就是说,面对某种具体的文学风格,与其用纯粹理论化的思维和概念化的语言为其下定义、为其解释词义,还不如用心地欣赏、领悟其丰富的审美意蕴,揭示其重要的审美价值更合适。

正是因为有确定性,我们才能将各种各样的文学风格区别开来,见识文学创作可贵的独创性品格;也正是因为有意会性,我们才能在丰富多彩的文学风格的鉴赏、品评中体会文学含蓄蕴藉、意味无穷的魅力。所以我们应该辩证地理解文学风格的确定性和意会性。

五、文学风格的类型

古今中外的文学理论家都曾尝试对文学风格进行分类研究,并企望说明各种类型风格的审美特征。作为初学者,应当了解其中一些较有影响的类型划分。

(一)古代的文学风格分类

在中西方美学中,对文学风格的划分最有影响的是二分法,而二分法中又以中国的"刚柔说"影响最大。明确以阳刚、阴柔来界说文学风格的是清代的姚鼐,他在《复鲁絜非书》中说:"闻天地之道,阴阳刚柔而已。文者,天地之精英,而阴阳刚柔之发也……自诸子而降,其为文无弗有偏者。其得于阳与刚之美者,则其文如霆,如电,如长风之出谷,如崇山峻崖,如决大川,如奔骐骥;……其得于阴与柔之美者,则其文如升初日,如清风,如云,如霞,如烟,如幽林曲涧,如沦如漾,如珠玉之辉,如鸿鹄之鸣而入廖廓……"从姚鼐酣畅淋漓的描述中可以看出,所谓阳刚之美,在于刚劲、雄伟;所谓阴柔之美,在于柔和、轻盈。

中国古代阴阳、柔刚概念的含义及发展

运用现代美学理论对阳刚之美和阴柔之美进行具体分析,可以看到这两种类型的风格在表现对象与美感特征上都有很大区别。从表现对象上看,阳刚之美主要表现的是自然界中力量和体积巨大而奇特、怪异的事物,社会生活中艰苦卓绝、为求真理而不惜赴汤蹈火的斗争;阴柔之美主要表现的是自然界中小巧轻盈、清丽秀雅的事物,社会生活中美好、安宁、和谐的场景和人际关系。阳刚之美侧重表现动态美,阴柔之美则侧重表现相对静止的美。从美感特征上看,阳刚之美以悲壮感为基础,而阴柔之美以愉悦感为基础。对阳刚风格作品的欣赏往往先是感到震动、惊惧,继而产生崇敬、昂扬的情感;对阴柔风格作品的欣赏,伴随着一种心荡神驰的愉悦感。比如,于谦的《石灰吟》:"千锤万凿出深山,烈火焚烧若等闲。粉身碎骨全不怕,要留清白在人间。"诗人以经过千锤百炼烈火焚烧的石灰自喻,表明虽经历千难万险,但坚强不屈,洁身自好,不同流合污的坚定意志,让人志坚意强,展现出阳刚之美。辛弃疾的《西江月·夜行黄沙道中》:"明月别枝惊鹊,清风半夜鸣蝉。稻花香里说丰年。听取蛙声一片。七八个星天外,两三点雨山前。旧时茅店社林边。路转溪桥忽见。"词中描写的明月清风、疏星微雨、惊鹊鸣蝉、稻花蛙声、茅店溪桥、丰收喜悦之情等呈现出阴柔之美,让人心神愉悦。

二分法虽简,却有很大的包容性,其实文学史上出现的很多具体的文学风格,大体上都可以分别归入"阳刚"和"阴柔"两大风格类型。将姚鼐所论和西方美学理论进行比较分析会发现,西方美学理论中的"壮美"与"优美"的范畴和"阳刚之美"与"阴柔之美"的范畴基本一致。东西方文学风格研究中的这种相似,充分说明了"阳刚之美"与"阴柔之美"、"壮美"和"优美"这种文学风格二分法是有深刻的内在依据和规律性的。

我国古代的风格理论非常发达,在类型划分方面有影响的亦不在少数。除了阳刚、阴柔二分法外,还有更为细致的划分,这里姑且称为多分法。比如,刘勰在《文心雕龙·体性》中将风格分为"典雅"等"八体":"若总其归途,则数穷八体:一曰典雅,二曰远奥,三曰精约,四曰显附,五曰繁缛,六曰壮丽,七曰新奇,八曰轻靡。"刘勰进一步揭示了八种风格的关系——"雅与奇反,奥与显殊,繁与约舛,壮与轻乖",力图建构一个风格系统。唐代诗歌创作空前繁荣,针对诗歌风格的分类探索也较为引人注目。皎然在《诗式》中分别使用一个字高度概括了十九种诗歌风格:高、逸、贞、忠、节、志、气、情、思、德、诚、闲、达、悲、怨、意、力、静、远。他说:"……一字之下,风律外彰,体德内蕴,如车之有毂,众美归焉。其一十九字,括文章德体风味尽矣。"司空图则更为细致,在其《二十四诗品》中进一步把诗歌风格分为雄浑、冲淡、纤秾、沉著、高古、典雅、洗练、劲健、绮丽、自然、含蓄、豪放、精神、缜密、疏野、清奇、委曲、实境、悲慨、形容、超诣、飘逸、旷达、流动共二十四类,并且针对不同风格形象地描绘了其各自独特而又丰富的审美价值。

(二)现代的文学风格分类

古代的文学风格分类基本从直觉印象、宏观感悟出发,并没有对分类根据做清晰、明确、科学的思考。与此不同的是现代风格研究比较注重科学性、逻辑严谨性。被学界誉为中国现代修辞学奠基之作的《修辞学发凡》,初版于1932年,后多次再版,陈望道先生在书中对风格所做的划分,就是建立在明确的分类根据基础上的。他将风格分为四组八类。从作品内容和形式容量的角度,将风格分为一组两类:简约和繁丰;从作品气象特点的角度,将风格分为一组两类:刚强和柔和;从作品辞藻多少的角度,将风格分为一组两类:平淡和绚烂;从作品体现写作心态的角度,将风格分为一组两类:谨严和疏放。同时,这种分类的科学性还表现在承认分类的相对性和风格的多样性上:"位在这两端的中间的固然多，兼有这一组二组三组以上的体性的也不少。例如简约而兼刚健，或简约而兼刚健又兼平淡，繁丰而兼柔婉，或繁丰而兼柔婉又兼绚烂，都属可能。"①

不同类型的文学风格确实能够赋予读者不同的审美体验，激发读者不同的审美兴致，也能够启发创作者在丰富多彩的文学风格的濡染中推陈出新，积极探索更有价值的文学风格。但是，针对文学风格的分类问题，我们应当有一个辩证的认识。具体作家的风格总是各呈异彩，各有千秋的，所谓"品次亿万，以至于不可穷"（姚鼐《复鲁絜非书》）。试图对所有文学风格的审美形态进行分类，既无必要也不可能。人们对文学风格的区分，只能是相对的。

总之，无论是从创作的角度，还是从阅读欣赏的角度，抑或是从文学史研究的角度，文学风格都是值得关注的重要现象。文学风格的形成与多样化，是作家创作成熟和时代、民族文学创作繁荣的重要标志之一。面对丰富多样的文学创作，要鼓励、尊重作家形成独特的文学风格，为繁荣和发展文学事业做出独特的贡献。

【学习活动】

每位学生选择一篇自己喜欢的文学作品进行声情并茂的朗诵，然后与同学一道从文学风格的角度进行审美特征和审美价值的赏析。

第二节　文学流派

在文学发展过程中，不同作家之间或同气相投，或异趣相斗，会形成一种既有趣又有意义的文学现象，这种现象涉及文学流派的一系列问题。本节主要讨论文学流派的含义、形成及作用。

一、文学流派的含义

所谓文学流派，是在一定历史时期里，由一些文学观念、创作倾向、艺术追求和文学风格相近的作家自觉或不自觉聚合而成的文学群体。像山水诗派、田园诗派、边塞诗派、江西诗派等，就是我国古代文学史上著名的诗歌流派；而为人生的文学研究会、为艺术的创造社，以及新月派、新感觉派等是我国现代文学史上著名的文学流派；象征派、荒诞派、意识流等，则是20世纪西方文学史上较有代表性的文学流派。

文学流派是一种比较复杂的文学现象，中外文学史上对文学流派的划分、命名等并没

---

① 陈望道. 修辞学发凡［M］//陈望道. 陈望道文集：第2卷. 上海：上海人民出版社，1980：509.

有形成较为公认的标准，比如，有的文学流派是以题材论的，如山水诗、田园诗；有的文学流派是以审美特色论的，如豪放派、婉约派；有的文学流派是以文艺思潮论的，如古典派、浪漫派；有的文学流派是以地域论的，如公安派、桐城派；有的文学流派是以作家论的，如元白诗派、韩孟诗派。对文学流派的认识，我们应该掌握以下一些基本点：

首先，文学风格的一致性是文学流派得以存在的标志。文学流派的形成，虽然与这一派作家的思想倾向、理论主张等有关，但主要还是因为他们在文学风格上相近。如果一些作家未能取得大体一致的文学风格，尽管他们可能有共同的文学主张、共同的组织形式，仍然不能构成文学流派。

其次，同一流派的作家依然有自己的独创性，体现文学风格的多样性。确实，相近的文学风格是文学流派形成的关键，但是，这并不是说流派中的各个作家没有属于自己的独创性和新颖性。也就是说，不同作家的文学风格如果缺乏一致性，则不能形成流派；如果完全趋同，或者只是毫无独创性地相互模仿，则不但称不上流派，而且也违背了文学风格的真义。还要指出，虽然有的作家形成了鲜明的文学风格并取得很高的艺术成就，但并不一定形成以他为代表的文学流派。文学流派与文学风格既有联系，也有区别。

最后，文学流派与文学团体也不尽相同。有的文学团体既有自己的文学主张，又有自己的文学阵地和文学成就，也形成了较鲜明的团体创作特色，同时也是一个文学流派，如现代文学史上的文学研究会、创造社等；有些文学团体是一种自上而下的文学组织机构，比如中国作家协会及各地作家协会，这样的团体就不是文学流派；还有些或以师徒相称或以文会友等形式聚合的作家群体，因基本不以形成相近的文学风格为目标，所以不能视为文学流派。

二、文学流派的形成

中外文学史上形成的文学流派很多，涉及的因素也很复杂。文学流派的形成是社会发展和文学发展的各种因素综合作用的结果。只有文学发展到成熟时期，文学出现较繁荣的景象时，文学流派才能产生。作家、作品的大量涌现，社会思潮、文艺思潮的纷争等，是文学流派形成的客观基础；作家希望组织起来以派别的形式表达创作倾向、展示创作成绩，或评论家力图将一些创作倾向、艺术风格近似的作家归为一派，以揭示文学发展的现状及意义等，是文学流派形成的主观条件。

（一）文学流派形成的原因

一般说来，文学流派的形成有以下原因：

首先，社会历史条件是文学流派形成的外部原因。同样的社会背景，相同的社会问题，往往使一批作家产生大致相同的立场和态度，形成大致相同的美学倾向和艺术追求，并在创作中体现出来。这时，便有可能形成文学流派。20世纪西方荒诞派文学的产生，就是一个典型的例子。当时，西方社会陷入危机，第二次世界大战带来空前的劫难，也暴露了人类丧失理智后的暴虐和残忍，各种社会病四处蔓延，文学领域出现了以贝克特的《等待戈多》、卡夫卡的《变形记》、加缪的《西西弗斯神话》、尤奈斯库的《秃头歌女》为代表的一批荒诞不经的作品。历史上盛世和乱世都产生过文学流派，但一般来讲，社会矛盾日趋激化和政治变革急剧的时代，更容易产生文学流派。如欧洲的文艺复兴时期和中国的五四时期之所以产生众多的文学流派，就与当时社会政治的急剧变革和思想解放运动密切相关。

其次，文学自身发展的要求是形成文学流派的直接原因。文学流派是一种作家群，孤立的作家、单一的作品和不成熟的创作不可能形成文学流派，只有文学风格趋于成熟，一批作家同声相应，并产生一批富有魅力的作品，文学流派才能合乎规律地产生。所以说，文学流派的形成也是文学自身发展的必然结果。比如，西方文学史上的古典派、浪漫派、写实派、现代派等的形成，除了受社会生活影响外，也是古典主义文学、浪漫主义文学、批判现实主义文学、现代主义文学之间复杂的革新与继承关系的结果。

最后，作家群体的主观因素是形成文学流派的内因。社会历史条件、文学自身的发展要求和轨迹等，只是为文学流派的形成提供了可能性和基础，现实的文学流派的形成，关键还在于是否具备文学观念、创作倾向、艺术风格等近似的作家群体。明代后期，"公安派"的形成就能说明这样的道理。袁宏道、袁宗道、袁中道受王阳明"心学"、李贽"童心说"的影响，以"性灵说"为旗帜，标举"独抒性灵，不拘格套"，在创作中率真灵动、任性而发、不加伪饰，反对拟古，形成了在当时具有重大影响的文学流派。可以说，任何一个文学流派的形成，作家群体的主观因素都是最重要的内因。即便是那些被后人追认的文学流派，其之所以被视为一个文学流派，也是因为一些作家在创作上表现出了某种一致性。

文学流派的形成，还与读者的审美需求密切相关。文学创作是作家和读者的双向活动，作家进行艺术创作，不可能不考虑读者的审美需要，读者需要什么，不需要什么，也会形成一种审美风潮，并产生一定的文学创作驱动力，从而促成某种文学流派的产生。比如，中国近现代文学史上由包天笑、徐枕亚、张恨水、周瘦鹃等一批作家组成的鸳鸯蝴蝶派，之所以在文坛上风靡一时，正是因为当时竞相出现的大众文化报刊迎合了市民大众消闲、娱乐需求的结果。

（二）文学流派形成的方式

概略地说，文学流派的形成大体有以下两种情况：

1. 自觉形成的文学流派

一些作家因文学观念、美学倾向、艺术趣味相同或相近，自觉地结合起来，组织一些活动，出台一些纲领、宣言，发表一些理论文章以及风格相近的文学作品，有时还与观点不同的其他流派进行论战，这样就形成了自觉的文学流派。如西方现代主义文学中的未来派，我国现代文学史上的文学研究会、创造社、新月派等，就是自觉形成的文学流派。

2. 自发形成的文学流派

有些作家之间不完全具有甚至根本不具有明确一致的文学主张或组织形式，但在客观上由于创作风格相近而被人们视为同一派别。文学史上这种自发形成的文学流派更为普遍。像中国古代文学史上的田园诗派、山水诗派、边塞诗派等都属于这类性质的文学流派。由于是非自觉方式形成的，这类性质的文学流派所涉及的诸如时段的划分、人员的构成、风格的内涵等问题均较为复杂。

文学流派自身发展中太多的不确定性因素、非自觉性因素等，启发我们应深入学习文学史，尽量多地掌握具体文学流派的情况，并在此基础上对文学流派的一般规律形成新的认识。

三、文学流派的作用

一个文学流派，如果其文学主张、文学风格等符合时代及历史发展需要，那么它就会对当时的文学发展起引领风气的作用，也会对后代的文学发展产生积极的启迪作用。比如明代的"公安派"，其"性灵"写作和向民间汲取营养等主张及创作实绩，驱散了"前后七子"的拟古文风，开辟了率真自然的清新文风，开拓了小品文写作的新领域，提高了民间文学和通俗文学的地位，在晚明的诗歌界和散文界起到了引领创作走势的作用。其实，"公安派"倡导的反因袭、反雕琢、反伪饰、反格套的"独抒性灵"，意义不止于晚明，在后代文学发展过程中，也每每被提起用于冲击陈陈相因或虚假造作的文坛，如清代袁枚以"性灵说"迎击流行于当时诗坛的各种复古主义和形式主义，就与"公安派"有较深的渊源关系。我国现代文学史上的左翼文学流派，以马克思主义文艺理论为指导，一方面通过创作，另一方面通过与"新月派""自由人""第三种人""论语派"等的斗争，宣传了自己的思想倾向和文艺主张，形成了声势浩大的文艺大众化运动，粉碎了国民党当局的文化"围剿"，有力地配合了中央苏区军事上的反"围剿"斗争，给20世纪30年代的中国文坛留下了一道生机勃勃的风景线。而且，左翼文学培养了一支坚强的革命文艺大军，为全面抗战时期、解放战争时期，甚至新中国成立以后的人民文艺事业储备了一批骨干人才。

文学流派对文学发展的推动作用，有时是通过不同流派之间的竞争实现的。在一定历史时期里，不同文学流派之间有形或无形、有意或无意的竞争，会激发各个流派提升流派形象、强化流派风格的意志，各流派会通过学习、探索、创新，拓宽文学创作领域，丰富文学创作方法，扩大本流派文学创作的影响。从而，这个时期的文学面貌以及文学史的整体面貌，就会在不同流派相互赶超、相互映照、相互补充之中得以增色生辉。20世纪20年代，提倡"为人生而艺术"的文学研究会与提倡"为艺术而艺术"的创造社，作为我国新文学史上两个重要的文学流派，通过大量的创作实绩和一系列观点的论战展开了激烈有趣的竞争，共同为现代文学的繁荣发展做出了贡献。20世纪30年代，"京派"和"海派"之间在文学创作、文学观念方面展开的论争，同样对现代文学的发展具有重要意义。

当然，文学史上也存在一些对文学发展作用不大甚至有负面影响的文学流派，比如晚唐五代时期的"花间派"、宋初的"西昆体"，以及明永乐、成化年间的"台阁体"，它们或拘泥于合欢离恨、燕婉私情，或执着于歌功颂德、觥筹交错，带给文坛的是萎靡颓废的风气。了解并能够正确地评价这样的文学流派，对我们建立正确的文学观是有益的。

第三节　文学思潮

相对于文学风格、文学流派，文学思潮是更为复杂的文学现象，如何理解、把握它，在文学研究领域可谓众说纷纭。作为初学者，应该在前人研究的基础上，在了解中外文学史上较为著名的一些文学思潮的基础上，形成对文学思潮的基本认识。

一、文学思潮的界定

所谓文学思潮，是指一定历史时期受社会变革及特定社会思潮影响而形成的，在思想倾向、文学观念、理论主张、审美原则等方面相同或相近的，声势较大、影响广泛的文学思想和文学创作潮流。

进一步了解文学思潮，要注意以下一些问题：

（一）文学思潮与社会思潮的关系

一般来说，社会处于新旧交替的时期也是社会思潮活跃的时期。一些先觉者往往倡导某种新思想，而处于变革期的人们特别易于接受新的思想和学说。于是，各种社会思潮蜂拥而起，冲击着传统的思想和道德，尤其冲击着文学艺术这根社会的敏感神经。这样，伴随着社会思潮的产生，文学思潮也必然崛起。比如20世纪80年代中国的改革文学，正是在改革的社会思潮中形成的。当时大部分作家都创作了以改革为题材的作品，塑造开拓型改革英雄，反思改革的艰难困境，涉及社会诸多领域。蒋子龙的《乔厂长上任记》、水运宪的《祸起萧墙》、张洁的《沉重的翅膀》等工业题材小说，高晓声的《陈奂生上城》、路遥的《平凡的世界》、贾平凹的《浮躁》等农村题材小说，是改革文学思潮的代表作品。但是，文学思潮并不等于社会思潮。文学思潮尽管受到社会思潮的影响和制约，但又有相对的特殊性和独立性。简而言之，社会思想只要产生广泛影响、形成潮流，就可以称为社会思潮，文学思潮则不仅需要张扬思想，还要求有文学创作来推波助澜。

（二）文学思潮和文学流派的关系

文学思潮规模巨大、影响深远，往往涉及社会的各个领域，成为社会变革的重要因素；文学流派的规模相对来说要小一些，它主要体现为作家之间共同的文艺思想、创作倾向和文学风格，不一定直接涉及政治、经济、文化等领域。文学思潮主要是从思想的普遍影响来说的；文学流派主要是从作品的共同倾向来说的。有时，某个文学思潮就是文学流派；有时，一个文学思潮可能派生、分化出好几个文学流派，如19世纪下半叶以后出现于欧洲的现代主义文学思潮，就产生了象征主义、表现主义、达达主义等许多文学流派。一般来说，文学思潮影响、制约着文学流派，文学流派是在文学思潮出现后才产生的，而它们产生后，又推动了文学思潮的发展。但是也存在一些与文学思潮关系不是很大或没有关系的文学流派。

（三）文学思潮有不同的层级

在同一历史时期内，各种不同的文学思潮中往往有一种文学思潮是占主导地位的，可以称其为"文艺主潮"。像古典主义、浪漫主义、批判现实主义，便分别是欧洲17世纪、18世纪末19世纪初、19世纪中期的文艺主潮。除了文艺主潮外，每个历史时期还有文艺支流，甚至是逆流，它们在社会文化思潮和文艺主潮的影响下，呈现出各种不同的文艺倾向，对社会产生程度不同的影响。如18世纪的欧洲，除了启蒙主义文学思潮外，同时还存在感伤主义等较小的文学思潮。

总之，我们在了解、认识、研究文学思潮的时候，一定要结合特定历史时期社会的政治、经济、思想、文化等多方面因素理解其含义、形成及特征。

二、主要文学思潮简介

在中外文学史上产生过很多文学思潮，不同文学思潮形成的具体语境、持续的时间、呈现的面貌、产生的影响等各不相同。这里我们选择一些较著名的文学思潮作简要介绍。

（一）中国主要文学思潮

中国文学源远流长，自古至今产生过很多文学思潮，这里简要介绍几种近代以来影响较大的文学思潮。

1. 近代的小说界革命思潮

梁启超是这场思潮的首倡者，1902年，他发表《论小说与群治之关系》一文，阐明在小说界开展革命的必要性。他认为，小说"有不可思议之力支配人道"，所以要改变中国古代视诗文为正宗、视小说为街谈巷议之小道的文学观，将小说奉举为"文学之最上乘"，这是小说革命的一重含义；小说革命的另一重含义，是抛弃古典小说中充斥的状元宰相、才子佳人、江湖盗贼、妖狐恶鬼等与腐败的封建观念相联系的思想。梁启超提倡小说界革命，是与晚清以来中国内忧外患、亟须改良革新的社会状况，以及呼唤维新变革的社会思潮密切相关的。梁启超的言论，很快激起了强烈的社会反响。一时间，小说界革命思潮风起云涌。一批知名的评论家、作家和翻译家或应声呐喊，或投入新的创作和翻译。代表作家有李伯元、吴趼人、刘鹗、曾朴等，代表作品有《官场现形记》《二十年目睹之怪现状》《老残游记》《孽海花》等。

尽管小说界革命思潮中的观点、作品以及它的影响等都存在着值得辩证分析的复杂性，但是它倡导小说关注社会变革、反映真实的生活状况，倡导将声光电化等新现象和新名词写进作品，倡导白话文写作等，确实在中国文学发展历程中留下了深刻印记。

2. 五四时期的文学革命思潮

这是 1917 年由《新青年》杂志首先发起，继而应者云集、影响深远的反对旧文学、提倡新文学的一场文学思潮。胡适的《文学改良刍议》和陈独秀的《文学革命论》，可以看作这个文学思潮的纲领和宣言。"推倒雕琢的阿谀的贵族文学，建设平易的抒情的国民文学""推倒陈腐的铺张的古典文学，建设新鲜的立诚的写实文学""推倒迂晦的艰涩的山林文学，建设明了的通俗的社会文学"①，其实就是倡导文学用白话文写作向民众宣传民主和科学思想，用进化论历史观对社会现实及其根源做深刻的反思，对远离人民、无关痛痒的旧文学进行坚决的批判。五四时期的文学革命思潮既是对那个时代中国社会变革、中国文化思想变革的响应，也在很大程度上推动了社会和文化思想变革。代表作家有陈独秀、胡适、李大钊、鲁迅、郭沫若、刘半农等，代表作品有《狂人日记》《孔乙己》《药》《尝试集》《凤凰涅槃》等。

五四时期的文学革命是中国文学思想史上破天荒的变革，它不是传统内的变革，而是传统向现代的转换，是走向现代性的革命，它为中国文学思想发展开辟了一个新时代。

3. 新时期的先锋文学思潮

20 世纪 70 年代末，中国进入社会主义现代化建设的新时期，随着反思历史、改革开放、思想解放等的不断深化，政治、经济、文化等各个领域都出现了前所未有的新气象，文学领域的新变化也十分显著。从文学思潮的角度观照新时期文学，在学界已不鲜见。只是一方面因为新时期文学思潮此起彼伏变化频繁，另一方面由于观照的具体角度不同，不同学者对新时期文学思潮的总结、概括存在差异，这里只选择先锋文学思潮做简要介绍。

先锋文学思潮是指 20 世纪 80 年代中期兴起的，在文学观念、写作姿态及作品的内容、形式、风格等方面均表现出新特点的一股文学潮流。其产生，从根本上说是新时期社会变革、思想解放的结果，而西方现代主义、形式主义文学观念的引进与吸纳，是先锋文学思潮形成的直接原因。这一文学思潮的特点，可以这样概括：第一，它以激进的形式主义实验，改变了新时期文学的艺术观念；第二，它以强烈的反叛精神，展示了创作主体对个体自由的吁求；第三，它以非理性的顽强探索，打开了异常繁复的人性空间。②先锋文学思潮的代表作家有马原、残雪、扎西达娃、莫言、格非、余华、孙甘露等，代表作品有《拉萨河女神》《苍老的浮云》《透明的红萝卜》《褐色鸟群》《现实一种》等。

关于"先锋文学"

当然，先锋文学思潮中的一些作家、作品也存在诸如对形式主义过度迷恋、对非理性及人性负面因素过度渲染和思想穿透力不足等问题。我们在阅读作品、研究这股文学思潮的过程中，一定要秉持客观、辩证的态度，既承认其客观存在及一定的意义，也注意其问题和一定的消极影响。

（二）西方主要文学思潮

自古希腊至今，西方文学也走过了漫长的发展道路，其间产生的文学思潮也很多，这

---

① 陈独秀. 文学革命论 [J]. 新青年，1917，2（6）.
② 洪治刚. 中国当代文学思潮十五讲 [M]. 杭州：浙江大学出版社，2017：133-135.

里选择较著名的几种作简要介绍。

1. 浪漫主义文学思潮

作为一种基本的创作倾向，浪漫主义在文学发展的初期就已经存在了。但是，作为一种文学思潮，浪漫主义的出现则是18世纪末19世纪初的事情。它最先形成于德国，之后迅速发展成一场风靡欧洲的文学思潮，产生了许多有影响的作家和作品。它的兴起受到法国大革命后高涨的民主潮流和民族解放运动的推动。它的精神气质深深地植根于以康德、黑格尔、谢林为首的德国唯心主义古典哲学之中。

从文学发展史来看，浪漫主义是对17世纪古典主义的反抗：它强调感性以对抗古典主义的理性；它强调自然物以对抗古典主义的人造物；它强调自由以对抗古典主义的规矩；它强调个性以对抗古典主义的共性。驰骋想象、崇尚自然、惯用象征等，是浪漫主义文学思潮的主要特征。究其实质，浪漫主义是一种理想主义，虽然其中有积极浪漫主义和消极浪漫主义之分，其理想或指向未来，或缅怀过去，但其灵魂是理想。这一文学思潮的代表作家有德国的施莱格尔兄弟、海涅，英国的华兹华斯、柯勒律治、骚塞、拜伦、雪莱、济慈，法国的雨果、乔治·桑等。

2. 现实主义文学思潮

作为基本创作倾向的现实主义在文学活动发生的初期就存在了。但作为文学思潮，它是在19世纪中期取代浪漫主义而成为主流的。现实主义文学思潮的主要特征是：对现实生活做深入细致的观察、分析和解剖，注重揭示社会关系的真相；注重塑造个性与共性相统一的典型形象；采取写实手法对现实生活做精确细致的描写，结构严谨、语言朴素。这一文学思潮的代表作家主要有法国的司汤达、巴尔扎克、福楼拜，英国的狄更斯，俄国的果戈理、托尔斯泰、陀思妥耶夫斯基等。

现实主义文学思潮是资本主义固有的弊端逐渐暴露、社会矛盾更加激化的产物，正如马克思、恩格斯所揭示的那样，资本主义制度"使人和人之间除了赤裸裸的利害关系，除了冷酷无情的'现金交易'，就再也没有任何别的联系了"[1]。面对这种冷酷的社会现实，"人们终于不得不用冷静的眼光来看他们的生活地位、他们的相互关系"[2]。还有，当时黑格尔的辩证法、费尔巴哈的人本主义唯物论、孔德的实证主义等哲学思想，以及自然科学方法的流行等，也都是影响现实主义文学思潮形成的因素。

3. 现代主义文学思潮

现代主义文学思潮产生于19世纪末20世纪初的欧美。这个时期，资本主义的发展进入一个新的历史阶段，各种矛盾愈演愈烈，突出表现为世界大战的爆发。战争对文明和秩序的摧毁无情地打破了人们的幻想，传统的价值观念崩溃了。现代科学的危机与物理学理论的革命急剧地改变了人们的世界观。在将近一个世纪的发展过程中，现代主义文学思潮出现了象征主义、表现主义、意识流、超现实主义、存在主义、荒诞派、新小说、黑色幽

---

[1] 马克思，恩格斯. 共产党宣言[M]//马克思，恩格斯. 马克思恩格斯选集：第1卷. 北京：人民出版社，2012：403.

[2] 马克思，恩格斯. 共产党宣言[M]//马克思，恩格斯. 马克思恩格斯选集：第1卷. 北京：人民出版社，2012：403-404.

默、未来派、意象派等形形色色、不可胜数的派别。现代主义文学思潮的形成和发展，同现代西方种种反理性主义的哲学思潮和社会思潮密切相关，可以说，叔本华的唯意志论、尼采的超人哲学、柏格森的直觉主义、胡塞尔的现象学、弗洛伊德的精神分析学、萨特的存在主义等，对现代主义文学思潮的产生和发展都有影响。从西方文学自身的历史发展来说，现代主义文学思潮的兴起也是在浪漫主义文学思潮、现实主义文学思潮衰落以后，文学创作寻求出路的表现。

现代主义文学的主要特征是反传统，具体表现为：着意表现世界的荒诞和人的异化；用力书写人的内心世界，往往将非理性的生理本能、原始冲动、神秘体验、潜意识、梦幻等作为书写重点，将畏惧、厌烦、恶心、晕眩、苦恼、焦虑、孤独、失落、迷茫等提升到本体的高度；大量采用象征、隐喻、暗示、夸张、变形、反讽、意识流、内心独白、时空倒错、跳跃叙述等方法。这一文学思潮的代表作家主要有卡夫卡、福克纳、萨特、加缪、贝克特、尤奈斯库、海勒等。

总之，文学思潮是一个多侧面、多层次的概念，在不同的历史时期，它可能表现出不同的侧重面。它或者侧重社会思潮，或者侧重艺术观念，或者侧重创作方法，或者侧重文学运动，等等。有些文学思潮，在一个较短的历史时期内看，不愧为轰动一时的文学思潮，但是从文学史的长河来看，它作为文学思潮的形态可能变得模糊；反之，有些文学思潮，无论经过多长时间，其作为文学思潮的面貌、意义或借鉴作用等依然清晰。这些都启迪我们应该以发展的、辩证的眼光看待文学思潮。

【学习活动】

每位学生选择某个文学思潮中的一位代表人物进行演讲，以他的口吻表达他的文学主张，争取营造出他那个时代的氛围以及那场文学思潮的声势，感染听讲的同学。

思考与练习

一、名词解释

1. 文学风格 2. 文学流派 3. 文学思潮

二、简述

1. 影响文学风格形成的因素。

2. 从文学风格角度看，谈谈阳刚之美与阴柔之美的审美特征。

3. 文学风格的多样性与一致性。

4. 结合文学史谈谈某一文学流派的形成及意义。

5. 结合具体案例简述对文学思潮的含义、特征及其形成的理解。

三、实践拓展

1. 结合具体作品试比较分析李白与杜甫的诗歌风格，或苏轼与柳永的词作风格，或杨朔与秦牧的散文风格，将自己的观点分享给老师、同学，并与持不同观点者展开讨论。

2. 结合本章所学的文学思潮理论，分析我国近年来的文学思潮。要求线索清晰，述、评结合。

拓展阅读导航

1. 周振甫. 文学风格例话［M］. 南京：江苏教育出版社，2006.

该书从文体、作品、作家、流派、时代、地域以及民族等角度对文学风格进行了详细论述，例证丰富，论证严密，是学习文学风格理论的合适参考书。

2. 严家炎. 中国现代小说流派史［M］. 增订本. 北京：高等教育出版社，2014.

该书将中国现代小说划分为"乡土小说""自我小说""革命小说""新感觉派与心理分析小说""社会剖析派小说""京派小说""七月派小说""后期浪漫派小说"等八个派别，从小说家"群落"的角度翔实地钩沉、总结了中国现代小说，开创了新时期以来中国现代小说的流派史研究格局。阅读此书，有利于深入理解、灵活应用文学流派理论。

3. 杨春时. 现代性与中国文学思潮［M］. 北京：生活·读书·新知三联书店，2009.

该书从文学现代性理论出发，厘清了启蒙主义、浪漫主义、新古典主义、现实主义、现代主义等文学思潮的内涵，并以文学思潮为基本单位重构了中国现代文学史，还对中国现代文学思潮进行了重新定位。阅读此书，有助于深入理解文学思潮理论。

第三编
文学作品

第七章 文学作品的文本层次与结构

学习目标

- 了解文学作品的层次、结构原则及方式；
- 理解文学作品的表层结构与深层结构的关系；
- 掌握辨识具体文学作品的文本层次和结构方式的方法；
- 能够运用文学作品的层次结构理论赏析作品、进行教学设计。

内容导图

文学作品的文本层次与结构
- 文学作品的文本层次
  - 文本媒介
  - 文学语言
  - 文学形象
  - 文学意蕴
- 文学作品的结构
  - 文学作品的结构原则及方式
  - 文学作品的表层结构与深层结构

学习导入

在《红楼梦》第四十二回中,薛宝钗谈到大观园图的结构时说:

> 如今画这园子,非离了肚子里头有些丘壑的,如何成画?这园子却是像画儿一般,山石树木,楼阁房屋,远近疏密,也不多,也不少,恰恰的是这样。你若照样儿往纸上一画,是必不能讨好的。这要看纸的地步远近,该多该少,分主分宾,该添的要添,该藏该减的要藏要减,该露的要露。这一起了稿子,再端详斟酌,方成一幅图样。第二件,这些楼台房舍,是必要用界划的。一点儿不留神,栏杆也歪了,柱子也塌了,门窗也倒竖过来,阶砌也离了缝,甚至桌子挤到墙里头去,花盆放在帘子上来,岂不倒成了一张笑话儿了。第三件,要安插人物,也要有疏密,有高低。衣褶裙带,指手足步,最是要紧;一笔不细,不是肿了手,就是瘸了脚,染脸撕发,倒是小事。依我看来,竟难的很。

这是宝钗论画的心得,也完全适用于文学创作。作者对文学作品中的人物、事件和社会环境等纷繁复杂的内容,都要进行精心谋划,或添或减,或藏或露,要"界划",要考虑安插人物的疏密高低,这样作品才能成为和谐的篇章。"照样儿往纸上一画,是必不能讨好的",原始的生活素材必须经过作者的匠心独运,"方成一幅图样"。

文学创作者到底遵循什么原则来添、藏、减、露,才能做到胸中有丘壑呢?创作出的文学作品有什么样的层次结构?文学语言、文学形象、文学意蕴怎样相生相依而呈现?本章将讨论这些问题。

俗话说"一滴水可以见太阳",从一部文学作品中也能够发现文学作品在文本层次、结构方式等方面的共同特征。

第一节　文学作品的文本层次

如果把一个文本由"外"向"内"逐层"剥开",可以发现文学作品是多层次构成的。对于作品文本层次的划分,常见的有三分法、二分法。我们在分析各种分层方法之后再进行适当的整合,提出本书的分层方法。

按照读者接受文本的次序划分，中国传统文论中的言、象、意三分法比较常见，即语言、形象和意蕴三个层次。言与意的关系是我国古代文学理论研究中的一个重要课题，《周易·系辞》中提出了言、意之间的矛盾，即"书不尽言，言不尽意"，是言语不可能充分地表达意图。如何解决这个矛盾呢？"圣人立象以尽意"（《周易·系辞》），即用"象"来明意，用"象"在"言"和"意"之间架起沟通的桥梁。而要想使"象"得到充分表现，则非语言莫属。"言"和"象"的目的都是接近"意"，如果能够表达清楚"意"，则不必过分拘泥于"言"和"象"。

叙事理论家西摩·查特曼提出"故事"与话语的二分法。这里的"故事"指内容或一系列事件（行为、事情）再加上各种存在物（人物、场景）；话语即语言呈现，也就是内容通过何种方式被表达出来。如"国王死了，王后也死了"是故事，这个故事可以形成不同的话语版本："国王死了，王后也伤心而死"，或"国王死了，王后也殉情而死"，或"国王死了，王后也被迫陪葬"，等等。故事仿佛是一个底本，底本只有一个，但话语可以由不同的人从不同的角度来讲述。这种方法比较简明，大致相当于内容与形式的二分法，但无论这些内容如何被叙述出来，都需要通过形式或者叙述话语才能存在，没有形式或叙述话语，内容或故事都不可能被呈现出来。

上述两种分法为我们了解文本层次提供了理论基础。就文本的分层而言，中国传统文论中的三分法比较契合作品的实际，而且吸收了其他分层方法的合理因素，因而这里我们沿用言、象、意三分法。同时，由于文本始终离不开它所依附的载体，受到文本媒介的直接影响，因而有必要将文本媒介当作文本层次研究的必要组成部分，因此我们将文本分为文本媒介、文学语言、文学形象、文学意蕴四个层次。

一、文本媒介

文本媒介是文学作品赖以存在和传播并能够使作者、作品、读者和世界相互关联的物质载体或中介，如口语、文字、印刷文本、广播、影视和网络媒体等。文本媒介经历了口头文本、书写文本和电子文本等阶段。媒介并不仅仅是载体，它对语言运用、文学形象塑造、文学体裁发展都有极大的影响，从一定意义上讲，媒介发展的历史也是文学发展的历史。

文本媒介

口头文本是文学文本的初始形态，指言说者通过综合运用肢体语言、声调、语气、语境等因素传情达意。口头文本受时空限制，稍纵即逝，所谓"一言既出，驷马难追"。《诗经》和《荷马史诗》分别是中西口头文本的杰出代表。我国周朝时各地的歌谣带着鲜活的生活气息反映民间生活的疾苦，古希腊盲诗人荷马的诵诗使得英雄们的光辉业绩传扬四方。言说者当时的语境、声音早已湮没在历史的风尘中，但这些都对作品的创作和接受产生影响。民间诗歌作者和盲诗人诵诗时，每次的具体表述都可能不同，当它们被固化为文字文本时，口头文本中的一些表述被过滤掉了，留下的是简洁精练的书写文本。

书写文本指借助书写工具、材料用文字、符号记录下的文本，这些文本一般要斟酌字句、协调音律、首尾呼应，体现出精巧的构思和独特的审美效果。书写文本包括手写文本和印刷文本。书写文本一旦形成，可以不受时空限制，多次阅读，为读者深入钻研提供了比口头文本更为有利的条件。当然，书写文本不一定以交流为目的，可能只是作者内心感受的记录，如个人日记。其中早期手写文本耗时费力，因而比较珍贵，流传范围较小；印刷文本为文学的广泛流传提供了坚实的物质条件，使文字更加清晰，文本的流传范围更广泛，时间更为久远。如果没有印刷技术，文学可能永远只是"小众"的消费品。

电子文本指借助广播、影视、网络等电子媒介所传达的文本，电子媒介使得文学文本的复制和传播速度大大加快，使读者的阅读和欣赏更为方便快捷。同时网络技术的发展也改变了作者的创作方式，读者可以广泛地参与其中，不断地与作者沟通，甚至可以另起"炉灶"，自己"上阵"，写出自己喜欢的情节与结局。这种方式大大地激发了读者的创造性，改变了作者单向度地传递信息而读者只能解读作品的传统文学接受模式，加强了作者与读者之间的交流，使双方有可能共同决定文本的方向和进程。

媒介是人的感觉功能的延伸、强化或放大，影响人的思维和社会生活的方方面面。比如书写文本代替口头文本广为流行后，改变了文学的传播方式，文学传播媒体由原有的听觉符号变为视觉符号，文字左右或上下的排版形式也培养了人的序列、线性的思维方式。

文本媒介不仅仅是内容的载体，还部分地制约内容。例如，龟甲、兽骨、简牍笨重且不易保存，因而其承载的内容必是非常重要的，而且其语言必须精练，追求言简意赅的效果；有了纸张和印刷术，小说这种可长达几十万字甚至上百万字的文学体裁才兴起；现代网络文学等文学形式的兴起，也得益于电子信息技术的迅猛发展。如同文学研究中"形式即内容"的说法，媒介研究中也有"媒介即信息"的说法，值得注意的是，传播信息的声音、纸张、网络等载体在文学的生产、传播、消费、接受过程中，本身也是一种信息，需要被关注。

同时，媒介还影响文学的生产、传播和消费方式。就生产而言，在口口相传的时代，文学以神话、诗歌为主，读起来朗朗上口，易于记忆；印刷媒体对于小说的兴起功不可没；网络对当下通俗文学的繁荣起了很大的作用，因写而优则演，很多网络写手都因"触网"而身价倍增。20世纪下半叶以来，电视、网络等大众媒介的出现，冲击了"纯"文学的生存与发展，催生了众多"网络写手"，促进了通俗文学的快速生产、传播，也改变了文学文本的形态、文学观念和审美趣味。由此可见，文本媒介是文本的重要组成部分。

二、文学语言

文学是语言的艺术，与其他艺术样式相比，受物质条件的制约较少。雕塑、绘画、影视艺术等的创作要受制于材料的特性，而传统文学创作通常只需纸、笔即可。无论是作者的创作（吟诵）还是读者的阅读（倾听），都要通过语言来实现。文学语言主要从语音、字形、文字和句法四个方面创造性地运用来呈现。

语音层是作品的声音形态，一般讲究节奏和音律。节奏指语音在一段时间内高低、长短、轻重起伏等方面的变化。音律由语调、声调和韵调等因素相互协调而成，主要指双声、叠韵、叠音、平仄、押韵等。节奏和音律能使人们体会到文学语言的声音美，产生审美愉悦。在中国文学起源的过程中，诗、乐、舞曾为一体，诗是能唱的，语音的节奏、声律或抑扬顿挫、铿锵有力，或气韵生动、缠绵凄切，声音能够贴切地表现人的内在心理。

朱光潜曾说过："领悟文字的声音节奏，是一件极有趣的事，普通人以为这要耳朵灵敏，因为声音要用耳朵听才生感觉。就我个人的经验来说，耳朵固然要紧，但是还不如周身筋肉。我读音调铿锵、节奏流畅的文章，周身筋肉仿佛作同样有节奏的运动；紧张，或是舒缓，都产生出极愉快的感觉。如果音调节奏上有毛病，我的周身筋肉都感觉局促不安，好像听厨子刮锅烟似的。……我因此深信声音节奏对于文章是第一件要事。"① 文学往往注重运用节奏、格律、谐音和修辞等手段，为表情达意服务。汉语语音以元音为主体，元音发音时气流不受阻，声音响亮，并且汉语的音节间界限分明，长度也大致相同，适于形成词汇整齐、节奏感强的句子。汉语语音有四声，抑扬顿挫对应情感高低起伏的变化。"语音的不同往往和感情的变化有关，语音和感情配合得好，易于表现内容情节和人物形象，便于语言形象化。一般说来，内容严肃文雅的，常以'中东'辙字音押韵，因为这类字本身就给人沉着镇静的感觉；豪放激动的多用'江阳'辙和'摇条'辙，这类字音动作强，便于形体动作和语音动作相结合；性格平静安稳和内容哀婉怜悯的，常用'言前'辙和'人辰'辙，这类字便于抒发感情和表现稳重沉静……"② 中国古诗中常有大量谐音、双关的用法，如"昔我往矣，杨柳依依"这一句，除了合乎移情或者同构的审美心理之外，也在于"柳"与"留"谐音，传递出送别时依依不舍的心情。此外，叠音词、双声叠韵词也都可以产生鲜明的节奏感，与人的情感和生理结构相对应。具体说来，人的一呼一吸，以及心脏一张一缩的跳动，都是二拍，而且人的呼吸与心脏跳动也是无限重复的，因而叠音词、双声叠韵词在古诗中广泛存在，如《关雎》《桃夭》《蒹葭》中的大量诗句都广为流传。声音的长短、起伏、急缓与人的内心情感存在着一定的对应关系，运用得当可以为准确地传达情感锦上添花，如曹操《短歌行》的语音与情感的对应关系就较为明显：

> 对酒当歌，人生几何！譬如朝露，去日苦多。
> 慨当以慷，忧思难忘。何以解忧？唯有杜康。
> 青青子衿，悠悠我心。但为君故，沉吟至今。
> 呦呦鹿鸣，食野之苹。我有嘉宾，鼓瑟吹笙。
> 明明如月，何时可掇？忧从中来，不可断绝。
> 越陌度阡，枉用相存。契阔谈䜩，心念旧恩。
> 月明星稀，乌鹊南飞。绕树三匝，何枝可依？
> 山不厌高，水不厌深。周公吐哺，天下归心。

前四句中的"当"字很响亮，声气豪壮，对应诗人欲称霸天下的雄心壮志；进而逐渐低沉，以"何""多"等口形渐收的语音结尾，对应人生暮年，时间却依然流逝，一统天下的宏愿尚未实现的忧虑。苦短的人生该如何"解忧"呢？他给出的答案是杯酒解千愁。

---

① 朱光潜. 朱光潜全集：第4卷［M］. 合肥：安徽教育出版社，1988：221.
② 周殿福. 艺术语言发声基础［M］. 北京：中国社会科学出版社，1980：168.

他愁什么呢？宏图大业需要有"嘉宾"与他共同完成，他思慕贤才良将来助力，接下来"衿""心""今"都是前鼻音的韵脚，显得情感低沉、细腻、真诚。进而他沉醉于"嘉宾"来归的想象中，"鸣""苹""笙"都是后鼻音，声音雄壮、豪迈，情感激昂、向上。"鼓瑟吹笙"中的"瑟"字读起来短促、滞涩，与前后的字音形成抑扬顿挫的变化，诗人似乎在与"嘉宾"欢聚一堂，有欢呼雀跃之感。但这毕竟是想象，回到现实的诗人依然"忧从中来"，接下来的"月"和"绝"都是入声字，发音短促、急收，显得情绪低落。进而诗人感念当时聚集在身边的贤才们跋山涉水、"越陌度阡"来归，让他再次回归沉吟、忧思的状态，再次用了前鼻音的"存""恩"，希望天下贤才都来与他共谋宏图大业。最后一句"天下"开口极大，似将天下贤才和万民都囊括进来，"归心"又收了口型，仿佛万众归于他的麾下不再离开。全诗的声音和意义形成了恰到好处的对应关系。文学虽然追求节奏、声律之美，但若刻意追求语音的规律而损害语意，则得不偿失。因此作品如能声音流畅上口，顺应情感本身的自然流露，方为上品。

汉字基础的造字法"六书"就以象形或取象为主，当然也有象声，都是对客观自然现象的模仿。指事也以形象-符号显示自然关系、模拟自然关系。会意则是对事态的复杂关系的显示，不是单纯的象形。这基本上决定了中国文字的形象性。转注、假借则是语义的延伸，是把象形文字的形象性延伸出去。语义的延伸也代表了形象的延伸"[①]。相对于英语等拼音文字主要以语音来区分意义，虽然基础的汉字以形表义，但以单纯的字形所造的字不能满足实际需要，因而近九成的汉字都是形声字，既有形旁与义相关，又有声旁表音。现行汉字中最典型的象形字之一是"囧"，与哭丧着脸的形象对应，在网络空间中被广为应用，但已经脱离了其原义。

汉字根据字形特点拆分重组，可以形成独特的文学效果。如《射雕英雄传》中郭靖、黄蓉要去求见一灯大师，其徒弟试图用一副对联阻拦二人，上联是"琴瑟琵琶，八大王各自头面"，黄蓉不仅从容地对出下联"魑魅魍魉，四小鬼各怀心肠"，还暗讽了一灯大师的四个徒弟，借助汉字的字形特点顺利通关。还有很多对联也巧妙地运用了字形特点，如"踢倒磊桥三块石，砍破出字两重山""二人土上坐，一月日边明"，等等。字形的文学用法体现在文学作品中，如遇山字旁的字，则知多与山有关。如在《西游记》第三十二回《平顶山功曹传信　莲花洞木母逢灾》中，师徒四人在西行途中遇到险峻的山岭：

> 巍巍峻岭，削削尖峰。湾环深涧下，孤峻陡崖边。湾环深涧下，只听得唿喇喇戏水蟒翻身；孤峻陡崖边，但见那崒崒䃘山林虎剪尾。往上看，峦头突兀透青霄；回眼观，壑下深沉邻碧落。上高来，似梯似凳；下低行，如堑如坑。真个是古怪巅峰岭，果然是连尖削壁崖。

这一段中的字多以"山"或"土"为偏旁部首，给人山高岭多、层峦叠嶂之感，不经过艰苦跋涉则难以通过。

汉字也被称为方块字，我们可以利用其字形特点组成图形诗。如周振中的《人民英雄纪念碑》：

[①] 张岱年，成中英，等. 中国思维偏向[M]. 北京：中国社会科学出版社，1991：191-192.

>   一
>   尊
>   巨
>   大
>   的
>   磨
>   刀
>   石
>   砥砺着
>   民族的意志

又如图7-1中的字形或颠三倒四，或"缺胳膊少腿"，与尤孟娘的《闺怨》一诗的内容相对照，不禁让人会心一笑。诗的内容是："夜长横枕意心歪，斜月三更门半开。短命到今无口信，肝肠望断没人来。"这种图形诗之所以能够形成，主要原因在于构成字形的单个文字部件即可表意，且汉语语法形态较少，语序灵活，句子长短可控。这些在拼音文字中就较难实现。而且，这里的"肝"字被拉长了，恰好"长"与人体器官的"肠"同音，也体现了形声字中形旁的重要性，否则众多的字挤在一个音里，很难区分。

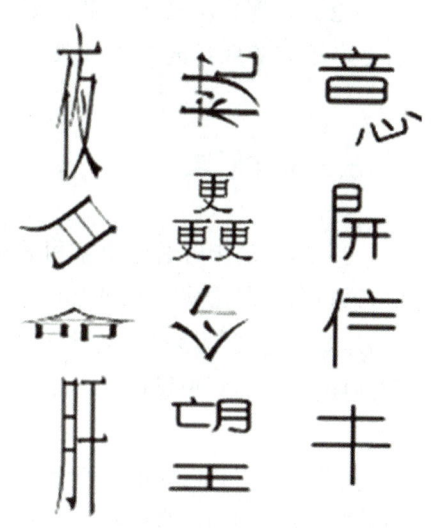

图7-1 《闺怨》

文学语言要求"炼"字，用字要贴切、传神、新奇，既合音律，又能恰当地传达出意义，其最高境界是增一字则多，减一字则少，换一字则意境欠佳。如王国维在《人间词话》中称赞"红杏枝头春意闹"中的"闹"字，"云破月来花弄影"中的"弄"字，仅仅两个字而"境界全出"。清冷的夜晚，乌云满天，遮蔽了月色，清风过后，云开月出，花儿也在微风的吹拂下"翩翩起舞"。夜朦胧，花摇曳，"影"字将花的神韵和盘托出。"炼"字是个痛苦的过程，卢延让的《苦吟》"吟安一个字，捻断数茎须"和贾岛的《题诗后》"两句三年得，一吟双泪流"都道出了其中的艰难。当然，用字的功夫不仅仅在一时的"炼"上，更要掌握技巧，多读多写。

句子需要反复斟酌，讲究节奏、音律、辞格，为表情达意服务。中国诗歌在不同时期的发展过程中都形成了比较稳定的句式。如《诗经》多为四言；汉代乐府诗长短不一，有句式整齐的七言诗，也有整散不拘的杂言诗。句式虽然随时间的流逝而变化，但在相当长的历史时期内都是比较稳定的。《诗经》中收录大量四言诗，其分章的组织结构，重叠复沓、押韵、对偶的句法，相对于原始的二言诗，表达的空间更为广阔。如王国维在《人间词话》中所说的："四言敝而有《楚辞》，《楚辞》敝而有五言，五言敝而有七言，古诗敝而有律绝，律绝敝而有词。盖文体通行既久，染指遂多，自成习套。豪杰之士，亦难于其中自出新意，故遁而作他体，以自解脱。一切文体所以始盛终衰者，皆由于此。故谓文体后不如前，余未敢言。但就一体论，则此说固无以易也。"也就是说，一个时代有一个时代的文学，文学表达也会因社会变迁和个人内心的变化而突破原有的框架，进而形成新的形式。句子还可用多种辞格，如比喻、借代、含混、多义、反讽等多种修辞手法来增强文本的感染力。

当句子组成段落篇章时，要讲究篇章的结构，对此后面将独立成节讨论。

> 【学习活动】
> 请你结合上述关于文学作品用字的例子，试着找出类似的用汉字的偏旁部首表意或用字体变形、排列来表意的例子，并就以下问题展开活动：
> （1）试着说明其他语言如英语是否能够通过字体变形实现类似图7-1《闺怨》的表意效果。
> （2）试搜集英语（或其他拼音文字）图形诗（如阿波里奈的图画诗），体会、说明文字排列所取得的表意效果。

三、文学形象

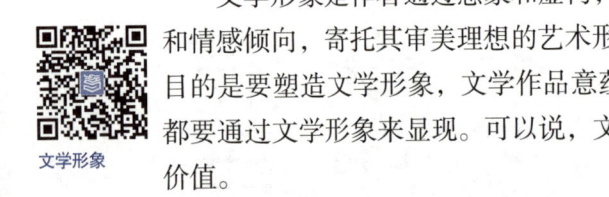
文学形象

文学形象是作者通过想象和虚构，借助语言塑造出来的表现其对现实生活体验、评价和情感倾向，寄托其审美理想的艺术形象。文学形象是文学作品的中心层次。运用语言的目的是要塑造文学形象，文学作品意蕴的丰富性和思想深度，艺术的感染力和审美价值，都要通过文学形象来显现。可以说，文学形象塑造得如何，决定着文学作品的思想和艺术价值。

文学形象应有鲜明的个性和典型性，将个性与共性有机地结合起来，在个性中体现出普遍意义和深刻的思想内蕴。有时，作者为了获得特定的艺术效果，会将现实生活中种种人的长相、性格、经历、情境等方面都集中在某一个特定的艺术形象上，以鲜明的个性取得独特的艺术效果。《巴黎圣母院》中的敲钟人加西莫多的外貌奇丑无比：几何形的脸，四面体的鼻子，马蹄形的嘴，参差不齐的牙齿，独眼，耳聋，驼背……与他那纯洁高尚的心灵形成夸张的对比，而他无私奉献的精神和副主教膨胀的私欲又形成鲜明的对比。尽管如此，人们还是从情感上接受并敬重这个丑陋之王，因为他的形象符合情感伦理，能使人们的情感得到净化与升华。这个人物集奇丑的容貌与高尚的心灵于一体，是作品塑造出的一个令人敬重的最底层的艺术形象，寄托着作者对普通人的敬意，也告诉人们，美就在丑的旁边。马致远的《秋思》千百年来一直为人们传诵："枯藤老树昏鸦，小桥流水人家，古道西风瘦马。夕阳西下，断肠人在天涯。"前三句像蒙太奇手法一样，为我们展现了一幅意境悠远的水墨画：天已深秋，寒鸦点点，枯藤缠绕着老树。远处一座小桥映入眼帘，下面流水潺潺，旁边的农家小院里炊烟袅袅。整体形象幽静、安逸、闲致。也许这些并非作者真实见到的画面，但经过文字加工整合，映射出天涯孤旅的游子彷徨、无助的心境：倦鸟尚可归巢，自己却在沉沉的暮色中踽踽而行，浪迹天涯，虽是独自一人，却含蓄地诉说着游子的普遍之心。

文学形象应有较强的艺术感染力，能够调动读者的生活经历、情感体验和想象等因素，引导读者进入艺术世界，与文学形象同情共感。文学形象还应有较大的艺术张力，蕴含丰富、意味悠长而不直白显露，形成一个有鲜活生命力的"召唤结构"，如同绘画中的"留白"，以有限的描绘传达出无限的意味，唤起读者开启无限的想象空间，塑造出自己心目中最优美的文学形象。《荷马史诗》从未具体描绘过海伦的相貌，但因她而征战十年的特洛伊战士没有任何怨言，他们认为为这样一位美女而战再辛苦也值得。这样，海伦的美用任何语言描述都显得苍白，任何人所能描绘出来的美都不及她美。文学可以有限的语言来唤起读者的审美经验和感受，以开启无限的想象空间，塑造出读者心目中优美的文学形象。

四、文学意蕴

文学欣赏要超越具体的文学形象，让人进一步领悟文学形象背后的意义，即言外之意、韵外之旨，以获得独特的审美感受和精神愉悦。文学意蕴是蕴含在文学艺术描写和文学形象中的意旨、韵味、精神，是文学作品的内在层次。文学文本的"意蕴"可分为社会历史意蕴、审美意蕴、哲理意蕴。

在谈论文学现象时，总免不了涉及文学与社会生活的关系，让人思考其中的社会历史状况。作家来自现实生活，作品与社会本身的关联也密不可分。孔子说"诗可以观"（即郑玄所注的"观风俗之盛衰"），孟子提出"知人论世"等，这些都指向文学的社会历史层面。读者阅读时也不可避免地带着时代的印记，在特定社会语境的制约中阅读文本。如杜甫的《闻官军收河南河北》要结合当时的社会历史背景以及杜甫的忧国忧民之心来理解，"河南河北"是叛军所在地，"蓟北"是叛军的老巢，这两地被收复，心系移民、天下的杜甫听闻这样的喜讯，自然"喜欲狂"，读者此处也能够与他共情，体会他强烈的欣喜之情，通过诗人在想象中畅快地"穿巫峡""向洛阳"的行程，感受他情真意切、喜极而泣的激情流注。

文学的审美意蕴是文学价值的重要体现，其中蕴含的深层意味要通过欣赏者去感悟、去领会。所谓"韵外之致""味外之旨"都需要经由审美主体结合自己的经历、体验和精神追求来实现。文学审美是无功利的，审美主体在忘怀俗世的干扰和澄明虚静的状态下，越沉浸于文本世界中，越能够体味其中之美。《诗经》中的《蒹葭》千百年来一直为人们所吟咏："蒹葭苍苍，白露为霜。所谓伊人，在水一方。"——芦苇密密苍苍，晶莹露珠结成霜，水上烟波万状，空中雾霭迷蒙，深秋的景色与人物委婉惆怅的相思交融在一起，呈现一种飘忽迷离、虚实相生的水边情境。时而翘首眺望，时而蹙眉沉思的诗人心绪不宁地伫立在水边，思念伊人却不能得见。短短的十六个字，极富张力，意蕴生动，思致微渺，引人进入恍惚之境。

哲理意蕴在文学形象的基础上产生，又远远超越文学形象隐含的观念与感悟，所谓"言外之意"。它潜藏在文本背后，需要读者深入思索。任何作品的长度都是有限的，但一些作品往往能够在有限的文字中引出读者对社会历史、人生的无限感悟，引起一代又一代读者的共鸣，达到艺术欣赏的理想境界。亚里士多德赞赏荷马，推崇他能够围绕特洛伊战争中"阿喀琉斯的愤怒"，将十年战争中的其他事件组织起来，这样史诗就不是流水账，而有了其必然性，符合现实的必然律和或然律。正因为如此，亚里士多德认为，诗比历史更富于哲学意味。这里的诗泛指文学。唐朝张若虚的《春江花月夜》是一篇脍炙人口的名作，有"以孤篇压倒全唐"之誉，其景色描述与哲学意蕴无不令人称道。他先描述出一个清明澄澈的纯净世界，而后自然地引起人的遐思冥想："江畔何人初见月？江月何年初照人？"宇宙永恒，人生短暂，但诗人并未沉迷于此，而是翻出新意："人生代代无穷已，江月年年望相似。"人类生生不息地繁衍下去，虽有人生苦短的感伤，但并不颓废与绝望。诗人继续发出"不知江月待何人，但见长江送流水"的慨叹。人类面对宇宙的遐想与冥思在短短的几句诗中得到畅快淋漓的表述。从这首诗中我们可以看出，文学的三种意蕴并非截然分开，它们之间互为表里，共同引发读者的深入思考。如果没有前面对春江花月夜的情景铺垫，后面的月与人何时初见、江月又在等待何人的感慨就显得突兀、无所凭附了。

第二节 文学作品的结构

文学作品的结构及其安排

文学作品的结构是指对构成文学作品的各个要素的组织、安排，使之构成有机的整体，以实现特定的审美效果。所有的作品都有自己的结构安排，不同结构的文学作品会显示出不同的审美效果。研究文学作品的结构，对于全面认识文学文本的构成有着重要的意义。文学作品的结构相当于作品的骨架，好比房子的支撑框架，也可用"组织""骨架""布局"等来表示。文学作品的结构有自己的特点。作品的要素要前后连贯，组合适当，要讲究谋篇布局。老舍也谈论过作品的布局："艺术家不是只把事实照样描写下来，而是把事实重新排列一回，使一段事实成为一个独立的单位，每一部分必与全体恰好有适当的联系，每一穿插恰好是有助于最后的印象的力量。于此，文学的形式之美便像一朵鲜花：拆开来，每一蕊一瓣也是朵独立的小花；合起来，还是香色俱美的大花。"① 布局要统筹已有的材料，将各个部分安置组合，形成整体。谋篇布局并无定法，但需要遵循一定的原则。文学经过千百年的发展，已形成一些比较成熟的结构形态。

一、文学作品的结构原则及方式

（一）文学作品的结构原则

结构一般要遵循整体性、协调性、稳定性三个具体原则。

---

① 老舍. 文学概论讲义［M］. 上海：复旦大学出版社，2004：45.

1. 结构要有整体性

结构的整体性指作品内部的情节、人物、环境等各个要素，在情感逻辑和生活逻辑的指导下，合理联系、相互作用，共同组成有机的整体。"所谓整体性，是指内在的连贯性。实体的排列组合本身是完整的，并不只是某种由别的独立因素构成的混合物。结构的组成部分受一整套内在规律的支配，这套规律决定着结构的性质和结构的各部分的性质。"[①] 结构要求完整、严谨、自然、统一。结构之功在于将作品的各个要素按照合乎情理的方式进行有序的排列，使各个要素前后呼应、连贯、有逻辑性，形成统一的结构。尤其是悬念和伏笔的运用更能体现结构的功力，如张竹坡评《金瓶梅》有"血脉贯通，藏针伏线，千里相牵"等，脂砚斋评《红楼梦》有"草蛇灰线，在千里之外"等。人物命运、情节和事件发展方向都应有内在联系，逻辑链条环环相扣，使结构完整、统一。《玩偶之家》善于运用悬念和伏笔，剧情集中在圣诞节前后三天，将家庭的不幸与节日的喜庆氛围相对比。戏剧运用回溯法展开：海尔茂任银行经理—娜拉求丈夫海尔茂为好朋友林丹太太找工作—丈夫辞退小职员柯洛克斯泰—柯洛克斯泰揭发娜拉伪造字据（娜拉为丈夫治病而借债，无意中犯了伪造字据罪）—海尔茂知情后责怪娜拉毁了他的前程—柯洛克斯泰被林丹太太说服—柯洛克斯泰退回字据—海尔茂原谅娜拉—娜拉觉醒后出走。每部分情节都为后面的进展作了铺垫，前后呼应，各个部分紧密联结，形成统一完整的结构。结构的整体性，并不意味着结构是封闭的。开放性的结构是成完整的结构之后，留下了各种可能性。针对娜拉的出走之后，鲁迅给出的可能性或回来，或走向堕落，但无论哪一种，都是在已有作品的结构基础上推断出来的。已有的结构条理清晰，主题明确，指向娜拉的觉醒，体现出内在意蕴的统一和连贯。

结构的整体性，不等于部分之和，而要在主题的统摄下，各个部分充分融合，形成稳定的统一体。淡化情节的抒情性作品，如散文、诗歌等都要在主题的统摄之下，发挥各部分作用，形成相互关联、相互配合的总体结构。秦牧的散文《土地》广征博引，在很小的篇幅中展开历史，层层推进，上下几千年，纵横数万里，取材极为广泛，但都是歌颂古往今来为保卫和开发土地而斗争的劳动者，激励人们热爱祖国，建设家园。

2. 结构要有协调性

结构的协调性指各部分详略得当，重点突出，为突出主题、体现独特的审美意蕴服务。如戏剧理论家李渔所说的，要"立主脑""减头绪""密针线"。"立主脑"既指作者要传达的主要观点要明确，也指作品要围绕主题确立主要人物、核心事件和主要框架，这些确定了之后再考虑音律和词采。布局合理、结构精巧往往是叙事性作品成功的关键。要想"主脑"突出，则必须"减头绪"，即枝蔓不要过多，以免冲淡了主线，令读者、观众摸不清头绪。虽说要"减头绪"，但并非把作品写得简单，而是要求情节丰富、集中、精炼，能充分地表现主题，即"密针线"。这些都是针对戏剧而言的，因戏剧受舞台表演的限制，时空有限，因而其布局一般要求把一人一事写得丰富、精彩。长篇小说因不受时空限制，篇幅方面上百万字也不稀奇，对结构的要求相对宽松，但主线、主角还是要明确、清晰的。

[①] 霍克斯. 结构主义和符号学 [M]. 瞿铁鹏, 译. 上海：上海译文出版社, 1987：7.

一般来说，作品中有的部分重要，对推动情节发展或抒发情感起决定性作用，是故事的关键或情感的重点，应多用笔墨；而有的因素对情节发展意义不大或与情感关系不大，则可略写。有些略写的部分虽然不重要，但其审美价值并不能忽视。如《红楼梦》第九十六回"瞒消息凤姐设奇谋　泄机关颦儿迷本性"是全书的核心事件，凤姐的"调包计"葬送了一对生死恋人的姻缘。而刘姥姥再游大观园时的那句"老刘！老刘！食量大如牛，吃个老母猪，不抬头"逗出了众人的性情禀赋，事件本身对情节发展并无推进作用，但在闲谈嬉笑过程中显露出人物性格，给读者一定的美的享受。

3. 结构要有稳定性

稳定性指某一结构状态一旦形成，就得到了普遍的认同，并在相当长的一段时间内沿袭下来，不会轻易变化。如文章的起、承、转、合是历代文人创作的共同体验和经验总结，一度为人所推崇。其中"起"是开端；"承"要承接上文加以论述；"转"即转折，要从正反两面立论；最后在"合"处结束全文。小说的情节发展一般也要有开端、发展、高潮和结局。但法无定法，过度强调结构章法的稳定性就会陷入创作困境。清代科举的"八股文"就结构章法而言自有其合理之处，但因其形式规定过于死板，限制了自由发挥的余地，为后人所诟病。稳定并非要求一成不变，而是指在相当长的历史时期内能够获得普遍认同。它也会随时代变迁、审美心理变化而变化。随着时代的发展，原先的样式已经不适应新的审美需求，于是新的样式会冲破原来的束缚，树立范式，但又会被后来的范式所打破，如此循环往复。不过，这种变化要经过相当漫长的时间。同样，一部作品的总体结构也很少因为局部些许调整而影响总体表现效果。

（二）文学作品的结构方式

结构方式一般有时间结构、空间结构、时空结构、心理结构等。

1. 时间结构

文学作品的阅读与接受是需要时间的，它不同于一幅画或一件雕塑，可以全部直接呈现在读者面前，需要逐字逐句地按阅读顺序先后呈现。事件本身的发展并不可逆，但我们对叙述时间的安排却可以因文而异。发生过的历史事件和真实人物的生活经历只能有一次，然而文本中的事件或人物的生活经历却可以多向发展，甚至"时空颠倒"。法国文论家热奈特归纳出文学叙事时间的几种类型：如果叙事话语中的时序与故事中的时序不同，则说明话语中出现了"时间倒错"现象，如倒叙、预叙、插叙等。故事时间与叙述出来的作品中的时间也存在三种不同的情况：一种是等距，即故事时间与话语时间一致，一般在戏剧中较为常见，小说或散文中的对话也属于此类情况。第二种是故事时距比话语时距长，一般多用于概述、省略或全景式叙事。比如较常见的"一晃十年过去了"这样的叙述，故事时间有十年，但话语只有简短的一句话。第三种情况是故事时距比话语时距短，这种情况主要用来描述主观心理，多见于心理描写或意识流小说中，作品在用大量的篇幅来描述心理或意识时，故事也相应停滞了，几乎没有任何进展。

2. 空间结构

文学叙述进程不仅体现为时间的变幻，也表现在空间的转换中。"空间并不是人类活动发生于其中的某种固定的背景,因为它并非先于那占据空间的个体及其运动而存在,却实际上为它们所建构。"① 也就是说,人的活动造就了独特的空间,如唐僧师徒四人遇到的火焰山、盘丝洞等障碍都由他们的活动所建构。具体来说,取经人与妖怪之间的矛盾决定了所遇到空间的作用和意义。火焰山如果不是唐僧师徒的必经之路,只是一处自然的存在,则对作品意蕴的表现没有任何意义。可以说,事件发生的空间既是自然存在的物理空间,也是人类生活的社会性空间,前者可以先于人而独立存在,后者则在人的活动中形成。流浪汉小说、游记等作品都是通过空间的转换来组织结构的。在流浪汉小说中,随着主人公生活境况的变化,不同地域的人民的生活场景也随之被展现出来。游记则通过作者的行程尽情地描绘风土人情、自然景观以及异域风俗等。《西游记》等作品更是将展现绮丽新奇的自然风光与异域风俗作为小说的重要内容。

3. 时空结构

当然,绝大多数作品是时空结合的,时间绵延不绝,叙述必须在时间中进行,与此同时,空间一般也随之转换。上下四方为"宇",即所有的空间,往来古今为"宙",即无尽绵延的时间,"宇宙"一词将时间和空间联系在一起,体现了我国古代人民的智慧。在很多文学作品中,空间变化一般也伴随着时间变化,在时间变化的过程中生活空间也有所改变。塞尔玛·拉格洛夫的《骑鹅旅行记》通过引人入胜的情节带领读者浏览了瑞典各处的地理风物、文化古迹和风土人情,主人公随着地点变换经历不同事件,也逐渐成长起来,从一个厌恶学习、喜欢恶作剧的顽劣孩童成长为有责任感、有担当、有同情心、有爱心的人。一般游记多通过空间变换来呈现不同的人物、事件和社会风貌,如《汤姆·索亚历险记》等。

4. 心理结构

自然时间本身不可逆,但心理时间却可以自由驰骋转换,将过去、未来都拉回到当下。叙述要环环相扣向前发展,这是线性物理时间观念对人的心理影响的结果,而漫无目的、跳跃甚至重叠的心理时间却恰恰是人的真实的感受。在抒情诗中,更常见的是依据诗人的心理感受结构作品,意识流小说更以其名称表明它的线索。伍尔夫的《达洛维夫人》以主人公的心理变化构成了小说的结构线索。达洛维夫人清晨出门买花,晚上在家举行晚宴,人物不断地闪回自己的生活经历:她爱着古怪博学的彼得,却嫁给了正统的绅士达洛维。彼得去了印度,和一个印度女人结了婚。达洛维夫人把彼得放在内心的最隐秘之处。本来她的生活还算宁静自如,没什么困扰。可当听说一个青年自杀的消息后,她的心底却不再平静,仿佛一个本来稍有裂缝的花瓶,不知怎的,那裂缝径直地裂开来,让她重新审视自己的生活。在平静的生活中往往有些事情能够开启人思考的阀门,让思绪神游,因而也就有了遵循心理感受让时间折叠的心理结构方式。

---

① 卡瓦拉罗. 文化理论关键词[M]. 3版. 张卫东,张生,赵顺宏,译. 南京:江苏人民出版社,2013:169.

二、文学作品的表层结构与深层结构

前面提到的时间结构、空间结构、时空结构和心理结构，都属于结构方式，这些结构方式在具体作品中或多或少都会有所体现。而且，一部作品可能综合运用多种结构方式来传达作者的意图，并影响读者的情感和判断。在文学作品中具体运用这些结构方式，会形成不同的表层结构形态，不同的表层结构从根本上说都是由深层结构决定的。

（一）表层结构

表层结构是作者在创作意图的支配下有效地将作品的各个要素整合为布局得当、脉络贯通的有机体的组织框架形式。结构与情节密切相关，但结构不同于情节，文学是语言艺术，也是时间艺术，叙述内容的组合可以形成不同的表层结构。

就叙事性作品而言，其表层结构可分为单线结构、网状结构、回环结构和两（多）面式结构。

单线结构一般围绕一条主线按时间顺序依次展开事件，每个故事都相对独立，通常一个事件结束后另一个事件发生，形成紧密连接、逐层发展的事件的组合。如《鲁滨孙漂流记》中，鲁滨孙一次接一次地出海，即使第四次出海遇险在荒岛上独立生活了28年，也无法阻挡他获救后再出海的决心。侦探小说的情节也大多类似，即罪犯行凶，侦探（警察）寻找凶手，罪犯再行凶，侦探（警察）再次追捕凶犯，如此一环接着一环延伸下去。

网状结构一般是多线索并行推进事件的发展，最后多条线索汇聚到一起，共同决定叙事结局的结构形态。如《红楼梦》就采取了多条线索齐头并进、交相联结又互相制约的网状结构。网状结构不仅仅指情节的发展相互关联、纵横交错，其中的人物也相互认识，有着或远或近的关联，共同织成一张生活的大网，浑然一体。在小说中围绕着宝黛钗的爱情主线，众多事件交错融合，众多人物之间又互相熟识，织成了一张细密的大网，将一众人物和事件细密地网罗于其中。

回环结构是指作品中的一系列情节在经过了曲折的发展变化之后又回到原点的结构形态。佛教在中国文化中有重要影响，其轮回的时间观也衍生出生死轮回的观念。中国古典小说中的叙事都有轮回的影子，如《三国演义》开篇的那首《临江仙》"是非成败转头空……古今多少事，都付笑谈中"以及"天下大势，分久必合，合久必分"就有生命、世事循环往复不停的意味；《水浒传》最后一回中的"天罡尽已归天界，地煞还应入地中"，对应全书的楔子"张天师祈禳瘟疫，洪太尉误走妖魔"，即梁山一百单八将的来历。洪太尉奉旨到龙虎山请张天师做法祛除瘟疫，民间的张天师祛除了天灾，但皇帝派来的洪太尉却放出了三十六天罡、七十二地煞，即后来的一百单八将，引出了"人祸"。这里，天罡、地煞都从哪里来又到哪里去，形成一个回环结构。《红楼梦》的叙事也是一个回环结构，人们熟知的宝黛爱情故事不过是青埂峰下一块顽石的人生经历的回顾，所以又称《石头记》，它由一僧一道携入红尘，在"烟柳繁华地、温柔富贵乡"经历一番之后又由一僧一道送回青埂峰下，全书也形成了一个回到原点的循环的回环结构。马尔克斯的《百年孤独》中的马贡多小镇的人正在经历的事情也已经记录在了历史文献中，呈现出一种诡异的历史循环往复的状态。

两（多）面式结构指从不同的角度讲述同一事件形成不同的话语效果，这种观察角度的变换可以充分揭示故事的复杂性。多角度、多层面地叙述同一事件，显示出叙事本身受话语权的支配。由谁来叙述、怎样叙述决定着事件的"真相"，然而这个"真相"是被叙述出来的。黑泽明的电影《罗生门》是从不同角度讲述同一事件的典型。武士金泽武弘被人杀害在丛林里，与案情相关的樵夫、凶手多襄丸、死者的妻子真砂、借女巫还魂的死者分别在纠察使署里说出一个有利于自己的故事版本。在这种序列中，它可以设定一个基本的事实内核，然后再有不同的解释，也可以是一个洋葱头，剥到最后才发现，剥下的每一片洋葱都是它的组成部分，没有最核心的事实，有的只是叙述。

上述只是对表层结构形态的粗略列举，有的作品可能同时具有两种甚至两种以上的形态，如《红楼梦》。也有的作品可能极其特殊，任何结构形态都难以概括它的特点。

抒情性作品的表层结构多由作者选择、加工特定的意象并在情感、意念的统摄之下按照一定的顺序排列组合形成，从而传达特定的审美情感和意蕴。抒情性作品传情达意的主要中介是意象，意象不是"眼中之竹"而是"胸中之竹"，是融入了诗人独特的情感意蕴和特定文化心理的"象"。中国文化中的"梅"迎寒而开、恬然自处，"兰"清幽高雅、孤芳自赏，"竹"宁折不弯、虚心自持，"菊"品行高洁、傲雪凌霜。这些意象都不是自然而然的事物本身，而是经过情感加工过的产物。意象在文学文本中的排列，就更由"意"来统摄了，所谓"意由帅也"。特定的意象经作者选择、加工、整合，呈现出有组织的系统化的意象结构。在特定的结构系统中，独立的意象本义消失了，都服从整体的结构安排，形成相互关联的意象群，在作者情感结构的支配下，形成有序、有机的整体，为传情达意服务。比如郑燮的《竹石》：

> 咬定青山不放松，立根原在破岩中。
> 千磨万击还坚劲，任尔东西南北风。

竹子本身根系发达、适应性强，无论是在青山还是在平地都能拔节向上，顽强生长，无论干旱还是寒冷，都能出笋常绿，这是植物本身的特性。如果换到其他更"舒适"的环境，竹子反而不一定能生长得好。所以与其说这里诗人在赞赏竹子，不如说在歌颂那种顽强坚忍的生命力和不畏严酷环境的高贵精神，而这种精神是诗人赋予的，人有不屈的灵魂、无所畏惧的精神，才能写出竹子的"坚劲"和无畏。竹子的所有特性都只有在人的精神统摄之下才能够呈现出来。

（二）深层结构

深层结构是文学作品中，支配文学话语等各种文学要素组合成具体表层结构的深层文化关系，它是作者审美意识结构形式的表现，蕴含着社会、人生更深层的文化意义。一部作品的表层结构，是具体显现的实际结构形式，其结构形式的选择是为了实现创作意图和创作目标。当作者有了某种观念、情感，强烈地希望以文学的形式与人分享时，首先会形成一种要传达给读者的超越具体事件、人物，超越现实时间和空间，更具概括化，又较为

文学作品的深层结构

朦胧的审美意识，这种审美意识的结构形式构成了文学作品的深层结构。如《我们仨》的作者杨绛在经历了社会、人生的巨变，品味了人生喜怒哀乐之后的晚年，要把对女儿、丈夫无尽的爱与眷恋，乃至对人世间纯净、美好人性的赞颂，以及失去亲人之痛，分享给读者时，她采用的是梦境与现实时空交错的表层结构方式，而这种结构方式恰到好处地传达了她对亲人的爱、对人性的赞颂和失去亲人的切肤之痛。这里的爱、赞颂和苦痛，是作者在创作中要传达的意识，构成了作品内在的深层结构，决定着表层结构的运用。

深层结构可以决定作品中某些特定的社会环境、人物关系，既包括人类心灵中共通的爱、欲、情、仇等，也包括先天的普遍性的结构，如生/死、天堂/尘世、阴/阳等一系列决定作品最终形态的二元对立关系等。而语言系统、神话结构和故事结构等都由最深层的心理结构衍生出来。这些深层的心理结构就是将部分组合成整体的叙事动力。深层结构可以通过对宇宙、人生进行深入思考而领悟到，要掌握作品的深层结构，需要了解决定深层结构的因素，如主要有集体无意识、普遍的社会文化心理和超越性的审美观照等因素。

首先，深层结构是由在漫长的历史进程中形成的集体无意识决定的。各个民族在其发展过程中，都会因地域不同而形成各自的集体无意识，影响其行为方式和思想观念。集体无意识并非来自个人经验，也不是后天获得的，而是先天普遍存在于特定区域的人心中的，具有超个性的特点。中西方文明在发展过程中遇到各自不同的挑战，形成了各自不易察觉的隐秘的集体无意识，我们需要深入思考才会发现其差异。如中国神话中的神都富于牺牲和奉献精神，如造人、补天的女娲，开天辟地的盘古，追日的夸父（在倒下时扔出的手杖化成了片片浓荫为后人遮阳），尝百草的神农，等等，都是无私的"道德模范"。相对而言，古希腊神话中的神更有个性，追求个人欲望的满足，在道德方面不如中国的神那样具有榜样性的示范作用。如奥林匹斯的主神宙斯有很多情人，天后赫拉多疑善妒，海神波塞冬为了支持自己的城邦就派出大蛇去缠住警示特洛伊的祭司拉奥孔，等等。《山海经》中的故事表明，中国的初民们面对的自然条件比较恶劣，洪水、猛兽经常来袭，人们只有合作才能共克时艰，因而在漫长的历史进程中自然地形成了集体主义观念，进而在儒家学说的代表人物孟子那里凝聚成"义"字，并烙在国人的心中。"义"指个人对集体的牺牲与奉献，是"舍生取义"，是"浩然正气"。而西方文明的源头之一古希腊文明的发源地——爱琴海地区气候适宜，适合橄榄、葡萄以及小麦等作物的生长，所以面对自然独立的个人也可以生活得很好，因而个性观念更为显著。

其次，深层结构是普遍的社会文化心理，是隐藏在文学文本深处更具决定性的因素，需要拨开表层叙述的层层迷雾才能见其真面目。比如要理解玫瑰花的意思，就不能只把它看作一种花，而要在文化层面懂得它是爱情的象征，才不会出现理解上的偏差。再如，王昌龄的《长信怨》，其中一首是这样的：

> 奉帚平明金殿开，且将团扇共徘徊。
> 玉颜不及寒鸦色，犹带昭阳日影来。

诗的后两句是理解全诗的关键，不是说宫怨的主人公容颜不如乌鸦，而是说她如此娇好的"玉颜"竟然还不如从昭阳殿上飞过的乌鸦那样能够接近君王。她久居深宫却无缘见天子，因而以诗来抒发内心的抑郁之情。但为什么王昌龄会发此"宫怨"？其实不仅是王昌龄，还有很多文人也自比"臣妾"。如曹植在《七哀诗》中也有这样的句子："君行逾十年，孤妾常独栖。君若清路尘，妾若浊水泥。""愿为西南风，长逝入君怀。君怀良不开，贱妾当何依。"甚至连诗仙李白也有"君王虽爱蛾眉好，无奈宫中妒杀人"（《玉壶吟》）这样的诗句。他们自比臣妾抒发所"怨"，归根结底是希望获得君王的青睐，以获得施展才华、晋身荣升的机会。因此，要理解王昌龄诗的内蕴，理解其真正所要表达的内涵，就必得深入其所植根的文化心理层面，即中国文人多多少少都会自比"臣妾"，来表现怀才不遇的境况。总之，要理解文学作品，大都要深入普遍的社会文化心理层面才能较好地理解其内涵。

最后，深层结构是超越性的审美观照。文学是语言艺术，是一种审美的意识形态，不同于现实生活，也不同于科学，它是对各种素材加工、整理后的有目的、有意识的新的叙述。审美的形态有悲剧、喜剧、优美、崇高、丑、荒诞等，这些形态的显现离不开超越性的眼光。比如，读者是怎样知道祥林嫂的悲剧命运的？是祥林嫂的故事自然而然地呈现在人们面前的吗？如果不是鲁迅先生借一位回乡过年的知识分子"我"的眼光来讲述祥林嫂的故事，恐怕这位悲苦的农村老妇人不过是柳妈和鲁四婶口头的一位命该如此的不祥之人，根本看不出其悲剧性所在。同样，孔乙己的可悲之处由一个社会最底层的小伙计讲出来，才更能显示其作为读书人的不堪，如果由一个穿长衫坐着喝酒的人讲出来，就显不出其境遇之差了。他们生活富足、地位高贵，在他们眼中，困顿卑微的人不见得真的多贫苦，但如果是一个小伙计都可以嘲笑一位顾客孔乙己，则说明孔乙己确实混得太差了。孔乙己的可悲与可笑，都离不开超越性视野的观照。文学作品所呈现出来的内容都是由超越性的审美之眼观照出来的，没有超越性的"上帝之眼"，其审美意蕴也很难呈现出来。超越性的审美逻辑需要理性而深入的思考与精密的构思才能实现，更需要有一颗悲悯之心，能够以共情的态度体验世间百态，从而传达出真、善、美的价值观。

审美的超越性

【学习活动】

请结合上述关于文学作品表层结构与深层结构的相关知识，试分析：

（1）《骆驼祥子》《海底两万里》等的表层结构。

（2）下面一首诗的深层结构。

近试上张水部

【唐】朱庆馀

洞房昨夜停红烛，待晓堂前拜舅姑。

妆罢低声问夫婿，画眉深浅入时无？

思考与练习

一、名词解释

1. 文本层次　2. 文学形象　3. 文学作品的结构　4. 表层结构
5. 深层结构

二、简述

1. 谈谈对文学语言的理解。
2. 文学作品的文本层次。
3. 文学作品的结构原则。
4. 谈谈你所理解的文学形象。
5. 文学作品的表层结构与深层结构。
6. 表层结构的形态。

三、实践拓展

1. 阅读小学《语文》教材四年级下册第七单元的课文《挑山工》，根据所学内容，试分析说明（或用思维导图方式画出）它的文本层次和结构，如其媒介层、语言层、形象层、意蕴层的特色。

2. 阅读小学《语文》教材五年级上册第八单元的课文《我的"长生果"》，根据所学内容分析其结构方式（时间结构、空间结构、时空结构、心理结构），以及表层结构（单线结构、网状结构、回环结构、两面或多面式结构等）和深层结构（二元对立或对立方相互转化等）有何特点等。

拓展阅读导航

1. 金健人. 文学的语言结构与艺术张力［M］. 北京：中国社会科学出版社，2018.

该书深入探讨了文学语言内部的语音、语形、语义、语蕴，以及词语与词语、词语与句子、句子与句子之间蕴含的既对立又平衡的关系。文学语言外部的要素如语境、体裁、历史、人生、文化等会对内部要素形成某种"压力"。请重点阅读该书中关于语形层面、语音层面和语言表达的内容。

2. 高建平. 当代中国文艺理论研究：上卷［M］. 北京：中国社会科学出版社，2019.

该书以问题为纲，对1949年至2019年文艺学论争的中心问题进行专题介绍和探讨，以论见史，同时对文艺理论建设提出中肯的意见。请重点阅读第十八章"新媒介时代的文学理论"。

第八章 文学语言

学习目标

- 了解文学语言的含义及其与日常语言、科学语言的区别；
- 理解作家运用文学语言和读者解读文学语言都会形成各自的程序；
- 掌握文学语言运用的原则；
- 能够赏析与评价文学作品中语言运用的独特性及艺术效果。

内容导图

文学语言
- 语言与文学语言
  - 日常语言与文学语言
  - 科学语言与文学语言
  - 文学语言的含义
- 文学语言运用的影响因素
  - 语体与文学语言运用
  - 语音、语义与文学语言运用
  - 文化与文学语言运用
- 文学语言运用的原则
  - 文学语言运用的一般原则
  - 文学语言运用的辩证原则
- 文学语言的基本类型
  - 叙事性文学语言
  - 抒情性文学语言
  - 戏剧文学语言
  - 网络文学语言

学习导入

当我们欣赏辛弃疾的《西江月·夜行黄沙道中》"明月别枝惊鹊,清风半夜鸣蝉。稻花香里说丰年,听取蛙声一片。七八个星天外,两三点雨山前。旧时茅店社林边,路转溪桥忽见"时,是不是能感觉到诗中的语言与我们的日常语言不一样?是不是不符合我们常用的语法规则?这就是诗的语言,是文学的语言,诗的语言是常规语法、常规句法的"天敌"。

英国诗人艾略特曾经说过:诗歌语言要"扭断语法的脖子"。这句话虽然有点极端,但也充分说明了文学语言与日常语言、科学语言不同,文学语言需要有更强的表现力,更追求跳跃性、变异性、新奇性,更注重表达效果,因而常常打破语言常规。所以,自古以来,文学阵营和语言学阵营对语言的应用和理解常常两军对垒、剑拔弩张,文学家要超越语言学的藩篱,语言学家要维护语言的科学规则。那么,文学语言有怎样的特征呢?文学语言与日常语言、科学语言有怎样的区别呢?在文学创作和文学欣赏过程中,我们又该怎样运用语言和解读语言呢?本章就带大家去领略文学语言的独特魅力。

文学是一门语言的艺术,没有文学语言,也就没有文学,因此说"语言是文学的第一要素"。与其他艺术相比较,文学有其特殊的一面。其他艺术如绘画、雕塑、摄影、影视等传达的形象是直观的、实体的,而文学传达的媒介是抽象的语言符号。虽然文学语言与日常语言、科学语言等都属于语言,但是由于文学的特殊性,文学语言具有自身的独特性。

本章首先从语言与文学语言之间的关系入手,探讨文学语言的运用和解读,分析文学语言运用应遵循的基本原则,并在此基础上,具体阐释各种类型的文学语言特征。

第一节 语言与文学语言

语言与言语

语言是什么?这是语言研究的核心问题,也是作为语言艺术的文学必须回答的问题。我们只有正确地认识了语言,才能建立起正确的文学语言观念。

一、日常语言与文学语言

对于日常语言与文学语言之间关系的问题,历来有不同的观点。虽然文学语言来源于日常语言,但它们之间有没有区别,区别在哪里,这些问题往往不容易阐释清楚。所以许多文学理论教材常常省略对日常语言与文学语言的讨论。

随着现代语言学研究的不断深入,人们逐渐认识到日常语言与文学语言还是有很大不同的。特别是20世纪以来,俄国形式主义文论的发展,使日常语言与文学语言的关系问题特别地凸显了出来。

俄国形式主义文论者认为,任何语言都具有两种特性,一是外指性,二是内指性。所谓外指性,是指语言的意义指向外部的客观世界,强调语言表达的客观性。所谓内指性,是指语言的意义指向文学作品的内部,强调语言的主观性。日常语言主要具有外指性,也就是语言与客观事物有一种对应的关系,"在日常生活中,词语通常是传递消息的手段,即具有交际功能。说话的目的是向对方表达我们的思想"[1]。而文学语言具有内指性,也就是说文学语言往往有它自己的内在逻辑和内涵。因为文学作品用语言来营造一个艺术世界,这个艺术世界是一个虚拟的审美世界,其中的语言所指已经不是现实生活中的具体事物,而是艺术世界中的虚拟事物,所遵循的是虚拟世界的逻辑。文学作品中的山川草木、花鸟虫鱼可以通人性,屈原可以上天去敲天庭的大门,但丁可以下地狱去"体验"地狱的生活,猪八戒可以是猪与人的合体,郭沫若可以逛天上的街市,等等,这些虚拟事物显然是不符合现实生活逻辑的,但我们并不会指责作家胡编乱造、违反生活逻辑,反而会被作家描述的这种虚拟世界所吸引,这就是文学世界的内涵和内在逻辑。这种逻辑不一定符合日常生活的逻辑。"作品具有独特的表达艺术,特别注重词语的选择和配置。比起日常实用语言来,它更加重视表现本身。"[2]因此,鲍里斯·托马舍夫斯基又称文学语言是"艺术语"。如杜甫的"月是故乡明"和"感时花溅泪,恨别鸟惊心"等诗句,明显地违反了常规:宇宙当中只有一个月亮,不管是故乡还是他乡应该都是一样的,杜甫凭什么说故乡的月亮就更加明亮呢?花与鸟本是无情物,但在诗人的笔下却是花、鸟会"溅泪"与"惊心"。这就是文学语言的内在逻辑和内部特征使然,在日常生活中人们一般不用这样的语言表达。因此,对文学语言的理解往往要遵循文学的内部规律,结合上下文的语境来理解。

当然,日常语言与文学语言也并不是毫无联系的,正如习近平2014年在《在文艺工作座谈会上的讲话》中指出的:"人民生活中本来就存在着文学艺术原料的矿藏,人民生活是一切文学艺术取之不尽、用之不竭的创作源泉。"文学语言来源于日常语言,文学语言是在日常语言的基础上发展演变而来的,是对日常语言加工提炼的结果,文学语言的丰富性得益于日常语言的丰富性。"文学语言以日常语言为源泉,一旦离开了这一源泉,文学语言便不可避免地要干涸、枯萎,只有不断地从这一源泉汲取养分,文学语言才能永葆健旺的生机和活力。"[3]许多优秀的文学作品因为运用了丰富的日常语言而彰显出作品的特色。如我

---

[1] 托马舍夫斯基. 艺术语与实用语[M]//什克洛夫斯基. 俄国形式主义文论选. 方珊,等译. 北京:生活·读书·新知三联书店,1989:83.
[2] 托马舍夫斯基. 艺术语与实用语[M]//什克洛夫斯基. 俄国形式主义文论选. 方珊,等译. 北京:生活·读书·新知三联书店,1989:83.
[3] 姚文放. 文学理论[M]. 南京:江苏教育出版社,2007:207.

国古代著名的小说《红楼梦》《水浒传》《儒林外史》《聊斋志异》等，在塑造人物形象过程中，常常运用日常语言来凸显人物的个性特征。

当然，文学语言来源于日常语言，也并不是完全照搬日常语言，而是需要对日常语言去粗取精、去伪存真，进行一番加工提炼，增强语言的表现力，以达到文学语言的表现要求。

二、科学语言与文学语言

科学语言和文学语言实际上就是从功能角度划分出来的语体类型的"两翼"。科学语言严格遵守语法和常规逻辑，追求语言的表述功能和理性功能，通过正常的语言格式，准确精练地描写、表述事实或推断事理。其表述功能和理性功能主要是通过语言的所指功能加以实现的，主要采用规范的、合乎语法和逻辑的语言形式。文学语言是在艺术这一领域中，为表达主体情感而对常规语言有所超脱和违背，同时具有理想的美学效果，追求语言美学功能和表情功能的语言形式。文学语言的美学功能和表情功能主要是借助于语言的能指功能实现的。[①] 科学语言侧重指示功能，强调语言的客观性。文学语言侧重表现功能，表现功能中蕴含了说话者丰富的心理状态和情感因素。

科学语言的主要特点是"指示性"，它运用概念、判断、推理的逻辑形式，说明事物的性质，阐明事物的特点，表达作者的观点，因而具有高度的"精确性"。文学语言的主要特点是"表现性"，它运用多种传达方式和多样修饰手法，描绘生动的艺术形象、绚丽的生活图景，借此表现出思想感情，因而具有高度的"心理蕴含性"。作家笔下的花是千变万化的，如："癫狂柳絮随风舞，轻薄桃花逐水流。"（杜甫《绝句·漫兴九首（其五）》柳絮"癫狂"，桃花"轻薄"，诗人赋予这些东西以人的情感。再如"桃花乱落如红雨"（刘秉忠《桃源忆故人·桃花乱落如红雨》），把落花的形状、颜色描绘得惟妙惟肖，具体可感。《辞海》（第7版）用科学语言的形式，对花的描述是这样的："被子植物特有的生殖器官。典型的花由花托、花萼、花冠、雌蕊群和雄蕊群组成。具备上述各部分的花称为'完全花'，如桃；缺少其中任何一部分的花称'不完全花'，如桑。……"这段语言完全是指示性的，只有运用这样的语言才能阐明科学的道理。李白的诗句说"燕山雪花大如席"，从科学的角度看，这显然是非科学、非客观的，但从文学的角度看，这句诗形象地传达出诗人面对北国大雪的惊叹之情。文学语言本质上是非逻辑、非推理的，即使出现逻辑推理现象，它也是从属于情感意义，用于激发情感态度的。

强调实用，规范化、程式化是科学语言的要求。文学语言强调创新、陌生化、距离感，以表现作者对生活的独特感受与评价为目的。这就势必会挣脱语言规范的束缚，表现主体新鲜的感受。我们在那些经典的文学名著中，特别是在诗歌作品中常常可以看到不合乎语言习惯或规范的句子。例如，杜甫《秋兴八首（其八）》有"香稻啄余鹦鹉粒，碧梧栖老凤凰枝"两句，诗人有意采用了宾语前置的句式，打破通常的语言习惯，生动地渲染了一种

---

① 骆小所. 艺术语言再探索[M]. 昆明：云南人民出版社，2001：206.

气氛、心绪，取得了很好的艺术效果。文学语言重在表达情感，而非陈述事实。

三、文学语言的含义

通过以上对文学语言与日常语言、科学语言的辨析，我们可以知道，文学语言既是一个复杂的概念系统，也是一个发展的概念系统，始终是一个热门的话题。"因为是文学的语言，所以文学家、文论家、美学家都关心它；因为是文学的语言，所以语言学家、哲学家、心理学家都关注它；因为是文学的语言，所以社会上几乎所有的'家'与非'家'都关涉到它。"① 一方面，语言学的文学语言概念与文艺学的文学语言概念也有很大的区别。语言学的文学语言强调的是书面语系统，强调的是语言的规范性。另一方面，文艺理论家对文学语言内涵的理解也不尽一致。有人认为："文学语言就是文学作品的语言。它是构成文学作品的最基本的材料，是作者从事文学创作、读者进行文学欣赏时唯一的物质媒介。"② 也有人认为："凡是具有文学性的语言都是文学言语，不管是书面语，还是口头语，不管是规范语言，还是反常言语。"③ 童庆炄认为："文学作为话语，与日常话语、哲学话语、政治话语、科学话语、新闻话语等一般话语不同，具有'蕴藉'特点，从而具体地表现为话语蕴藉。"④ 所谓"蕴藉"，是指文学语言具有含蓄、多义的特征，是指文学语言必须蕴含无限的意味，言有尽而意无穷，具有多重不确定的含义，令读者回味无穷。

文学语言不同于日常语言，不同于科学语言，也不同于语言学的语言，它是作者为表现对生活的体验，以及由此产生的思想、情感倾向，创造性地运用各种语言要素营造文学世界而形成的文学话语系统，是一种具有文学性的艺术语言。它强调的是语言的表现性，常常并不遵循日常语言的即时性、语法的规范性、科学语言的严谨性，以突破常规的超脱和偏离，获得强烈的艺术感染力。

第二节　文学语言运用的影响因素

汪曾祺说："写小说就是写语言。"⑤ 这实际上强调了在文学活动中对语言符号运用的重要性。作家在文学创作的过程中，往往会基于各种因素，形成自己的一套语言运用程序。

钟玖英：《语境对双关编码的制约作用》（节选）

---

① 高万云. 文学语言的多维视野［M］. 济南：山东文艺出版社，2001：1.
② 向新阳. 文学语言引论［M］. 武汉：武汉大学出版社，1992：1.
③ 鲁枢元，刘锋杰，姚鹤鸣. 文学理论［M］. 上海：华东师范大学出版社，2006：64.
④ 童庆炳. 文学理论教程［M］. 2版. 北京：高等教育出版社，2004：71.
⑤ 汪曾祺. 汪曾祺全集：谈艺卷［M］. 北京：人民文学出版社，2021：435.

前文已经讨论过，文学活动是一种交流活动。语言学家王希杰在《修辞学通论》中认为，交流活动需要建立在"四个世界"之上，即语言世界、物理世界、心理世界和文化世界。根据这一理论，文学语言的运用也要受到这四个世界的制约。

一、语体与文学语言运用

语体是指为了适应不同语境的需要，实现不同的语言功能，而形成的语言运用体式。在丰富复杂的社会生活中，人们的语言运用，会根据不同的领域、对象、内容、方式等，实现语言的不同功能。如日常生活语体、行政事务语体、宣传思想理论的语体、探求科学规律的语体、致力于形象塑造的语体等。为此，人们在语言运用过程中就对语言材料进行有意识的不同应用，从而使语言材料在功能上出现了分化，形成了不同的语言运用的特征体系和方式，这就产生了不同的语体。

根据不同的分类标准，语体有不同的分类。根据语言的表达方式和功能，语体可以分为口头语体和书面语体两大类。口头语体包括谈话语体、演讲语体等子类；书面语体包括公文语体、政论语体、科技语体和文学语体等子类。不同语体具有不同的运用原则。

文学语体属于审美性语体，它的特征是形象性、情感性和审美性。作家为了追求审美的最大化，在语言的运用过程中往往采用"陌生化"的手法。"陌生化"是指通过打破语言常规，使读者产生陌生感阅读效果的语言运用手法，其目的在于引起读者的关注和探寻的兴趣，让读者在多层次的解读过程中获得一种智力性的审美愉悦。文学语言常常追求语言的表层意义与深层意义不一致，解读者必须越过表层意义捕捉深层意义。这样自然就增大了语言的容量，增加了阅读的距离和难度。文学语言的这一手段在诗歌和小说创作中是常用的手法。"文学语言特别是诗歌语言，实际上是一种不具透明性的语言。诗歌永远靠发掘语词的潜在意义或言外之意来完成自己的传达。"① 如杜甫的《奉陪郑驸马韦曲二首（其一）》：

> 韦曲花无赖，家家恼杀人。
> 绿尊虽尽日，白发好禁春。
> 石角钩衣破，藤枝刺眼新。
> 何时占丛竹，头戴小乌巾？

从表层意义看，杜甫这首诗写的是诗人对韦曲美妙春光的赞美，如果杜甫对诗歌语言的运用仅仅停留于此，恐怕诗歌也就没有多少魅力可言了。诗人在语言运用的过程中，包含了一个深层次的意义，即通过表层对春光的赞美，隐含着对自己已经衰老却一事无成的无奈感叹。

---

① 王耀辉. 文学文本解读 [M]. 武汉：华中师范大学出版社，1999：41.

二、语音、语义与文学语言运用

语音、语义在语言运用中表现在两个方面。首先，从宏观的角度看，语言环境是文学语言运用的物质基础。古今中外各种语言都有同音字、同音词和同音词组，还有大量的多义词和多义词组存在，这为文学语言的运用提供了前提条件。其次，从微观的角度看，不同民族的语言，其语音系统、词汇系统不尽相同，自然存在不同的同音、近音材料和不同的同义、多义语言材料，这就为不同民族的文学语言运用提供了不同的语言条件。例如，英国剧作家莎士比亚在其剧作中大量利用英语的语音特征进行文学创作，他所依托的就是英语中特有的同音、近音条件，从而形成了莎士比亚戏剧的特有审美魅力。例如，他在《裘力斯·恺撒》一剧中对安东尼（Antony）说的一段话的语言运用：

> Post back with speed, and tell him what bath chanc'd: Here is a mourning Rome, a dangerous Rome. No Rome of safety for Octavius yet; Hie hence tell him so.

这段话的意思是：

> 快回去，告诉他已经发生了何事：
> 这儿是一个披丧的罗马，一个危险的罗马，
> 对于奥克泰维斯还不安全的罗马；
> 快去吧，告诉他这样。①

其中，对 No Rome of safety 有两种理解，一是可以理解成"不是安全的罗马"，二是理解成"没有安全的余地"。因为在 19 世纪前，Rome 与 room 读音是相同的，莎士比亚在运用语言的时候，充分利用了英语提供的语音条件。

语义对文学语言的表达作用同样非常明显，我们可以从相同文本的不同翻译中得到证实。如莎士比亚的戏剧《罗密欧与朱丽叶》第二幕第四场中的两句对话就有两种明显不同的翻译：

> Romeo　What has thou found?
> Mercutio　No hare, Sir.

英语中的 hare 就是"兔子""野兔子"的意思，朱生豪翻译为：

> 罗密欧　　有了什么？
> 茂丘西奥　不是什么野兔子……

而梁实秋却翻译成：

> 罗密欧　　你发现了什么？
> 茂丘西奥　倒不是野鸡，先生。

两个人在翻译中为何选择了不同的语言？难道梁实秋连英文 hare 这个单词的意思都没

---

① 段慧如. 莎士比亚的双关语探讨［J］. 湖南师范大学社会科学学报，1999（4）：106-109.

有弄懂吗？当然不是。其实，hare这个单词在英语中还有"娼妓"的意思。在这里，说话人是在利用hare这个词的多义性特征，嘲讽乳母是个娼妓。莎士比亚在运用语言的时候，是有意为之的，他所依托的就是英语中的微观语义环境，即语义的多义性。显然梁实秋在翻译时，考虑到了整首诗的意义，因此，他也就选择了汉语中具有多义性的词——"野鸡"。

三、文化与文学语言运用

"语言是一种文化积淀。语言的文化积淀越是深厚，语言的含蕴就越丰富。"① 这里所说的文化是指文学语言运用的文化背景。文化背景所涉及的范围十分宽泛，包括时代、地域、风俗、民族、阶层、职业、性别、年龄、思维模式、审美情趣、生活习惯、生活方式等。文化背景对文学语言的运用影响是很明显的，因为人类社会的任何语言行为无不受到文化背景的影响，任何一种语言行为都会打上文化的烙印，都是特定文化的产物，"语言世界反映的物理世界是经过文化世界这个中介的"②。从本质上来说，语言本身就是文化。

语言是文化的载体，不同的民族在不同的生活环境中形成了自己独特的生产方式和生活方式，形成了不同的文化环境，一个民族的文化积淀会对作家的语言运用产生决定性作用。比如中国作家对小说人物的取名就反映了汉民族的文化积淀。《红楼梦》中的贾宝玉、林黛玉、探春、袭人、刘姥姥，赵树理小说中的小二黑、二诸葛、三仙姑等，对这些人物的取名体现了汉民族的文化特征；同样，西方文学中的人物取名如玛丽、海伦等也反映了欧美民族的文化积淀。

不同民族文学中的修辞手法也与本民族的生活经验、伦理道德相联系。比如，在汉民族文化中，"母亲"的形象是备受赞扬的，母亲常被用"伟大""善良""慈爱""奉献"等褒义词来形容；而西方作家却对"父亲"形象赞美居多。再如，俄罗斯文学中常用老鼠比喻美丽可爱的少女形象，而汉民族文学中则绝不会用老鼠来描绘少女形象。因为在汉民族文化中，老鼠是被人痛恨、唾骂的，常被用来比喻卑鄙小人，与老鼠有关的汉语常带有贬义，如"鼠目寸光""胆小如鼠"等。

宗教文化同样制约着作家的文学语言运用。如中国受儒道佛文化的影响是深远的，而西方国家主要受基督教文化的影响，作家在文学语言的运用过程中，自然地打上了其宗教文化的烙印。

性别文化也是制约作家文学语言运用的重要因素。在汉民族文化中，"母亲"的形象是备受赞扬的，母亲常被用"伟大""善良""慈爱""奉献"等褒义词来形容。而西方作家却对"父亲"形象赞美居多。

不同民族的生存、生活方式也制约着作家的文学语言运用。如玛格丽特·米切尔的《飘》和塞万提斯的《堂吉诃德》中对两个人物形象的描绘：

钟玖英：《女性之喻的文化阐释》

---

① 汪曾祺. 汪曾祺全集：谈艺卷［M］. 北京：人民文学出版社，2021：436.
② 王希杰. 修辞学通论［M］. 南京：南京大学出版社，1996：104.

> 媚兰是个纤弱的女子……她的相貌同泥土一般简单，面包一般可贵，春水一般透明……（玛格丽特·米切尔《飘》）

> （杜尔西内亚）的美貌是人间没有的……她的头发是黄金，脑门子是极乐净土，眉毛是虹，眼睛是太阳，脸颊是玫瑰，嘴唇是珊瑚，牙齿是珍珠，脖子是雪花膏，胸脯是大理石，手是象牙，皮肤是皎洁的白雪。（塞万提斯《堂吉诃德》）

再比较曹雪芹的《红楼梦》和老舍的《骆驼祥子》中描写女性的两段话：

> 宝玉早已看见多了一个姊妹，便料定是林姑妈之女，忙来作揖。厮见毕归坐，细看形容，与众各别：两弯似蹙非蹙罥烟眉，一双似喜非喜含情目。态生两靥之愁，娇袭一身之病。泪光点点，娇喘微微。闲静时如姣花照水，行动处似弱柳扶风。心较比干多一窍，病如西子胜三分。（曹雪芹《红楼梦》）

> 虎妞……眼泡儿浮肿着些，黑脸上起着一层小白鸡皮疙瘩，像拔了毛的冷鸡。（老舍《骆驼祥子》）

前两段同后两段在对女性进行描绘时的文学语言体现了不同民族的审美文化。如外国作家描写女性，用了"泥土""面包""黄金""玫瑰"等词语，而中国作家用的是"娇喘微微""弱柳扶风""病如西子"或者是"拔了毛的冷鸡"等词。外国作家笔下的女性往往显得刚强，而中国作家笔下的女性往往是柔弱的，这充分体现了不同民族的审美观念。不同民族不仅存在着审美观念的差异，而且在民族风俗、生活习性方面也存在着许多差异，这些差异都会影响作家的语言运用。

不同的民族文化制约着作家在文学活动中的语言运用，同一个民族不同地域的作家，也会有不同的语言运用特色。作家常常会根据自己生活所在的地域特色，根据自身的地域生活经验进行文学创作。如：

> 三仙姑却和大家不同，虽然已经四五十岁，却偏偏爱当个老来俏，小鞋上仍要绣花，裤腰上仍要镶边，顶门上的头发脱光了，用黑手帕遮盖起来，只可惜官粉涂不平脸上的皱纹，看起来好像驴粪蛋上下了霜。（赵树理《小二黑结婚》）

这样鲜活而充满了泥土气息的文学语言只有熟悉农村生活的作家才能写得出来，而对于生活在城市里没有见过驴的作家，恐怕怎么也写不出"好像驴粪蛋上下了霜"这样精彩的比喻。

影响文学语言运用的文化因素很多。文化制约着作家的语言运用，语言浸润、记录、传播着文化。作家的语言运用受制于文化，同时也折射出不同的文化风貌。我们如果能充分认识到民族文化、地域文化、时代文化对文学语言的影响，就能更好地理解文学作品的意蕴。

文学语言解读

第三节 文学语言运用的原则

文学语言的运用，既有一般原则，也有辩证原则。一般原则是指为能在文学活动中确凿无误地将文学的意蕴传达出来而必须遵循的基本准则。辩证原则是在一般原则的基础上，通过对文学语言的艺术加工，充分体现文学语言的表现张力，挖掘文学语言审美性潜能的原则。

一、文学语言运用的一般原则

文学语言运用的一般原则包括准确性原则、鲜明性原则、生动性原则、简洁性原则。

（一）准确性原则

汪曾祺说："语言的目的是使人一看就明白，一听就记住。语言的唯一标准，是准确。"① 文学语言的准确性不同于科学语言的客观严谨性，是指恰如其分地运用语言写出文学对象的特征，恰如其分地表达出作者的思想感情。

法国著名作家福楼拜曾经有一次对他的学生莫泊桑说："不论一个作家所要描写的东西是什么，只有一个词可供他使用，用一个动词要使对象生动，一个形容词要使对象的性质鲜明。因此就得去寻找，直到找到了这个词，这个动词和形容词，而绝不满足于'差不多'，绝不要利用蒙混手法，即使是高明的蒙混手法。"② 福楼拜的这段话充分强调了文学语言的准确性问题：在文学活动中，一个动作只有"一个动词"能准确表达它，一个事物也只有"一个形容词"能准确形容它。

在文学语言运用中，要达到准确，作者必须首先对文学活动的对象进行仔细体会，把握对象最本质的特点，然后用准确的语言传达出来。如鲁迅小说《社戏》中的一段描写：

> 一出门，便望见月下的平桥内泊着一只白篷的航船，大家跳下船，双喜拔前篙，阿发拔后篙，年幼的都陪我坐在舱中，较大的聚在船尾。母亲送出来吩咐"要小心"的时候，我们已经点开船，在桥石上一磕，退后几尺，即又上前出了桥。于是架起两支橹，一支两人，一里一换，有说笑的，有嚷的，夹着潺潺的船头激水的声音，在左右都是碧绿的豆麦田地的河流中，飞一般径向赵庄前进了。

这一段文字描绘了孩子们驾船去看戏，其中一系列精当的语言描绘，如"跳""拔""聚""点开"等，将动作和神情相当准确地描绘出来了，把孩子们高超的驾船技艺和去看

---

① 汪曾祺. 汪曾祺全集：谈艺卷［M］. 北京：人民文学出版社，2021：168.
② 莫泊桑. 谈"小说"［M］//石尔. 外国名作家创作经验谈. 杭州：浙江人民出版社，1981：84.

戏时兴奋而急切的心情也都表现得淋漓尽致。

在文学活动中，作者总是设身处地体会人物的内心世界，体会人物与环境、人与人之间的关系，并恰如其分地运用语言进行传达。人的思想感情是非常丰富复杂的，变化也极其微妙。对此，福楼拜深有感触地说，当他写到包法利夫人服毒自杀时，自己嘴里也好像尝到了砒霜的味道，以致好几天他都摆脱不了这种味觉。如果福楼拜不是如此细心地感受、体会作品中人物的内心世界，就不可能创作出这一文学名著来的。

事实上，语言作为文学的媒介是有其优势的。人物丰富细腻的内心世界，往往只有通过语言这种媒介才能被淋漓尽致地传达出来，其他的艺术媒介恐怕很难实现语言的这种功能。如孙犁的小说《荷花淀》中的一段，描绘了一群青年女子探夫前的情感活动，相当准确地刻画了不同性格、不同经历的女人们的心态：

> 女人们到底有些藕断丝连。过了两天，四个青年妇女集在水生家里来，大家商量：
> "听说他们还在这里没走，我不拖尾巴，可是忘下了一件衣裳。"
> "我有句要紧的话得和他说说。"
> 水生的女人说：
> "听他说鬼子要在同口安据点……"
> "哪里碰得那么巧，我们快去快回来。"
> "我本来不想去，可是俺婆婆非叫我再去看看他，有什么看头啊！"
> 于是，这几个女人偷偷坐在一只小船上，划到对面马庄去了。

（二）鲜明性原则

"作者对所写的人、事，总是有个态度，有感情的。"[①] 鲜明性原则是指文学语言必须明朗而突出地表现出文学对象的个性特征和本质特征。作者在进行文学创作时，一方面要对对象做出绘声绘色的描绘，另一方面还须表明自己对人物、事物的情感态度。

鲁迅在《阿Q正传》中写阿Q厌恶假洋鬼子的假辫子时这样写道：

> 阿Q尤其"深恶而痛绝之"的，是他的一条假辫子。辫子而至于假，就是没有了做人的资格；他的老婆不跳第四回井，也不是好女人。

鲁迅在运用语言过程中，用了一个特殊的句式"辫子而至于假"，用"而至于"这一关联词语，把"假"字强调出来了，鲜明地表明了阿Q满腔"正气"和他对"异端""深恶而痛绝"的态度。

要使文学语言具有鲜明性，作者首先要有鲜明的态度，其次在语言运用过程中也要选择能表达鲜明态度的语言材料。再如《阿Q正传》中描写阿Q的一段语言：

> 阿Q怕尼姑又放出黑狗来，拾起萝卜便走，沿路又捡了几块小石头，但黑狗却并不再出现。阿Q于是抛（编注：手稿中为"舍"）了石块，一面走一面吃，而且想道，这里也没有什么东西寻，不如进城去……

[①] 汪曾祺. 汪曾祺全集：谈艺卷[M]. 北京：人民文学出版社，2021：166.

文中选用"抛"字，有两重意味：一是准确，因为阿Q手中的石块原来是用来打狗的，既然狗不再出现了，石块自然就成了无用之物，所以大可"抛"掉了；二是"抛"这个动作还传达出阿Q得意、胜利的心态，将人物性格用一个细微的动作生动地展现出来。而原来的"舍"字仅仅能说明阿Q舍弃了石块，并不能鲜明地表现阿Q的精神状态。

又如鲁迅对小说《祝福》中一段叙述语言的修改：

> 煮熟之后，横七竖八的插些筷子在这类东西上，可就称为"福礼"了，五更天陈列起来，（编注：校改时增添了"并且"）点上香烛，（编注：校改时增添"恭"）请福神们来享用；……①

文中加上"并且"两个字，可以使语意更进一层；加上"恭"字表明祈福的人们对"神"的恭敬和虔诚。这样一改，既表示祝福礼仪的烦琐和隆重，也更加鲜明地表明作者讽刺的态度。

（三）生动性原则

"语言要表现出美好的环境、美好的情思，诗必须是美的。"② 诗必须是美的，用于表现诗歌美的文学语言必须是美的，必须是生动的。生动是指文学语言新鲜活泼，绘声绘色，活灵活现地表现出人物形象和生活图景。

生动性原则强调的是语言运用的表达效果，也就是文学活动中的文采问题。在文学活动中，语言传达富有文采，才能达到打动人、吸引人的效果。所以老舍在《关于文学语言问题》中说："我们的最好的思想，最深厚的感情，只能被最美妙的语言表达出来。若是表达不出，谁能知道那思想和感情是怎样的好呢？"③ 因此，生动性是文学语言运用的关键。

要取得生动的效果，语言首先要强化形象性。语言本身是抽象的符号，但通过一定的选择和组合，就可以引导读者进行形象的联想和想象，能够把作者所要表达的事物、情景、情感等栩栩如生地呈现在读者面前。

语言运用的生动性原则主要适用在文学活动中塑造文学形象，展示生活画面等方面。如高尔基在《母亲》中描绘了一幅生活画面："太阳在傍晚时分落山了，它的血红的余光在家家窗户玻璃上面，疲倦而忧伤地闪耀着。工厂从它石头般的胸膛里，将这些人抛掷出来，好像投扔无用的矿渣一样。"这段话形象地描绘了工厂下班时的情景以及工厂主对工人的态度。又如在《红楼梦》第七十回中写宝玉、黛玉放风筝，当风筝放到高处时，丫环紫鹃剪断了线，表示要放去黛玉多病的"晦气"，那断了线的风筝，飘没于远空："……那风筝飘飘摇摇，只管往后退了去，一时只有鸡蛋大小，展眼只剩了一点黑星，再展眼就不见了。"一个"退"字，形象地描写了断线风筝的态势，明晰地展现了风筝随风而去的形象。

有时增添一些有趣的语言，可使作品顿生别样的感染力。如鲁迅对其作品语言修改的两个例子：

---

① 刘刚，但国干. 鲁迅语言修改艺术［M］. 北京：中央民族学院出版社，1993：185.
② 郭小川. 谈诗［M］. 上海：上海文艺出版社，1978：26.
③ 老舍. 出口成章［M］. 上海：复旦大学出版社，2004：72.

（1）"那么，你得说：'啊呀！这孩子呵！您瞧！（编注：增添"多么……。阿唷！哈哈！Hehe！he，hehehehe！"）"（《立论》）①

（2）新年才过，她从河边淘米回来时，忽然失了色，说刚才远远地看见一个男人在对岸徘徊，很像夫家的堂伯，恐怕是（编注：增添"正为"）寻她而来的。（《祝福》）②

《立论》是鲁迅的一篇散文，鲁迅在校对的时候加上了"多么……。阿唷！"，生动地刻画了一个老于世故、处世圆滑的人物形象。《祝福》中增加"正为"两个字，凸显祥林嫂判断的确凿无疑，也生动地表现出祥林嫂由此产生的内心恐惧。

文学语言多采用比喻、比拟、夸张等修辞手法。用这些修辞手法可以使没有形的事物变成有形的事物，使抽象的事物变成具体的事物，也可以将单调的事物变得更加丰富充实，从而描绘出一幅幅鲜活的图景。鲁迅在他的小说《药》中，将刽子手康大叔的眼光比喻成两把刀。"'喂！一手交钱，一手交货！'一个浑身黑色的人站在老栓面前，眼光正像两把刀，刺得老栓缩小了一半。"白居易在《琵琶行》中用看得见的"大珠小珠落玉盘"来形容看不见的音乐。峻青在散文《海滨仲夏夜》中说："愉快的笑声，不时地从这儿那儿飞扬开来，像平静的海面上不断地从这儿那儿涌起的波浪。"这里以形喻声，用"波浪"这一可见的视觉形象来比喻"笑声"这一不可见的听觉事物，突破了听觉和视觉的界限，既生动、形象，又新颖、别致。普希金用"森林脱去了自己紫红的衣裳"③传达时序的更替，将抽象的时间概念化为具体生动的诗句。

（四）简洁性原则

所谓简洁性原则，是指在文学活动中用最少的语言表达最丰富的内容，言简而意丰。在文学创作中，最忌讳毫无价值的语言重复、啰唆。重复、啰唆不仅影响意蕴的表达，也不利于读者的理解。在文学活动中追求语言的简洁不仅仅是技巧问题，更多的是思想问题，"语言的粗糙就是内容的粗糙"④，思想清楚了，抓住了事物的本质，语言就能简洁。反之，如果对事物的认识不清，思想不明确，语言就很难达到简洁的效果。

要做到语言的简洁，首先要将所描绘对象的本质、特征把握清楚，思想要厘清头绪，然后选择最恰当的语言。这是语言运用的"适宜"原则，即用最少的语言表达最丰富的意蕴。正如汪曾祺所说："语言的美，不在语言本身，不在字面上所表现的意思，而是语言暗示出多少东西，传达了多少信息，即让读者感觉、'想见'的情景有多广阔。古人所谓'言外之意''弦外之音'，是有道理的。"⑤如茅盾的小说《春蚕》中的一句话：

那时，他家正在"发"，他的父亲像一头牛似的，什么都懂得，什么都做得……

---

① 刘刚，但国干. 鲁迅语言修改艺术［M］. 北京：中央民族学院出版社，1993：199.
② 刘刚，但国干. 鲁迅语言修改艺术［M］. 北京：中央民族学院出版社，1993：209.
③ 普希金. 10月19日［M］//普希金. 普希金全集：第2卷. 石家庄：河北教育出版社，1999：238.
④ 汪曾祺. 汪曾祺全集：谈艺卷［M］. 北京：人民文学出版社，2021：435.
⑤ 汪曾祺. 汪曾祺全集：谈艺卷［M］. 北京：人民文学出版社，2021：438.

一个"发"字，传达出非常多的意蕴，可以让读者联想到发家、发迹、发展、发财等，耐人寻味，回味无穷。有时为了实现语言的简洁，也可以用词代替词组。如叶圣陶的小说《倪焕之》中原先有一句："天色渐近黄昏了，还下着纤细的毛雨。"后来作者改为："天色渐近黄昏了，还下着细雨。"将原来的五个字"纤细的毛雨"改为两个字"细雨"，既达到了简洁的效果，意蕴的传递也更加清晰明白。

鲁迅在《答北斗杂志社问》中曾经说过，文学语言应"竭力将可有可无的字，句，段删去，毫不可惜"①。力求语言的精练、简洁，这充分体现了鲁迅运用语言严肃认真的态度。如：

> （1）人人都愿意知道现钱和新夹袄的阿Q的中兴史，（编注：删去"看去是天然的事"）所以在酒店里，茶馆里，庙檐下，便渐渐的探听出来了。(《阿Q正传》)②
>
> （2）她看见了学程为难（编注：删去"的情形"），（编注：删去"很"）觉得（编注：删去"他"）可怜，便排解（编注：删去"似的"）而且不满似的说。(《肥皂》)③

（1）中"看去是天然的事"是赘语，完全是多余的，阿Q的中兴史，无须在这里做说明，这是阿Q"革命"回到未庄后种种表现引起的，并不是"天然"形成的。（2）中删去的语言看上去似乎是有用的，但实际上是多余的语言。"为难"本身就是一种情状，再加上"的情形"自然就多余了。她"可怜"的自然是学程，再用"他"来指学程，显得画蛇添足。删除"似的"也是同样的道理。

二、文学语言运用的辩证原则

诗歌语言的跳跃性分析

"在文学语言的运用中也同样闪烁着光彩夺目的辩证思想。"④文学语言运用的准确性原则、鲜明性原则、生动性原则和简洁性原则只是语言运用的基本原则。在具体的文学活动中，语言运用是复杂的，是一种辩证艺术，这种辩证的艺术担负着文学作品的情感抒发、思想表达、生活展现和形象塑造的任务。

（一）准确与模糊

准确与模糊是文学活动中语言运用的一对辩证法则。在具体的文学活动中，语言并非绝对地遵循准确性原则，有时恰恰相反，语言还需要表现出模糊性特征。

模糊语言学是现代语言学一个新的分支学科。模糊语言的价值在文学活动中越来越受到重视。所谓语言的模糊性，是指词语概念范畴的核心内涵是明确的，但界限外延具有不确定性。比如，"这个小伙子的脾气很大"，如何界定"脾气很大"？用什么标准界定？这都是无法确定的，这就显示出语言的模糊性特征。

---

① 鲁迅. 答北斗杂志社问［M］//鲁迅. 鲁迅全集：第4卷. 北京：人民文学出版社，2005：373.
② 刘刚，但国干. 鲁迅语言修改艺术［M］. 北京：中央民族学院出版社，1993：142.
③ 刘刚，但国干. 鲁迅语言修改艺术［M］. 北京：中央民族学院出版社，1993：144.
④ 向新阳. 文学语言引论［M］. 武汉：武汉大学出版社，1992：133.

文学语言的准确与模糊在文学活动中各有独特的表达效果，正如俗话所说，"月下看佳人，马上看壮士"，前者表现出的是模糊之美，后者表现出的是准确之美。在文学活动中充分利用语言的模糊性特征，能营造出一种特殊的意境、情趣和韵味。"月下看佳人"于朦胧中见明晰，于沉静中见生动，于淡泊中见浓烈。郑谷改齐己《早梅》诗"前村深雪里，昨夜数枝开"中的"数枝开"为"一枝开"，这里准确比模糊具有更高的境界；林逋的诗《山园小梅》将"竹影横斜水清浅，桂香浮动月黄昏"中的"竹影"改为"疏影"、"桂香"改为"暗香"，化准确为模糊，容量更大。在文学活动中，语言有时讲究准确，有时又讲究模糊，主要考虑的是不同的文学对象和作者的情趣、心理等因素，不可一概而论。

当然，语言模糊不是含糊，也不能引起歧义。模糊语言所表达的概念内涵是明确的，只是外延不确定罢了。而含糊、带歧义的语言，其概念的内涵和外延都是不明确的，是一种语病。

（二）鲜明与含蓄

鲜明是指直言不讳，言明意显，态度明确。一般说来，文学语言都要求鲜明，只有这样才能把握事物的本质，表明主体的倾向。如《水浒传》塑造了一系列性格粗鲁的人物形象，但他们粗鲁中又各显特征，绝不会混为一体。"鲁达粗鲁是性急，史进粗鲁是少年任气，李逵粗鲁是蛮，武松粗鲁是豪杰不受羁靮，阮小七粗鲁是悲愤无说处，焦挺粗鲁是气质不好。"[1]

有时为了表达的需要，文学语言还会显示出另一面——含蓄。含蓄是指为了达到说话的意图，在不便、不能直说的情境中使用委婉、曲折的语言。含蓄的语言具有语气温和、语义曲折，使受众易于接受，但又不失语言本来意思的表达效果。

鲜明与含蓄是一对矛盾，它们在文学活动中各有自己的表达效果，既相互对立，又相互联系。鲜明的语言能够给读者明明白白、一目了然的表达效果，含蓄的语言能给读者留下更多的想象空间。

含蓄的效果可以通过修辞手法来实现，如委婉、双关、象征、暗示、借代等，都能产生含蓄的表达效果。如赵树理在《小二黑结婚》中对小芹姑娘的描写：

> 小芹今年十八了，村里的轻薄人说，比她娘年轻时候好得多。青年小伙子们，有事没事，总想跟小芹说句话。小芹去洗衣服，马上青年们也都去洗；小芹上山采野菜，马上青年们也都去采。

这是一段含蓄的人物描写语言。作者没有正面描写小芹姑娘的漂亮，而是采用侧面描写的方法。小芹姑娘比她娘年轻时候还要漂亮，漂亮到什么程度，作者没有花费过多的语言去描写，而是用村里青年们的反应去表现，给读者留下广阔的审美想象空间。

当然，鲜明与含蓄在文学创作中也要注意适度问题。如果含蓄过度，就会造成语意朦胧晦涩；如果鲜明过度，就会造成作品浅白直露，一览无遗。

---

[1] 郭绍虞．中国历代文论选：第 3 册［M］．上海：上海古籍出版社，2001：245.

(三)生动与平易

生动的语言是相对于平易的语言来说的。在文学活动中,生动的语言与平易的语言各有用处,它们是一对辩证统一体。平易是指语言平顺、平实,不作惊人之笔,没有特别之处,尽量少修饰,质朴无华,正如鲁迅所说:"有真意,去粉饰,少做作,勿卖弄而已。"①而生动的语言则尽量运用各种修饰,语言"艳丽多姿",声情并茂。

生动与平易并不是完全对立的,二者相辅相成,相互转化,相得益彰。朱自清的散文《荷塘月色》用了许多华丽的辞藻和比喻等修饰手法,富有生动感人的表达效果。而朱光潜的散文《慈慧殿三号》则采用了平易、朴实的语言,质朴无华,明明白白地向读者讲述事件,同样达到了令人意想不到的艺术效果。如:

(1)曲曲折折的荷塘上面,弥望的是田田的叶子。叶子出水很高,像亭亭的舞女的裙。层层的叶子中间,零星地点缀着些白花,有袅娜地开着的,有羞涩地打着朵儿的;正如一粒粒的明珠,又如碧天里的星星,又如刚出浴的美人。微风过处,送来缕缕清香,仿佛远处高楼上渺茫的歌声似的。这时候叶子与花也有一丝的颤动,像闪电般,霎时传过荷塘的那边去了。叶子本是肩并肩密密地挨着,这便宛然有了一道凝碧的波痕。叶子底下是脉脉的流水,遮住了,不能见一些颜色;而叶子却更见风致了。(朱自清《荷塘月色》)

(2)煤栈,车房,破落户的旗人,北平的本地风光算是应有尽有了。我所住的"庙"原来和这几家共有一个大门出入,和他们公用"慈慧殿三号"的门牌,不过在事实上是和他们隔开来的。进二道门之后向右转,当头就是一道隔墙。进这隔墙的门才是我所特指的"慈慧殿三号"。本来这园子的几十丈左右的围墙随处可以打一个孔,开一个独立的门户。有些朋友们嫌大门口太不像样子,常劝我这样办,但是我始终没有听从,因为我舍不得煤栈车房所给我的那一点劳动生活的景象,舍不得进门时那点曲折和跨进园子时那一点突然惊讶。如果自营一个独立门户,这几个美点就全毁了。(朱光潜《慈慧殿三号》)

《荷塘月色》采用了大量的叠音词和新颖的比喻,色彩丰富,音韵和谐,富有动感,清新典雅。《慈慧殿三号》的语言平直、质朴,几乎都是口语,在平白如话的叙述中包含了更多耐人咀嚼的生活韵味。

需要指出的是,平易不等于平庸粗糙,平庸粗糙的语言是一种不健康的文学语言。

(四)简洁与铺陈

简洁是指语言简明扼要,言简意赅,惜墨如金,极少用夸张、比喻等修辞手法,句子的结构也比较简单,词语运用朴素自然,如同口出。鲁迅和汪曾祺的作品有很多都是代表作。如汪曾祺的散文《萝卜》中的一段:

---

① 鲁迅. 作文秘诀[M]//鲁迅. 鲁迅全集:第4卷. 北京:人民文学出版社,2005:631.

> 杨花萝卜即北京的小水萝卜。因为是杨花飞舞时上市卖的,我的家乡名之曰"杨花萝卜"。这个名称很富于季节感。我家不远的街口一家茶食店的檐下有一个岁数大的女人摆一个小摊子,卖供孩子食用的便宜的零吃。杨花萝卜下来的时候,卖萝卜。萝卜一把一把地码着。……(《汪曾祺文集·散文卷》)

汪曾祺很喜欢自己的家乡——江苏高邮,他的许多小说和散文都是记录家乡生活琐事的。作者用简洁平易的口语化语言写出自己对家乡的记忆,朴素自然,言简意赅,却又饱含生活气息。

铺陈是指不惜笔墨,尽情发挥,纵情铺张。要达到铺陈的目的,往往采用排比、反复、层递等修辞手法。如《木兰诗》写木兰出征时的情景:"问女何所思,问女何所忆?女亦无所思,女亦无所忆。……东市买骏马,西市买鞍鞯,南市买辔头,北市买长鞭。"诗人用排比、反复的手法将木兰出征前的心思和东奔西跑准备出征的情景尽情地铺陈开去,充分刻画出木兰代父从征的复杂心理。

在文学活动中,作者要充分注意语言简洁和铺陈的辩证关系,该简洁时绝不铺陈,该铺陈时也不必简洁,根据表达需要,恰当处理简洁与铺陈的关系。简洁要去掉重复的词语和不必要的修饰,但不能造成苟简;铺陈要洋洋洒洒,多修饰、多形容,但也要防止累赘。这才是文学语言运用的辩证艺术,这样才能达到文学语言的理想传达效果。

第四节 文学语言的基本类型

文学语言有自身独特的表达方法,能达到普通语言所达不到的艺术效果。文学有不同的体裁形式,不同体裁的语言也具有不同的特征。因此,文学语言也呈现出不同的类型特征。

文学体裁一般分为叙事类文学、抒情类文学和戏剧类文学。文学语言也同样可分为叙事性文学语言、抒情性文学语言和戏剧文学语言。随着科学技术的发展,人类进入电子时代,网络文学兴起,相应地,出现了网络文学语言。网络文学语言与上述三种文学语言有交叉,但也具有自己独特的方面,因此这里把它单独列作一类。

一、叙事性文学语言

叙事就是叙述事件或故事。叙事是一门艺术,它所依据的物质媒介是语言。叙事艺术水平的高低在很大程度上取决于叙事语言水平的高低。比较以下两个叙事片段:

> （1）陈小手的得名是因为他的手特别小，比女人的手还小，比一般女人的手还更柔软细腻。他专能治难产。横生、倒生，都能接下来。据说因为他的手小，动作细腻，可以减少产妇很多痛苦。大户人家，非到万不得已，是不会请他的；中小户人家，忌讳较少，遇到产妇胎位不正，老娘束手时，老娘就会建议："去请陈小手吧。"
>
> （2）村里有个秀才，三年高考，名落孙山，只好回乡躬耕务农，平时总爱舞文弄墨，却一无建树。听说乡里要配一名专职通讯干事，几经奔波，终未如愿，自叹怀才不遇也。这天，见此情景，灵感顿生，大笔一挥，一篇题为《丰收麦田新事多》的通讯，便一气呵成，求大同，存小异，略加修改，复写三份，装进信封，投入邮筒，就差插上三根鸡毛了。第三天，便出现在报社、电台编辑的案头上，第五天，便以头版头条见报，播出。随即，省报、省台，相继转载转播。真是一石激起千层浪！笔者也因此名声四扬，稿费从优，源源不断寄来，通讯干事也走马上任，不久又被借调县委宣传部，真可谓平步青云也。①

以上两个片段都是叙述人物经历、性格的。（1）段是著名作家汪曾祺的小说《陈小手》中的片段，（2）段是一位学生的习作，两段文章的叙事语言有不同的艺术效果。（1）段文字平直、质朴，几乎都是口语，但却更有"艺术味"，在平白如话、不动声色的叙事中包含了更多的生活韵味，是个性化的成熟文学语言。（2）段语言雕琢，选用了很多成语、典故，句式也刻意修饰过，但缺少个性色彩，是不够成熟的语言。

叙事包括叙述和描写。所谓叙述性语言，是指在叙事文学中讲述人物经历和事件发展变化过程的语言。叙述性语言的基本特点在于陈述"过程"。叙述从字面上理解，是讲述事件的发展过程，从事物发展的开始到结果，而所有的"过程"都要表现出一定的顺序性和时间性。因此，叙述性语言的运用首先与时间的联系最为紧密；其次要表现出动作感和连贯性。所谓动作感，是指在叙述故事的过程中，根据人物动作的态势、趋向、程度、范围和感情色彩，选择一些准确而又生动的词来鲜明地传达故事情节。所谓连贯性，是指为了使事件的发展有始有终，动作有连带感和有机性，要使用一些连贯自如的语言加以表达。如鲁迅的小说《孔乙己》中叙述孔乙己的几个句子：

> （1）只有穿长衫的，才踱进店面隔壁的房子里，要酒要菜，慢慢地坐喝。
>
> （2）他不回答，对柜里说，"温两碗酒，要一碟茴香豆。"便排出九文大钱。
>
> （3）他从破衣袋里摸出四文大钱，放在我手里，见他满手是泥，原来他便用这手走来的。

"踱"——悠然自得，方步迈入的情态。"排"——穷要装富，傲然自得的情态。"摸"——囊中羞涩，行动艰难的情态。

---

① 刘海涛. 微型小说的理论与技巧[M]. 北京：中国人民大学出版社，1990：216. 选入时略有改动。

叙述性语言有客观性叙述和介入性叙述。客观性叙述也叫陈述。介入性叙述，指在叙述过程中常常对作品中的人和事做出评价和议论，就是我们平常说的"夹叙夹议"。

描写性语言是指运用具体、形象的语言描绘人物和事物的状貌。描写的对象主要是人物和事物的外部状态，表达的是作者的感官印象，在语言上要求描摹出客观事物的"样子"，活生生地再现人物和事物，让读者感到如见其人、如闻其声、如临其境。

叙述和描写虽然同属于叙事性文学语言的表达方式，但它们之间有明显的差异：第一，它们是从不同角度去表现客观事物的两种不同的语言表达方式，叙述性语言着眼于事件的"过程"，描写性语言着眼于事物的"样子"；第二，叙述性语言的基点是陈述"过程"，描写性语言的基点是描摹"形象"；第三，叙述性语言与时间因素联系最紧密，描写性语言与空间因素联系最紧密。如：

（1）（叙述）夜里两点，戴维斯街1611号门前的便道上，有一位步履蹒跚的老太太在忙着扫地，嘴里还快活地哼着一支教堂赞美歌。（威廉森《特写写作技巧》）

（描写）清晨两点，万籁俱静。只有一盏耀眼的街灯和一把破笤帚的扫地声划破了笼罩着戴维斯大街的黑暗和寂静。原来是一位老太太在打扫街道。（威廉森《特写写作技巧》）

（2）（叙述）白天过去了，天就要黑了。

（描写）日头坠在鸟巢里，黄昏还没有溶尽归鸦的翅膀。（臧克家诗歌《难民》）

需要明确的是，叙述性语言和描写性语言并不那么泾渭分明，两者常常是交合在一起的，我们有时很难划分出两者的界限，在实际的语言运用中，也没有必要把两者截然分开。

在叙事类文学中，描写的对象很多，所有客观事物的状貌都可以成为我们笔下描写的对象。在文学活动中，描写的对象主要有人物、景物和场面等，针对不同的描写对象，其语言组合的方式也有差别。如鲁迅小说《药》中的一段多人对话写得相当出色：

华大妈跟着他走，轻轻的问道，"小栓，你好些么？——你仍旧只是肚饿？……"

"包好，包好！"康大叔瞥了小栓一眼，仍旧回过脸，对众人说，"夏三爷真是乖角儿，要是他不先告官，连他满门抄斩。现在怎样？银子！——这小东西也真不成东西！关在牢里，还要劝牢头造反。"

"阿呀，那还了得。"坐在后排的一个二十多岁的人，很现出气愤模样。

华大妈只有独子华小栓，而且华小栓已经病了很久了，成了一个弱不禁风的人，华大妈对小栓的语言里饱含了小心翼翼与忐忑不安，生怕声音大了吓到小栓。康大叔是个刽子手，他的声音很大，旁若无人，而且语言没有逻辑性，跨度很大，话题转换很快。那位坐在后排的人，显然在这个圈子里没有什么地位，所以他的语言透着阿谀苟合。

在人物描写过程中，描写性语言应该注意表现人物特征，要反映人物的性格、思想、修养、地位等。正如老舍说过的："一个老实人，在划火柴点烟而没有点燃的时候，便会说：'唉！真没用，连根烟也点不着。'一个性格暴躁的人呢，就不是这样，而也许高叫：

'他妈的！'"①

描写的方法有很多，最主要的是白描和工笔描写。白描本是中国画的一种绘画技法，是指用线条勾描物象，不着颜色；后来借用在文学创作中，指用简要的语言描写事物的方法。工笔描写本也是中国画的一种绘画技法，是指以细腻入微的语言刻画事物的各个方面。如巴金曾在其作品中两次对夕阳进行了描绘，一次是采用白描式的语言，一次是采用渲染的工笔描写式的语言：

> （1）热气已经退了，太阳落下了山坡，只留下了一段灿烂的红霞在天边，在山头，在树梢。（巴金《鸟的天堂》）
>
> （2）远处有一带青山，斗大的太阳正向着山边慢慢地落下去。它底平时的射得人睁不开眼睛的金色光芒也已渐渐失去了，变成了一面红得像丹一般的大圆镜。它愈走下去愈红，而它所放出的红光，更扩大起来。蓝天已被染红了一角，青山的顶也带了灿烂的红光，离太阳不远的几片紫色和淡墨色云被日光烘托起，成了特别的颜色，还镶上一道宽的金边。太阳只剩下了一半，却是更大更红，到后来终于完全落下去。霎时间万道金色霞光渲染了半个天。山哪，树哪，云哪，霞哪，都打成金色的一片。（巴金《灭亡》）

这两段文字所描写的都是太阳下山，留下火红的霞光，但两段文字的语言却完全不同，（1）段语言简朴，不着颜色，像中国水墨画；（2）段文字绚丽，色彩浓烈，精雕细刻，像工笔画。

在文学活动中，为了达到独特的效果，作者常常借助修辞手法，如比喻、象征、比拟、夸张等进行描写。修辞手法是描写的有效工具，可以增强语言描写的效果。其中，比喻在描写性语言中使用最为广泛。描写性语言所追求的是形象性，通过比喻的手法，可以使原来有形象的地方更加形象化，在原来没有形象的地方创造形象。如白居易的诗《琵琶行》：

> 大弦嘈嘈如急雨，小弦切切如私语。
> 嘈嘈切切错杂弹，大珠小珠落玉盘。
> 间关莺语花底滑，幽咽泉流冰下难。
> 冰泉冷涩弦凝绝，凝绝不通声暂歇。
> 别有幽愁暗恨生，此时无声胜有声。
> 银瓶乍破水浆迸，铁骑突出刀枪鸣。
> 曲终收拨当心画，四弦一声如裂帛。

诗人在借助语言的音韵摹写音乐的时候，通过比喻将无形的音乐转化成有形的语言形象，加强其形象性。"大弦嘈嘈如急雨"，既用"嘈嘈"这个叠字词摹声，又用"如急雨"使它形象化。"小弦切切如私语"亦然。这还不够，"嘈嘈切切错杂弹"，已经再现了"如急雨""如私语"两种旋律的交错出现，再用"大珠小珠落玉盘"一比，视觉形象与听觉形象就同时显露出来，给读者留下了广阔的回味空间。

---

① 老舍. 出口成章 [M]. 上海：复旦大学出版社，2004：98.

二、抒情性文学语言

抒情类文学主要是以抒发感情为主的一种文学，因此带有强烈的主观感情色彩。当然，抒情类文学并不是不要叙事，任何情感都要依靠一定的具体事物才能表达出来，抒情类文学的情感表达一般依靠叙事、状物来进行，也就是我们常说的借景抒情、托物抒情等方式。但在抒情类文学中，目的是抒发主观情感；叙事、状物不是主要目的，只是抒情的手段。

（一）抒情类文学语言的表达方式

在抒情类文学中，存在一个抒情角色，也就是抒情主人公。抒情角色可能是作者，可能是文本中的主人公，也可能是一个配角。在抒情作品中，抒情主人公表达情感的方式多种多样。归纳起来，其基本方式包括直接抒情和间接抒情。

所谓直接抒情，是指抒情主人公直抒胸臆地表达情感或情绪。作品中的抒情主人公，不借用其他手段，直接地表白和倾吐自己的思想感情，以感染读者，引起共鸣。直接抒情的特点是：不需要任何"附着物"，而是直截了当地宣泄情感或情绪；在语言上不讲究含蓄委婉，而是自然表露情感或情绪。这种直陈肺腑的抒情方式往往能达到坦诚显豁、痛快淋漓的艺术效果。如孟郊的诗《登科后》：

> 昔日龌龊不足夸，今朝放荡思无涯。
> 春风得意马蹄疾，一日看尽长安花。

诗人孟郊中年及第，自以为从此就可以面对新的生活，并在仕途上大展宏图了，他满心得意，豪情万丈地写下了这首诗。作者在诗的一开头就直抒胸臆，直言自己以往穷困潦倒的生活不值一提，今天已金榜题名，昔日的苦读心情一扫而空，心中有说不出的畅快，酣畅淋漓地抒发了心花怒放的情绪。又如陈子昂的《登幽州台歌》："前不见古人，后不见来者，念天地之悠悠，独怆然而涕下。"作品以慷慨悲凉的语言，抒发了诗人失意的境遇和寂寞苦闷的情怀。

所谓间接抒情，是指抒情主人公不直接倾诉内心的情感或情绪，而是借助某些具体的人、事、景、物等委婉抒发情感或情绪，以此间接地暗示或烘托出某种感受或体验，从而使人、事、景、物主观情感化。人的情感或情绪非常复杂，常常处于变化和发展之中，难以用语言直接、穷尽地表达出来，因此，只能借助某些东西来寄托，用语言间接地、形象地暗示出来。间接抒情是一种更高级的文学抒情方式，它往往需要作者以敏锐的艺术直觉精心地选择恰当的人、事、景、物并进行艺术加工，运用恰当的语言传达出来，才能达到情景交融的境界。

间接抒情有很多类型，归纳起来主要有借景抒情、借事抒情、托物言志等。

借景抒情是最常见的一种抒情方式。抒情主人公通过对景物的语言描绘，将其情感或情绪熔铸于对景物的描绘之中，达到融情于景、情景交融的艺术效果，也就是王国维说的"一切景语皆情语"。如杜甫的《春望》："国破山河在，城春草木深，感时花溅泪，恨别鸟惊心。"花、鸟会"流泪""惊心"，诗人借助这些自然之物将强烈的亡国之情表达出来，蕴藉悠远，情丰意密，深切动人。

借事抒情是指通过叙述事件来抒发情感的一种方式，让情感从对具体事件的叙述中自然地流露出来，用语言将事件与情感高度融为一体，达到感染读者的艺术效果。这种渗透着情感的叙事，真诚可亲。如朱自清的《背影》，写父亲跟儿子道别时买橘子的那一段文字，语言朴实无华，把慈父的爱子之情和儿子对父亲的感激之情表达得淋漓尽致：

> 我看见他戴着黑布小帽，穿着黑布大马褂，深青布棉袍，蹒跚地走到铁道边，慢慢探身下去，尚不大难。可是他穿过铁道，要爬上那边月台，就不容易了。他用两手攀着上面，两脚再向上缩；他肥胖的身子向左微倾，显出努力的样子。这时我看见他的背影，我的泪很快地流下来了。

托物言志是指有感于外物而述志抒怀的一种方式。托物言志既可描写事物，通过物来感怀，也可直接抒怀，有感而发。如许地山的《落花生》就是托物言志之作。文章首先"咏物"，描写花生的可贵品质："它只把果实埋在地底，等到成熟，才容人把它拔出来。"然后"言志"，说明做人的道理：要做有用的人，不能做表面好看而对别人没有益处的人。托物言志，既有物象，又有情志，情志因物象而显得具体，物象因情志而饶有韵味。二者相融相汇，相映生辉。

（二）抒情性文学语言的特征

抒情性文学语言是文学作品中最美的语言，它不像日常生活中的语言，日常生活中的语言只需要清楚、有效地传达信息，抒情性文学语言则不然。法国诗人保尔·瓦莱里把抒情性文学语言比作跳舞（把叙事性文学语言比作散步）。抒情性文学语言具有以下几个特征：

1. 暗示性

抒情性文学的本性在于抒情，而情感只有用富于暗示性的语言才能表达出来，不能完全靠语义来实现。充分运用语音、语感、语境和特殊语句来表达抒情主人公的主观情感，从而达到暗示某一种心灵状态的效果，就是抒情文学语言的魅力所在。

2. 多义性

日常生活中的语言通常表现为一个平面，而抒情性文学语言要表现的是具有丰富内涵的立体画面，具有多义性的特点，能以最少的语言包容最大的信息量。

3. 韵律性

所谓韵律，是指抒情性文学语言形式上的排列和声调上的和谐法则，也就是指整齐化和音乐化的规则。抒情文学语言的韵律性，须有两个方面的条件：一是字句形式上的要求，二是声调上的搭配要求。

4. 节奏性

所谓节奏性，是指强音和弱音的周期性交替变化。拍子是衡量节奏的手段。抒情类文学语言的节奏是人为的，最初起源于物质生产劳动。节奏可以强化抒情类文学表达的思想感情，帮助情感有力抒发，使作品具有抑扬顿挫、回环往复之美。

【学习活动】

比较小学《语文》六年级上册中的《宿建德江》《六月二十七日望湖楼醉书》《西江月·夜行黄沙道中》三首诗词的语言特色，分组讨论。

三、戏剧文学语言

戏剧是一门综合艺术，戏剧类文学是戏剧的文学成分，也叫剧本。剧本是指以人物台词为手段，集中反映矛盾冲突的文学类型。剧本是戏剧的基础，而这种基础就是通过剧本中的语言体现出来的。戏剧文学语言在戏剧艺术中有广义和狭义两种概念。广义的戏剧文学语言是指戏剧艺术表演过程中用来传达和交流的所有媒介，狭义的戏剧文学语言仅指剧本中的人物语言（台词）和舞台提示。

（一）戏剧文学语言的形态

戏剧文学语言主要由台词和舞台提示组成。台词是指剧中人物说的话，包括对白、独白、旁白，有些戏剧还有唱词。舞台提示指剧本中叙述性的语言，包括对人物形象、心理活动、情感变化、场景氛围的描写，时间、地点、动作的说明，灯光、布景、音响效果的说明等。

台词也叫戏剧文学的人物语言，是演员在舞台表演过程中的人物对话。台词是戏剧文学塑造人物的重要手段，剧本中的所有人物都要靠自己的语言和行为来体现个性特征。戏剧不像小说那样用各种描写手段来刻画人物性格，而主要通过人物对话来刻画人物的性格。另外，戏剧文学语言也起着推动故事情节发展、展示戏剧矛盾冲突的作用。

对白是戏剧人物语言中的对话。戏剧中的对话有两人对话，也有三人以上的多人对话。对话是戏剧文学语言的核心，人物的性格展示，故事情节的展开，甚至戏剧氛围的渲染都依靠对话来实现。因此，戏剧文学水平的高低常取决于其语言艺术的高低。

首先，戏剧文学的对话（对白）必须符合生活化的原则。对话是塑造戏剧人物的主要手段，人物语言来源于生活，才能体现出语言的生活化、真实性，才能真正达到塑造戏剧人物形象的目的。另外，戏剧文学的最终目标是在舞台上演出，为了便于观众理解，也需要生活化的人物对话。因此，人物对话必须达到"雅而不涩，易而不俗"[1]。其次，戏剧文学的对话必须符合简洁化的原则。戏剧为了演员演出方便和观众理解方便，在处理人物对话过程中，以追求简洁为目标。戏剧因其表演的瞬时性和临场性，冗长而复杂的对话不仅不利于演员的表演，也不利于观众的理解。

独白是刻画人物心理活动的一种语言手段，是指剧中人物为了表达自己的内心情感，独自说出的言语。一般来说，戏剧情节发展到了一定的阶段，或高潮、或发生矛盾冲突时，常常让戏剧人物通过独白袒露自己的心理活动，既刻画人物的性格，又让观众了解人物的内心世界。优秀的剧作，独白常常成为其戏剧语言的经典。如莎士比亚剧作《哈姆雷特》

---

[1] 鲁枢元. 文学理论 [M]. 上海：华东师范大学出版社，2006：89.

中的一段经典独白，已经成为世界文学中的经典：

> 生存还是毁灭，这是一个值得考虑的问题；默然忍受命运的暴虐的毒箭，或是挺身反抗人世的无涯的苦难，通过斗争把它们扫清，这两种行为，哪一种更高贵？死了，睡着了；什么都完了；要是在这一种睡眠之中，我们心头的创痛，以及其他无数血肉之躯所不能避免的打击，都可以从此消失，那正是我们求之不得的结局。死了，睡着了；睡着了也许还会做梦；嗯，阻碍就在这儿：因为当我们摆脱了这一具朽腐的皮囊以后，在那死的睡眠里，究竟将要做些什么梦，那不能不使我们踌躇顾虑。人们甘心久困于患难之中，也就是为了这个缘故；谁愿意忍受人世的鞭挞和讥嘲、压迫者的凌辱、傲慢者的冷眼、被轻蔑的爱情的惨痛，法律的迁延、官吏的横暴和费尽辛勤所换来的小人的鄙视，要是他只用一柄小小的刀子，就可以清算他自己的一生？谁愿意负着这样的重担，在烦劳的生命的压迫下呻吟流汗，倘不是因为惧怕不可知的死后，惧怕那从来不曾有一个旅人回来过的神秘之国，是它迷惑了我们的意志，使我们宁愿忍受目前的磨折，不敢向我们所不知道的痛苦飞去？这样，重重的顾虑使我们全变成了懦夫，决心的赤热的光彩，被审慎的思维盖上了一层灰色，伟大的事业在这一种考虑之下，也会逆流而退，失去了行动的意义。且慢！美丽的奥菲利娅！——女神，在你的祈祷之中，不要忘记替我忏悔我的罪孽。（朱生豪等译）

丹麦王子哈姆雷特是一个刻画得极为成功的戏剧形象，以"忧郁的王子"闻名于世。作者通过描写哈姆雷特与现实之间不可调和的矛盾，表现他在复仇过程中犹豫彷徨、忧伤苦闷的心情。剧作通过这一段独白语言，充分表现了哈姆雷特的内心矛盾冲突，揭示了主人公的内心活动，使得他的性格更加深刻和丰富。

旁白是角色在舞台上直接说给观众听，而假设不为同台其他人物听见的台词，内容主要是对对方的评价和对本人内心活动的披露。中国戏曲中的"打背供"是旁白的一种。旁白在戏剧中常常可以收到对白、独白达不到的艺术效果。在戏剧文学中旁白要运用自然，要符合人物的性格特征和故事发展的逻辑关系，才能有助于发挥刻画人物性格的作用。

（二）戏剧文学语言的特征

台词是决定戏剧作品艺术水平高低的重要因素。由于戏剧不像小说等文学体裁那样由作者出面向读者叙述，只能依靠人物自身的语言与动作来表达一切，因此台词是戏剧舞台上唯一可以运用的语言手段。戏剧文学语言（主要指台词）主要有以下几个方面的特征：

1. 富有动作性

台词富有动作性是戏剧语言的独有属性。一个剧本中的语言与一首诗、一部小说、一篇散文中的语言不同，诗歌、小说、散文中的语言是用来阅读的，可以由读者细细地从容品味，而剧本中的语言是用来在剧场表演的，以话语塑造艺术形象。这就要求剧本中的台词富有极强的动作性，才有利于演员在表演中充分发挥他们的创造力，形神俱佳地塑造生动的艺术形象。因此，优秀的剧作，人物的语言都是富于动作性的。戏剧文学语言的动作性主要体现在人物的手势、表情、语气、腔调、形体动作等上。

2. 富有个性

个性指人物的对话和独白既要符合人物的身份、年龄和社会地位，又要能表现人物的思想感情、个性特征和文化教养。老舍说："剧作者则须在人物头一次开口，便显出他的性格来……三言两语便使人物站立起来，闻其声，知其人。"台词的个性还包括随着人物性格的发展，戏剧情境的变化，以及人物错综复杂的相互关系的变化，人物台词的个性变化。实现台词个性化的关键是作者熟悉生活，熟悉笔下的人物，并且在写作时深入人物的灵魂深处，设身处地地体会人物的内心感情，揣摩人物表达内心的语言表达方式与特点。

3. 富有情趣性

戏剧是综合艺术，也是表演艺术，为了吸引观众，必须在有限的时空内迅速地展现矛盾冲突，抓住观众心理，使之关注人物的命运，与戏剧情节共发展，从而受到艺术的感染。这就要求人物台词的设计富有情趣，以生动的语言引起观众的兴趣，使观众产生共鸣。因此，台词本身必须凝练，感情充沛，有感染力，以塑造出性格鲜明、感人至深的艺术形象。

4. 富有口语性

戏剧是现场表演的艺术，演员的语言表述具有不可重复性。为了使观众清楚明了地看懂剧情，理解人物，接受剧作者对生活的解释，台词就必须明白浅显，通俗易懂，具有口语性。口语性使台词富于生活气息，亲切自然。民间语言如成语、谚语、歇后语，乃至俚语的适当运用，都有助于台词的口语化。在注意口语化的同时，戏剧文学也需要注意语言的规范化和纯洁性，要注意对生活语言的提炼、加工，使之成为活的艺术语言。

四、网络文学语言

除了传统的叙事类文学、抒情类文学和戏剧类文学三种类型之外，随着科学技术的不断发展，人类进入电子时代，计算机的发明与现代通信技术的发展，使文学传播的载体发生了巨大的变化，文学也进入了网络时代。正如习近平 2014 年在《在文艺工作座谈会上的讲话》中说的："互联网技术和新媒体改变了文艺形态，催生了一大批新的文艺类型，也带来文艺观念和文艺实践的深刻变化。由于文字数码化、书籍图像化、阅读网络化等发展，文艺乃至社会文化面临着重大变革。"

钟玖英：《网络双关与社会文化心理》

关于网络文学的定义，目前没有统一的观点，大致有两种说法：一是认为在网络上创作并传播的网络原创作品；二是认为通过网络传播的所有作品都可以称为网络文学。我们倾向于第一种观点。网络文学的出现打破了传统文学的许多藩篱。

首先，传统的作家概念范畴被打破了，人人都可以当作家，只要会上网的、能写字的人都可以成为网络写手（作者）。

其次，文学作品固有的文本规范被打破了，作者和读者可以在不断互动中展开故事，塑造形象，有时甚至网络写手（作者）都无法控制人物的命运和故事的发展，网络读者可以改变人物的命运和故事的发展。

最后，文学语言的固有观念被打破了，网络文学形成了独特的语言特色。

第一，网络文学语言简洁新颖，偏口语化和娱乐化，符合大众的消费需求。比起传统的文学作品，网络文学的语言更加直白，更通俗易懂。它不像传统文学语言那样注重审美价值，注重遣词炼字，而是更加注重语言的商业娱乐价值和时代特色。

第二，网络文学语言注重生动性、幽默性。这种语言方便大众理解，并且易于交流，深受大众的喜爱，甚至常常带来一些"网络热词"。

第三，网络文学"生造"词语。由于网络技术的快速变化和社会生活的快节奏，以及网络文学创作的互动性特征，网络写手为了快速回复网络读者的问题，会生造许多网络文学词语，这些词语稀奇古怪，如果不是经常接触网络文学的读者，往往很难理解其中的含义。他们常常通过简缩词、拟声词、赋旧词以新意、数字谐音、拆字、符号、词汇的合音变化等手段，生造出许多网络文学词语，如近几年出现的"Vans"（万事如意）、"book思议"（不可思议）、"蓝瘦香菇"（难受、想哭）、"shopping"（血拼）、"木有"（没有）、"可耐"（可爱）、520（我爱你）、837（别生气）等。这些生造词语很快被大众接受，并在网络上流行，甚至在日常生活中流行。

网络文学的出现确实给文学的发展带来了新的挑战，同样也给文学语言研究创造了新的领域。随着社会的不断发展，新事物、新概念、新观念等的大量涌现，产生了大量的新词语，这些新词语不但丰富了文学语言研究的内容，也强化了文学的表达效果，更为文学的发展注入了新生元素，这些网络文学语言不仅成为人们日常生活交流必不可少的一部分，也成为文学语言发展的一条新路径。

当然，网络文学语言虽然具有许多符合大众欣赏的特征，但毕竟是最大众化的文学形式，门槛极低，也存在一些不足，比如过于追求语言的奇异性和随意性，追求语言表达的庸俗性和粗鄙化等，我们在研究文学语言的过程中也要注意这些问题。

【学习活动】

分组收集近年来网络文学中的"网络文学语言"案例，分析其利弊，进行课堂讨论。

思考与练习

一、名词解释

1. 文学语言 2. 日常语言 3. 科学语言 4. 戏剧语言

二、简述

1. 文学语言的特征。
2. 文学语言与其他语言的关系。
3. 文学语言的运用。
4. 文学语言的类型。

三、实践拓展

1. 1942年，郭沫若创作的历史剧《屈原》在重庆上演。其中有一段戏是宋玉要离开屈原，婵娟斥责宋玉。婵娟指着宋玉说："宋玉，我特别地恨你。你辜负了先生的教训，你是没有骨气的文人！"后来，郭沫若在朋友的建议下，将"你是没有骨气的文人"改为"你这没有骨气的文人"。请谈谈这一字之改的表达效果差异，并搜集我国文学史上有关一字之改的语言故事，比较修改前后的表达效果。

2. 分析以下语言的表达效果：

（1）杜甫的《船下夔州郭宿，雨湿不得上岸，别王十二判官》："风起春灯乱，江鸣夜雨悬。"

（2）何立伟的《白色鸟》："河堤上或红或黄野花开遍了，一盏一盏如歌的灿烂。"

3. 细读朱自清的散文《匆匆》，分析该篇散文的语言特色和表达效果。

拓展阅读导航

1. 陈学广. 文学语言张力论［M］. 南京：东南大学出版社，2021.

该书剖析文学语言中各种因素共存所形成的张力特性，在借鉴西方现代语言学和语言哲学研究成果的基础上，结合具体的文学现象，深入探讨文学与语言的关系。请重点阅读有关文学语言张力的内容。

2. 王佳琴. 文学语言变革与中国文学文体的现代转型［M］. 北京：中国社会科学出版社，2018.

该书从文学语言入手，探讨了语言变革对文体功能、文体形态和文体格局转型的影响，分析了语言变革对各类文体的影响。请重点阅读第一章关于文学语言变革与中国文学现代转型的内容。

3. 李荣启. 文学语言学［M］. 北京：人民出版社，2005.

该书系统阐述了文学语言的地位与作用、性质与特征、形式美范畴、类型与风格，以及文学语言的接受等诸多重要的理论问题，并运用多学科渗透和融合的方法，全方位、多视角地审视和阐述文学语言，构思严整，立论求新。请重点阅读第三章关于文学语言的结构与特征和第四章关于文学语言的类型等内容。

第九章 文学作品的体裁

学习目标

- 掌握各类文学体裁的含义并能概括其基本特征；
- 理解并能够分析不同文学体裁在反映社会生活方面的异同；
- 能根据不同文学体裁的特征设计相应的教学活动，尤其是进行课本剧的改编。

内容导图

文学作品的体裁
- 诗歌
  - 诗歌的含义
  - 诗歌的基本特征
- 散文
  - 散文的含义
  - 散文的基本特征
- 小说
  - 小说的含义
  - 小说的基本特征
- 戏剧文学
  - 戏剧文学的含义
  - 戏剧文学的基本特征
  - 课本剧的含义及改编
- 影视文学
  - 影视文学的含义
  - 影视文学的基本特征

学习导入

古往今来，描写月亮的作品不计其数。李白在《古朗月行》中以"小时不识月，呼作白玉盘"来形容月亮的晶莹皎洁。诗歌对于月亮的描写想象丰富，富于幻想，风格雄奇，又不失清新。而季羡林在《月是故乡明》这篇散文中，则注重交代细节内容，描述自己幼年在故乡数星星、点篝火、捉知了、看天空中的月亮与水中的月亮相映成趣。同样是写月亮的清莹，季羡林写道："在梦中见到两个月亮叠在一起，清光更加晶莹澄澈。"

从以上的对比中，我们不难发现，诗歌与散文两种文学体裁在语言和结构等方面的差异。诗歌更注重抒情性和音乐性，语词组合较疏荡，却不对情节进行铺排；有震撼读者心灵的细节，却少有对细节的展开描写。在散文中，语词、语句及意象的组合绵密，增加了不少有关月亮的场景、细节、氛围的铺叙，以及对自身情态、言行的真切描绘。也就是说，相同的题材，如果选用不同的文学体裁，就会形成不同的审美效应。

在中小学语文教材中，有很大一部分课文是文学作品，而且体裁多样。如果无论是何种体裁，一律进行标准化的讲解分析，课堂教学无疑会索然无味，教学效果也不甚理想。这就需要教师在教学中具备辨识文体的能力，具有清晰的体裁意识，能够把握不同体裁以及同类体裁的不同文本特征来安排教学内容。

文学体裁，是文学理论研究最为基础的内容之一。体裁意识一方面可以使作者在创作中以某种体裁模式为坐标和参照系，遵循其基本框架和规格去建构作品，实现特定的创作意图和审美理想；另一方面，也为读者阅读和批评提供了"期待域"。对不同文学体裁特征的精准把握是进入有效文学阅读或批评的必由路径。"对于读者来说，体裁就是一套约定俗成的程式和期待：知道我们读的是一本侦探小说还是一部浪漫爱情故事，是一首抒情诗还是一部悲剧，我们就会有不同的期待，并且会对能够说明意义的东西做出推断。"[①]

所谓体裁，是指文学作品的具体样式，是文本的基本要素在相互作用中形成的相对稳定的特殊关系体系。在长期的文学发展和嬗变过程中，适应反映不同生活的社会需要，适应人类自身不同的审美需求，逐渐形成了不同的文学样式。繁多的文学样式按照一定的标准，可以分成几个类别，于是就产生了体裁分类问题。由于使用的标准不同，分类也就有种种不同的方法。目前国内学界常见的有三分法、四分法和五分法。所谓"三分法"，是根据作品形象构成的特点，把文学体裁分成叙事类、抒情类和戏剧类。这种分类方法标准比较统一，但忽视了各类体裁的作品在结构、语言等方面的特点。"四分法"是根据作品题材的选择、形象的塑造、结构的形式、语言的特色和表现手法的不同等，把文学作品分成诗歌、小说、戏剧文学和散文四类。这种分类定名具体，易于掌握，并肯

[①] 卡勒. 文学理论［M］. 李平，译，沈阳：辽宁教育出版社，1998：76.

定了形式多样的散文在文学领域中的独立地位。"五分法"是在"四分法"的基础上将20世纪上半叶兴起的"影视文学"补充进来。

文学体裁问题贯穿中外文学活动发展过程，穿越传统、现代以及后现代等文化语境。"夫设文之体有常，变文之数无方。"这是中国古代文艺理论家刘勰在《文心雕龙·通变》里对文体之不变与变的辩证关系的阐述。"时运交移，质文代变。"（刘勰《文心雕龙·时序》）体裁系统不是一个简单静止的对象性存在。随着时代的变迁和技术的进步，由于作者创作个性对文体的突破，读者在文本接受中对文体要求的多样性，以及文体自身演化的内在规律等，一种体裁在每个文学发展阶段，总是同时既老又新，也总是既如此又非如此。

我们不难发现，不同文学体裁之间的交融、借鉴或补充在文学创作中是时常发生的。例如小说诗化、散文化，诗歌与散文交融形成散文诗，诗歌与戏剧联袂成诗剧。一些作者在创作实践中会有意识地跨越文体的疆界，创新文学的话语形态。他们在遵循文学体裁基本规则的同时，又会打破基本规则去创造新的表达和言说方式，来表达自身对社会发展以及大千世界、文明进程的体验、理解和感悟。而且，任何一种文学体裁都有可能遇到来自体裁内部的衍化分裂，或者外部的碰撞和冲击。如呈现诗体内部之承继衍化关系的中国古代的四言、五言、七言诗等，又如20世纪中叶涌现的有别于传统写实性戏剧的荒诞派戏剧。在荒诞派剧作中，我们无法梳理典型的矛盾冲突，台词也是碎片化的。20世纪90年代，文坛还出现了"文体越界""反文体""无体裁写作""跨文体写作""文备众体"等此起彼伏的创作思潮。2016年，美国民谣歌手鲍勃·迪伦被授予诺贝尔文学奖，对其的授奖辞说他在美国音乐传统中创造了新的诗歌表达方式。他的获奖再次让文学体裁的跨界问题凸显出来。

纵观当代文坛，文学创作实践的变化也对文学体裁理论不断提出挑战。尤其是随着互联网平台、新媒体技术等传播媒介的发展，一些非文学因素进入文学文本之中，催生了大量新的文学类型，如超文本小说、场景作品、编码作品、生成艺术、动画诗等。网络信息技术所承载的交流工具和媒体，促成了体裁的多变性，使体裁具有了技术功能性。体裁的当代更新不仅依托信息技术，而且涉及不同的符号代码处理。置身于"文学界"和"数码界"的碰撞或联袂中，我们责无旁贷地要思考一个问题，即：体裁研究是否需要一个新的理论框架？

古今中外的文学活动实践证明，"大体须有，定体则无"是文学体裁存在和发展的一般规律。文学体裁形成之后，就具有了相对的独立性和稳定性。在长期的文学实践活动中，每种文学体裁逐步形成基本构成要素和表现形态，如小说的人物、情节、环境要素，诗歌的韵律、节奏等。不同要素的整合赋予相应体裁以整体性特征。文学体裁的构成要素和结构方式所具有的普遍性，可以使其在一定程度上超越时代、地域、民族语言乃至媒介媒体的限制而持续存在，而这种超越性也恰恰是历史长河中文学体裁虽在变化但又"常有其体"的根基所在。基于此，我们需要结合不同时期的历史文化语境，辩证地看待促进体裁演进的稳定因素和变动因素之间的关系，同时加强体裁之间的比较研究，洞察体裁的规范与自由等特性，以及不同话语形态之间的张力，进而促进文学创作和理论研究的深入发展。

第一节　诗歌

诗歌是人类文明最早绽放出的花朵之一。几千年来，诗歌一直是文学史上的重要体裁。但对于"诗的含义"或"什么是诗"这样看似简单的问题，诗人、学者们历来众说纷纭，各有侧重，留下了无数探索的足迹。

一、诗歌的含义

"诗言志"说是中国诗歌最早的一个理论命题。其中的"志"，据闻一多考证，有"记忆、记录、怀抱"等意义。最初人们作诗是为了记忆，那时文字尚未出现，为了把生产以及生活中的经验传授给他人或下一代，用押韵的、可以口耳相传的"诗"来记录比较方便。后来文字产生，诗的含义就有了变化，诗有了表达思想、意愿、志趣等含义。在西方，"诗"这个词语的"意义是拉丁语中所谓的精致的讲话。最初有些人为了避免说得简单而不能感人，或说得冗长而使人生厌，把一些固定规则、标准，应用到说话中来，把说话约束在一定数量的音步和缀音中。于是他们不再援用较为一般的名称——写诗的艺术，来称谓这种讲究的说话方法，而管它叫诗"①。文中提到的"精致的讲话"，可以说是人们对于诗歌最初的一种认识。

此后，诗人或学者有从创作思维活动的角度来探讨诗的含义的，例如，诗可以界定为"想象的表现"（雪莱）。有从诗的效果来谈诗的，例如，"任何事物打动了我们的心，使我们久久玩味和思考，这种柔情使心融化或者点燃起一腔热情；任何想象或激情冲击心灵，使心灵想保持或重复这种情绪，使其他事物与之配合，使表现这个情绪的音响获得持久的、持续的，或根据情况逐渐变化的和谐的运动——这就是诗"②。有从诗的形式来界定诗的，例如，"诗不是别的，而是写得合乎韵律、讲究修辞的虚构故事"③"诗是具有音律的纯文学"④。也有从诗的创作方法、诗与生活的关系等方面来解释诗的，例如，"诗，因此是一种摹仿艺术……是一种再现，一种仿造，或者形象的表现；用比喻来说，就是一种说着话的图画，目的在于教育和怡情悦性"⑤。

---

① 卜迦丘. 异教诸神谱系［M］//伍蠡甫，蒋孔阳，程介未. 西方文论选：上卷. 上海：上海译文出版社，1988：172.
② 赫士列特. 泛论诗歌［M］//中国社会科学院文学研究所. 古典文艺理论译丛：第1卷. 北京：知识产权出版社，2010：72.
③ 但丁. 论俗语［M］//伍蠡甫，蒋孔阳，程介未. 西方文论选：上卷. 上海：上海译文出版社，1988：167.
④ 朱光潜. 诗论［M］. 合肥：安徽教育出版社，1997：98.
⑤ 锡德尼. 为诗一辩［M］//伍蠡甫，蒋孔阳，程介未. 西方文论选：上卷. 上海：上海译文出版社，1988：232.

在所有诗论中，"以情论诗"最具有影响力。我国汉代《毛诗序》中提出的"情动于中而形于言"，即从发生学的角度指明了诗的抒情属性。自从晋代陆机在《文赋》中提出"诗缘情而绮靡"后，"以情论诗"之说便日益普遍。在西方，许多诗人和论者也强调诗是情感的抒发。"诗是强烈情感的自然流露。它起源于在平静中回忆起来的情感"①，是英国诗人华兹华斯提出的一个关于诗的耳熟能详的定义。从诗歌创作实践看，情感对于诗的重要意义显而易见。应该说，上述诸种界定虽有偏颇之弊，或泛化之嫌，但均在一定程度上表达了对诗歌的某种真理性认识。

在现代诗论中，德国哲学家海德格尔对诗的思考是颇多的，也是富有启发性的。在海德格尔看来，诗不只是一种附带装饰，也不只是一种短时的热情或一种激情和消遣。他认为，"诗是历史的孕育基础""诗是对存在和万物之本质的创建性命名""诗乃是一个历史性民族的原语言"②，诗具有使人回到"本真的生活"的意义。为此，海德格尔特别强调德国诗人荷尔德林的两行诗：

> 充满劳绩，然而人诗意地
> 栖居在这片大地上。③

"诗意地栖居"，乃是海德格尔期待并倡导的人类生存的一种至高境界。

综上所述，我们认为，诗歌这种文学体裁，能高度集中地反映社会生活，饱含着作者丰富的情感和自由的想象。意象是诗歌基本的审美单元，诗歌语言精练并具有一定的节奏韵律，一般分行排列。

二、诗歌的基本特征

（一）高度凝练性

在文学与现实的审美关系中，对现实人生的反映和建构是一切文学作品的共同特点。但在所有的文学体裁中，以诗歌对社会生活的反映最为集中、最为凝练。也就是说，有别于小说或戏剧可以全方位、细致入微地展现社会生活、刻画人物形象、描写人物冲突，诗歌需要营构高度凝练的艺术形象，在有限的篇幅内勾勒出自然和人生场景，以浓缩的形式蕴含丰富、宽广、深邃的社会历史和人生内容。例如，毛泽东的《七律·长征》这首气势磅礴的革命史诗，全诗共8句，每句7个字，仅仅56个字，却生动形象、高度浓缩和概括出了红军二万五千里长征无比艰辛的光辉战斗历程，以及人类社会发展历史上空前的伟大壮举。

正如钱锺书所言："夫言情写景，贵有余不尽。然所谓有余不尽，如万绿丛中之着点红，作者举一隅而读者以三隅反，见点红而知嫣红姹紫正无限在。"④诗人们通常会抓住自

---

① 华兹华斯.《抒情歌谣集》一八〇〇年版序言[M]//伍蠡甫，蒋孔阳，翁义钦，等.西方文论选：下卷.上海：上海译文出版社，1988：16.
② 海德格尔.荷尔德林诗的阐释[M].孙周兴，译.北京：商务印书馆，2000：46-47.
③ 海德格尔.荷尔德林诗的阐释[M].孙周兴，译.北京：商务印书馆，2000：46.
④ 钱锺书.谈艺录[M].补订本.北京：中华书局，1984：227.

然界和社会生活中极富特征的一点或几点，即选取感受最深、表现力最强的自然景物或生活现象，生发开来，深入下去，将丰富的生活内容和思想感情集中概括在这些事物之中，从而表现出广泛的社会生活和普遍的思想意蕴。例如唐代诗人刘禹锡在《望洞庭》中用"遥望洞庭山水翠，白银盘里一青螺"14个字，便把秋月下湖光山水的整体画面高度凝练地描绘出来了。而当代诗人北岛的《生活》一诗，只有一个字："网。"再如臧克家的《三代》：

> 孩子
> 在土里洗澡；
> 爸爸
> 在土里流汗；
> 爷爷
> 在土里葬埋。

全诗21个字，三个人物形象。从横向解读，诗作首先呈现在读者面前的是在土里玩耍的稚气的"孩子"，似不足悲；其次是在土里"流汗"的"爸爸"，忧患之情透出诗行；最后是汗已流尽而在土里"葬埋"的"爷爷"，此情此景，悲凉之状触目惊心。其中"土里"一词的复现诉说着贫苦农民对土地的依赖和执着。从纵深角度思考，这幅祖孙三代与泥土打交道的生活图画，并不是静止的三代，而是三代的循环，是对长达数千年的农民生活道路和农民命运的集中概括，可谓以少胜多，语少意丰。

（二）丰富的想象性与浓郁的抒情色彩

创作实践和阅读经验证明，人类的诗歌活动自始至终都是伴随着丰富的想象和情感的。理想的诗意表达并非自动生成。现实的生活和事物，单纯的观念性、精神性内容必须经过诗人艺术加工的各种程序才能成为诗歌的题材，否则诗歌就只能机械地摹写生活，而不能概括生活。在所有艺术加工程序中，最重要的就是"艺术的想象"。"想象是此岸向彼岸的张帆远举，是经验的重新组织。"[①] 诗人可以没有很强的艺术描写能力，但不能没有高超的想象力，想象力是一个诗人基本的艺术能力。莎士比亚对此深有体会："诗人的眼睛在神奇的狂放的一转中，便能从天上看到地下，从地下看到天上。想象会把不知名的事物用一种形式呈现出来，诗人的笔再使它们具有如实的形象，空虚的无物也会有了居处和名字。"[②] 想象是心中之象，所谓"神与物游"，所谓"视通万里"，所谓"形在江海之上，心存魏阙之下"等，正是中国古代文论家对艺术想象机制的生动描述。诗人的想象力宛如童话中的魔杖，所触之处往往出人意料并别有洞天。诸如"危楼高百尺，手可摘星辰"（李白）以及"昆山玉碎凤凰叫，芙蓉泣露香兰笑"（李贺）等奇妙意象和经典诗句，都是借助自由大胆的想象，突破物我之间、时空之间的界限，为各种分离的事物找到了形象的联系，进而使境界的拓展、情感的表现、风格的铸就有了可能。丰富的想象支撑着诗意的表达，而情感

---

① 艾青. 诗论[M]. 北京：人民文学出版社，1980：200.
② 莎士比亚. 莎士比亚全集：第2卷[M]. 朱生豪，等译. 北京：人民文学出版社，1994：730.

的运动又为想象提供着内在动力。它们彼此激荡，相互生成。

　　诗歌是一种主情的文学体裁。尽管文学作品都要以情动人，但是诗歌的抒情性是最浓郁和最强烈的。人世间的亲情、友情、爱情等，建构了诗歌色彩斑斓而又深邃广邈的"情"的世界，客观事物往往成了主观情感的投射对象。所有类型的诗歌，无论是叙事的、记人的，还是咏物的、写景的，都必须具有抒情性这一本质属性。凡是没有情感的文字都不是诗，如日常生活中那些没有情感灌注的标语口号式的分行、押韵文字。郭沫若曾较为具体地论及过诗人的情感与作品中的情感的密切关系。他认为"诗的本职专在抒情"，情感是一个波动的世界、节奏的世界："大波大浪的洪涛便成为'雄浑'的诗，便成为屈子底《离骚》，蔡文姬底《胡笳十八拍》，李杜底歌行，当德（Dante）底《神曲》，弥尔栋（Milton）底《乐园》，哥德底《弗司德》；小波小浪的涟漪便成为'冲淡'的诗，便成为周代底国风，王维底绝诗。日本古诗人西行上人与芭蕉翁底歌句，泰果尔底《新月》。"①诗人主观的情感表达方式不同，诗的意象和风格形态也不同。展读诗篇，读者犹如面临一个个情感的喷泉，情不自禁地接受着情感的沐浴。

　　当然，诗歌浓郁的抒情色彩并不意味着诗人可以毫无节制地宣泄情感。"一个艺术家表现的是情感，但并不是像一个大发牢骚的政治家或是像一个正在大哭或大笑的儿童所表现出来的情感。艺术家将那些在常人看来混乱不整的和隐蔽的现实变成了可见的形式。"②生活之流可能因野性和欲望而汹涌泛滥，诗歌以其特有的形式使情感得到疏导、协调、净化，诗歌中的情感是对日常情感的提炼与升华，就"量"而言可能有所节制，但"质"却提高和升华了。诗歌所具有的抒情性既是真情的释放，又是真情的构造，或者说是对情感经验的重新认识、再体验。例如，同样是抒发赠别、眷恋之情，李白、杜牧基于各自的情感体验，分别创造出了"桃花潭水深千尺，不及汪伦送我情"（《赠汪伦》）和"蜡烛有心还惜别，替人垂泪到天明"（《赠别》）这样不同的"诗家之语"。由于诗歌传递的主要是情感信息或韵味信息，它的各种构成因素必定是高度有机结合的。优秀的诗人有能力赋予人类极为广阔和神秘的情感领域，以及较为直观和感性的形态，并使之深刻化和艺术化，从而使诗歌获得普遍的审美意义。

　　如上所述，诗歌表现情感、抒发性灵，但一般不是直接宣泄情感。诗人在抒情方式上经常采用意象化和象征化的表现手段。融入诗人主观情思的客观物象，在诗歌中通常被叫作意象，意象是诗歌的基本要素。单一意象引起的想象空间和情感维度有限，所以诗人经常诉诸意象群。意象与意象之间或并置，或叠加，或对比，或交融，组成了既流动又彼此互为联系的意象群。意象群是诸多独立意象的集合，是诗歌中内含多个意象的符号系统。营构意象是中国古典诗歌常用的一种手法。在中国当代文坛，"朦胧诗"派将其继承并有所创新。意象在"朦胧诗"派的诗歌创作中占据着重要作用。我们以"朦胧诗"派的代表诗人舒婷的《祖国呵，我亲爱的祖国》为例，细读全诗，会不难发现，诗作所撷取的意象，在形态上可分为两类：一类是"水车""矿灯""稻穗""路基""驳船""花朵"等意象群，

---

① 郭沫若. 郭沫若选集：第4卷[M]. 北京：人民文学出版社，2004：383. 当德即但丁，弥尔栋即弥尔顿，哥德即歌德，泰果尔即泰戈尔。
② 朗格. 艺术问题[M]. 滕守尧，朱疆源，译. 北京：中国社会科学出版社，1983：25.

其所表征出来的是具体可感的祖国的历史与现实。这些意象背后隐含着诗人对祖国命运的深深关切之情；另一类是"胚芽""笑窝""起跑线""黎明"等意象群，既有实在义，又有"我""祖国"的希冀之所在的抽象义。诗人以"我是你的十亿分之一"把自己意象化成祖国这一抽象概念语境中的血肉实体，诗句因此在抒情方式上具有极强的表现力和艺术感染力。从具体到抽象，经由一系列意象群的构建，古老与新生、贫困与富强、苦痛与希望、沉郁与昂扬等多重意蕴和复杂情愫被生动形象地传达出来，诗人对祖国历史、现实和未来的忧与爱、责任与信念也被抒发得力透纸背！

（三）结构的跳跃性

从表层结构看，诗歌和其他体裁明显不同的是诗句的分行、分节、分章排列，诗行可以说是诗歌的基本结构单位。作为诗歌的构成单位，诗行的排列无须遵循语法规则，其本身的结构性、逻辑性、规范性要比其他体裁宽松、自由得多，读者也无须从生活逻辑上对其加以考证。如白居易的《钱塘湖春行》里的诗句"几处早莺争暖树，谁家新燕啄春泥"，构成两幅画面的物象、意象——"早莺""暖树""新燕""春泥"，不必遵循严格的时间顺序，也无须前后有因果联系，而是形成一种共时性的空间组合。

从深层结构上看，诗歌高度集中地反映生活，饱含着飞跃的想象、流动的情感、不可言喻的情意，这就决定了诗歌的结构经常越出逻辑思维的轨迹，或凌空直下，或逆序而上，更富于跳跃性。所谓跳跃性，简言之，主要是指诗歌不同意象之间的组合，既不遵循自然的时空顺序，也不遵循事理的逻辑顺序，而是以想象和情感作为结构的枢纽，纵横驰骋，伸缩张弛，以期尽可能地实现诗意表达与语句之间的最佳效应。有"诗仙"之称的唐代诗人李白的诗风即被清代诗人赵翼描述为飘然而来，忽然而去，自有天马行空、不可羁勒之势。再如杜甫的《闻官军收河南河北》"即从巴峡穿巫峡，便下襄阳向洛阳"一联，用了"巴峡""巫峡""襄阳""洛阳"四个地名，空间的跳跃性很大，"即从""便下"两个语词将其紧紧粘连，语势、音调迅疾如闪电，酣畅淋漓，诗人初闻喜讯的狂喜之情溢于言表。

现代诗歌对蒙太奇等手法的大量借鉴，更突破了生活固有的客观时空观念和因果联系，笔势更加摇曳跌宕，意象的撞击、转换更加迅猛。法国现代诗人瓦莱里就曾这样认为，如果说散文是走路，诗则是跳舞。依照想象的轨迹和主体情感抒发的逻辑，诗歌中词与词、句与句相互间的连接散漫、偶然、任意，词语的固定修饰关系经常被打乱或重组。诗人对日常生活中的事物及现象的现实结构有所抉择、有所改变，其间会有许多省略、伸缩、交叉、颠倒以至留白。如贺敬之的《放声歌唱》(节选)：

> 五月——
> 　　麦浪
> 八月——
> 　　海浪
> 桃花——
> 　　南方

雪花——

北方。……

在这一节中,诗作没有局限于某个生活片段或细节,而是以宏观鸟瞰的方式直接面对时代生活放声歌唱。"阶梯式"的结构形式,省略掉了表示语法功能的虚词、连词,层层推进,纵横千里,弹跳、飞动着的词语,跌宕、起伏的意象相得益彰地呈现出消隐在其后的主旨。

(四)语言的音乐性

文学作品的语言一般都具有音乐美,但诗歌语言特别要求富有音乐性,以至清代诗人袁枚认为诗语乃"非人间凡响"。诗歌可以说是一种将语言的声音魅力发挥到极致的文体,也是能让人吟诵的"美的资源"。诗歌语音的构成层主要体现为字音的响沉、强弱,语调的轻重缓急,语句的长短整散,语流的疾徐、曲直等,其音乐性具体表现为鲜明的节奏与和谐的韵律。

节奏是诗歌语言音乐美的一种重要表现手段,主要包括诗句中音节有规律的间歇和停顿,也包括音响的抑扬相间和强弱配合。节奏是一种有规律的、连续进行的完整运动形式,既体现在诗句内部,也体现在句与句、节与节之间的联系和结构上。作为传达情感很直接、有力的方式,节奏本身也是情绪、情感的构成部分。"每一种情绪——爱、恨、恐惧、忧郁和欢乐——都有一种具体的运动神经表现形式与之相适应。因此,有节奏的声音和情绪之间的联系是明显的,这种联系是一种共同的运动神经结构。节奏唤起运动神经'装置'——情绪的物质基础,使之立即活动起来,因而也就唤起相应的情绪本身。"① 可见,不同的节奏可以被用来表现不同的情感,节奏的强弱、缓急与人的思想情绪有直接的联系。例如现代诗人朱湘的《采莲曲》多以短句为行,每阕划一,形成一种节奏上的轻盈、跳脱、明快,表达了采莲人的喜悦情绪。而读者熟悉的戴望舒的《雨巷》,则以回环往复的音调、温柔缱绻的轻歌曼唱、凄婉迷茫的意境,传达了哀怨不散的愁绪。情绪的流动自有它的波状形式,诗中的节奏是情感的节奏,是生命的节奏,是诗的外形,也是诗的"生命"。

诗歌语言音乐性的另一种常见表现手段是韵律。诗歌中字音的有序结合和变化,可以构成和谐的音调,人们常把这种和谐的音调称为"韵律"。黑格尔指出:"至于诗则绝对要有音节和韵,因为音节和韵是诗的原始的唯一的愉悦感官的芬芳气息,甚至比所谓富于意象的富丽辞藻还更重要。"② 诗与非诗,在形式上的明显区别,主要表现为诗有一定的韵律,文字排列有一定的秩序。诗歌中有很多是以定型化的音韵或节奏形成自己特色的,其韵调本身就直接获得了意义。例如北岛表达对个人命运的吟诵和惋叹的《一切》:"一切都是命运 / 一切都是烟云 / 一切都是没有结局的开始 / 一切都是稍纵即逝的追寻……"

关于诗的韵律,属于听觉方面的"有格式,有音尺,有平仄,有韵脚"③。押韵是写诗

朱光潜:韵在中文诗里何以特别重要

---

① 帕克. 美学原理 [M]. 张今,译. 桂林:广西师范大学出版社,2001:140.
② 黑格尔. 美学:第3卷:下 [M]. 朱光潜,译. 北京:商务印书馆,1979:68-69.
③ 闻一多. 诗的格律 [J]. 晨报副刊·诗镌,1926-05-13.

的一种基本技巧，通常是指相近诗行的最后一个字的韵母相同或相近的语音状况。押韵的使用可以使诗作读来朗朗上口，铿锵可诵。中国古典格律诗词用韵极细，韵部很多；而现代诗比较自由，突破了既定的格律形式，有些诗歌还故意避免押韵。因为音乐性不仅体现在字音、声调的高低、清浊、轻重的变化上，也体现在诗所表达的情绪的抑扬顿挫上，即诗人情绪的起伏与流动。人类自然的情感表现牵系着旋律，所以非常重视诗歌韵律的美学大师黑格尔这样强调说：只有"灵魂的自由的音响才是旋律"①。

第二节 散文

有散文研究者认为，散文是一种极为特殊的文类，居于"文类之母"的地位，原始的诗歌、戏剧、小说，无不是以散行文字叙写下来的。后来各种文类个别的结构和形式要求逐渐成熟且逐渐定型，便脱离散文的范畴，而独立成一种文类。的确，通过考察中外散文的发展历程和艺术实践，我们不难发现，散文所具有的这一"文类之母"的文体特质。

一、散文的含义

在中国古代文学中，散文一直位于以诗为一极和以实用文字为另一极的广阔的中间地带。作为一个非常显赫的大家族，其他体裁以不同比例、不同的变异形式栖居在散文之中。散文在那一历史时期主要有两重意义：一是不求押韵，二是句法不整。不求押韵，使它不同于诗；句法不整，使它不同于骈文。也就是说，"散文"最原始的含义是指与韵文相对的散行文体，这也是广义的散文概念。它包括文艺性散文，如《小石潭记》；历史散文，如《史记》；政论文，如《捕蛇者说》；还包括序、跋、章、表、奏、议、书等应用文。

进入现代社会以后，随着文体的发展，也随着社会生活对文体需求的变化，以及文学写作的日趋成熟，越来越多的文体从散文的母体中独立出来，开始自立门户，散文的内涵渐趋单一起来。这便有了狭义的散文概念。在中国现当代文学史中，散文是与诗歌、小说、戏剧并称的文学体裁。狭义的散文，指的是篇幅短小、题材广泛、形式自由、笔法灵活、文笔优美的一种文学体裁。

在西方，早期的散文（prose）也是与韵文相对的概念，包括小说、话剧、论文等所有用散体文写成的作品。西方相当于现代文艺散文的是 essay，这个概念五四时期传入中国，被译为小品文或随笔。

---

① 黑格尔. 美学：第3卷：上 [M]. 朱光潜，译. 北京：商务印书馆，1979：378.

二、散文的基本特征

（一）非虚构性

与其他体裁相比，散文存在着不能虚构的律令。散文的重要特征之一就是真实，这也是散文观照生活、反映现实的一种独特方式。如鲁迅的散文《范爱农》中的范爱农，《藤野先生》中的藤野，一个是鲁迅的朋友、同学，一个是鲁迅留学日本于仙台读书时的老师，都是有真名实姓、有案可稽的。作者所写的两个人的精神气质、道德修养乃至性情爱好，与现实生活中的真人是基本一致的，所写的事情也是真实的。而小说《孔乙己》中的"我"和"孔乙己"，则是根据创作需要虚构出来的形象。

诗歌中的景象多是概括而朦胧的，可感而不可触的；散文则重在进行真实具体的摹写，追求一种避虚就实的真实境界。例如鲁迅的散文《记念刘和珍君》中的一段：

> ……但竟在执政府前中弹了，从背部入，斜穿心肺，已是致命的创伤，只是没有便死。同去的张静淑君想扶起她，中了四弹，其一是手枪，立仆；同去的杨德群君又想去扶起她，也被击，弹从左肩入，穿胸偏右出，也立仆。但她还能坐起来，一个兵在她头部及胸部猛击两棍，于是死掉了。

这段文字以其真实性、确定性的描述，将"中国女性临难"时之"从容"、反动派屠杀学生之"凶残"，无可辩驳地告白于天下，使人如身临其境。对对象细节进行忠实描绘，"写经验臻于妙境"，正是散文的一大优长。反之，不论虚构得多么美丽，都好像是无根之木，空空泛泛，不能服人，更难感人。

"当面对客观事物的对象性存在时，散文家首先认可了这种具体的存在，他不用像小说家那样虚构故事、编织情节，不用在想象的叙事中传达自己的生活态度、人生理想。"①读者在阅读散文时，也基本上相信散文所写的内容是真实的生活。这正如我们读巴金的散文，他个人的精神生活、内心感受，他一生的遭遇，比在小说中表现得更自然而痛快，读者也更能贴近他的精神世界。如果说诗是创造的表现，散文则是构成的表现。由于散文文本意义的生成更多地取决于创作主体选择、调度、剪接生活材料的眼光和角度，散文往往成为作者最自然的心声流露，可以说是直接表现"自我"的艺术。因此，散文是创作主体人格、气质、胸襟、情趣、智慧的艺术体现和载体。通过或托物、或叙事、或写人、或对自身拷问来展现独特的个性，散文作者需要讲出自己在面对这一对象时的真实感受和真实心态，从这个意义上说，散文的真实性又远不能停止于对外在客观世界作认识论的指证，而应走向对人类内宇宙的感知、体验与挖掘；散文的真实性在于作者主体人格在语言内部的建构，而不仅仅是在史学真实性上。上述特征是对散文的限制，它使散文虽不如小说那样跌宕起伏、一波三折，却与现实人生、人类心灵保持了一种更直接、更体贴入微的关系，所以散文能够比其他体裁更迅捷地介入社会、描写人性。

---

① 李晓虹. 中国当代散文审美建构[M]. 深圳：海天出版社，1997：14.

（二）重在表"意"

这里所说的"意",既不同于"情",也不同于"理",更不同于"事"。它是在认识、理解现实人生的基础上形成的一种独特感悟。所谓"感",是产生了某种亲切的感受,或触发了某种潜在的感情;所谓"悟",是从中悟出某种人生的真谛和哲理。李泽厚曾对"意""情""理"三者的关系阐发过颇有见地的看法:"'意'是'情'与'理'的统一"[1],它是"情"化的"理",是蕴"理"的"情"。具体地说,"意"是我们人类自身生命理性的现实勃发与现实哲理化,它靠情感推波助澜。所谓表"意",就是赋予这种生命理性的勃发形式以艺术的表现。散文创作需要把"情"与"情"中之哲理化的生命理性一同表达出来。如果说诗人尚可以凭借其情感的丰富和感觉的细腻来弥补作品中生命理性的不足,那么对于散文家而言,这种理性认识无疑是其创作的重心。散文在使读者迷醉于情波的同时,又常常将读者引向纵深处去抵达清醒的人生理解,而且也只有在这个时候,它才能释放出自身所贮存的全部能量。

我们以小学《语文》教材六年级上册第一单元的课文《丁香结》为例,探讨小学散文教学究竟要如何让学生基于文本内容想开去,进而感受、体认作品所抒发的情感以及所传达的人生态度。如前所述,散文是崇尚真实的,是作者真实的人生体验与真情实感的抒发。城里街旁的、城外校园的,再到居住近三十年的斗室外的,宗璞笔下的丁香花,具体真实,洋溢着生命的美丽与芬芳。其独特的形色、气味,在作者心中激起了无限情思。但作者不是仅停留在对丁香花的感性经验的描摹层面,而是深入人生之情、命运之理的内核,将自然与人世的沧桑交融。通过联想古人感悟人生的"丁香结"的词句,作者由花的"结"想到心的"结"、情的"结",即人生中"解不开的愁怨",一步步推进关于人生境况的思考。"结,是解不完的;人生中的问题也是解不完的。"有丁香如雪,幽雅香甜;也有愁肠挂肚,百结忧心。而对于人生中解不完的"结",作者则表现出了从容、豁达与积极的人生态度。"恰如衣襟上的盘花扣"的丁香结,这一包含作者个人思索体验的言说方式,将对人生的本色体悟以及美好期许流泻笔端,带给读者无限的遐思和人生领悟。

"意"是散文的灵魂和统帅。我们以叙事散文为例。叙事散文的写人记事,是因"意"而发、因"意"而裁的。它无须像小说那样去小心翼翼地追踪人物的足迹或事件的历程,而是可以凭借主观的愿望,乘情感长风,只突出人物、事件与作者之"意"相关的因素,无论整散巨细。所以散文写人不求全面,记事不求完整,更可以写没有时空联系的事件片段,把它们镶嵌在"意"的链条上。展开散文画卷,那些名篇佳作,都是由于充分展开了情理相融的"意"而辉映于文坛的。

下面是当代作家莫怀戚的散文《散步》中的一段内容:

> 这样,我们在阳光下,向着那菜花、桑树和鱼塘走去。到了一处,我蹲下来,背起了我的母亲,妻子也蹲下来,背起了我们的儿子。我的母亲虽然高大,然而很瘦,自然不算重;儿子虽然很胖,毕竟幼小,自然也轻。但我和妻子都是慢慢地,稳稳地,走得很仔细,好像我背上的同她背上的加起来,就是整个世界。

---

[1] 李泽厚. 美学论集[M]. 上海:上海文艺出版社,1980:326.

我们看到，在向着菜花、桑树和鱼塘走去的路上，"我和妻子"分别慢慢稳稳地背着母亲和儿子，并且"走得很仔细"。作者背的是母亲，妻子背的是儿子；母亲给了我们生命，儿子是生命的延续。作者的每一处强调或侧重，例如对母亲和儿子的体型的具体描写，都意在突出作为站在生命连接点上的中年人，对生命和社会的责任。作品情理交融，在引发读者共情中，强化了家国情怀和社会责任感。如果说小说的创作需要尽量将作者的主观意图寓藏在写人叙事之中，散文的叙事则以它与作者情意的相融而焕发光彩。

一般而言，情与理是艺术基本内涵的两个侧面，但对不同艺术来说二者存在不同的表现形态。在诗歌中，诗人抒情，常常不谈及"理"，即便这"情"有"理"的根据，也未必非要把这"理"点破不可，往往着意深藏起来。诗歌更多表现一种体验、一种感受、一种情调、一种韵致。在小说、戏剧文学中，人物的性格或者展示性格的情节具有相对的独立性，对它们的把握需要作者更多理智的投入。在这个过程中，作者本人的情感始终被控制着，倾向性只能有限地表露，是隐蔽的，多元复杂的，这在现实主义文学创作中尤为突出。而在散文中，便少了上述限制，因为散文重在表"意"。诗歌抒情多表现为起承转合的突进，跳跃性较大；散文的情则如同河流，既亲切又舒缓。"理"的参与和规约，使散文的情感抒发奔泻而不泛滥。

（三）结构自由、笔法灵活

虽然散文的发展历史源远流长，但其并未像诗歌、小说、戏剧等文学体裁那样传承下一套相应的惯例或者理论成规，在各类体裁中，散文最缺少规范，也最难把握。"文类之母"的特质使散文在形式上比其他体裁更显自由，更为灵活开放。例如当代学者南帆认为："散文的首要特征是无特征。用'法无定法'这句老话来形容散文是再确切不过了。"①"散"是散文的重要特征之一，它不像诗歌那样受制于韵律、格式的规范，也无须如小说那样分为长篇、中篇和短篇，更缺少戏剧文学较严格的时空限定以及分幕分场等结构形态。散文在结构上有极大的随意性，它可长可短，可聚可散，意到笔随，如行云流水。散文的无规则形态和不拘一格的表现手段常使其以"自由人"的身份穿行于错动的文体秩序之间。

不过，散文看起来虽然漫无章法，但作为一个有机的艺术整体，却又需要自由而不失度，行文进退天衣无缝。散文往往能在看似信笔而书之中，带领读者渐入佳境，唤起读者丰富的审美感受。这就需要散文作者在开放的形式与深刻的内容之间寻求某种平衡。传统写作理论对散文结构的一个明确概括是"形散而神不散"。所谓"形散"，一方面是指散文取材大至社会宇宙，小至花鸟琐事，广泛自由，不受时空的限制；另一方面是指散文表现手法不拘一格，可以叙述事件，可以描写人物，可以抒情，可以议论，而且可以根据内容需要自由调整，随意变化。"神不散"主要是就散文立意方面而言的，即所要表达的主题必须明确而集中。"形散而神不散"倡导将同一事物的相关材料集中铺陈，最后导向某种同一的或单一的主旨。在20世纪五六十年代，以秦牧为代表的"用一根思想的红线串起生活的珍珠"的行文程式曾盛行一时，并为许多散文写作者效仿和袭用。

---

① 南帆. 文学的维度［M］. 上海：上海三联书店，1998：278.

"形散而神不散"是散文的重要特征,但不是散文的全部特征,更不是唯一的特征。20世纪80年代以来,在柯灵、余秋雨等人的散文创作实践中,出现了"形不散而神散"等新的写作态势,使散文主旨走向多元、多义。如余秋雨是学者散文代表作家,他的《笔墨祭》,围绕"笔墨"这一中国文人日常打交道的物体,作者旁征博引了一切与笔墨有关的主题信息,使这一物象处于历史、时代、文化、技艺等多元视角的透视之中,进而使文本凸显出宽广、丰富的含义。同时,这种意图隐匿化的倾向,能极大地激发读者参与的热情,使读者在这种阐释与再创造中体验到更为丰富的审美愉悦。

消解种种模式,使散文身无负荷,这就为自由意志、创造精神、审美个性的表现提供了更为开阔的地带与空间。从这个意义上说,散文其实是人类精神的一种自由表达。

第三节 小说

与诗歌、散文相比,小说文体成熟的时间较晚,但小说却以其对社会、对人生广泛的渗透力和亲和力使世人对它很熟悉。小说文体的发展有一个漫长的过程。

一、小说的含义

中国古代小说脱胎于先秦的神话和传说,此后不断汲取其他文学样式的优长,尤其是史传文学和寓言散文的创作经验,到魏晋时期初具规模。唐传奇的出现标志中国小说渐趋成熟,正式形成了自己的规模和特点。鲁迅说:"小说亦如诗,至唐代而一变,虽尚不离于搜奇记逸,然叙述宛转,文辞华艳,与六朝之粗陈梗概者较,演进之迹甚明,而尤显者乃在是时则始有意为小说。"[①] 唐代传奇作为文人"意识之创造",已十分重视形象的刻画以及情节的曲折、语言的生动。宋元话本小说在题材、语言等方面更接近市民生活,形成了具有民族特色的作品结构体制。明清之际小说走向繁兴,出现了系列长篇章回体小说,并以其丰富的思想内容和独特的艺术风貌成为广泛影响各阶层人民生活的一种文体。

与今天的"小说"含义较为接近的"小说"概念,始于唐宋,成熟于明代。宋人洪迈认为,传奇是有所寄托的,所记不一定属实。这就既看到了小说合乎人情、凄绝动人的一面,又看到了其虚构性。明代以降,世人对小说的看法日趋明确和深入,主要表现在自觉地肯定了艺术虚构在小说创作中的必要性和重要性。明代文学批评家谢肇淛在《五杂俎》(卷十五)中指出:"凡为小说及杂剧戏文,须是虚实相半,方为游戏三昧之笔。亦要情景

[①] 鲁迅. 中国小说史略 [M] // 鲁迅. 鲁迅全集:第9卷. 北京:人民文学出版社,2005:73.

造极而止,不必问其有无也。"这就明确道出了小说、戏曲的基本特质——都是虚构杜撰之词,以设情造景为己任;并提出了"虚实相半"的创作标准,从而彻底划清了小说与史传的界限。这在小说理论发展史上具有里程碑的意义。① 此外,明代的李贽、叶昼,清代的金圣叹、毛宗岗、张竹坡、脂砚斋等著名小说批评家,对于小说的解释更加全面和深刻,他们在小说与生活的关系、小说的要素以及小说的语言和情感等方面做出了理论总结。

在西方语言中,称谓小说的词有 roman、novel、fiction 等。其中 roman 为传奇故事,它源于中世纪的 romance。novel 表示一个带来新的信息的令人惊异的故事。fiction 的原意是谎言和虚构杜撰之辞,后用于小说之名,意在突出小说的虚构性和想象性。西方语言对小说的不同称谓,一方面显示了小说发展的源流轨迹,另一方面也体现了小说的基本内涵与特性。小说在西方发生和发展的情形与中国颇为类似。②

按照要素的构成成分及组织方式上的不同,小说可分为情节小说、性格小说、抒情小说、心理小说、氛围小说等。从篇幅的长短来看,小说可以分为长篇小说、中篇小说、短篇小说以及小小说。根据具体内容,小说可以分为社会小说、言情小说、武侠小说、侦破小说等。此外,小说还可以分为古典主义小说、现实主义小说、浪漫主义小说等。当然,还有其他的分类方法。因此,给小说下个固定的定义很难,因为单一的划分标准已无法框定小说丰富多彩的艺术形式和发展历程。在这里我们对小说只作基本的界定,即小说是以叙述、描写为主要表达方式,侧重通过艺术形象的塑造、心灵的剖析、情节的构造和环境的描写来反映社会生活的一种虚构性的文体。

二、小说的基本特征

传统小说理论认为,小说的要素主要有人物、情节和环境,小说就是由这三种成分构成的一种独立的艺术形态。如果对丰富的小说创作现象进行具体考察,我们就会发现,随着小说艺术的推进,除在传统意义上的三要素之外,还有情感、情态、情境、意蕴等对小说的构成起到建构作用的"准要素"。叙事性是小说的基本性质。

(一)人物刻画的细致性和丰富性

刻画生动鲜明的人物形象,历来是小说的首要任务。小说中的一切细节、场面、背景、气氛、情绪、意念以及故事,都无法游离于人物而孤立存在。人物是小说整个形象体系的核心,熔铸着小说作者的审美感知、审美判断和理想。尽管有的小说写的是某类动物或者

郜元宝:细节是小说之本,鲁迅怎样写人物的穿着?

---

① 对小说虚构性质的强调,西方一些研究者也有相关的论述。如 17 世纪的法国神父于埃将小说定义为"虚假的爱情故事的总体,用散文体写就的艺术,其目的在于娱乐和教育读者"。参见:瓦莱特.小说:文学分析的现代方法与技巧[M].陈艳,译.天津:天津人民出版社,2003:14.
② 西方文学中的"小说"源于古代神话。"神话"一词,在希腊语中的含义是"想象的故事"。神话之后的史诗向小说迈进了一大步,即其中有故事,有叙述者,有接受者。进入 12 世纪后,叙述体文学形式——"传奇"在西欧发展起来,"传奇"包含奇迹、怪闻、夸张及虚构等含义,被称为"欧洲小说之父"。早期传奇是用各种不同诗体的韵文写成的,后期则出现了散文传奇。散文传奇直接孕育了西方近代小说。参见:龚翰熊.欧洲小说史[M].成都:四川大学出版社,1997:1-16.

妖魔鬼怪，就像许多童话故事那样，然而这样的小说叙述对象仍然是拟人化的，可以视为某种特殊类型的小说主人公。当然，人物也是其他种类的文艺作品所要表现的主要对象。但在其他文体中，例如，在叙事诗或史诗中，其人物难以像小说人物那样生活化。叙事散文由于受生活真实性的限制，人物的典型化一般要低于小说人物。戏剧文学中的人物主要是通过动作和动作性的语言描写来显示其性格的。小说可以凭借各种艺术手段，如烘托、象征、伏笔、照应、悬念、实写与虚写等，运用肖像、语言、行为及心理等多种描写方法，展现人物的音容笑貌、言谈举止，探索人物的心灵世界和思想感情等精神活动。小说既可以展现一代人、几代人的漫长人生经历，也可以写人物一生中的某个片段。从人物的物质生活到精神生活，从个人性情到社会关系，小说作者可以根据需要，对各种人物的命运以及丰富多彩的社会生活作多方面的细致刻画。

我们试以鲁迅的小说《孔乙己》为例。这篇小说虽不足3 000字，却细致入微地刻画出了孔乙己这一封建社会下层知识分子的形象。这里截取的是在不同语境中有关孔乙己"脸色"描写的几个片段：

（1）他身材很高大；青白脸色……

（2）孔乙己便涨红了脸，额上的青筋条条绽出，争辩道，"窃书不能算偷……窃书！……读书人的事，能算偷么？"

（3）孔乙己立刻显出颓唐不安模样，脸上笼上了一层灰色……

（4）他脸上黑而且瘦，已经不成样子……

人物的外貌神态反映人物的生活状态、精神状况。通过刻画孔乙己的"脸色"由"青白"到"涨红"，再到"灰"，又到"黑而且瘦"这一系列特殊的变化，作品从多角度展示了孔乙己的生活遭遇和命运轨迹，描写堪为细腻。不难理解，深受封建科举制度残害的孔乙己，不可能有达官豪绅那种"红光满面"，其"青白脸色"说明他经常过着半饥半饱的日子。"涨红了脸"，是在有人揭发孔乙己偷书一事后对理屈却词不穷的孔乙己脸色变化的描写。"一层灰色"则显现了一生"连半个秀才也捞不到"的孔乙己失望、颓唐的悲凉心境。被丁举人私设公堂打折了腿的孔乙己，丧失了基本的生存能力，"黑而且瘦"的脸色暗示出他的穷困潦倒，以及得不到人们的同情与关爱的生活境遇。

当然，在小说中，对人物的肖像服饰、语言及动作进行描写仅是塑造人物形象的一个方面。小说创作中经常会出现大量的"心理事件"，包括主体回忆的事件和主观感受、想象的事件。由此，小说对人物心理活动的描写和剖析便显得十分突出。用日本学者坪内逍遥的话来讲："那种完美无缺的小说，它能描绘出画上难以画出的东西，表现出诗中难以曲尽的东西，描写出戏剧中无法表演的隐微之处。"[①] 小说使我们看到的是人类灵魂最深沉和最多样化的运动，比其他文体更能洞幽烛微地反映人性的隐秘之处。尤其是细

---

① 坪内逍遥. 小说神髓[M]. 刘振瀛，译. 北京：人民文学出版社，1991：26.

腻深刻的心理描绘，对诸如人的爱、欲、感情、心理、情绪等这些显示"人性深度"的内容的关注和抒写，成为小说独具的艺术特色。这也是当代中国作家王安忆将小说称为"心灵世界"的重要原因。[①]苏联作家奥斯特洛夫斯基在《钢铁是怎样炼成的》中成功地塑造了保尔·柯察金这一复杂的人物形象，其中离不开对保尔灵魂深处的矛盾和隐秘的情感世界的展现。试选取第二部第八章中的片段：

> 保尔双手抱着头，陷入了沉思。他的一生从童年到现在，一幕幕在他眼前闪过。这二十四年他过得怎样？好，还是不好？他一年又一年地回忆着，像一个铁面无私的法官，检查着自己的一生。结果他非常满意，这一生过得还挺不错。
> ……但最主要的一点是，在火热的斗争年代，他没有睡大觉，在夺取政权的残酷搏斗中找到了自己的岗位，而且在革命的红旗上，也有他的几滴鲜血。
> 在精力全部耗尽之前，他没有离开过队伍。现在他的身体垮了，不能再坚守阵地，惟有一条路可走——进后方医院。……他们凭着钢铁般的意志和百发百中的枪法成为各个团队的骄傲。不过这样的人并不多见。
> …………
> 既然他已失去了最宝贵的东西——战斗的能力，那活着还有什么意义？在今天，在凄凉的明天，他用什么来证明自己不是在虚度光阴呢？用什么来充实自己的生活呢？光是吃、喝和呼吸吗？……过去能够生活得不错，现在就应当能够及时结束这个生命。一个垂死的战士不愿再痛苦挣扎，有谁能指责他呢？

这一片段多层面地细腻地描写了保尔的多种心理活动，展现出了保尔内心自豪、矛盾动摇、痛苦绝望，以及最终坚定乐观的心理过程。其中有他灵魂深处对国家勇于献身的忠诚，又有面对残缺身体的绝望；既有火一样的报国热情，又有难以遏止的畏惧……

（二）故事情节的完整性和复杂性

小说要多方面、细致地刻画人物，完整、复杂、多样的故事情节就不可或缺。因为故事情节是人物思想、性格形成和发展的凭借，是人物相互关系、矛盾冲突的发展轨迹。一般来说，故事情节越完善、复杂，人物的思想性格就越能多方面地、细致地得到展示。如果没有故事情节，只有一堆人物，不管他们如何有趣、可笑，也无法构成小说，只是一个静止的肖像画廊。

小说的叙事本性，决定了故事是其叙述内容的基本成分。从阿拉伯民间故事集《一千零一夜》里的山鲁佐德通过讲故事终于使自己免遭杀害的故事中，我们感受到喜欢听故事乃是人类的某种本能。用19世纪英国著名小说作家安·特罗洛普的话来讲就是："我一开始就确信：一个作家，当他坐下来动手写小说时，必须有故事要讲，而不是他必须讲故事。"[②]故事首先是以事件为基础的。事件是由所叙述的人物行为及其后果构成的。当故事走进小说，它就获得了更丰富的生活内涵和艺术内涵。故事中的事件可以由若干层次构成，

[①] 王安忆. 心灵世界：王安忆小说讲稿[M]. 上海：复旦大学出版社，1997.
[②] 特罗洛普. 谈小说创作[J]. 罗婉华，译. 文艺理论研究，1982（1）：139-144.

例如鲁迅的小说《药》，全篇由华老栓"买药"、华小栓"吃药"、茶客"谈药"，以及华大妈和夏四奶奶上坟会合等具有因果关系的一系列事件构成，而"华老栓买药"这一事件，又可分解为华老栓取钱、刑场所见和买"人血馒头"三个具体事件。

一系列事件按照因果逻辑组织起来便构成了情节。情节也是故事的细节化展开。情节是艺术形象的载体，艺术形象通过情节的推进展现。当我们谈论小说情节时，经常采用一种灵活变通的说法，即以"故事情节"称之。一般而言，情节对于所有叙事文学作品都是必不可少的，但在不同体裁的作品中，情节的地位和作用是不同的。叙事诗更注重抒情，因此情节比较单纯；叙事散文也有情节，但往往夹叙夹议，所以情节不甚完整，不求全面。戏剧与电影都离不开情节，但由于舞台空间和演播时间的限制，情节的设置必须高度集中，对于情节的要求较为苛刻。相比之下，小说的情节尤其是长篇小说的情节具有巨大的时空容量。无论是紧张激烈的矛盾冲突，还是平淡从容的人生场景、生活片段，都可以纳入小说的情节结构。

故事情节本身所内蕴的生存体验和艺术魅力，对于小说文本而言，具有十分重要的价值。这种魅力是巨大的，也是不可抗拒的。"当我们沉湎于小说家的魔力之下时，电话没有人去接，饭菜空摆在桌上，草地迟迟没去修剪，鸡也忘记喂了。"① 因此有论者指出，所谓"小说"，说什么？本质不过是名正言顺地说故事，即把故事转化为叙事加以讲述，满足世人娱乐消遣、情感慰藉等精神需求。20世纪的西方现代派小说，以意识流为典范的文本尽管对传统小说视故事为基本规定性不以为然，以"故事瓦解、情节淡化"作为一种创新的自我标榜，但实际上，淡化故事情节不等于不要故事，只是使小说从"显故事"转向了"潜故事"，或由线性叙事的时空范畴转入心理范畴。

（三）环境描写的充分性和具体性

人物总是在一定的时空里活动，受一定环境的影响的；故事情节也总是起因于一定的时空环境，在一定的环境里发生和发展的。比起其他文体，小说的篇幅和时空的自由使其可以充分发挥环境描写的艺术功能，因此有论者把小说称为"环境的诗"。小说既可以对社会历史背景、时代环境作全面、宏观的介绍，又可以对具体的生活场景以及富有地域特征的风俗和风景作细致的描绘。例如托尔斯泰的《战争与和平》，从俄罗斯到法兰西，从喧嚣的都市到静谧的乡村，从豪华奢侈的宫廷到枪炮声隆隆的战场，环境、场景的描写可谓广阔丰富、深入详尽。

概括地说，小说中的环境一般包括自然环境、社会环境以及笼罩着人物及其行动的特定的气氛、情绪和色调，它们对深化主题、塑造人物、推动情节、营造气氛等具有不容忽视的重要意义。这就像写一个恐怖的故事，在开端通常会先描述一个恐怖的环境；写一个喜庆的故事，离不开与此故事有同样欢乐情绪的意象或环境的营造，正所谓"一片风景就是一种心理状态"。下文是契诃夫的《第六病室》里的一段环境描写：

---

① 毛姆，等. 阅读的艺术［M］. 陈安澜，等编译. 上海：上海翻译出版公司，1988：31.

> 医院的院子里有一幢不大的屋子,四周长着密密麻麻的牛蒡、荨麻和野生的大麻。这幢厢房的屋顶生了锈,烟囱半歪半斜,门前台阶已经朽坏,长满青草,墙面的灰泥只剩下一点痕迹了。屋子的正面对着医院,后背朝着田野,小屋和田野之间由一道钉了钉子的灰色院墙隔开。那些尖朝上的钉子、那围墙、那小屋本身,都有一种特别的、阴郁的、罪孽深重的景象——只有我们的医院和监狱的房屋才会这样。①

这段描写呈现了一种独特的气氛,自然而然地与故事中人物的命运、与故事情节的内部运动构成一种对应和契合,引领读者深入文本所表现的作者思想深处。曾有资料记载,列宁在读了这个作品之后整整有好几天说不出话来,深受那种压抑的气氛所影响。通过对一所医院的一幢屋子的细致描写,契诃夫对当时弥漫于整个俄国社会令人窒息的情状作了一种淋漓尽致的透视。

在小说里,社会环境不仅是人物成长的土壤和表演、活动的舞台,而且是人物创造的对象和结果。人物的社会意义只有在特定的环境中才能被确定和突出出来。社会环境作为由人物性格及其人际关系构成的生动的艺术画面,是人物全部活力的来源,含有非常丰富的内容,而不仅仅是人物活动的时空背景。以《孔乙己》为例,如何理解这篇小说的环境?简单地说是辛亥革命前十年鲁镇上的咸亨酒店。为了深入说明其社会环境,就需要对咸亨酒店内外的社会关系、人物关系作具体的思考。孔乙己与丁举人、酒店掌柜以及众酒客的不同性质和不同状态的矛盾纠葛,是分析这篇小说环境描写的基本依据。这一环境与小说主人公的命运、性格密切相关,甚至对小说主人公的命运起决定性的影响。据此,对《孔乙己》描写的社会环境可以进一步概括,即没有受到资产阶级改良和革命运动冲击,仍然笼罩着封建压迫和封建思想、愚昧保守的中国某一小城镇的社会生活。孔乙己的身世和遭遇正是这种社会生活的产物。

恩格斯:《致玛格丽特·哈克奈斯》

关于小说中的人物与环境的关系问题,恩格斯提出过一个著名观点,即"典型环境中的典型人物"。"据我看来,现实主义的意思是,除细节的真实外,还要真实地再现典型环境中的典型人物。"②"典型"不同于强调共性的"类型",通常是指个性与共性的统一。对环境的"个性与共性的统一"的关注,显示了恩格斯对文学创作的时代特征和历史性品格的要求。文学创作需要作家能够从纷繁复杂的社会现实中理出历史发展和变化的脉络,需要作家不被现实中的某些表面现象所蒙蔽,能够通过特殊现象抓住生活的本质和前进方向,把握住历史潮流和发展趋势。

此外,小说具有一种综合性的文体效应。它内在地融再现与表现为一体,可以兼容散文、诗歌、报告文学、戏剧、影视,乃至音乐、绘画、建筑等艺术的特性。1888年,在契诃夫的中篇小说《草原》发表之际,著名作家爱伦堡就撰文指出,这部作品"其实构成了一首长诗"。在当下,小说的诗化、散文化、报告化、戏剧或影视化倾向等已成为小说创作常见的现象。

---

① 契诃夫. 第六病室[M]. 汝龙,译. 北京:人民文学出版社,1958:1.
② 恩格斯. 恩格斯致玛格丽特·哈克奈斯[M]//马克思,恩格斯. 马克思恩格斯选集:第4卷[M]. 北京:人民出版社,2012:590.

20世纪以来，小说这一艺术舞台上的"全能冠军"，正在进一步展现其文学魅力和艺术创新精神。例如，在互联网语境下产生的"超文本小说"，主要指运用网络超链接技术以及电脑屏幕、鼠标等人机界面技术，借助超文本技术创作，以数码形式存储，以语言文字为主要表达媒介，能够与读者形成互动的非线性虚构作品，也被称为"电脑小说""交互小说""电子小说""参与性小说"等。超文本小说的出现，使小说突破了传统线性叙事方式，具有动态开放的情节结构和不确定的叙事格调。读者每次阅读同一个作品时，随机的跳转都会形成不同的文本对象，场景、叙述者、主题等会发生游离或交通互进，从而产生多元的意义感悟。在人机合作的语境下，技术不仅是作品的载体和传播媒介，而且融入文本本身，成为小说结构框架、意义实现、语体风格等的一部分。如美国作家迈克尔·乔伊斯的《下午，一个故事》、斯图尔特·摩斯洛普的《胜利花园》等。《下午，一个故事》是由一位叫彼得的男人讲述的。由于在每页底部设有多重选择的链接按钮，小说在情节发展过程中就具有了多重路向选择，彼得的讲述也就呈现出多重不确定性。《胜利花园》则是将多重超链接直接穿插于文内，每页字里行间都选定几个字句作为链接的标志，供读者自由选择。作者的设定和读者的点击构成了故事情节的不同情形和发展方向，这种交互性使故事时常处于未完成状态。我们说，超文本小说为高科技时代文学样式注入了鲜活的生命力，但其文本结构存在过于强调发散性、游戏性以及技术主义倾向等问题，无疑是需要我们保持警惕和理性面对的。

【学习活动】

鲁迅的小说《社戏》，在文体和文体的创造方面具有经典性。细读文本，思考其诗意化特征等问题，感悟作者的诗意情怀。

（1）可以从哪些角度，分析和概括《社戏》的诗意化特征？

（2）《社戏》中的诗意美，美在哪些方面？在小组研讨基础上进行总结归纳，并谈谈你的理由。

（3）回想印象深刻的社会生活场景，综合运用诗化表现技巧，写一个500字左右的片段，进行小组交流。

第四节　戏剧文学

戏剧文学是与戏剧艺术有密切关系的一种文体。一般而言，戏剧艺术是由演员以对话和动作为主要表现手段，在舞台上为观众进行现场表演的一门综合艺术。戏剧艺术由古代的宗教礼仪、巫术扮演、歌舞伎艺演变而来，后逐渐发展为由文学、表演、音乐、美术等多种艺术成分有机组成的综合艺术。在戏剧文体成熟之前，存在演出前没有剧本的情况，现在一些地方戏中也有这种情况，但随着戏剧的成熟和发展，导演、演员一般都必须以剧本的规定情境为依据进行再创造。作为二度创作的艺术，戏剧艺术包括两个重要的组成部分，即作为舞台演出基础的戏剧文学和演员创造舞台形象的表演艺术。其中文学剧本是整个戏剧活动的基础，也是戏剧艺术最基本、最重要的构成因素。

一、戏剧文学的含义

戏剧文学以"语言"作为自己的存在形式，是与诗歌、散文、小说相并列的一种文学样式，它侧重以人物台词为手段，高度集中地展现矛盾冲突，反映社会生活。其文本形式主要由人物语言和舞台说明（舞台提示）组成。与诗歌等仅供读者阅读的文体不同，戏剧文学还承载着为戏剧演出提供文学脚本的功能，好的剧本是具有双重价值的，即文学的价值和戏剧的价值。戏剧文学与其他文学样式的区别，首先体现在它的戏剧价值方面，即它的文本构成必然要受到戏剧艺术本身的影响，受到舞台演出的制约，需要符合舞台艺术的要求。随着创作经验和舞台表演经验的不断丰富，戏剧文学也日趋完善。作为文学文本，剧本具有可以脱离戏剧演出而独立存在的文学审美价值，可以独立发表、出版，可以直接供读者阅读、朗读、鉴赏和研究。所以，在西方传统的文学体裁分类体系中，"戏剧文学"一直是作为与"抒情文学""叙事文学"相并列的第三大文学类型而被重视的。

在中国，戏剧艺术是戏曲、话剧、歌剧等剧种的总称，也常专指话剧。在西方，戏剧即指话剧。戏剧文学按作品的样式类型可分为悲剧、喜剧和正剧等；按题材内容可分为历史剧、现代剧、情节剧、哲理剧等；按作品容量大小可分为独幕剧、多幕剧、戏剧小品等。当然，戏剧艺术发展到今天，众多的戏剧流派，众多的戏剧剧种，伴随着对具有实验性的表现技巧的多样化的探索等，使戏剧文学与其他类型的文学文本一样，已呈现出非常复杂的景观。

二、戏剧文学的基本特征

（一）浓缩地反映社会生活

戏剧是一种舞台艺术，而舞台演出的时间和空间都有一定限制。就时间而言，舞台表演的时间不宜过长，演出需要在两三小时内结束。就表演的空间看，舞台面积有限场景相对固定，在演出过程中只能换几场、几幕。与散文、小说篇幅的随意性、场景描写的广阔性，与影视文学镜头组合的自由性比较起来，戏剧文学的现实时空是狭小的。这样，为符合舞台演出的要求以及观众的接受条件和习惯，剧本所写的人物就不宜过多，事件也不能过于复杂，时间、地点的变换也不能过于频繁，这样做的效果在于使观众可以在有限的时间和空间里对作品内容有比较清晰和深刻的印象。例如曹禺根据巴金的小说《家》改编的同名剧本，为了适合表演和观看，为了加快故事情节的进展速度，在情节结构、人物形象、场景处理等方面进行了多处"化繁为简"的艺术处理，对"高家"

以外的次要线索和人物都做了适当删改。

舞台时空的有限性决定了戏剧文学必须高度浓缩地反映社会生活。清代戏剧理论家李渔在他的《闲情偶寄》中就突出强调过诸如"结构单一""立主脑""脱窠臼""减头绪"等切合戏剧艺术特性的主张。这些论点简明实用,即使对今天的剧作理论也有重要的借鉴意义。西方古典主义学派在戏剧创作中提出的"三一律"(又称"三个整一律"),实际上也是当时人们对于戏剧文学上述规律的认识。"三一律"规定,剧本的动作、地点、时间三者必须完整一致,即戏剧动作的一致(剧本表现的是一个单一的故事情节)、时间的一致(故事只能发生在一天之内并于一天之内完成)和地点的一致(故事只能发生在一个地点)。这种"规则",对指导戏剧创作有一定的积极意义。但是它对如何"一致"作了程式化的规定,并让剧作家当作信条遵守,这在一定程度上又阻碍了戏剧艺术的发展。从戏剧艺术的本身规律而言,不应一味强调所谓的三个"一致",但是为避免枝蔓,使人物、事件、时间和场景尽可能做到集中、凝练则是必要的。

李渔:立主脑 脱窠臼 减头绪

当然,强调人物、事件、时间、场景的高度集中,是就剧作家如何结构作品而言的,并不是把虚构的艺术时空硬性缩短或缩小。分幕、分场等戏剧艺术的多种结构手法完全可以使其在有限的时空中涵括和展现深广的人生内容。例如老舍的剧作《茶馆》,所写事件的时间跨度从1898年戊戌政变失败到1948年国民党统治临近崩溃的前夕。小小的裕泰茶馆既是旧北京的写照,也是旧中国的缩影。作者将近50年时间里的中国社会变迁成功地浓缩在三幕戏当中,演出时间仅两个多小时。

(二)集中地表现矛盾冲突

戏剧是直接面向观众的艺术。一切都要演出来,而且演得要引人入戏,这是戏剧艺术的一个重要特征。诗人、散文家可以为了自娱自乐或情感宣泄进行创作,可以不用过多地考虑读者因素,但剧作家不仅要考虑演员的表演、舞台的限制,还要考虑观众看戏的兴趣。戏剧艺术的这一特征,决定了剧本要依靠强烈的戏剧冲突来激发观众的兴趣,并通过冲突的酝酿、爆发、展开、突变和解决,吸引观众的审美注意力,引起观众的情感共鸣。

如果说诗歌是抒情的艺术,小说是叙述的艺术,那么戏剧则是冲突的艺术。剧作家不能像小说家那样借助叙述者来解释人物行为和事件,他们必须善于在有限的戏剧场景展示中,充分揭示不同戏剧人物之间、戏剧人物与环境之间,或者人物自身的欲望、意念之间等的矛盾冲突。对此,老舍深有体会:"写戏须先找矛盾与冲突,矛盾越尖锐,才越会有戏,戏剧不是平板地叙述,而是随时发生矛盾,碰出火花来,令人动心……"①"没有冲突就没有戏剧",人物的动作和性格要成功地表现出来,他就必须经历无法避免的纠纷和冲突,这是形成戏剧性的一个重要因素。当然,这并不是说小说中没有类似戏剧的这种激烈冲突,而是说在一般情况下,由于舞台表演的需要,戏剧的冲突显得更为集中、更为尖锐。这正如英国19世纪著名戏剧理论家威廉·阿契尔在《剧作法》中所概括的:"我们可以称戏剧是一种激变的艺术,就像小说是一种渐变的艺术一样,正是这种发展进程的缓慢性,

---

① 老舍. 一点小经验[M]//胡洁青. 老舍论创作. 上海:上海文艺出版社,1980:188.

使一部典型的小说有别于一个典型的剧本。"①

究竟如何理解"戏剧冲突"呢？通常而言，人类社会生活中的矛盾是戏剧冲突的基础。生活在具体环境中的人，由于社会地位、生活环境、文化教养、性格特点、生存追求等的差异，总会遇到各种各样的矛盾，并产生各种各样的心理、行为冲突。戏剧冲突是戏剧艺术表现现实矛盾的特殊艺术形式，由矛盾双方的意志对抗或内心对抗造成，它是特定情境下人物性格发展的必然产物。由于现实生活中矛盾的复杂性，人物性格的多样化，反映到戏剧中的冲突及其形态也是复杂多样的。优秀的戏剧文学通常能在冲突中揭示出具有普遍意义的社会问题或人性问题。

与戏剧冲突密切相关的问题是戏剧情境的设置。戏剧情境主要包括三个方面的因素：人物活动的时空环境、特定的情况（即对人物发生影响的事件），以及一定的人物关系。戏剧情境是促使人物产生特有动作的客观条件，是戏剧冲突爆发和发展的契机，又是戏剧情节的基础。在剧本构思中，凡是有经验的剧作家都十分重视对戏剧情境的设置。剧作《哈姆雷特》在开幕之前，已经有了老国王猝然死亡的事件，开幕后又发生了鬼魂事件，这些事件的设置充分显示了莎士比亚善于利用事件设置紧张的戏剧情境的才能。在《雷雨》中也有一个重要事件，那就是鲁侍萍突然出现在周公馆。随着她的出现，周公馆里各种人物关系的全面危机和深刻冲突迅速展开。

（三）人物语言具有动作性

在戏剧文学中，除了舞台提示外，全部都是人物语言，人物语言是构建剧本的基础。人物语言作为戏剧表演的基础和基本手段，承担着塑造人物形象与展开情节等多项功能，往往比在其他文学样式中显得更为重要。因此它必须能够充分显示人物意愿、意图或意志，必须能够揭示人物之间以及人物内心的欲望、意念之间的矛盾冲突。戏剧冲突的展开、戏剧情境的设置、戏剧情节的展示等，都是依靠人物行动以及体现行动的人物语言来完成的。离开了具有充分动作性的能够推动剧情发展的人物语言，也就没有了戏剧文学。正如英国戏剧理论家和导演马丁·艾思林所说："在戏剧里，语言往往就是行动。还可以进一步，要求戏剧里的一切语言都必须变为行动。在戏剧里，我们所关心的不仅是一个人物所说的话（他们的话里的纯粹语义学的意义），还有这个人物说这些干什么。"②

戏剧文学中的人物语言（台词）包括对话、旁白、独白等形式，其中对话是人物之间交流、推动剧情发展的基本形式。剧本中的人物对话具有主体地位，不仅要具有一般的表情达意的功能，富于个性化，而且要蕴含丰富的潜台词，潜藏充满活力的动作性。例如，在曹禺的《雷雨》第二幕中，有一段繁漪和周萍的戏。这段长达三千余字的戏剧场面，多次成为二度创造者们青睐的精彩片段，并被多次搬上舞台表演，其吸引人之处就在于动作性颇强的人物语言，不断推动繁漪和周萍这两位人物的关系变化发展，并使剧情呈现出跌宕起伏的效果。我们看到，当繁漪用被逼喝药的痛苦处境企图唤起周萍的同情时，周萍却

---

① 阿契尔. 剧作法 [M]. 吴钧燮，聂文杞，译. 北京：中国戏剧出版社，1964：33.
② 艾思林. 戏剧剖析 [M]. 罗婉华，译. 北京：中国戏剧出版社，1981：35.

用无动于衷的规劝来敷衍她。当繁漪不得不用"没有你在我面前，我已经很苦了"这种情话以求打动周萍时，周萍却用"我想你很明白"的字眼儿在繁漪的伤痛处撒盐。然而当周萍说"我后悔，我认为我生平做错一件大事，我对不起自己，对不起弟弟，更对不起父亲"时，他瞬间点燃了繁漪郁积在心中的怒火。繁漪"爱起来像一团火那样热烈，恨起来也会像一团火把人烧毁"的性格，使周萍只有招架之功、乞求之态……

三、课本剧的含义及改编

（一）课本剧的含义

如果探其根源，课本剧以及课本剧的改编大致可以追溯到五四时期。现代著名作家和教育家叶圣陶就曾尝试过将语文课本中的《荆轲刺秦王》《最后一课》等改编为剧本，努力以戏剧的形式陶冶学生的心灵，加深学生对语文课文的理解。课本剧作为活跃在课堂教学中的一种生动的教学方式，从产生之日起便受到普遍欢迎，被广大教师和学生积极实践，被各种教学杂志争相发表。因而有论者把课本剧称为"戏剧和教育两种事业双向选择的一个共同产儿"，看作"教育界和戏剧界合作的成果"，并在学界引发了有关课本剧的一些讨论。

从课本剧的命名来看，我们可以发现其包含两个要素，即"课本"和"剧"。"课本"这一要素，规定着课本剧的来源，即来源于语文教材；"剧"这一要素，内含课本剧作为一种戏剧类型的文体诉求。目前有一种较为流行的关于课本剧的理解，即把课本剧定位在一个无所不包的范围之中，仿佛只要与课文、课堂沾边的文本实践都可以纳入课本剧的范围。将课本剧的界定泛化，使其无所不包，在其包容范围不断扩大的同时，也消解了课本剧本身的存在。一般来说，入选中小学语文教材的篇章，多为文学史上的名著或佳作，蕴含了人类社会求真、向善、臻美的追求。但并不是中小学语文教材中的所有课文都适宜改编为课本剧。课本剧是一种以语文课文为蓝本，尤其是叙事性特点突出的文体，如小说、叙事散文、叙事诗以及叙事性的文言文等改编而成的戏剧样式。从演出规模上看，课本剧可分为课堂课本剧和舞台课本剧两种。课堂课本剧适合学生在课堂上演出，对布景、服饰等客观条件的要求较低，对排练及演出的水平没有较高要求。舞台课本剧中的"戏"份较大，在"教"与"戏"的权衡中，更为突出的是课本剧所带来的戏剧美感。

（二）课本剧的改编

课本剧并非天然存在。课本剧的改编首先涉及的便是课本资源的选择和挖掘问题。如上所述，将叙事性较强的课文改编为课本剧是较为合适的，如小说《范进中举》《祝福》《皇帝的新装》《九色鹿》等。此外，一些文言文由于古代汉语与现代汉语之间的差异，学生在接受时会有一定的困难，可以尝试进行改编，使平面化的文字化为生动、可感的舞台形象，如《石壕吏》《鸿门宴》《邹忌讽齐王纳谏》《愚公移山》等，这对学生情感的培养、道德品质的提升、母语运用水平的提高等都是大有裨益的。

改编不是对原文的表演复制。课本剧的改编主体（改编者）在成为创作主体之前，首先需要以一个接受者的身份理解、研读课文，而后才能将其阐释的结果作为课本剧的成品呈现出来。作为不同艺术媒介之间创造性的"互译"和再创造，改编以创造性的文学活动为主体，是一种富有创意性的活动。从目前课本剧的改编主体来看，大致分为以学生为主体和以学生以外的其他人员（如教师、专业编剧等）为主体。让学生进行课本剧创作，可以增强语文教学的活力和有效性。但学生的改编由于自身人生体验的有限性，多以即兴想象为基础，在对课文进行生发、再创造的过程中，对其思想内容或艺术形式的把握往往存在偏颇，甚至将改编演绎成搞笑或戏谑等。以教师和专业编剧为主体的课本剧的改编，基本能切合课本剧特殊接受者的需要，具有一定的艺术水平，然而存在资源匮乏、佳作难求等问题。

目前课本剧改编的现状需要我们重新回归和植根于课本世界，需要改编主体深入分析课文的重点、难点，以及知识的生成点、引申点，准确把握课本中的语境、物象、形象、生活场景、人物关系，以及情感基调、精神理想等深层意蕴。只有在深入体会和把握课文的思想意蕴的基础上，才能使总的改编方向不失偏颇。尤其是一些"名著课文"，对这些文学史上有着厚重的生活内容与闪烁着思想光芒的经典作品的改编，需要改编主体具备一定的文化底蕴和艺术修养。只有这样，才可能在更高的层次上理解主题思想，从而避免浅显的、试探性的理解。例如《范进中举》，作品主要是深刻揭露封建科举制度对读书人的身心戕害，但如果在改编时将其主题简单理解为"追求理想、实现愿望"，那么范进呓语般的语言行为，如"噫！好！我中了！"等，就成了他实现理想之后的狂喜表现，显然，这种理解是违背课本和原作真实意图的。主题思想是一篇课文的灵魂、神韵所在，剧本中的其他要素都要围绕这一中心展开，在对主题理解有误的情况下，其中的人物形象、情节冲突、语言运用等显然要发生变化。需要指出的是，学生不一定具备这样的领悟能力，因此教师的指导是不可或缺的。

人物作为戏剧文学中一个不可或缺的要素，在课本剧的改编中有着举足轻重的地位。从人物形象的塑造来看，改编要致力于将人物形象表现得"深了还要深""美了还要美"。具体来说，改编者要根据原文来揣摩人物的性格特点，找出人物的"精神实质"。"一切与性格无关的东西，作家都可以置之不顾。对于作家来说，只有性格是神圣的，加强性格，鲜明地表现性格，是作家在表现人物特征的过程中最当着力用笔之处。"[①] 可以以原人物形象的肖像、语言、动作、神情、心理等为依托，结合文本情境和时代特征，寻找突破点，完成人物形象的再创造。例如，小学《语文》教材五年级下册第二单元的课文《景阳冈》，围绕"武松打虎"这一情节展开，塑造了武松英勇无畏、武艺高强的打虎英雄形象。"打虎"是故事情节的高潮处，课文对于人物的语言描写甚少，集中描写的是武松和大虫的动作。在改编课本剧时，教师可以以此为突破点，根据戏剧艺术感染力和表现力的需要，启发引导学生想象创造，把动作细化、分解，提炼出两者打斗时一连串的精彩动作，进而加深学生对武松有勇有谋等性格特点的体会和理解。请看课本剧《景阳冈》剧本：

---

① 莱辛. 汉堡剧评 [M]. 张黎, 译. 上海：上海译文出版社, 1981: 125.

第 二 幕

时间：临近傍晚

地点：景阳冈

人物：武松

武松：（来到一个破山神庙前，看到榜文）呀，真的有虎啊！要不要回去呢？不，如果我回去，一定会被店家耻笑。怕什么，只管上去。（见到一块大青石）哎呀，酒劲上来了，我现在又困又热，还是先睡一觉再过冈吧。

（一只大老虎从树后跳出，直扑向武松。）

武松：哎呀！（从青石上翻身下来，拿起梢棒）果真有老虎！

（打虎细节：第一回合，三跳三躲；第二回合：主动出击，打断梢棒；第三回合：破釜沉舟，赤手空拳打死老虎。）

（武松与老虎一番恶斗，终于打死了老虎。）

武松：（踢老虎一脚）看你还敢不敢再害人！（提提老虎，提不动）真累死我了，要是再跳出一只老虎来，我哪里还能斗得过？先下冈去，明早再来理会。

为增强课本剧表演的生动性，除了课文中原有的人物，改编者还可以根据编演的需要适当地增加或删减个别人物。

在戏剧艺术中，戏剧冲突是是否"有戏"的关键所在，在课本剧中亦然。课本内容的本身存在着人与人、人与自我、人与社会的诸多矛盾表现。受表演时空的限制，改编者要根据编剧规律，在有限的话语实践中生发出"合乎情理"的故事情节和剧情冲突。情节不能过分铺陈，要注意起承转合以及伏笔、悬念的制造等。根据表演的需要，为把人物性格、故事情节表现得复杂、生动，改编者也可以给原作补充一些合理的情节，这一点在简短的文言文改编中表现得较为突出，例如对杜甫的诗作《石壕吏》的改编。此外，像小学《语文》教材中的《清贫》（五年级下册）、《桥》（六年级上册）、《金色的鱼钩》（六年级上册）等课文，都可以改编成既具有教育意义又具有审美价值的课本剧。

课本剧改编中的语言问题同样不容小觑。课文中的语言一般是经过作者反复锤炼、打磨而成的，有较高的艺术水准。改编者不仅要借鉴课文语言的诸多优点，而且需要发挥能动性。"填词之设，专为登场"，课本剧的人物语言要具有个性化、动作性。对课文中以心理描写为主的独白，以及不适合"说出"的语言，改编者可以根据对于人物的理解适当地进行一些处理，也可以通过演员传神的演技传达出来。至于人物的对话，在一定程度上可以尽可能地保留课文中原汁原味的语言，这样有利于学生对课文语言的学习。例如，小学《语文》教材五年级下册中的《草船借箭》，课文中的人物对话丰富，矛盾冲突集中，情节跌宕起伏，改编者将其改编成课本剧时可以围绕"借箭"这一重要情节展开。针对人物对话增加心理和动作描写，不仅能丰富人物形象，突出人物性格，更能增添舞台效果，进一步推动故事的情节发展。如：

周瑜：（严肃地把手放在腿上）今日有请先生到营中，是为了和先生商议军事。我们就要跟曹军交战，敢问先生水上交战，用什么兵器最好？

> 诸葛亮：（摇了摇扇子，不假思索）我认为用弓箭最好。（慢悠悠）
> 周瑜：（心中窃喜，伸出大拇指）对，先生之言，正合我意，真是英雄所见略同。但今军中缺箭，敢烦先生负责赶造十万支。这是公事，希望先生不要推却。（说完，双手作揖）
> 诸葛亮：（心想：好你个公瑾，又想陷害我，不如我顺水推舟，将计就计）都督委托，当然照办。不知这十万支箭何时用？
> 周瑜：（心想：哼，亏你机智过人，上当了吧！）十天造得好吗？
> 诸葛亮：（假装皱了皱眉头，挥挥手中的羽扇）既然就要交战，十天造好，必然误了大事。
> 周瑜：（看了诸葛亮一眼，嘴角微微上扬，笑里藏刀、故作玄虚）先生预计几天可以造好？
> 诸葛亮：（信心十足，毫不犹豫地伸出三个手指头）只要三天。

在这部分节选中，剧中的两位主要人物周瑜和诸葛亮初次亮相。改编课本剧可以以人物对话为中心，增添人物的心理描写和动作描写，以便更加突出周瑜对诸葛亮的忌妒，以及诸葛亮面对难题时的从容不迫与大度智慧。

此外，改编者要做好不同文体之间语言形式、技巧、风格的区别比较以及融通转换。例如小学《语文》教材五年级下册第二单元的课文《红楼春趣》（选自曹雪芹《红楼梦》第七十回），其中人物语言有较明显的文言风格，改编者应尽可能保留人物对话的原汁原味，这样更利于学生感受原文的语言风格，进而通过生动的语言体会人物的性格特点。同时，在遇到较生涩难懂的人物对话时，改编者也可以根据现代汉语的口语特点进行适当的处理。

以上谈到的围绕主题、人物、情节、语言等对课本剧具体改编的几个方面是一个有机的整体，在课本剧的改编过程中要尽量统一起来，不可偏废。同时，教师需要结合培养的知识点、技能点、育人点以及情趣的激发点来加强对编、排、演、评等环节的监控和指导，加强戏剧艺术教育，提升学生的戏剧艺术鉴赏力，以期在大量的实践中不断地创造出优秀之作。

第五节 影视文学

1895 年，被称为"第七艺术"的电影诞生了。1925 年，英国的贝尔德发明了电视。影视艺术是现代科学技术与艺术相结合的产物，它们在 20 世纪共同创造了影视文化，对人类社会生活的诸多方面产生了深远而重大的影响。尽管电影和电视在历史发展过程中有时并不那么和谐，彼此争夺观众，但从审美特征看，二者有许多共同之处。例如它们都是综合性艺术，具有相同或相似的艺术表现手法和制作手段，都采用活动的影像、声音、蒙太奇等艺术语言，因此人们常将电影、电视并提。影视艺术在发展过程中，在汲取诸种艺术养料、丰富自身综合特质的过程中，与文学也形成了密切融合的关系。许多优秀的影视作品都是从小说中抽取故事情节、由文学作品改编而成的，如电视剧《红高粱》（根据莫言的小说《红高粱家族》改编）、《人生之路》（根据路遥的小说《人生》改编）等。反过来，影视作品的巨大辐射力也影响着小说文本的创作、接受乃至内部构成。

一、影视文学的含义

"影视文学"包括电影文学和电视文学。作为影视艺术的基础构成，影视文学是以影视的独特视听思维方式来进行构思和写作，给读者文学审美情趣的文学类型。影视文学兼有影视和文学的双重属性，这种双重属性也导致了影视文学内涵的分歧，一种是侧重文学性的含义，一种是侧重影视性的含义。

在传统的影视文学观念中，影视文学的含义是侧重文学性的，认为电影就是一种看得见的文学。"由于传统对电影的理解还是认为它是艺术形式的一种，并认定电影产生于文学剧本和戏剧传统，又顺乎自然地认为电视是电影的延伸，因而也必然属于艺术范畴之中，故而长期以来，一般意义上的'影视文学'就偏重文学层面的意义把握，书面形式的影视文本的独立存在成为可能，阅读文字含义中的'影视文学'就具有特殊的价值。"[①] 在我国，长期以来人们就有阅读影视文学剧本的习惯，因而剧作家也都比较重视其作品的文学性和可读性。20世纪80年代以前，一些权威的纯文学刊物如《收获》等，都曾刊登过电影文学作品。这正如电影理论家巴拉兹所指出的："电影剧本已经成为一种值得由诗人来写作的文学形式，甚至还是一种可以刊印成书供人阅读的文学作品。"[②] 但是，如果孤立地看待文学剧本，只强调文学性，只重视阅读而忽略影像表现效果的问题，显然在一定程度上就偏离了影视是视听艺术的特殊性的一面。"影视固然来源于文本基础，但成为影视成品的艺术手段却必须依靠影视特有的语言。作为视觉形象，影视使文学的文字虚幻形象具体化，人物活灵活现、环境精确、细节铺排、行为过程清晰可见，甚至心理感觉、风雨声响、时空变幻都声色俱全，一览无余。这里的叙事法则已经不是文字组织的语法结构和修辞手法，而是蒙太奇的影视语言、构图的造型方式、声音表现的特定手段等影视存在的支撑物。……此时，影视文学的双重性——文学阅读与其延伸的影视观看，就更多落脚在观赏上，引导的规则就是影视语言规则。"[③]

影视文学作为一种以传播媒介划分的文学形态，不仅仅是对动态影视画面的文字化的复制，除具有一定的故事情节、典型的人物形象，以及事件冲突、环境烘托和细节描写外，也有其对自身的"文学性""文学价值"的坚守或体现。广义的影视文学创作也体现在文学

[①] 黄会林，周星. 影视文学[M]. 北京：高等教育出版社，2002：1.
[②] 巴拉兹. 电影美学[M]. 何力，译. 北京：中国电影出版社，1979：230.
[③] 黄会林，周星. 影视文学[M]. 北京：高等教育出版社，2002：4.

作品的影视改编方面，以及影视剧热播过程中"后文学生产"①的现象之中。

二、影视文学的基本特征

（一）形象的可视性

影视文学和影视艺术有不同的符号方式和审美感知结构。一方面，影视文学要注意体现以视觉为本体的综合性特征，通过塑造具体的视听形象来传达情感和构成意义；另一方面，作为以语言为本体，以语言为媒介进行的艺术创造，影视文学是对语言文字的一种坚守或回归，它发挥了语言文字得天独厚的叙事优势。但作为导演构思银屏形象进行再创造的重要依据，影视文学的最终意义通过呈现在银幕或屏幕之上来实现，因此创造视觉化的文学形象无疑是其首要任务。"编剧必须经常记住一个事实，即他所写的每一句话将来都要以某种视觉造型的形式出现在银幕上。因此，他所写的字句并不重要，重要的是他的这些描写必须能在外形上表现出来，成为造型的形象。"②如果说影视艺术的制作者们是以摄影机/摄像机为笔，用"光和影"来绘制一幅幅精美的画面和形象，那么剧作家则是以语言文字为媒介，进行"入画之诗"的创作，这是一种充满原创性的艰苦卓绝的劳作。剧作家不能像小说家和诗人那样只凭自己的天才和理想去创造，他需要体验演员们出场和表演过程中的每一个细节，去想象灯光下盛装的演员们的表演方式，甚至他们说话的语调与声调的高低，以及背景环境的设置和调度。也就是说，剧作中的人物形象、故事情节和对话与动作都要满足拍摄需要和放映效果，具有具体、实在的视像性。

戴锦华：电影与文学，仍是我们破镜而出的可能

"如果你外出（到好莱坞），他们就要你写仿佛是通过摄影机镜头看到的东西。在你应当想到人的时候，你想到的只是画面。"③也就是说，剧作家必须始终把自己置于一个观察者的位置，或者把自己想象成一台摄影机/摄像机，需要尽量将人物和事件转化为可见的视觉形象，并且暗示连续的画外空间的存在。作品中的"画面"能通过欣赏者的审美想象来实现，这是剧本成功的重要标志。但由于语言艺术具有形象的间接性和意象性特征，文学形象是人的视觉、听觉不能直接感受到的，需要读者通过积极活跃的联想和想象在头脑中呈现出来，由此这种"文学阅读"与"影视观看"的基本矛盾必然先在性地制约着剧作家的审美创造。剧作家自由的审美想象必然受到影像的具象性以及画面感的规范和导引。"在文学依靠想象力构筑的艺术世界中，模糊的形象美和阅读个体的情感补充造就了灵越动人的艺术世界，其审美核心是朦胧感知；而影像艺术呈现的是具体实感的影像世界，特别是视觉的具象成就了审美对象的具体化，在影像表现对象中，没有模棱两可的可能，形象的唯一性是视觉艺术的特点。"④例如，《红楼梦》中被描写成"娴静时如娇花照水，行动处

---

① 自20世纪90年代以来，出现了一个有趣的现象，即成功的影视作品在热播之中或之后常常被改编为纸质的"小说版"，并由此形成了图书市场上的一个新品种"影视同期书"。如《士兵突击》《闯关东》等，这致使"文学"与"影视"的关系更趋多面化和复杂化。
② 普多夫金. 论电影的编剧、导演和演员［M］. 何力，译. 2版. 北京：中国电影出版社，1980：32.
③ 茂莱. 电影化的想象：作家和电影［M］. 邵牧君，译. 北京：中国电影出版社，1989：159.
④ 黄会林，周星. 影视文学［M］. 北京：高等教育出版社，2002：4.

似弱柳扶风"的林黛玉，在文学世界中是一个模糊的形象，每个读者头脑中都有一个自己的"林黛玉"，而在电视屏幕上，她却是由演员（如陈晓旭）扮演的具体形象，抽象的文学形象被转化成具体的形象。这也是为什么影视文学发展到当下，却从未出现过像小说、诗歌、散文那样令读者感到荡气回肠、回味无穷的阅读体验的重要原因。

我们不妨以鲁迅的小说《祝福》和据此改编的电影中的同一故事片段为例作一比较。在小说中，祥林嫂改嫁后的生活情景是由卫老婆子这样讲述出来的：

> 她到年底就生了一个孩子，男的，新年就两岁了。我在娘家这几天，就有人到贺家墺去，回来说看见他们娘儿俩，母亲也胖，儿子也胖；上头又没有婆婆；男人所有的是力气，会做活；房子是自家的。——唉唉，她真是交了好运了。

在由夏衍改编的电影剧本《祝福》中，是这样演绎祥林嫂改嫁给贺老六后的那段短暂的、相依为命的幸福生活的：

二　一

（淡入）

山坳里，深秋，贺老六背着比他身体还大的一捆柴回来。稻地上，祥林嫂正在舂米。贺老六把柴放下，对她看了看："我来吧。"

祥林嫂胖了些，神色也愉快了，在这里我们才看到了她的愉快的笑容，停了一下："你休息吧，快完了。"

她用手揩了一下额上的汗，（特写）额上一个疤。

（溶入）

…………

二　三

祥林嫂生了一个孩子，贺老六忙碌地照顾着她。

（溶入）（很低的音乐）

（低沉的旁白）"日子很快地过去了，一年又是一年，人家说，祥林嫂交了好运，可是，这好运并不长久。……"

二　四

浓荫中的蝉声，这是夏秋之交。

阿毛已经两岁了。

祥林嫂在厨下煎药，阿毛捉到了一个知了，从外面奔入，高兴地叫"妈"。知了发出很响的叫声。

祥林嫂制止他："阿毛别吵，爸刚睡着。"

贺老六的声音："阿毛，来。"阿毛跑到床前。

…………

阿毛叫："爸爸！"

小说对祥林嫂、贺老六、阿毛等人物形象以及他们生活境况的描绘无论怎样细致，依旧具有形象的间接性或模糊性特点。例如，祥林嫂、阿毛到底有多胖？猎户贺老六的力气到底有多大？他有多能干？读者只能根据自己的生活经验去想象。电影是用视听语言来说故事的。改编的剧本突出了画面感，以及人物言行、情态的可视性。在1956年由北京电影制片厂拍摄的影片《祝福》中，无形的文字变成了有形的画面。观众通过银幕画面亲眼看到了、感受到了祥林嫂一家人真实的生活境况，看到了由艺术家白杨主演的那个"胖了些"的、有着"愉快的笑容"的祥林嫂，看到了那个已经快两岁了的、高兴地叫"妈""爸爸"的"阿毛"，看到了那个"背着比他身体还大的一捆柴回来"的贺老六，以及后来又卧病在床的贺老六……

（二）"蒙太奇"手法

影视艺术语言主要是影像、声音和蒙太奇。其中"蒙太奇"是影视艺术鲜明、独特的标志。"蒙太奇"是法文 montage 的译音，原为建筑学用语，意为构成、装配。① 蒙太奇作为一种表现的手段，指把许多内容不同、场景各异的画面、声音，按照创作意图予以组接、重构，使之产生连贯、对比、联想、衬托、悬念和节奏等令人惊奇的艺术效果或产生新的或更为丰富的内涵。

无须赘言，蒙太奇是影视艺术家创造艺术效果的最重要的方法之一，因而也是剧作家需要掌握的最重要的方法之一。蒙太奇使影视艺术拥有了自己独特的形式，从而有别于戏剧。较之受舞台表演限制的戏剧，影视艺术可以享有时空上的极大自由，可从不同方位和多层面反映对象和再现生活，可以使舞台上不能表现的东西在影视时空中变为可能。我们在银幕上经常看到，春天的桃花变成夏天的绿叶，接着绿叶凋零，雪花飞舞。从春到冬的季节变迁，通过三四个镜头就可以栩栩如生地表现出来。蒙太奇的应用，给影视创作注入了无尽的生机和活力，可以使作品更便于绘声绘色地表现，墨酣情切地渲染，完整流畅地叙事。例如被誉为中国电影史上里程碑式的影片《一江春水向东流》，通过一个家庭的命运变化，刻画了善良贤惠的素芬、忘恩负义的张忠良等诸多性格鲜明的人物形象，浓缩了从抗战到胜利、从沦陷区到大后方、从城市到乡村、从官僚到平民的广阔社会生活场景，多层次、多方位、多角度地展现了整整一个时代的历史画卷。匈牙利电影理论家贝拉·巴拉兹在其代表作《电影美学》中曾把蒙太奇美称为"诗（意）的剪刀"，即强调了它的实践功能和上述特性。影视艺术中蒙太奇的含义不仅包括传统的将人物、事件、场景组接起来的技巧手段，而且作为一种思维方式存在于创作的观念之中，它贯穿从构思、选材直至表意、叙事的全过程。"我们可以从这样几个层面来理解蒙太奇：一是作为一种具体的剪辑技巧和技法；二是作为一种结构手段和艺术技巧；三是作为一种思维方法，贯穿电影创作的始终。"②

---

① 张俊祥，程季华. 中国电影大辞典［M］. 上海：上海辞书出版社，1995：668.
② 陈晓云. 电影理论基础［M］. 北京：北京联合出版公司，2016：48.

（三）语言表述的简约性、生活化

与其他语言艺术的漫长历史相比，影视文学的繁兴才刚刚开始。在影视作品中，表意或叙事更多地借助色彩、光线、画面、声音来完成，因而影视文学剧本的语言表述，需要遵从影视艺术的思维规律和句法逻辑，无论是提示说明还是人物对话，大都简约、概括。有时语言的简约性会达到极致，省到不能再省，故事讲述或人物心灵刻画完全靠场景切换和背景音乐等手段进行。说明式的句子、简明性的对话构成了剧本式的语言。当然，语言简约并不是简陋，而是既要简练，又要传神。也就是说，剧作家应该用少而精的语言将自己的构想和人、事、场景等准确地描述出来，并能激发从事二度创作的导演以及演员的艺术灵感和激情。

人物对白是影视文学声音元素中重要和基本的因素。由于影视作品较文学作品表现节奏更快，主要是运用画面、光影或色彩语言来讲述故事的，在某些场景当中，一个眼神、一个手势、一声叹息、一缕风声、一声鸟鸣便能表情达意，或造成巨大的情感冲击力，所以一般不需要某一个角色进行长篇大论式的独白。多数国家的影视剧作主要是由对白组成的。在我国，影视剧对白所占的篇幅在50%以上。除了特殊的、追求高度风格化的影视作品，一般意义上的对白应是自然、流利，高度生活化、口语化和情境化的。夏衍在谈到影视剧本创作时曾说："对话，一方面要通过演员的嘴巴来讲，一方面要通过观众的耳朵来听。所以作家下笔写对话的时候，必须以负责的态度，先替演员想一想，这句话他们能不能'上口'，然后——也是更重要的是要替成千上万的观众想一想，这句话他们能不能'入耳'。演员不能'上口'，就是讲起来不顺，假如讲起来别扭，就妨碍他们演技的贯穿动作、思想感情；而观众不能'入耳'，就是观众听不清楚，那么，写这些对话的目的性和效果就不能达到了。"① 下面是从美国影片《魂断蓝桥》中摘录的一段精彩对白：

玛拉：要是我知道你还活着，你还活在人间……

洛依：我不离开你了，亲爱的，永远不！好，莱斯特小姐，我有个设想，我是有设想有行动的人，我打电话告诉妈妈，说我找到了你，坐晚车回来，我去打电话，你等一会，别走开，我就回来。

洛依：玛格丽特夫人，我们9:07到……

玛拉：有件事我一定要跟你说。

洛依：真的！哈哈哈！这太好了！谢谢妈妈！再见！嗯？就这样！

玛拉：洛依！你得听我说……

洛依：什么事？

玛拉：我不能跟你到乡下去，这根本不可能！

洛依：为什么？

玛拉：请你别问我，我就是不能去！

洛依：我非得问！你非得告诉我！

玛拉：嗯……我……我太不像样子了，我……我连衣服也没有，我……我真的哪儿

---

① 夏衍. 写电影剧本的几个问题[M]. 北京：中国电影出版社，1959：72.

也不去!

洛依：呵呵！小傻瓜！让我看看！你说得过分了！嗯！我看也许你说得有点道理，啊，未来的克洛宁太太，怎么样？你愿意做伦敦最时髦的女人吗？

玛拉：不！我不能！

洛依：玛拉！亲爱的！恐怕是我太愚蠢了吧，又自负，又愚蠢。因为你一直在我心里，我……我还以为你跟我一样呢。你已经有人了？当然，你以为我……死了，你已经有别人了？别怕！告诉我！

玛拉：哦！洛依！当然，我没有别人，也不可能有，我爱过你，别人我谁也没爱过，今后也不会，这是真话，洛依！

洛依：我就想知道这个！那好，亲爱的，你笑笑，不会笑了吗？

这是一段重逢的恋人之间的对白，剧作者将其设置在一个特殊的历史情境当中。剧中人洛依上尉与芭蕾舞演员玛拉曾一见钟情、相爱至深。但就在他们决定结婚的时刻，洛依奔赴前线。玛拉在等待与洛依的母亲见面时却意外地在晚报上看到了洛依阵亡的消息。绝望的玛拉为生活所迫沦为妓女。但在战争结束时两个人却在火车站又不期而遇……这段对白用众多的短句与个别的长句相间的方式，表现了他们意外重逢时的情景。这段对白不仅切近日常语境，而且充满了丰富的潜台词，具有隐晦的艺术感，使人读后禁不住为女主人公玛拉的不幸遭遇叹息。

思考与练习

一、名词解释

1. 诗歌 2. 小说 3. "三一律" 4. 蒙太奇

二、简述

1. 文学体裁的划分及依据。
2. 结合具体的诗作，谈谈你对诗歌音乐性的理解和看法。
3. 散文的"非虚构性"。
4. 比较小说与戏剧文学在反映生活方面的异同。
5. 文学与影视艺术的关系。

三、实践拓展

1. 散文家李广田曾这样指出："诗必须圆，小说必须严，而散文则比较散。若用比喻来说，那就是诗必须像一颗珍珠那么圆满，那么完整。……小说就像一座建筑，无论大小，它必须结构严密，配合紧凑，……至于散文，我以为它很像一条河流，它顺了壑谷，避了丘陵，凡可以流处它都流到，而流来流去却还是归入大海，就像一个人随意散步一样，散步完了，于是回到家里去。"[①]

请结合这段话，进行小组研讨，每位同学谈谈对不同文学体裁及其特征的理解和认识，提交一篇小论文。

---

① 李广田. 谈散文 [M] // 梁理森. 李广田研究专集. 昆明：云南人民出版社，1985：234.

2. 以小学《语文》教材四年级下册第六单元的课文《小英雄雨来（节选）》为例，进行课本剧改编。

（1）分工、分组把课文《小英雄雨来（节选）》改编成剧本。

（2）自荐或他荐、排练、参演，把剧本文字变成舞台表演，由全班同学品评。

（3）自主探究，总结出优秀课本剧的编演方法。

拓展阅读导航

1. 申丹. 叙述学与小说文体学研究［M］. 2版. 北京：北京大学出版社，2001.

该书将叙述学研究与小说文体学研究相结合，其研究成果可深化读者对小说的结构形态、运作规律、表达方式和审美特征的认识，有助于读者提高欣赏和评论小说的水平。请重点阅读该书中有关叙述学和小说文体学的一些理论内容。

2. 陈军. 戏剧文学与剧院剧场［M］. 北京：社会科学文献出版社，2011.

该书力求通过经典作家与杰出剧院的互动关系研究，来反思戏剧文学与剧场的辩证关系，为当今戏剧研究以及戏剧创作与演出提供新的理论指向和实践范式。请重点阅读该书中有关文学与剧场辩证关系等的内容。

3. 刘飞. 语文核心素养与课堂教学实践［M］. 南京：南京大学出版社，2019.

该书对语文课程的本体价值、文本设计、教学取向以及课程理念进行实践性探讨，以期对核心素养大背景下的语文教育教学提供一些参考和建议。请重点阅读该书中有关学习设计和优秀教学实例的内容。

第十章　文学作品的类型

学习目标

- 理解文学作品的主要类型及其分类的标准；
- 掌握不同类型文学作品的特点；
- 能够运用文学作品类型理论分析、评价文学作品与文学现象。

内容导图

文学作品的类型
- 经典的文学类型
  - 两种基本的文学类型
  - 三种重要的文学类型
- 常见的文学类型
  - 作家文学与民间文学
  - 高雅文学与通俗文学
  - 成人文学与儿童文学
  - 纸质文学与网络文学

> **学习导入**
>
> 在论及文学的时候经常会出现诸如"作家文学"和"民间文学"、"纯文学"和"俗文学"、"成人文学"和"儿童文学"的概念。既然都是文学作品,怎么还要分"文人"与"民间"、"纯"与"俗"、"成人"与"儿童"?再如,"纯文学"之外的"俗文学",到底重要还是不重要?为什么有的作品充满社会关怀,而有的作品特别热衷于追求艺术形式的美感?这些提醒我们:虽然同为文学作品,但它们还可以进一步划分为不同的文学类型。
>
> 文学类型和文学体裁一样,都是区分文学作品的方式。不过,文学体裁主要按照文学作品的结构、语言、表现手法形成的稳定形式进行分类,而文学类型则是从文学作品与社会生活的关系这一宏观的角度,即根据文学作品功能的不同进行分类。因为作者的创作动机以及作品蕴含的思想、表现手法和预设的读者不同,文学作品包含的功能就不同,作品呈现的性质、特点和面貌也就不同。本章将根据这些差异,从不同的角度将文学作品划分成不同的类型。

对文学作品进行类型划分,是研究文学的一种基本方法。不同类型的文学作品在观照生活、选取题材、安排情节、塑造艺术形象,以及语言运用、美学风格等方面会有自己的基本特点。了解文学作品类型的划分理论,了解主要的文学类型的特点,对于我们认识文学的基本规律,自觉地参与文学创作、欣赏、研究,有着重要的意义。

第一节　经典的文学类型

无论是在中国还是在西方,对文学类型问题的探讨都具有悠久的历史。中国传统文学理论对文学的社会功能非常重视,早在孔子及其以前的时代,就强调"诗言志",此后,中国文学理论对文学作品功能的划分基本上围绕着这个命题展开。在西方,虽然对文学类型的划分有很多,但对后世影响较大的还是黑格尔的"三分法"。

本节将介绍几种经典的文学类型划分。

一、两种基本的文学类型

表面上看,中国传统文学理论并不着重从文学与社会这个角度划分文学类型,在一些文学理论著作中,如明朝的《文章明辨》等,以及在一些重要的文学选本中,如南朝梁代的《昭明文选》、清朝的《古文辞类纂》,对文学作品的社会性与情感性功能的讨论,主要是在对其形式和体例划分时间接地体现出来的。

(一)"诗言志"与"诗缘情"

中国传统文学理论很早就把诗看作"言志"的产物,但古人并没有把"志"与"情"分割开来,因为志与情,都是人的审美意识的重要组成部分,于是,文学作品中常常有"志"和"情"相互交融的情况。

远在春秋时期,人们就用"诗言志"来阐释诗或整个文学创作。但是,"志"这个词,在不同的时代被赋予了不同的内涵,有多重解释。"志"一开始用于指政治抱负,如朱自清指出的:"这种志,这种怀抱,其实是与政教分不开的。"① 即把诗乃至文学看成一种社会关怀的工具。"志"的这一内涵,是中国古代长期对于诗歌乃至整个文学功能的主导性理解。但是,文学除了抒发政治抱负,还有一个无法忽视的功能,就是它的抒情功能。比如《诗经》里面,除了"言志"的作品外,还有一些传达个体情怀的作品。于是,后世许多论者力图将"志"与"情"进行调和,把"志"解释成个体情感的传达。尤其到了六朝,文学的抒情性功能更为发达,"于是陆机《文赋》第一次铸成'诗缘情而绮靡'这个新语"②。

陆机:《文赋》(节选)

但是,由于"志"本身包含了"政治怀抱"的内涵,而历代许多批评家又使用这个词来解释"情",所以"志"这一概念越到后面越含混,它不但可以指政治抱负,还可以指个人的经验和情怀,与"情"的区分度不够明确,"诗言志"和"诗缘情"之间的区别有的时候很模糊,以至于无法简单地将它们切割开来。

(二)"载道"与"言志"

到了现代,西方"外来的'抒情'意念"③传入中国,有作家结合西方观念,在中国传统文学理论的基础上,区分"载道"与"言志"两种文学类型,把"志"解释成个体的情感,把"道"理解成社会性的关怀。

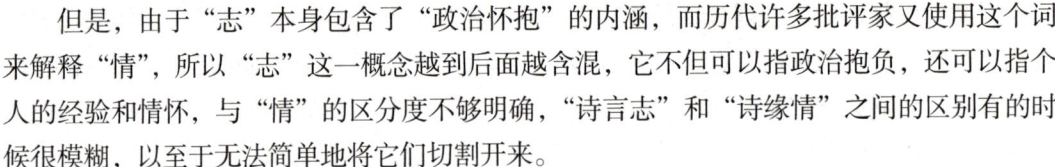

孔颖达:《毛诗正义》(节选)

钟嵘:《诗品》(节选)

如果暂且不去逐一区分"道"在不同历史时期的不同内涵和表现,就可以笼统地认为,"载道"的文学作品强调的是文学的社会性功能。在这类创作中,最典型的当然是那种与政治抱负紧密相关的作品。与之相比,"言志"的文学作品比较个体化,其出发点和最终的动机在于抒发个人的境遇及情怀。"载道"与"言志"可以被看成对中国文学传统中两种不同类型作品的有效区分。

这两种类型的作品在任何一个时代都可以共时存在,甚至在同一个作家身上因其境遇不同,其作品也会有"载道"与"言志"两种类型。就此而言,白居易可以算作其中比较典型的一位。他非常自觉地将自己的诗按照内容分为三大类,即讽喻诗、闲适诗和感伤诗。讽喻诗是"美刺兴比者",即关心时事、社会的作品;闲适诗是"吟玩情性者",即传达个

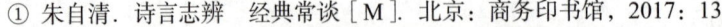

① 朱自清. 诗言志辨 经典常谈[M]. 北京:商务印书馆,2017:13.
② 朱自清. 诗言志辨 经典常谈[M]. 北京:商务印书馆,2017:40.
③ 朱自清. 诗言志辨 经典常谈[M]. 北京:商务印书馆,2017:48.

人日常生活中的普通感情的作品；而感伤诗则是"随感遇而形于叹咏者"（白居易《与元九书》），即介于二者之间的一种作品。

白居易非常看重自己的第一类诗作，即"载道"类的作品，并且对自己的这类作品怀有很高的期望。广为人知的《卖炭翁》可为此类代表作之一：

> 卖炭翁，伐薪烧炭南山中，满面尘灰烟火色，两鬓苍苍十指黑。卖炭得钱何所营？身上衣裳口中食。可怜身上衣正单，心忧炭贱愿天寒。夜来城外一尺雪，晓驾炭车辗冰辙。牛困人饥日已高，市南门外泥中歇。翩翩两骑来是谁？黄衣使者白衫儿。手把文书口称敕，回车叱牛牵向北。一车炭，千余斤，宫使驱将惜不得。半匹红纱一丈绫，系向牛头充炭直。

这首诗通过对一个卖炭的老人辛苦生活和不幸遭遇的描写，表达了对他深深的同情。更重要的是，这首诗不仅表达了对个体的关怀，而且表达了对朝廷用巧取豪夺等手段掠夺剥削底层劳动人民这一政治现实的不满。白居易的这类作品，目的是反映民生疾苦，希望缓和各种社会矛盾，重新巩固中央政权。而其背后的评判标准，则是对儒家公平、公正的"道"的维护。从这里我们可以看出，"载道"类的文学作品，一般都具有较为鲜明的社会性主题。

至于"言志"类的作品，虽然不排斥社会关怀，但其直接的目的是表达个人的情感和意志，更多是个人化的感受。白居易晚年的诗作中这类作品占有非常大的比例，他自己称为"闲适诗"。这类诗作可以说是前一类作品的反例，多是政治抱负不可能实现后的产物。因为到了晚年，白居易意志消沉，"独善其身"的思想占了上风，文学活动也就减少了光彩。此类作品，有著名的《赋得古原草送别》（离离原上草）、《忆江南》等。如《忆江南（其一）》云：

> 江南好，风景旧曾谙。日出江花红胜火，春来江水绿如蓝。能不忆江南？

这首诗充满了对江南风光的美好回忆，是一个老人试图通过这种回忆来安抚自己心灵的写照，其中包含了对现实生活的惆怅，对温馨往事的流连。这是一种个人化的、日常生活情感的表达。这就是白居易的闲适诗的本质，他将作品的内容囿于自己的内心世界，表达对平静、安稳生活的渴望。

在中国现代文学史上，也存在着"载道"和"言志"两种类型的作品。在鲁迅的笔下，我们可以看到大量抨击封建专制文化、揭露国民劣根性的作品，如《阿Q正传》《孔乙己》《狂人日记》等。我们可以把这类作品称为"载道"类的作品，不过它们载的不是封建时代的儒家之道，而是进步作家对民族未来的忧虑和对一个全新社会的渴望。另外，在鲁迅的作品中还有一些是对往事的回忆，如《从百草园到三味书屋》，充满了他对儿时生活的回忆，饱含了他作为一个普通人的日常情怀，可以看成"言志"类的文学作品。

总之，根据中国传统文学理论，结合西方相关的文学理念，我们可以将一般的文学作品划分为两大基本的类型，即关心社会，尤其是时政性的"载道"类作品和注重传达个体的日常生活情感的"言志"类作品。

二、三种重要的文学类型

在西方,到了现代,文学类型理论得到了充分发展。黑格尔的艺术类型理论对后世影响尤其深远,至今仍能用来较为有效地阐释包括中国文学在内的诸多文学作品。

在《美学》中,黑格尔按照形式与内容二者关系的不同,将艺术作品分为象征型、古典型和浪漫型三种。这一划分针对的是艺术,而文学是其中重要的组成部分。

在他看来,最早的艺术是一种象征型艺术,其特点是形式和精神内容不协调。他说:"一切象征型艺术都可以看作对内容意义和形象的互不适应所进行的继续不断的斗争。"① 按照这种观点,这类艺术的内容和形式是不对称的,艺术作品形式不能很好地承载内容,所以黑格尔认为象征型艺术是一种较低层次类型的艺术。

在黑格尔看来,古典型艺术是一种较高层次类型的艺术。因为在这种艺术类型里,"内容和完全适合内容的形式达到独立完整的统一"②。也就是说,这类艺术作品的形式能圆满地反映其内容,所以是最好的。

到了浪漫型艺术这里,黑格尔看到精神的内容超越了艺术的形式,产生了新的不平衡:"外在的现象已不再能表达内心生活,……还是要回到内心世界,回到心灵和情感,这才是本质性的因素。"③ 黑格尔对这类作品是持否定态度的。

在借鉴和吸收黑格尔艺术类型理论的基础上,目前我国的文学史和文学理论教材大多采用"三分法"的文学类型划分方法,即将文学作品划分为现实型文学、浪漫型文学和象征型文学。当然也有部分学者在上述三种类型的基础上继续保留了黑格尔提出的古典型文学,从而形成了"四分法"。甚至部分论著还将现代主义文学或后现代主义文学也单列出来,形成了"五分法"或"六分法"。但是,不可否认的是,现实型文学、浪漫型文学和象征型文学仍然不失为三种最经典的文学类型。

(一)现实型文学的特点

高尔基:现实主义是什么?(节选)

现实型文学的主要目的在于反映现实生活,是一种侧重以写实的方式再现客观现实的文学类型。它强调的是文学的社会性和现实性,一般呈现出如下特点:

第一,作者力图客观、冷静地看待周围的世界,呈现出客观性的特点。俄国现实主义理论重要代表人物别林斯基就曾指出:"我们要求的不是生活的理想,而是生活本身,像它原来的那样。不管好还是坏,我们不想装饰它。"④ 现实型文学的目的就是反映现实生活,所以,它的首要任务就在于客观地把现实生活的面貌反映出来。作者要努力克制自己的表达冲动,冷静、客观地把他所看到的和理解到的事实变成文字。法国作家福楼拜以客观、冷静的风格著称,他坚信,文学作品应该是一种客观的存在物,"我以为就不该暴露自己,

---

① 黑格尔. 美学:第 2 卷 [M]. 朱光潜,译. 北京:商务印书馆,1979:26.
② 黑格尔. 美学:第 2 卷 [M]. 朱光潜,译. 北京:商务印书馆,1979:157.
③ 黑格尔. 美学:第 2 卷 [M]. 朱光潜,译. 北京:商务印书馆,1979:286.
④ 别林斯基. 论俄国中篇小说和果戈理君的中篇小说 [M] // 别林斯基. 别林斯基选集:第 1 卷. 满涛,译. 北京:人民文学出版社,1964:154.

艺术家不该在他的作品里面露面，就像上帝不该在自然里面露面一样。人算不了什么，作品才是正经！"①

第二，现实型文学的内容具有主导性。现实型文学一般都遵从内容决定形式的原则。在现实型文学观念中，文学作品的意义就是反映社会现实生活，所以，衡量文学作品最重要的标准之一，就是它真实地反映了作家想要反映的某一种生活。

优秀的现实主义文学作品一般来说反映社会生活都比较广阔深入，意蕴比较丰富，所谓"经典是阐释不尽的"，但其中总是有某一种基本的、起着主导作用的主题。《红楼梦》被称为"百科全书"式的著作，"有一千个读者，就有一千个哈姆雷特"，对其旨趣的解读可谓见仁见智，但反映封建家族、封建社会的衰亡仍是贯穿全书的主旨。

第三，现实型文学往往具有探究现实生活本质的特性。真正优秀的现实型文学作品，在客观描写社会生活的同时，还要力图通过这一描写，让读者理解隐藏在社会现实生活背后的实质性内容，从而认识到社会生活发展的规律和趋势。"如果他是个艺术家的话，就不会把生活的平凡的照相表现给我们，而会把比现实本身更完全、更动人、更确切的图景表现给我们。"②这正是现实型文学作品所要达到的最终目的。

第四，典型性也是现实型文学的重要特点。社会生活是广阔无边的，作家需要从无边的现实生活中，选取一些典型性事件、材料和人物形象，营造一种典型的社会环境，并通过这一典型环境反映广阔的社会现实生活。法国现实主义作家巴尔扎克对此就有深刻体会："因此作者需要做的事情主要是用分析求得综合，刻画和搜集我们生活的各种成分，提出一些主题并且对它们全体加以论证，最后，描写一个时代的主要人物以绘写出这个时代的广阔的面貌。"③

鲁迅是我国现实主义作家的代表，他的作品内涵丰富，覆盖面广，深刻地反映了辛亥革命前后中国社会的广阔现实，揭露了旧中国的黑暗和封建文化的腐朽没落。他的《阿Q正传》《孔乙己》等，用冷静、客观的笔触，通过对典型人物命运的描写和叙述，展现了他那个时代丰富的社会内容，深刻地反映了旧社会底层人民的悲惨命运，从而揭示出旧社会必然走向灭亡的历史命运。

（二）浪漫型文学的特点

浪漫型文学也是一种非常重要的文学类型。浪漫型文学作品并不以直接反映现实生活作为自己的目的，而是以作者自己的主体情感表达作为作品的出发点。浪漫型文学一般呈现出如下特点：

第一，浪漫型文学作品呈现出强烈的情感性。现实型文学作品要求作者力图保持客观、冷静的立场，从而更好地反映现实世界。浪漫型文学作品虽然也在追求一种真理性，但是

华兹华斯:《抒情歌谣集》一八〇〇年版序言（节选）

---

① 福楼拜. 致乔治·桑 [M] // 文艺理论译丛编辑委员会. 文艺理论译丛：第3期. 北京：人民文学出版社，1958：180-181.
② 莫泊桑."小说"[M] // 伍蠡甫，胡经之. 西方文艺理论名著选编：中卷. 北京：北京大学出版社，1986：265.
③ 巴尔扎克.《夏娃的女儿》和《玛西米拉·道尼》初版序言 [M] // 中国社会科学院文学研究所. 古典文艺理论译丛：第4卷. 北京：知识产权出版社，2010：1905.

"这种真理不是以外在的证据作依靠,而是凭借热情深入人心"①。浪漫型文学作品的作者在面对客观社会现实的时候,不是按照客观事物本身的样子去描写它、记录它,而是用自己的热情去发现客观事物,让客观事物根据自己的意志和情感呈现。

第二,浪漫型文学具有较强烈的个性。优秀的浪漫型文学作品,总是在内容的表达中打上作者个体的烙印,表现出不同程度的理想色彩,并且力图将这种理想传达给读者。美国著名文论家艾布拉姆斯在总结浪漫主义诗歌时,明确指出:"浪漫主义时期大多数主要的诗篇……都是以诗人为圆心而画出的圆。到了浪漫主义后期,一些批评家才开始认为,自古以来的长诗不仅富于表现性,而且还富于自我表现性。"②浪漫型文学作品要求现实服从艺术的魔力,而艺术的魔力需要依赖作者的主观能动作用,以个人化的方式间接地呈现世界的面目。

第三,浪漫型文学有非常重视灵感和想象的特点。由于推崇作者的情感性和主体性,浪漫型文学一般都注重作者灵感的开掘和想象力的发挥。在具体的创作过程中,作者有时也刻意追求一种由偶然的灵感带来的自由状态。德国近代哲学家康德认为,"如果要把那心意里不可名言的东西在某一表象里表现出来和普遍地传达着……这都要求着一种机能来把握想象力很快流逝的活动并且结合在一个概念里,这概念可以让人们不受诸规律的约束而传达着"③。他指出,艺术的美来源于一种自由的活动(即他所谓的"不受规律的约束"),这种自由活动带有一种偶然的从而也是超越个体的特征(即"很快流逝")。这就是浪漫主义者喜欢使用"灵感"这个词的原因。

文学家郭沫若一生创作过多种类型的文学作品,他的许多作品,尤其是他的诗歌,很大一部分可以被看成浪漫型文学作品的代表。他的早期诗集《女神》想象丰富,意象奇特,几乎处处喷涌着诗人的激情。对诗人而言,这既是一次自由精神的释放,同时,也间接地表现了五四时期整个社会狂飙突进的时代特征。

在文学发展史上,现实型文学与浪漫型文学互为补充,相映成趣,形成了双峰并峙的两种文学类型。现实型文学追求客观再现,浪漫型文学张扬理想精神;现实型文学以社会现实为根本,浪漫型文学以创作主体的激情为基础。两者分别在"向外"与"向内"两个层面彰显着文学的不同风貌。

(三)象征型文学的特点

黑格尔:象征是什么?

现实型文学和浪漫型文学在很长一段时间内占据了文学发展的主流。但是还有另外一种文学类型,即象征型文学,也占有非常重要的地位。所谓象征型文学,是一种侧重以象征的方式寄寓作品的审美意蕴,从而传达深刻而又难以言传的生活感悟、人生哲理的文学类型。总体说来,其主要特点如下:

---

① 华兹华斯.《抒情歌谣集》一八〇〇年版序言[M]//伍蠡甫,蒋孔阳,翁义钦,等.西方文论选:下卷.上海:上海译文出版社,1988:12.
② 艾布拉姆斯.镜与灯:浪漫主义文论及批评传统[M].郦稚牛,张照进,童庆生,译.北京:北京大学出版社,2004:144-145.
③ 康德.判断力批判:上[M].韦卓民,译.北京:商务印书馆,2017:159.

第一,象征型文学非常重视艺术形式本身。在反映生活、表达作者的感情的同时,象征型文学追求艺术形式的纯粹性与丰富性,同前面两种文学类型相比,更注重对作品形式本身的探索。

第二,象征型文学具有朦胧性和多义性。象征型文学在描写现实的时候,强调用暗示等间接的方式来处理。象征型文学作品区别于其他类型作品的核心之处在于,它"通过语言符号来暗示思想和情感,从而使诗带上某种内在的朦胧性与不确定性"①。象征型文学经常赋予普通的语言符号以非凡的意义,以一种象征的方式进行叙述和描写,从而造成作品的朦胧性和多义性,这在一定程度上也增加了文本接受的难度。

第三,象征型文学特别重视读者自身的素养和主动参与。象征型文学作品的多义性要求读者调整自己的固有观念,以一种更主动的方式参与到作品的阐释之中,从而能够在阅读的过程中获得前所未有的愉悦和享受,这正是象征型文学作品的价值和意义所在。我国唐代著名诗人李商隐的诗歌就充满了象征的意味,他的作品让后世难以准确一致地给予唯一的解释,但是读者也正是在这种探究式阅读中获得了美的享受。当代诗人顾城有一首著名的诗《一代人》,非常简短,但其意义却非常丰富:

艾略特:《传统与个人才能》(节选)

> 黑夜给了我黑色的眼睛
> 我却用它寻找光明

"黑夜""黑色""眼睛""我""光明",这些词和意象,有相当丰富的含义以及强烈的暗示性和象征性,人们可以给它做出多重解释。例如,可以认为它是一个人对自身的激励,也可以把它理解成改革开放之初中国青年一代积极向上的奋斗精神,从而间接地反映时代情绪。

可以说,以上三种文学类型的划分,在一定程度上代表了文学理论界的共识,因为它能有效地区分诸多的文学作品。虽然近年来对文学类型的划分呈现出越来越驳杂的趋势,但这三种基本的文学类型还是能被普遍认可和接受的。

第二节 常见的文学类型

现代以来,文学同现实的关系越来越复杂。一方面,文学创作仍然是一种专业性的行为,专业化写作仍然具有重要影响;另一方面,因为人类文明程度和教育水平的提高,参与文学写作的人越来越多,文学创作的门槛越来越低。同时,随着观念的解放,人们对民间文化越来越尊重,对它的了解和理解逐步深化。文学除了继续承担社会道义、表达个体

---

① 陈太胜. 西方文论研究专题 [M]. 北京:北京大学出版社,2008:147.

情怀外,在新的消费时代,还同市场经济不可避免地发生联系。文学的阅读对象总体上仍以成人为主,同时人们越来越意识到儿童的独特性,面向儿童、尊重儿童天性的写作日渐成熟。

针对上述状况,本节将从作者的身份、作品的文化层次、作品所针对的读者层面等方面,阐述几种常见的类型,即:作家文学与民间文学、高雅文学(纯文学)与通俗文学(俗文学)、成人文学与儿童文学、纸质文学和网络文学。

一、作家文学与民间文学

在一般情况下,文学创作要受到创作主体(作者)身份的制约,创作主体身份不同,作品最终呈现出的审美风格、志趣取向、艺术特色等也会迥然不同。据此,我们可以根据创作主体身份的不同,将文学作品大体上分为作家文学和民间文学两种类型。

简言之,作家文学就是由作家个人创作的文学,此类创作具有专业性,多以书面形式存在;民间文学则是普通民众集体创作的、多以口头形式流传下来的文学,主要有神话、传说、民间故事、歌谣等。民间文学即便以书面形式存在,也大多是在后世文人加工整理的基础上形成的。

(一)作家文学与民间文学的划分

自古以来,作家文学一直占据着文坛的主流地位。但是,这并不意味着民间文学不存在。相反,作为一种与作家文学对应的文学类型,民间文学一直存在和发展着,只不过没有得到应有的重视。对民间文学的认识和发掘,经历了一个缓慢的发展过程。最初,人们只是在传统作家文学内部发现了民间性因素。比如,宋代学者朱熹冲破以往对《诗经》中"国风"部分的固有解释,指出:"凡诗之所谓风者,多出于里巷歌谣之作,所谓男女相与咏歌,各言其情者也。"(朱熹《〈诗集传〉序》)他认为"国风"不过是一种民间性的歌谣,表达的是普通百姓日常生活中的感情。这种解释无疑有所突破,部分地还原了《诗经》的民间性。此后,不同历史时期都有人从不同角度谈到文学的民间性,"做古典文学研究的人大都知道也承认中国文学的诸多文体与表现手法源自民间……仅从诗歌的发展来看,从《诗经》到《楚辞》,从五言、七律到唐诗、宋词、元曲,大都是识文断字群体从民间乡土社会撷取的语言艺术"[①]。

民间文学概念被正式提出并进入研究者的视野,迟至五四运动前后。在新文化运动的推动下,传统的文学观念遭遇挑战。胡适提出"双线文学"的新观念,认为自汉朝以来,除了各种"作家"的文学,还存在着各种形式的"民间"的文学。[②]

鲁迅更为深刻地指出,"……民谣,山歌,渔歌等,这就是不识字的诗人的作品;也传述着童话和故事,这就是不识字的小说家的作品;他们,就都是不识字的作家。……旧文

---

① 巴莫曲布嫫. 口头传统与书写文化 [M] // 李扬. 作家文学与民间文学. 青岛:中国海洋大学出版社,2004:31.
② 胡适. 胡适口述自传 [M]. 唐德刚,译. 北京:华文出版社,1992:289.

学衰颓时,因为摄取民间文学或外国文学而起一个新的转变……"① 他明确地把民间文学的无名作者也看成作家,并且明确地指出了民间文学在推动传统作家文学实现"转变"过程中所发挥的重要作用。自此,民间文学作为一种独立的文学类型逐渐浮出历史的地表,为人们所瞩目。

(二)作家文学的特点

在大多数人眼中,文学创作往往被视为专业作家的行为,作家文学在各个时期的文学中无疑都占有非常重要的位置。综合起来考察,作家文学具有如下特点:

第一,作家文学具有鲜明的个性。在古代,文人们接受过系统的教育,具备独立使用语言文字的能力,这为他们以个体的形式独立进行文学创作提供了可能性。由于作家文学作品多为个人创作完成,必然带有鲜明的个人化特征。比如,李白和杜甫虽然都生活在唐代,但他们的诗作风格大相径庭。在中国现代文学史上,朱自清和俞平伯结伴畅游秦淮河同题为文的故事,堪称文坛佳话。同样的桨声、灯影,同样的秦淮河,同题为文的《桨声灯影里的秦淮河》却各有风致。

第二,从整体上看,作家文学具有较强的社会功能。从某种角度看,作家的写作是一种个体的写作,但从古至今,文人由于掌握着相对丰富的知识资源,拥有一定的话语权,所以往往被视为精英阶层,担当着为社会代言的义务。从创作实际来看,作家文学虽然也不乏抒发一己情怀之作,但从整体上看,仍具有较强的社会担当功能。比如,杜甫"致君尧舜上,再使风俗淳"的载道诗歌,鲁迅改良病态社会的启蒙主义文学,柳青描绘新中国农民壮丽创业图景的《创业史》等,都是如此。

第三,作家文学具有较强的专业性。作家作为一个相对独立的群体,他们的作品往往被看成专业性创作的结果,作家文学成为包含专门技巧和审美意识的艺术,其语言也区别于普通的语言。杜甫之所以是伟大的诗人,不仅因为他的作品深刻地反映了现实,同时也因为他在诗歌形式上,尤其是在七言律诗方面,突破了前人,如叶嘉莹指出的,"杜甫对于七律一体的境界之扩展,价值之提高,以及他所提供于我们的表现之技巧,句法之变化,这一切对于后世的影响",是"深远而值得注意"②的。这表明,文学有一种专门的形式和技巧,这一形式和技巧有赖于伟大的作家创造性地使用,并形成一种历史传统,由更多的作家在其创作中加以学习、继承和发展。

第四,作家文学具有较鲜明的审美性。作家文学是作家独立创作的书面文学作品,寄寓着作者本人的审美观念和艺术追求。优秀的作家总是从现实出发,以独特的审美方式编织人类对于未来的理想之梦,"审美性"可以说是一个作家风格的标志。具体来说,"审美性"是作家创造美学之境时多种美学元素的系统运用,它"可以是语言的不落俗套,可以是叙事的独特性和异质性,也可以是从小说的结构、肌理、神韵中氤氲而生的某种氛围,

---

① 鲁迅. 门外文谈[M]//鲁迅. 鲁迅全集:第6卷. 北京:人民文学出版社,2017:97.
② 叶嘉莹. 论杜甫七律之演进及其承先启后之成就[M]//傅璇琮,罗联添. 唐代文学研究论著集成:第8卷:上[M]. 西安:三秦出版社,2004:140-141.

某种调性，某种诗意"①。不同作家因对世界不同的审美把握而风格独异，如同为擅长写农民的作家，鲁迅的忧愤深广，沈从文的优美诚挚，赵树理的通俗喜庆，莫言的跳脱犀利，各具特色，呈现出作家独特的审美风貌。审美性对于一个作家如此重要，以至于有些作家相当激进，把文学作品的审美性提高到至高无上的地位，认为"艺术家是美的作品的创造者……在美的作品中发现美的含义的人是有教养的"②。这种观点虽不能代表所有作家的观点，却道出了作家文学的一个突出特点，即对审美性的注重。

（三）民间文学的特点

民间文学虽然历史悠久，但长期没有得到应有的、全面的评价。到了现代之后，民间文学的重要性才得以在整个文学领域内被认识到，对民间文学的研究日益丰富和深入，大大促进了民间文学的发展。大体而言，相比作家文学，民间文学有如下特点：

第一，民间文学根植于民间，具有鲜明的人民性。著名民间文学研究学家钟敬文先生指出："人民不仅有美好的精神和性格，他们同时还是艺术上的能手。过去广大人民尽管被剥夺了享受文学、艺术教养的机会，可是，他们不但有自己的丰富的创作源泉（社会生活），他们还有自己的艺术传统和艺术经历。除了少数的民间艺人，一般的民间作者都是非职业的，但是他们却往往创造出非常美丽动人的作品。"③民间文学的最大意义就在于，它突破了以往的文学观念，将最普通的民众的生存状态和精神状态以文学的方式呈现出来，表达出民间的价值追求和审美取向。

第二，同作家文学相比，民间文学往往是无名的、集体的创作，创作主体具有无名性和集体性的特点。许多民间文学作品，在其创作与流传的过程中，往往凝聚了许多人的智慧，成为一种集体性的创作。比如著名的《荷马史诗》，一度被认为是荷马个人的作品，实际上，该史诗是以民间口头创作为基础形成的，是集体创作与个人创作结合的产物。我国许多民族都有自己的史诗传承，如藏族人民的《格萨尔王》、蒙古族的《江格尔》、彝族的《阿诗玛》等，这些民间文学也都是一种集体性的、难以单独指认具体作者的作品，有着与传统的作家文学迥然不同的创作过程。

第三，从形式上看，民间文学具有较强的口头性，以及由此带来的表演性、变异性。民间的艺人们在最初的时候并不掌握作家文学那种书面语言及其文学传统，他们的创作是以口头的方式进行的，而且世代相传，所以口头性"是传统民间文学最显著的外部特性"④。在口头表达和传播的过程中，民间文学往往又带有表演的性质。民间艺人在说故事、讲史诗、唱歌谣的过程中，经常边说、边唱、边演，其表达手段不仅局限于口头的语言，而且伴以手势、表情、动作等，这是传统作家文学的书面形式所无法比拟的。

由于普通民众教育程度的提高，现代民间文学有较明显的文字化倾向，但即使这样，

---

① 曹霞．文学的现实性、理想性与审美性［N］．文艺报，2019-04-01（2）.
② 王尔德．《道连·格雷的画像》自序［M］//赵澧．唯美主义．北京：中国人民大学出版社，1988：179.
③ 钟敬文．《民间文学》发刊词［M］//钟敬文．钟敬文民间文学论集：上．上海：上海文艺出版社，1982：445.
④ 段宝林．中国民间文学概要［M］．5版．北京：北京大学出版社，2018：8.

也仍带有明显的口头表达的色彩。比如我们今天常常收到的广泛流行的手机短信、微信、微博、各种"段子"等,有很多都可以看成现代形式的民间文学作品,尽管它们有文字化的形式,但仍然非常明显地具有口头性的特点和功能。

口头性特点必然衍生出民间文学作品本身的变异性。变异性是指作品很难有唯一的标准版本。民间文学属于一种口头性的创作,在传播中,不同的民间艺人会根据不同的情境,对原有的作品进行适度的调整与再创作。所以,民间文学的一个特点就在于它可以无限制地丰富自己、变化自己,从而具有较为灵活的变异性。与作家文学一旦形成就拥有一个相对稳定的固化形态相比,民间文学更加自由和灵活。

第四,民间文学具有体裁和形式的多样性。民间文学的体裁和形式,不是传统作家文学的体裁和形式概念所能涵盖的。我们一般将文学划分为诗歌、散文、小说、戏剧四大类,而民间文学的体裁和形式要丰富得多,可以粗略地分为民间故事,民间歌谣,民间谚语、俗语、歇后语,民间长诗,民间曲艺,民间小戏等;其中民间故事又可分为神话、传说、生活故事、民间笑话、民间寓言等。中国各族人民创造了许多优秀的民间故事,如汉族的《牛郎织女》《寒号鸟》,藏族的《咕咚》,蒙古族的《猎人海力布》等,显示了中华民族在与强权或自然斗争中呈现出来的优美品格或生存智慧。民间谚语《数九歌》对于不同节令气候特点与农业社会生产生活规律的认识与把握,更堪称人类智慧的结晶。各个时代的民歌如《诗经》中的"国风",汉乐府民歌《陌上桑》《孔雀东南飞》,南北朝民歌《木兰辞》《敕勒川》等,也都是中国诗歌史上生命力沛然的奇葩,展现了中华民族的美好情愫。

从总体上看,民间文学和作家文学之间的区别是明显的。不过,二者之间也存在着相互借鉴、相互补充甚至相互转化的可能。作家文学需要不断吸收民间文学的思想内容,从而反映民间的疾苦,更好地发挥其观照现实的功能。民间文学以其群众所喜闻乐见的形式、生动活泼的气质,能够给程式化了的作家文学提供新鲜的刺激,推动其发展。同时,民间文学也需要从作家文学中汲取营养,不断强化自己的思想内涵,提升自己的精神追求和艺术水准。

二、高雅文学与通俗文学

文学类型除了可以从创作主体的身份来区分以外,还可以从文学作品本身所呈现出来的文化层次、精神品格和审美趣味等角度来区分。这涉及高雅文学和通俗文学这一对相对应的类型。需要说明的是,高雅文学和通俗文学与作家文学和民间文学之间,在一定程度上有着交叉之处。作家文学常常被看成"高雅"或"纯"文学的代表,而民间文学则容易被理解成"通俗文学"的代表。在物质利益和消费观念日益影响到文学创作和接受的当代社会,作家文学变得异常复杂,它既可能产生志趣高远的高雅之作,也可能产生影响广泛的通俗文学。

(一)高雅文学与通俗文学的划分

从根本上说,文学的雅俗之分源于文化的雅俗之别。一般认为,在任何时代,文化大致都可以分为三种形态，即精英文化、主流文化和大众文化。每一种文化都有自己相对独立的价值标准、表现形态和依托主体。在传统社会，符合精英文化和主流文化价值标准与审美标准的文学被视为高雅文学，主要是文人创作、赏玩的诗、词、曲、赋、文等，这些作品具有思想感情表达上温柔敦厚、中正平和，艺术形式上典雅蕴藉、精致细腻等特点；符合大众文化价值标准与审美标准的文学则被视为通俗文学，主要指民间创作、流传的歌谣、戏曲、话本、传说、谚语、谜语等，这些作品在思想感情表达上大胆、直露、炽烈，有生命的健旺，却不一定合诗教之旨。这些不同，导致了文学分类上所谓"阳春白雪"和"下里巴人"的分野。

雅俗之别不是绝对的，在不同的社会阶段，两者不仅相互渗透，所谓雅俗的观念也在不断变易。历史地看，文学、文化上的雅俗之分从先秦时期的《诗经》中即已开始，"雅""颂"多属雅诗雅乐，"风"多属通俗诗乐；宋元以后，随着商品经济的繁荣，市民阶层的形成，社会生活的世俗化，俗文艺蓬勃发展，开始与雅文艺分庭抗礼；五四运动以后，随着对"人的文学""平民文学""白话文学"等的倡导，旧的文体等级不复存在，传统之"雅"让位于现代之"常"，表现普通人生的文学开始成为主流，而单纯以休闲、娱乐为目的的消费型通俗文学如"鸳鸯蝴蝶派"小说也仍然有自己的市场。在当下，在主旋律文学和坚持纯粹性的文学等高雅文学之外，通俗文学主要以言情、穿越、玄幻、都市、官场、警匪等题材为主，在当代人的精神生活中占有一定的位置。

（二）高雅文学的特点

高雅文学总体上具有如下特点：

第一，高雅文学具有时代代表性。高雅文学往往由某一时期的精英作家创作，反映了当时社会文化发展的主流，代表着某一时代文学发展的较高水平。

在新文化运动中，鲁迅极力改变自古以来视小说为"小道"的观念，并以自己卓越的创作成就确立了小说在现代文体中的主流地位，使其从"邪宗"变为文坛"正宗"。鲁迅的小说为什么能够突破"俗文学"的范畴而成为现代"雅文学"的代表呢？这与鲁迅的小说在思想、技巧两方面所取得的"现代性"实绩有关。鲁迅的作品立足近代历史巨变的前沿，博采约取中西先进的思想价值观念和创作手法，以其"表现的深切"和"格式的特别"深刻地推动了中国思想文化和文学创作的变革，因而成为代表新文化运动时期的思想高度和文学艺术高度的主流文学。

第二，高雅文学具有鲜明的社会关怀性。高雅文学之所以被称为高雅文学，一个重要的原因就在于它被赋予了强烈的社会关怀色彩，有鲜明的社会关怀性。现代以来的许多高雅文学作家都秉承了文学的社会关怀传统，新文学最早的文学团体之一文学研究会就主张文学是"为人生"的艺术[①]，反对将文学当作一种消遣，注重文学的社会功能。

第三，高雅文学表现出一种相对的独立性和纯粹性，尤其是在现代市场经济的冲击

---

① 钱理群，温儒敏，吴福辉. 中国现代文学三十年[M]. 修订本. 北京：北京大学出版社，1998：17.

下。20世纪30年代,在现代文学史上著名的"京海之争"中,京派的代表作家沈从文从文学的"独立性"及其"尊严"出发,就曾猛烈抨击"上海作家"即"海派"的"商业竞卖"风气。90年代,我国传统的计划经济逐渐向市场经济转型,文学也卷入了市场经济的浪潮中,于是又出现轰动一时的"人文精神大讨论"。不过,以前高雅文学掌握着文学的主动权,但通俗文学更能够适应市场经济环境,它的读者越来越多,高雅文学则被日益边缘化。在这一特定的历史环境下,高雅文学相对地保持了文学的纯粹性,将自己定位为"纯文学"。这种"纯"首先表现在艺术形式的探索上,不像一些通俗文学那样简单地追求通俗易懂。从更深层次来看,这种"纯"其实也是对社会责任进行承担的一种表现。

第四,高雅文学非常重视文学作品的审美艺术性。很多作家和理论家坚称,高雅文学更注重文学作品本身的价值,建议从审美性的角度来判断和评价文学:"我认为文学的特质首先根源于现实的审美价值中。文学既然是现实的审美价值的凝聚化和物态化,那么它的特质就是审美。文学区别于非文学的关键之一就在这里。"① 这段论述包含了对于文学审美性的强调,也正是对这种审美性的维护,使得自20世纪八九十年代以来,文学能够为自己在市场经济浪潮下争取到一个相对稳定的地位。高雅文学具有内在的自足性,它以自身的艺术内涵为标准,呈现出一种非功利的色彩。

当然,在市场经济时代,高雅文学越来越呈现出与通俗文学交叉的倾向。这是高雅文学的内在矛盾之处。它要想保持自己的特性,就必须坚持自己的探索和追求,不为市场和大众所动;但它要想发挥自己的社会功能,就必须争取更大量的读者,利用现代传播媒介进入普通公众视野。同时,通俗文学的创作者,需要不断提升自己的品质,从高雅文学那里汲取营养。

(三)通俗文学的特点

随着市民阶层的形成和大众文化的勃兴,通俗文学显示了越来越强大的生命力,这一切都是和它的如下特点分不开的:

第一,通俗文学具有世俗性特点。什么是通俗文学?郑振铎1938年发表的《中国俗文学史》指出:"'俗文学'就是通俗的文学,就是民间的文学,也就是大众的文学。换一句话,所谓俗文学就是不登大雅之堂,不为学士大夫所重视,而流于民间,成为大众所嗜好,所喜悦的东西。"② 这个定义强调从"大众嗜好"的"通俗"角度来解释俗文学。那么何谓"通俗"?茅盾解释说:"'通俗'云者,应当是形式则'妇孺能解',内容则为大众的情绪与思想……"③ 茅盾从内容和形式两个方面对"通俗"的简明解说,彰显了这类文学迎合"世俗趣味"的特征。通俗文学形式上为老百姓喜闻乐见,有他们习惯的表现方式,易为他们接受,内容上又写的是"世情",贴近大众生活,表现"大众的情绪与思想"。它一般对于社会、时代的重大命题不感兴趣,不以宏大叙事面目呈现,只为老百姓写"心"。

第二,通俗文学具有娱乐性特点。从文学的功能来说,不同种类的文学有不同的使命,

孙犁:《谈通俗文学》(节选)

---

① 童庆炳. 文学审美特征论[M]. 武汉:华中师范大学出版社,2000:30.
② 郑振铎. 中国俗文学史[M]. 北京:作家出版社,1954:1.
③ 茅盾. 茅盾全集:第21卷[M]. 北京:人民文学出版社,1984:411.

通俗文学的使命主要就是娱乐。正如鲁迅所说："俗文之兴，当由二端，一为娱心，一为劝善。"① 通俗文学发端于民间，原本就不是"圣人之徒""代圣贤立言"的高头讲章，它产生于人们娱乐、宣泄的精神需要，以娱乐大众为使命，自然也以娱乐为主要的审美特征。当然，高雅文学诗教传统向下渗透，也使通俗文学带有一定的"劝善"的教育意义。同样以通俗性著名的现代革命作家赵树理在谈到自己小说的功用时爱引用一句俗话"说书唱戏都是劝人哩"，这同鲁迅所言相似，"劝人"建立在娱乐的前提之下，寓教于乐。他的小说借用评书的"讲法"，故事性强，语言幽默，读其小说如听评书，轻松愉快地实现着他"老百姓喜欢看，政治上起作用"的目的。

第三，通俗文学具有商业性特点。历史地看，通俗文学主要是市民阶层兴起的产物，其消遣和娱乐的属性即由此而来，因此，通俗文学在形成和发展的过程中，有意识地将市民阶层作为自己的接受主体，在题材选择、语言特色、价值取向等方面主动迎合市民大众的口味，形成了自己较为明显的商业性特点。余秋雨散文的类型化生产就带有明显的"读者为王"的商业性考量，他的散文虚拟的故事情节、煽情的诗性语言、高深的文化感叹使高雅的散文一时成为时尚。这正符合通俗文学所体现的"市场经济的逻辑"："其所追求的最终是文学作品的交换价值化，与商品的运作方式是同构同质的。因此，通俗文学作品可以说是城市/市民文化的必然产物。"②

第四，通俗文学具有形式的灵活性和多样性。通俗文学与媒介发展联系紧密，它善于利用多种多样的媒介，更灵活、多样地渗透到不同层面的读者中去。尤其是现代通俗文学，同大众媒介的联系更加紧密。如借助于报纸、杂志、电影、电视以及新兴媒体，文学逐渐由纸质、文字载体逐步走向多媒体和图像载体，越来越同其他艺术形式结合，形成视听觉上的盛宴，实际上已经不是完全意义上的文学，而是通俗文学的变相延伸。由此，通俗文学改换了面貌，获得了多样的形式，从而获得了更大的传播力量。电子媒介时代的通俗文学，深刻地改变了传统的文学观念。

总体上，通俗文学带有明确的功利性，有相当一部分作品甚至以完全追求经济利益为目标；而高雅文学淡化功利，更多地承担社会责任，追求文学艺术本身的创新。高雅文学和通俗文学之间存在着相互转化、相互吸收和利用的需要与可能，在某些条件下，高雅文学作品有可能不由自主地受到市场的推动，变成大众阅读的、具有通俗文学性质和功能的作品。同时，通俗文学也经常自觉、主动地吸收高雅文学的精神内涵和艺术手段，提升自己的艺术品质和精神高度。高雅文学和通俗文学之间的互动在当代呈现出越来越明显的态势。

三、成人文学与儿童文学

毋庸置疑，儿童与成人在人生态度和价值观等诸多方面存在着根本性的差别，基于此，

---

① 鲁迅. 中国小说史略［M］// 鲁迅全集：第9卷. 北京：人民文学出版社，2005：115.
② 唐小兵. 我们怎样想象历史［M］// 唐小兵. 再解读：大众文艺与意识形态. 北京：北京大学出版社，2007：1.

在文学发展过程中，儿童文学逐渐从成人文学中分离出来，成为相对独立的类型。概而言之，儿童文学就是为儿童而作、以儿童为本位的文学；反之，以成人为主要读者对象、遵从成人本位的文学就是成人文学。这是从读者角度对文学进行的类型划分。当然，读者的区分不是绝对的，有时候儿童文学对部分成人也有吸引力，而成人文学中的作品也有的会成为儿童的读物。

（一）成人文学与儿童文学的划分

传统的文学中尽管也有反映儿童生活特点和内容的作品，但并没有形成真正的"儿童文学"观念。只有到了新文化运动前后，"儿童文学"这一概念才开始进入文学体系。"中国儿童文学的真正觉醒与发展，始于'五四时代'。"[①] 新文化运动的主将们如鲁迅等人都对儿童文学给予了高度的重视。

"儿童文学"的观念产生之后，"成人文学"也因而从概念上明朗化，二者构成一对相辅相成的文学类型。成人文学和儿童文学之间的差别及各自体现的特征，首先来源于成人和儿童之间的差别。人们已经越来越深刻地认识到，由于成人和儿童的生理、心理特征不同，他们的思维方式、行为方式和情感方式，以及他们的阅读水平和阅读需要也是不同的。成人文学反映的应是成人的生理、心理特征，以及人生经验、价值取向；儿童文学的基本要求则是符合儿童的生理、心理特征和认知发展水平，保护儿童的天性，理解和尊重儿童自身的价值观和世界观。

（二）成人文学的特点

对"成人文学"最简单的理解就是指针对成人的文学。当代社会一般将18周岁以上（含18周岁）的人视为成人。因为18周岁往往意味着一个人在生理和心理上开始呈现出比较成熟的特征，其人生观、价值观乃至世界观都趋于定型。另外，从社会学的角度看，18周岁以上的人，对社会有了比较自觉和深入的理解，能够更成熟和理智地进入社会生活中，成为"社会的人"。阿格妮丝·赫勒在描述人作为一个"社会的人"时说："'日常'不仅包括我从父亲那里习得的关于生活的基本规范，而且包括我教导我儿子的规范。我本身是他人出生于其中的世界的代理人。"[②] 这段话表明，所谓社会的人，就是学会了并延续和传递着既有价值观的角色。因此，"成人"既是一种自然年龄的概念，也是一种社会价值的概念。因而，反映成人生理、心理和社会性的成人文学，也应具有相应的特点：

第一，成人文学最根本的特点在于其价值标准和审美标准的成人化。人类在儿童阶段与成人阶段，由于生理、心理特征均存在差异，其价值标准与审美标准也大不相同。以成人为读者对象的成人文学，基本都是以成人的价值标准和审美标准来把握世界的，呈现出成人化的特征。成人文学中也有部分作品是以儿童的视角切入和展开的，内容上也以描写儿童世界为主，比如现代著名作家萧红的名著《呼兰河传》中的"祖父的园子"，以儿童

---

① 王泉根. 现代儿童文学的先驱 [M]. 上海：上海文艺出版社，1987：4.
② 赫勒. 日常生活 [M]. 衣俊卿，译. 哈尔滨：黑龙江大学出版社，2010：6.

的视角,回忆了作家儿时与慈爱的祖父在一起的天伦之乐,其中那种温馨、宁静、自由的生活实际上是对作家备尝艰辛的心灵抚慰。显然,作为一种叙事策略,其内在的价值标准、审美标准,以及所要探求和揭示的问题仍然是成人化的。

第二,从发展历史上看,成人文学的历史更为悠久。可以毫不夸张地说,文学的历史有多长,成人文学的历史就有多长。而严格意义上的儿童文学,迟至五四时期才开始出现。需要说明的是,中国古代也有专门为儿童创作的一些文学作品,比如《幼学琼林》《龙文鞭影》等,都是古代的儿童启蒙读物。但是,如果细加考量就会发现,这些作品其实仍然是成人文学。比如《龙文鞭影》开篇就称:"粗成四字,诲尔童蒙。经书暇日,子史须通。重华大孝,武穆精忠。尧眉八彩,舜目重瞳。商王祷雨,汉祖歌风。"这本书用四字箴言的方式给孩子讲故事,其实质仍然是成人的说教:你们必须一有空就学习"经、史、子、集"这些圣贤们留下来的经典,接受这些故事中所包含的成人化的价值取向。这类"儿童文学"作品恰恰暴露了对儿童特性的忽视,非常典型地体现出成人文学的性质。

第三,成人文学对世界的感知和把握要更深入和理性。不可否认,某些儿童文学作品也蕴含着深刻的主题,但是,总体而言,成人文学在思想性方面要比儿童文学更加深入和理性。毕竟,与儿童相比,成人智力、思维更加成熟,对问题的思考也会更加深入。当然,说成人文学对世界的把握更加理性,并不是指成人文学的呈现方式是理性化的。任何文学都是通过故事情节、人物形象以及具体的情感抒发等感性形式来完成的,但成人文学中寄寓着理性的沉思,因而体现出成人思维的特点。

总体来看,成人文学与儿童文学的区别,只有到了现代,才为人们所充分认识。传统的文学把所有读者都看作成人,而现代文学对不同年龄层次的读者加以区分,使之符合不同年龄层次的人的生理、心理特征和阅读需求,于是就有了成人文学和儿童文学的区别,有了大量的儿童文学创作。

(三)儿童文学的特点

当代,无论是在实际创作方面还是在理论研究方面,儿童文学在我国都已取得了长足的进展。儿童既是家庭的未来,更是国家和人类的希望。儿童在整个社会中地位的提升,使儿童文学受到了前所未有的重视。儿童文学在培养儿童审美能力和人文素养方面,具有不可替代的作用。大体说来,儿童文学具有如下特点:

王泉根:儿童有一个自己的世界

钟名诚:《给孩子有深度的阅读》

第一,优秀的儿童文学具有积极的引导性。不可否认,无论在世界观、人生观方面还是在价值观方面,儿童都尚未达到成熟的地步,在不同程度上有依赖成人的特点。儿童文学在一定程度上承担着对儿童引导的义务。流传至今的许多经典的儿童文学作品往往体现出积极的引导性,如《小猫钓鱼》《小马过河》《狼来了》这些经典的故事,就蕴含了基本的道德、价值和行为准则。正是通过这些儿童文学故事,儿童受到成人的积极引导,最终渐渐接受并建立了明确的是非美丑观念,树立了独立、健康而正确的自我意识和社会意识。

第二,儿童文学具有教育性与趣味性的双重特点。如前所述,儿童文学在对儿童进行教育,培养儿童的价值观、人生观,以及审美能力和人文素养方面,具有不可替代的作用。然而,儿童有自己的个性特点和感知世界的方式,因而儿童文学在教育儿童的同时,要从他们的特点出发，不能简单地以成人的思维代替儿童的思维。因此，"教育的方向性和儿童的年龄特征，就成了儿童文学特殊性的两个基本因素"①。如这样一首童谣《爬山虎》：

> 爬山虎，
> 爬墙头，
> 我们不学你，
> 要从大门走。

这首童谣的教育性目的很明确，但它不作简单的说教，而是让儿童从文学中习得某种认知方式、感受到生活的快乐，反而能更有力地促进他们的成长。再如下面这首儿歌《木马》：

> 木马不吃草，
> 木马不撒尿，
> 走路摇啊摇，
> 摇着小宝宝。

作品描写的是一次游戏的场景，非常符合儿童的思维和特点：木马能给儿童带来快乐，通过对木马行为的肯定，能够让儿童获得正确的生活认识。

第三，儿童文学具有体裁简明性和语言亲切性。儿童文学体裁丰富，常见的体裁有儿歌（还有"童谣"）、儿童诗、儿童故事、童话、寓言、儿童小说、儿童戏剧文学等。儿歌和儿童诗对应成人文学中的诗歌，富有节奏和韵律，但又不像成人诗歌那么复杂，只用简明的语言和形式表达，让儿童一看就懂。再如童话、寓言及儿童故事、儿童小说，也是讲故事，但相对于成人文学中的小说来讲要具体、形象得多。安徒生的童话能够成为世界级的儿童文学经典，除了因为内容丰富之外，也因为它的语言非常亲切，适合儿童阅读。

第四，儿童文学具有开放性。儿童是逐渐成长的，儿童的世界里有许多空白需要成人来填补。儿童文学正是要利用儿童的未知性特点，培养他们的人格和价值观。儿童文学因此需要化繁为简，将人类的知识体系、价值观念等转化，使之适合儿童发展的需要和特点，从而更好地为儿童服务。

虽然成人文学与儿童文学是两种不同的文学类型，但是它们共同体现了人类对于自身价值和自身命运的探索，这是成人文学和儿童文学能够互相交融的基础。南宋范成大有诗《四时田园杂兴（其三十一）》云：

> 昼出耘田夜绩麻，村庄儿女各当家。
> 童孙未解供耕织，也傍桑阴学种瓜。

这首诗描绘了儿童在学习着成人的劳作，把它当作一种游戏的情景。南宋杨万里也有诗《宿新市徐公店》云：

> 篱落疏疏一径深，树头花落未成荫。
> 儿童急走追黄蝶，飞入菜花无处寻。

---

① 《儿童文学概论》编写组. 儿童文学概论［M］. 成都：四川少年儿童出版社，1982：18.

在成人的眼里，孩子就是孩子，他们有自己的快乐、自己的世界，而这样的世界又以一种宁静和喜悦的方式映入成人的眼中，给他们增添了无限的快乐和希望。成人文学与儿童文学的融合，能够给我们的文学创作和我们的人生提供更加丰富的内容。

【学习活动】

请以小组探究学习的方式，搜集中国古诗中书写儿童的诗歌，利用儿童文学和成人文学的有关理论，对相关诗歌的描写对象、人物视角、内容旨趣进行解读，从这些"儿童诗"出发，探究中国古代"儿童文学"的特点。

四、纸质文学与网络文学

近年来，互联网技术的发展，为人们的文学活动提供了一个全新的空间，网络文学应运而生，传统的纸质文学一家独大的文学生态发生了深刻的变化。所谓的纸质文学，是指以印刷技术为支撑，以纸张为媒介的文学形态，作者创作、作品呈现、读者阅读，以及作品传播与收藏等，均以纸质文本为媒介。所谓的网络文学，则是指利用电脑创作并在网络空间发布、传播，供网络用户浏览、阅读、互动参与的新型文学形态。

（一）纸质文学与网络文学的划分

划分纸质文学与网络文学的界限相当困难，主要原因在于纸质文学的创作主体、接受主体都可以进入网络空间参与文学活动，而网络文学创作、接受主体也可以在现实空间中参与文学活动。事实上，许多作家利用网络的传播优势，授权刊发自己的作品，许多网络文学写手则尽力加入各级作家协会，力图获得主流的认可。很多作者是两栖式的，出入于现实空间与网络空间，最大化地传播自己的作品，扩大影响力。两个空间写作的双向融合也越来越深入。

但宏观观察当代社会的文学活动就不难发现，网络媒介给文学活动创造了一个与现实空间并存的全新的虚拟空间，大大地改变了文学生态，给文学带来的不仅仅是对个别作者的创作及其对其作品的欣赏的影响，更重要的是，对全社会参与文学活动的方式、文学的品质，以至人们的文学观念、文学趣味、审美标准都产生了重大影响，而且因网络媒介的特殊的传播功能，网络传播本身也融入网络文学生产过程，成为文学生产不可或缺的一部分。由此，可以确定，区分纸质文学与网络文学的根本界限在于两种文学生产的介质，在于文学生产是以纸面书写单向完成，得到出版机构的认可并发表，实现与读者交流，还是在网络平台书写，能够与读者双向即时互动，自由发表。

（二）纸质文学的特点

纸张的出现，印刷术的发明，为文学创作、传播、阅读、收藏均带来了极大的方便，使创作文字量大、印次多，更能够满足读者阅读、收藏文学作品成为可能。随着社会的发展，技术的进步，以书籍、报刊为存在方式的纸质文学逐渐成为社会文学活动的主要形态，对社会的思想文化建设，对人们的审美理想、艺术趣味、文学素养的建构都产生了巨大的影响，在这一过程中，形成了纸质文学的基本特点。

第一，文学生产机制的体制化、意识形态化。纸质文学以文学的方式表现占统治地位的思想文化风貌，文学思想呈现出鲜明的意识形态化特征。这是纸质文学价值取向的基本特点。马克思和恩格斯在《德意志意识形态》中深刻地指出："统治阶级的思想在每一时代都是占统治地位的思想。这就是说，一个阶级是社会上占统治地位的物质力量，同时也是社会上占统治地位的精神力量。"① 纸质文学的生产资料，包括出版发行机构，都掌握在拥有政治、经济权力的阶级的手中，他们必然建立有利于维护社会秩序的文学准则和运行机制，体现自己的思想原则。作者的创作、编辑的审阅、管理部门的审查都以符合占统治地位的思想为原则，使文学呈现出主流意识形态主导的思想文化面貌。

第二，创作主体具有鲜明的精英化倾向。如前所述，纸质文学的出版发行都掌握在占统治地位的物质力量手里，能够得到广泛传播的作品，大多出自具有经济、文化权力的作者，他们有知识文化的优势，占据着社会精神生产的制高点，表现在文学当中，就会显露出精英化倾向。以中国传统文学为例，作者主要是"学而优则仕"的文人士大夫，他们的文学观、审美趣味、评价标准都体现着正统文化的规训力量。中国自古就有诗教传统，孔子讲"兴观群怨"，《毛诗序》中讲"移风易俗"，曹丕讲"经国治世"，周敦颐讲"文以载道"，如此谈文学的功用，其逻辑前提是将作者设定为社会的精英，站在道德制高点上，以文学教化读者，而受众则被设定为需要启蒙教化的蒙昧无知的人群，作者与读者之间存在着阶层、地位的差别。

第三，作品具有端正文雅的文学范式。纸质文学的作者大多获得过较好教育，文化修养较高，他们在文学作品中表达的思想感情、运用的语言自然会追求端正文雅，这逐渐成为占主导地位的文学范式。仍以中国传统文学为例。《毛诗序》中评《诗经》时提出："故变风发乎情，止乎礼义。发乎情，民之性也；止乎礼义，先王之泽也。"于是"温柔敦厚"成为中国古代文学主导的审美原则。作者在文学作品中可以表达各种感情，但都要受到节制，做到所谓的乐而不淫、哀而不伤、怨而不怒。在这个审美原则的规约之下，中国古代文学崇尚和谐节制、圆融典雅之美，不能容忍滥情低俗之作登上文学的殿堂。读中国古典文学作品，总能感受到和谐典雅、启人智慧之美。当然，任何社会都会产生离经叛道的作品，但这些作品总会受到社会思想文化准则的制约，无法成为主流。

（三）网络文学的特点

习近平2014年在《在文艺工作座谈会上的讲话》中指出："互联网技术和新媒体改变了文艺形态，催生了一大批新的文艺类型，也带来文艺观念和文艺实践的深刻变化。由于文字数码化，书籍图像化，阅读网络化等发展，文艺乃至社会面临着重大变革。"网络媒介极大地拓展了文学的传播空间，改变了文学的生产传播方式，使文学有了数字化创作、传

---

① 马克思，恩格斯. 德意志意识形态［M］// 马克思，恩格斯. 马克思恩格斯选集：第1卷. 北京：人民出版社，2012：178.

播、阅读、评论的新方式，在虚拟的网络空间建构起新的文学生态，网络文学无论是内容还是表现形式都呈现出了新特点。

第一，网络媒介催生文学生产的新导向、新机制。文学创作从纸质文学的作者"我手写我心"的自我表达，转向满足读者的精神消费需求。而文学作为消费品的商业属性，又使"读者"转而变为"用户"，付费阅读自然要以"读者"即"用户"为中心，网络文学的娱乐性目的也就超越了纸质文学的教化目的。于是，文学的生产导向发生重大变化，网络文学依据"用户"的审美趣味、阶层不同而供给能够满足各种消费需要的类型化文学产品，文学网站成为"文学超市"，即时地提供各种"新鲜时令"的文化快餐。与此同时，网站"每日3更"的作品更新进度及写手的码字压力，催生了大量的"码字软件"，"网络文学由人的主体性创作向数字交互生产机制延伸"，纸质文学的个人化生产转向借助于"码字软件"的巨大辅助功能进行写作，后者能够提供写作需要的各种素材、语料，甚至大纲、情节、人物、景物描写等，机器与人的创作思维之间的交互，"正是数字化时代文学生产的变革性力量"①。除此之外，文学的流通、传播也直接融入文学生产，成为文学活动的重要环节被凸显出来。纸质文学刊物、作品，以传统的书讯广告、出版发行等方式传播，受众的范围极为有限，而在网络空间中，网络直播会使作品的传播取得超出想象的效果。如董宇辉2023年6月通过直播，以品评的方式推广人民文学出版社出版的获得茅盾文学奖的长篇小说《额尔古纳河右岸》，一次就售出20多万册，在后续的4个月里又卖出71万册，销量相当于该小说2005年首版后17年销量的总和；2024年1月，在2小时的直播过程中，售出中国作家协会主办的杂志《人民文学》（2024年度）7.7万多套，直播活动累计观看人数达895万。网络传播扩大了读者群，丰富了文学生活，助推了文学事业的发展，这在纸质文学时代是无法想象的。

第二，网络文学作者身份平民化。网络文学创作获得了空前的自由，呈现出百家争鸣、百花齐放，同时也是百草丛生的原生状态。这样，没有了纸质文学"作家"的那种精英身份，所有创作者均是平等的，"网络写手"的称谓表明作者身份趋于"平民化""大众化"。如前所述，"作家中心"让位于"读者中心"或者"用户中心"，归根结底是由网络文学的商品属性决定的，网络文学作品的供求双方就不像纸质文学那样作者与读者之间存在教化与被教化、启蒙与被启蒙的层级关系，网络文学行为变成消费者与供货商之间普通的、对等的商品交换关系，网络写手只是对"用户"负责的精神休闲产品的生产者，无论是其身份还是其文学意识都是平民化的。网络文学创作少了教化意识，强化了娱乐性、宣泄性、狂欢性。网络文学作为一种新的文学形态和创作机制，其作品水平是良莠不齐的，一方面，网络的自由空间激发了作者的创新意识，产生了许多优秀作品，如《第一次的亲密接触》《盗墓笔记》《雪中悍刀行》《斗罗大陆》等。另一方面，也存在大量创作水平低的作品。网络空间虽然为文学活动提供了充分的自由，但毕竟不是脱离现实的虚幻空间，而是现实生活空间的拓展，仍需坚持艺术理想，保持文学追求真善美的艺术价值，传递健康向上向善

---

① 贺予飞. 从符号、装置到生产机制：网络文学数据库写作的变革及限度［J］. 中国现代文学研究丛刊，2023（7）：242-260.

的力量，在娱乐大众的同时也要注意消除低俗萎靡之风。

第三，网络文学具有类型化范式。网络文学作为一种自由创作文学，充满本能性、试验性、探索性、开放性，作者根据自己的文学追求和审美兴趣向着各自熟悉和向往的方向创作，形成了多样化的文学形式和风格。在原创的网络文学作品中，受"阅读流量""订阅量"等读者指标的规约，以情节取胜的网络小说成为主要体裁，形成以制造悬念、戏剧化效果取胜的题材各异的类型小说，盗墓、玄幻、悬疑、仙侠、穿越、科幻，以及爱情等成为主要的类型。尽管在情节、场面的描写和人物性格塑造过程中，这些小说常常借助中国传统儒释道思想和仙侠、志怪、传奇、判案等古典小说中的人物、情节，也带有一些家国情怀的元素，但基本的文学叙事属于民间性的，多表现的是平民意识、世俗生活、个体思想感情。在语言层面，网络文学少了纸质文学推敲炼字的功夫，多了类型化生产中的铺叙夸张气势。当然，一些原创网络文学作品依然追求纸质文学文雅端正的风格，并且也成一派，但其影响力、受众还无法与类型文学相比。

纸质文学与网络文学同属于现实社会，现实空间与虚拟空间的文学都不会超出文学的基本属性，两者以各自的文学形式反映着现实生活，同时又相互联系、相互渗透、相互融合。时代在发展，文学在发展，发展的文学需要我们不断地开阔理论视野和创新研究方法，对其进行恰当的研究、探索、总结和阐释。

思考与练习

一、名词解释

1. 现实型文学　2. 浪漫型文学　3. 象征型文学　4. 作家文学
5. 民间文学　　6. 高雅文学　　7. 通俗文学　　8. 成人文学
9. 儿童文学　　10. 网络文学

二、简述

1. "载道"类的文学和"言志"类的文学的基本区别。
2. 现实型文学、浪漫型文学和象征型文学各自的特点。
3. 作家文学和民间文学最基本的区别。
4. 高雅文学和通俗文学基本的区别。你认为哪一种文学类型在我们的生活中更加重要？
5. 成人文学和儿童文学各自的特点及相互联系。
6. 网络文学的特点。

三、实践拓展

1. 从新中国成立以来到今天，许多作家努力地反映生活，歌颂中华民族坚忍的精神品格，展现新中国一系列伟大的建设成就，产生了许多重要的现实主义文学作品。请每位学生结合一部重要作品，运用本章学习的有关知识，分析现实主义作品的社会价值，在小组学习会上发言。

2. 请以小组合作方式，就大学生阅读的文学作品类型进行调研。要求：制订调查问卷，采取线上线下结合的方式，撰写一份调研报告。

3. 我们常说要留住乡愁，乡愁是存在于一定文学载体中的，比如民歌、民间故事、民间传说、民间戏曲等。请组织有共同兴趣的同学，对你家乡的某一类民间文学进行调研、搜集，并尝试对其进行研读、阐释。

拓展阅读导航

1. 陈国球，王德威. 抒情之现代性 [M]. 北京：生活·读书·新知三联书店，2014.

该书是一本论文集，收录了鲁迅、朱自清、闻一多、陈世骧、叶嘉莹、龚鹏程等人及一些海外学者的文章，从不同侧面阐述了从中国古代文学到现代文学言志与抒情传统的发展与流变，并着重强调了抒情传统的现代意义。

2. 诺德曼，雷默. 儿童文学的乐趣 [M]. 陈中美，译. 上海：少年儿童出版社，2008.

该书阐述了儿童文学概念和范畴、儿童文学教学活动、儿童文学阅读与接受、童年概念、儿童文学与市场、儿童文学与意识形态、儿童文学基本文体及其特征等内容。请重点阅读有关儿童文学概念及相关文体的内容。

3. 段宝林. 中国民间文学概要 [M]. 4版. 北京：北京大学出版社，2009.

该书是中国民间文学研究领域的权威著作之一，对民间文学的范围、特征、主要价值进行了科学的界定与阐述，特别是对中国民间文学的各种文学形式及其特点进行了简明而系统的介绍和释读。

第四编
文学欣赏与批评

第四章

研世民营中学文

第十一章　文学欣赏

学习目标

- 知道人们文学欣赏的内在需求；
- 理解文学欣赏主体、欣赏客体以及二者的关系；
- 把握文学欣赏的特点，能够自主欣赏文学作品。

内容导图

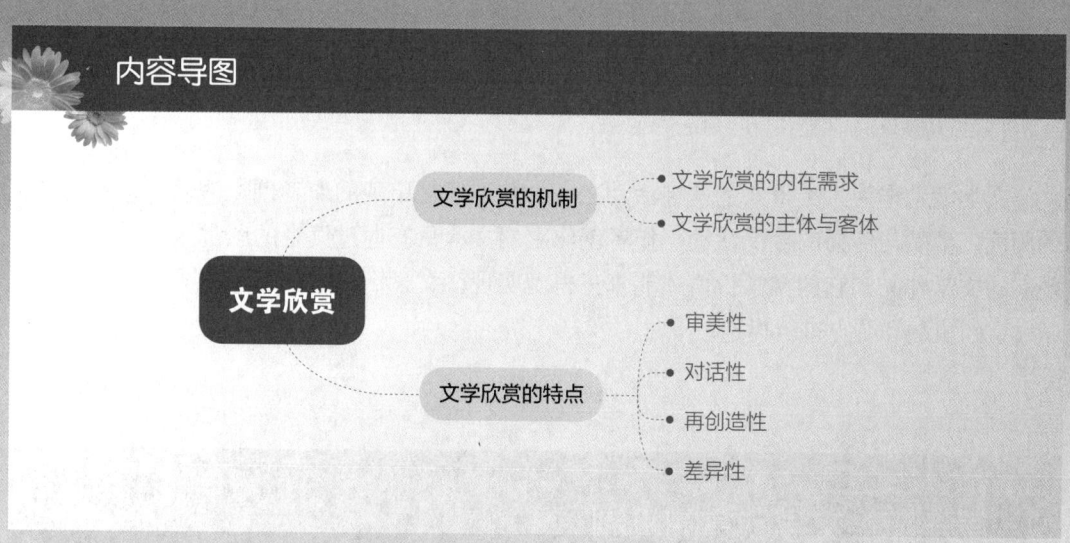

学习导入

《红楼梦》第二十三回"西厢记妙词通戏语　牡丹亭艳曲警芳心"里，有这样一段描写：

这里林黛玉见宝玉去了，听见众姐妹也不在房中，自己闷闷的。正欲回房，刚走到梨香院墙角外，只听墙内笛韵悠扬，歌声婉转，林黛玉便知是那十二个女子演习戏文。虽未留心去听，偶然两句吹到耳内，明明白白一字不落道："原来是姹紫嫣红开遍，似这般，都付与断井颓垣。"林黛玉听了，倒也十分感慨缠绵，便止步侧耳细听。又唱道是："良辰美景奈何天，赏心乐事谁家院？"听了这两句，不觉点头自叹，心下自思："原来戏上也有好文章，可惜世人只知看戏，未必能领略其中的趣味。"想毕，又后悔不该胡想，耽误了听曲子。再听时，恰唱到："只为你如花美眷，似水流年……"黛玉听了这两句，不觉心动神摇。又听道"你在幽闺自怜"等句，越发如醉如痴，站立不住，便一蹲身坐在一块山子石上，细嚼"如花美眷，似水流年"八个字的滋味。忽又想起前日见古人诗中有"水流花谢两无情"之句，再词中又有"流水落花春去也，天上人间"之句，又兼方才所见《西厢记》中"花落水流红，闲愁万种"之句，都一时想起来，凑聚在一处。仔细忖度，不觉心痛神驰，眼中落泪。

从这段描写中，我们看到了林黛玉偶然听到《牡丹亭》戏文受到感动而伤悲的生动情景。其中蕴含着文学欣赏的问题，如欣赏主体的修养、欣赏对象的内容与形式、欣赏主体与欣赏对象的关系、文学欣赏的特点等。

文学活动作为人类重要的精神活动之一，并不只是单纯的作者创作活动，它还是作品的阅读、消费与传播的接受活动。作者创作出的文本只有通过读者的欣赏接受，才能成为现实的文学作品，它的文学价值才能真正得到实现，文学活动才算真正完成。本章将就文学欣赏的机制和特点进行讨论。

第一节　文学欣赏的机制

文学欣赏是指读者在阅读文学作品时，通过对作品中艺术形象、艺术情境以及作品审美意蕴的感受、体验和再创造，获得生活认知、情感体验和审美享受的精神活动。文学欣赏的真正实现，不仅需要文学欣赏主体具备文化与文学修养，需要文学欣赏对象（欣赏客体）具备欣赏的条件，更需要欣赏的主客体之间形成契合关系，这样才能实现两者之间的对象性关系。

一、文学欣赏的内在需求

文学欣赏主体是文学欣赏活动的第一要素，要实现文学欣赏，首先要求欣赏主体有参与欣赏活动的内在需求。文学欣赏的动机来自欣赏主体与其所处世界交往的内在需求，文学欣赏要满足的是文学欣赏主体的认知、审美、学习和批评等内在需求。

（一）认知需求

文学欣赏的认知需求，就是人们在阅读文学作品的过程中了解别样生活、体验多样人生、认知丰富人性的内在需求。这是一种审美认知，也是文学欣赏主体（读者）进行文学欣赏的基本需求。文学作品构筑的"艺术世界"是满足读者审美认知需求的重要渠道之一。文学作品为读者的认知需求提供了特殊的"材料"。韦勒克指出："一部文学作品的'材料'，在一个层次上是语言，在另一个层次上是人类的行为经验，在又一个层次上是人类的思想和态度。"[①] 读者的审美认知需求通过阅读文学作品，在对文学语言、文学形象、文学情境、文学意蕴的解读中得到满足。

臧克家：《读书学习的零星感想》（节选）

文学形象是艺术表现的中心，在文学欣赏活动中，读者在阅读理解文学语言的基础上，经过想象和联想构建文学形象，这是读者进行认知的重要方式。文学形象不是孤立存在的，它是在特定生活情境中形成的，因此，读者对文学形象的想象，唤起的是具体可感的生活图景，是借文学形象对文学作品所反映的生活情境的全面认知，这就深入到作品的文学意蕴层面了。文学意蕴是文学作品所蕴含的思想、观念、情感等内容，具有多层次、多角度的丰富性。读者对文学作品意蕴的感悟，能够满足其深层次的认知需求。如，欣赏鲁迅的小说《故乡》时，读者借助作品语言的描写在想象中构建起闰土的形象，从活泼可爱的少年闰土到木讷愚昧的中年闰土，从少年初逢时亲切的"你"，到中年重逢时恭敬的"老爷"的称呼变化中，人物形象发生了重大变化。读者从中能够深切地感悟到作品的意蕴，认识到中国旧民主主义革命时期农民受到旧制度和旧思想的压迫，没有出路这样的现实，广大农村不只是物质生活的贫困，更为震撼人心的是农民精神的麻木和封建意识的深重。

人们在现实世界的生活受到时间与空间的规定，无论多么丰富的人生，都是具体的、相对单一的，是世间千万种生活形式中的一种。人们渴望摆脱现实生活的束缚，获得更大的生活自由。文学作品的内容既有现实生活写照，也有理想生活乃至虚幻生活想象，这使得读者在阅读文学作品时可以体验别样生活和多样人生。同时，读者看到文学作品中人物在

[①] 韦勒克，沃伦. 文学理论［M］. 刘象愚，邢培明，陈圣生，等译. 北京：文化艺术出版社，2010：279.

各种人生境遇时所做的选择，也会产生对人性的反思。如《西游记》中孙悟空面对取经路上遇到的各种艰难险阻从不退缩避让，而是千方百计寻找解决办法；《水浒传》中林冲遭陷害受逼迫最终走向积极反抗的道路，渴望通过抗争来打破黑暗腐朽的社会秩序；《阿Q正传》中阿Q面对生活中的侮辱与压迫，选择"怒目主义"、遗忘或转嫁他人等"精神胜利法"来应对；等等。这些都会使读者在阅读文学作品时对人性产生新的认知和思考。

文学作品描写的各种社会生活、人生百态，揭示的各种人性，都蕴含了作者的认知与评价。读者在与文学世界中的人物交流时，通过对文学世界的领悟，开阔了知识视野，丰富了人生经验，加深了对世界、对人生、对人性的理解和对自己的认识与评价，这些理解与评价会满足读者文学欣赏的认知需求。

（二）审美需求

审美需求是读者在欣赏文学作品时所具有的，读者期待通过体验、发现、探究、确认等阅读过程，获得情感共振、思想共享、精神交流以及和谐自由、轻松愉快等情感需求的满足。文学欣赏的审美过程既满足读者生理和心理的基本需求，更满足读者追求理想的深层需求。

文学作品是创作主体依照其审美理想进行的艺术创造，有着丰富多样的艺术表现形式，可以满足读者的多种审美需求。人们渴望摆脱现实世界的束缚以获得更大的自由，如《西游记》中令很多读者艳羡的正是孙悟空的七十二般变化、筋斗云、火眼金睛等本领。人们欣赏均衡、对称、韵律、节奏、秩序有机统一的和谐之美，这既是对审美形式的基本要求，也是人维持机体正常运行、心理健康的基本要求。艺术欣赏活动本身就是静观的过程，和谐的审美形式给欣赏主体带来赏心悦目的审美享受，能够进一步满足其基本的生理和心理需求。如杜甫的《绝句》：

> 两个黄鹂鸣翠柳，一行白鹭上青天。
> 窗含西岭千秋雪，门泊东吴万里船。

阅读此诗，读者在脑海里会映现出翠柳黄鹂、青天白鹭、远山冬雪、静水泊船这样雅致明丽的画面。画面和谐静美，静中有动，充满生机，特别是生活在喧嚣都市中的读者，在这样的文学欣赏中感受田园风光、自然美景的明丽和谐，能够获得和谐之美审美需求的满足。

人们审美需求的满足依靠的是情感体验。刘勰在《文心雕龙·知音》中说道："夫缀文者情动而辞发，观文者披文以入情。"情感体验贯穿整个文学活动。情感是一个关系范畴，表示人与事物关系的一种态度，主要是人对外在事物是否符合主观需要的情绪体验。它是一种内含心理、情绪、思维的复杂混合体，其中包括感受、体验、认知诸因素。人们在进入阅读空间时就开始了间离化的状态，进入文学作品的艺术空间，从而脱离现实世界，摆脱现实情感的束缚，情感随着文学作品中人物的情感变化而变化。优秀的文学作品给读者提供了无限的想象空间，其崇高的人生理想、真挚感人的情感境界，都会满足读者的审美期待心理。在文学欣赏过程中，读者能够感受到自己在现实生活中无法体验的情感，如凄婉的爱情绝唱、雄壮的英雄挽歌、落寞的离群索居、离奇的人生历险、惊魂的妖魅世界等，从而在阅读过程中超越自我、超越现实，使情感得到释放，使心灵得到调节。读者可以在作品中"品尝"人间百味，认识人生价值，使人格得以提升，并实现文学欣赏的审美需求。

（三）学习需求

人们有探寻、求知、学习的需求。文学欣赏活动中的学习需求是指读者在阅读文学作品时，期待通过了解故事情节、把握人物形象、体味思想感情，获得人生启迪、道德教化，提升审美趣味、生活智慧。这种需求在青少年读者的阅读欣赏中表现得较为普遍，他们在阅读文学作品的过程中，力求在文学世界里寻找自己人生前进的方向，寻求可以效仿的楷模，探索人生意义，获取正确的世界观和人生观，从而使自己能够走向成功的人生。

在许多优秀的文学作品中，特别是在小说、戏剧文学、影视文学、人物传记等叙事类文学作品中，读者在阅读欣赏创作主体虚构的特定生活情境的过程中，会为作品中的人物形象所经历的特殊的心路历程、行为抉择，以及他们所成就的非凡的人生所感动，并在此过程中得到情感净化、思想提升、人生启迪，受到深刻的教育。如尼古拉·奥斯特洛夫斯基的《钢铁是怎样炼成的》中保尔·柯察金的形象、海伦·凯勒的《假如给我三天光明》中的自叙形象等，很多读者正是在阅读欣赏这些文学作品的过程中受到感动的，从而勇敢地面对人生困境，激发不断进取的人生动力。

在学习需求中有些相对比较特殊的，如借鉴的需求。这种需求主要产生在一些初涉文学创作的年轻人身上。他们选择文学作品阅读欣赏时带有强烈的目的性，往往要反复诵读欣赏对象，甚至摘录抄写、记忆背诵，模仿、借鉴其艺术创作技巧，以提高自己的创作水平。如茅盾对《红楼梦》的欣赏，鲁迅对果戈理作品的阅读，都对他们的创作产生了重要影响。

（四）批评需求

批评需求指的是从事文学研究、文学批评和文学教育专业的读者进入文学阅读欣赏活动所特有的专业性评价的心理需求。读者是由社会各种类型人群构成的复杂群体，它的参与者既有人数庞杂的大众读者（他们阅读文学作品的目的主要是欣赏，体验审美的愉悦），也有一些专业读者，如作家、批评家、理论家、记者等。这些专业读者带着批评、鉴赏的目的进入文学阅读活动，注重把握作品的内涵，分析作品的时代意义和文学史意义，总结、概括作品的得失，探讨文学发展的规律性因素等，努力对文学作品做出准确、合理的评价，进而以批评的方式传播文学思想。

欣赏需求不同导致读者对于阅读对象的选择不同，即便相同的读者面对同一部文学作品也会产生不同的欣赏效果。但这些欣赏需求又不是彼此孤立的，在文学欣赏活动中它们又是纠缠在一起的，并共同促动读者进入文学欣赏的世界。

二、文学欣赏的主体与客体

文学欣赏的主体指的是读者，他们在阅读欣赏过程中产生的欣赏效果受其文学素养的制约和阅读心境的影响。文学欣赏的客体主要是指文学作品，它既为文学欣赏主体提供了指定性和规约性，同时也留存了大量的空白给予欣赏主体无限广阔的想象空间。文学欣赏的主体和客体是既彼此依存又彼此创造的关系。

（一）文学欣赏的主体

文学欣赏是一种艺术享受活动，因其语言艺术的特殊性，更是读者的一种再创造活动。萨特说，作品是一种期待，一种呼吁，一份渴望。文学作品期待、呼吁和渴望着读者的阅读欣赏。缺失读者参与的文学活动只是未完结的文学过程，只有读者对作品进行阅读欣赏，文学的价值才经由读者的审美欣赏转向社会价值的实现。读者通过文字、韵律、节奏、结构等形式因素感知文学作品，在感知的基础上借助想象、联想，把自身特殊的生活经验和审美经验渗透到作品的文学形象中，丰富作品的审美意象，体会作品的审美情感，领会作品的文学意蕴。

文学欣赏主体的欣赏效果主要受以下因素的影响：

首先，欣赏主体必须具备一定的文学素养。欣赏主体的文学素养是由文学经验、知识、观念、理论，以及文学感受力、鉴赏力、创造力等诸多因素构成的，它由欣赏主体通过参与文学活动、学习文学理论与知识不断积累而形成。文学素养是欣赏主体进行文学欣赏活动的基础。马克思指出："如果你想得到艺术的享受，那你就必须是一个有艺术修养的人。"[1] 一个完全不懂艺术、不懂起码的艺术规律的人，是很难领略艺术美的。如欣赏苏轼的《念奴娇·赤壁怀古》，就必须对词牌、用典、怀古抒情等基本文学知识、艺术技巧有所掌握，了解赤壁之战的历史掌故、苏轼的生平经历等，这样，才可能真正欣赏词作之美。

其次，欣赏主体的阅读心境对阅读效果有明显影响，阅读心境是指读者在阅读文学作品时的情绪状态，它会对阅读效果产生明显的影响。欣赏主体阅读心境的形成受多方面因素的影响，政治、经济、文化的发展状况是读者阅读的社会背景，自然环境中的春夏秋冬季节变化、气候上的风云雨雪变化，读者的性格特点、生活经历、思想倾向、艺术修养等因素都会影响读者的阅读倾向，而读者所处的具体生活环境与其生活状态，会直接影响其进行文学欣赏时的具体心境。这些因素的影响形成了读者阅读心境的不同状态，阅读心境可以分为抑郁、愉悦和虚静三种。抑郁的心境指的是欣赏主体在进入阅读活动时孤独失意、落寞伤感、压抑苦闷的情绪状态；愉悦的心境指的是欣赏主体在进入阅读活动时激昂振奋、高兴快乐、欣喜乐观的情绪状态；虚静的心境指的是冲淡平和、自然清逸、虚无空蒙的情绪状态。

读者的阅读心境对欣赏活动有明显的影响：第一，影响读者对作家作品的选择。如国家危亡之际读李煜、李清照后期之词能更深切地体味其家国之痛，读杜甫、陆游之诗能更透彻地感悟其忧国忧民之情。而此时那些靡靡之音则成为有志文学青年的拒斥对象。第二，读者即便面对同一部作品，在不同的阅读心境中其阅读效果也会不同。如在读《水浒传》时，读者持愉悦的心境进入则会更喜欢读前半部分梁山好汉风云际会、啸聚山林、痛快淋

---

[1] 马克思. 1844 年经济学哲学手稿[M]//马克思，恩格斯. 马克思恩格斯全集：第 3 卷. 北京：人民出版社，2002：364.

滴的情节；以抑郁的心境进入则更能体会破辽国徒劳无功、征方腊兄弟死别的悲凉，为梁山群雄的凄楚结局扼腕叹息，为宋江接受招安愤恨不平；唯以虚静的心境进入才能看清梁山聚义的前因后果，认识到宋江走向招安之路是个人与社会的历史必然选择。

再次，读者的想象力影响着文学欣赏主体的欣赏效果。欣赏主体借助想象和情感体验创造性地完成文学欣赏过程。文学是一种语言艺术，它不像视觉艺术（如绘画、雕塑）、听觉艺术（如音乐）和综合艺术（如电影）那样，直接诉诸人们的视觉或听觉感官。人们欣赏文学作品，通过感官所直接感知的不是形象实体本身，而是语言文字，这就更需要欣赏主体具备想象力。欣赏主体在阅读文学作品时必须借助联想和想象，通过对作品的语言文字的感知，在头脑中呈现出作品通过语言文字所描绘的生活图景，想象一个个"未曾相见"的"陌生人"和"陌生地"的鲜明形象，从而更好地把握作品的文学意蕴。

最后，情感是文学欣赏中最重要的推动力。共鸣和净化是两种常见的情感反应，是文学欣赏高潮来临的重要标志。共鸣是一种内心感受现象，通常有两种类型：一是欣赏文学作品时，读者的思想感情与作品中的文学形象相互沟通，交流融合，读者与作品中的人物同喜同忧。例如，在《红楼梦》第二十三回"西厢记妙词通戏语　牡丹亭艳曲警芳心"中，林黛玉听《牡丹亭》唱词时，"感慨缠绵""点头自叹""心动神摇""如醉如痴"，最后"心痛神痴，眼中落泪"的系列反应，正是共鸣的发展过程。二是欣赏同一作品时，不同的读者产生的心理趋同。亚里士多德曾生动地描绘过人们艺术欣赏时的心理反应："当他们倾听兴奋神魂的歌咏时，就如醉似狂，不能自已。几而苏醒，回复安静，好像服了一帖药剂……"[①] 我们要注意这里用的是"他们"，也就是欣赏活动中形成的共鸣群体。

净化是文学欣赏的艺术效果，是指读者通过欣赏活动，在理想的艺术世界中实现超越束缚，达到精神自由、人格升华的境界。净化有两种表现形式：一种是欣赏过程中的净化——读者进入作品的艺术世界，暂时抛开现实人生的烦恼，忘却世俗的困扰，维持了心理平衡。管子曾说："止怒莫若诗，去忧莫若乐。"（《管子·内业》）另一种是欣赏活动后的净化——由于作者情感力量的震撼，接受者愤懑的情绪得以宣泄，畸形心态得以矫正。白居易的《读张籍古乐府》（节选）：

> 读君学仙诗，可讽放佚君。
> 读君董公诗，可诲贪暴臣。
> 读君商女诗，可感悍妇仁。
> 读君勤齐诗，可劝薄夫敦。

这是对文学作品情感净化作用的写照。

（二）文学欣赏的客体

作为欣赏对象存在的客体，有如下特点：第一，欣赏客体具有依存性。它不是独立存在的客体，而是只能在欣赏主体的审美-艺术经验中存在的客体。文学作品作为"文本"，只能提供一个多层次的有着许多空白、等待填充的"框架"，欣赏主体只有在欣赏过程中通

[①] 亚里士多德. 政治学 [M]. 吴寿彭, 译. 北京：商务印书馆, 1981：431.

过想象、再现才能将它的意蕴、风格、形式等具体化。所以，没有真正的欣赏，就不存在欣赏对象。文学作品需要欣赏来实现其文学价值，实现文学的功能。第二，欣赏客体具有指定性和规约性。欣赏客体为欣赏主体指定了欣赏对象。我们常说"有一千个读者，就有一千个哈姆雷特"，但无论有多少个"哈姆雷特"，读者都不可能把他想象成"贾宝玉"或者"李尔王"。同时，欣赏客体也规约着读者欣赏的视域。虽然读者可以从作品中读出各种不同的主题意蕴，如鲁迅指出的，对同一部《红楼梦》，"……就因读者的眼光而有种种：经学家看见《易》，道学家看见淫，才子看见缠绵，革命家看见排满，流言家看见宫闱秘事……"①但这些都是蕴含在作品中的思想内容。在作品中不曾有的主题意蕴是无法在欣赏活动中产生的，读者不可能在作品里读出超出作品意蕴的主题来。第三，欣赏客体具有永恒的变奏性。特别是优秀的文学作品，可以穿越历史时空，即使欣赏人、时间、地点都在不断变化，对其欣赏的效果也在变化，但作品却会焕发出永恒的魅力。当我们读汉乐府《上邪》时，依然会为诗中那份感天动地的真情所打动，为诗中那种奇特的想象所倾倒：

> 上邪！我欲与君相知，长命无绝衰。山无陵，江水为竭，冬雷阵阵夏雨雪，天地合，乃敢与君绝。

这恰如接受美学理论家姚斯所说的："一部文学作品，并不是一个自身独立、向每一时代的每一读者均提供同样的观点的客体。它不是一尊纪念碑，形而上学地展示其超时代的本质。它更多地像一部管弦乐谱，在其演奏中不断获得读者新的反响，使本文从词的物质形态中解放出来，成为一种当代的存在。"②文学作品在不同的时代呼唤着读者的阅读激情，引发共鸣，"成为一种当代的存在"。

通常人们认为文学欣赏的客体就是文学作品，但许多时候读者会把作家甚至他们的创作情境同样作为欣赏的对象。有些读者依照自己的兴趣爱好而偏爱某位作家，对其所有作品都爱不释手，甚至达到痴迷的状态，对作家的生活逸事都加以关注，此刻的作家作为公众人物也成为文学欣赏的客体。如现代文坛有段趣话，有位女读者喜爱郁达夫的作品，对其作品中的许多章节可以随口背诵，更把作家视为欣赏的对象。当代社会由于传播媒介的快速发展，作家同样成为媒体曝光率很高的对象，特别是一些青年作家、女性作家，拥有大量的"粉丝"，作家及其行为都成为读者的关注对象。有些时候作家的创作情境也成为文学欣赏的对象。比如，唐代诗人贾岛在推敲诗中用字时冲撞了韩愈仪仗的故事，成为一段文坛佳话。文学欣赏的客体给读者提供了欣赏的脚本，同时也给欣赏以指定性和规约性，是读者进行欣赏创造的依据。

本尼特：文本、读者与阅读

（三）文学欣赏主体与客体的关系

文学欣赏主体与客体之间是既彼此依存又彼此创造的关系。只有通过阅读，读者与作品之间才能建立起文学欣赏活动的主客体关系，二者彼此依存，缺一不可。同时，文学欣

---

① 鲁迅.《绛洞花主》小引[M]//鲁迅.鲁迅全集：第8卷.北京：人民文学出版社，2005：179.
② 姚斯，霍拉勃.接受美学与接受理论[M].周宁，金元浦，译.沈阳：辽宁人民出版社，1987：26.

赏主体和客体又是彼此创造的关系。马克思指出："艺术对象创造出懂得艺术和具有审美能力的大众，——任何其他产品也都是这样。因此，生产不仅为主体生产对象，而且也为对象生产主体。"① 也就是说，文学欣赏主体的美感体验要受到文学欣赏客体的影响和培育，文学欣赏主体创造出文学欣赏主体的文学欣赏能力。李白的诗歌创造了读者浪漫的想象空间，杜甫的诗歌则培养了读者的忧世情怀。作品自身不会独立产生任何意义，只有通过文学欣赏主体对作品的接受，才能产生实际意义。传统文学理论中的文学欣赏是一种"主-客"的认知模式，现代文学理论中的文学欣赏则是一种"对话"交流模式。文学欣赏活动是一种双向的创造活动，不仅作品自身具有多维度、多层面的丰富内涵，而且读者也具有多样性，这就使得作品意蕴呈现出复杂多样性。作品以其艺术化的空白形成特殊的召唤结构，激起读者相应的文学感受。作品里的艺术空白在两个层面上展开：一方面，作为创作主体的创造物，作品包含了创作主体有意留下的想象空白，表现了创作主体的召唤，唤起欣赏主体的期待、预测和想象，引导欣赏主体填充这些空白；另一方面，作为一个语言文字构成的文本，作品的叙述、描写本身就会留有许多的空白。在进入欣赏活动之前，作品的意义处于一种有多种可能性的开放状态，向所有时代、所有社会、所有文化中的读者开放，读者则在其召唤结构的引导下展开想象与再现，填补空白，实现对话，使作品产生实际意义。文学欣赏主体与客体在这种彼此召唤、彼此创造中共同完成文学欣赏活动。

第二节　文学欣赏的特点

文学欣赏是文学阅读的心领神会阶段。在这个过程中，读者以自己的期待视野为基础，对文学作品的文本符号进行富有个性色彩的解读，在对文本进行补白并与文本对话交流的同时，获得审美快感和思想启迪。文学欣赏阶段在文学活动中显示出独有的审美性、对话性、再创造性和差异性。

一、审美性

审美性是文学欣赏活动的基本特点。文学欣赏的审美性是指读者在文学阅读过程中，通过欣赏文学作品艺术之美获得审美满足与愉悦的特性。文学欣赏活动是体验艺术美的重要方式，具有虚拟性、形象性和情感性的特点。

毛姆：审美创作与欣赏的鸿沟

---

① 马克思.《政治经济学批判》导言[M]//马克思，恩格斯. 马克思恩格斯选集：第2卷. 北京：人民出版社，2012：692.

（一）文学欣赏的虚拟性

文学作品是在创作主体的想象中虚构而成的，本就是语言建构的虚拟艺术世界。读者在文学阅读活动中，借助语言媒介的引导展开联想和想象，虚拟性地再现艺术世界。首先，读者以自己的生活体验、艺术经验和审美经验为基础展开审美虚拟活动。在文学欣赏过程中，读者的虚拟是围绕着文学作品展开的想象活动，读者的生活体验、艺术经验和审美经验既是想象的基础，同时也限制着想象活动。如李白的《望庐山瀑布》中的"飞流直下三千尺，疑是银河落九天"，是对瀑布的夸张式描写，读者的虚拟就要依据自己对瀑布的认知展开。如果读者看过庐山瀑布，就会依此展开想象；如果读者没看过庐山瀑布，或者根本没有看过任何真实的瀑布，想象出的可能就是更具虚幻性的瀑布，或者依据图片、影视作品中的瀑布虚拟。其次，读者以自己对文学作品语言的理解为基础展开虚拟活动，重构具有自己个性特征的艺术世界。文学审美对象是非直观的，文学形象只能由读者依据文学语言的引导虚构而成。如鲁迅的《从百草园到三味书屋》中的"不必说碧绿的菜畦，光滑的石井栏，高大的皂荚树，紫红的桑葚；也不必说鸣蝉在树叶里长吟，肥胖的黄蜂伏在菜花上，轻捷的叫天子（云雀）忽然从草间直窜向云霄里去了。单是周围的短短的泥墙根一带，就有无限趣味。油蛉在这里低唱，蟋蟀们在这里弹琴。翻开断砖来，有时会遇见蜈蚣；还有斑蝥，倘若用手指按住它的脊梁，便会拍的一声，从后窍喷出一阵烟雾。何首乌藤和木莲藤缠络着，木莲有莲房一般的果实，何首乌有拥肿的根"。在阅读活动中，读者需要依循作者的文字描写，再现百草园中丰富多彩的自然景物，虚拟出色彩绚烂、虫声清扬、趣味横生、和谐优美的艺术世界。

（二）文学欣赏的形象性

形象性是一切艺术的基本属性，文学欣赏也围绕艺术形象展开。读者通过对语言文字描述的艺术世界的想象和再现，实现对作品艺术美的欣赏与判断，获得审美享受。下面以欣赏杜甫的《望岳》为例：

> 岱宗夫如何？齐鲁青未了。
> 造化钟神秀，阴阳割昏晓。
> 荡胸生曾云，决眦入归鸟。
> 会当凌绝顶，一览众山小。

欣赏这一首作品，要想象诗中描述的景象：东岳泰山绵延横亘、一片青苍，高耸巍峨、神奇秀丽，云气缭绕、飞鸟归林；同时要感受诗人丰富的情感：对泰山高大雄姿和磅礴气势的赞美，勇攀高峰、俯瞰一切的壮志，奋发有为、兼济天下的豪情。诗歌也塑造出诗人的形象，他那"会当凌绝顶，一览众山小"的雄心壮志富有哲理，使人想到若要"一览众山小"，就要有攀登绝顶的信念和决心。欣赏主体始终围绕艺术形象展开想象，把形象的感性形式、情感内容和理性因素结合在一起实现艺术享受。

（三）文学欣赏的情感性

美是以情感为中介的价值判断，情感性是文学审美活动的基本特点。读者在整个欣赏过程中，始终体验着人生喜怒哀乐的各种情感，也不断地进行着情感评价，产生情感经验。首先，读者以日常生活中产生的喜、怒、哀、乐等日常情感为欣赏基础。其次，读者在文学欣赏活动中的情感活动是更集中、更强烈和更典型的艺术情感。文学创作本就是情感的宣泄与传达，读者在文学作品中体验着蕴含于其中的艺术情感，并依据自己的情感倾向再创造出独属于自己的艺术情感。如欣赏王维的《山居秋暝》：

> 空山新雨后，天气晚来秋。
> 明月松间照，清泉石上流。
> 竹喧归浣女，莲动下渔舟。
> 随意春芳歇，王孙自可留。

诗人通过描绘山村秋日晚景表达了淳朴宁静的生活情趣，表现了自己渴望归隐山林、脱离官场生活、寄情山水的心情。现代都市的读者可能已经对城市的景观、单调的生活、重复的工作产生了厌倦之情，在欣赏诗歌时，会对空山新雨、明月苍松、清泉山石、浣女渔舟的美景产生向往之情，从诗中体验静谧闲适的艺术快感。最后，读者的情感是情理交融的审美情感。读者在阅读文学作品时伴随着丰富的情感活动，其中也包含读者的政治、伦理、哲学、宗教等方面的理性因素，情感和理性有机地构成读者的精神世界，形成独特的审美情感。

【学习活动】

阅读小学《语文》五年级下册第一单元的课文《祖父的园子》，写一篇文学欣赏的短评。

二、对话性

作者从事文学创作的主要动机是与人交流分享，作品的文学价值需要在文学欣赏活动中实现，从这个意义上说，文学欣赏本身就是对话过程。巴赫金认为，对话性是语言先天就有的，"语言只能存在于使用者之间的对话交际之中。对话交际才是语言的生命真正所在之处。语言的整个生命，不论是在哪一个运用领域里（日常生活、公事交往、科学、文艺等等），无不渗透着对话关系"[①]。文学欣赏的对话性指文学欣赏是围绕文学作品展开的对话交流活动。在文学意义生成过程中，不仅存在着读者与文学作品之间的交流，存在着读者与作者之间的交流，而且还存在着读者与读者之间（包括当代读者之间、当代读者与以往历代读者之间）的交流。

文学欣赏的对话性主要指读者与文学作品之间的交流。现代文学理论认为，整个阅读

---

① 巴赫金. 陀思妥耶夫斯基诗学问题［M］. 白春仁，顾亚铃，译. 北京：生活·读书·新知三联书店，1988：252.

接受过程不再只是单向的被动接受，而是读者与文学作品之间展开的对话交流，在这种对话过程中形成了复现、共鸣与领悟等欣赏效果。对话理论是巴赫金在研究陀思妥耶夫斯小说时提出的。他明确指出："首先，对话者就不只是文本中人物与人物的对话，还包括作者与人物、作者与读者、人物与读者的对话关系；其次，对话的内容就不只是引号内的内容，文字上的内容，还包括文字以外的画外音以及空白；另外对话的方式，由于摆脱了引号的束缚，更是自由自在，尤其是作者与读者的对话形式变化最多。对话性使叙述更有深度，使形式更有韵味。"① 在深层意义上，文学欣赏是思想的交流与接受，而思想的本质是对话性。在巴赫金看来，作者与作品主人公的关系并不是创造与被创造的关系，而是一种具有平等意识的对话关系，作品主人公并非一个客观的物化对象，而是一个对话主体。读者也并非与作者、作品无关，读者具有作品的意义参与、实现和再创造的能动性。作者、作品、读者是一个整体，任何一部作品都蕴含了作者、作品、读者之间的对话关系。

（一）复现

复现是指读者结合自身的生活经历、情感体验和思想见解等，根据文学作品的文字描述，通过艺术想象与联想，实现对文学形象与文学世界的再创造。文学欣赏活动中的复现具有语言引导性、个体创造性的特点。

首先，文学欣赏主体在与文学作品对话过程中的文学形象复现具有语言引导性的特点。文学艺术的媒介符号是语言，创作主体将其所见、所闻、所感、所思借助语言文字的艺术技巧表达出来，形成具有特定形式和内容的语言作品。文学欣赏主体阅读文学作品的语言文字，在其引导下复现生活图景，营造艺术世界。所谓"诗中有画"的"画"是在"诗"中，而不是随意的画面，是在诗的语言中对画面的写意，文学欣赏主体需要依诗构画。如欣赏杜甫的《江畔独步寻花（其六）》：

> 黄四娘家花满蹊，千朵万朵压枝低。
> 留连戏蝶时时舞，自在娇莺恰恰啼。

文学欣赏主体复现的画面应该是：一座农家小院，小路两旁开满鲜花，花朵繁茂，压弯了枝条，花间彩蝶眷恋花香翩翩起舞，娇嫩黄莺自由自在地婉转啼叫。这画面中出现的事物及其情状都由诗的语言提供信息，是文学欣赏主体在诗的语言引导下建构出来的。

其次，文学欣赏主体在与文学作品对话过程中的文学形象复现具有个体创造性。语言的媒介性质决定了文学文本的不确定性。语言是非直观的抽象符号，这就造成了文学的间接性：一是创作主体借助语言符号间接地描写形象画面；二是文学欣赏主体阅读语言符号，间接地复现形象画面。由于文学欣赏主体的差异性，艺术形象的复现过程会出现明显的个体创造性。文学欣赏主体可以放飞想象，依据自身的生活经验和艺术趣味，再造出富有个性色彩的具体形象。因此，同样是欣赏杜甫的《江畔独步寻花（其六）》，每个欣赏主体建构的画面必然有所不同，小园、香径、繁花、戏蝶、娇莺等具体形象，都会带有文学欣赏主体个性化想象的色彩。

---

① 董小英. 再登巴比伦塔：巴赫金与对话理论 [M]. 北京：生活·读书·新知三联书店，1994：7.

（二）共鸣

共鸣是在文学欣赏主体与文学作品的对话过程中形成的，是指在欣赏文学作品时，文学欣赏主体与作品中所表现的人物命运、思想感情、美学趣味发生契合，达到物我两忘、和谐交融、同情共振的审美心理状态。共鸣是文学欣赏进入高潮阶段的重要标志，是文学体验的高级状态。

文学欣赏主体与文学作品产生共鸣，必须具备如下条件：首先，文学作品必须具备唤起文学欣赏主体共鸣的情感因素。这种情感因素包括作品本身所具有的深刻丰富的思想感情和强烈的艺术感染力。例如清代诗人郑燮的《竹石》。这是一首题画诗，诗人借物喻人，托物言志，通过歌咏任凭狂风千磨万击依然坚韧地扎根破岩中的青竹，含蓄地表达了自己绝不随波逐流的高尚思想情操。这首诗给我们生命的感动，让我们在面临曲折恶劣的人生困境时，学会刚强勇敢地面对现实、战胜困难。

其次，文学欣赏主体必须具备与文学作品产生共鸣的个体特质。马克思指出："对象如何对他来说成为他的对象，这取决于对象的性质以及与之相适应的本质力量的性质；因为正是这种关系的规定性形成一种特殊的、现实的肯定方式。"[1] 因此，文学欣赏主体的文化程度、生活经验、文化水平、文学素养等都是影响他能否产生共鸣的重要因素。

最后，共鸣必须是文学欣赏主体在主客观条件同时具备的情况下围绕文学作品进行对话时才能产生。文学欣赏主体在阅读文学作品时只有与人物形象观念相通，情感经验相似，意志愿望相近，在欣赏过程中才能产生共鸣。如《红楼梦》第二十三回"西厢记妙词通戏语　牡丹亭艳曲警芳心"中林黛玉为戏文所感动，"心痛神驰，眼中落泪"。正是由于黛玉在观念上与杜丽娘相通，感觉孤苦无依；在情感体验上相似，因"爱而不得其爱"而痛苦；在意愿上相近，渴望得到自己的幸福，在此基础上，林黛玉才产生了强烈的共鸣。

（三）领悟

领悟是指文学欣赏主体阅读文学作品，从中解读出人生真谛、社会发展规律、宇宙奥秘等因素的心理状态。领悟是文学欣赏过程中最高的境界，是文学欣赏主体在与文学作品的对话中实现的。

在文学欣赏活动中，领悟的产生需要具备如下条件：首先，文学作品要有深刻的哲理性。英国著名湖畔诗人柯勒律治曾说过："一个人，如果同时不是一位深沉的哲学家，他绝不会是个伟大的诗人。"[2] 很多文学家同时也是哲学家，他们的作品蕴含深刻的哲理。如苏轼的《题西林壁》：

> 横看成岭侧成峰，远近高低各不同。
> 不识庐山真面目，只缘身在此山中。

---

[1] 马克思. 1844年经济学哲学手稿［M］//马克思，恩格斯. 马克思恩格斯全集：第3卷. 北京：人民出版社，2002：304.
[2] 柯勒律治. 文学传记［M］//伍蠡甫，蒋孔阳，翁义钦，等. 西方文论选：下卷. 上海：上海译文出版社，1988：33.

诗中哲理精深：庐山就在眼前却"不识"其真面目，就是因为身在其中。我们对于很多事情无法看清其真相，原因也常常在此。

其次，文学欣赏主体有思想的积累和明确的期待视野。在文学欣赏活动中，文学欣赏主体在对文学作品心领神会的基础上，丰富和开阔自己的期待视野，从而对自己思考的问题有全新的认知。比如元好问的《论诗三十首》，正是他领悟所读诗作的成果。普通读者的领悟可能只是心理反应，内心感受却是"此中有真意，欲辨已忘言"（陶渊明《饮酒（其五）》），但他对文学作品的"真意"已经领悟。

文学作品是一个向读者开放的意义结构，文学作品的意义会在与读者的对话中不断被阐释，被充实和丰富。就如当代西方接受美学理论家姚斯所说："第一个读者的理解将在一代又一代的接受之链上被充实和丰富，一部作品的历史意义就是在这过程中得以确定的，它的审美价值也是在这过程中得以证实的。"① 因为读者生活阅历、思想感情、文化修养、艺术水平及所关注内容的不同，文学作品的意义处在不断释放和生成过程中。在当今融媒体时代，围绕文学作品欣赏展开的对话交流活动形式多样，普通读者之间、普通读者与专业读者之间、读者与作者之间都可以展开对话活动。"正是通过这种相互作用，作者、作品和公众之间，艺术的现时经验和过去经验之间的不断交流才实现了"，因而"一部艺术作品的解释历史是经验的交流，或者可以说是一场对话，一个问答游戏"②。

三、再创造性

文学作品是创作主体创造性的成果，而文学欣赏同样是具有创造性的过程，文学作品意义的最终实现必然要经过欣赏主体的再创造，因此说，文学欣赏具有再创造性，欣赏与创作共同生成文学作品的文学意义与价值。英国文学理论家伊格尔顿认为："在某种程度上说，我们总是根据我们自己的兴趣所在来解释文学作品……'我们的'荷马并非中世纪的荷马，同样，'我们的'莎士比亚也不是他同时代人心目中的莎士比亚；说得恰当些，不同的历史时期根据不同的目的塑造'不同的'荷马与莎士比亚，在他们的作品中找出便于褒贬的成分，尽管不一定是同一些成分。用另一种说法来说，所有文学作品都是由阅读它们的社会'再创作'的（只是无意识地），事实上，没有一部作品在阅读时不是被'再创作'的。"③

文学欣赏并非读者被动接受的活动，恰恰相反，是读者积极参与文学作品的审美创造活动。读者在文学作品的引导下展开体验、想象、发现和再创造，这种文学欣赏活动具有鲜明的个性色彩。"接受美学反对文学本文具有决定性的说法，不承认文学本文只有一种绝对的独一无二的意义；认为文学本文是一个多层面的开放式的图式结构，它的存在意义和价值仅仅在于人们可以对它作出不同的解释，这些解释既可以因人而异，也可以因时代的

王朝闻：欣赏、"再创造"

---

① 姚斯，霍拉勃. 接受美学与接受理论［M］. 周宁，金元浦，译. 沈阳：辽宁人民出版社，1987：25.
② 姚斯. 接受美学与文学交流［M］//张廷琛. 接受理论. 成都：四川文艺出版社，1989：196.
③ 伊格尔顿. 文学原理引论［M］. 刘峰，译. 北京：文化艺术出版社，1987：15.

变化而有所不同，但无论是哪一种解释都是有意义的，也是合理的。正因为这样，所以接受美学认为作品的本质在于作品的效应史的永无完成中的展示。"① 文学欣赏是读者结合自身感知因素进行的再创造活动，包括对文学形象、文学意境和文学意蕴的再创造。

（一）文学形象的再创造

文学形象的再创造是文学欣赏活动中最活跃的因素。文学形象在作者的想象中是一种直观形象，经过语言的描述就变成间接形象，增加了大量的空白等不确定性因素，也为读者提供了丰富多样的想象空间。读者在语言描述的引领下展开积极的想象，结合自己的生活经验、文学经验再创造出新的文学形象。鲁迅曾说："文学虽然有普遍性，但因读者的体验的不同而有变化，读者倘没有类似的体验，它也就失去了效力。譬如我们看《红楼梦》，从文字上推见了林黛玉这一个人，但须排除了梅博士的'黛玉葬花'照相的先入之见，另外想一个，那么，恐怕会想到剪头发，穿印度绸衫，清瘦，寂寞的摩登女郎；或者别的什么模样，我不能断定。但试去和三四十年前出版的《红楼梦图咏》之类里面的画像比一比罢，一定是截然两样的，那上面所画的，是那时的读者的心目中的林黛玉。"② 文学形象的再创造具有明显的主观性。如鲁迅短篇小说《孔乙己》中的"孔乙己"形象：

> 孔乙己是站着喝酒而穿长衫的唯一的人。他身材很高大；青白脸色，皱纹间时常夹些伤痕；一部乱蓬蓬的花白的胡子。穿的虽然是长衫，可是又脏又破，似乎十多年没有补，也没有洗。他对人说话，总是满口之乎者也，教人半懂不懂的。因为他姓孔，别人便从描红纸上的"上大人孔乙己"这半懂不懂的话里，替他取下一个绰号，叫作孔乙己。

在这段人物描写中，有许多仅仅属于孔乙己的确定性形象因素：孔乙己是他的绰号；孔乙己是穿长衫站着喝酒的人；孔乙己身材高大，脸色青白而有皱纹和伤痕，胡子花白，说话总是用古汉语等。但是孔乙己的身材如何高大，"青白脸色"是何种"青白"，脸上的皱纹和伤痕是什么状况，胡子是怎样"乱蓬蓬"以及花白到什么程度，长衫脏破到怎样程度，他的"满口之乎者也"让对话人产生怎样的感觉等，都是不确定因素，读者只能在自己所拥有的生活经验和文学经验的基础上去想象、填充和创造，从而再创造出只属于自己的"孔乙己"形象。

（二）文学意境的再创造

文学意境是文学作品中营造出来的情景交融、虚实相生、韵味无穷的艺术境界。读者在欣赏作品的过程中，会因作品的激发而再创造出艺术空间，进入审美的境界，并从中体验艺术之美。文学意境是创作主体创设的，无论是触景生情还是寓情于景，眼前之景与心中之情，都是明确的，创作主体选择自认为最恰切的语言将其表述出来。语言作为抽象符号，在文学表达中既有准确、鲜明、生动、简洁的一面，又有朦胧、蕴藉、歧义的一

---

① 姚斯，霍拉勃. 接受美学与接受理论［M］. 周宁，金元浦，译. 沈阳：辽宁人民出版社，1987：出版者前言 5-6.
② 鲁迅. 看书琐记［M］// 鲁迅. 鲁迅杂文集. 天津：天津人民出版社，2016：248.

面。因此，虽然创作主体努力寻找最恰切的语言，运用各种修辞手法，渴望把眼前之景与心中之情表达得淋漓尽致、准确鲜明，但作品依然会留下无尽的审美想象空间，需要读者在欣赏过程中再造出来。很显然，文学欣赏活动中的"景"，不再是作者眼前之景、心中之景，也不再是作品语言描绘之景，而是几种"景"的建造与融合，蕴含于其中的"意"与"情"，亦是创作主体与欣赏主体心灵共鸣的产物。如韦应物的《滁州西涧》：

> 独怜幽草涧边生，上有黄鹂深树鸣。
> 春潮带雨晚来急，野渡无人舟自横。

诗中描绘的景色清丽、境界幽深的风景画是韦应物眼中之景：涧边幽草、深树黄鹂、晚来春雨、急涨春潮、野渡无人、小舟自横。其中怜春、惜春之情自然也是诗人心中之情：野趣横生、春意盎然，又幽情散溢、野渡孤舟，情景交融，韵味无穷。但读者在欣赏时，对草之幽、树之深、潮之急、渡之野等自然之景又都需要结合自己的经验进行再创造，在诗句的引导下构造出诗的境界。而诗中蕴含之情也在欣赏中转换为欣赏主体的情感体验，或春意盎然，或荒僻孤寂，或静寂幽静，或闲适雅致等，因人因地因时因境而异。文学意境的再创造同样具有鲜明的个性色彩。

（三）文学意蕴的再创造

文学意蕴是指文学作品蕴含在语言和形象中的观念、思想、情感之义，它不同于理论文章用明确的概念表达出来，而是通过场面和人物的叙事、描写形象地表现出来，因而具有朦胧性、多义性。这是由文学的审美特性决定的。创作主体的创作意图是明确的，但文学通过语言以形象的方式来表现，必然会使作品的实际意蕴与创作意图之间出现差异。当文学作品的意蕴呈现出朦胧性、多义性时，不同的欣赏主体在领悟作品的意蕴时自然也会加入自己的生活经验和思想感情倾向，使作品的意蕴显得歧义丛生、丰富多样，作品也成为有多种阐释可能的文本。读者在阅读活动中获得对文学意蕴的实际领会，这是个体的再创造过程。

文学以形象的方式呈现意蕴，就使文学作品的意蕴构成一种由表及里的开放性系统，特别是文学经典，具有更加丰富的意蕴，给欣赏主体在不同角度和层面领悟提供了条件。比如吴承恩的《西游记》，作家对创作意图和文学意蕴并没有明确的表述，不同时期的读者依据各自所处的社会历史环境、所属的社会地位、所有的生活经验与文学素养去欣赏、再创造，对《西游记》的意蕴形成各自的领悟与理解，不断丰富着《西游记》的意蕴。概括地说，这部小说包含对明代社会结构的深刻认识，揭示了社会生活的真相和颠倒的上层社会逻辑，有对社会现实的影射和批判；孙悟空的形象有独特的审美特性，他嫉恶如仇、明辨是非、追求自由，敢于反抗压迫、扫荡人间不平、铲除妖魔鬼怪，充满了战斗精神。小说还有深厚的哲学意蕴："美猴王""齐天大圣"时期的孙悟空藐视一切权威、决绝地反抗，大闹地府、龙宫和天宫，追求绝对自由；在西天取经的路上，他渐渐领悟到自由的相对性，在遭遇挫折的时候寻求帮助，解决困难，并最终修炼成"佛"。通过《西游记》的接受史我们可以看到，不同时代的读者在与文学作品的对话与交流、复现与再创造、理解与误解过程中，形成了作品意蕴的发展史。

四、差异性

文学欣赏会因不同读者而产生欣赏效果的差异，甚至同一读者在不同情境下也会产生不同的文学欣赏效果，这种差异性正是文学欣赏活动丰富性的体现。差异性具体表现在以下四个方面：

（一）时间差异性

文学欣赏的时间差异性是由不同时代的读者审美心理的差别造成的。不同时代的物质生活条件、社会思想意识、文学价值标准、审美判断标准等都会造成文学欣赏的时代差异性，时代差异是明显的时间差异。比如现代读者阅读《三国演义》的感受肯定与身处封建社会的读者有明显差异。封建社会的读者在传统"忠孝节义"思想的影响下，会顺应罗贯中"尊刘贬曹"的创作意图，欣赏刘备的忠厚仁爱，而痛恨曹操的凶残奸诈。但鲁迅在《中国小说史略》中却说："……欲显刘备之长厚而似伪。"① 同时，由于历史研究的不断发展，人们对曹操的看法也变得越来越客观，现代读者阅读《三国演义》进入更高的艺术美品鉴层面。同一读者在阅读同一部作品时，处在不同的时间节点也会产生不同的欣赏效果，就如宋代蒋捷在《虞美人·听雨》中所写："少年听雨歌楼上。红烛昏罗帐。壮年听雨客舟中。江阔云低、断雁叫西风。而今听雨僧庐下。鬓已星星也。悲欢离合总无情。一任阶前、点滴到天明。"同样阅读《红楼梦》，人在少年、中年和老年时会有不同的阅读体验。

鲁迅:《看书琐记》(一)

（二）空间差异性

空间差异性主要表现为地域文化和民族文化的差异。文学作品包含丰富的地域文化和民族文化生活，虽然艺术无国界，但读者受地域文化和民族文化的熏陶形成的欣赏习惯影响了他们的阅读效果。比如同样欣赏《红楼梦》，西方读者很难体会黛玉的"病态美"，这是中国古代文化中一种特殊的美感体验。国学大师刘师培在《南北文学不同论》中说："大抵北方之地，土厚水深，民生其间，多尚实际。南方之地，水势浩洋，民生其际，多尚虚无。民崇实际，故所著之文，不外记事、析理二端。民尚虚无，故所作之文，或为言志、抒情之体。"② 这里虽然是从文学创作的视角分析受地理环境影响的地域文化对创作主体的影响，但我们同样可以用来分析文学受众在欣赏活动中的空间差异性。

（三）社会地位差异性

不同的社会阶层形成不同的审美标准，虽然这些审美标准并非固定不变，而且也存在

---

① 鲁迅. 中国小说史略 [M]. 北京：中国工人出版社，2015：97.
② 刘师培. 南北文学不同论 [M] // 刘师培. 国学发微：外五种. 扬州：广陵书社，2013：252.

彼此交流与借鉴，但其中的差异是明显的。鲁迅所言"贾府上的焦大，也不爱林妹妹的"①是有其合理性的。比如同为四大名著，《红楼梦》在普通百姓读者中的影响力比不上其他三部作品，这并非艺术表现力高低的问题，而是《红楼梦》所描写的贵族生活对许多普通民众而言是陌生的，其中的男欢女爱在传统社会的思想意识规约下，对处于生活窘境中的一些普通读者来说是无关紧要的，即便是在当下读者的阅读选择中，《红楼梦》较之其他三部名著，更为浓郁的文言色彩同样成为阅读障碍。

（四）个体差异性

文学欣赏是个体行为，每个读者在欣赏文学作品时会形成独特的感受、领悟和评价，呈现出个体差异性。这种差异性赋予了文学欣赏活动无穷的魅力，形成了我们通常所说的"有一千个读者，就有一千个哈姆雷特"，也就是中国古语所说的"仁者见仁，智者见智"。

造成文学欣赏个体差异性的原因：一是文本本身，即文学作品的含蓄性和不确定性；二是欣赏主体的能动性和个体差异性。接受美学家伊瑟尔认为，作为审美对象的文学作品有许多"不确定性"与"空白"，这是促使读者去寻找作品意义的动力。正是这些因素使读者能发挥想象和联想，形成魅力无穷的文学欣赏活动。

【学习活动】

阅读小学《语文》教材六年级上册第一单元的课文宗璞的《丁香结》，结合自身的人生体验，谈谈对"结，是解不完的；人生中的问题也是解不完的，不然，岂不是太平淡无味了吗？"的理解。

思考与练习

一、名词解释

1. 文学欣赏　2. 共鸣　3. 领悟　4. 文学欣赏的审美性
5. 文学欣赏的对话性　6. 文学欣赏的再创造性

二、简述

1. 文学欣赏的内在需求。
2. 文学欣赏主体与客体的关系。
3. 文学欣赏的审美性的特点。
4. 文学欣赏的对话性体现及特点。
5. 文学欣赏的再创造性。

三、实践拓展

1. 阅读小学《语文》教材六年级下册朱自清的《匆匆》，结合自身的情感体验，从审美的角度进行文学欣赏。
2. 阅读小学《语文》教材六年级上册列夫·托尔斯泰的《穷人》，从文学欣赏的

---

① 鲁迅."硬译"与"文学的阶级性"[M]//鲁迅. 鲁迅全集：第4卷. 北京：人民文学出版社，2005：208.

对话性视角赏析人物形象桑娜和渔夫，注意以恰当的方式复现人物形象，并表达共鸣和感悟。

3. 从文学欣赏的再创造性视角，分析下面这首诗的文学意蕴，注意再创造的合理性。

乐　游　原

［唐］李商隐

向晚意不适，驱车登古原。

夕阳无限好，只是近黄昏。

拓展阅读导航

1. 南帆，刘小新，练暑生. 文学理论基础［M］. 北京：北京大学出版社，2008.

该书从"文学是什么"与"如何研究文学"两个方面研究文学理论问题，针对"文学是什么"主要探讨文学的构成及文学与文化的关系；针对"如何研究文学"主要探讨文学史与文学理论、文学批评与文学阐释。请重点阅读该书中关于文学批评与接受理论的内容。

2. 王先霈，王耀辉. 文学欣赏导引［M］. 2版. 北京：高等教育出版社，2014.

该书以文学欣赏活动中的情感体验与意义把握、文学语言的品味、文学技巧的认知等问题为线索，讲解诗歌、散文、小说的具体欣赏，培养学生的文学欣赏方法与文学感受能力。请重点阅读文学与文学的欣赏部分。

3. 姚斯，霍拉勃，接受美学与接受理论［M］. 周宁，金元浦，译. 沈阳：辽宁人民出版社，1987.

该书对"接受美学"和"接受理论"进行了系统的阐述，对文学研究产生了广泛影响。请重点阅读该书中《走向接受美学》的第一章"文学史作为向文学理论的挑战"，和"接受理论"的第一章"范式的改变及其社会——历史功能"及第三章"主要理论家"。

第十二章 文学批评

学习目标

- 了解文学批评的性质和主要类型；
- 理解文学作品思想价值和艺术价值的评价标准；
- 掌握文学批评的原则与方法；
- 能够正确运用文学批评理论与方法评价文学作品、文学现象。

内容导图

文学批评
- 文学批评的性质
  - 文学批评是一种审美判断
  - 文学批评是一种审美对话
  - 文学批评是文学经验的总结与阐释
  - 文学批评是一种文学思想生产
- 文学批评的主要类型
  - 大众批评
  - 专业批评
  - 媒体批评
- 文学批评的标准
  - 文学批评的文化立场
  - 文学批评的思想价值尺度
  - 文学批评的艺术价值尺度
- 文学批评的原则与方法
  - 文学批评的基本原则
  - 中国传统的文学批评方法
  - 现代文学批评方法

学习导入

"这真是一篇叙事抒情的好散文,'头起'得'带劲',这'劲'中有无限的喜乐;'收'得有味,这味中有深彻的哲理。全文是短小、精炼、细腻而又酣畅。冯骥才的作品我读的多了,长短篇的小说和散文……但都不像《珍珠鸟》这样的光采照人。"[1] 这是冰心对《珍珠鸟》这篇散文的评价和分析。《珍珠鸟》是当代作家冯骥才于1984年创作的一篇文质兼美的散文,曾入选多个版本的小学语文教材。冰心对《珍珠鸟》的评说,从个体感悟出发,深度挖掘作品的情理。这涉及本章即将学习的"文学批评"问题。

自从人类社会有了文学活动,便有了关于文学的各种评论和界说。人们听到一个民间故事,或读了一首诗,看了一部小说,总是要对其中的故事情节或人物形象说些什么、谈些看法。最初的文学批评就这样诞生了。如果把作家比喻为"人类灵魂的工程师",那么批评者可以说是"人类心灵的路牌"。他们相互激发,相互召唤,相互争论,以理论的方式参与文学活动。

浩如烟海的文学作品带给读者诸多阅读体验,使读者从阅读体验中获得精神愉悦和美感,引导读者感受作品的思想与文学意蕴。文学批评是在文学阅读、文学鉴赏的基础上对文学作品的评论。当读者在文学批评过程中开始运用语言深入阐释、反思文学现象时,就需要用文学批评理论支撑相应的文学批评。文学批评理论指导着文学批评,并在文学现象的研究中得到普遍运用。

既然文学批评在文学实践活动中具有重要的地位和影响,那么,文学批评具有怎样的性质?文学批评的类型都有哪些?文学批评的标准是什么呢?文学批评的原则与方法都有哪些?此外,文学批评的理论与方法又是怎样应用在具体的文学实践活动中的呢?对上述问题的求解需要我们超越以前关于对文学批评零散的、经验层面的认知。这些问题将在本章的学习中得到深入分析与探讨。

第一节 文学批评的性质

文学批评是在文学鉴赏的基础上,根据一定的批评标准对文学作品、各种文学现象进

---

[1] 冰心. 冰心全集:第8卷[M]. 卓如,编. 福州:海峡文艺出版社,1994:217.

行研究、阐释、评价的一种科学活动。作为文学活动的重要组成部分，它是文学理论研究的对象。要认识文学批评在文学活动中的地位和功能，必须先把握和界定文学批评的性质。

一、文学批评是一种审美判断

较早对"文学批评"进行阐释的是俄国文学批评家别林斯基。他认为："批评源于一个希腊字，意思是'作出判断'；因而，在广义上来说，批评就是'判断'。"① 对文学作品及文学现象进行评价、做出判断，是文学批评的目标，也是文学批评的主要功能。"判断"可以说是一切批评话语的基本性质。但文学批评又不同于日常生活中的简单判断或一般的逻辑判断，而是具有"审美判断"的特性。

首先，文学批评作为审美判断的典型形态之一，要求批评者在开展批评活动时，一定要分析作品是否符合美的规律，是否引导读者理解美、追求美。审美判断是对所有审美现象意义的把握，包括对自然、社会生活以及文学、艺术的审美价值的评判。文学批评所面对的对象主要是文学现象，而文学艺术是人类有意识创造的审美对象，属于艺术美范畴。文学作品作为人类"依照美的规律来构造"的产物，从根本上决定了文学艺术具有美的属性和审美价值。在方式上，文学艺术是人们对世界的审美掌握，是审美创造的一种高级形式，其所体现的审美意义具有更深刻、更突出的审美内涵。文学批评不仅能够对批评对象所蕴含的社会价值和审美价值进行揭示，而且能够从理论的高度对其进行分析和阐释。

其次，文学批评的审美判断是具有普遍性的特殊判断，一方面具有鲜明的个体性特征，另一方面又具有一种普遍的有效性。广泛流传的"趣味无争辩"之说，即指人们的趣味标准不可能千篇一律。由于文学批评的直接对象是个别的、现实存在的文学现象，同时又是以批评主体的直接感受为起点的，因此，批评主体由于性别、个性气质、学识修养、立场与见解、文学基础等不同，在对同一文学作品进行鉴赏与批评时，经常会出现"仁者见仁，智者见智"的情况，得出的结论也因人而异。同时，优秀的文学文本往往富于独创性和多义性，更易造成审美判断和意义解读的分歧。例如，对于中国古典小说名著《红楼梦》的分析和评价，有人认为这部作品写的是"情缘虚幻"的爱情悲剧，有人认为描写的是封建社会的阶级压迫和阶级斗争，有人视《红楼梦》为作者曹雪芹本人的自传，有人将《红楼梦》看作封建社会的百科全书，如此等等。正是不同的审美判断和评价使《红楼梦》的意义丰富、深广起来，使对它的文学批评的形态呈现出逻辑判断无法比拟的丰富性和多样性。

当然，审美判断的多样化，并不会否定共性性。"尽管趣味仿佛是变化多端，难以捉摸，终归还有些普遍性的褒贬原则；这些原则对一切人类的心灵感受所起的作用是经过仔细探索可以找到的。"② 也就是说，文学批评与审美判断又离不开一种褒贬的普遍原则。这种普遍有效性原则所起到的作用，与理性认识的普遍有效性具有相通之处。审美活动中经

王国维:《〈红楼梦〉评论》(节选)

---

① 别林斯基. 关于批评的讲话[M]//别林斯基. 别林斯基选集：第3卷. 满涛，译. 上海：上海译文出版社，1980：574.
② 休谟. 论趣味的标准[M]//北京大学哲学系. 西方美学家论美和美感. 北京：商务印书馆，1980：111.

常提及的"人之于美，有同感焉"的共同美感现象，或文学经典所具有的超越时空的永久艺术魅力的现象，其实都是普遍有效性的体现。这也正如康德所指出的，审美判断虽然是感性、个体、主观的，"但是如果他把某一事物称做美，这时他就假定别人也同样感到这种愉快：他不仅仅是为自己这样判断着，他也是为每个人这样判断着，并且他谈及美时，好像它（这美）是事物的一个属性"。①

最后，文学批评的审美判断作为主体所具有的特定心理体验，时常会体现出直觉性特征。例如我们对一些审美现象直接而瞬间的判断，对某些文学作品意蕴的直接顿悟或推测性的洞察。当然，"这种直觉并不是不经过判断（否则就是一种生理的刺激－反应），而是说这种判断是在不知不觉中进行的"。②文学批评，实质并不是用一种外在的理性观念去直接考量作品，它是主体在体验、理解文学形象的基础上，经由主体各种心理功能的互动融合进行的一种意义解释和评价。一般而言，以审美享受为主调的文学鉴赏大都采取艺术直觉的形式，但审美判断、审美评价与审美享受却如影相随。这种包含感性与理性的艺术直觉形式，能够使人在欣赏中判断，在判断中欣赏，使欣赏与判断有机地统一在一起。正如李泽厚所论及的："美感既是感性的，又是超感性的，它们是在个体的感性中积淀着社会的理性。关键在于，这理性不是来自知性的逻辑，如康德所指出，它是来自人的各种心理功能的协合活动的结果。"③

二、文学批评是一种审美对话

文学批评不仅是审美判断，也是一种对话和交流。正如马克思所言，人在本质上，是各种社会关系的总和。所谓"关系"，主要是事物（或人）之间相互联系、相互影响的状态。在"关系"中存在的人，需要交流，渴望表达，渴望与人分享情感和精神的境遇。而作为人的重要精神生产活动的文学批评也是"关系"中的存在。在这个世界中，批评者以个体存在，又置身于群体中，通过体验和理解文本世界中不同人物、事件以及景物、动物，与文本、与读者、与自我、与潜存于本文中的作者进行多重互动对话和交流，并通过对话的展开，建构起一个充满文学意义的世界。这一对话关系，具体包括批评者与文本的对话，批评者与作者的对话，批评者与读者的对话，以及批评者与自我的对话，等等。文学批评的审美对话性质，让人们在文学活动中保持"主体间性"的原则。批评不再仅仅侧重是非判断，而是一种建设性的探询和交流，建设性是审美对话的必然归宿。

在这个由多个主体参与和建构的意义世界中，尽管包含思想的碰撞、切磋、商讨，但"情感"的交流是其精神的内核。法国批评家蒂博代如此指出："下面这个原则怎么强调也不为过：只有感情才能判断感情，把感人的东西让精神去做出判断，无异于让耳朵去判断颜色，让眼睛去判断和弦。"④诗人波德莱尔也如是说："我衷心相信，最好的批评既能解人

---

① 康德. 判断力批判：上卷[M]. 宗白华，译. 北京：商务印书馆，1964：49.
② 杨春时. 美学[M]. 北京：高等教育出版社，2004：208.
③ 李泽厚. 美学四讲[M]. 武汉：长江文艺出版社，2019：117.
④ 蒂博代. 六说文学批评[M]. 赵坚，译. 北京：生活·读书·新知三联书店，1989：174.

颐，又饶有诗意，而不是冷冰冰的数字式的批评，假借解释一切之名，而取消了爱，取消了憎，把所有性情的流露都褫夺得点滴不留。"① 这种对话得出的往往不是些许的抽象的结论，而是生命情感形式的无限沟通。主体间是自由的，是开放的，是真诚的，是平等的，达到的是充分的亲和、协调，相互生成。在这种相互生成的过程中，愉悦感、自由感等也会相伴而生，实现审美情感和艺术生命的交流。

当然，这个"对话"的世界会存在冲突，也会有共谋。法国批评家蒂博代如此指出："一个批评家是以自己的气质，以自己在文学、政治和宗教上的好恶来判断同时代的人的，他尽可能地把这些变为一种权威的方式。"② 当批评者把自己置于垄断话语的特权者位置时，就会发生批评者与作者之间的交锋和论争，以及读者被支配或反支配的情形。当然，在现实生存与文学理想的矛盾中，作者与批评者在社会与文化的共用空间中也会有新的合作与共谋，比如某些"酷评"或一些"炒作"。作者、批评者的商业策略与媒体策划彼此借重，配合得浑然一体，成就了一番各得其所的"琴瑟和鸣"。而对于这部分作者或批评者来说，在成功地逃离了所面临的经济困窘抑或精神危机后，也曲折但有效地保有了介入文学中心场域的现实地位。

三、文学批评是文学经验的总结与阐释

如前所述，文学批评是对于文学作品或其他文学现象的一种评价和阐释活动，这一活动在体验、理解文学作品的基础上展开。而文学作品作为作者将日常经验提炼并使之系统化，以艺术方式呈现的现实形式，是文学经验"栖居"的家园。文学批评的价值在于对文学现象体验、理解之后所进行的意义建构，需要将散在的充满个性的经验表述转化为较为明晰的理性观念，进而引领、帮助读者认识和理解文学对象。因此，经由文学批评活动，不同层级的文学经验，比如创作经验、形式经验、解读经验、文学史经验，以及文学的民族经验、地域经验、时代经验等可以得到不断的总结和提升，可以日臻完善并走向系统化。

创作经验是文学批评者关注颇多的领域。文学批评在对文学创作的具体剖析和阐释中，通过对文学实践正反经验的探讨和总结，可以使某种创作观念或表现手法、表现技巧得到高扬或推广，同时也可以为文学理论提供大量的经验性材料和理论资源。例如，俄国文艺理论家车尔尼雪夫斯基从托尔斯泰早期作品中发现了"心灵的辩证法"。他这样归纳和总结："心理分析可以具有不同的方向：一类作家热衷于刻画性格的轮廓，另一类作家善于描写社会关系与生活冲突对于性格的影响，第三类作家乐于说明感情与行动的联系，第四类作家精于剖析种种激情，而托尔斯泰伯爵最感兴趣的，却是心理过程本身，是这过程的形态与规律，用一个特定的术语来表达，就是心灵的辩证法。"③ 车尔尼雪夫斯基对托尔斯泰

---

① 波德莱尔. 一八四五年的沙龙[M]//伍蠡甫，蒋孔阳，翁义钦，等. 西方文论选：下卷. 上海：上海译文出版社，1988：217.
② 蒂博代. 六说文学批评[M]. 赵坚，译. 北京：生活·读书·新知三联书店，1989：28.
③ 车尔尼雪夫斯基. 列·尼·托尔斯泰伯爵的《童年》《少年》和战争小说[M]//伍蠡甫，蒋孔阳，翁义钦，等. 西方文论选：下卷. 上海：上海译文出版社，1988：435.

这一"认识人的心灵"的才华的发现与肯定，不仅让托尔斯泰本人终身受益，而且使"心灵的辩证法"成为小说创作的重要艺术规律之一。

在中国当代文学发展历程中，以《狗日的粮食》《风景》《烦恼人生》《单位》《一地鸡毛》为代表的"新写实小说"曾在20世纪90年代初期引起过轰动。这一不同于传统现实主义文学的文学现象引起了批评家们的密切关注，其文本创新实践成为批评家们加以解释和生发的"热点"。批评家们从不同的文化立场以不同的话语方式对这种写作现象或进行理论命名，或进行经验总结、特征概括，传递具有启发性的批评知识和文学经验。例如，"还原生活本相""情感的隐匿""消解典型化手法""客观的叙述方式"等都是从不同层面对"新写实小说"进行的概括。文学史家洪子诚曾如此说："可以看到，'新写实小说'既是对一种写作倾向的概括，也是批评家和文学杂志'操作'形成的文学现象。"①

四、文学批评是一种文学思想生产

文学的发展有赖于观念的更新和变化，而文学观念的更新，离不开文学思想、美学观念的创生和突破，以文学思想意义的发现和探究为己任的文学批评在其中无疑起到了不可替代的推动作用。苏联美学家鲍列夫就曾指出："批评为美学生产着'知识半成品'，向后者提出各种问题，而解决这些问题就会推动理论继续前进。"②

文学批评的思想生产性质，由其与文学对象的天然联系、与文学理论的密切联系所决定。文学批评在对具体对象解释和评价的过程中，总是以一定的理论背景和思想观念为依据的，而其面对的文学对象又是人类情感、信仰和思想观念的结晶。当然，文学批评生产文学思想，与先于文本的或蕴于文本之中的文学思想并非简单的对应关系，而是对原有思想意识或思维框架的打破，以及与现实相适应的新的理论的生成。用詹姆逊的话来说，这种思想生产具有某种对不可解决的社会矛盾创造出"想象的"或"形式的"解答的功能。因为批评家原有的思想观念进入阐释过程后，便处于与各个要素互动共生之中。其生产方式在于批评总会向实际的创作和现有的理论不断提出问题，做出新的思考和解释。这种在理论与实践关系中的"中介"身份，赋予了批评家的能动精神以实践性质，在理论与对象的具体对应中显示了人类文学思想的行进程度。

语言是思想的载体，也是思想的表达方式。文学是一种语言艺术，所以，文学可以说是思想的某种表达方式。中国古代就有"文以载道"的说法。韦勒克和沃伦说："文学可以看做思想史和哲学史的一种记录。"③但文学并不是对思想的简单传播，出于艺术审美的需要，文学作品中的思想或哲理意蕴往往隐藏在作品形式之中，所以普通的读者一般很难发现其中的深意，这就需要艺术修养高、思想敏锐的批评家去挖掘和发现作品的深层意蕴，帮助普通读者正确理解作品内涵。美国当代批评理论家苏珊·兰瑟在分析和解读《埃特金

---

① 洪子诚. 中国当代文学史［M］. 北京：北京大学出版社，1999：340.
② 鲍列夫. 美学［M］. 乔修业，常谢枫，译. 北京：中国文联出版公司，1986：513.
③ 韦勒克，沃伦. 文学理论［M］. 刘象愚，邢培明，陈圣生，等译. 北京：文化艺术出版社，2010：117.

森的匣子》（1832年）的文本时，发现了一个有趣的现象。兰瑟指出，这一文本暗含玄机，区别在于是否隔行阅读：

> ……我已经结婚七个礼拜，但是我
> 丝毫不觉得有任何的理由去
> 追悔我和他结合的那一天。我的丈夫
> 性格和人品都很好，根本不像
> 丑陋鲁莽、老不中用、固执己见还爱吃醋
> 的怪物。怪物才想百般限制，稳住老婆；
> 他的信条是，应该把妻子当成
> 知心朋友和贴心人，而不应视之为
> 玩偶或下贱的仆人，他选作妻子的女人
> 也不完全是生活的伴侣。双方都不该
> 只能一门心思想着服从……①

这一文本的表层，会让丈夫以为新娘赞美自己，但如果隔行阅读，词句的重新组合导致了语义和语气上的本质变化，是新娘对丈夫的痛斥、对婚姻的懊悔，是对婚姻关系中男权思想的抨击。这一敏感的发现和思考引领读者意识到叙事行为或叙述形式本身并不只是单纯的符号生产，在一定意义上还具有意识形态意味。兰瑟后来进一步提出了女性主义叙事理论，将叙事行为研究与女性主义理论结合，丰富了文学叙事的文化批判思想。

有论者指出，20世纪是一个"批评的世纪"。的确，20世纪以来文学景观的变革繁兴，文学思潮的涌动更迭，文学思想的灿烂深邃，都与文学批评的发展、批评方法与批评模式的引入，以及文学批评家的建树休戚相关。

第二节 文学批评的主要类型

早在20世纪20年代，法国著名学者蒂博代曾从批评主体的角度，将文学批评概括为自发的批评、职业的批评和大师的批评三种形态，并对这三种批评加以分析和描述。在蒂博代看来，自发的批评注重的是作品和人，职业的批评注重的是规则和体裁，大师的批评则注重原则或本质。三种批评的不同趋向也会导致不同的体式特征。蒂博代认为："自发的批评流于沙龙谈话，职业的批评很快成为文学史的组成部分，艺术家的批评迅速变为普通

---

① 兰瑟. 虚构的权威：女性作家与叙述声音 [M]. 黄必康，译. 北京：北京大学出版社，2002：9—10.

美学。"① 按照蒂博代对批评类型的划分，我们很难对当代的文学批评做相应的分类。因为随着时代的发展，文学批评的主体也发生了变化。在当下，"职业"和"大师"往往是难以区分的，因为他们都既注重规则和体裁，又注重原则或本质。特别是随着媒介的普及发展，原来的批评主体模式更是大大地改变了。

一般而言，文学批评的主体指的是文学批评活动的参与者以及批评行为的执行者。结合当下的时代特征，参照蒂博代的划分方法，我们把文学批评分为大众批评、专业批评以及媒体批评等。

一、大众批评

所谓"大众批评"，指的是普通读者对文学作品所做的评价和判断活动。"大众批评"基本与蒂博代所说的"自发的批评"相对应。按照接受美学的理论，在文学的生产与消费的过程中，读者对文学作品的价值和地位的评价起到决定性作用。如果没有了读者，文学作品的意义就无从谈起。早在1947年，爱森斯坦在《作为创造者的观众》中就曾指出："谁是最严格的批评家？素来就是那熟悉艺术所反映的对象的人……我们的电影观众——这是作为创造者的观众。"② 在这里，爱森斯坦充分地强调了普通大众的批评地位。因此，从这个意义上看，普通读者也是批评家。通常来说，大众读者的知识水平相对较低，专业积累等相对缺乏，他们的批评更注重感性直观方面的因素带来的美感享受，对文本的理性思考和分析较少，具有印象化判断的特征，对文学作品内在的、深层的哲学意蕴往往难以把握。也正因为这样，大众读者更偏爱通俗流行的、浅显的作品，对于那种艰深、晦涩的作品，他们往往"敬"而远之。

如果说在传统社会中由于交流渠道受限、传播手段简陋，大众的意见大多在俱乐部、沙龙、咖啡馆或街头巷尾等场所通过口耳相传的方式来表达，那么今日的情形则发生了巨大变化。20世纪90年代后，传统意义上的报纸、杂志不断进行扩版增容，作为当代传媒主力军的电子传媒，如电视、广播以及计算机互联网络等，正在改造着社会生活的文化结构与公共空间，给个人的话语无限的扩展空间。这也正如杰姆逊所描述的，"成千上万个主体突然都说起话来了"，文学成为众人参与的过程。大众批评话题的多样化、批评文体的宽泛性以及文风的平民化等，丰富着我们这个时代文学批评的立体图景。因此，大众批评的意义是重大的，它不仅维护了普通大众的艺术权利、言说权利，更为关心当下的声音和生动活泼的问题，而且，对于那种过于远离普通百姓生活的艰深的批评文本也起到一定的反拨作用，积极推进着文化的民主化进程。

---

① 蒂博代. 六说文学批评[M]. 赵坚，译. 北京：生活·读书·新知三联书店，1989：99.
② 爱森斯坦. 爱森斯坦论文选集[M]. 魏边实，伍菡卿，黄定语，译. 北京：中国电影出版社，1962：98-99.

二、专业批评

所谓"专业批评",是指专业水平、文学修养等都达到一定高度的专门的文学批评实践者,主要包括院校、研究机构内专门从事文学研究与批评的学者、职业者所开展的文学批评,这是相对于普通读者而言的。"专业批评"包括蒂博代所说的"职业的批评""大师的批评"。

一般来说,专业批评家由于学识涵养、综合素质比较好,批评的实践经验也较普通读者丰富,所以他们的批评更具学术性和权威性。他们对作品的创作观念、审美倾向、审美理想、表现方法等的理解、分析和研究更加全面深入,讲究批评术语、范式和逻辑。专业批评是"揭示文学艺术作品的美和缺点的科学。它以充分地理解艺术家或作家在自己的作品中所遵循的规则、深刻研究典范的作用,以及积极观察当代突出的现象为基础"[①]。专业批评家通过正确全面的分析和研究,挖掘作品的思想意蕴,发现作品的艺术魅力,正确引导普通读者对作品的理解;同时通过指出创作的得失,总结创作的经验。

专业批评在文学批评发展的逻辑链条上具有重要的地位。要科学地引领文学创作的正确方向,专业批评家除了应该具备良好的专业素质之外,还应该具有独立的品格和专业的立场,以及社会关怀和责任。尤其是在文学的生产与消费活动变得越来越复杂的当下,"专业化一方面会遮蔽学院批评对当下文学的复杂认识,一方面又会让学院批评享有至高无上的权力"[②]。当代社会转型期的困惑与茫然,种种社会现实与压力带来的焦虑与恐惧,使得公众形成一种对于审美形象和精神引领的强烈依赖。普通公众可能并不具备独立的判断基础,这就尤为需要发挥专业批评的神圣职责和历史使命。

三、媒体批评

在当下,"媒体"这一概念主要用于指称以普通大众为传播对象的各类媒体,如报纸、各种时尚流行杂志,以及广播、电视和各种新媒体等。而所谓"媒体批评",主要是指上述大众传媒开展的批评活动,除了指媒体工作人员,还包括由大众传媒组织策划的,或是推波助澜的文学批评。媒体批评的功能主要包含两个方面:一是揭示某一大众文学现象的成因和路径;二是拓展"趣味"的范围。媒体批评不断开辟新的文学批评范畴,将社会学、心理学、传播学或者经济学的一些范畴包括在内,来对当下文学现象做出阐释。大众传媒也很注重吸收学院批评资源,即蒂博代所说的"职业的批评"和"大师的批评"加入其中,培养出了诸多所谓的媒体知识分子。

自媒体在当下已经成为一种重要的存在。自媒体普泛化的发展与运用引起了文学与文学批评的变革,自媒体文学批评应运而生,在QQ、微博、微信、短视频等自媒体平台上相对自由灵活地进行在线的阐释、分析、评论与判断。一般认为,自媒体是以互联网技术、

[①] 李江. 设计概论[M]. 北京:中国轻工业出版社,2015:143.
[②] 李春青,赵勇. 反思文艺学[M]. 北京:北京师范大学出版社,2009:269.

数字技术、移动通信技术为支撑,进行无需专业性、严谨性过滤的向特定或不特定的个人或多人传递、分享信息的电子化终端的总称。自媒体文学批评作为一种文学活动,在载体上和思想内容、表现方式上有传统文学批评无法超越的优势,又有自身不可回避的缺陷。自媒体文学批评具有话语形式的多媒介融合、话题的聚焦与泛化以及批评活动的交互性等特征。自媒体文学批评徘徊于"率性评价"与"自我表达"之间,呈现出与传统文学批评对话语权的"分有"与"博弈"的过程。自媒体文学批评的核心价值表现在对批评生态的民主化推进与对媒介工具阐释效力的强化等方面。其主要问题为学理性弱化、动机的商业利益指向等。

麦克卢汉曾指出,传媒产品的传播价值在于传媒所凝聚的受众的注意力资源。由此媒体批评在其运作过程中表现出很强的策划意识与行径,这种策划性广泛地表现在批评话题、批评栏目、播发形式以及议程的设置等方面。当下层出不穷的以媒体策划为中枢,以学术为表征,为获得市场准入证而在不同组织播发的书评、新书发布会,以及作家研讨会、对话录等,均是媒体策划的鲜明体现。其策划的核心,在于整合行为主体的各类显性资源和隐性资源,以期实现利益最大化。为争取受众,媒体批评热衷于"文化抢位式"的追捧和炒作。这种追捧和炒作会使文学批评活动所具有的"超越性""可能性"成为"消费性""现世性"。

总体而言,当下对媒体批评可谓毁誉参半。批评主体的不同,导致了批评的不同话语现象。批评主体的文化身份所引起的批评立场与方法的差异是显而易见的。但无论何种批评话语,向读者说话是其重要功能之一。作为新兴的批评力量和一种活力迸发的批评形态,媒体批评具有合理、合法、合情的在场性。但媒体批评在主体精神的构建方面一如学者俞吾金所指出的,应确立法律意识、责任意识和平等对话意识。①

以上由不同主体进行的文学批评,各有优劣,都有存在的价值和意义,共同促进文学批评的繁荣。当代文坛良好批评氛围的构建,有赖于批评组织者、参与者、传播者的主体精神和文学素养的提升,以及符合中国国情的文学批评制度、批评文化的健全。

第三节　文学批评的标准

文学批评的标准一直是文艺理论的重要内容。时至当下,人们对于文学批评标准基本有了比较一致的看法,即文学批评的思想价值尺度和艺术价值尺度。实际上,在文学批评标准的背后,还有一个根本问题,即文学批评的文化立场。

---

① 俞吾金. 媒体批评如何走出自己的怪圈[N]. 文汇报,2003-03-23(8).

一、文学批评的文化立场

综观所有的文学批评活动，批评主体所做的价值判断都与其所持的立场有关，可以这样说，批评主体持有的立场决定了他的文学判断。因此，在具体论述文学批评的标准之前，我们首先需要阐明的是文学批评的文化立场。

首先，文学批评具有一定的立场，这种立场具体体现在批评主体方面。在批评活动中，批评者的立场决定了对作品意义开掘的方向。正如鲁迅所说，编辑者如果是个唯美主义者，那么他就会把"为艺术而艺术"的作品看得很高，并选取赞成这种作品的批评立场。从具体的批评实践中我们也能够发现这个问题。如在抗战时期，最为流行的小说往往是宣传革命、激励民众抗战的作品，因而像废名等人的作品并没有受到很多关注。到了20世纪八九十年代，当以经济建设为中心成为社会生活主题时，废名、沈从文等人的作品越来越受到人们的关注。这背后体现的就是批评者立场的转变。在抗战时期，国破家亡的民族危机，让批评者把自己的立场放到了救亡上，因此，符合救亡主题的作品一定会得到赞许。到了和平年代，反映人们的日常生活、美好情感等的作品就会得到批评者的重视。这种重视使许多文学作品的思想价值与艺术价值在不同的文化背景下得到重新发现和阐释，某些方面凸显出来。

其次，批评立场往往与民族、种族、性别、地域、阶级等具有鲜明文化特质的因素相关，因此可以把这种立场称为文化立场。马克思主义的文学批评实践所采取的是无产阶级立场，希望作品能够反映工人阶级的生活和精神面貌。恩格斯曾对海涅的《西里西亚的纺织工人》一诗大为赞赏，认为它宣扬了社会主义。他还对玛格丽特·哈克奈斯在她的作品《城市姑娘》中把伦敦东头的工人阶级描写成消极地听从命运的摆布提出批评，认为她没有反映出当时工人阶级已经觉醒的时代风貌，还没有达到真正的现实主义。当代西方，女性主义批评流行。肖瓦尔特、克里斯蒂娃等女性主义批评家从很多作品中发掘父权制和男性社会的象征，考察女性受压抑和排斥的原因。

最后，文学批评的文化立场，决定着批评者以什么样的观点、方法、价值标准开展文学批评。批评文本的生成以及其所承载的意义和价值与批评者所秉持的文化立场紧密关联。优秀的文学批评者在坚守马克思主义文学批评立场和方法论的同时，能够拥有正确的世界观、人生观、文学观，站在时代精神的高度开展批评，为践行文艺为人民服务的原则和弘扬社会主义核心价值观做出贡献。批评者的价值立场决定着他对作品批评的视角和评判效果。例如，面对同一部作品，如英国19世纪著名女作家夏洛蒂·勃朗特的《简·爱》，由于批评主体文化立场有别，是选取文学伦理学批评视角，还是后殖民、生态主义、女性主义批评视角等，均会影响到对这部作品复杂内蕴的有效揭示。在新时代，需要创造以人民为中心的文艺。人民群众对精神生活的需求更趋丰富多样，人民群众是文艺活动的最终落脚点，相应地，文学批评者应立足人民的立场，做到价值立场与求真、向善、臻于美的境界追求相切合，与人类文明发展的历史趋势相一致。

二、文学批评的思想价值尺度

任何一部文学作品都具有一定的思想意蕴、价值取向,但其高下需要文学批评者进行缜密的判断。思想价值是指文学作品所具有的对于哲学、道德、政治、社会等思想的意义。衡量文学作品思想意义的价值尺度在马克思主义文学批评中最为常见。马克思主义文学批评观认为,思想标准是衡量文学作品思想正误深浅的尺度,艺术标准是衡量文学作品艺术高低优劣的准绳。以思想价值为尺度的文学批评主张文学应该给人们带来心灵上的积极影响,净化人们的灵魂。批评者如果忽略了文学作品的思想倾向性,就不能正确地引导读者树立科学、进取的世界观、人生观。丹麦批评家勃兰克斯曾说过:"批评是人类心灵路程上的指路牌。批评沿路种植了树篱,点燃了火把。批评披荆斩棘,开辟新路。"① 文学批评要发挥丰富、提升和发展人的精神生活以及提高人的精神素质的作用,就必须有正确的指导思想和价值观念。

首先,正确性是文学批评思想价值尺度中最基本的价值尺度。早在古希腊时期,柏拉图在《理想国》中就列举了当时希腊艺术的两大罪状:一是艺术没有真实性,二是艺术作品伤风败俗、蛊惑人心。可见他相当关注文学作品的思想是否正确、是否对社会起积极作用。优秀的文学作品需要在思想上保持正确性,优秀的文学批评文本需要以正确的思想引导读者,以正确的思想介入和引领社会。正如习近平 2014 年在《在文艺工作座谈会上的讲话》中所指出的,"我们要通过文艺作品传递真善美,传递向上向善的价值观,引导人们增强道德判断力和道德荣誉感,向往和追求讲道德、尊道德、守道德的生活"。

其次,先进性是衡量文学作品的重要思想价值尺度。只有体现先进性,顺应时代进步潮流的文学作品才具有真正意义上的思想内涵。当然,先进性具有动态、开放式特点。有些作品受到人民群众的喜欢,反映出时代真实面貌,符合历史发展趋势,这样的文学作品具有先进的思想价值;有些文学作品则在问世之际籍籍无名,但揭示出了历史发展规律,在后世被人发现、敬仰,具有超越时空的价值,这也是具备先进思想价值的文学作品。如塞万提斯的《堂吉诃德》一经问世便受到世人的热爱与追捧,被誉为"西方现代文学之首",其魅力经久不衰。而卡夫卡的《变形记》则并未能拯救当时穷困潦倒的作家,而是在他逝世后才成为震惊文坛的经典作品。但这都不妨碍后世批评者孜孜不倦地挖掘他们作品中的先进思想价值,让他们的思想之光烛照无穷。

最后是深刻性问题。文学批评思想价值尺度的深刻性与其正确性、先进性是辩证统一的。文学作品的思想深刻性体现在文学作品所反映社会生活、所表达的思想感情的高度、厚度与水平上。刘勰阐释过作品思想深刻性的必要性,如"辞约而旨丰,事近而喻远"(《文心雕龙·宗经》)、"明而不浅"(《文心雕龙·章表》)、"文今而不坠于浅"(《文心雕龙·封禅》)等。当然,文学批评的思想深刻性,同作者的思想水平,文学作品蕴含的思想深度、广度,以及批评者的思想深度、专业水平息息相关。有些文学作品能给人深刻的

---

① 勃兰克斯. 十九世纪文学主流:第五分册:法国的浪漫派 [M]. 李宗杰,译. 北京:人民文学出版社,1982:383.

启示，甚至揭示出现实乃至未来的社会图景；有些文学作品却流于庸俗低级。文学批评要求批评者具备一双慧眼，能深刻挖掘文学作品的意蕴，并且做出充分阐释。例如，同样是对欧·仁苏的《巴黎的秘密》进行批评，以施里加为代表的青年黑格尔派看到的是"秘密"的伟大；马克思和恩格斯却批判了《巴黎的秘密》本身显露出来的资产阶级种种论调，认为作品未能真实反映出资产阶级与无产阶级间不可调和的矛盾。

三、文学批评的艺术价值尺度

任何一部文学作品都具有一定的艺术表现力，文学批评同样要对其进行判断。一部作品艺术表现力的高低往往决定了其艺术及审美价值的高低。所以，艺术表现力是衡量文学作品艺术水平高低的重要标准之一。一部艺术作品即使内容真实，思想正确，但如果艺术水平不高，也称不上是优秀之作。古人说的"文质彬彬"，在文学中就是要求内容和形式都达到美的相互和谐。艺术表现力是指作者的艺术修养、艺术才能、艺术创造性等各种因素在文学作品内容和形式的统一中所显示出来的一种艺术魅力。它包括题材的选择、情节的安排、形象的塑造、语言的运用以及是否有独特的风格等各个方面。作品的综合艺术表现力越强，作品的艺术水平就越高。衡量一部特定文学作品艺术水平的高低，一般说来，应注意以下方面：

（一）文学形象的生动性和典型性

文学的基本特征是用形象反映丰富多彩的生活。因此，一部作品的形象生动与否，典型化的程度如何，是衡量作品艺术性的最基本、最重要的方面，决定着这部作品的艺术魅力大小，显示着作家艺术才能的高低。形象的生动性，主要表现在能够准确地、惟妙惟肖地塑造特点鲜明、意蕴丰富的文学形象。形象的典型性，主要表现在能够使个性鲜明的文学形象具有最广泛的共性，达到个性与共性的高度统一。阿Q、祥林嫂、孔乙己等就是这类生动性与典型性高度统一的文学形象。一些公式化、概念化的作品，就思想内容而言也许是正确、健康的，但它如果没有生动的形象，更没有典型的创造，缺乏艺术性，就难以成为优秀的文学作品。

（二）艺术形式的独创性和完美性

一定的内容是通过特定的艺术形式来表现的。表现内容的形式本身有自己相对独立的审美价值和艺术功能。作品富于独创性而又有完美的形式，不仅能充分地表现作品内容，显示出内容与形式和谐统一的美，而且也能显示出作家在结构安排、语言运用和表现手法等方面的高超技巧，产生形式上独有的美感。历代优秀的文学作品都追求艺术形式的完美，作者费尽心血谋篇布局，炼字炼句，目的就在于恰如其分地表现内容。杜甫"新诗改罢自长吟"（《解闷（其七）》）、"语不惊人死不休"（《江上值水如海势聊短述》），贾岛"两句三年得，一吟双泪流"（《题诗后》）等写作佳话都是追求艺术形式独创性和完美性的表现。

（三）文学语言运用的创造性和个性

文学语言是文学的符号，更是作者创作个性的鲜明符号。许多经典作品即使不署名，读者常常也能够辨析出作者来，这是因为优秀的作家都有语言运用的创造性，形成了自己语言表达的个性。陈忠实在创作获得茅盾文学奖的长篇小说《白鹿原》时，长时间地思考如何找到"自己的语言"，形成自己的语言，成功获得茅盾文学奖。女词人李清照用词灵动传神，形成鲜明个性。她写愁，有"只恐双溪舴艋舟，载不动许多愁"（《武陵春》），创造性地将抽象的"愁"绪描绘成能用船来"载"的可感可触的形象，生动地展现出词人愁苦的心情，不尽之意溢于言外。除此之外，文学语言还讲求不拘一格，打破常规。如运用夸张、变形等表现手法造成"陌生化"效果，都能取得很好的独创效果。李白的诗句"白发三千丈，缘愁似个长"（《秋浦歌（其十五）》）、"飞流直下三千尺，疑是银河落九天"（《望庐山瀑布》）等都使读者从中感受到诗人浪漫的诗情和语言表现奇特的个性。

此外，谋篇布局、剪裁衔接等也是艺术表现力的重要方面，对文学作品的艺术价值也有重要的影响。

【学习活动】

阅读小学《语文》教材六年级上册第八单元的课文《少年闰土》，就以下问题展开学习活动：

（1）作品记叙了"我"与闰土之间的哪几件事儿？在此基础上分析概括人物形象的主要性格特征。

（2）《少年闰土》节选自鲁迅作品《故乡》。请大家阅读原著中"再见闰土"的场景，思考探究闰土形象前后差异的原因。

（3）选取哪些角度或方法，能够更好地解读《故乡》的思想内容和艺术价值？以小组为单位进行讨论与交流。

第四节　文学批评的原则与方法

要使文学批评真正具有科学性，有效发挥其社会功能，文学批评者必须坚持正确的批评原则，选用恰切的批评方法。

一、文学批评的基本原则

要正确地进行文学批评，必须坚持正确的原则，没有正确的批评原则作指导，文学批评的科学性就难以得到保证。

（一）实事求是原则

实事求是是文学批评的思想原则，也是文学批评应该遵循的基本要求。它对文学批评起到规范和指导作用。坚持实事求是的原则，即从具体的作者、作品实际出发，结合作品的历史背景进行分析，不主观臆断，不脱离历史的客观实际，也不为了迎合作者，或受其他外力的干扰而放弃自己艺术判断的立场和标准。总之，在文学批评实践中，文学批评者只有把作者、作品放到特定的历史条件下加以研究，认真分析作者所处的时代和环境，才能对作者、作品展开客观科学的评价。

（二）整体性原则

唯物主义辩证法认为，万事万物之间是相互关联、相互依存的，所以我们在分析、研究某一对象时就要从整体出发，不能断章取义，更不能想当然。只有这样，文学批评才能科学、全面。

鲁迅曾说："我总以为倘要论文，最好是顾及全篇，并且顾及作者的全人，以及他所处的社会状态，这才较为确凿。要不然，是很容易近乎说梦的。"① 从鲁迅的这段话可以看出，文学批评要遵循整体性原则，首先，应该将作者、作品、时代等因素结合起来。只有这样，才能对其作品做出恰如其分的评价。其次，从微观的文本来看，文学批评不能断章取义，而应该从通篇布局考虑，即"顾及全篇"。早在先秦时期孟子就提出了"知人论世"的批评观。"知人论世"的批评观要求文学批评者不能把作者、作品、社会孤立开来，这样往往会犯主观片面的错误。最后，文学批评者应该从美学的和历史的观点出发，辩证地评价文学作品。别林斯基曾指出："不涉及美学的历史的批评，以及反之，不涉及历史的美学的批评，都将是片面的，因而也是错误的。批评应该只有一个，它的多方面的看法应该渊源于同一个源泉，同一个体系，同一个对艺术的观照。"② 因此，在文学批评活动中，文学批评者应该兼顾作品的思想性和艺术性，全面地评价文学作品的创作实绩、历史地位以及成就得失等，把握作品的总体倾向和整体价值，对作品做出恰如其分的评价。

（三）以文学形象为中心原则

文学作品是言、象、意的有机统一，"言"为"象"服务，而"象"是"意"的载体。文学批评者要深入把握文学作品的内在意蕴，就必须以分析文学形象为中心，以分析文学形象为切入点。如果脱离了文学形象，文学批评者对文学作品的哲学意蕴、美学内涵的分析将会失去客观依据。

从分析文学形象入手，这是由文学创作的规律决定的。由于语言是指代现实事物的符号，语言表达常常出现"言不尽意""言有尽而意无穷"的情况，表现在文学创作中，文学

---

① 鲁迅. "题未定"草［M］// 鲁迅. 鲁迅全集：第6卷. 北京：人民文学出版社，2005：444.
② 别林斯基. 关于批评的话［M］// 伍蠡甫，胡经之. 西方文艺理论名著选编：中卷. 北京：北京大学出版社，1986：295-296.

作品往往会有"形象大于思想"或"有概念无形象"的差别。文学批评者可以据此判断作品艺术价值的高低。因此，与文学创作以塑造文学形象为中心相对应，文学批评也要以文学形象塑造的效果分析、判断、评价为中心。

二、中国传统的文学批评方法

文学批评方法是指在文学批评活动中所采用的思维方式和批评手段等。中国传统的文学批评在很大程度上根据文学批评者的感悟、直觉，往往强调即兴的、瞬间的感受。

（一）印象式批评

印象式批评又称"鉴赏式批评"，指文学批评者凭借阅读的瞬间感触或直觉将鉴赏的感觉或印象直接表达出来。例如脂砚斋在评价《石头记》（即《红楼梦》）的时候，常常会用"妙""好"等字。在该书第一回"甄士隐梦幻识通灵　贾雨村风尘怀闺秀"中，曹雪芹开篇写了该书的来历，自言"来历荒唐"。脂砚斋评道："自言荒唐，妙！"而当书中写到茫茫大士大展幻术将一块大石顿时变成美玉时，脂砚斋评道："明点幻字，好！"很显然，这种批评方法并不是经过严密的逻辑论证的，阅读者只是根据感受和印象做出评价。

在中国古代文学批评历史中，还有一种批评体式，即以诗论诗。如杜甫的《戏为六绝句（其一）》：

> 庾信文章老更成，凌云健笔意纵横；
> 今人嗤点流传赋，不觉前贤畏后生。

这种批评所陈述的内容虽比脂砚斋评点《石头记》时所用的"好""妙"等评语要具体得多，但由于是一种诗歌体式，因此，仍然无法全面具体、条分缕析地阐明文学批评者的观点，还保留着印象和直觉的痕迹。

印象式批评作为侧重欣赏和鉴定文学作品的思想感情、审美意蕴和语言韵味的批评类型，强调直觉在批评中的作用。由于主要是文学批评者对文学作品的整体感受和评价，因此非常真切、生动，批评本身也是一种语言的艺术性创造，容易引起其他读者的共鸣。但这种批评由于强调整体感受，而且用语也偏于形象性的描述，过于含混和笼统，因此缺少逻辑上的清晰度。

（二）诠释式批评

诠释式批评主要是指文学批评者通过对文学作品的研究，试图准确地把握作者的创作动机和揭示文学作品的深层意蕴。诠释包括"弄清事实"和"做出判断"。"弄清事实"是指出作品写了什么；"做出判断"是指出作品写得怎么样和具有什么样的意义、价值。有别于印象式批评，诠释式批评强调批评的客观性。文学批评者要尽量排除主观因素，重理性和知性，重思索和分析判断。

较早的诠释式批评是对《诗经》的阐释。如汉代的毛诗，在《诗经》各篇题目之下都注有释义的小序。在中国古代社会，凡是名家名作都常有人来注释，后来还出现了注上加注，或集名家之注，如宋代朱熹的《诗集注》《四书章句集注》《楚辞集注》等。诠释活动实际上是一个无限的、开放的过程，越是伟大的作品，诠释的空间就越大。

诠释式批评方法为我们研究前人创作提供了许多宝贵的资料。但是，每一种诠释都会带有时代的痕迹，都是时代对某种文本的解读，因此，在忠实于作者本意和诠释者本人的时代性之间，诠释式批评方法处于无法兼顾的尴尬境地。

（三）评点式批评

评点式批评是指文学批评者以文本为中心，通过对文本细节的评点，点出其中的情感意蕴、评判艺术表现的微妙之处，传达批评者的阅读体会与艺术倾向。这种批评方法追求的是言简意赅，自由灵活，即时记录个人真实的艺术感受。

评点式批评最早出现在唐代诗文鉴赏中，特点较显著的是明清的小说评点。小说评点采用的一般模式是先总后分：先在小说开头写序，然后提出指导读者的"读法"；在小说的每一回中又有总评、眉批、夹批和旁批等，在一些重要的地方还会打上圈点，以引起读者的注意。如明代的李贽评点过《水浒传》《三国演义》，清代的金圣叹评点过《离骚》《庄子》《史记》《西厢记》和杜甫的诗，毛宗岗评点过《三国演义》，张竹坡评点过《金瓶梅》，脂砚斋评点过《红楼梦》等。

评点式批评把阅读、鉴赏和评论等思维活动有机地联系起来，体现了"思想入妙，要言不烦"的哲学思辨性与文学精练性的统一，对艺术规律也能提出某些真知灼见。但评点式批评多散见在作品中，某种程度上与作品结成一体，整体把握受到一定的阻碍，而且也容易打断读者阅读、感受作品的连贯性。

（四）考证式批评

考证式批评是通过一定的旁证材料来对作者或作品进行专门考证的一种批评方法。它搜集与作品相关的材料，来考证作者、作品的版本以及文学形象的原型、题材的来源等方面的问题，深入理解作品的情感意蕴及审美价值，既是从一个视角对作品的重新阐释，也是"辨伪"的过程。考证式批评所需要的材料包括作品的创作背景，作者的生活经历与思想导向，创作的政治、文化语境以及相关的文学生产机制等。

从渊源上来看，考证式批评与汉儒解经有相当大的关系。汉儒在解经时，也需要考证具体作品的历史原貌。但考证式批评形成气候则主要是在宋学和清代乾嘉时期汉学兴起之时。考证式批评的着眼点是"辨伪"，追求"无证不信"，主要包括几方面内容：考证版本的流变和校勘字句的异同，考证词义的解释和语音的发展，再是考证作者的生平，或者辑佚著作的散佚和文字的脱漏，考辨伪书，等等。在封建社会，小说和戏曲是被视为不登大雅之堂的东西，许多作者不愿意用自己的真实姓名，例如《金瓶梅》的作者署名为"兰陵笑笑生"，其真实姓名至今仍是个谜。这些文学作品作者的归属与生平问题，便成为考证式批评的主要任务。胡适的《中国章回小说考证》、俞平伯的《红楼梦辨》（后改为《红楼梦研究》）都是考证式批评的代表作。由于中国的汉学传统把考据看作一种无上的学问，考据有时甚至成了一种烦琐哲学，常常离开对作品本身的鉴赏与评价，这给考证式批评带来了很多的局限。

中国传统的文学批评方法各有优劣。如评点式批评具有较强的互动性，考证式批评具有实事求是的精神。但它们也都因为存在即兴性、零散性和感悟性等特点，在逻辑性、系统性的理论建构方面存在不足。

三、现代文学批评方法

（一）社会历史批评

社会历史批评是一种从社会历史发展的角度观察、分析、评价文学现象的批评方法。它主要研究文学与社会生活的关系，重视作者的思想倾向和文学的社会作用。

社会历史批评是一种源远流长且具有较完整的理论体系的批评方法，可以追溯到古希腊。在《理想国》当中，柏拉图就已经意识到了文艺的社会效果，强调诗歌对社会的积极作用，从而提出在理想国中，只能保留那些对神的颂歌以及有利于国家建设的文艺。18世纪，意大利的维柯在对《荷马史诗》进行研究的时候，主要从社会历史的角度出发来分析与评价文学作品，把如何反映社会生活看作判断文学作品价值的重要参照，从而实现了文学研究与社会历史的真正结合。法国19世纪批评家泰纳是社会历史批评的代表人物。他研究与批评的核心是不断寻找文学创作与文学发展的社会历史动因。泰纳把文学看作种族、环境和时代的产物。三者之中，影响最大的是时代因素。例如，雕塑为什么会成为古希腊艺术的代表？泰纳认为这主要源于古希腊社会有崇尚健康完美肉体的时代精神。

危磊：对社会历史批评的审视与把握

社会历史批评在中国同样有着传统。孔子评诗的兴、观、群、怨说，孟子所提出的"知人论世"，《文心雕龙》中提到的"时运交移，质文代变""文变染乎世情，兴废系乎时序"等，都可以说是从文学与社会的关系着眼的。中国具有现代意义的社会历史批评是在近代以后开始出现的，它既是当时社会矛盾的产物，又受到西方社会思潮和文学思潮的影响。20世纪初，民主革命运动的高涨和革命文学的勃兴为社会历史批评的确立和发展提供了重要条件，使当时的社会历史批评具有较浓厚的政治和社会启蒙色彩。

马克思主义的辩证唯物主义和历史唯物主义哲学给社会历史批评提出的"美学的和历史"的批评方法，主张依据社会历史发展规律评价文学，重视作品产生的历史条件，关注作品所反映的社会内容的深度和广度，同时与美学标准相结合，给社会历史批评革命性的改变，使之走向科学。这种批评方法为中国文学批评的繁荣做出了卓越的贡献。马克思主义的社会历史批评方法为中国的马克思主义者所接受，他们与中国的文学实际相结合，不断探索，逐渐建构起中国当代主流批评方法。茅盾是现代文学批评史上社会历史批评这一范式的最重要的代表，他提出文学的目的和任务应为"写真实的人生和为真实的人生"。在批评实践中，他特别把鲁迅《呐喊》中的小说与中国近现代以来的重大社会事件联系在一起进行评析，并试图说明鲁迅小说对这些重大事件的艺术再现。毛泽东的《在延安文艺座谈会上的讲话》提出文艺是社会生活的反映，社会生活是一切文学艺术的唯一源泉，主张文艺为人民服务，所运用的都是在马克思主义科学哲学基础上提出来的社会历史批评方法，为中国当代文学批评奠定了理论基础。

(二) 形式主义批评

20世纪初瑞士语言学家索绪尔的《普通语言学教程》引发的语言学革命，强化了以语言学为文学研究的工具导向。形式主义批评以20世纪初出现的俄国形式主义批评为代表，即以现代语言学的方法分析文本的语言形式，其影响深远，甚至在欧美出现了文学批评的"语言学转向"。其批评理论反对从作者生平、社会环境、政治、历史等文学的"外部因素"去研究文学作品，主张文学研究返回"文学本身"，即研究文学作品的语言、结构等形式上的特点和功能，并且提出文学研究应该注重"文学性"。形式主义批评者所谓的"文学性"，是作品以语言运用的技巧所造成的一种"陌生化"的表达效果。他们认为，小说创作就是作者用文学手段打破日常生活事件的正常秩序，使生活事件"奇特化"和"陌生化"，并组成文学性的"故事情节"。在他们看来，文学作品的文本只是一个语言的事实，具有完全的独立性，与作者、读者乃至社会无关。文学批评就是要细读文本中的语言，了解其中的词语搭配、句型选择、音律节奏、比喻与象征等手段造成的多义、复指、朦胧等"陌生化"的语言效果。

形式主义批评过分强调文本的语言形式，相对忽视外部环境对文学文本形成的影响，显现出明显的理论局限。但它提出的文学语言研究的主张和语言分析方法，拓展了文学研究的新领域，丰富了文学批评理论，给人启示。

其实，语文教师为学生讲授文学作品的阅读课，从某种意义上来说也可视为一种文学批评。在已有文学批评方法中，每一种方法都会向文学文本投去不同的光束，形式主义批评也不例外。因为每一部文学作品都会给学生带来不同程度的"陌生化"的体验，这种"陌生化"的体验往往会给学生带来新奇的感受，激起学生的阅读兴趣和对深度解读的探索。教师借助文本细读的观念，利用多种方式分析语言运用的方法和效果，让学生发现创造性运用语言的多种可能性，感受文学语言的艺术魅力，进而丰富和提升学生分析和评价每一部作品"文学性"价值的能力。

【学习活动】

请运用文本细读的批评方法，小组讨论《蒹葭》。

蒹　葭①

蒹葭苍苍，白露为霜。所谓伊人，在水一方。
溯洄从之，道阻且长。溯游从之，宛在水中央。
蒹葭萋萋，白露未晞。所谓伊人，在水之湄。
溯洄从之，道阻且跻。溯游从之，宛在水中坻。
蒹葭采采，白露未已。所谓伊人，在水之涘。
溯洄从之，道阻且右。溯游从之，宛在水中沚。

---

① 蒹葭：初生的芦苇。

（三）精神分析批评

精神分析批评，又称"心理分析批评"，它以弗洛伊德创立的精神分析学为基础。弗洛伊德的精神分析学分析人的意识结构，将人的意识结构分为意识、前意识、无意识三个层次，认为人的行为最根本的动力来自无意识活动遵循的本能欲望"力比多"。他认为，作家创作如同做梦一样，是释放"力比多"、满足本能的一种方式，是受压抑的"力比多"的升华。作者都是"白日梦者"。精神分析批评的特点是，把文学作品看作作者无意识的呈现，作者的种种本能、冲动和欲望都可以在他创作的作品中找到表现的形式。

弗洛伊德应用自己的理论分析了一批古典文学作品与文学家，集中体现了精神分析批评的倾向：第一，文学作品的内容。即文学作品的内在意义和文学作品作者的气质。前者也称为"意向"，它蕴含在作品人物的无意识与本能中。正是各种各样的"意向"构成了文学现象的复杂性。弗洛伊德在评论列奥纳多·达·芬奇的《岩间圣母》时认为，作品中婴儿的神态表现的是"恋母情结"；而莎士比亚的《哈姆雷特》的主人公的内心矛盾源于其"恋母""弑父"情结。第二，文学作品的意义是无法确定的。这是因为作品的内容属于无意识范围。另外，它的意义并不都包含在作品内部，在很大程度上，要取决于读者的理解。第三，把文学作品作者的心理活动列为文学批评的重点。弗洛伊德认为，文学作品作者的心理一般可以分为两种：一种是作者的"自觉的意向"，另一种是"作品之外的作者不自觉的意向"。后者最终决定作品的意义。比如，《哈姆雷特》体现了作者心理"更深刻的颤动"，而哈姆雷特的无意识正是作者无意识的反映。精神分析批评的特色集中表现为：在文本的"显意"与"隐意"间建立语法结构，并以发掘文本的"隐意"为中心，而"隐意"即剥去作者"自我"和"超我"的伪装，显露"本我"的真实，进入文本的深层，揭示文本中显现的作者被压抑的无意识。

精神分析批评把批评的视角转向人的心理分析领域，并进入人的深层心理空间，这给现代文学艺术批评开辟了一个崭新的领域。但精神分析批评也存在极端片面性，将文学作品当作心理分析的样本，将作者的创作动机归为本能表现，很少涉及艺术价值、艺术形式技巧等问题，缺少对文学的社会历史观照。不过，精神分析批评的一些具体研究方法对文学批评也具有可资借鉴的价值。如对作者的生活经验、心理特点与创作的关系分析，对作品心理模式的分析，都可以形成新视角，获得新的评价。

（四）结构主义批评

结构主义批评是在结构主义语言学和符号学的影响下产生并发展的，最早由语言学研究转向文学研究，发端于20世纪20年代的俄国形式主义，后来传播到欧美，成为具有国际影响的一个批评流派。

结构主义批评主张开展对文学本体的批评，把文学作品看作一个独立存在的客体，一个完整的语言符号系统，系统内部各个部分互相制约，互为条件，形成一定的内在结构，它规定了作品的形式和意义。因此，结构主义批评者反对以作品的外部因素，如社会历史特点，作者的世界观、创作意图或读者印象等来研究作品，而坚持对作品本文结构的内在研究。结构主义批评者把文学现象看成一个整体，用系统－结构方法来考察、分析各种文学现象，把各种文学现象分为不同的层次和要素，力图探索各层次和要素之间的复杂关系。他们的表层与深层结构的理论，有助于对人物的心理分析和对内在意蕴的研究；对于语言功能的强调，可以突出对艺术语言的分析批评；侧重对叙事作品进行语言分析的倾向，有利于达到对叙事语言多层次描述的认识。

例如曹禺的剧作《雷雨》。《雷雨》以锁闭式结构将人物之间的情爱关系、血缘关系和阶级关系表现出来，即矛盾危机一直潜隐在事件中，它们并不是随着剧情的发展而渐次生发的，而是过去与现在交织在一起时猝然爆发的，并以隐性的方式助推、深化显性的戏剧矛盾。剧作以周朴园为中心呈现了三个结构层次：第一层次是周家内部，周朴园与繁漪的冲突；第二层次则是由周朴园与鲁侍萍的不堪往事衍生为复杂的血缘关系；第三层次是阶级间的对立冲突，以周朴园为代表的资产阶级剥削压迫着以鲁大海为代表的工人阶级。一系列人物错综复杂的关系形成复杂的戏剧结构网络，三个结构层次推动戏剧冲突展开和主题意蕴多层次呈现。

结构主义把文学批评推向一个注重系统的综合的阶段，由作品文本结构分析拓展到文学文本系统的结构分析，从新的视角丰富了人们对文学的认识。但结构主义批评具有与生俱来的局限，即把文学作品看作一个自足的体系，较少考虑文学与社会历史的关系，只追求对基本故事的分析，使得文学批评更加简单与抽象，从而对丰富多彩的文学作品的关注技术性大于文学性。

（五）神话原型批评

神话原型批评又称"原型批评"，主要理论奠基人是瑞士心理学家荣格。他认为文学家一定会受到本民族"集体无意识"的支配，在作品中必然会有某些原型（所谓"原型"，即人类心理经验中一些反复出现的"原始意象"）的印记。文学创作的过程植根于超个人的、更为深邃的集体无意识。

对神话原型批评做出重大贡献的是英国人类学家詹姆士·弗雷泽，他在《金枝》中追溯神话与仪式的源头，分析古代各民族"死而复活"的传说。加拿大批评家诺思罗普·弗莱较系统地阐述了神话原型批评的理论。弗莱认为，原型在文学艺术中不断出现、重复或反复运动，形成一种文艺传统。各种文学艺术便都因此具有普遍的原型或循环的程式。弗莱把西方文学发展史看成三种神话结构或原型象征模式依次出现，即未经置换变形的原生神话模式、传奇模式和写实模式。弗莱给文学艺术批评提出的任务是，从作品中辨认出它的基本文化状态，寻找反复出现的原型因素（即神话和仪式的因素），发现那些具有原型意义的象征、主题和情节。

神话原型批评着眼于文本中的神话要素，一般从社会文化以及历史的角度阐释集体无意识对文本结构和意蕴的影响与意义。它把文学批评与文化人类学结合起来，这为文学批评开辟了新的思维空间。另外，它主张从大处着眼和采用发散性思维方式等，对我们也有所启示。这种批评从特定的角度展开文学研究，丰富了文学批评的方法。

（六）"接受美学"批评

"接受美学"是 20 世纪 60 年代末、70 年代初在联邦德国出现的美学思潮，代表人物为联邦德国的接受美学理论家姚斯和伊瑟尔。他们提出，美学研究应集中在读者阅读过程中对作品的接受、反应以及接受效果等方面，通过问与答和进行解释的方法，去研究创作与接受，研究作者、作品、读者之间的动态交往过程，要求把文学史从实证主义的死胡同中引领出来，把审美经验放在历史－社会的条件下去考察。

"接受美学"批评的核心是从接受出发。在接受理论中，文学文本和文学作品是两个性质不同的概念。其一，文本是指作者创造的同读者发生关系之前的作品本身的自在状态；作品是指与读者构成对象性关系的东西，它已经突破了孤立的存在，是融会了读者即审美主体的经验、情感和艺术趣味的审美对象。其二，文本是以文字符号的形式储存着多种多样审美信息的硬载体；作品则是在具有鉴赏力的读者的阅读中，由作者和读者共同创造的审美信息的软载体。其三，文本是一种永久性的存在，它独立于接受主体的感知之外，其存在不依赖接受主体的审美经验，其结构形态也不会因事而发生变化；作品则依赖接受主体的积极介入，它只存在于读者的审美观照和感受中，受接受主体的思想感情和心理结构的左右，是一种相对的具体存在。由文本到作品的转变，是审美感知的结果。也就是说，作品是被审美主体感知、规定和创造的文本。

接受是读者的审美经验创造作品的过程，它发掘出作品中的种种意蕴。作品不具有永恒性，只具有被不同社会、不同历史时期的读者不断接受的历史性。经典作品也只有被接受时才存在。读者的接受活动受自身历史条件的限制，也受作品范围的规定，因而不能随心所欲。当一部作品出现时，读者就产生了期待，即期待从作品中读到什么。读者的期待建构起一个参照系，读者的经验依此与作者的经验相交流。

在这里可以以对英国作家哈代的代表作《德伯家的苔丝》的"接受美学"批评为例。《德伯家的苔丝》的出版受到了当时的读者包括评论家的欢迎和批评。一部分评论者认为"他的作品与别人的不同之处在于作品里的悲怆千变万化、形式各异。在英国作家中，也许只有莎士比亚在这种能力方面超过了他"。另一部分人认为"他的小说充斥着编造，表现出了累赘的结构、夸大的修饰、繁复的复杂情节"。除了专业的评论家，社会人士也对此部作品予以了多重视角的解读。有些人认为哈代先生创作苔丝是刻画了一个非常成功的人物，应该说刻画了他最成功的人物。还有人认为《苔丝》是文学中对农民世界的毁灭表现得最动人的小说。诸如此类，富有专业性的评论家和普通读者，从同一部作品中读出了不同的意义。这证明，读者都有自己的阅读期待，依据自己的思想倾向和艺术素养在作品中找到并确认自己期待的内容，作品的意蕴由潜在到实现，是通过读者个体的阅读完成的，读者是作品成为作品的最后环节。"接受美学"批评正是从读者接受的视角出发，对文学文本予以多元化、多向度的解读，进而延续作品生命力的。

"接受美学"批评"发现"了文学活动中读者的作用和地位，在文学活动的过程中研究文学接受的规律，反对孤立、片面、机械地研究文学艺术，强调文学作品的社会效果，重视读者的参与性接受姿态，从社会交往的角度去考察文学的创作和接受，这无疑具有积极的价值。但是这一方法过分地强调读者接受在作品形成中的价值，相对忽视文学作品的客观性、创作主体的主观意图和艺术构思等,这也是它的理论弱点。

(七)文化批评

文化批评源于文化研究的兴起。文化研究先驱者威廉斯在《关键词:文化与社会的词汇》一书中,详细考察了"文化"与"批评"的词义演变史,认为它们都是随着社会历史的变迁而嬗变的。威廉斯对"文化"重新作了界定,认为"文化"就是"整个生活方式"。他的学生伊格尔顿也认为,文化可以指制度意义上的社会的整个生活方式,包括艺术、经济、社会、政治和意识形态等相互作用的所有成分,它们构成生活经验的总体,决定了这样而不是那样的社会。① 对"文化"含义的扩展以及重新界定,为文化研究、文化批评的兴起奠定了理论基础。

关键词研究

文化批评有狭义和广义之分。狭义上,文化批评是指一种文学批评方式,即从文化视角切入对文学与社会关系以及文学与文化关系的文学研究。而广义的文化批评则指第二次世界大战后从英国兴起,后扩大到欧美的,旨在从思想、政治上对文化进行综合研究的一种学术思潮和知识传统。由文学批评扩展到文化批评,并涉及政治、思想、历史等,相当于"文化研究"。其早期代表人物为霍加特、威廉斯、汤普森等。我们这里所说的文化批评主要指狭义的文化批评,指从文化视角来进行的文学研究。

例如对英国作家笛福《鲁滨孙漂流记》的批评研究。一般我们认为这部小说表达的是一个航海历险主题,但仅从这一内容层面解读是不够的。美国哥伦比亚大学刘禾教授在《燃烧镜底下的真实——笛福、"真瓷"与18世纪以来的跨文化书写》一文中另辟蹊径,通过对小说中出现的一个极平凡的器物——瓦罐的考察,把对《鲁滨孙漂流记》的分析置入西方殖民历史的背景之中。瓦罐情节的背后,指向的其实是作家所处的那个时代的经济竞争和政治特权。当时正值中国瓷器风靡世界市场,并在此后几十年一直"统治"着欧洲贵族们的品位。笛福本人是从事砖瓦生产的实业家,他对这一趋势不满。在小说叙述中,我们看到,鲁滨孙在荒岛上成功掌握了基本农业技术之后,便开始他的制陶实验。大大小小的陶土器皿隐喻着中国瓷器的"缺席",而这正是"殖民否认"的一种修辞表征。刘禾教授进一步指出,笛福对鲁滨孙制陶实验充满歧义的描述,在小说中暗指了18世纪欧洲尚在进行的一次科学幻想——复制瓷器。而这种独特的修辞形式则突出展现了欧洲人在近代殖民历史中对其他民族文化的挪用、殖民,和将其在认识论上野蛮化的过程。

20世纪八九十年代,文化研究思潮传入我国,很快形成了一股"文化研究"热。文化研究是文学研究的一种转型,是文学研究视野的开拓,为文学研究注入一股新鲜的血液。文化批评与文化研究的兴起有密切关系,从某种程度上来说,文学的文化批评是文化研究理论在文学领域实践的一种方式。因此,这种批评具体体现了文化研究的总体取向和基本特征。首先,它综合了史学、哲学、社会学、人类学等各门学科的知识和角度,对文学进行全面考察;其次,从传统的文学内、外部划分来看,它属于文学的外部研究。它关注文学活动中所体现出来的大众文化和大众趣味、社会底层的文化取向和性别问题,以及种族

---

① 傅腾霄,周忠厚. 马列文论研究:第13集[M]. 北京:中国人民大学出版社,2002:393.

尤其是少数族裔的文化体验等。在这种关注中，体现出的是文学作为一种行为和活动对社会的参与和介入。

在20世纪的上半期，从俄国形式主义开始，文学观念和文学批评一直都趋于内部研究，即注重文学语言、结构、句式等的文本分析，强调文学的自主性，割裂文学与社会、历史、政治、经济等的联系。文学的文化批评是走出这种"向内转"思潮困境的一种努力方式，使文学和文学批评重新融入生活，变成社会的"在场"。但是这种批评方法问题在于，由于过于强调社会文化批判，有的甚至只将作品当作文化研究的案例，忽略艺术性研究，因此有把文学批评变成文化研究的嫌疑。也正因为如此，目前国内学界对文化批评在文学领域的适用范围存有一定的争议。

思考与练习

一、名词解释

1. 文学批评　2. 专业批评　3. 社会历史批评　4. "陌生化"　5. 文化批评

二、简述

1. 文学批评的性质。
2. 文学批评是一种审美判断。
3. 文学批评的标准。
4. 文学批评的基本原则。
5. 文学批评常用的方法。

三、实践拓展

1. 文学批评文章的写作步骤，通常可以被概括为了解对象、选点切入、确定要旨、布局安排、力求创见等。请以童话《小王子》为对象，运用恰切的批评方法，撰写一篇文学批评文章。

2. 结合本章所学的文学批评相关知识，自选小学《语文》教材中的一篇课文，撰写一篇"阅读与鉴赏"教案。

拓展阅读导航

1. 胡亚敏．马克思主义文学批评中国形态的当代建构［M］．北京：人民出版社，2020．

该书致力于建构中国形态的文学批评理论，阐发了人民、民族、政治、实践等多个标志性的核心概念，并对当代社会面临的新课题如文学与高科技、文学与资本、文学批评的价值判断等进行了深入探讨。请重点阅读该书中的第七章"中国形态的价值判断研究"等内容。

2. 陈香．喧嚣之下：新世纪中国儿童文学的价值支撑［M］．武汉：长江少年儿童出版社，2022．

该书以宏阔的场域视野，以及切近现场的批评话语方式，对新世纪第二个十年前后的典型作家、作品进行研究，对儿童文学的本质价值、审美意涵、批评路径和理论阐释等提出新的见解。请重点阅读该书中对于儿童文学典型作家、典型作品的评论。

3. 王一川. 文学批评教程[M]. 北京：高等教育出版社，2009.

该书系统介绍了文学批评基础知识和文学批评思潮、方法等，注重理论与实践的贯通，以学生范文为例，突出文学批评个案分析的实践性与操作性。全书讲解深入浅出，并辅以案例，适合文学批评初学者阅读学习。请重点阅读该书中批评理论的个案分析与学生范文部分。

郑重声明

高等教育出版社依法对本书享有专有出版权。任何未经许可的复制、销售行为均违反《中华人民共和国著作权法》，其行为人将承担相应的民事责任和行政责任；构成犯罪的，将被依法追究刑事责任。为了维护市场秩序，保护读者的合法权益，避免读者误用盗版书造成不良后果，我社将配合行政执法部门和司法机关对违法犯罪的单位和个人进行严厉打击。社会各界人士如发现上述侵权行为，希望及时举报，我社将奖励举报有功人员。

反盗版举报电话　（010）58581999　58582371
反盗版举报邮箱　dd@hep.com.cn
通信地址　北京市西城区德外大街 4 号
　　　　　高等教育出版社知识产权与法律事务部
邮政编码　100120

读者意见反馈

为收集对教材的意见建议，进一步完善教材编写并做好服务工作，读者可将对本教材的意见建议通过如下渠道反馈至我社。

咨询电话　400-810-0598
反馈邮箱　gjdzfwb@pub.hep.cn
通信地址　北京市朝阳区惠新东街 4 号富盛大厦 1 座
　　　　　高等教育出版社总编辑办公室
邮政编码　100029